BASTEI
LÜBBE

JEFFREY
ARCHER

ABELS TOCHTER

Übertragen aus dem Englischen
von Ilse Winger

BASTEI
LÜBBE

BASTEI LÜBBE TASCHENBUCH
Band 14709

Vollständige Taschenbuchausgabe

Bastei Lübbe Taschenbücher ist ein Imprint
der Verlagsgruppe Lübbe

Titel der englischen Originalausgabe:
THE PRODIGAL DAUGHTER

Lizenzausgabe: Verlagsgruppe Lübbe GmbH & Co. KG,
Bergisch Gladbach
Umschlaggestaltung: Kombo Design
Titelfoto: Robert Blake/Photonica
Satz: hanseatenSatz-bremen, Bremen
Druck und Verarbeitung: Cox & Wyman Ltd.
Printed in Great Britain, March 2002
ISBN 3-404-14709-X

Sie finden uns im Internet unter
http://www.luebbe.de

Der Preis dieses Bandes versteht sich einschließlich
der gesetzlichen Mehrwertsteuer.

Für
Peter, Joy, Alison, Clare und Simon

Prolog

»Präsidentin der Vereinigten Staaten«, sagte sie.

»Ich wüßte bessere Möglichkeiten, mich kaputtzumachen«, erklärte ihr Vater, während er die Halbbrille von der Nase nahm und die Tochter über die Zeitung hinweg ansah.

»Sei nicht frivol, Papa. Präsident Roosevelt hat uns bewiesen, daß es keine größere Aufgabe gibt als den Dienst am Staat.«

»Das einzige, was Roosevelt bewies . . .«, setzte ihr Vater an. Dann hielt er inne und wandte sich, überzeugt, daß seine Tochter die Bemerkung leichtfertig finden würde, wieder der Zeitung zu.

Als wüßte sie nur zu genau, was in ihrem Vater vorging, fuhr das Mädchen fort: »Es ist mir klar, daß es für mich hoffnungslos wäre, ein solches Ziel ohne deine Unterstützung anzustreben. Daß ich eine Frau bin, ist schon ein Handikap, gar nicht zu reden von meiner polnischen Abstammung.«

Die Zeitung wurde abrupt beiseite geschoben. »Sag nie etwas Illoyales über die Polen«, sagte der Vater. »Die Geschichte hat bewiesen, daß wir ein ehrenwertes Volk sind, das stets sein Wort hält. Mein Vater war ein Baron.

»Ja, ich weiß, und auch mein Großvater. Aber er ist nicht mehr auf der Welt und kann mir daher nicht helfen, Präsidentin zu werden.«

»Leider Gottes«, erwiderte der Vater seufzend, »er wäre ohne Zweifel ein großer Führer unseres Volkes geworden.«

»Warum soll seine Enkelin es dann nicht versuchen?«

»Ich hab' nichts dagegen.« Der Vater sah in die stahlgrauen Augen seines einzigen Kindes.

»Du wirst mir also helfen, Papa? Ohne deine finanzielle Unterstützung habe ich keine Chance.«

Der Vater zögerte, setzte die Brille wieder auf die Nasenspitze und faltete die *Chicago Tribune* zusammen.

»Ich werde mit dir ein Abkommen schließen, mein Liebes; das ist ja in der Politik so üblich. Sollte der Ausgang der Vorwahlen in New Hampshire zufriedenstellend sein, werde ich dich hundertprozentig unterstützen. Wenn nicht, mußt du den Gedanken aufgeben.«

»Was verstehst du unter zufriedenstellend?« kam blitzartig die Gegenfrage.

Wieder zögerte der Mann und überlegte. »Wenn du die Vorwahl gewinnst oder mehr als dreißig Prozent der Stimmen bekommst, hast du meine volle Unterstützung bis zum Parteitag – selbst wenn das meinen Bankrott bedeuten sollte.«

Zum erstenmal seit Gesprächsbeginn entspannte sich das Mädchen. »Ich danke dir, Papa. Mehr kann ich nicht erwarten.«

»Nein, bestimmt nicht«, erwiderte er. »Darf ich jetzt herausfinden, wieso die *Cubs* das siebente Meisterschaftsspiel gegen die *Tigers* verloren haben?«

»Ohne Zweifel war ihre Mannschaft schwächer, wie das Resultat von 9 : 3 zeigt.«

»Junge Dame, du kannst dir einbilden, ein wenig von Politik zu verstehen, aber ich versichere dir, daß du absolut nichts von Baseball verstehst«, sagte der Vater, als sich die Tür öffnete und seine Frau eintrat. Er wandte ihr seine massige Gestalt zu. »Unsere Tochter möchte Präsidentin der Vereinigten Staaten werden. Was hältst du davon?«

Das Mädchen sah sie erwartungsvoll an.

»Ich will dir sagen, was ich davon halte«, erklärte die Mutter. »Ich glaube, es ist höchste Zeit schlafen zu gehen, und es ist deine Schuld, wenn das Kind noch nicht im Bett liegt.«

»Vermutlich hast du recht«, sagte er. »Marsch ins Bett, Kleines.«

Sie küßte den Vater auf die Wange und flüsterte: »Danke, Papa.«

Die Augen des Mannes folgten seiner elfjährigen Tochter, als sie das Zimmer verließ; die Finger ihrer Rechten waren zu einer Faust geballt; das machte sie immer, wenn sie ärgerlich war oder fest entschlossen. Vermutlich war sie im Augenblick beides, aber er wußte, es hatte keinen Sinn, seiner Frau zu erklären, daß ihr einziges Kind kein gewöhnliches Kind war. Schon längst hatte er es aufgegeben, seine Frau an seinen hochfliegenden Plänen teilhaben zu lassen – aber wenigstens war sie nicht imstande, den Ehrgeiz der Tochter zu dämpfen.

Er wandte sich wieder den *Cubs* zu und mußte feststellen, daß das Urteil seiner Tochter sogar in diesem Fall zutraf.

Zweiundzwanzig Jahre lang erwähnte Florentyna Rosnovski dieses Gespräch nicht mehr, doch als sie es dann tat, nahm sie es als selbstverständlich an, daß ihr Vater die Abmachung einhalten würde. Schließlich sind die Polen ein ehrenwertes Volk, das stets Wort hält.

Die Vergangenheit

1934 – 1968

1

Die Geburt war nicht leicht, aber letztlich war für Abel und Zaphia Rosnovski nie etwas leicht gewesen, und auf ihre Art hatten sie sich damit abgefunden. Abel hatte sich einen Sohn und Erben gewünscht, der eines Tages Präsident der Baron-Hotelkette werden sollte. Wenn der Sohn dann alt genug war, zu übernehmen, würde sein Name ebenso klingend sein wie Ritz und Statler, und die Baron-Gruppe würde die größte Hotelkette der Welt sein, davon war Abel überzeugt. Er ging auf dem langen, kahlen Korridor des St. Luke' Spital auf und ab und wartete auf den ersten Schrei des Kindes; je länger er auf und ab ging, desto deutlicher merkbar wurde sein Hinken. Dann und wann spielte er mit dem Silberreif an seinem Handgelenk und starrte auf den darauf eingravierten Namen. Da sah er Dr. Dodek auf sich zukommen.

»Ich gratuliere, Mr. Rosnovski«, rief er.

»Danke«, sagte Abel eifrig.

»Sie haben eine reizende Tochter.«

»Danke«, erwiderte Abel leise und versuchte seine Enttäuschung zu verbergen. Dann folgte er dem Arzt in ein kleines Zimmer am Ende des Korridors. Durch eine Glasscheibe sah Abel eine Reihe kleiner faltiger Gesichter. Der Arzt zeigte dem Vater sein Erstgeborenes. Anders als bei den anderen Babies waren die kleinen Finger zu einer Faust geballt. Irgendwo hatte Abel gelesen, daß ein Kind erst nach drei Wochen dazu imstande sei. Er lächelte stolz.

Mutter und Tochter blieben sechs Tage im Krankenhaus, und Abel besuchte sie jeden Morgen, nachdem in seinem Hotel das letzte Frühstück serviert worden war, und jeden Nachmittag, nachdem der letzte Mittagsgast den Speisesaal verlassen hatte. Telegramme, Blumen und Glückwunschkarten umrahmten Zaphias Bett – ein beruhigender Beweis, daß sich auch andere über die Geburt freuten. Am siebenten Tag kehrten die Mutter und das namenlose Kind – Abel hatte nur sechs Jungennamen parat gehabt – nach Hause zurück.

Zwei Wochen nach der Geburt tauften sie ihre Tochter nach Abels Schwester Florentyna. Kaum war das Kind in einem Zimmer im obersten Stockwerk untergebracht, blieb Abel stundenlang bei seiner Tochter und sah zu, wie sie schlief und wieder erwachte. Er würde noch härter arbeiten müssen als bisher, dachte er, denn Florentyna sollte einen besseren Start im Leben haben als er. Elend und Not seiner Kindheit durfte sie nie kennenlernen, oder Erniedrigung, so wie er sie erfahren hatte, als er an der Ostküste Amerikas ankam, ein paar wertlose Rubel in die Tasche des einzigen Anzugs eingenäht.

Er wollte auch dafür sorgen, daß Florentyna die gute Erziehung bekam, die er selbst nie genossen hatte. Nicht, daß er sich beklagen konnte. Im Weißen Haus residierte Franklin D. Roosevelt, und Abels kleine Hotelgruppe schien die Depression überleben zu können. Amerika war diesem Einwanderer wohlgesinnt. Wann immer er allein im Kinderzimmer saß, dachte er an die eigene Vergangenheit und träumte von der Zukunft seiner Tochter.

Als er in den Vereinigten Staaten angekommen war, hatte er auf der *lower East Side* von New York einen Job in einem Fleischerladen gefunden, wo er zwei Jahre lang arbeitete, bevor er im Plaza Hotel eine Stellung als Hilfskellner bekam. Vom ersten Tag an behandelte ihn Sammy, der alte Maître, als sei er ein Untermensch. Nach vier Jahren hätte sich sogar ein Sklavenhändler von der Arbeit und der gewaltigen Überstundenleistung beeindruckt gezeigt, die dieser Untermensch auf sich nahm, um die großartige Stellung eines Hilfsoberkellners im *Oak Room* zu bekommen. In diesen Jahren verbrachte Abel fünf Nachmittage der Woche über Bücher gebeugt an der Columbia University, und wenn nach dem Dinner die Tische abgeräumt waren, las er bis spät in die Nacht hinein weiter. Seine Kollegen fragten sich, wann er schlief.

Abel wußte nicht recht, wie ihm die Abschlußprüfung weiterhelfen sollte; er servierte immer noch im *Oak Room* des Plaza Hotels. Die Frage wurde von einem gutgenährten Texaner namens Davis Leroy beantwortet, der eine Woche lang beobachtet hatte, wie eifrig Abel um die Gäste bemüht war. Mr. Leroy, Besitzer von elf Hotels, bot Abel die Stellung eines stellvertretenden Direktors in seinem wichtigsten Hotel, im Richmond Continental in Chicago, an. Seine einzige Aufgabe dort bestand darin, sich um die Restaurants zu kümmern.

Abel kehrte aus seinen Erinnerungen in die Gegenwart zurück, als Zaphia erschien und die Wiege zu schaukeln begann. Er streckte einen Finger aus, den seine Tochter packte, als wäre er die Rettungsleine eines sinkenden Schiffes. Mit etwas, das sie offensichtlich für Zähne hielt, biß sie ihm in den Finger.

Als Abel in Chicago angekommen war, stellte er fest, daß das Richmond Continental ziemlich vernachlässigt war, und er brauchte nicht lange, um die Ursache festzustellen. Der Direktor, Desmond Pacey, fälschte die Bücher, und soweit Abel sehen konnte, hatte er das schon seit dreißig Jahren getan. Der neue Direktor-Stellvertreter verbrachte das erste halbe Jahr damit, die nötigen Beweise zu sammeln, um Pacey festzunageln. Dann präsentierte er seinem Arbeitgeber ein Dossier mit allen Fakten. Als Davis Leroy erfuhr, was hinter seinem Rükken vorgegangen war, wurde Pacey gefeuert, und Abel bekam dessen Platz. Das spornte Abel noch mehr an, und er glaubte so fest daran, die Richmond-Kette wieder auf die Beine bringen zu können, daß er, als Leroys alternde Schwester ihre fünfundzwanzig Prozent der Gesellschaftsaktien zum Verkauf anbot, alles flüssig machte, was er besaß, um diese Aktien zu erwerben. Davis Leroy war gerührt über das Vertrauen, das sein Direktor in die Hotels setzte, und machte ihn zum Direktor der ganzen Kette.

Von diesem Moment an waren sie Partner, und aus der geschäftlichen Beziehung wurde bald enge Freundschaft. Abel wußte nur zu gut, wie schwer es einem Texaner fiel, einen Polen als seinesgleichen anzuerkennen. Zum erstenmal, seit er nach Amerika gekommen war, fühlte er sich sicher – bis er herausfand, daß die Texaner ein mindestens ebenso stolzer Clan sind wie die Polen.

Abel konnte sich auch heute noch nicht mit dem abfinden, was damals geschehen war. Wenn Davis ihm nur die finanziellen Nöte der Gesellschaft anvertraut hätte – wer geriet während der schweren Depressionen nicht in Schwierigkeiten? –, zu zweit hätten sie bestimmt eine Lösung gefunden. Mit zweiundsechzig Jahren mußte Davis Leroy von seiner Bank erfahren, daß seine Hotels nicht mehr ausreichten, um die Kette abzudecken, und sie weitere Sicherheiten brauchte, bevor sie bereit wäre, die nächsten Monatsgehälter auszuzahlen. Davis Leroy aß in Gesellschaft seiner Tochter zu Abend; danach zog er sich mit zwei Flaschen Whisky in die Präsidentensuite im 7. Stock seines Hotels zurück, öffnete ein Fenster und sprang hinunter. Abel würde nie vergessen, wie er um vier Uhr morgens an der Ecke der Michigan Avenue stand, um die Leiche zu identifizieren, die er nur an der karierten Jacke erkannte. Ein Polizist stellte fest, daß das an diesem Tag bereits der siebente Selbstmord in Chicago gewesen sei. Es war kein Trost. Wie konnte der Polizist ahnen, wieviel Davis Leroy für Abel getan hatte und wie sehr dieser gehofft hatte, es ihm einmal abgelten zu können? In einem hastig geschriebenen letzten Willen hatte Davis die restlichen fünfundsiebzig Prozent der Richmond-Gruppe seinem Direktor hinterlassen. Obwohl ihm klar gewesen war, daß die Anteile im Augenblick wertlos waren, hatte er gemeint, Abel könne vielleicht als alleiniger Besitzer der Hotels zu einem neuen Übereinkommen mit der Bank gelangen.

Florentyna schlug die Augen auf und schrie. Liebevoll nahm Abel sie auf und bereute es sofort, als er die Feuchtigkeit spürte. Rasch entfernte er die Windel und trocknete das Kind gut ab, bevor er die neue Windel sorgsam zu einem Dreieck faltete und die großen Sicherheitsnadeln weit von dem kleinen Körper entfernt anbrachte; jede Amme hätte ihm große Geschicklichkeit attestiert. Florentyna schloß die Augen und schlummerte an seiner Schulter friedlich ein. »Undankbares Geschöpf«, murmelte er zärtlich und küßte sie auf die Wange.

Nach Davis Leroys Begräbnis war Abel zu Kane und Cabot gegangen, der Bostoner Bank der Richmond-Gruppe, und hatte einen der Direktoren beschworen, die elf Hotels nicht zu verkaufen. Er versuchte die Bank davon zu überzeugen, daß er mit ihrer Unterstützung und der nötigen Zeit die Hotels wieder zu gewinnbringenden Unternehmen machen könnte. Der kühle höfliche Bankier hinter dem großen Schreibtisch erwies sich als unbeeinflußbar. »Ich muß im Interesse der Bank handeln«, hatte er entschuldigend gesagt. Abel verwand die Erniedrigung, einen Mann seines Alters »Sir« nennen zu müssen und trotzdem mit leeren Händen wegzugehen, nie. Der Mann hatte offensichtlich die Seele einer Registrierkasse, er dachte nicht daran, wie viele Leute durch seine Entscheidung brotlos wurden. Abel gelobte sich zum hundertsten Mal, daß er es Mr. William Kane eines Tages heimzahlen würde.

An diesem Abend war Abel mit dem Gefühl nach Chicago zurückgefahren, in seinem Leben könne nichts Ärgeres mehr geschehen – um festzustellen, daß das Richmond Continental abgebrannt war und die Polizei ihn der Brandstiftung bezichtigte. Es handelte sich auch um Brandstiftung: allerdings war es, wie sich herausstellte, ein Racheakt Desmond Paceys. Er gab es sofort zu, als er festgenommen wurde. Alles, was er erreichen wollte, war Abels Ruin. Fast wäre ihm sein Vorhaben gelungen, doch die Versicherungsgesellschaft kam Abel zu Hilfe. Bis zu diesem Augenblick hatte sich Abel gefragt, ob es nicht besser gewesen wäre, in dem russischen Kriegsgefangenenlager zu bleiben, aus dem er geflüchtet war, bevor er nach Amerika auswanderte. Doch als ein anonymer Geldgeber – Abel hielt ihn für den Besitzer des Stevens Hotels, einen Mr. David Maxton – die Richmond-Gruppe kaufte, begann für Abel eine Glückssträhne. Der Käufer bot Abel seine alte Stellung als Direktor an und gab ihm damit die Chance, zu beweisen, daß er die Hotels gewinnbringend leiten konnte.

Abel erinnerte sich, wie er Zaphia wiederfand, jenes selbstsichere junge Mädchen, daß er an Bord des Schiffes nach Amerika kennengelernt hatte. Wie unsicher und unerfahren hatte er sich damals gefühlt; jetzt, da er sie als Kellnerin im Stevens Hotel wiedersah, war alles anders.

Seitdem waren zwei Jahre vergangen, und obwohl die neu benannte Baron-Gruppe im Jahr 1933 keine Gewinne abwarf, verlor sie nur dreiundzwanzigtausend Dollar, wobei die Hundert-Jahr-Feier von Chicago, die mehr als eine Million Touristen in die Stadt und zur Weltausstellung lockte, sich als höchst hilfreich erwies.

Nachdem Pacey wegen Brandstiftung verurteilt worden war, mußte Abel nur auf die Auszahlung der Versicherungssumme warten, um das Hotel in Chicago wiederaufzubauen. In der Zwischenzeit besuchte er die anderen zehn Hotels der Gruppe, entließ die Leute vom Personal, die ähnlich unredliche Neigungen zeigten wie Desmond Pacey und ersetzte sie durch Arbeitslose aus dem gewaltigen Heer, das durch Amerika zog.

Abels ständige Reisen – von Charleston nach Mobile und von Houston nach Memphis – begannen Zaphia zu mißfallen. Abel wußte jedoch, daß ihm, wollte er die Abmachung mit seinem anonymen Gönner einhalten, nicht viel Zeit blieb, um zu Hause herumzusitzen, auch wenn er seine kleine Tochter noch so sehr anhimmelte. Man hatte ihm zehn Jahre gewährt, den Bankkredit zurückzuzahlen. Wenn es ihm gelang, konnte er die restlichen sechzig Prozent der Gesellschaftsaktien für weitere drei Millionen Dollar kaufen. Zaphia dankte jeden Abend dem lieben Gott für das, was sie bereits besaßen, und flehte ihren Mann an, etwas weniger hektisch zu arbeiten. Aber nichts konnte Abel von seinem Ziel abhalten.

»Dein Abendbrot ist bereit«, rief Zaphia laut.

Abel gab vor, nichts gehört zu haben und starrte weiter auf seine schlafende Tochter.

»Hast du nicht gehört? Das Abendessen ist fertig.«

»Was? Nein, meine Liebe. Tut mir leid. Ich komme schon.« Widerwillig stand Abel auf, um mit seiner Frau zu essen. Florentynas rote Daunendecke lag auf dem Boden neben der Wiege. Abel hob sie auf und breitete sie sorgsam über seine Tochter; sie sollte nie erfahren, wie es ist, zu frieren. Florentyna lächelte im Schlaf. Träumt sie ihren ersten Traum? fragte sich Abel, als er das Licht löschte.

2

Florentynas Taufe blieb allen Anwesenden unvergeßlich – außer Florentyna, die während der ganzen Zeremonie schlief. Nach der Taufe in der *Holy Name Cathedral* in North Wabash begaben sich alle hundert geladenen Gäste in das Stevens Hotel. Abel hatte einen Saal gemietet. George Novak, sein bester Freund und ebenfalls ein Pole, der auf der Überfahrt im Stockbett über ihm geschlafen hatte, war der Taufpate, eine von Zaphias Cousinen, Janina, die Taufpatin.

Die Gäste vertilgten ein traditionelles polnisches Nachtessen von zehn Gängen einschließlich *pirogi* und *bigos*. Abel saß am Kopfende der Tafel und nahm im Namen seiner Tochter Geschenke entgegen – unter anderem eine silberne Klapper, amerikanische *saving bonds,* eine Ausgabe von *Huckleberry Finn* und, als schönstes Geschenk, einen antiken Smaragdring von Abels unbekanntem Gönner. Abel hoffte, daß das Schenken dem Mann ebensoviel Freude bereitete wie der Ring später seiner Tochter. Um den feierlichen Anlaß gebührend zu würdigen, schenkte Abel Florentyna einen riesigen Teddybär mit roten Augen.

»Er sieht aus wie Franklin D. Roosevelt«, sagte George und hielt den Bären hoch. »Das verlangt eine zweite Taufe – F. D. R.«

Abel hob das Glas. »Mr. Präsident«, sagte er, ein Name, der dem Bären blieb.

Um drei Uhr morgens war das Fest zu Ende, und Abel mußte einen Wäschewagen des Hotels ausleihen, um alle Geschenke nach Hause zu transportieren. George winkte Abel zu, als dieser, den kleinen Wagen vor sich herschiebend, die North Michigan Avenue hinaufwanderte.

Der glückliche Vater pfiff leise vor sich hin und rief sich jeden Moment dieses wundervollen Abends ins Gedächtnis zurück. Erst als Mr. Präsident zum drittenmal vom Wagen fiel, merkte er, wie schwankend sein Gang war. Er hob den Bären auf und wollte ihn eben mitten auf den Geschenkhaufen setzen, als eine Hand seine Schulter berührte. Abel drehte sich empört um, bereit, Florentynas erste Besitztümer mit seinem Leben zu verteidigen. Er sah in das Gesicht eines jungen Polizisten.

»Vielleicht können Sie mir erklären, warum Sie um drei Uhr morgens einen Wäschewagen des Stevens Hotels über die Michigan Avenue schieben?«

»Ja, Herr Inspektor«, erwiderte Abel.

»Beginnen wir mit dem Inhalt der Pakete.«

»Abgesehen von Franklin D. Roosevelt kenne ich ihn nicht genau.«

Sofort wurde Abel unter dem Verdacht des Diebstahls verhaftet. Während die Empfängerin der Geschenke im Kinderzimmer des Hauses an der Rigg Street friedlich unter ihrer roten Daunendecke schlummerte, verbrachte der Vater im lokalen Gefängnis eine schlaflose Nacht auf einer alten Matratze. Frühmorgens erschien dann George, um Abels Geschichte zu bezeugen.

Am folgenden Tag kaufte Abel von Peter Soskowski, der in der polnischen Nachbarschaft mit Gebrauchtwagen handelte, einen viertürigen braunen Buick.

Immer weniger gern verließ Abel Chicago und seine geliebte Florentyna; er hatte Angst, ihre ersten Schritte, ihr erstes Wort, zu versäumen. Von der Geburt an hatte er ihren Tagesablauf überwacht und verboten, daß im Haus ein polnisches Wort gesprochen wurde. Sie durfte auch nicht den leisesten polnischen Akzent bekommen, der ihr vielleicht hinderlich werden könnte.

Ungeduldig wartete Abel auf Florentynas erstes Wort und hoffte, es würde »Papa« sein, während Zaphia Angst hatte, weil sie, wenn sie mit ihrer Tochter allein war, trotz des Verbots polnisch sprach.

»Meine Tochter ist Amerikanerin«, hatte Abel seiner Frau erklärt, »und muß daher englisch sprechen. Leider fahren viele Polen fort, sich in ihrer Sprache zu unterhalten, mit dem Resultat, daß ihre Kinder im Nordwesten von Chicago leben, als ›dumme Polacken‹ bezeichnet und von allen verspottet werden.«

»Ausgenommen unsere Landsleute, die dem polnischen Reich die Treue halten«, sagte Zaphia ärgerlich.

»Dem polnischen Reich? In welchem Jahrhundert lebst du, Zaphia?«

»Im zwanzigsten«, erwiderte sie mit schriller Stimme. »Und für jemanden, dessen höchster Wunsch es ist, als erster amerikanischer Botschafter in Polen nach Warschau geschickt zu werden, hast du eine merkwürdige Einstellung.«

»Ich habe dir befohlen, das nie zu erwähnen, Zaphia. Nie.«

Zaphia, deren Englisch hoffnungslos fehlerhaft blieb, antwortete nicht, beklagte sich jedoch später bei ihren Vettern und sprach, wenn Abel nicht zu Hause war, weiterhin polnisch. Daß der Umsatz von General Motors größer war als das Budget Polens, wie sie so oft zu hören bekam, beeindruckte sie nicht.

1935 war Abel überzeugt, daß Amerika das Schlimmste hinter sich habe und die Depression der Vergangenheit angehöre. Er fand es daher an der Zeit, auf dem Grundstück des alten Richmond Continental ein neues Chicago Baron Hotel zu errichten. Er beauftragte einen Architekten und verbrachte jetzt mehr Zeit in der »Windy City«; das Hotel sollte das schönste im ganzen Mittleren Westen werden.

Im Mai 1936 war das Chicago Baron fertig und wurde von dem demokratischen Bürgermeister Edward J. Kelly eröffnet. Beide Senatoren von Illinois waren anwesend; Abels aufstrebende Macht war ihnen nicht entgangen.

»Sieht nach einer Million Dollar aus«, bemerkte der Senator J. Hamilton Lewis.

»Ihre Schätzung geht nicht weit fehl«, sagte Abel, während er wohlgefällig die dicken Teppiche, die hohen Stuckdecken und die in hellen Grüntönen gehaltenen Dekorationen betrachtete. Ein dunkelgrünes »B« schmückte jedes Handtuch in den Badezimmern ebenso wie die Fahne, die auf dem Dach des zweiundvierzigstöckigen Gebäudes wehte.

»Dieses Hotel trägt bereits den Stempel des Erfolges«, erklärte J. Hamilton Lewis in seiner Ansprache den zweitausend versammelten Gästen, »denn, meine Freunde, es ist nicht das Gebäude, sondern der Erbauer, der immer als der Chicago-Baron bekannt sein wird.« Abel strahlte über den Beifall und lächelte ein wenig. Diesen Satz hatte sein Public-Relations-Berater dem Mann, der die Reden des Senators aufsetzte, vor ein paar Tagen zukommen lassen.

Abel begann sich unter bekannten Geschäftsleuten und älteren Politikern wohl zu fühlen. Zaphia hingegen hielt mit dem Erfolg ihres Mannes nicht Schritt. Sie blieb im Hintergrund, trank ein wenig zuviel Champagner und schlich sich schließlich vor dem Dinner mit der lahmen Ausrede davon, sie müsse nachsehen, ob Florentyna schlafe. Schweigend begleitete Abel seine Frau zur Drehtür. Weder verstand Zaphia die Größe seines Erfolges noch legte sie Wert darauf. Sie zog es vor, seine neue Welt zu ignorieren. Obwohl sie wußte, wie sehr es Abel ärgerte, konnte sie eine Bemerkung nicht unterlassen: »Beeil dich nicht, nach Hause zu kommen«, sagte sie, während er sie in ein Taxi setzte.

»Bestimmt nicht«, sagte er und versetzte der Drehtür einen so heftigen Stoß, daß sie sich noch eine Weile weiterdrehte, als er sie bereits verlassen hatte.

Im Hotelfoyer wartete Stadtrat Henry Osborne auf ihn.

»Das muß ein Höhepunkt in Ihrem Leben sein«, bemerkte er.

»Höhepunkt? Ich war eben dreißig«, erwiderte Abel.

Ein Blitzlicht flammte auf, als er einen Arm um die Schulter des großen, gutaussehenden Politikers legte. Abel lächelte dem Kameramann zu, genoß es, als bekannte Persönlichkeit behandelt zu werden, und sagte gerade so laut, daß es die Umstehenden hören konnten: »Ich werde Baron-Hotels rund um den Erdball errichten. Ich beabsichtige, in Amerika das zu werden, was César Ritz für Europa war. Halten Sie sich an mich, Henry, und es wird Ihnen Spaß machen.« Der Stadtrat und Abel gingen zusammen in den Speisesaal, und als sie außer Hörweite waren, fügte Abel hinzu: »Ich möchte etwas mit Ihnen besprechen.«

»Mit dem größten Vergnügen, Abel. Ein einfacher Stadtrat hat immer Zeit für den Chicago-Baron.«

Beide lachten herzlich, obwohl keiner die Bemerkung besonders komisch fand.

Wieder wurde es ein langer Abend für Abel. Als er nach Hause kam, ging er direkt ins Gästezimmer, um Zaphia nicht zu wecken – das behauptete er zumindest am nächsten Morgen.

Als Abel zum Frühstück in die Küche kam, saß Florentyna in ihrem hohen Kinderstuhl und schmierte sich begeistert Haferbrei über das Gesicht; Abel küßte sie auf die Stirn, die einzige Stelle, die noch keinen Brei abbekommen hatte, und setzte sich zu einem Teller Waffeln mit Ahornsirup. Dann stand er auf und teilte Zaphia mit, daß er mit Henry Osborne zu Mittag essen werde.

»Ich mag diesen Mann nicht«, sagte Zaphia mit Nachdruck.

»Mir ist er auch nicht sonderlich sympathisch«, erwiderte Abel. »Aber vergiß nicht, er sitzt im Rathaus und kann eine Menge für uns tun.«

»Auch eine Menge Schaden.«

»Mach dir keine Sorgen. Stadtrat Osborne kannst du mir überlassen.« Abel gab seiner Frau einen flüchtigen Kuß und wandte sich zum Gehen.

»Päsidunk«, sagte eine Stimme. Die Eltern starrten ihre Tochter an, die auf den Boden wies, wo der acht Monate alte Franklin D. Roosevelt auf seinem pelzigen Gesicht lag.

Abel lachte, hob den heißgeliebten Teddybären auf und setzte ihn neben Florentyna auf den Stuhl.

»Präsident«, sagte Abel energisch.

»Päsidunk«, beharrte Florentyna.

Wieder lachte Abel und versetzte Franklin D. Roosevelt einen Klaps. F. D. R. war also nicht nur für den New Deal verantwortlich, sondern auch für Florentynas erste politische Äußerung.

Vor dem Haus warteten Abels Cadillac und der Chauffeur. Je bessere Autos sich Abel leisten konnte, desto schlechter wurden seine Fahrkünste. Als er einen Cadillac kaufte, hatte ihm George geraten, einen Chauffeur aufzunehmen. An diesem Morgen bat er den Mann, langsam zu fahren. Als sie sich der *Gold Coast* näherten, sah Abel zu den glänzenden Scheiben des Chicago Baron hinauf und erkannte, daß es keinen anderen Platz auf Erden gab, wo man so rasch so viel erreichen konnte. Was einen Chinesen in zehn Generationen zu erreichen beglückt hätte, hatte er in knappen fünfzehn Jahren erreicht.

Bevor der Chauffeur den Wagenschlag öffnen konnte, war er aus dem Auto gesprungen. Er ging rasch ins Hotel und nahm den privaten Expressfahrstuhl in den 42. Stock, wo er den ganzen Morgen damit verbrachte, alle Probleme des neuen Hotels durchzugehen: Einer der Fahrstühle funktionierte nicht richtig; zwei Kellner hatten in der Küche einen Messerkampf ausgetragen, und George hatte sie bereits entlassen. Die Schadensliste nach der Eröffnungsfeier sah verdächtig lang aus – vielleicht war einiges von dem, was man als zerbrochen eingetragen hatte, von Kellnern gestohlen worden. In seinen Hotels überließ Abel nichts dem Zufall – er kümmerte sich ebenso darum, wer die Präsidentensuite bewohnte, wie um den Preis der achttausend frischen Brötchen, die die Küche jede Woche brauchte. Der Vormittag verging mit Anfragen, Problemen und Entscheidungen, und Abel sah erst von der Arbeit auf, als seine Sekretärin Stadtrat Osborne meldete.

»Guten Morgen, Baron«, Henry betonte den Familientitel der Rosnovskis etwas herablassend.

Als Abel noch Hilfskellner im New York Plaza gewesen war, hatte man ihm den Titel höhnisch nachgerufen. Als stellvertretender Direktor im Richmond Continental mokierte man sich hinter seinem Rücken. Seit kurzem aber sprach ihn jeder respektvoll mit seinem Titel an.

»Guten Morgen, Stadtrat«, sagte Abel und sah auf die Uhr auf seinem Schreibtisch. Es war fünf nach eins. »Wollen wir lunchen?«

Abel führte Henry in ein privates Eßzimmer. Ein zufälliger

Beobachter hätte sich über die beiden gewundert. Henry Osborne kam offenbar aus einem anderen Stall als Abel. In Choate und Harvard erzogen, was er häufig erwähnte, hatte er im Weltkrieg als Leutnant bei den *Marines* gedient. Er war einen Meter achtzig groß, hatte schwarzes, leicht meliertes Haar und sah jünger aus, als er war.

Die beiden Männer hatten sich nach dem Brand des alten Richmond Hotels kennengelernt. Damals hatte Henry für die Great Western-Versicherungsgesellschaft gearbeitet, die die Richmond Gruppe seit eh und je betreute. Abel war schokkiert, als Henry andeutete, daß eine kleine Summe Bargeld die Auszahlung seines Anspruchs beschleunigen könne. Abel besaß keine »kleine Summe Bargeld«. Trotzdem wurde die Versicherungssumme in ziemlich kurzer Zeit ausbezahlt, da auch Henry für Abel eine große Zukunft voraussah.

Damals hatte Abel zum erstenmal von Männern erfahren, die man kaufen kann.

Als Henry Osborne in den Stadtrat von Chicago gewählt wurde, konnte Abel sich bereits »eine kleine Summe Bargeld« leisten, und die Baubewilligung für das neue Baron wurde vom Rathaus so rasch erteilt, als liefe alles auf Rollen. Als Henry etwas später bekanntgab, daß er sich für den *Ninth District* von Illinois als Kandidaten für das Repräsentantenhaus aufstellen ließ, war Abel einer der ersten, der einen substantiellen Scheck für den Wahlfonds schickte. Obwohl Abel seinem neuen Bundesgenossen mißtraute, war er sich darüber klar, daß ein wohlgesinnter Politiker für die Baron-Gruppe von großem Nutzen sein konnte. Abel vermied es auch sorgfältig, die kleinen Bargeldsummen – nicht einmal sich selbst gegenüber gab er zu, daß es Bestechungen waren – in den Büchern erscheinen zu lassen, und war überzeugt, daß er die Verbindung mit Henry Osborne lösen konnte, wann und wie es ihm gefiel.

Das Eßzimmer war in dem gleichen diskreten Grün gehalten wie das übrige Hotel, nur das allgegenwärtige »B« fehlte.

Die Möbel aus Eichenholz stammten aus dem 19. Jahrhundert, und an der Wand hingen Ölgemälde aus derselben Zeit. Waren die Türen geschlossen, glaubte man sich in einer anderen Welt, weit weg von der Hektik eines modernen Hotelbetriebes.

Abel setzte sich an das Kopfende eines Tisches, an dem bequem acht Personen Platz hatten, aber nur für zwei gedeckt war.

»Es ist tatsächlich, als wäre man in England«, bemerkte Henry, während er sich umsah.

»Gar nicht zu reden von Polen«, erwiderte Abel. Ein Kellner servierte geräucherten Lachs, während ein anderer die Gläser mit Bouchard Chablis füllte.

Henry sah auf den gehäuften Teller vor sich. »Jetzt weiß ich, warum Sie zunehmen, Baron.«

Abel runzelte die Stirn und wechselte rasch das Thema. »Gehen Sie morgen zum Baseball?«

»Wozu? Die *Cubs* haben zu Hause einen schlechteren Ruf als die Republikaner. Nicht, daß meine Abwesenheit die *Tribune* daran hindern wird, das Match als harten Kampf zu bezeichnen und zu behaupten, nur widrige Umstände hätten den Sieg der *Cubs* verhindert.«

Abel lachte.

»Eines weiß ich sicher«, fuhr Henry fort. »Auf dem Wrigley Field werden wir nie ein Nachtspiel sehen. Diese schreckliche Neuerung, mit Flutlicht zu spielen, wird in Chicago nicht Mode werden.«

»Das gleiche haben Sie letztes Jahr von den Bierdosen gesagt.«

Jetzt war es an Henry, die Stirn zu runzeln. »Sie haben mich bestimmt nicht eingeladen, um meine Ansichten über Bierdosen oder Baseball zu erfahren. Bei welchem kleinen Vorhaben darf ich Ihnen diesmal helfen, Abel?«

»Sehr einfach. Ich möchte Ihren Rat in bezug auf William Kane.«

Henry schien sich verschluckt zu haben. Ich muß mit dem Koch sprechen, geräucherter Lachs darf keine Gräten haben, dachte Abel, bevor er fortfuhr.

»Sie haben mir einmal in allen Details erzählt, was geschah, als sich Ihr Weg mit dem von Mr. Kane kreuzte, und wie Sie schließlich um Ihr Geld betrogen wurden. Nun, mir hat Kane wesentlich mehr angetan. Während der Depression setzte er meinem Partner und besten Freund Davis Leroy die Daumenschrauben an und trieb ihn zum Selbstmord. Um die Dinge noch ärger zu machen, lehnte Kane es ab, mich zu unterstützen, als ich die Leitung der Hotels übernehmen und die Gruppe finanziell sanieren wollte.«

»Wer hat Sie letztlich unterstützt?« fragte Henry.

»Ein privater Kunde von *Continental Trust.* Der Direktor gab es nie zu, aber ich glaube, es war David Maxton.«

»Der Besitzer von Stevens Hotels?«

»Richtig.«

»Wie kommen Sie darauf?«

»Als ich anläßlich meiner Hochzeit einen Empfang gab, und auch als die Taufe meiner Tochter im Stevens gefeiert wurde, kam mein Gönner für sämtliche Kosten auf.«

»Das ist kein zwingender Beweis.«

»Möglich, aber ich bin sicher, daß es Maxton ist, weil er mir einmal anbot, das Stevens zu übernehmen. Ich sagte ihm, ich sei mehr daran interessiert, einen Geldgeber für die Richmond-Gruppe zu finden, und innerhalb einer Woche wurde mir von seiner Bank in Chicago das Geld angeboten – von jemandem, der seine Anonymität zu wahren wünschte, um jeden Interessenkonflikt zu vermeiden.«

»Das klingt schon überzeugender. Aber erzählen Sie mir, was Sie mit William Kane vorhaben«, sagte Henry und spielte, während er auf Abels Antwort wartete, mit seinem Weinglas.

»Etwas, das Sie nicht viel Zeit kosten, aber vermutlich lohnend sein wird, sowohl finanziell wie auch persönlich, da Sie über Kane ebenso denken wie ich.«

»Ich bin ganz Ohr«, sagte Henry und sah immer noch nicht von seinem Glas auf.

»Ich möchte ein größeres Aktienpaket von Kanes Bank in Boston erwerben.«

»Das wird nicht ganz einfach sein. Die meisten Aktien sind in Familienbesitz und können nicht ohne seine Zustimmung verkauft werden.«

»Sie scheinen gut informiert zu sein«, bemerkte Abel.

»Das ist allgemein bekannt.«

Abel glaubte ihm nicht. »Beginnen wir damit, die Namen aller Aktienbesitzer von Kane und Cabot festzustellen. Vielleicht ist jemand daran interessiert, sein Paket zu einem Preis loszuwerden, der beachtlich über dem Börsenwert liegt.«

Abel bemerkte, wie Henrys Augen aufleuchteten, als er überlegte, was bei dieser Transaktion für ihn herausschauen könnte.

»Sollte Kane je draufkommen, würde er sehr unangenehm reagieren«, sagte Henry.

»Er wird nichts herausfinden«, versicherte Abel. »Und selbst wenn es der Fall sein sollte, haben wir immer einen Vorsprung. Wollen Sie den Auftrag übernehmen, Henry?«

»Ich kann es versuchen. Was stellen Sie sich vor?«

Abel wußte, daß Henry erfahren wollte, wieviel Geld er verdienen würde, aber Abel war noch nicht fertig. »Ich wünsche am Ersten jedes Monats einen schriftlichen Bericht über Kanes Aktienbesitz in allen Gesellschaften, seine Geschäftsverpflichtungen und sämtliche Details seines Privatlebens, die Sie in Erfahrung bringen können. Ich will alles wissen, auch wenn es noch so nebensächlich erscheint.«

»Ich kann nur wiederholen, es wird nicht leicht sein.«

»Werden tausend Dollar pro Monat die Sache erleichtern?«

»Eintausendfünfhundert sicherlich.«

»Tausend Dollar monatlich für die ersten sechs Monate. Wenn Sie sich bewähren, erhalten Sie eintausendfünfhundert.«

»Abgemacht«, sagte Henry.

»Gut.« Abel zog die Brieftasche heraus und entnahm ihr einen bereits ausgestellten Scheck über tausend Dollar.

Henry betrachtete den Scheck. »Sie waren ziemlich sicher, daß ich annehmen würde, nicht wahr?«

»Nein, nicht wirklich«, erwiderte Abel und zeigte Henry einen zweiten Scheck über eintausendfünfhundert Dollar. »Wenn Sie in den ersten sechs Monaten gute Arbeit leisten, haben Sie nur dreitausend Dollar verloren.«

Beide Männer lachten.

»Und jetzt zu einem erfreulicheren Thema«, sagte Abel. »Werden wir gewinnen?«

»Sie meinen die *Cubs*?«

»Nein, die Wahl.«

»Bestimmt. Landon wird geschlagen. Die Kansas Sunflower hat keine Chance, F. D. R. zu schlagen«, meinte Henry. »Wie der Präsident sagte: Diese Blume ist gelb, hat ein schwarzes Herz, ist gut als Papageienfutter und verwelkt immer vor November.«

Wieder lachte Abel. »Und wie steht es mit Ihnen?«

»Keine Sorge. Der Sitz gehört immer einem Demokraten. Schwierig war die Nominierung, nicht die Wahl.«

»Ich freue mich, daß Sie in den Kongreß einziehen werden, Henry.«

»Das glaube ich Ihnen, und ich freue mich darauf, Ihnen ebenso zu dienen wie meinen anderen Wählern.«

Abel sah ihn prüfend an. »Ich hoffe, wesentlich besser«, bemerkte er, während der Kellner ein fast tellergroßes Sirloin-Steak vor ihn stellte und ein frisches Glas mit einem Côte de Beaune 1929 füllte. Die Gespräche drehten sich nun um Gaby Hartnetts Verwundung, Jesse Owens vier Goldmedaillen und den möglichen Einmarsch Hitlers in Polen.

»Nie«, behauptete Henry und grub Erinnerungen an die Tapferkeit der Polen bei Mons im Ersten Weltkrieg aus.

Abel überging die Tatsache, daß kein polnisches Regiment bei Mons gekämpft hatte.

Um halb drei saß Abel wieder an seinem Schreibtisch, überdachte die Probleme der Präsidentensuite und der achttausend frischen Brötchen.

Er kam erst um neun Uhr abends nach Hause, und Florentyna schlief schon fest. Aber kaum betrat er das Kinderzimmer, wachte sie auf und lächelte ihn an.

»Päsidunk, Päsidunk, Päsidunk.«

Abel lachte. »Ich nicht. Du vielleicht, ich nicht.« Er nahm seine Tochter auf, küßte sie auf die Wange und blieb bei ihr sitzen, während sie unermüdlich ihr Ein-Wort-Vokabular wiederholte.

3

Im November 1936 wurde Henry Osborne als Abgeordneter des *Ninth District* von Illinois ins Repräsentantenhaus gewählt. Sein Stimmenvorsprung war etwas geringer als der seines Vorgängers, eine Tatsache, die nur auf seine Indolenz zurückzuführen war, da Roosevelt in allen Bundesstaaten, mit Ausnahme von Vermont und Maine, gewonnen hatte; im Kongreß hatten die Republikaner nur noch siebzehn Senatoren und hundertdrei Abgeordnete. Abel aber interessierte nur, daß sein Mann im Kongreß saß, und sofort bot er ihm den Vorsitz im Planungskomitee der Baron-Gruppe an. Dankbar akzeptierte Henry.

Abel baute ein Hotel nach dem anderen – mit Hilfe des Kongreßmanns Osborne, der anscheinend jede Baubewilligung beschaffen konnte. Für diese Dienste wurde er von Abel mit gebrauchten Noten bezahlt. Abel hatte keine Ahnung, wofür Henry das Geld verwendete, aber offenbar kam etwas davon in die richtigen Hände, und Näheres wollte er gar nicht wissen.

Abel und Zaphia sprachen kaum mehr miteinander, trotzdem wünschte sich Abel einen Sohn und war unglücklich, daß seine Frau nicht schwanger wurde. Zuerst gab er Zaphia die Schuld, die gern ein zweites Kind gehabt hätte, aber schließlich brachte sie ihn dazu, einen Arzt aufzusuchen. Abel war zutiefst beschämt, als er erfuhr, daß er eine zu niedrige Spermazahl hatte, vermutlich eine Folge von Unterernährung in der Kindheit. Der Arzt erklärte ihm, daß er wahrscheinlich kein zweites Kind mehr haben würde. Von diesem Moment an gab er jede Hoffnung auf und konzentrierte seine ganze Liebe und alle seine Hoffnungen auf Florentyna, die in die Höhe schoß wie Unkraut. Das einzige in Abels Leben, das noch rascher wuchs, war die Baron-Gruppe. Er baute ein neues Hotel im Norden und ein weiteres im Süden, er modernisierte und verbesserte die bereits bestehenden Hotels.

Mit vier Jahren kam Florentyna in den Kindergarten. Sie bestand darauf, am ersten Tag von ihrem Vater und Franklin D. Roosevelt begleitet zu werden. Die meisten anderen Kinder wurden von weiblichen Personen begleitet, und Abel stellte erstaunt fest, daß es oft nicht die Mütter, sondern Kindermädchen waren; sogar eine Gouvernante war darunter. Am selben Abend erklärte er Zaphia, daß er zur Betreuung seiner Tochter eine ähnlich qualifizierte Person wünsche.

»Wozu?« fragte Zaphia gereizt.

»Damit niemand etwas hat, was Florentyna nicht hat.«

»Ich halte es für eine sinnlose Geldverschwendung. Was kann eine solche Person tun, was ich selbst nicht tun kann?«

Abel antwortete nicht, aber am folgenden Morgen gab er in der *Chicago Tribune*, in der *New York Times* und in der *London Times* ein Inserat auf; gesucht wurde eine Gouvernante. Die Bedingungen wurden genau angegeben. Aus allen Teilen des Landes trafen Hunderte Bewerbungsschreiben von Frauen ein, die für den Vorsitzenden der Baron-Gruppe arbeiten wollten. Es kamen Briefe aus den Colleges Radcliffe, Vassar und Smith; sogar einer aus der Besserungsanstalt für Frauen in West Virginia. Die Antwort einer Dame, die offenbar noch nie vom Chicago-Baron gehört hatte, gefiel Abel jedoch am besten.

Altes Pfarrhaus Much Hadham
Hertfordshire/England
12. September 1938

Sehr geehrter Herr,
in Beantwortung Ihres Inserats in der heutigen Times möchte ich mich um die Stellung einer Gouvernante für Ihre Tochter bewerben.

Ich bin zweiunddreißig Jahre alt und die sechste Tochter des Reverend L. H. Tredgold. Ich bin unverheiratet und Mitglied der Kirchengemeinde von Much Hadham in Hertfordshire. Im Augenblick habe ich eine Lehrstelle in der Volksschule des Ortes und helfe meinem Vater.

Ich wurde im Cheltenham Ladies College erzogen, wo ich insbesondere Latein, Griechisch, Französisch und Englisch studierte. Etwas später erhielt ich ein Stipendium für das Newnham College in Cambridge. Bei der Abschlußprüfung bekam ich in den drei lebenden Fremdsprachen erste Preise, aber kein Diplom, da die Universität den Titel des Bachelor of Arts nicht an Frauen vergibt.

Ich bin jederzeit zu einer Vorsprache bereit und würde mich freuen, in der Neuen Welt arbeiten zu dürfen.

Mit vorzüglicher Hochachtung
Ihre
W. Tredgold

Abel fiel es schwer, sich vorzustellen, daß es Institutionen wie das Cheltenham Ladies College gab oder überhaupt einen Ort wie Much Hadham, und ersten Preisen ohne entsprechendes Diplom mißtraute er.

Er ließ sich von seiner Sekretärin mit Washington verbinden. Der Person, die er zu sprechen wünschte, las er den Brief laut vor. Die Stimme aus Washington bestätigte, daß es keinen Grund gäbe, an der Glaubwürdigkeit des Schreibens zu zweifeln.

»Sind Sie sicher, daß es so etwas wie ein Cheltenham Ladies College überhaupt gibt?« beharrte Abel.

»Natürlich, Mr. Rosnovski, ich bin selbst dort erzogen worden«, antwortete die Sekretärin des britischen Botschafters.

Abends las Abel den Brief nochmals vor, diesmal Zaphia.

»Was meinst du dazu?« fragte er, obwohl er sich bereits entschlossen hatte.

»Gefällt mir nicht«, erwiderte Zaphia, ohne von ihrer Zeitschrift aufzuschauen. »Wenn wir schon jemanden aufnehmen müssen, warum nicht eine Amerikanerin?«

»Überleg doch, wie vorteilhaft es ist, von einer englischen Gouvernante erzogen zu werden. Sie wäre sogar für dich eine gute Gesellschaft.«

Diesmal sah Zaphia von ihrer Zeitschrift auf. »Wieso? Hoffst du vielleicht, daß sie auch mich erziehen wird?«

Abel antwortete nicht.

Am nächsten Morgen telegraphierte er nach Much Hadham und bot Miss Tredgold die Stellung der Gouvernante an.

Als Abel die Dame drei Wochen später in der La Salle Street abholte, wußte er sofort, daß er die richtige Wahl getroffen hatte. Sie stand allein auf dem Bahnsteig, neben sich drei Koffer von unterschiedlicher Größe und unterschiedlichem Alter; es konnte nur Miss Tredgold sein. Groß, mager und ein wenig herrisch, überragte sie ihren Brotgeber um einige Zentimeter, vor allem, weil ein großer Haarknoten ihr Haupt krönte.

Zaphia hingegen behandelte Miss Tredgold als Eindringling, der gekommen war, ihre Stellung als Mutter zu untergraben. Als sie die Dame ins Kinderzimmer führte, war Florentyna nicht zu sehen. Unter dem Bett lugten zwei mißtrauische Augen hervor. Miss Tredgold entdeckte das Kind zuerst und kniete nieder.

»Ich fürchte, ich werde wenig für dich tun können, wenn du da unten bleibst, mein Kind. Ich bin viel zu groß, um unter einem Bett zu leben.«

Florentyna lachte laut und kroch hervor.

»Was du für eine komische Stimme hast«, sagte Florentyna, »woher kommst du?«

»Aus England«, antwortete Miss Tredgold und setzte sich neben Florentyna aufs Bett.

»Wo ist das?«

»Ungefähr eine Woche weit weg.«

»Ja, aber wie weit?«

»Das hängt davon ab, auf welche Art du reist. Fallen dir drei Möglichkeiten ein, wie ich gereist sein könnte?«

Florentyna dachte angestrengt nach. »Von unserem Haus würde ich ein Fahrrad nehmen, und wenn ich das Ende von Amerika erreicht habe, würde ich . . .«

Keine von beiden merkte, daß Zaphia das Zimmer verlassen hatte.

Es dauerte nur ein paar Tage, und Florentyna hatte Miss Tredgold in den Bruder und die Schwester verwandelt, die sie nie haben würde.

Florentyna konnte Stunden damit verbringen, ihrer neuen Gefährtin einfach zuzuhören, und Abel beobachtete stolz, wie die etwas ältliche Jungfer – daß sie erst zweiunddreißig und daher gleichalt wie er war, vergaß er immer – seine vierjährige Tochter Dinge lehrte, von denen er selbst gern mehr gewußt hätte.

Eines Morgens fragte Abel seinen Freund George, ob er die

Namen der sechs Frauen Heinrichs VIII. wisse. Kenne er sie nicht, wäre es vielleicht ratsam, noch zwei Gouvernanten vom Cheltenham Ladies College kommen zu lassen, bevor Florentyna mehr wußte als sie beide. Zaphia wollte weder etwas von Heinrich VIII. wissen noch von seinen sechs Frauen. Sie fand immer noch, Florentyna sollte in der einfachen polnischen Tradition erzogen werden, aber sie hatte es längst aufgegeben, Abel davon zu überzeugen. Zaphia teilte sich ihren Tag so ein, daß sie möglichst wenig von der neuen Gouvernante sah.

Miss Tredgolds Tageseinteilung hingegen wurde teils von der Disziplin eines Gardeoffiziers der Grenadiere, teils von den Lehren Maria Montessoris bestimmt. Florentyna stand um sieben Uhr auf. Während sie so kerzengerade saß, daß ihr Rückgrat nie die Stuhllehne berührte, erhielt sie Unterricht in Tischmanieren, bis sie das Frühstückszimmer verließ. Zwischen halb acht und Viertel vor acht las sie zwei oder drei Meldungen aus der *Chicago Tribune* vor, die Miss Tredgold ausgewählt hatte und die sie gemeinsam besprachen. Eine Stunde später wurde Florentyna darüber befragt. Was der Präsident tat, faszinierte das Kind immer – vielleicht, weil er nach ihrem Teddybären benannt war. Miss Tredgold stellte fest, daß sie einige Zeit darauf verwenden mußte, die ihr fremde amerikanische Regierungsform zu studieren, um alle unerwarteten Fragen ihres Zöglings beantworten zu können.

Von neun bis zwölf waren Florentyna und F.D.R. im Kindergarten, wo sie sich ebenso beschäftigten wie alle anderen Kinder. Wenn Miss Tredgold Florentyna nachmittags abholte, wußte sie sofort, ob das Kind sich an diesem Tag für Plastilin, Fingermalerei oder Ton entschieden hatte. Florentyna wurde nach Hause gebracht und mit dem üblichen »Warum du heute nur wieder so schmutzig bist« gebadet und umgezogen.

Dann unternahmen Miss Tredgold und Florentyna einen Ausflug, den die Erzieherin vorher ohne Florentynas Wissen sorgfältig geplant hatte – was Florentyna nicht davon abhielt, jeden Plan im voraus erraten zu wollen.

»Wohin gehen wir heute?« oder »Was machen wir heute?« pflegte sich Florentyna zu erkundigen.

»Sei geduldig, mein Kind.«

»Können wir es auch machen, wenn es regnet?«

»Das wird sich weisen. Aber wenn nicht, dann habe ich noch einen Ausweichplan.«

»Was ist ein Weichplan?« fragte Florentyna verwirrt.

»Etwas, das man braucht, wenn alles, was man geplant hat, nicht klappt«, erklärte Miss Tredgold.

Zu diesen Ausflügen gehörten Spaziergänge im Park, Zoobesuche, manchmal sogar Fahrten mit der Straßenbahn, die Florentyna entzückten. Während dieser Unternehmungen brachte Miss Tredgold ihrem Schützling auch die ersten französischen Worte bei und war angenehm überrascht, als sie feststellte, wie sprachbegabt Florentyna war. Wieder zu Hause, verbrachte das Kind vor dem Tee eine halbe Stunde mit ihrer Mutter; es folgte das abendliche Bad, und um sieben Uhr lag Florentyna im Bett. Jeden Abend las ihr Miss Tredgold ein paar Zeilen aus der Bibel oder aus Mark Twain vor – wenn auch die Amerikaner den Unterschied nicht zu kennen schienen, dachte Miss Tredgold in einem Anflug von Frivolität –, und wenn das Licht gelöscht war, saß sie neben ihrem Schützling und F.D.R., bis beide eingeschlafen waren.

Diese Routine wurde eisern eingehalten und nur ganz selten, an Feier- oder Geburtstagen etwa, durchbrochen. Bei solchen Gelegenheiten durfte Florentyna Miss Tredgold ins Kino begleiten, um Filme wie »Schneewittchen und die sieben Zwerge« anzusehen, aber erst, nachdem Miss Tredgold sie allein angeschaut und sie für geeignet befunden hatte. Walt Disney wurde von ihr gebilligt und ebenso Laurence Oliver in seiner Rolle als Heathcliff – ein Film, den sich Miss

Tredgold an ihren freien Nachmittagen dreimal hintereinander ansah – um zwanzig Cents die Vorstellung.

Miss Tredgold bemühte sich, jede von Florentynas Fragen zu beantworten, gleichgültig, ob sie sich nach den Nazis, dem New Deal oder dem *»home run«* beim Baseball erkundigte. Das Kind fand bald heraus, daß die Mutter seine Neugierde nicht immer befriedigen konnte, und manchmal mußte sogar Miss Tredgold, um keine ungenaue Antwort zu geben, heimlich in ihrem Zimmer die Encyclopaedia Britannica zu Rate ziehen.

Mit fünf Jahren kam Florentyna in die Vorschulklasse Latin School von Chicago, wo sie nach einer Woche um eine Stufe vorrückte, weil sie ihren Altersgenossen weit überlegen war. Ihre Welt schien heil. Sie hatte eine Mama und einen Papa, sie hatte Miss Tredgold und Franklin D. Roosevelt. Und soweit sie es beurteilen konnte, schien nichts unerreichbar.

Nur die »besten Familien«, wie Abel es nannte, schickten ihre Kinder in die Latin School. Als Miss Tredgold ein paar Freundinnen Florentynas zum Tee einlud, wurden die Einladungen höflich zurückgewiesen. Miss Tredgold war schockiert. Florentynas engste Freundinnen, Mary Gill und Susie Jacobson, kamen regelmäßig; andere Eltern aber erfanden durchsichtige Ausreden, um abzulehnen, und Miss Tredgold wurde allmählich klar, daß der Chicago-Baron zwar die Ketten der Armut abgestreift, aber noch keinen Zutritt in die Salons von Chicago hatte. Zaphia gab sich keinerlei Mühe, andere Eltern kennenzulernen, geschweige denn, einem der Wohltätigkeitskomitees oder Clubs beizutreten, denen so viele anderen Eltern angehörten.

Miss Tredgold tat ihr möglichstes, aber da sie in den Augen der meisten Eltern nur eine Angestellte war, fiel es ihr nicht leicht. Sie betete, Florentyna möge diese Vorurteile nie zu spüren bekommen. Leider betete sie vergeblich.

Florentyna absolvierte spielend und als eine der Besten die

erste Klasse; nur ihre Größe erinnerte daran, daß sie ein Jahr jünger war als die anderen.

Abel war viel zu beschäftigt mit dem Aufbau seines Imperiums, als daß er sich um seinen sozialen Status oder Miss Tredgolds Probleme kümmern konnte. Die Hotelgruppe florierte, und 1938 war Abel imstande, seinem Geldgeber den Kredit zurückzuzahlen. Trotz des großen Bauprogrammes prophezeite Abel für dieses Jahr einen Profit von zweihundertfünfzigtausend Dollar.

Seine wirklichen Sorgen betrafen weder seine Tochter noch die Hotels; sie betrafen die achttausend Kilometer entfernte Heimat. Seine schlimmsten Befürchtungen bewahrheiteten sich am 1. September 1939, als Hitler in Polen einmarschierte und England zwei Tage später Deutschland den Krieg erklärte. Abel dachte ernstlich daran, seinem Freund George die Leitung der Hotels zu überlassen – George erwies sich als vertrauenswürdiger Vertreter – und nach London zu fahren, um in die polnische Exilarmee einzutreten. Nur mit Mühe konnten Zaphia und George ihm die Idee ausreden, und sofort konzentrierte sich Abel darauf, dem Britischen Roten Kreuz soviel Bargeld wie möglich zu schicken und gleichzeitig die demokratischen Politiker zu bestürmen, in den Krieg einzutreten.

»F.D.R. braucht jetzt alle seine Freunde«, hörte Florentyna ihren Vater sagen.

Ende 1939 wurde Abel mit Hilfe eines kleinen Kredits der First City Bank von Chicago der alleinige Eigentümer der Baron-Gruppe. In seinem jährlichen Bericht sagte er für das Jahr 1940 einen Gewinn von mehr als einer halben Million Dollar voraus.

Franklin D. Roosevelt – der mit den roten Augen und dem flaumigen braunen Pelz – wich kaum je von Florentynas Seite, als sie die zweite Klasse besuchte. Miss Tredgold fand, daß die Zeit gekommen war, F.D.R. zu Hause zu lassen, und unter normalen Umständen hätte sie auch darauf bestanden; nach ein paar Tränen wäre die Angelegenheit vergessen gewesen. Doch sie ließ dem Kind gegen ihr besseres Wissen seinen Willen; es war ein Entschluß, der sich als einer von Miss Tredgolds wenigen Fehlern erweisen sollte.

Jeden Montag hatten die Jungen und Mädchen der Latin School gemeinsam Französischunterricht bei Mademoiselle Mettinet. Für alle, mit Ausnahme von Florentyna, war es die erste mühsame Einführung in eine fremde Sprache. Als die Klasse *boucher, boulanger* und *épicier* deklamierte, begann Florentyna mehr aus Langeweile als aus Ungehorsam ein französisches Gespräch mit F.D.R. Ihr Nachbar, ein großer, eher fauler Junge namens Edward Winchester, der offenbar nicht imstande war, den Unterschied zwischen *le* und *la* zu begreifen, zischte ihr zu, sie solle aufhören, sich so aufzuspielen. Florentyna wurde rot. »Ich hab nur versucht, F.D.R. den Unterschied zwischen weiblich und männlich zu erklären.«

»Wirklich?« fragte Edward. »Nun, ich will dir den Unterschied einmal zeigen, Mademoiselle Besserwisser.« Wütend packte er den Teddybären und riß ihm einen Arm aus. Wie gelähmt blieb Florentyna sitzen und sah zu, wie Edward das Tintenfaß vom Schreibtisch nahm und dem Bären den Inhalt über den Kopf goß.

Mademoiselle Mettinet, die nie dafür war, Mädchen und Jungen in derselben Klasse zu unterrichten, stürzte an den Tatort, aber zu spät; F.D.R. war bereits vom Kopf bis zu den Füßen königsblau und saß, umgeben vom Füllmaterial aus seinem abgetrennten Arm, auf dem Boden. Florentyna packte ihren geliebten Freund, und ihre Tränen vermischten sich mit der Tinte. Mademoiselle Mettinet marschierte mit Edward zum Direktor und befahl den Kindern, sich bis zu ihrer Rückkehr ruhig zu verhalten.

Florentyna hockte auf dem Boden und versuchte vergebens, F.D.R. wieder mit seinen Innereien zu füllen, als ein blondes

Mädchen, das Florentyna nie hatte leiden können, sich über sie beugte und höhnte: »Geschieht dir recht, dumme Polakkin.« Die Klasse kicherte und ein paar Mädchen riefen: »Dumme Polackin, dumme Polackin!« Florentyna preßte F.D.R. an sich und betete, daß Mademoiselle Mettinet bald zurückkommen möge.

Es schien Stunden zu dauern, obwohl die Lehrerin nach wenigen Minuten wieder in der Klasse war, gefolgt von Edward, der zerknirscht schien. Das Geschrei der Kinder hörte auf, als Mademoiselle Mettinet das Zimmer betrat, Florentyna aber wagte nicht einmal aufzusehen. In der unnatürlichen Stille ging Edward zu Florentyna und entschuldigte sich; seine Entschuldigung klang ebenso laut wie unehrlich. Dann kehrte er auf seinen Platz zurück und grinste.

Als Miss Tredgold ihren Schützling an diesem Nachmittag abholte, war Florentynas Gesicht vom Weinen gerötet. Das Kind ging mit gesenktem Kopf, den königsblauen F.D.R. fest an dem einen Arm haltend. Bevor sie zu Hause waren, hatte Miss Tredgold die ganze Geschichte aus Florentyna herausgeholt. Florentyna bekam ihr Lieblingsnachtessen, Hamburger, gefolgt von Eiscreme – zwei Portionen, was ganz unüblich war – und wurde früh zu Bett gebracht. Nach einer Stunde, in der sie vergeblich versucht hatte, den blaugefärbten Bären mit Seife und Nagelbürste zu reinigen, mußte sich Miss Tredgold geschlagen geben. Als sie das feuchte Stofftier neben Florentyna legte, flüsterte eine leise Stimme unter der Decke hervor: »Danke, Miss Tredgold, F.D.R. braucht jetzt alle seine Freunde.«

Als Abel kurz nach zehn heimkehrte – er kam jetzt fast jeden Abend so spät –, bat Miss Tredgold um eine private Unterredung. Erstaunt über ihre Bitte, führte Abel sie sofort in sein Arbeitszimmer. In den achtzehn Monaten seit ihrer Ankunft hatte Miss Tredgold Mr. Rosnovski jeden Sonntag zwischen zehn und halb elf, während Florentyna mit ihrer Mutter in der Kirche war, über die Ereignisse der Woche unterrichtet. Die Berichte waren immer klar und präzis gewesen; eher hatte sie die Leistungen des Kindes unterspielt.

»Was ist los?« erkundigte sich Abel und versuchte, sorglos zu wirken; er befürchtete eine Kündigung. Miss Tredgold erzählte ihm, was sich in der Schule abgespielt hatte.

Je länger er zuhörte, desto röter wurde sein Gesicht. Als Miss Tredgold geendet hatte, war Abel scharlachrot.

»Unerträglich«, war sein erstes Wort. »Florentyna muß sofort die Schule verlassen. Ich werde morgen selbst Miss Allen aufsuchen und ihr sagen, was ich von ihr und ihrer Schule halte. Sie sind doch auch meiner Meinung, Miss Tredgold?«

»Nein, Sir. Keineswegs.« Ihre Antwort klang ungewöhnlich scharf.

»Wie bitte?« fragte Abel ungläubig.

»Ich glaube, Sie sind ebenso schuld an der Sache wie Edward Winchesters Eltern.«

»Ich? Warum?«

»Sie hätten Ihrer Tochter längst erklären müssen, was es bedeutet, Polin zu sein, und welche Probleme sich daraus ergeben können. Sie hätten ihr von dem tiefverwurzelten Vorurteil der Amerikaner gegen die Polen erzählen müssen, das ich ebenso verwerflich finde wie die englische Einstellung gegenüber den Iren und nicht weit entfernt von dem barbarischen Verhalten der Nazis gegenüber den Juden.«

Abel schwieg. Schon sehr lang hatte ihm niemand mehr gesagt, daß er einen Fehler begangen hatte.

»Haben Sie noch etwas dazu zu sagen?« fragte er, nachdem er sich erholt hatte.

»Ja, Mr. Rosnovski. Wenn Sie Florentyna aus der Latin School nehmen, kündige ich sofort. Wenn Sie bei der ersten Hürde, der das Kind begegnet, davonlaufen, kann ich dem Kind niemals beibringen, mit dem Leben fertigzuwerden. Meine Landsleute führen mit Hitler Krieg, weil wir zu lang geglaubt haben, er sei ein vielleicht etwas wirrer, aber im Grund vernünftiger Mann. Man kann nicht von mir erwarten, daß ich Florentyna solche falschen Ansichten weitergebe. Es würde mir fast das Herz brechen, Florentyna zu verlassen – ich würde sie nicht mehr lieben, wenn sie meine eigene Tochter wäre –, aber Wahrheiten zu verschleiern, weil Sie genug Geld haben, um diese Wahrheiten noch ein paar Jahre vor dem Kind geheimzuhalten, das kann ich nicht billigen. Bitte entschuldigen Sie meine Offenheit, Mr. Rosnovski, vielleicht bin ich zu weit gegangen, aber ich kann die Vorurteile anderer Menschen nicht verurteilen, während ich gleichzeitig die Ihren entschuldige.«

Abel lehnte sich weit zurück, bevor er antwortete. »Miss Tredgold, Sie hätten Botschafterin werden sollen, nicht Erzieherin. Natürlich haben Sie recht. Was raten Sie mir?«

Miss Tredgold, die immer noch stand – sie hätte nie daran gedacht, sich in Gegenwart ihres Arbeitgebers zu setzen, außer wenn Florentyna bei ihr war –, zögerte kurz.

»Das Kind sollte vier Wochen lang täglich eine halbe Stunde früher aufstehen und polnische Geschichte lernen. Es muß erfahren, warum die Polen eine große Nation sind, warum sie Deutschland Widerstand geleistet haben, obwohl sie allein nie einen Sieg erringen konnten. Dann wird sie jenen, die sie wegen ihrer Herkunft verspotten, gut informiert und nicht unwissend gegenübertreten.«

Abel sah Miss Tredgold in die Augen. »Jetzt verstehe ich, was G.B. Shaw meinte, als er sagte, man müsse eine englische Gouvernante kennen, um zu wissen, warum England großartig ist.«

Beide lachten.

»Ich frage mich, warum Sie nicht mehr aus Ihrem Leben machen wollen, Miss Tredgold«, sagte Abel und merkte sofort, daß das vielleicht beleidigend war. Wenn es so war, ließ es sich Miss Tredgold jedenfalls nicht anmerken.

»Mein Vater hat sechs Töchter. Er hat sich einen Sohn gewünscht.«

»Was machen die anderen fünf?«

»Sie sind alle verheiratet«, erwiderte sie ohne Bitterkeit.

»Und Sie?«

»Vater sagte einmal zu mir, ich sei geboren, Lehrerin zu werden; der Herr lenke unser aller Schicksal; vielleicht würde ich jemanden lehren, der zu Größerem berufen sei.«

»Wir wollen es hoffen, Miss Tredgold.« Abel hätte sie gern beim Vornamen genannt, aber er kannte ihn nicht. Er wußte nur, daß sie mit »W. Tredgold« unterschrieb. Abel lächelte sie an.

»Wollen Sie einen Drink mit mir nehmen, Miss Tredgold?«

»Danke, Mr. Rosnovski. Ein Schluck Sherry wäre sehr angenehm.«

Abel schenkte ihr einen trockenen Sherry und sich selbst einen großen Whisky ein.

»Wie steht es mit F.D.R.?«

»Fürs Leben verunstaltet, fürchte ich, das Kind wird um so mehr an ihm hängen. Künftig wird F.D.R. zu Hause residieren und nur auf Reisen gehen, wenn ich ihn begleite.«

»Sie klingen wie Eleanor Roosevelt, wenn sie mit dem Präsidenten spricht.«

Miss Tredgold lachte und nippte an ihrem Glas. »Darf ich noch einen Vorschlag machen?«

»Natürlich«, erwiderte Abel und hörte Miss Tredgolds Empfehlung sehr genau an. Als sie ihren zweiten Drink geleert hatten, gab Abel seine Zustimmung.

»Gut«, sagte Miss Tredgold, »dann werde ich mich mit Ihrer Erlaubnis bei der ersten Gelegenheit darum kümmern.«

»Natürlich«, wiederholte Abel. »Doch was diesen morgendlichen Unterricht betrifft, wird es für mich schwierig sein, mich jeden Tag dafür frei zu machen.« Miss Tredgold wollte eben etwas sagen, als Abel hinzufügte: »Es gibt Verabredungen, die ich nicht so kurzfristig absagen kann, das werden Sie sicher verstehen.«

»Sie müssen tun, was Sie für richtig halten, Mr. Rosnovski. Wenn Sie etwas für wichtiger halten als die Zukunft Ihrer Tochter, dann wird sie das sicherlich verstehen.«

Abel wußte, wann er geschlagen war. Er sagte einen Monat lang alle Verabredungen außerhalb von Chicago ab und stand jeden Morgen eine halbe Stunde früher auf. Selbst Zaphia gefiel Miss Tredgolds Idee.

Am ersten Tag erzählte Abel seiner Tochter von seiner Geburt in einem Wald in Polen; wie er von einer Waldhüterfamilie adoptiert wurde und später in das Schloß eines Barons nach Slonim an der polnisch-russischen Grenze kam. »Er behandelte mich wie seinen Sohn«, sagte Abel.

Später erzählte Abel, wie seine Schwester Florentyna, nach der seine Tochter benannt war, ihm ins Schloß folgte und wie er entdeckte, daß der Baron sein Vater war.

»Ich weiß, ich weiß, wie du es herausgefunden hast«, rief Florentyna.

»Woher willst du das wissen, Kleines?«

»Er hatte nur eine Brustwarze«, rief Florentyna. »So muß es gewesen sein. Ich hab' dich im Bad gesehen. Du hast auch nur eine Brustwarze, also mußtest du sein Sohn sein. Alle Jungen in der Schule haben zwei . . .« Abel und Miss Tredgold starrten das Kind ungläubig an, als es fortfuhr: ». . . aber wenn ich deine Tochter bin, warum hab' ich dann zwei?«

»Weil das Merkmal nur vom Vater auf den Sohn weitergegeben wird. Bei Töchtern kommt es kaum vor.«

»Das ist ungerecht. Ich will auch nur eine Brustwarze haben.«

Abel lachte. »Nun, wenn du einen Sohn bekommst, wird er vielleicht auch nur eine haben.«

»Zeit, die Haare zu bürsten und in die Schule zu gehen«, mahnte Miss Tredgold.

»Aber gerade jetzt wird es spannend.«

»Tu, was man dir sagt, mein Kind.«

Widerwillig trollte sich Florentyna ins Badezimmer.

»Was wird morgen geschehen, Miss Tredgold?« fragte sie auf dem Schulweg.

»Ich habe keine Ahnung, mein Kind. Wie Mr. Asquith sagte, man muß abwarten.«

»War Mr. Asquith mit Papa im Schloß?«

In den folgenden Tagen schilderte Abel seiner Tochter das Leben in einem russischen Gefangenenlager und erklärte ihr, warum er seither hinkte. Er erzählte ihr Geschichten, die ihm der Baron vor mehr als zwanzig Jahren im Kellerverlies erzählt hatte – von dem legendären polnischen Helden Tadeusz Kosciuszko und allen anderen großen Persönlichkeiten bis zum heutigen Tag. Und Miss Tredgold wies auf eine Landkarte von Europa, die sie aufgehängt hatte.

Schließlich erzählte Abel seiner Tochter, wie er den Silberreif erhalten hatte, den er ständig trug.

»Was heißt das?« fragte Florentyna und betrachtete die winzigen eingravierten Buchstaben.

»Versuch es zu lesen, Kleines.«

»Ba-ron A-bel Ros-nov-ski«, stammelte Florentyna. »Aber das ist doch dein Name?«

»Und auch der meines Vaters.«

Nach ein paar Tagen konnte Florentyna alle Fragen des Vaters beantworten, wenn auch Abel nicht jede der ihren beantworten konnte.

In der Schule erwartete Florentyna täglich einen neuen Angriff von Edward Winchester, er schien jedoch den Vorfall vergessen zu haben und bot ihr sogar einmal die Hälfte seines Apfels an.

Aber nicht alle in der Klasse hatten vergessen, und besonders einem ebenso dicklichen wie dümmlichen Mädchen machte es Freude, »dumme Polackin« zu flüstern, sobald Florentyna in Hörweite war.

Florentyna wehrte sich nicht sofort. Ein paar Wochen später, als das Mädchen bei der Geschichtsprüfung die Schlechteste und Florentyna die Beste war, verkündete es laut: »Wenigstens bin ich keine Polackin.« Edward runzelte die Stirn, einige Mädchen kicherten.

Florentyna wartete, bis alle still waren. »Richtig, du bist eine Amerikanerin der dritten Generation, mit einer Geschichte, die hundert Jahre zurückreicht. Meine kann man tausend Jahre zurückverfolgen, und deshalb bist du in Geschichte die Letzte, und ich bin die Erste.«

Das Thema wurde in der Klasse nie mehr erwähnt. Als Miss Tredgold auf dem Heimweg die Geschichte hörte, lächelte sie.

»Sollen wir es heute abend Papa erzählen?« fragte Florentyna.

»Nein, mein Kind. Stolz ist keine Tugend. Manchmal ist es klüger, den Mund zu halten.«

Nachdenklich nickte das sechsjährige Mädchen, dann fragte es: »Glaubst du, daß ein Pole Präsident der Vereinigten Staaten werden könnte?«

»Natürlich, wenn die Amerikaner ihre Vorurteile ablegen.«

»Und wie ist es mit einem Katholiken?«

»Das wird sehr bald nebensächlich werden.«

»Und eine Frau?« fragte Florentyna.

»Das mag etwas länger dauern, mein Kind.«

An diesem Abend berichtete Miss Tredgold dem Vater, daß sein Unterricht Früchte getragen habe.

»Und wann werden Sie den zweiten Teil des Planes ausführen, Miss Tredgold?«

»Morgen«, erwiderte sie lächelnd.

Am folgenden Nachmittag um halb vier stand Miss Tredgold wie gewöhnlich an der Straßenecke und wartete auf ihren Schützling. Schnatternd erschien Florentyna, und sie waren bereits einige Blocks gegangen, bevor das Kind bemerkte, daß sie nicht den üblichen Weg gingen.

»Wohin wollen wir, Miss Tredgold?«

»Geduld, mein Kind. Du wirst es bald sehen.«

Miss Tredgold lächelte geheimnisvoll, während Florentyna mehr damit beschäftigt war, von einer Englischprüfung zu berichten. Sie hielt einen Monolog, den sie bis zur Menomonee Street fortsetzte. Hier zeigte sich Miss Tredgold mehr an den Hausnummern interessiert als an den tatsächlichen und erfundenen Leistungen ihres Schützlings.

Endlich kamen sie zu einem frisch gestrichenen Haustor mit der Nummer 218. Mit ihrer behandschuhten Rechten klopfte Miss Tredgold zweimal an. Zum erstenmal, seit sie heute die Schule verlassen hatte, schwieg Florentyna. Kurz darauf öffnete sich die Tür, und ein Mann in grauem Pullover und Blue Jeans ließ sie ein.

»Ich las Ihr Inserat in der *Sun-Times*«, erklärte Miss Tredgold, bevor der Mann noch den Mund öffnen konnte.

»Ach ja. Bitte kommen Sie doch herein.«

Miss Tredgold und die verwunderte Florentyna wurden durch ein kleines Vorzimmer, mit vielen Photographien, zu einer Tür geführt, die sich zum Hof öffnete.

Florentyna sah sie sofort. Sie lagen in einem Korb auf der anderen Hofseite: Sechs gelbe Labradorjunge schmiegten sich eng an ihre Mutter. Eines von ihnen verließ die Geborgenheit der Familie, kletterte aus dem Korb und hinkte auf Florentyna zu.

»Es lahmt«, sagte Florentyna, nahm das Junge auf und betrachtete sein Bein.

»Ja, leider«, sagte der Züchter. »Aber die anderen fünf sind kerngesund. Sie können wählen, welchen Sie wollen.«

»Was passiert, wenn niemand das Hinkebein nimmt?«

»Ich nehme an . . .« Der Züchter zögerte. ». . . Man wird es einschläfern müssen.«

Flehentlich sah Florentyna zu Miss Tredgold auf, während sie den kleinen Hund im Arm hielt, der eifrig ihr Gesicht leckte.

»Ich will diesen kleinen Hund«, sagte Florentyna ohne zu zögern und fürchtete Miss Tredgolds Antwort.

»Wieviel kostet er?« fragte Miss Tredgold und öffnete die Handtasche.

»Nichts, Ma'am. Ich bin froh, daß er ein gutes Heim gefunden hat.«

»Danke«, stammelte Florentyna. »Danke.«

Auf dem Heimweg hörte der Schwanz des Hundekindes nicht auf zu wedeln, während Florentynas Zunge zu Miss Tredgolds Verwunderung stillstand. Erst in der Küche gab Florentyna den neuen Spielgefährten frei. Zaphia und Miss Tredgold sahen zu, wie die kleine Labradorhündin zu einer Schüssel mit warmer Milch hinkte.

»Sie erinnert mich an Papa«, bemerkte Florentyna.

»Sei nicht vorwitzig«, ermahnte Miss Tredgold.

Zaphia unterdrückte ein Lachen. »Nun, Florentyna, wie wirst du sie nennen?«

»Eleanor.«

4

1940, im Alter von sechs Jahren, bewarb sich Florentyna zum erstenmal um das Amt des Präsidenten. Miss Evans, ihre Lehrerin, hatte beschlossen, eine Wahl abzuhalten. Die Jungen der Latin School wurden aufgefordert, daran teilzunehmen, und Edward Winchester, dem Florentyna die Sache mit der blauen Tinte nie ganz verziehen hatte, sollte als Wendell Willkie kandidieren; Florentyna natürlich als F.D.R.

Man kam überein, daß jeder Kandidat vor den siebenundzwanzig Schülern und Schülerinnen der beiden Klassen eine fünf Minuten lange Rede halten solle. Miss Tredgold, die Florentyna nicht beeinflussen wollte, mußte sich ihre Rede einunddreißigmal anhören – oder waren es zweiunddreißigmal? –, wie sie Mr. Rosnovski am Sonntag vor der großen Wahl berichtete.

Florentyna hatte Miss Tredgold jeden Morgen die politischen Artikel der *Tribune* vorgelesen und nach Informationen gesucht, die sie in ihrer Rede verwenden konnte. Überall schien Kate Smith »God bless America« zu singen, und der Dow Jones hatte zum ersten Mal einhundertfünfzig überschritten. Was das war, wußte Florentyna nicht, aber es schien gut für den Präsidenten. Florentyna las auch über den Krieg in Europa, und daß das 36.000 Tonnen-Schlachtschiff *U.S.S. Washington* vom Stapel gelaufen sei, das erste Kriegsschiff, das Amerika in neunzehn Jahren gebaut hatte.

»Warum bauen wir ein Kriegsschiff, wenn der Präsident versprochen hat, daß Amerika nie Krieg führen wird?«

»Ich nehme an, es ist gut für unsere Verteidigung«, meinte Miss Tredgold, die eifrig Socken für »die Jungen zu Hause« strickte. »Für den Fall, daß die Deutschen uns angreifen.«

»Das werden sie nicht wagen«, erklärte Florentyna.

An dem Tag, an dem Trotzki in Mexiko ermordet wurde, versteckte Miss Tredgold die Zeitung, während sie ein andermal völlig außerstande war zu erklären, was Nylonstrümpfe sind und warum die ersten zweiundsiebzigtausend Paar in acht Stunden ausverkauft waren, obwohl die Kunden nicht mehr als zwei Paar auf einmal kaufen durften.

Miss Tredgold, die hellbraune Wollstrümpfe zu tragen pflegte – die Schattierung trug den optimistischen Namen »Verlockung« –, studierte stirnrunzelnd die Nachricht und erklärte nachdrücklich: »Ich werde bestimmt nie Nylonstrümpfe tragen.« Sie hielt Wort.

Als der Wahltag herankam, war Florentynas Kopf mit Fakten und Zahlen vollgestopft, die sie nicht genau verstand, jedoch siegessicher machten. Nur ein unlösbares Problem machte ihr Sorgen: Edward war größer als sie. Florentyna hielt das für einen absoluten Vorteil, da sie irgendwo gelesen hatte, daß siebenundzwanzig der zweiunddreißig Präsidenten der Vereinigten Staaten größer gewesen seien als ihre Rivalen.

Die beiden Kandidaten entschieden durch Münzwurf, wer zuerst reden durfte. Florentyna gewann und sprach als erste; ein Fehler, den sie nie mehr im Leben beging. Das kleine zarte Mädchen stellte sich vor die Klasse und dachte an Miss Tredgolds letzten Rat – »Steh gerade, mein Kind. Du bist kein Fragezeichen.« Kerzengerade stand sie in der Mitte der erhöhten Plattform vor Miss Evens Pult und wartete auf das Zeichen zum Beginn. Die ersten Sätze kamen leise und gepreßt. Sie erklärte, wie sie den Staatshaushalt einteilen wollte, und versprach, die Vereinigten Staaten nicht in den Krieg zu führen. »Kein Amerikaner soll sterben, weil die Länder Europas nicht in Frieden leben können«, verkündete sie – ein Satz aus einer von Roosevelts Reden, den sie auswendig gelernt hatte. Mary Gill applaudierte. Florentyna beachtete sie nicht und fuhr fort zu sprechen, während sie nervös und mit feuchten Händen an ihrem Kleid zupfte. Die letzten Sätze sagte sie sehr rasch und setzte sich unter viel Beifall und Lächeln wieder nieder.

Edward Winchester stand auf und ging unter dem Applaus einiger seiner Freunde zur Tafel. Florentyna merkte, daß manche Schüler sich bereits vor den Wahlreden entschieden hatten. Edward sagte seinen Kameraden, daß ein Sieg für sein Land nichts anderes sei als ein Sieg im Fußball, und überhaupt stehe Willkie für alles, woran ihre Eltern glaubten. Wollte jemand gegen die Wünsche der Väter und Mütter stimmen, die alles verlieren würden, wenn man F.D.R. unterstützte? Diese Behauptung erntete viel Beifall, also wiederholte er sie. Am

Schluß erntete Edward ebenfalls Applaus, Florentyna aber redete sich ein, daß er nicht lauter war als nach ihrer Rede.

Miss Evans gratulierte beiden Kandidaten und forderte die siebenundzwanzig Stimmberechtigten auf, eine Seite aus dem Heft zu reißen und darauf Edwards oder Florentynas Namen zu schreiben, je nachdem, wen sie zum Präsidenten haben wollten.

Federn wurden in die Tinte getaucht; die Kinder schrieben eifrig. Die gefalteten Stimmzettel erhielt Miss Evans. Langsam begann sie die Papiere auseinanderzufalten und in zwei Stöße zu teilen, eine Prozedur, die Stunden zu dauern schien. Während der Auszählung war die ganze Klasse mäuschenstill – ein ungewöhnliches Ereignis. Langsam und sorgfältig zählte Miss Evans die Stimmzettel, und dann folgte eine Kontrollzählung.

»Unsere Wahl ergab . . .« – Florentyna hielt den Atem an – ». . . dreizehn Stimmen für Edward Winchester« – beinahe hätte Florentyna laut aufgejubelt, sie hatte gewonnen – ». . . und zwölf Stimmen für Florentyna Rosnovski. Zwei Zettel wurden nicht ausgefüllt, das nennt man Stimmenthaltung.« Florentyna traute ihren Ohren nicht. »Daher ist Edward Winchester, der Wendell Willkie verkörpert, der neue Präsident.«

Es war die einzige Wahl, die F.D.R. in diesem Jahr verlor. Florentyna aber konnte ihre Enttäuschung nicht verbergen; sie lief in die Garderobe, damit niemand sah, daß sie weinte. Als sie wieder erschien, wurde sie von Mary Gill und Susie Jacobson erwartet.

»Es macht nichts«, sagte Florentyna und versuchte tapfer zu sein. »Wenigstens weiß ich, daß ihr beide mich unterstützt habt.«

»Das konnten wir nicht.«

»Warum nicht?« fragte Florentyna fassungslos.

»Miss Evans darf nicht erfahren, daß wir nicht wissen, wie dein Name geschrieben wird.«

Siebenmal hörte Miss Tredgold die Geschichte auf dem

Heimweg, dann erkundigte sie sich, ob Florentyna etwas aus dieser Erfahrung gelernt habe.

»Oh doch«, erwiderte Florentyna mit Bestimmtheit. »Ich werde einen Mann mit einem sehr einfachen Namen heiraten.«

Als Abel abends die Geschichte hörte, lachte er laut und erzählte sie Henry Osborne während des Dinners. »Lassen Sie das Mädchen nicht aus den Augen. Bald wird sie Ihnen Ihren Sitz im Kongreß streitig machen.«

»Es bleiben mir noch fünfzehn Jahre, bis sie wahlberechtigt ist. Dann werde ich ihr meinen Wahlkreis bereitwillig überlassen.«

»Was unternehmen Sie, um den Ausschuß für Auslandsbeziehungen davon zu überzeugen, daß wir in diesen Krieg eintreten müssen?«

»Bevor das Wahlresultat bekannt ist, wird F.D.R. bestimmt nichts unternehmen. Das weiß jeder, einschließlich Hitler.«

»Wenn das so ist, kann ich nur beten, daß Großbritannien nicht vorher den Krieg verliert, denn die Wahlen sind erst im November.«

In diesem Jahr vergab Abel Aufträge für Hotels in Washington und San Francisco; gleichzeitig plante er ein neues Hotel in Kanada, das Montreal Baron. Obwohl seine Gedanken fast immer mit dem Erfolg seiner Hotels beschäftigt waren, bedrückte ihn etwas anderes.

Er wollte in Europa sein – aber nicht, um dort Hotels zu bauen.

Gegen Schluß des Herbstsemesters bezog Florentyna zum erstenmal Prügel. Später assoziierte sie dies immer mit Schnee. Ihre Kameradinnen bauten einen riesigen Schneemann, und jede Schülerin mußte etwas mitbringen, um ihn zu schmücken. Der Schneemann bekam Rosinenaugen, eine Möhrennase, Kartoffelohren, ein Paar alte Gartenhandschuhe, eine Zigarre und einen Hut, den Florentyna beisteuerte. Am letzten Schultag wurden die Eltern eingeladen, den Schneemann zu besichtigen, und viele bewunderten den eleganten Hut. Florentyna strahlte vor Stolz, bis ihre Eltern kamen. Zaphia lachte schallend, Abel jedoch fand es weniger komisch, seinen seidenen Zylinder auf dem Haupt eines grinsenden Schneemanns zu sehen. Zu Hause wurde Florentyna in das väterliche Arbeitszimmer beordert, und Abel hielt einen langen Vortrag über die Unverantwortlichkeit, sich Dinge anzueignen, die einem nicht gehören. Dann legte er seine Tochter übers Knie und gab ihr mit einer Haarbürste drei feste Schläge.

Diesen Samstagabend sollte sie nie vergessen.

Den folgenden Sonntagmorgen sollte Amerika nie vergessen.

Die Flügel feindlicher Flugzeuge funkelten in der aufgehenden Sonne über Pearl Harbor. Die amerikanische Kriegsflotte erlitt schwere Verluste, der Flottenstützpunkt wurde fast zur Gänze zerstört. Zweitausendvierhundertunddrei Amerikaner wurden getötet. Am nächsten Tag erklärten die Vereinigten Staaten Japan den Krieg. Drei Tage später erfolgte die Kriegserklärung an Deutschland.

Sofort ließ Abel George zu sich rufen und erklärte ihm, daß er sich freiwillig melden werde. George protestierte, Zaphia flehte und Florentyna weinte. Miss Tredgold wagte nicht, eine Meinung zu äußern.

Abel wußte, daß er nur noch eine Sache zu erledigen hatte, bevor er Amerika verließ. Er bat Henry zu sich.

»Haben Sie die Meldung im *Wall Street Journal* gelesen, Henry? Über all den Nachrichten von Pearl Harbor hätte ich sie fast übersehen.«

»Sprechen Sie von der Fusion zwischen Lester und Kane und Cabot, die ich in meinem letzten Bericht vorhersagte? Ja, ich bin bereits im Besitz aller Details.« Henry übergab Abel eine Mappe. »Ich nahm an, daß Sie mich deshalb herbaten.«

Abel blätterte die Mappe durch, bis er den von Henry rot unterstrichenen Artikel fand. Er las die Mitteilung zweimal, dann trommelte er mit den Fingern auf der Tischplatte. »Der erste Irrtum, den Kane beging.«

»Sie könnten recht haben«, sagte Henry.

»Sie verdienen Ihre tausendfünfhundert Dollar pro Monat, Henry.«

»Vielleicht wäre es an der Zeit, zweitausend daraus zu machen.«

»Und warum?«

»Wegen Artikel 7 der neuen Bankvorschriften.«

»Warum hat er diese neue Klausel überhaupt erlaubt?«

»Um sich zu schützen. Offenbar kam es Mr. Kane nie in den Sinn, daß jemand ihn vernichten will. Da er alle seine Anteile von Kane und Cabot gegen die entsprechenden Lester-Anteile getauscht hat, verlor er die alleinige Kontrolle über seine Bank, ohne die Kontrolle über die neue zu gewinnen, weil Lester ja bedeutend größer ist. Da er in dem neuen Unternehmen nur acht Prozent der Aktien besitzt, bestand er auf dieser Klausel, um jede Transaktion drei Monate lang aufhalten zu können, einschließlich der Ernennung eines neuen Präsidenten.«

»Wir haben also nichts weiter zu tun, als acht Prozent der Lester-Aktien zu erwerben und seine neue Klausel gegen ihn selbst anzuwenden, sobald es uns paßt.« Abel machte eine Pause. »Ich glaube allerdings nicht, daß es leicht sein wird.«

»Deshalb habe ich um eine Gehaltserhöhung gebeten.«

Abel mußte feststellen, daß das Einrücken nicht so einfach war, wie er sich das vorgestellt hatte. Der Arzt äußerte sich ziemlich abschätzig über seine Augen, sein Übergewicht, sein Herz und seinen Allgemeinzustand. Erst nachdem er einige Verbindungen spielen lassen hatte, gelang es ihm, in der Fifth

Army unter General Mark Clark Generalquartiermeister zu werden. Die Fifth Army wartete darauf, in Afrika eingesetzt zu werden. Abel nahm sofort an einem Ausbildungskursus für Offiziere teil.

Erst als Abel Rigg Street verlassen hatte, wurde Miss Tredgold klar, wie sehr Florentyna ihren Vater vermißte. Sie versuchte dem Kind einzureden, daß der Krieg nicht lang dauern würde, obwohl sie ihren eigenen Worten nicht glaubte. Miss Tredgold war zu gut beschlagen in Geschichte.

Schlanker und jünger aussehend kehrte Abel als Major aus der Offiziersschule zurück; Florentyna aber wollte ihren Vater nicht in Uniform sehen, denn soviel sie wußte, verließ jeder, der eine Uniform trug, Chicago und kehrte nicht mehr zurück. Im Februar sagte ihr Abel Lebewohl und fuhr von New York an Bord der *S. S. Borinquen* ab. Die siebenjährige Florentyna war überzeugt, daß es ein Abschied für immer war, obwohl ihr Zaphia versicherte, daß Papa sehr bald zurückkehren werde.

Zaphia glaubte es ebensowenig wie Miss Tredgold – und diesmal glaubte es auch Florentyna nicht.

Florentyna stieg in die vierte Klasse auf und wurde Klassensekretärin; das bedeutete, daß sie genaue Aufzeichnungen über die Klassenzusammenkünfte führen mußte. Wenn sie der Klasse jede Woche ihren Bericht vorlas, war keine der Mitschülerinnen sonderlich interessiert; aber in der Hitze und dem Staub von Algier las Abel, halb lachend, halb zu Tränen gerührt, jede Zeile dieser Berichte, als wären sie der letzte Bestseller.

Florentynas neueste, von Miss Tredgold gebilligte Leidenschaft waren die *Brownies,* die Pfadfinderinnen; so konnte sie, wie ihr Vater, eine Uniform tragen. Nicht nur, daß ihr die hübsche braune Uniform Spaß machte – sie kam auch bald darauf, daß sie am Ärmel verschiedene bunte Abzeichen tragen konnte, und zwar für so unterschiedliche Tätigkeiten wie Küchenhilfe oder das Sammeln von gebrauchten Briefmarken. So rasch bekam sie ein Abzeichen nach dem anderen, daß Miss Tredgold fortwährend damit beschäftigt war, einen Platz zu suchen, um es anzunähen. Kochen, Turnen, Tierpflege, Handarbeiten, Briefmarken, Wanderungen – für alles gab es Abzeichen. »Es wäre einfacher, wenn du ein Oktopus wärst«, sagte Miss Tredgold. Schließlich aber kam der Tag, an dem ihr Schützling ein Abzeichen für Näharbeiten erhielt und sich das kleine Dreieck selbst annähen mußte. Miss Tredgold war erleichtert.

Als Florentyna in die fünfte Klasse kam, wurden Jungen- und Mädchenklassen zusammengelegt. Edward Winchester wurde, vor allem aufgrund seiner sportlichen Leistungen, zum Präsidenten gewählt, während Florentyna ihre Stellung als Sekretärin behielt, obwohl sie bessere Noten hatte als alle anderen, einschließlich Edward. Ihre einzigen Klippen waren Geometrie, wo sie nur Zweitbeste wurde, und Zeichnen. Miss Tredgold las immer mit großem Vergnügen Florentynas Schulbeschreibungen, insbesondere die Bemerkungen der Zeichenlehrerin: »Wenn Florentyna die Farben mehr auf das Papier als auf ihre Umgebung verteilte, hätte sie vielleicht Chancen, eine Künstlerin zu werden und nicht ein Malermeister.«

Doch der Satz, den Miss Tredgold zitierte, wenn man sie nach Florentynas Fortschritten fragte, stammte vom Klassenvorstand. »Diese Schülerin sollte nicht weinen, wenn sie einmal nur Zweitbeste ist.«

Die Monate verstrichen, und Florentyna stellte fest, daß die Väter vieler ihrer Mitschüler im Krieg waren; sie war nicht die einzige, die sich mit einer Trennung abfinden mußte. Miss Tredgold ließ Florentyna Ballett- und Klavierstunden nehmen, ja sie erlaubte ihr sogar, Eleanor als Gebrauchshund zum K-9 Corps mitzunehmen, doch der Labrador wurde wegen seines

Hinkens wieder nach Hause geschickt; Florentyna wünschte, es würde ihrem Vater ebenso ergehen. In den Sommerferien reiste Miss Tredgold mit dem Mädchen, mit Zaphias Einwilligung, nach New York und Washington. Zaphia nutzte die Abwesenheit ihrer Tochter, um sich in Organisationen, die von der Front zurückkehrende polnische Soldaten betreuten, zu betätigen.

Obwohl sie Eleanor nicht mitnehmen konnte, war Florentyna von ihrer ersten Reise nach New York fasziniert. Da gab es Wolkenkratzer und Warenhäuser, es gab den Central Park und mehr Menschen, als sie je in ihrem Leben gesehen hatte. Trotz all dieser Sensationen aber zog es Florentyna nach Washington. Es war Florentynas und auch Miss Tredgolds erster Flug, und als das Flugzeug den Potomac River entlang zum Washington National Airport flog, sah Florentyna zutiefst beeindruckt auf das Weiße Haus, das Washington Monument, das Lincoln Memorial und das noch unfertige Jefferson Building hinab. Sie war nicht sicher, ob es ein Monument oder ein Denkmal werden sollte, und fragte Miss Tredgold nach dem Unterschied. Miss Tredgold meinte, sie müsse die Ausdrücke im Lexikon nachschlagen, wenn sie nach Chicago zurückkehrten. Zum erstenmal stellte Florentyna fest, daß Miss Tredgold nicht allwissend war.

»Es ist wie im Film«, bemerkte sie, als sie aus dem kleinen Fenster auf das Capitol hinuntersah.

»Was hast du erwartet?« fragte Miss Tredgold.

Henry Osborne hatte einen Besuch im Weißen Haus arrangiert und eine Gelegenheit, Senat und Repräsentantenhaus bei der Arbeit zuzuschauen. Kaum hatten sie die Galerie des Senatssaals betreten und gesehen, wie die einzelnen Sprecher sich erhoben, als Florentyna in Trance verfiel. Miss Tredgold mußte sie, wie einen Jungen vom Fußballplatz, buchstäblich wegschleppen, aber das hinderte Florentyna nicht, Henry Osborne mit Fragen zu bombardieren. Ihr Wissen erstaunte ihn; selbst für die Tochter des Chicago-Barons war es beachtlich.

Die Nacht verbrachten Florentyna und Miss Tredgold im Willard Hotel. Florentynas Vater hatte in Washington noch kein Baron gebaut, obwohl ihr Abgeordneter Osborne versicherte, daß eines im Entstehen sei; ja, den Grundstückkauf hätte man schon arrangiert.

»Was bedeutet ›arrangiert‹, Mr. Osborne?«

Weder von Henry Osborne noch von Miss Tredgold erhielt Florentyna eine befriedigende Antwort, und sie nahm sich vor, auch dieses Wort im Lexikon nachzuschlagen.

Am Abend steckte Miss Tredgold das Kind in das große Hotelbett und nahm an, daß es nach einem so anstrengenden Tag rasch einschlafen würde. Florentyna wartete, bis Miss Tredgold das Zimmer verlassen hatte, dann machte sie wieder Licht und zog unter dem Kopfkissen den »Führer durch das Weiße Haus« hervor. F. D. R. in einem schwarzen Mantel blickte sie an. »Es gibt keine größere Berufung als den Dienst am Staat« stand in großen Buchstaben unter seinem Namen. Zweimal las sie das Büchlein durch, aber es war die letzte Seite, die es ihr angetan hatte. Sie begann sie auswendig zu lernen und schlief erst kurz nach Mitternacht ein. Das Licht brannte noch.

Während Miss Tredgold auf dem Rückflug die letzten Nachrichten von den Kriegsschauplätzen las, nahm sich Florentyna wieder diese letzte Seite vor. Während des gesamten Fluges wurde Miss Tredgold kein einziges Mal beim Lesen gestört, und sie fragte sich, ob das Kind so erschöpft von der Reise sei. Zu Hause schickte sie Florentyna früh zu Bett, nachdem das Kind einen Dankesbrief an Henry Osborne geschrieben hatte. Als Miss Tredgold ins Zimmer kam, um das Licht zu löschen, studierte Florentyna immer noch den »Führer durch das Weiße Haus«.

Punkt halb elf begab sich Miss Tredgold in die Küche, um

sich, bevor sie zu Bett ging, wie üblich eine Tasse Kakao zu machen. Als sie zurückkehrte, hörte sie etwas, das einem Singsang glich. Auf Zehenspitzen schlich sie zu Florentynas Tür und lauschte den geflüsterten Worten. »Eins Washington, zwei Adams, drei Jefferson, vier Madison.« Ohne sich einmal zu irren, sagte sie die Präsidenten auf. »31 Hoover, 32 F. D. R., 33 unbekannt, 34 unbekannt, 35, 36, 37, 38, 39, 40, 41 unbekannt. 42 . . .« Einen Moment trat Stille ein, dann: »Eins Washington, zwei Adams, drei Jefferson . . .« Miss Tredgold schlich in ihr Zimmer zurück und lag eine ganze Weile wach. Sie starrte zur Zimmerdecke, während der Kakao kalt wurde »Du bist dazu geboren, Lehrerin zu werden, und der Herr lenkt unser aller Schicksal. Vielleicht wirst du jemanden lehren, der zu Größerem berufen ist.« Hatte ihr Vater gesagt. Florentyna Rosnovski Präsidentin der Vereinigten Staaten? Nein, dachte Miss Tredgold, Florentyna hatte recht. Sie mußte jemand mit einem einfachen Namen heiraten.

Am nächsten Morgen stand Florentyna auf, sagte Miss Tredgold *bonjour* und verschwand im Badezimmer. Nachdem sie Eleanor gefüttert hatte – der Hund schien mehr zu brauchen als sie selbst – las Florentyna in der *Chicago Tribune,* daß F. D. R. und Churchill die bedingungslose Kapitulation Italiens entgegengenommen hatten. Voll Freude teilte sie ihrer Mutter mit, daß Papa jetzt zurückkommen werde.

Zaphia pflichtete ihr bei und bemerkte zu Miss Tredgold, wie gut das Kind aussehe. »Und wie hat dir Washington gefallen, Florentyna?«

»Sehr gut, Mama. Ich glaube, ich werde eines Tages dort leben.«

»Warum, Florentyna? Was willst du dort machen?«

Florentyna sah zu Miss Tredgold auf, zögerte eine Sekunde und wandte sich wieder an ihre Mutter. »Ich weiß nicht recht. Ich finde, Washington ist eine hübsche Stadt. Willst du mir bitte die Marmelade geben, Miss Tredgold?«

5 Florentyna wußte nicht, wie viele ihrer wöchentlichen Briefe den Vater erreicht hatten, denn bevor sie an Major Rosnovski geschickt wurden, mußten sie eine Kontrollstelle in New York passieren.

Die Antworten kamen unregelmäßig; manchmal erhielt Florentyna in einer Woche drei Briefe, dann hörte sie wieder monatelang kein Wort. Wenn ein Monat ohne Brief verstrich, war sie überzeugt, daß ihr Vater gefallen sei. Miss Tredgold erklärte ihr, daß die Armee der Familie immer ein Telegramm schicke, wenn ein Verwandter vermißt oder gefallen sei. So stürzte Florentyna jeden Morgen als erste hinunter, um die Post nach der Handschrift des Vaters oder dem gefürchteten Telegramm zu durchsuchen. In manchen Briefen waren ein paar Worte mit schwarzer Tinte unleserlich gemacht worden. Beim Frühstück versuchte sie, den Brief gegen das Licht zu halten, konnte die Worte jedoch nicht entziffern. Miss Tredgold erklärte, diese Maßnahme diene der Sicherheit ihres Vaters; vielleicht hatte er unabsichtlich etwas geschrieben, das, wenn der Brief in falsche Hände geriete, dem Feind nutzen konnte.

»Warum sollten sich die Deutschen dafür interessieren, daß ich in Geometrie Zweite geworden bin?«

Miss Tredgold überging die Frage und erkundigte sich, ob Florentyna genug gegessen habe.

»Ich möchte noch einen Bissen Toast.«

»Ein Stück, mein Kind, ein Stück. Einen Bissen gibt man einem Pferd.«

Alle sechs Monate führte Miss Tredgold ihren Schützling, begleitet von Eleanor, in die Monroe Street zum Photographen. Dort wurde Florentyna auf einen hohen Stuhl und Eleanor daneben auf eine Schachtel gesetzt; Florentyna mußte in eine Kamera lächeln, damit Major Rosnovski nach den Photographien das Heranwachsen von Kind und Hund verfolgen konnte.

»Wir können doch nicht zulassen, daß er bei der Rückkehr sein einziges Kind nicht mehr erkennt«, erklärte Miss Tredgold.

Florentyna schrieb ihr Alter und das des Hundes (in Hundejahren) auf die Rückseite der Bilder, und in einem Brief fügte sie alle anderen Einzelheiten hinzu: daß ihr im Sommer Tennis und Schwimmen Spaß machten und im Winter Basketball und Fußball, und auch daß auf ihrem Bücherregal viele Schachteln mit Schmetterlingen standen, die sie mit einem herrlichen Netz fing, das sie von Mama zu Weihnachten bekommen hatte. Miss Tredgold mußte die Schmetterlinge sorgfältig betäuben, bevor sie aufgespießt und die lateinischen Namen dazugeschrieben wurden. Florentyna berichtete, daß ihre Mutter in der polnischen Frauenliga arbeite und sie selbst im Garten Gemüse pflanze. Von der Fleischknappheit seien weder sie noch Eleanor begeistert, aber sie esse gern ein Butterbrot, während der Hund knusprige Kekse vorziehe. Jeder Brief endete mit dem gleichen Satz: »Bitte komm morgen nach Hause.«

Der Krieg dauerte an, und man schrieb bereits 1944; Florentyna verfolgte den Fortschritt der Alliierten in der *Chicago Tribune* und hörte im Radio die Nachrichten aus London. Eisenhower wurde zu ihrem Idol, und heimlich verehrte sie auch General Patton, weil er offenbar ein wenig ihrem Vater glich. Am 6. Juni begann die Invasion. Florentyna sah ihren Vater in der Normandie landen und war überzeugt, daß er nicht die geringste Überlebenschance hatte. Auf der Landkarte von Europa, die Miss Tredgold im Spielzimmer aufgehängt hatte, verfolgte sie den Vormarsch der Alliierten nach Paris. Endlich schöpfte sie Hoffnung, daß der Krieg sich tatsächlich seinem Ende nähere und der Vater bald zurückkommen werde.

Stunde um Stunde saß sie vor dem Haus in der Rigg Street und beobachtete gemeinsam mit Eleanor die Hausecke. Aus Stunden wurden Tage, aus Tagen wurden Wochen, und nur die beiden in Chicago abgehaltenen Parteikonvente lenkten Florentyna von ihrer Wache ab. Zum erstenmal sah sie ihr politisches Idol in Wirklichkeit.

Im Juni wählten die Republikaner Thomas E. Dewey zu ihrem Kandidaten, und im Juli die Demokraten wieder Roosevelt. Abgeordneter Osborne nahm Florentyna zur Rede des Präsidenten vor dem Parteikonvent mit. Florentyna war etwas verwirrt, daß sie Osborne jedesmal in Begleitung einer anderen Frau sah, und nahm sich vor, Miss Tredgold zu befragen; bestimmt wußte sie eine Erklärung. Nach der Rede stand Florentyna in einer langen Menschenschlange, die darauf wartete, dem Präsidenten die Hand zu schütteln; doch als er in seinem Rollstuhl vorbeikam, war sie so nervös, daß sie nicht aufzublikken wagte.

Es war der aufregendste Tag in ihrem Leben, und auf dem Heimweg vertraute sie Osborne ihre Leidenschaft für Politik an. Er sagte ihr nicht, daß es trotz Krieg keine einzige Frau im Senat gab und nur zwei im Repräsentantenhaus.

Im November schrieb Florentyna ihrem Vater eine Neuigkeit, die er, wie sie meinte, sicher noch nicht wußte: F. D. R. war zum viertenmal wiedergewählt worden. Sie wartete monatelang auf eine Antwort.

Und dann kam das Telegramm.

Miss Tredgold war nicht schnell genug – Florentyna hatte bereits den kleinen braunen Umschlag entdeckt. Die Erzieherin brachte das Telegramm zu Mrs. Rosnovski, gefolgt von einer zitternden Florentyna, die sich an ihren Rock klammerte.

Dahinter trottete Eleanor. Mit nervösen Fingern riß Zaphia den Umschlag auf, las den Inhalt und brach in hysterisches Weinen aus. »Nein, nein«, schrie Florentyna, »es darf nicht wahr sein, Mama. Sag, daß er nur vermißt ist.« Und riß der sprachlosen Mutter das Telegramm aus der Hand. Es lautete: MEIN KRIEG IST VORÜBER KOMME BALDMÖGLICHST NACH HAUSE GRUSS ABEL. Florentyna stieß einen Freudenschrei aus und sprang Miss Tredgold auf den Rücken, die in einem Stuhl zusammensank. Eleanor, die merkte, daß die Sitten gelockert waren, sprang ebenfalls auf einen Stuhl und leckte beiden über das Gesicht, während Zaphia lachend zusah.

Miss Tredgold konnte Florentyna nicht davon überzeugen, daß »baldmöglichst« eine Weile dauern konnte, da die Army streng darüber wachte, wer zuerst nach Hause durfte, und jene bevorzugte, die am längsten gedient hatten oder verwundet waren. Florentyna blieb optimistisch, aber die Wochen krochen dahin.

Als sie eines Abends mit einem neuen Brownie-Abzeichen nach Hause kam – diesmal für Rettungsschwimmen –, sah sie in einem Fenster ein Licht, das seit drei Jahren nicht gebrannt hatte. Sofort vergaß sie das neuerworbene Abzeichen, lief zur Haustür und hatte sie fast eingeschlagen, als Miss Tredgold endlich öffnete. Sie stürzte in das Arbeitszimmer des Vaters und fand ihn in ein Gespräch mit Zaphia vertieft. Florentyna warf sich in seine Arme und ließ ihn erst los, als er sie von sich schob, um sie genau zu mustern.

»Du bist viel hübscher als auf den Photos.«

»Und du bist heil zurückgekommen.«

»Ja, und ich fahre auch nicht mehr fort.«

»Jedenfalls nicht ohne mich«, erklärte die Tochter.

In den folgenden Tagen quälte sie ihren Vater, ihr vom Krieg zu erzählen. Hatte er General Eisenhower gesehen? Nein. General Patton? Ja, zehn Minuten lang. General Bradley? Ja. Die Deutschen? Nein, aber einmal half er bei der Rettung einer Kompanie, die bei Remagen in einen Hinterhalt geraten war.

»Und was geschah?«

»Einiges, junge Dame. Du bist schlimmer als ein Feldwebel bei einer Rekrutenübung.«

Florentyna war so aufgeregt über die Heimkehr des Vaters, daß sie eine Stunde später als üblich zu Bett ging und doch nicht einschlafen konnte. Miss Tredgold sagte, sie müsse sich glücklich schätzen, daß ihr Vater gesund heimgekehrt sei.

Als Florentyna hörte, daß Edwards Vater einen Arm verloren hatte, versuchte sie, ihm zu sagen, wie leid es ihr täte.

Abel verfiel rasch wieder in die gewohnte Arbeitsroutine. Als er zum erstenmal das Baron Hotel betrat, erkannte ihn niemand; er war so abgemagert, daß der Direktor ihn fragte, wer er sei. Abel mußte fünf neue Anzüge bestellen, weil ihm die alten Sachen nicht mehr paßten.

Soweit Abel aus den Jahresberichten ersehen konnte, hatte George Novak die Hotelgruppe gut, wenn auch nicht spektakulär geleitet. Von George hörte er auch, daß Osborne zum fünftenmal ins Repräsentantenhaus gewählt worden war. Er bat seine Sekretärin, ihn mit Washington zu verbinden.

»Ich gratuliere, Henry. Sie sind in den Aufsichtsrat gewählt.«

»Danke, Abel. Sie werden sich freuen, zu hören, daß ich, während Sie für unsere Generäle auf Primuskochern Gourmetdiners zubereiteten, sechzig Prozent der Lester-Aktien erworben habe.«

»Gut gemacht, Henry. Haben wir Chancen, die magischen acht Prozent zu bekommen?«

»Sehr gute Chancen«, erwiderte Osborne. »Peter Parfitt, der Hoffnungen hegte, Präsident von Lester zu werden, bevor Kane in Erscheinung trat, wurde aus dem Aufsichtsrat entfernt und mag Kane ungefähr so wie ein Mungo eine Kobra. Er gab mir zu verstehen, daß er seine zwei Prozent gern abgeben möchte.«

»Und warum kaufen wir sie nicht?«

»Er verlangt eine Million Dollar. Natürlich weiß er, daß Sie mit seinen Anteilen Kane stürzen können und andere Aktienbesitzer nicht bereit sind zu verkaufen. Eine Million wäre über zehn Prozent mehr, als die Aktien wert sind.«

Abel studierte die Daten, die Henry für ihn vorbereitet hatte. »Bieten Sie ihm siebenhundertfünfzigtausend«, sagte er.

George dachte an kleinere Summen, als er Abel gestand, er habe Henry in seiner Abwesenheit einen Kredit gegeben, den dieser immer noch nicht zurückgezahlt habe.

»Einen Kredit?«

»Das sind Henrys Worte, nicht meine.«

»Wer macht wem etwas vor? Wieviel?« fragte Abel.

»Fünftausend Dollar. Es tut mir leid, Abel.«

»Macht nichts. Wenn das dein einziger Fehler in den letzten drei Jahren war, kann ich mir gratulieren. Wofür gibt Henry so viel Geld aus?«

»Wein, Weib und Gesang. Unser Mann ist nicht sehr originell. Übrigens kursiert in den Bars von Chicago auch das Gerücht, daß er gern spielt.«

»Mehr brauche ich nicht von meinem neuesten Aufsichtsratsmitglied. Behalt ihn im Auge und verständige mich, wenn die Lage kritischer wird.«

George nickte.

»Und jetzt wollen wir von der Zukunft sprechen. Wenn Washington dreihundert Millionen Dollar pro Tag in die Wirtschaft pumpt, wird es zu einem Boom kommen, wie wir ihn noch nie erlebt haben. Wir müssen auch Barons in Europa bauen, solange die Grundstücke noch billig sind und die Leute nur ans Überleben denken. Fangen wir mit London an.«

»Mein Gott, Abel, die Stadt ist flachgebombt wie ein Pfannkuchen.«

»Um so leichter kann man bauen, mein Lieber.«

»Miss Tredgold«, sagte Zaphia, »heute nachmittag gehe ich zu einer Modenschau zugunsten des Chicagoer Symphonieorchesters. Vielleicht komme ich etwas später heim.«

»Jawohl, Mrs. Rosnovski.«

»Ich möchte auch gehen«, unterbrach Florentyna.

Erstaunt sahen die beiden Frauen das Kind an.

»In zwei Tagen hast du Prüfungen«, sagte Zaphia in der sicheren Annahme, daß Miss Tredgold ein so frivoles Vergnügen wie eine Modeschau mißbilligen würde. »Was mußt du heute nachmittag lernen?«

»Die Geschichte des Mittelalters«, sagte Miss Tredgold, »von Karl dem Großen bis zum Tridentinischen Konzil.«

Zaphia war betrübt, daß ihre Tochter sich nicht für weibliche Dinge interessieren durfte, sondern als eine Art Ersatzsohn erzogen wurde, weil ihr Mann sich einen Jungen gewünscht hatte.

»Dann müssen wir es auf ein andermal verschieben«, resignierte sie.

Sie hätte sich gern durchgesetzt, wußte aber, daß sie und Florentyna es ausbaden mußten, sollte Abel davon erfahren.

Doch diesmal hatte Miss Tredgold eine Überraschung bereit.

»Ich glaube, ich bin nicht ganz Ihrer Meinung, Mrs. Rosnovski«, sagte sie. »Es wäre eine ideale Gelegenheit, das Kind in die Welt der Mode und damit auch in die Gesellschaft einzuführen.« Und zu Florentyna gewandt: »Eine Atempause vor den Prüfungen wird dir bestimmt nicht schaden.«

Zaphia sah Miss Tredgold mit neuem Respekt an. »Vielleicht würden Sie auch gern mitkommen?« Zum erstenmal sah Zaphia Miss Tredgold erröten.

»Nein, vielen Dank, nein, das ist unmöglich.« Sie zögerte. »Ich habe Briefe, ja, Briefe, die ich beantworten muß. Diesen Nachmittag.«

An diesem Nachmittag wartete Zaphia in einem rosa Kostüm vor dem Schultor, und nicht Miss Tredgold in ihrem unvermeidlichen Dunkelblau. Florentyna fand ihre Mutter überaus hübsch.

Sie wäre am liebsten den ganzen Weg gerannt. Als sie ankamen, hatte sie Mühe, sich still zu verhalten, obwohl sie in der ersten Reihe saßen. Sie hätte die hochmütigen Mannequins, die über den hellerleuchteten Laufsteg schritten, beinahe anfassen können. Plissierte Röcke wirbelten hoch, enge Jacken wurden abgenommen und ließen schöne nackte Schultern sehen; elegante Damen mit großen Hüten und fließenden Gewändern aus blassem Organza schwebten schweigend unbekannten Zielen hinter einem roten Samtvorhang entgegen. Florentyna war fasziniert. Als das letzte Mannequin wiedergekehrt und die Vorführung zu Ende war, fragte ein Pressephotograph, ob er Zaphia aufnehmen dürfe. »Mama«, sagte Florentyna nachdrücklich, als er sein Stativ aufstellte, »du mußt den Hut mehr ins Gesicht ziehen, wenn du wirklich schick aussehen willst.«

Zum erstenmal folgte die Mutter dem Rat der Tochter.

Als Miss Tredgold ihren Schützling zu Bett brachte, erkundigte sie sich, wie es Florentyna gefallen habe.

»Sehr«, erwiderte das Kind. »Ich hatte keine Ahnung, daß Kleider einen so schön machen können.«

Miss Tredgold lächelte ein wenig sehnsüchtig.

»Und weißt du auch, daß mehr als achttausend Dollar für das Symphonieorchester eingenommen wurden? Das hätte selbst Papa imponiert.«

»Ganz bestimmt«, antwortete Miss Tredgold, »und eines Tages wirst du dir überlegen müssen, wie du dein Vermögen zugunsten anderer Menschen verwenden willst. Es ist nicht immer einfach, reich zu sein.«

Am nächsten Tag zeigte Miss Tredgold Florentyna in *Women's Wear Daily* ein Bild ihrer Mutter. »Baronin Rosnovski in Chicagos Modewelt«, stand darunter.

»Wann darf ich wieder zu einer Modeschau gehen?« fragte Florentyna.

»Erst wenn du Karl den Großen und das Tridentinische Konzil gelernt hast.«

»Was Karl der Große wohl getragen hat, als er zum Kaiser des Heiligen Römischen Reiches gekrönt wurde?« murmelte Florentyna.

Abends verlängerte sie beim Licht einer Taschenlampe und hinter verschlossenen Türen ihren Schulrock und nähte ihn an der Taille vier Zentimeter enger.

Florentyna war jetzt im letzten Semester der Unterstufe, und Abel hoffte, daß sie das begehrte Stipendium für die *Upper School* gewinnen würde. Natürlich wußte Florentyna, daß ihr Vater es sich leisten konnte, sie in die *Upper School* zu schikken, aber mit dem Geld, das sie ihrem Vater ersparen würde, wenn sie ein Stipendium bekam, hatte sie bereits Pläne. Sie hatte viel gelernt, wußte aber nicht, wie gut sie die Abschlußprüfungen bestanden hatte; hundertzweiundzwanzig Schüler aus Illinois waren zu den Prüfungen angetreten, und es gab nur vier Stipendien. Das Resultat werde man, so erklärte ihr Miss Tredgold, erst in einem Monat erfahren. »Geduld ist eine Tugend«, belehrte sie die Erzieherin und fügte scherzend hinzu, daß sie das nächste Schiff nach England nehmen werde, falls Florentyna nicht unter den drei Besten wäre.

»Sei nicht albern, Miss Tredgold, ich werde die Beste sein«, erwiderte Florentyna siegessicher, doch als die Tage vergingen, bereute sie ihre Prahlerei und vertraute Eleanor während eines

Spaziergangs an, daß sie möglicherweise Sinus mit Cosinus verwechselt und ein ganz unmögliches Dreieck konstruiert habe. »Vielleicht werde ich nur zweite«, sagte sie kleinlaut beim Frühstück.

»Dann werde ich für die Eltern arbeiten, deren Kind erste geworden ist«, sagte Miss Tredgold ungerührt.

Lächelnd blickte Abel von der Morgenzeitung auf. »Wenn du ein Stipendium bekommst, ersparst du mir tausend Dollar pro Jahr. Wenn du erste wirst, zweitausend.«

»Ja, Papa, und ich weiß auch, wie ich sie verwenden will.«

»Tatsächlich, junge Dame? Und darf ich wissen, wie?«

»Wenn ich ein Stipendium bekomme, möchte ich das Geld in Baron-Aktien anlegen, bis ich einundzwanzig bin. Wenn ich gewinne, möchte ich, daß du für Miss Tredgold das gleiche machst.«

»Du meine Güte, nein«, wehrte Miss Tredgold ab und richtete sich zu ihrer vollen Größe auf. »Das wäre ganz unpassend. Bitte entschuldigen Sie Florentynas Unverschämtheit, Mr. Rosnovski.«

»Ich bin nicht unverschämt, Papa. Wenn ich erste werde, verdanke ich das Miss Tredgold.«

»Richtig«, sagte Abel, »und ich erkläre mich einverstanden. Aber unter einer Bedingung.«

»Und die lautet?«

»Wieviel hast du auf deinem Sparbuch, junge Dame?«

»Dreihundertzwölf Dollar«, kam prompt die Antwort.

»Gut, wenn du nicht unter den ersten vier bist, mußt du mir mit deinen dreihundertzwölf Dollar helfen, das Schulgeld zu bezahlen.«

Florentyna zögerte. Abel wartete. Miss Tredgold schwieg.

»Einverstanden«, erklärte Florentyna schließlich.

»Nie in meinem Leben habe ich gewettet, und ich kann nur hoffen, daß mein lieber Vater nichts davon erfährt«, sagte Miss Tredgold.

»Die Wette hat nichts mit Ihnen zu tun, Miss Tredgold.«

»Oh doch, Mr. Rosnovski. Wenn das Kind bereit ist, sein ganzes Geld aufs Spiel zu setzen, weil es dem vertraut, was es von mir gelernt hat, dann muß ich ebenfalls dreihundertzwölf Dollar zu seiner Erziehung beisteuern, wenn Florentyna kein Stipendium bekommt.«

»Bravo«, rief Florentyna und umarmte ihre Erzieherin.

»Narren werden ihr Geld leicht los«, erklärte Miss Tredgold.

»Stimmt«, sagte Abel, »denn ich habe eben verloren.«

»Wieso, Papa?« Abel blätterte in der Zeitung und wies auf eine kleine Überschrift: »Die Tochter des Chicago-Barons gewinnt das Top-Stipendium.«

»Mr. Rosnovski, Sie wußten es die ganze Zeit.«

»Ja, Miss Tredgold, aber Sie haben sich als bessere Pokerspielerin erwiesen.«

Florentyna strahlte vor Glück und verbrachte die letzten Tage der Unterstufe als Heldin der Klasse. Selbst Edward Winchester gratulierte ihr.

»Das wollen wir mit einem Drink feiern.«

»Was?« sagte Florentyna. »Ich habe noch nie einen Drink genommen.«

»Höchste Zeit«, erklärte Edward und führte sie in ein kleines Zimmer am Ende des Schulgebäudes. »Wir wollen uns nicht erwischen lassen«, sagte er und verschloß die Tür. Voll ungläubiger Bewunderung sah Florentyna zu, wie Edward aus einem der Schreibpulte eine Bierflasche nahm und die braune Flüssigkeit in zwei schmutzige Gläser goß. Eines reichte er Florentyna.

»Prost«, sagte Edward.

»Was heißt das?«

»Trink einen Schluck«, sagte er, aber Florentyna ließ ihn zuerst trinken, bevor sie es wagte, zu nippen. Edward kramte in seiner Tasche und zog ein zerdrücktes Paket Lucky Strike hervor. Florentyna traute ihren Augen nicht. Zigaretten kannte sie nur aus der Werbung im Radio. Schweigend nahm Edward eine Zigarette heraus, steckte sie sich zwischen die Lippen, zündete sie an und paffte. Florentyna war ganz fasziniert, als er eine zweite Zigarette nahm und sie ihr in den Mund steckte. Sie traute sich kaum eine Bewegung zu machen, als er die Flamme eines Streichholzes an das Zigarettenende hielt, aus Angst, ihr Haar könnte Feuer fangen.

»Du mußt ziehen, dummes Mädchen«, sagte Edward. Sie machte ein paar hastige Züge und hustete.

»Du kannst das Ding schon aus dem Mund nehmen, weißt du.«

»Natürlich weiß ich das«, erwiderte sie und nahm, wie sie es bei Jean Harlow gesehen hatte, die Zigarette aus dem Mund.

»Gut«, sagte Edward und nahm einen gewaltigen Schluck Bier.

»Gut«, sagte Florentyna und tat es ihm nach. Die nächsten paar Minuten paffte und trank sie mit Edward um die Wette.

»Toll, nicht?« fragte er.

»Toll«, sagte sie.

»Willst du noch eine?«

»Nein, danke.« Florentyna hustete heftig. »Aber es war toll.«

»Ich rauche und trinke seit mehreren Wochen«, verkündete er.

»Ja, das sehe ich.«

Draußen läutete eine Glocke, und Edward versteckte Bier, Gläser und Zigarettenstummel rasch in seinem Schreibtisch, bevor er die Tür aufschloß. Langsam ging Florentyna ins Klassenzimmer zurück. Als sie ihren Platz erreichte, war ihr schwindlig, und als sie eine Stunde später nach Hause ging, wurde ihr noch elender. Daß ihr Atem noch nach Zigaretten roch, wußte sie nicht. Miss Tredgold sagte kein Wort, sondern brachte sie rasch zu Bett.

Am nächsten Morgen erwachte Florentyna mit roten Flekken im Gesicht und auf der Brust. Sie besah sich im Spiegel und fing zu weinen an.

»Schafblattern«, sagte Miss Tredgold zu Zaphia.

Schafblattern, bestätigte der Arzt. Als er mit der Untersuchung fertig war, durfte Abel seine Tochter besuchen.

»Was fehlt mir?« fragte Florentyna ängstlich.

»Ich hab' keine Ahnung«, sagte ihr Vater scheinheilig. »Vielleicht eine der Ägyptischen Plagen. Was meinen Sie, Miss Tredgold?«

»Etwas Ähnliches habe ich nur einmal im Leben bei einem Mitglied der Kirchengemeinde meines Vaters gesehen. Der Mann rauchte, aber in diesem Fall trifft das ja nicht zu.«

Abel küßte seine Tochter auf die Wange und verließ mit Miss Tredgold das Krankenzimmer.

»Ist es uns geglückt?« fragte Abel, als sie in seinem Arbeitszimmer saßen.

»Ich bin nicht sicher, Mr. Rosnovski, aber ich bin bereit, einen Dollar zu wetten, daß Florentyna nie mehr rauchen wird.«

Abel nahm einen Dollar aus der Brieftasche und steckte ihn wieder zurück.

»Lieber nicht, Miss Tredgold. Ich weiß, wie es mir ergeht, wenn ich mit Ihnen wette.«

Florentynas Lehrerin hatte einmal gesagt, manche geschichtlichen Ereignisse seien so beeindruckend, daß jeder sich erinnere, wo er gewesen sei, als er davon erfuhr.

Am 12. April um Viertel vor fünf unterhielt sich Abel mit einem Cola-Vertreter, der sein Produkt an die Baron Hotels verkaufen wollte. Zaphia machte Besorgungen, und Miss Tredgold kam aus dem Kino, wo sie zum drittenmal Humphrey Bogart in *Casablanca* gesehen hatte. Florentyna war in ihrem Zimmer und schlug im Lexikon das Wort *Teen-*

ager nach. Das Wort kam darin noch nicht vor, als Franklin D. Roosevelt in Warm Springs in Georgia starb.

Von den vielen Elogen und Nachrufen, die Florentyna in den nächsten Tagen las, hob sie nur eine kurze Meldung aus der *New York Post* auf:

Washington, 19. April – Es folgen die neuesten Verlustlisten der Streitkräfte sowie Name und Anschrift der nächsten Angehörigen der Gefallenen und Verwundeten:

ARMEE/MARINE-GEFALLENE:

ROOSEVELT, Franklin D., Oberbefehlshaber. Ehefrau: Mrs. Anna Eleanor Roosevelt, Weißes Haus.

6

Dem Eintritt in die *Upper School* von *Girls Latin* verdankte Florentyna ihre zweite Reise nach New York, da man die offizielle Schuluniform nur bei Marshall Field's in Chicago und die vorgeschriebenen Schuhe nur bei Abercrombie & Fitch in New York kaufen konnte. Abel brummte etwas von lächerlichem Snobismus. Doch da er im soeben eröffneten New Yorker Baron Hotel zu tun hatte, willigte er ein, Miss Tredgold und seine elfjährige Tochter zu begleiten.

Schon lange war Abel der Meinung gewesen, New York habe kein erstklassiges Hotel. Er bewunderte das Plaza, das Pierre und das Carlyle, fand aber, daß keines der drei Hotels dem Claridge in London, dem George V in Paris oder dem Danieli in Venedig das Wasser reichen konnte. Das war der Standard, den er für das New York Baron anstrebte.

Florentyna merkte, daß ihr Vater mehr und mehr Zeit in New York verbrachte; das gute Einverständnis zwischen Vater und Mutter schien der Vergangenheit anzugehören; so häufig wurden die Streitigkeiten, daß Florentyna sich fragte, ob sie vielleicht mitschuldig war.

Sobald Miss Tredgold die Einkäufe bei Marshall Field's erledigt hatte – drei dunkelblaue Pullover, drei dunkelblaue Röcke, vier Blusen (weiß), sechs Unterhosen (dunkelblau), sechs Paar hellgraue Socken, ein dunkelblaues Seidenkleid mit weißem Kragen und weißen Manschetten –, fuhr man nach New York.

Sie nahmen den Zug zur Grand Central Station und gingen geradewegs zu Abercrombie & Fitch, wo sie zwei Paar braune Halbschuhe kauften.

»Vernünftige Schuhe«, erklärte Miss Tredgold. »Niemand, der solches Schuhwerk trägt, kann Plattfüße bekommen.« Dann spazierten sie über die Fifth Avenue. Plötzlich stellte Miss Tredgold fest, daß sie allein war. Sie drehte sich um und sah Florentyna vor dem Schaufenster einer Parfümerie. »Zehn verschiedene Lippenstiftschattierungen für die elegante Dame«, verkündete ein großes Schild.

»Meine Lieblingsfarbe ist rosarot«, bemerkte Florentyna hoffnungsvoll.

»Die Schulvorschriften sind sehr streng«, sagte Miss Tredgold bestimmt. »Kein Lippenstift, kein Nagellack, kein Schmuck außer einem Ring und einer Armbanduhr.«

Widerwillig trennte sich Florentyna von dem rosaroten Lippenstift und ging mit ihrer Erzieherin zum Plaza Hotel, wo ihr Vater sie im *Palm Court* zum Tee erwartete. Er konnte es sich nicht versagen, in das Hotel zurückzukehren, in dem er als Hilfskellner angefangen hatte. Obwohl er außer Old Sammy, den Oberkellner im Oak Room, niemanden erkannte, wußte jeder, wer er war.

Nach einer Portion Eiscreme für Florentyna, Kaffee für Abel und Tee mit Zitrone für Miss Tredgold, kehrte Abel an die Arbeit zurück. Miss Tredgold warf einen Blick auf ihr Tagesprogramm und führte Florentyna zum Empire State Building. Als der Fahrstuhl den 102. Stock erreichte, war Florentyna schwindlig, und überdies konnte man nicht einmal bis zum Chrysler Building sehen, da vom East River Nebel aufgestiegen war. Miss Tredgold studierte ihr Programm und entschied sich für das Metropolitan Museum, das soeben ein großes Ölbild von Picasso erworben hatte: eine zweiköpfige Frau, deren eine Brust aus der Schulter wuchs.

»Was hältst du davon?« fragte Florentyna.

»Wenig«, meinte Miss Tredgold. »Ich glaube, er hat in Zeichnen die gleichen Zensuren wie du bekommen.«

Florentyna wohnte gern in einem Hotel ihres Vaters und verbrachte Stunden damit, herumzuwandern und auf kleine Fehler hinzuweisen. Schließlich, so sagte sie zu Miss Tredgold, hatten sie einiges in die Hotels investiert. Beim Dinner im Grill Room des New York Baron erklärte Florentyna dem Vater, daß ihr die Läden im Hotel mißfielen.

»Warum?« fragte Abel automatisch, ohne viel auf die Antwort zu achten.

»Es ist nichts Bestimmtes«, erwiderte Florentyna, »aber verglichen mit den Geschäften auf der Fifth Avenue sind sie alle schrecklich langweilig.«

Abel kritzelte auf die Rückseite des Menus: »Geschäfte schrecklich langweilig«, bevor er sagte: »Ich werde morgen nicht mit euch nach Chicago zurückfahren.«

Ausnahmsweise wußte Florentyna nichts zu erwidern.

»Es haben sich einige Probleme mit dem Hotel hier ergeben, und ich muß sehen, daß ich sie in Ordnung bringe«, fuhr Abel fort. Es klang etwas zu gut vorbereitet.

Florentyna nahm die Hand ihres Vaters. »Versuch morgen zurückzukommen. Eleanor und ich vermissen dich immer.«

Kaum waren sie wieder in Chicago, bereitete Miss Tredgold ihren Schützling auf die *Upper School* vor. Täglich wurden zwei Stunden für ein Unterrichtsfach aufgewendet, wobei Florentyna wählen konnte, ob sie morgens oder nachmittags lernen wollte. Die einzige Ausnahme war Donnerstag, an dem sie vormittags arbeiteten, weil Miss Tredgold nachmittags frei hatte.

Punkt zwei Uhr verließ Miss Tredgold das Haus und kehrte erst um sieben Uhr zurück. Sie erzählte nie, wohin sie ging, und Florentyna wagte nicht zu fragen. Aber mit der Zeit wuchs ihre Neugierde, bis sie schließlich beschloß, festzustellen, wo und wie Miss Tredgold ihre Freizeit verbrachte.

An einem Donnerstag verabschiedete sich Miss Tredgold nach zwei Stunden Latein und einem kurzen Lunch in der Küche und zog sich wie immer in ihr Zimmer zurück. Funkt zwei öffnete sie die Haustür und eilte mit einer großen Leinentasche die Straße entlang. Florentyna beobachtete sie von ihrem Fenster aus. Sobald Miss Tredgold um die Ecke gebogen war, lief sie hinunter und ihr nach. Sie sah Miss Tredgold an einer Bushaltestelle warten und zitterte bei dem Gedanken, daß es ihr nicht gelingen könnte, ihr zu folgen. Kurz darauf kam ein Doppeldeckerbus, Miss Tredgold stieg ein und kletterte die Treppe hinauf. Kurz entschlossen sprang Florentyna im letzten Moment in den Bus und ging rasch nach vorne.

Als der Schaffner sie nach ihrem Fahrziel fragte, wußte sie keine Antwort.

»Wie weit fahren Sie?« fragte sie.

Der Schaffner sah sie mißtrauisch an. *»The Loop.«*

»Eine Karte bis zum *Loop*, bitte.«

»Fünfzehn Cents«, sagte der Schaffner.

Florentyna kramte in ihrer Jackentasche und mußte feststellen, daß sie nur zehn Cents hatte.

»Wie weit kann ich für zehn Cents fahren?«

»Zur *Ryland School.*«

Florentyna zahlte rasch und betete, daß Miss Tredgold nicht weiter fahren würde; an die Rückfahrt verschwendete sie keinen Gedanken.

Sie machte sich ganz klein auf ihrem Sitz und paßte bei jeder Haltestelle auf, aber auch nach der zwölften Station war Miss Tredgold noch nicht ausgestiegen.

»Deine Station ist die nächste«, sagte der Schaffner.

Widerwillig stieg Florentyna aus, dachte an den langen Heimweg und beschloß, nächste Woche so viel Geld mitzunehmen, daß sie hin- und zurückfahren konnte.

Unglücklich sah sie dem Bus nach, der ein kurzes Stück weiterfuhr und wieder hielt. Miss Tredgold stieg aus und bog in eine Seitengasse.

Florentyna lief, so rasch sie konnte, doch als sie die Ecke erreichte, war Miss Tredgold nicht mehr zu sehen. Vielleicht war sie in eines der Häuser oder in eine andere Seitengasse gegangen? Florentyna beschloß, noch ein Stück zu laufen; wenn Miss Tredgold nirgends auftauchte, wollte sie den langen Heimweg antreten.

Sie kam zu einem großen Torbogen, auf dem in goldenen Lettern *South Shore Country Club* stand.

Nicht einen Moment hielt Florentyna es für möglich, daß der Club Miss Tredgolds Ziel sein könnte, aber aus Neugierde spähte sie durch das Tor.

»Was willst du?« fragte ein uniformierter Wächter.

»Ich suche meine Erzieherin«, antwortete Florentyna unsicher.

»Wie heißt sie?«

»Miss Tredgold.«

»Sie ist schon im Clubhaus«, sagte der Wächter und wies auf ein von Bäumen umgebenes viktorianisches Haus auf einem Hügel.

Ohne ein weiteres Wort zu verlieren, marschierte Florentyna erhobenen Hauptes durch das Tor und ging den Weg entlang. Überall waren Schilder mit der Aufschrift »Bitte nicht den Rasen betreten«. Als Miss Tredgold aus dem Clubhaus kam, hatte Florentyna gerade genug Zeit, hinter einen Baum zu verschwinden. Die Dame in Tweedhose, einem dicken Pullover und flachen Halbschuhen war kaum wiederzuerkennen. Über einer Schulter trug sie eine Tasche mit Golfschlägern.

Gebannt starrte Florentyna ihre Erzieherin an.

Beim ersten Tee legte Miss Tredgold den Sack ab, nahm einen Ball heraus, legte ihn auf das Tee und wählte einen Schläger. Nach ein paar Übungsschlägen schlug sie den Ball genau in die Mitte des Fairways. Florentyna traute ihren Augen nicht. Gern hätte sie applaudiert, statt dessen versteckte sie sich, während Miss Tredgold den Fairway entlangmarschierte, hinter einem anderen Baum.

Miss Tredgolds zweiter Schlag landete zwanzig Meter vom Rand des Greens entfernt. Florentyna lief zu einem Gebüsch und sah zu, wie Miss Tredgold den Ball mit zwei Putts ins Loch brachte. Kein Zweifel, sie war keine Anfängerin.

Dann zog Miss Tredgold eine kleine Karte aus der Jackentasche, schrieb etwas darauf und wandte sich dem zweiten Tee zu. Wieder holte sie aus und schlug. Diesmal hatte der Ball jedoch einen leichten Rechtsdrall, und landete nicht weit von Florentynas Versteck entfernt.

Florentyna sah zu den Bäumen auf; höchstens einc Katze konnte sie erklettern. Mit angehaltenem Atem blieb sie hinter dem dicksten Stamm hocken und beobachtete, wie Miss Tredgold die Lage des Balls studierte, etwas murmelte und einen anderen Schläger wählte. Der Ball stieg hoch und gerade auf und landete wieder in der Mitte des Fairways.

Miss Tredgold steckte den Schläger in die Tasche zurück.

»Hätte ich beim erstenmal besser geschlagen, hätten wir uns nicht getroffen.«

Florentyna glaubte, Miss Tredgold führe ein Selbstgespräch und blieb hinter ihrem Baum.

»Komm hervor, Kind.« Folgsam und schweigend lief Florentyna zu ihr.

Miss Tredgold nahm einen neuen Ball und legte ihn vor sich

auf den Boden. Dann wählte sie einen Schläger und reichte ihn Florentyna.

»Versuch den Ball in diese Richtung zu schlagen«, sagte sie und wies auf eine achtzig Meter entfernte Fahne.

Ungeschickt und zögernd nahm das Kind den Schläger und versuchte den Ball zu treffen; jedesmal flog ein kleines Rasenstück in die Luft. Endlich gelang es ihr, den Ball zwanzig Meter näher an den Fairway zu bringen. Sie strahlte vor Freude.

»Wie ich sehe, haben wir einen langen Nachmittag vor uns«, sagte Miss Tredgold resigniert.

»Es tut mir so leid«, sagte Florentyna. »Kannst du mir je verzeihen?«

»Daß du mir nachgelaufen bist, ja. Aber deine Golfversuche nicht. Wir werden mit den Grundbegriffen beginnen müssen, denn ich fürchte, in Zukunft werden die Donnerstagnachmittage nicht mehr mir gehören. Du hast das einzige Laster meines Vaters entdeckt.«

Mit der gleichen Energie, die sie für Latein und Griechisch aufwandte, lehrte Miss Tredgold ihren Schützling das Golfspiel. Bald war Donnerstag Florentynas Lieblingstag.

Die *Upper School* war ganz anders als die Unterstufe. Es gab für jedes Unterrichtsfach eine Lehrerin, die Schülerinnen wanderten von einem Klassenzimmer zum anderen, und viele Aktivitäten wurden gemeinsam mit den Jungen abgehalten. Zu Florentynas Lieblingsfächern gehörten Gegenwartsfragen, Latein, Französisch und Englisch, und die zwei Biologiestunden pro Woche konnte sie kaum erwarten, weil sie dann die Kägersammlung unter dem Mikroskop anschauen durfte.

Auch Florentynas Interesse an Kleidern ließ nicht nach. Sie stellte fest, daß die kriegsbedingte kurze Mode vorüber war und die Kleider wieder fast bodenlang wurden. Leider konnte sie wenig Experimente anstellen, weil die Schuluniform sich nicht veränderte; die Kinderabteilung von Marshall Field's schien sich wenig um den *New Look* zu kümmern. Aber Florentyna studierte alle Modehefte und quälte ihre Mutter, sie zu Modeschauen mitzunehmen. Für Miss Tredgold hingegen, die einem Mann nie erlaubt hatte, ihre Knie zu sehen, war die neue Mode nur ein Beweis, daß sie schon immer recht gehabt hatte.

Am Ende des ersten Jahres der *Upper School* arrangierte die Französischlehrerin eine Aufführung der *Heiligen Johanna* in französischer Sprache. Florentyna, die als einzige in dieser Sprache denken konnte, spielte die Jungfrau von Orleans und probierte stundenlang in ihrem Kinderzimmer, während Miss Tredgold alle anderen Rollen übernehmen und gleichzeitig Souffleur sein mußte. Selbst als Florentyna ihre Rolle auswendig konnte, wohnte Miss Tredgold geduldig den täglichen One-Woman-Shows bei.

»Nur der Papst und ich gewähren Einzelpersonen eine Audienz«, sagte sie zu Florentyna, als das Telefon klingelte.

»Für dich«, sagte Miss Tredgold.

Florentyna hatte es gern, angerufen zu werden, obwohl Miss Tredgold dieses Vergnügen nicht ermutigte.

»Hallo, hier spricht Edward. Ich brauche deine Hilfe.«

»Warum? Sag nicht, du hast lesen gelernt.«

»Keine Aussicht. Aber ich soll die Rolle des Dauphins spielen und kann nicht alle Worte aussprechen.«

Florentyna unterdrückte ein Lachen. »Komm um halb sechs zu uns; du kannst bei den täglichen Proben mitmachen. Aber ich muß dich warnen, Miss Tredgold war ein ausgezeichneter Dauphin.«

Edward erschien jeden Abend pünktlich um halb sechs, und obwohl Miss Tredgold mißbilligend dreinblickte, wenn der Junge dann und wann in seinen amerikanischen Akzent verfiel, war er bei der Generalprobe weitgehend vorbereitet.

Vor der Premiere schärfte Miss Tredgold den beiden ein, unter keinen Umständen ins Publikum zu schauen oder nach ihren Eltern zu suchen; man würde ihnen ihre Rollen nicht glauben. Sie erwähnte, daß Noël Coward einmal eine Vorstellung von *Romeo und Julia* platzen ließ, nur weil John Gielgud ihn angesehen habe. Florentyna war beeindruckt, obwohl sie keine Ahnung hatte, wer Noël Coward oder John Gielgud waren.

Als der Vorhang sich hob, blickte Florentyna kein einziges Mal über die Rampe. Miss Tredgold fand ihr Spiel »recht brav«, und in der Pause bemerkte sie zu Florentynas Mutter, daß ihr die Szene, in der die Jungfrau allein auf der Bühne steht und mit ihren Stimmen spricht, besonders gefallen habe.

»Bewegend, absolut«, war ihr Kommentar. Als der Vorhang fiel, erhielt Florentyna stürmischen Applaus. Edward stand hinter ihr und war erleichtert, die Angelegenheit ohne allzu viele Fehler hinter sich gebracht zu haben. Vor Aufregung glühend, entfernte Florentyna die Schminke – ihre erste Erfahrung mit Lippenstift und Puder –, zog wieder die Schuluniform an und gesellte sich zu ihrer Mutter und Miss Tredgold, die mit den anderen Eltern im Speisesaal Kaffee tranken. Verschiedene Leute gratulierten ihr, sogar der Direktor der *Boys Latin School.*

»Eine erstaunliche Leistung für ein Mädchen ihres Alters«, bemerkte er zu Mrs. Rosnovski. »Allerdings war die Jungfrau nur wenige Jahre älter, als sie die gesamte französische Führung herausforderte.«

»Sie mußte aber nicht etwas auswendig lernen, das jemand anderer in einer fremden Sprache geschrieben hatte«, erwiderte Zaphia und fand ihre Antwort klug.

Florentyna hörte kaum hin; ihre Blicke suchten in dem vollen Saal nach dem Vater.

»Wo ist Papa?«

»Er konnte nicht kommen.«

»Aber er hat es versprochen«, sagte Florentyna. »Er hat es *versprochen.*« Sie mußte die Tränen zurückhalten, als sie plötzlich wußte, warum Miss Tredgold ihr geraten hatte, nicht hinter das Rampenlicht zu schauen.

»Du darfst nicht vergessen, Kind, daß dein Vater ein vielbeschäftigter Mann ist. Er regiert ein Imperium.«

»Das hat auch die heilige Johanna getan.«

Als Florentyna abends im Bett lag, kam Miss Tredgold, um das Licht zu löschen.

»Papa hat Mama nicht mehr lieb, nicht wahr?«

Auf eine so direkte Frage war Miss Tredgold nicht gefaßt, und sie brauchte eine Weile, um sich zu erholen.

»Ich weiß nur eines mit Bestimmtheit: beide lieben dich, mein Kind.«

»Warum kommt Papa dann nie mehr nach Hause?«

»Das weiß ich nicht, aber was immer seine Gründe sein mögen, wir müssen sehr verständnisvoll und erwachsen sein.« Miss Tredgold strich eine Locke zurück, die über Florentynas Stirn gefallen war.

Florentyna fühlte sich überaus unerwachsen und fragte sich, ob Johanna so unglücklich gewesen war, als sie ihr geliebtes Frankreich verlor. Als Miss Tredgold leise die Tür schloß, streckte Florentyna die Hand nach Eleanors feuchter Schnauze aus. »Dich werde ich zumindest immer haben«, flüsterte sie. Eleanor kletterte auf das Bett und legte sich mit dem Blick zur Tür neben Florentyna. Ein rascher Rückzug in die Küche war angezeigt, falls Miss Tredgold nochmals erscheinen sollte.

In den Sommerferien bekam Florentyna ihren Vater nicht zu Gesicht; schon lange glaubte sie nicht mehr die Geschichten, das wachsende Hotelimperium halte den Vater von Chicago fern. Wann immer sie seinen Namen erwähnte, antwortete Zaphia mit Bitterkeit, und Florentyna wußte aus Telefongesprächen, daß sie einen Anwalt zu Rate gezogen hatte.

In der Hoffnung, das Auto des Vaters zu sehen, ging Florentyna täglich mit Eleanor auf der Michigan Avenue spazieren. An einem Mittwoch beschloß sie, diese Routine zu ändern und auf der Westseite der Avenue die Modegeschäfte zu inspizieren. Mit ihrem wöchentlichen Taschengeld von fünf Dollar hatte Florentyna schon in Gedanken ein Brautkleid und ein Ballkleid erstanden und betrachtete eben ein Fünfhundert-Dollar-Abendkleid an der Ecke der Oak Street, als sie im Schaufenster das Spiegelbild ihres Vaters sah. Beglückt drehte sie sich um und sah ihn auf der anderen Straßenseite aus einem Geschäft treten. Ohne nachzudenken oder sich umzusehen sprang sie auf die Fahrbahn und rief seinen Namen. Ein gelbes Taxi bremste quietschend. Der Fahrer riß den Wagen herum, als er das Aufblitzen eines blauen Kleides sah, dann spürte er etwas Schweres gegen das Auto schlagen. Der Verkehr kam zum Stillstand, und ein untersetzter, gutgekleideter Mann stürzte, von einem Polizisten gefolgt, auf die Straße. Einen Augenblick später standen Abel und der Taxifahrer vor dem leblosen Körper. »Sie ist tot«, sagte der Polizist, schüttelte den Kopf und zückte ein Notizbuch.

Zitternd fiel Abel auf die Knie. »Und das Bitterste ist, es ist meine Schuld«, sagte er, zu dem Polizisten aufschauend.

»Nein, Papa, es war meine Schuld«, schluchzte Florentyna. »Ich hätte nicht auf die Fahrbahn laufen dürfen. Weil ich unbedacht war, habe ich Eleanor getötet.«

Der Taxifahrer erklärte, daß er keine andere Wahl gehabt habe; hätte er nicht den Hund überfahren, wäre vermutlich das Mädchen tot.

Abel nickte, hob seine Tochter hoch und trug sie auf den Gehsteig, ohne daß sie auf Eleanors verstümmelten Körper zurückblicken konnte. Er legte Florentyna in den Wagenfond und ging zu dem Polizisten zurück.

»Mein Name ist Abel Rosno –«

»Ich kenne Sie, Sir.«

»Kann ich Ihnen alles weitere überlassen?«

»Natürlich, Sir.« Der Polizist blickte nicht von seinem Notizbuch auf.

Abel wies den Chauffeur an, zum Baron Hotel zu fahren. Er hielt die Hand des Kindes fest, als sie durch die überfüllte Halle zum Privatfahrstuhl gingen, der sie in den 42. Stock brachte. George kam ihnen entgegen und wollte eben sein Patenkind mit einem Scherz begrüßen. Dann sah er ihr Gesicht.

»Bitte Miss Tredgold, sofort herzukommen, George.«

»Natürlich.« George verschwand in seinem Büro.

Geduldig hörte Abel lange Geschichten über Eleanor an, bis man Tee und Sandwiches brachte. Florentyna konnte kaum einen Schluck Milch hinunterbringen. Ohne Vorwarnung wechselte sie plötzlich das Thema.

»Warum kommst du nie mehr nach Hause, Papa?«

Abel schenkte sich noch eine Tasse Tee ein und verschüttete ein wenig davon in die Untertasse. »Ich hatte oft Lust, nach Hause zu kommen, und es hat mir so leid getan, die *Heilige Johanna* zu versäumen, aber deine Mutter und ich – wir lassen uns scheiden.«

»Oh nein, Papa, das darf nicht wahr sein. Papa.«

»Es ist meine Schuld, Kleines. Ich war ein schlechter Ehemann und . . .«

Florentyna schlang die Arme um ihn. »Heißt das, daß ich dich nie mehr sehen werde?«

»Nein. Ich habe ein Übereinkommen mit deiner Mutter getroffen. Wenn du in die Schule gehst, bleibst du in Chicago, aber die übrige Zeit kommst du zu mir nach New York. Natürlich kannst du mich immer anrufen, wenn du Lust hast.«

Florentyna schwieg. Sanft strich ihr Abel über das Haar.

Nach einer Weile klopfte es an der Tür, und Miss Tredgold trat ein. Ihr langes Kleid strich über den Teppich, als sie rasch auf Florentyna zuging.

»Wollen Sie Florentyna nach Hause bringen, bitte?«

»Natürlich, Mr. Rosnovski.« Florentyna kämpfte immer

noch mit den Tränen. »Komm, mein Kind.« Miss Tredgold bückte sich zu ihr herab und flüsterte ihr ins Ohr: »Versuch, deinen Schmerz nicht zu zeigen.«

Das zwölfjährige Mädchen küßte den Vater auf die Stirn, nahm Miss Tredgolds Hand und ging.

Als sich die Tür schloß, begann Abel, der nicht von Miss Tredgold erzogen worden war, zu weinen.

7

Zu Beginn des zweiten Schuljahres in der *Upper School* sah Florentyna zum erstenmal Pete Welling. Er saß in der Ecke des Musikzimmers und spielte auf dem Klavier den letzten Broadway-Hit. Es klang ein wenig falsch, und Florentyna gab dem Klavier die Schuld. Pete schien nicht zu bemerken, daß sie vorbeiging, also drehte sie sich um und ging wieder zurück. Kein Erfolg. Er fuhr sich mit der Hand durch die blonden Locken und spielte weiter; Florentyna tat so, als habe sie ihn nicht gesehen. Am folgenden Tag erfuhr sie, daß er zwei Jahre älter war als sie, wußte, wo er wohnte, daß er Kapitän des Fußballteams und Präsident seiner Klasse war. Ihre Freundin Susie Jacobson warnte sie, daß bereits andere erfolglos ihr Glück bei ihm versucht hätten.

»Aber ich habe ihm etwas zu bieten, dem er bestimmt nicht widerstehen kann.«

Am Nachmittag setzte sie ihren ersten Liebesbrief auf. Nach langer Überlegung wählte sie rote Tinte und schrieb mit kühnen großen Buchstaben:

Mein lieber Pete,

schon als ich dich zum erstenmal sah, wußte ich, daß du etwas Besonderes bist. Ich finde, du spielst wunderbar Klavier. Hast du Lust, mich zu besuchen und ein paar Platten anzuhören?

Herzliche Grüße
Florentyna (Rosnovski)

Florentyna wartete auf die Pause, dann schlich sie durch den Korridor und glaubte aller Blicke auf sich zu spüren, als sie Petes Spind suchte. Nummer 42 – das mußte ein gutes Omen sein. Sie legte ihren Brief auf das Mathematikbuch und kehrte mit feuchten Händen wieder in die Klasse zurück.

Nach jeder Stunde suchte sie in ihrem eigenen Spind nach einer Antwort. Sie kam nicht. Eine Woche verstrich, und sie war der Verzweiflung nahe, als sie Pete, sich das Haar kämmend, auf der Treppe zur Kapelle sitzen sah. Wie tollkühn, zwei Schulvorschriften gleichzeitig zur durchbrechen, dachte sie. Jetzt wollte sie herausfinden, ob er ihre Einladung gefunden hatte.

Ihren ganzen Mut zusammennehmend, ging sie auf ihn zu, doch als sie nur noch einen Meter entfernt war, wäre sie am liebsten in den Boden versunken. Was sollte sie ihm sagen? Wie ein Kaninchen die Schlange, starrte sie ihn wortlos an, bis er »Hi« sagte.

»Hi«, stammelte sie. »Hast du meinen Brief gefunden?«

»Deinen Brief?«

»Ja, ich hab' dir letzten Montag geschrieben, ob du bei mir ein paar Platten hören willst. Ich habe ›Stille Nacht‹ und die meisten Bing-Crosby-Songs. Kennst du ›White Christmas‹ von ihm?« Das war ihre Trumpfkarte.

»Ach, *du* hast den Brief geschrieben.«

»Ja, letzte Woche hab' ich dich gegen Francis Parker spielen gesehen. Du warst phantastisch. Gegen wen spielst du als nächstes?«

»Es steht im Schulkalender«, sagte er, steckte den Kamm ein und sah über ihre Schulter.

»Ich werde zuschauen.«

»Natürlich«, sagte er, als ein großes blondes Mädchen aus einer höheren Klasse auf Pete zulief – Florentyna war überzeugt, daß ihre weißen Socken nicht zur offiziellen Schuluniform gehörten – und fragte, ob er lang gewartet habe.

»Nein, nur ein paar Minuten.« Pete nahm sie um die Taille, dann drehte er sich zu Florentyna um: »Es tut mir leid, aber du mußt warten; vielleicht kommst du auch noch an die Reihe.« Er lachte. »Crosby ist jedenfalls langweilig. Mein Typ ist Bix Beiderbecke.«

Als die beiden weggingen, hörte Florentyna ihn sagen: »Das war das Mädchen, das mir den Brief geschickt hat.« Das blonde Mädchen drehte sich lachend nach ihr um. »Wahrscheinlich ist sie noch Jungfrau«, fügte Pete hinzu.

Florentyna ging in die Mädchengarderobe und versteckte sich, bis alle nach Hause gegangen waren. Bestimmt würde man sie auslachen, sobald sich die Geschichte herumgesprochen hatte. In der Nacht konnte sie nicht schlafen, und am nächsten Morgen studierte sie die Gesichter ihrer Kameradinnen; keine anzüglichen Blicke, kein Gekicher. Sie mußte Susie ins Vertrauen ziehen, um festzustellen, ob sich ihre Niederlage herumgesprochen hatte. Als Florentyna geendet hatte, fing Susie zu lachen an.

»Nicht auch du«, sagte sie.

Florentyna fühlte sich wesentlich besser, als sie erfuhr, wie viele ihr Schicksal teilten. Sie faßte Mut und fragte, ob sie wisse, was eine Jungfrau sei.

»Ich bin nicht sicher. Warum fragst du?«

»Weil Pete meinte, ich sei wahrscheinlich eine.«

»Dann bin ich vermutlich auch eine. Ich habe einmal gehört, es hat damit zu tun, daß man mit einem Jungen schläft und neun Monate später ein Baby bekommt. So wie es Miss Horton von den Elefanten erzählte, aber die brauchen zwei Jahre.«

»Was man wohl dabei fühlt?«

»In den Zeitschriften, die Mary Alice in ihrem Schrank eingeschlossen hat, wird behauptet, es sei traumhaft.«

»Kennst du jemanden, der es versucht hat?«

»Margie McCormick behauptet es.«

»Die behauptet viel, und wenn es wahr ist, warum hat sie dann kein Baby?«

»Sie war ›vorsichtig‹, was immer das heißen mag.«

»Wenn es ähnlich ist wie die Periode, dann ist es nicht der Mühe wert.«

»Stimmt«, pflichtete Susie bei. »Ich hab' meine gestern bekommen. Glaubst du, Männer haben die gleichen Probleme?«

»Keine Spur«, sagte Florentyna, »sie haben es immer und überall einfacher. Offenbar bekommen wir die Periode und die Babys, sie müssen sich rasieren und zum Militär, aber ich werde noch Miss Tredgold fragen.«

»Ob sie das weiß?«

»Miss Tredgold«, erwiderte Florentyna bestimmt, »weiß alles.«

Am Abend, als Florentyna zögernde Fragen stellte, erklärte ihr Miss Tredgold in allen Details, was bei Zeugung und Geburt vorgeht und warnte sie vor den Folgen eines unüberlegten Abenteuers. Schweigend hörte Florentyna zu. Dann fragte sie: »Und warum macht man dann soviel Getue darum?«

»Die moderne Gesellschaft und die lockeren Sitten machen es den Mädchen nicht leicht. Aber vergiß nicht: Jeder von uns kann entscheiden, wie er vor den anderen dastehen will und – das ist noch wichtiger – vor sich selbst.«

»Natürlich wußte sie alles«, sagte Florentyna am nächsten Tag zu Susie.

»Heißt das, daß du Jungfrau bleiben wirst?«

»Ja, sicher. Miss Tredgold ist auch noch Jungfrau.«

»Aber was heißt das, ›vorsichtig sein‹?« wollte Susie wissen.

»Man muß nicht vorsichtig sein, wenn man Jungfrau

bleibt«, gab Florentyna ihre neuerworbenen Kenntnisse weiter.

Die Firmung war das einzige andere wichtige Ereignis in diesem Jahr. Obwohl Florentyna von einem jungen Priester unterrichtet wurde, verdrängte Miss Tredgold energisch die Lehren der *Church of England*, studierte die römisch-katholische Firmung und erklärte Florentyna die Bedeutung der Zeremonie. Der römisch-katholische Erzbischof von Chicago nahm die Firmung vor, und sowohl Abel als auch Zaphia waren anwesend, allerdings saßen sie weit voneinander entfernt.

Florentyna trug ein weißes, hochgeschlossenes Kleid, das die Knie bedeckte. Sie hatte es selbst genäht, Miss Tredgold hatte nur ein bißchen nachgeholfen, während sie geschlafen hatte. Länger als eine Stunde hatte sie Florentynas langes dunkles Haar gebürstet und ihr sogar erlaubt, es offen zu tragen; es fiel ihr bis auf die Schultern. Obwohl Florentyna erst dreizehn war, sah sie hinreißend aus.

»Mein Patenkind ist schön«, sagte George, der neben Abel in der Kirche stand.

»Ich weiß.«

»Nein, ich meine es ernst. Sehr bald werden unzählige Freier an der Schloßtür des Barons klopfen und die Hand seiner einzigen Tochter erbitten.«

»Es ist mir egal, wen sie heiratet, wenn sie nur glücklich wird.«

Nach der Firmung wurde in Abels Privatwohnung im Baron gefeiert. Florentyna erhielt Geschenke von der Familie und Freunden und von Miss Tredgold eine schöne, in Leder gebundene Bibel. Das Geschenk, das sie am meisten entzückte, aber war jener antike Ring, den Florentyna bei ihrer Taufe von dem Mann erhalten hatte, der Vertrauen zu ihrem Vater gezeigt und die Baron-Gruppe finanziert hatte.

»Ich muß ihm schreiben und mich bedanken«, sagte sie.

»Das geht nicht, mein Schatz, ich weiß nicht genau, wer er

ist. Meinen Teil der Abmachung habe ich schon längst erfüllt, und so werde ich vielleicht nie seine Identität erfahren.«

Sie zog den Ring über den dritten Finger der linken Hand, und während des ganzen Abends kehrten ihre Blicke wieder und wieder zu den funkelnden kleinen Smaragden zurück.

8

»Wie werden Sie bei den Präsidentschaftswahlen wählen, Madam?« fragte ein flott gekleideter, freundlicher junger Mann.

»Ich werde nicht wählen«, Miss Tredgold ging weiter.

»Soll ich schreiben, ›unentschieden‹?« fragte der Mann und lief ihr nach.

»Keineswegs. Das habe ich nicht gesagt.«

»Verstehe ich Sie richtig, daß Sie nicht sagen wollen, wem Ihre Sympathie gehört?«

»Ich sage gern, wem meine Sympathien gehören, da ich aber aus England komme, werden sie weder Truman noch Dewey nützen.«

Der Interviewer zog sich zurück, Florentyna aber beobachtete ihn genau. Sie hatte gelesen, daß die Resultate dieser Umfragen jetzt von allen Politikern ernst genommen wurden.

Man schrieb 1948, und Amerika stand mitten im Wahlkampf. Florentyna war immer noch eine loyale Demokratin, obwohl sie nach zwei so unpopulären Jahren wenig Chancen für Truman sah. Der republikanische Kandidat Thomas E. Dewey führte nach der letzten Gallup-Umfrage mit mehr als acht Prozent und schien den Sieg in der Tasche zu haben.

Florentyna verfolgte beide Wahlfeldzüge mit größtem Interesse und war beglückt, als eine Frau republikanische Senatskandidatin für Maine wurde. Zum erstenmal konnten die Amerikaner die Wahl auf dem Fernsehschirm verfolgen; einen

Monat vor seinem Auszug hatte auch Abel einen Apparat gekauft. Allerdings durfte Florentyna während der Schulzeit nur eine Stunde pro Tag vor »der neumodischen Maschine« sitzen, wie Miss Tredgold sie nannte. »Nie kann sie das geschriebene Wort ersetzen«, erklärte sie mit Nachdruck, »und ich bin der gleichen Meinung wie Professor Ch. L. Dawes, daß zu viele spontane Entscheidungen vor den Kameras getroffen werden, die man später vielleicht bereut.«

Obwohl Florentyna Miss Tredgolds Meinung nicht ganz teilte, wählte sie die ihr erlaubte Stunde sorgfältig aus und entschied sich immer für die Nachrichten anstatt für eine populäre Show.

Während der Sommerferien arbeitete sie mit unzähligen anderen freiwilligen Helfern in Osbornes Wahlzentrale und steckte »Eine Nachricht von Ihrem Abgeordneten« und einen »Wählt Osborne«-Autoaufkleber in Briefumschläge. Dann klebten sie und ein blasser Jüngling, der nie eine Meinung äußerte, die Kuverts zu und ordneten die Briefe nach Wahlbezirken. Ein anderer Helfer trug sie persönlich aus. Jeden Abend waren Mund und Lippen mit Klebstoff bedeckt, und Florentyna kam erschöpft und halbverdurstet nach Hause.

Einmal wurde sie von dem Mädchen, das das Telefon bediente, gebeten, sie zu vertreten, während sie zum Essen ging.

Begeistert stürzte sich Florentyna auf den leeren Stuhl, bevor der blasse Jüngling ihr zuvorkommen konnte.

»Es wird keine Probleme geben«, sagte das Mädchen. »Melden Sie sich mit ›Büro des Abgeordneten Osborne‹, und wenn Sie etwas nicht wissen, sehen Sie im Wahlhandbuch nach; dort finden Sie alle Informationen.« Sie wies auf ein dikkes Buch neben dem Telefon.

»Ich werde alles erledigen«, sagte Florentyna zuversichtlich.

Sie saß auf dem hohen Stuhl und hypnotisierte das Telefon, es möge doch klingeln. Der erste Anrufer wollte wissen, wo er wählen sollte. Komische Frage, dachte Florentyna.

»Im Wahllokal«, sagte sie kurz.

»Das weiß ich, Sie dumme Gans«, kam die Antwort. »Aber wo ist mein Wahllokal?«

Einen Moment war Florentyna sprachlos, dann fragte sie höflich, wo er wohne.

»Im 7. Distrikt.«

Florentyna blätterte in ihrem Führer. »Ihr Wahllokal ist in der Dearborn Street neben der Kirche.«

»Wo ist die?«

Florentyna studierte den Plan. »Die Kirche ist fünf Blocks vom Seeufer entfernt, fünfzehn Blocks nördlich vom Loop.«

Sofort klingelte das Telefon wieder. »Spricht dort Osbornes Zentrale?«

»Ja, Sir.«

»Sagen Sie dem faulen Kerl, daß ich ihn nicht wählen werde, auch wenn er der einzige lebende Kandidat wäre.« Der Hörer wurde eingehängt, und Florentyna fühlte sich elender als beim Ablecken der Briefumschläge. Dreimal ließ sie es klingeln, bevor sie wieder abhob.

»Hallo, hier ist Mr. Osbornes Wahlzentrale«, sagte sie nervös.

»Ich heiße Daisy Bishop und brauche einen Wagen, der meinen Mann zum Wahllokal bringt. Er hat im letzten Krieg beide Beine verloren.«

»Das tut mir leid«, sagte Florentyna.

»Danke, junge Dame. Jedenfalls lassen wir den wundervollen Mr. Roosevelt nicht im Stich.«

»Aber Mr. Roosevelt ist . . . Ja, natürlich. Darf ich bitte Ihre Adresse und Telefonnummer haben? Wir werden Sie am Morgen der Wahl anrufen, um Ihnen zu sagen, wann Sie abgeholt werden. Danke, daß Sie die Demokraten wählen, Mrs. Bishop.«

»Das tun wir immer. Viel Glück.«

Florentyna fühlte sich ein bißchen besser. Sie legte die

Adresse der Bishops in einen Ordner mit der Aufschrift »Transporte am Wahltag« und wartete auf den nächsten Anruf.

»Guten Morgen, spricht dort Mr. Osbornes Büro?«

»Ja, Sir.«

»Ich heiße Melvin Crudick und möchte wissen, wie Osborne über den Marshallplan denkt.«

»Was für einen Plan?«

»Den Marshallplan«, verkündete die Stimme herrisch.

Florentyna blätterte krampfhaft in dem Handbuch, das angeblich alles Wissenswerte enthielt.

»Sie, sind Sie noch da?« bellte die Stimme.

»Ja, ich möchte nur sichergehen, daß Sie eine ausführliche Information über die Ansichten von Mr. Osborne erhalten. Bitte gedulden Sie sich noch einen Moment.«

Endlich fand Florentyna den Marshallplan und fing laut an, vorzulesen.

»Kongreßmitglied Osborne billigt den Marshallplan.« Langes Schweigen. Dann:

»Das weiß ich«, sagte die Stimme.

Florentyna fühlte sich elend. »Ja, er unterstützt den Plan«, wiederholte sie.

»Aber warum?« erkundigte sich die Stimme.

»Weil jeder in seinem Wahlkreis davon profitieren wird«, erwiderte Florentyna und fand ihre Antwort gut.

»Sagen Sie mir, bitte, wie kann es dem neunten Wahlkreis von Illinois helfen, wenn man den Europäern sechs Milliarden Dollar gibt?« Florentyna spürte Schweißtropfen auf der Stirn. »Sie können dem Kongreßmitglied mitteilen, daß ich diesmal republikanisch wählen werde, und zwar deshalb, weil Sie so dämlich sind.«

Florentyna legte den Hörer auf und dachte daran, davonzulaufen, als die Telefonistin vom Mittagessen zurückkam.

»Gab's etwas Interessantes? Oder die übliche Mischung von

Narren, Perversen und Grobianen, die in der Mittagszeit nichts Besseres zu tun wissen?«

»Nichts Besonderes«, erwiderte Florentyna nervös, »leider haben wir Mr. Crudicks Stimme verloren.«

»Schon wieder der närrische Mel? Was ist es diesmal? Das Komitee für antiamerikanische Umtriebe, der Marshallplan oder die Slums von Chicago?«

Glücklich kehrte Florentyna zu den Briefumschlägen zurück.

Am Wahltag erschien Florentyna um acht Uhr morgens in der Wahlzentrale und verbrachte den Tag damit, sich telefonisch zu vergewissern, daß alle registrierten Demokraten gewählt hatten. »Vergessen Sie nie«, sagte Henry Osborne in seiner letzten Ansprache an die Wahlhelfer, »niemand kam je ins Weiße Haus, der in Illinois nicht gewonnen hat.«

Florentyna war sehr stolz, daß sie mithalf, den Präsidenten zu wählen, und telefonierte den ganzen Tag. Abends kam Miss Tredgold sie abholen; Florentyna hatte zwölf Stunden ununterbrochen gearbeitet, trotzdem plapperte sie unaufhörlich.

»Glaubst du, Truman wird gewinnen?«

»Nur wenn er mehr als fünfzig Prozent der abgegebenen Stimmen erhält«, sagte Miss Tredgold.

»Falsch«, korrigierte Florentyna. »Man kann die Präsidentschaftswahlen auch gewinnen, ohne die Majorität bei der Wahl zu haben, und zwar dann, wenn man die Stimmenmehrheit der Wahlmänner erhält.« Dann gab sie Miss Tredgold eine kurze Lektion über das amerikanische Wahlsystem.

»Wenn der gute George III. gewußt hätte, wo Amerika liegt, wäre so etwas nie passiert«, seufzte Miss Tredgold. »Und ich merke immer öfter, daß du mich sehr bald nicht mehr brauchen wirst, mein Kind.«

Zum erstenmal kam Florentyna der Gedanke, daß Miss Tredgold nicht ihr ganzes Leben mit ihr verbringen würde.

Zu Hause angekommen, setzte sich Florentyna in den alten Sessel des Vaters und hörte die ersten Wahlresultate, war jedoch so erschöpft, daß sie vor dem Kamin einschlief. Wie die meisten Amerikaner, schlief sie in dem Glauben ein, Dewey habe die Wahl gewonnen. Am nächsten Morgen stürzte sie hinunter, um die Zeitung zu holen. Ihre Befürchtung wurde bestätigt: »Dewey schlägt Truman« lautete die Schlagzeile, und es bedurfte vieler Radionachrichten und der Bestätigung ihrer Mutter, bis Florentyna glaubte, daß Truman ins Weiße Haus zurückgekehrt war. Der Nachtredakteur der *Tribune* hatte sich um elf Uhr nachts zu der Schlagzeile entschlossen, eine Entscheidung, die er sein Leben lang bereuen würde. Wenigstens hatte er damit recht, daß Henry Osborne zum sechstenmal in den Kongreß einzog.

Am nächsten Tag in der Schule ließ die Klassenvorsteherin Florentyna nicht im Zweifel, daß die Wahl vorbei und die Zeit gekommen sei, wieder ernsthaft zu arbeiten. Miss Tredgold war der gleichen Meinung, und Florentyna lernte mit demselben Enthusiasmus für ihre Prüfungen, wie sie für Harry Truman gearbeitet hatte.

Sie kam ins Hockeyteam der Junioren und gewann sogar einmal ein Tennisturnier. Als das Sommersemester zu Ende ging, erhielten alle Schüler ein Rundschreiben, daß sie, wollten sie für den Schülerrat kandidieren, am ersten Montag des kommenden Schuljahres dem Direktor ihre Namen mitteilen müßten. Mädchen und Jungen wählten sechs Vertreter in den Schülerrat; bisher waren es immer Schüler der obersten Klasse gewesen. Diesmal schlugen viele Mitschülerinnen vor, Florentyna solle kandidieren. Edward Winchester, der schon vor Jahren aufgegeben hatte, Florentyna in irgend etwas außer im Ringen zu schlagen, bot seine Hilfe an.

»Wer mir hilft, muß talentiert, charismatisch und gutaussehend sein«, zog sie ihn auf.

»Diesmal geb' ich dir recht«, sagte Edward. »Wer diesen Job übernimmt, wird jeden Vorteil brauchen, um wettzumachen, daß die Kandidatin dumm, häßlich und langweilig ist.«

»Dann wäre es vielleicht klüger, wenn ich noch ein Jahr warte.«

»Keine Spur. In so kurzer Zeit besteht keine Hoffnung auf Besserung. Und überhaupt möchte ich, daß du dieses Jahr in den Schülerrat kommst.«

»Warum?«

»Wenn du gewählt wirst, wirst du nächstes Jahr bestimmt Präsidentin.«

»Hast du dir das alles tatsächlich überlegt?«

»Ich verwette meine ganzen Ersparnisse, daß du es auch getan hast.«

»Vielleicht . . .« sagte Florentyna leise.

»Vielleicht?«

»Vielleicht werde ich erwägen, bereits dieses Jahr für den Schülerrat zu kandidieren.«

In den Sommerferien bei ihrem Vater im New York-Baron verbrachte Florentyna viele Stunden in den Modeabteilungen der Warenhäuser und wunderte sich, warum sich nicht mehr Geschäfte auf Kleider spezialisierten. Sie verglich die Kunden von Best's, Saks und Bonwitt Teller's – dort kaufte sie übrigens ihr erstes trägerloses Abendkleid – mit jenen von Bloomingdale's, Altman und Macy's, und abends erzählte sie ihrem Vater, was sie alles gelernt hatte. Abel war so beeindruckt von der Schnelligkeit, mit der seine Tochter neue Dinge aufnahm, daß er ihr erklärte, wie die Baron-Gruppe arbeitete. Am Ferienende wußte sie bereits eine ganze Menge über Aktienmehrheiten, *cash flow*, Vorbestellungen und sogar über die Kosten von achttausend frischen Brötchen. Abel warnte seinen Freund George, daß seine Stellung als Direktor in absehbarer Zeit gefährdet sein könnte.

»Ich glaube nicht, daß sie meinen Job anvisiert, Abel.«

»Nein?«

»Nein, sondern deinen«, sagte George.

Am letzten Ferientag brachte Abel Florentyna zum Flugplatz und schenkte ihr eine Polaroidkamera.

»Papa, das ist ein phantastisches Geschenk. Wird das ein Spaß in der Schule werden.«

»Es ist eine Bestechung.«

»Wieso?«

»George sagte mir, du möchtest Präsidentin der Baron-Gruppe werden.«

»Ich glaube, ich fange mit dem Schülerrat an.«

Abel lachte. »Sieh zu, daß du überhaupt in den Schülerrat gewählt wirst.« Er küßte seine Tochter und winkte, bis sie im Flugzeug verschwand.

»Ich habe mich entschlossen, zu kandidieren.«

»Gut«, sagte Edward. »Ich hab' schon eine Liste aller Schüler und Schülerinnen. Du mußt bei allen jenen, mit deren Stimmen du rechnest, einen Punkt machen und bei den anderen ein Kreuz. Dann werde ich die Unentschiedenen bearbeiten und deine Wähler bestärken.«

»Sehr professionell. Wie viele Kandidaten sind wir?«

»Bis jetzt fünfzehn, für sechs Plätze. Vier Kandidaten kannst du bestimmt nicht schlagen, bei den anderen ist alles offen. Vielleicht interessiert es dich, daß auch Pete Welling kandidiert.«

»Dieser Grottenolm.«

»Oh, ich dachte, du bist hoffnungslos verschossen in ihn.«

»Sei nicht so dumm, Pete ist ein Streber. Gehen wir deine Liste durch.«

Die Wahl sollte am Ende der zweiten Schulwoche stattfinden, die Kandidaten hatten also nur zehn Tage Zeit, um Stimmen zu sammeln. Viele von Florentynas Kolleginnen kamen in die Rigg Street und versicherten sie ihrer Unterstützung. Es erstaunte sie, dort Unterstützung zu finden, wo sie es am wenigsten erwartet hätte, während andere Mitschülerinnen – sie hatte sie für Freundinnen gehalten – Edward erklärten, niemals für sie zu stimmen. Florentyna besprach das Problem mit Miss Tredgold, und diese warnte sie: »Wann immer du dich um ein Amt bewirbst, werden es deine Altersgenossen sein, die dir den Erfolg neiden. Jene, die jünger oder älter sind, mußt du nicht fürchten; sie wissen, daß du nie ihre Rivalin sein wirst.«

Alle Kandidaten mußten kurz darlegen, warum sie in den Schülerrat gewählt werden wollten. Abel las Florentynas Elaborat durch, gab aber keinen Kommentar ab, während Miss Tredgold nur die Grammatik verbesserte.

Am Freitag der zweiten Schulwoche wurde gewählt, und am folgenden Montag verkündete der Direktor das Resultat. Für Florentyna bedeutete das ein schreckliches Wochenende. Miss Tredgold sagte nur fortwährend: »Beruhige dich, Kind.« Edward, mit dem sie Sonntag Tennis spielte, schlug sie mühelos 6 : O, 6 : O.

»Man muß nicht Jack Kramer sein, um zu merken, daß du nicht bei der Sache bist – Kind.«

»Ach, sei ruhig, Edward. Es ist mir egal, ob ich gewählt werde oder nicht.«

Am Montag wachte Florentyna schon um fünf Uhr morgens auf und saß um sechs fix und fertig angezogen beim Frühstück. Sie las die Zeitung von der ersten bis zur letzten Seite, und Miss Tredgold sprach kein Wort mit ihr, bis es Zeit war, in die Schule zu gehen.

»Denk daran, daß Lincoln mehr Wahlen verloren als gewonnen hat, und doch Präsident wurde.«

»Ja, aber ich möchte mit einem Sieg beginnen«, sagte Florentyna.

Um neun Uhr war die große Halle voll; das Morgengebet

und die Mitteilungen des Direktors schienen ewig zu dauern. Florentyna starrte zu Boden.

»Und jetzt werde ich das Resultat der Schülerratswahlen verlesen«, sagte der Direktor. »Von den fünfzehn Kandidaten wurden sechs in den Rat gewählt:

1. Jason Morton (Präsident)	109 Stimmen
2. Cathy Long	87 Stimmen
3. Roger Dingle	85 Stimmen
4. Eddie Bell	81 Stimmen
5. Jonathan Lloyd	79 Stimmen«

Der Direktor räusperte sich, in der Halle blieb es still. »Sechster ist Florentyna Rosnovski mit sechsundsiebzig Stimmen. Knapp hinter ihr liegt Pete Welling mit fünfundsiebzig Stimmen. Heute um halb elf findet in meinem Büro die erste Zusammenkunft statt. Die Versammlung ist beendet.«

Überwältigt umarmte Florentyna ihren Helfer Edward.

»Vergiß nicht – nächstes Jahr wirst du Präsidentin.«

Bei der ersten Zusammenkunft wurde Florentyna als jüngstes Mitglied zur Sekretärin bestimmt.

»Das wird dich lehren, die letzte zu sein«, lachte der neue Präsident Jason Morton.

Wieder einmal Aufzeichnungen machen, die niemanden interessieren, dachte Florentyna. Aber jetzt kann ich sie wenigstens tippen, und vielleicht werde ich nächstes Jahr Präsidentin. Sie sah den Jungen an, dessen schmales, sensibles Gesicht und scheinbar schüchternes Benehmen ihm so viele Stimmen eingebracht hatten.

»Wir kommen zu den Privilegien«, sagte er, ohne ihren Blick zu bemerken. »Der Präsident darf ein Auto fahren. Die Mädchen dürfen an einem Wochentag pastellfarbene Blusen tragen, und die Jungen Mokassins statt Halbschuhe. Die Ratsmitglieder dürfen sich im Studierzimmer abmelden, wenn sie andere Aufgaben haben, und können jedem Schüler, der gegen die Schulordnung verstößt, einen schwarzen Punkt verpassen.«

Und dafür habe ich so hart gekämpft, dachte Florentyna: um einmal in der Woche eine pastellfarbene Bluse zu tragen und schwarze Punkte zu verteilen.

Abends erzählte sie Miss Tredgold in allen Details, was sie erlebt hatte, und war stolzgeschwellt, als sie die Resultate und ihre neuen Pflichten aufzählte.

»Wer ist der arme Pete Welling«, fragte Miss Tredgold, »der um eine Stimme zuwenig hatte?«

»Geschieht ihm recht«, erwiderte Florentyna. »Weißt du, was ich sagte, als ich ihm auf dem Korridor begegnete?«

»Nein.« Miss Tredgold klang besorgt.

»Jetzt wirst *du* warten müssen, aber vielleicht kommst du noch an die Reihe«, sagte das Mädchen lachend.

»Das war deiner nicht würdig, Kind. Die Stunde des Triumphes ist nicht der Zeitpunkt, seine Rivalen zu verspotten, vielmehr der Moment, großzügig zu sein.«

Miss Tredgold stand auf und zog sich in ihr Zimmer zurück.

Am folgenden Tag setzte sich Jason Morton beim Lunch neben Florentyna. »Jetzt, da du im Schülerrat bist, werden wir uns oft sehen.« Er lächelte sie an. Florentyna blieb kühl; sie wußte, Jason hatte den gleichen Ruf wie Pete Welling, und sie war entschlossen, sich nicht ein zweites Mal zu blamieren.

Man besprach die Reise des Schülerorchesters nach Boston und was man mit den Jungen machen sollte, die beim Rauchen ertappt worden waren. Die Schülerräte konnten nur wenige Strafen verteilen. Wenn sie aber die Raucher beim Direktor anzeigten, würden diese zweifellos aus der Schule ausgeschlossen. Es war ein Problem.

»Wenn wir weiter zusehen, wie geraucht wird«, sagte Jason, »werden wir bald jede Autorität verlieren, außer wir nehmen von Anfang an einen harten Standpunkt ein.«

Florentyna stimmte ihm zu und war über seine nächste Frage verblüfft.

»Hast du Lust, Samstag nachmittag Tennis zu spielen?«
Einen Moment lang schwieg Florentyna. Dann: »Ja, gern.« Sie versuchte es gleichgültig zu sagen, und dachte an ihren schrecklichen Rückhandschlag und daß er Kapitän des Tennisteams war.

»Gut. Ich hole dich um drei ab. Okay?«

»In Ordnung.« Florentyna hoffte immer noch, daß es gleichgültig klang.

»Das Tenniskleid ist viel zu kurz«, bemerkte Miss Tredgold.

»Ich weiß, es ist vom letzten Jahr, und seither bin ich gewachsen.«

»Mit wem spielst du?«

»Mit Jason Morton.«

»In so einem Kleid kannst du wirklich nicht mit einem jungen Mann spielen.«

»Entweder in diesem Kleid oder nackt.«

»Sei nicht keck, Kind. Heute erlaube ich dir, es zu tragen, aber bis Montag nachmittag werde ich ein neues gekauft haben.«

Die Türglocke klingelte. »Er scheint da zu sein«, sagte Miss Tredgold.

Florentyna lief zur Tür.

»Lauf nicht, Kind. Laß den jungen Mann einen Moment warten. Er soll doch nicht wissen, wie es um dich steht, nicht wahr?«

Florentyna wurde rot, knüpfte das dunkle Haar mit einem Band zusammen und schlenderte langsam zur Eingangstür.

»Hi, Jason, willst du nicht hereinkommen?« Ganz kühl und gleichgültig.

Jasons schicker Tennisdreß sah aus, als hätte er ihn an diesem Morgen gekauft. Er verschlang Florentyna mit seinen Blicken. »Ein tolles Kleid«, sagte er und wollte etwas hinzufügen, als er Miss Tredgold gewahr wurde. Bis jetzt hatte er nicht gewußt, daß Florentyna eine so gute Figur hatte.

»Es ist leider vom letzten Jahr«, sagte Florentyna und sah auf ihre schlanken Beine. »Schrecklich, nicht?«

»Im Gegenteil, ich finde es schick. Komm, ich habe für halb vier einen Platz reserviert, und wenn wir zu spät dran sind, schnappt ihn jemand anderer.«

»Du lieber Himmel«, rief Florentyna, während sie das Haustor schloß, »gehört er dir?«

»Ja, findest du ihn nicht phantastisch?«

»Wenn du mich um meine Meinung fragst, würde ich sagen, er hat bessere Tage gesehen.«

»Ach, wirklich? Ich finde ihn flamboyant.«

»Wenn ich wüßte, was das heißt, pflichte ich dir vielleicht bei. Soll ich in dieser Kiste fahren oder sie schieben helfen?« fragte sie spöttisch.

»Es ist ein echter Vorkriegs-Packard.«

»Dann verdient er ein baldiges Begräbnis.« Florentyna setzte sich neben ihn und merkte, wieviel man von ihren Beinen sah.

»Hat dir jemand gezeigt, wie man diesen Metallhaufen vorwärtsbringt?« fragte sie.

»Nein, nicht wirklich.«

»Was?« rief Florentyna fassungslos.

»Soviel ich weiß, braucht man zum Chauffieren nur Hausverstand.«

Florentyna öffnete ein wenig die Tür, als wolle sie aussteigen. Jason legte seine Hand auf ihren Schenkel.

»Sei nicht dumm, Tyna. Mein Vater hat es mir beigebracht, und ich fahre seit einem Jahr.«

Florentyna wurde rot, schloß die Tür und mußte zugeben, daß er recht gut fuhr, auch wenn das Auto bei jedem Loch in der Straße ein bißchen ratterte.

Das Tennismatch war eher kläglich: Florentyna versuchte verzweifelt, ein Spiel zu gewinnen, Jason versuchte ebenso krampfhaft, eines zu verlieren. Irgendwie gelang es ihm, nur 6 : 2, 6 : 1 zu gewinnen.

»Jetzt brauche ich einen Drink«, sagte er am Schluß.

»Und ich einen Trainer«, sagte Florentyna.

Er lachte, nahm sie bei der Hand, und obwohl sie sich verschwitzt und heiß fühlte, ließ er die Hand nicht los, bis sie die Bar des Clubhauses erreichten. Er kaufte eine Cola, und sie tranken gemeinsam mit zwei Strohhalmen. Dann fuhr Jason Florentyna nach Hause. In der Rigg Street beugte er sich zu ihr und küßte sie auf den Mund. Mehr aus Verblüffung als aus einem anderen Grund reagierte Florentyna nicht.

»Warum gehen wir heute abend nicht ins Kino?« fragte er. »Man spielt *On the Town.*«

»Nun ja, ich . . . ja, ich komme gern«, sagte Florentyna.

»Gut, dann hole ich dich um sieben Uhr ab.«

Florentyna schaute dem wegratternden Auto nach und überlegte, wie sie ihrer Mutter die abendliche Abwesenheit erklären sollte. Miss Tredgold stand in der Küche und kochte Tee.

»Habt ihr gut gespielt, Kind?«

»Ich leider nicht. Übrigens möchte er mit mir . . .«, sie zögerte, ». . . heute abend in ein Konzert gehen. Ich brauche also kein Abendessen.«

»Wie nett«, sagte Miss Tredgold. »Aber sei vor elf zurück, sonst macht sich deine Mutter Sorgen.«

Florentyna lief in ihr Zimmer, setzte sich aufs Bett und überlegte, was sie anziehen sollte, wie schrecklich ihre Frisur war und ob sie wohl Mutters Make-up benutzen könnte. Und wie sollte sie ihren Busen größer machen, ohne den ganzen Abend den Atem anzuhalten?

Um sieben Uhr erschien Jason in rotem Pullover und Khakihose.

Miss Tredgold empfing ihn an der Haustür.

»Guten Abend, junger Mann.«

»Guten Abend, Ma'am.«

»Würden Sie bitte ins Wohnzimmer kommen.«

»Danke«, sagte Jason.

»Und in welches Konzert geht ihr?«

»Konzert?«

»Ja, ich weiß nicht, wer spielt. In der Zeitung war eine gute Kritik über Beethovens Dritte.«

»Ach ja, Beethovens Dritte«, stotterte Jason, als Florentyna auf der Treppe erschien. Miss Tredgold und Jason waren sprachlos; er war entzückt, sie nicht. Florentyna trug ein grünes Kleid, das die Knie bedeckte, darunter Nylonstrümpfe mit schwarzer Naht. Etwas unsicher kam sie in den hochhackigen Schuhen die Treppe herunter. Ihre Brust schien größer als sonst, das glänzende dunkle Haar fiel auf die Schultern (ähnlich wie bei Jennifer Jones), und sie sah wesentlich älter aus als fünfzehn. Das einzige, woran Miss Tredgold nichts auszusetzen hatte, war die Armbanduhr, die sie selbst Florentyna zum dreizehnten Geburtstag geschenkt hatte.

»Komm, Jason, sonst verspäten wir uns.« Florentyna wollte unbedingt ein Gespräch mit Miss Tredgold vermeiden.

»Klar«, sagte Jason, und Florentyna drehte sich, aus Angst, sie könne zur Salzsäule erstarren, nicht mehr um.

»Florentyna hat vor elf zu Hause zu sein, junger Mann«, befahl Miss Tredgold.

»Klar«, wiederholte Jason und schloß die Tür. »Wo habt ihr sie gefunden?«

»Miss Tredgold?«

»Ja, sie kommt direkt aus einem viktorianischen Roman. ›Sie hat vor elf zu Hause zu sein, junger Mann‹«, äffte er sie nach.

»Sei nicht unhöflich«, bemerkte Florentyna und lächelte ihn schelmisch an.

Vor dem Kino wartete eine lange Schlange. Aus Angst, jemand könne sie erkennen, drehte sich Florentyna der Wand zu. Im Saal führte er sie rasch zur letzten Reihe; offenbar kannte er sich aus.

Als es dunkel wurde, entspannte sich Florentyna – aber nicht für lange. Jason legte den Arm um ihre Schulter und küßte sie. Es gefiel ihr, als er ihre Lippen öffnete und die Zungen sich berührten. Dann ließ er sie los, und sie sahen den Vorspann des Films an; Florentyna mochte Gene Kelly. Wieder preßte Jason seinen Mund auf den ihren. Ihre Lippen öffneten sich. Sofort spürte sie eine Hand auf ihrer Brust; sie versuchte, seine Finger zu entfernen, aber seine Hand war zu stark. Nach ein paar Sekunden holte sie tief Atem, sah auf der Leinwand die Freiheitsstatue und spürte wieder Jasons Hand auf ihrer Brust. Diesmal gelang es ihr, ihn fortzuschieben. Ärgerlich zündete er eine Zigarette an. Florentyna konnte nicht glauben, was geschah. Nach ein paar Zügen drückte er die Zigarette aus und schob die Hand zwischen ihre Beine. In Panik preßte sie die Schenkel zusammen, um alle weiteren Versuche zu unterbinden.

»Ach, sei nicht so prüde, sonst wirst du enden wie Miss Tredgold«, sagte Jason und küßte sie.

»Mein Gott, Jason. Sehen wir uns doch den Film an.«

»Sei nicht albern. Niemand geht ins Kino, um den Film zu sehen.« Er legte eine Hand auf ihr Bein. »Behaupte nicht, daß du das noch nie gemacht hast. Zum Teufel, du bist fast sechzehn. Was willst du werden? Die älteste Jungfer von Chicago?«

Florentyna sprang auf und stolperte über einige Füße, bevor sie den Mittelgang erreichte. Ohne ihr Kleid zurechtzuziehen, lief sie, so rasch sie konnte, aus dem Kino.

Auf der Straße versuchte sie weiterzulaufen, aber in den Schuhen ihrer Mutter gelang ihr das nicht, also zog sie die Schuhe aus und lief in Strümpfen bis nach Hause. Vor der Haustür versuchte sie sich zu beruhigen und hoffte, ihr Zimmer zu erreichen, ohne Miss Tredgold zu begegnen. Keine Chance; Miss Tredgolds Schlafzimmertür stand offen, und als

Florentyna auf Zehenspitzen vorbeilief, hörte sie eine Stimme: »War das Konzert so früh aus, Liebling?«

»Ja . . . nein . . . es war nicht gut«, stotterte Florentyna und lief in ihr Zimmer, bevor Miss Tredgold weitere Fragen stellen konnte. Als sie ins Bett kroch, zitterte sie immer noch.

Am nächsten Morgen war sie zwar noch böse auf Jason, aber sie konnte über das, was vorgefallen war, schon lachen und beschloß sogar, den Film allein anzuschauen.

Während einer Sitzung des Schülerrates brachte sie es nicht über sich, Jason anzusehen, der empört feststellte, daß einige ältere Schüler in ihrer Kleidung nachlässig wurden. Außerdem, fügte er hinzu, müsse der nächste Schüler, den man beim Rauchen ertappte, unbedingt dem Direktor gemeldet werden, sonst würde seine Stellung als Präsident untergraben. Jeder außer Florentyna nickte zustimmend.

»Gut, dann werde ich eine entsprechende Mitteilung auf dem schwarzen Brett anschlagen.«

Sobald die Sitzung vorüber war, eilte Florentyna, bevor jemand sie anreden konnte, ins Klassenzimmer. Sie wurde spät mit ihren Aufgaben fertig und machte sich erst nach sechs Uhr auf den Heimweg. Als sie das Schultor erreichte, begann es zu regnen, und sie wartete im Haustor, bis das Gewitter vorüber war. Während sie wartete, ging Jason mit einem Mädchen an ihr vorbei. Sie sah zu, wie die beiden in sein Auto einstiegen, und biß sich auf die Lippen. Der Regen wurde stärker, und sie ging ins Klassenzimmer zurück, um das Protokoll der Schülerratssitzung zu tippen. Vor dem schwarzen Brett standen ein paar Schüler und studierten die Mitteilung des Schülerrates betreffend nachlässige Kleidung und Rauchen.

Florentyna brauchte fast eine Stunde, um das Protokoll zu schreiben, zum Teil, weil sie fortwährend an Jasons so merkwürdig unterschiedliche Maßstäbe denken mußte. Als sie fertig war, hatte der Regen aufgehört; sie ging über den Korridor und glaubte, aus der Jungengarderobe ein Geräusch zu hören.

Niemand, außer Mitgliedern des Schülerrates, durfte sich nach sieben in der Schule aufhalten. Sie ging zurück, um nachzusehen, wer noch da war. Als sie nur noch ein paar Schritte von der Garderobe entfernt war, wurde es drinnen dunkel. Sie öffnete die Tür, und als sie Licht machte, sah sie in der Ecke eine Gestalt stehen, die eine Zigarette zu verstecken versuchte.

»Pete«, sagte sie erstaunt.

»Ja, Miss Schülerrat, jetzt hast du mich erwischt. Zwei Übertretungen an einem Tag. Zu lang in der Schule und mit einer Zigarette. Futsch sind meine Chancen für Harvard.« Pete Welling drückte die Zigarette auf dem Steinboden aus. Im Geist sah Florentyna den Präsidenten des Schülerrates vor sich, der in der letzten Reihe des dunklen Kinos seine Zigarette ausdrückte.

»Jason Morton will auch nach Harvard gehen, nicht?«

»Was hat das damit zu tun?« fragte Pete. »*Er* wird es auch schaffen.«

»Eben fiel mir ein: Mädchen dürfen sich unter keinen Umständen in der Garderobe der Jungen aufhalten.«

»Aber du bist doch Mitglied des . . .«

»Gute Nacht, Pete.«

Florentyna begann ihre neue Autorität zu genießen und nahm ihre Pflichten so ernst, daß Miss Tredgold fürchtete, ihr Studium könnte darunter leiden. Mr. Rosnovski gegenüber erwähnte sie nichts davon, da sie es für ihre Pflicht hielt, selbst eine Lösung zu finden. Vielleicht war Florentynas Einstellung nur durch einen vorübergehenden, fehlgeleiteten Enthusiasmus ausgelöst worden. Trotz ihrer Erfahrung in solchen Dingen war sie jedoch erstaunt, wie sehr sich Florentyna verändert hatte, seit sie über ein bißchen Autorität verfügte.

Um die Mitte des zweiten Semesters wurde Miss Tredgold klar, daß das Problem nicht kleiner, sondern größer wurde. Florentyna nahm nicht ihre Arbeit, vielmehr sich selbst viel zu wichtig. Ihr Abschlußzeugnis war für ihre Verhältnisse eher schlecht, und der Klassenvorstand wies wiederholt darauf hin, daß sie ihre Mitschülerinnen von oben herab behandle und mehr Schlechtpunkte verteile als nötig.

Es fiel Miss Tredgold auf, daß Florentyna weniger oft eingeladen wurde und, abgesehen von dem treuen Ed Winchester, schienen ihre alten Freundinnen seltener in die Rigg Street zu kommen.

Auch im Sommersemester änderte sich nichts; und Florentyna wich aus, wenn Miss Tredgold unerledigte Hausaufgaben erwähnte. Zaphia hatte den Verlust ihres Mannes mit fünf Kilo Übergewicht kompensiert und zeigte sich nicht kooperativ. »Ich habe nichts bemerkt«, war ihr einziger Kommentar, als Miss Tredgold das Problem mit ihr besprechen wollte.

Als Florentyna einmal beim Frühstück auf die Frage nach ihren Wochenendplänen eine freche Antwort gab, begann Miss Tredgold zu verzweifeln.

»Wenn sie dich betreffen, werde ich es dir mitteilen«, sagte Florentyna, ohne von der *Vogue* aufzublicken. Mrs. Rosnovski schien die Bemerkung nicht gehört zu haben. Miss Tredgold schwieg verbittert und dachte an das Sprichwort »Hochmut kommt vor dem Fall«.

Der Fall kam bald.

9

»Du hast keinen Grund, deiner Sache so sicher zu sein«, sagte Edward.

»Wieso? Wer soll mich schlagen? Ich bin seit einem Jahr im Schülerrat, und alle anderen machen ihre Abschlußprüfungen.« Florentyna lehnte sich in dem für Schülerratsmitglieder reservierten Korbstuhl zurück.

Edward blieb stehen. »Das weiß ich, aber du bist nicht beliebt.«

»Was soll das heißen?«

»Viele finden, daß du, seit du im Schülerrat bist, viel zu großspurig bist.«

»Ich hoffe, du gehörst nicht zu ihnen.«

»Nein, aber ich fürchte, wenn du dich nicht etwas mehr mit den Schülern der Unterklassen abgibst, wirst du geschlagen werden.«

»Sei nicht albern. Warum soll ich mir die Mühe nehmen, sie kennenzulernen, wenn sie mich kennen?«

»Was ist mit dir geschehen, Florentyna? Vor einem Jahr warst du ganz anders.«

»Wenn du glaubst, daß ich meine Pflichten nicht erfülle, kannst du ja für jemand anderen stimmen.«

»Es hat nichts mit deinen Pflichten zu tun – jeder weiß, daß du die beste Sekretärin bist, an die man sich erinnern kann –, aber ein Präsident braucht andere Qualifikationen.«

»Danke für deinen Rat, Edward. Du wirst feststellen müssen, daß ich auch ohne ihn überleben kann.«

»Dann soll ich dir dieses Jahr nicht mehr helfen?«

»Edward, du verstehst immer noch nicht. Es geht nicht darum, daß ich dich nicht mehr will, sondern daß ich dich einfach nicht mehr brauche.«

»Ich wünsche dir Glück, Florentyna und hoffe, daß ich unrecht habe.«

»Ich brauche auch kein Glück. Im Leben hängt nämlich einiges von Fähigkeiten ab.«

Dieses Gespräch wurde gegenüber Miss Tredgold nicht erwähnt.

Zum Jahresende stellte Florentyna erstaunt fest, daß sie nur noch in Latein und Französisch Klassenerste, im Durchschnitt jedoch auf den dritten Platz zurückgefallen war. Miss Tredgold las sorgfältig die Schulbeschreibung, die ihre schlimmsten Befürchtungen bestätigte. Aber es war sinnlos, mit dem Kind darüber zu sprechen, weil Florentyna nur noch auf Ratschläge hörte, die ihrer eigenen Meinung entsprachen. Wieder verbrachte sie die Sommerferien bei ihrem Vater in New York und durfte in einem der Hotelläden mitarbeiten.

Jeden Morgen stand Florentyna früh auf und zog die blaßgrüne Uniform des Hotelpersonals an. Sie konzentrierte ihre ganze Energie auf die kleine Modeboutique, und bald machte sie Miss Parker, der Geschäftsleiterin, Verbesserungsvorschläge; diese war beeindruckt, und nicht nur, weil Florentyna die Tochter des Barons war. Im Lauf der Zeit gewann Florentyna mehr Selbstsicherheit; auf ihre privilegierte Stellung pochend, legte sie die Uniform ab und begann das jüngere Personal herumzukommandieren – allerdings nie vor Miss Parker.

Freitag morgen kam Jessie Kovats, eine junge Verkäuferin, zehn Minuten zu spät. Miss Parker war in ihrem Büro, Florentyna aber erwartete Jessie an der Tür.

»Sie sind wieder verspätet«, sagte sie. Jessie nahm sich nicht die Mühe, ihr zu antworten.

»Haben Sie mich gehört, Miss Kovats?«

»Klar«, sagte Jessie und hängte ihren Mantel auf.

»Und wie lautet Ihre Entschuldigung heute?«

»Bei Ihnen muß ich mich nicht entschuldigen.«

»Das werden wir noch sehen«, sagte Florentyna, im Begriff, zu Miss Parker zu gehen.

»Machen Sie sich keine Mühe, Sie Wichtigtuerin, ich hab' sowieso genug von Ihnen.« Jessie marschierte in Miss Parkers Büro und schloß die Tür hinter sich. Florentyna gab vor, auf dem Ladentisch Ordnung zu machen, während sie auf das Mädchen wartete. Ein paar Minuten später kam Jessie aus dem Büro, nahm den Mantel vom Haken und verließ wortlos den Laden. Florentyna war mit dem Resultat ihres Tadels zufrieden. Kurz darauf erschien Miss Parker.

»Jessie sagte mir, daß sie uns Ihretwegen verläßt.«

»Sie ist kein großer Verlust«, meinte Florentyna. »Sie hat sich nicht überarbeitet.«

»Darum geht es nicht, Florentyna. Ich muß diesen Laden weiterführen, auch nachdem Sie in die Schule zurückgekehrt sind.«

»Vielleicht haben wir bis dahin alle Jessie Kovats ausgemerzt, die Zeit und Geld meines Vaters verschwenden.«

»Miss Rosnovski, wir sind hier ein Team. Nicht jeder kann intelligent sein oder besonders tüchtig, aber im Rahmen seiner Fähigkeiten tut jeder sein Bestes, und bisher gab es keine Klagen.«

»Vielleicht, weil mein Vater zu beschäftigt ist, Sie genauer zu kontrollieren, Miss Parker?«

Miss Parker wurde rot und hielt sich am Ladentisch fest. »Ich glaube, es ist an der Zeit, daß Sie in einem anderen Laden Ihres Vaters arbeiten. Ich diene ihm seit zwanzig Jahren, und noch nie hat er so unhöflich mit mir gesprochen.«

»Vielleicht ist es an der Zeit, daß Sie in einem anderen Geschäft arbeiten und vorzugsweise nicht in einem, das meinem Vater gehört.« Florentyna verließ den Laden, fuhr mit dem Privatfahrstuhl des Hotels in den 42. Stock und sagte der Sekretärin, daß sie sofort ihren Vater sprechen müsse.

»Er leitet eine Vorstandssitzung, Miss Rosnovski.«

»Dann unterbrechen Sie und sagen Sie ihm, ich möchte ihn sprechen.«

Die Sekretärin zögerte, dann rief sie Mr. Rosnovski an.

»Ich bat Sie, mich nicht zu stören, Miss Deneroff.«

»Es tut mir leid, Sir, aber Ihre Tochter besteht darauf, Sie zu sehen.«

Nach einer kurzen Pause: »Gut, schicken Sie sie herein.«

»Entschuldige, Papa, aber ich muß dringend mit dir sprechen«, sagte Florentyna; als sich acht um den Tisch sitzende

Männer erhoben, fühlte sie sich auf einmal etwas weniger sicher. Abel führte sie in sein Büro.

»Nun, was ist es, das nicht warten kann, Liebling?«

»Es geht um Miss Parker. Sie ist untüchtig, dumm und spießig.« Florentyna erzählte dem Vater ihre Version der Ereignisse des Vormittags.

Unaufhörlich trommelten Abels Finger auf die Schreibtischplatte. Als sie geendet hatte, drückte er auf einen Knopf der Sprechanlage. »Bitten Sie Miss Parker aus der Boutique sofort zu mir.«

»Danke, Papa.«

»Sei so nett und warte nebenan, während ich mit Miss Parker spreche.«

»Natürlich, Papa.«

Kurz darauf erschien Miss Parker. Sie sah immer noch verstört aus. Abel fragte sie, was vorgefallen sei und erhielt einen genauen Bericht. Über Florentyna sagte sie nur, sie sei eine tüchtige Hilfskraft, jedoch der einzige Grund, daß Miss Kovats, eine langjährige Mitarbeiterin, gegangen sei. Wenn Florentyna so weitermache, könnten auch andere weggehen, fügte sie hinzu. Mühsam beherrschte Abel seinen Ärger, während er zuhörte. Er sagte Miss Parker seine Meinung und stellte ihr einen Brief in Aussicht, der seinen Entschluß bestätigen werde.

»Wenn Sie es so wollen, Sir«, sagte Miss Parker und ging.

Abel rief seine Sekretärin. »Bitte sagen Sie meiner Tochter, sie möchte wieder hereinkommen, Miss Deneroff.«

Florentyna erschien. »Hast du Miss Parker deine Meinung gesagt, Papa?«

»Ja.«

»Sie wird nicht so bald einen neuen Job finden.«

»Das muß sie nicht.«

»Muß sie nicht?«

»Nein, ich habe ihr eine Gehaltserhöhung gegeben und ihren Vertrag verlängert.« Abel lehnte sich vor und legte beide

Hände auf den Schreibtisch. »Solltest du jemals wieder einen meiner Mitarbeiter so behandeln, bekommst du eine Tracht Prügel von mir, und nicht mit einer kleinen Haarbürste. Wegen deines unverschämten Benehmens ist Jessi Kovats gegangen, und auch sonst kann dich niemand im Laden leiden.«

Ungläubig starrte Florentyna ihren Vater an, dann brach sie in Tränen aus.

»Deine Tränen kannst du dir sparen«, fuhr Abel unbarmherzig fort. »Sie beeindrucken mich nicht. Du weißt, daß ich ein Unternehmen zu führen habe; wenn du noch eine Woche so weitermachst, haben wir die schönste Krise. Du gehst jetzt zu Miss Parker und entschuldigst dich für dein schlechtes Benehmen. Und du wirst dich von meinen Geschäften fernhalten, bis ich dir wieder gestatte, für mich zu arbeiten. Und meine Vorstandssitzung hast du zum letztenmal unterbrochen, verstanden?«

»Aber, Papa . . .«

»Kein Aber. Du entschuldigst dich sofort bei Miss Parker.«

Weinend verließ Florentyna das väterliche Büro, lief in ihr Zimmer, packte den Koffer, warf die pastellgrüne Uniform auf den Boden und nahm ein Taxi zum Flughafen. Dreißig Minuten später war sie in Chicago.

Als Abel von ihrer Abreise erfuhr, rief er Miss Tredgold an, die ihm betrübt, jedoch nicht erstaunt zuhörte.

Zaphia war noch auf Kur, um ein paar Pfund loszuwerden, daher wurde Florentyna nur von Miss Tredgold begrüßt.

»Du bist eine Woche früher zurückgekommen?«

»Ja, New York hat mich gelangweilt.«

»Lüg nicht, Kind.«

»Mußt auch du auf mich losgehen?« sagte Florentyna und lief in ihr Zimmer. Das ganze Wochenende ließ sie sich nicht blicken und schlich nur dann und wann in die Küche, um etwas zu essen. Miss Tredgold versuchte nicht, mit ihr zu sprechen.

Am ersten Schultag zog Florentyna eine der schicken pastelffarbenen Blusen an, die sie bei Bergdorf Goodmann erstanden hatte. Bestimmt würden sie alle Mädchen darum beneiden. Sie würde ihnen zeigen, wie eine künftige Präsidentin des Schülerrates auftrat. Da bis zur Wahl noch zwei Wochen Zeit war, zog Florentyna jeden Tag eine andersfarbige Bluse an. Sie überlegte bereits, welches Auto ihr Vater ihr kaufen sollte, wenn sie die Wahl gewonnen hätte. Um Edward Winchester machte sie einen Bogen; er kandidierte ebenfalls für den Schülerrat, und sie lachte laut, wenn man von seiner Beliebtheit sprach. Florentyna ging in der Gewißheit zu der Versammlung, zur neuen Präsidentin gewählt zu werden.

Als Miss Allen, die Direktorin, die Resultate verlas, traute Florentyna ihren Ohren nicht; sie war nicht einmal unter den ersten sechs, und ausgerechnet Edward Winchester war Präsident geworden. Als sie den Saal verließ, wurde sie von niemandem bedauert, und sie verbrachte den Tag halb betäubt in einer Ecke des Klassenzimmers. Abends schlich sie zu Miss Tredgolds Schlafzimmertür und klopfte leise an.

»Komm herein.«

Langsam öffnete Florentyna die Tür. Miss Tredgold saß an ihrem Schreibtisch und las.

»Man hat mich nicht zur Präsidentin gewählt«, sagte Florentyna leise, »man hat mich nicht einmal in den Schülerrat gewählt.«

»Ich weiß«, sagte Miss Tredgold und schloß die Bibel.

»Woher kannst du das wissen?«

»Weil ich selbst auch nicht für dich gestimmt hätte.« Die Erzieherin machte eine Pause. Dann: »Aber jetzt fangen wir neu an, Kind.«

Florentyna lief zu ihr und umarmte sie.

»Gut, jetzt werden wir neue Brücken bauen. Wisch die Tränen ab, wir wollen keine Zeit verlieren. Hol Bleistift und Papier, Kind.«

Ohne auch nur einmal zu widersprechen, schrieb Florentyna nieder, was Miss Tredgold ihr diktierte. Am selben Abend schrieb sie einen langen Brief an ihren Vater, an Miss Parker (und legte einen Brief an Jessie Kovats bei), an Edward Winchester und schließlich – dieser Name stand nicht auf der Liste – an Miss Tredgold. Am folgenden Tag ging sie zur Beichte. In der Schule half sie der neuen Sekretärin bei den ersten Protokollen und zeigte ihr, wie man sie am besten schrieb. Sie gratulierte dem neuen Präsidenten und versprach ihm und dem Schülerrat zu helfen, wenn man sie brauchen sollte. Während der nächsten Woche beantwortete sie alle Fragen der neuen Schülerräte, ohne ein einziges Mal jemanden zu belehren. Als sie Edward ein paar Tage später auf dem Korridor traf, sagte er ihr, der Rat habe dafür gestimmt, ihr alle Privilegien zu belassen. Miss Tredgold riet ihr, das Angebot höflich anzunehmen, es aber nie zu nutzen. Florentyna legte alle Blusen aus New York in die unterste Schublade und schloß sie ab.

Ein paar Tage später ließ die Direktorin sie zu sich rufen. Ihr Wohlwollen wiederzugewinnen, wird lange dauern, auch wenn ich mich noch so sehr bemühe, dachte Florentyna. Als Florentyna die Direktion betrat, schenkte ihr die kleine, tadellos gekleidete Dame ein freundliches Lächeln und wies auf einen Stuhl.

»Das Wahlresultat muß dich sehr enttäuscht haben.«

»Ja, Miss Allen«, erwiderte Florentyna und machte sich auf eine Strafpredigt gefaßt.

»Aber bestimmt hast du aus dieser Erfahrung gelernt und wirst deine Fehler gutmachen wollen.«

»Es ist zu spät, Miss Allen. Nach diesem Semester verlasse ich die Schule und kann nicht mehr Präsidentin werden.«

»Richtig. So müssen wir uns eben neue Ziele setzen. Nach fünfundzwanzig Jahren als Direktorin ziehe ich mich zu Jahresende zurück und muß sagen, daß es kaum etwas gibt, das ich noch erreichen möchte. Die Mädchen und Jungen der *Latin*

School werden scharenweise in Harvard, Yale, Radcliffe und Smith aufgenommen; wir waren immer die beste Schule in Illinois und können uns mit jeder Schule der Ostküste messen. Nur etwas konnte ich nie erreichen.«

»Was ist das, Miss Allen?«

»Die Jungen haben alle bedeutenden Stipendien der Spitzen-Universitäten gewonnen, aber in den fünfundzwanzig Jahren hat kein Mädchen je das James-Adams-Woolson-Stipendium für klassische Studien in Radcliffe bekommen. Ich möchte dich für dieses Stipendium nominieren, Florentyna. Solltest du den Preis bekommen, ist mein größter Wunsch erfüllt.«

»Ich würde es gern versuchen«, stammelte Florentyna, »aber meine letzten Leistungen . . .«

»Ja«, sagte die Direktorin, »aber wie Mrs. Churchill richtig sagte, als Winston bei einer Wahl geschlagen wurde: ›Das mag sich noch als verkappter Segen erweisen.‹«

»Sehr verkappt.« Beide lächelten.

Abends studierte Florentyna das Anmeldeformular für den Adams-Woolson-Preis. Jedes Mädchen, das am 1. Juli zwischen sechzehn und achtzehn Jahren alt war, konnte sich melden und mußte drei Arbeiten schreiben: eine in Latein, eine in Griechisch und eine über Gegenwartsfragen.

Während der folgenden Wochen sprach Florentyna mit Miss Tredgold vor dem Frühstück ausschließlich griechisch und lateinisch, und jedes Wochenende gab ihr Miss Tredgold drei allgemeine Fragen auf, die sie bis zum Montag schriftlich beantwortete. Als die Prüfung näher rückte, merkte Florentyna, daß die ganze Schule ihre Hoffnungen auf sie gesetzt hatte. Sie verbrachte ihre Nächte mit Cicero, Vergil, Plato und Aristoteles, und jeden Vormittag, nach dem Frühstück, schrieb sie fünfhundert Worte über Themen wie die Bedeutung von Trumans Macht über den Kongreß während des Korea-Krieges; sie stellte sogar Hypothesen über die Wirkung des Fernsehens auf, wenn es sich einmal im ganzen Land durchgesetzt haben würde.

Am Abend korrigierte Miss Tredgold Florentynas Arbeiten und fügte Fußnoten und Kommentare hinzu, bevor sie beide todmüde ins Bett fielen, um am nächsten Morgen um halb sieben weitere Fragen aus alten Prüfungsarbeiten zu bearbeiten. Anstatt selbstsicherer zu werden, vertraute Florentyna ihrer Erzieherin an, daß sie mit jedem Tag mehr Angst habe.

Das Examen sollte Ende März in Radcliffe stattfinden, und am Vorabend des bewußten Tages öffnete Florentyna die unterste Schublade und nahm ihre Lieblingsbluse heraus. Miss Tredgold begleitete sie zum Bahnhof; die wenigen Worte, die sie auf dem Weg wechselten, waren griechisch. Zum Schluß sagte die Erzieherin ihrem Schützling: »Verwende nicht zuviel Zeit auf die einfachste Frage.«

Auf dem Bahnsteig nahm jemand Florentyna um die Taille und hielt ihr eine Rose vor die Nase.

»Edward, du Kerl!«

»So spricht man nicht mit dem Präsidenten des Schülerrates. Wenn du den Woolson-Preis nicht bekommst, brauchst du gar nicht zurückzukommen«, sagte er und küßte sie auf beide Wangen.

Keiner von ihnen bemerkte Miss Tredgolds Lächeln.

Florentyna fand ein leeres Abteil, und da sie kaum von der »Orestie« aufsah, hinterließ ihr die Reise keinen Eindruck.

In Boston wurde sie von einem Ford-Kombi abgeholt, der sie und vier andere Mädchen – sie mußten im selben Zug gewesen sein – nach Radcliffe Yard brachte. Während der Fahrt wurde das lastende Schweigen nur gelegentlich von höflicher Konversation unterbrochen. Florentyna war froh, daß man sie in einem Einzelzimmer untergebracht hatte; so konnte sie ihre Nervosität verbergen.

Um sechs versammelten sich die Mädchen in der Longfellow Hall, wo der Dean, Mrs. Wilma Kirby-Miller, die Prüfung erklärte.

»Morgen, meine Damen, werden Sie von neun bis zwölf die Lateinarbeit schreiben, und nachmittags zwischen drei und sechs die griechische. Am folgenden Morgen werden Sie die Prüfung mit der Arbeit über allgemeine Fragen abschließen. Es wäre töricht, allen Erfolg zu wünschen, da nur eine den Woolson-Preis gewinnen kann. Aber ich möchte die Hoffnung ausdrücken, daß jede von ihnen, wenn sie die drei Arbeiten geschrieben hat, überzeugt ist, ihr Bestes geleistet zu haben.«

Florentyna kehrte in ihr Zimmer in der Garden Street zurück und fühlte sich verlassen und ausgebrannt. Sie ging hinunter zum Telefon und rief ihre Mutter und Miss Tredgold an. Um drei Uhr früh erwachte sie, las ein paar Seiten in Aristoteles' *Politeia*, konnte sich jedoch nichts merken. Um sechs Uhr ging sie ein paarmal um den Radcliffe Yard, bevor sie im *Agassiz House* frühstückte. Zwei Telegramme erwarteten sie, eines von ihrem Vater, der ihr Glück wünschte und sie in den Sommerferien zu einer Europareise einlud, ein zweites von Miss Tredgold: »Das einzige, wovor wir Angst haben müssen, ist die Angst selbst.«

Nach dem Frühstück ging sie wieder spazieren, diesmal mit ein paar schweigenden Mädchen, dann strömte alles in die Longfellow Hall. Zweihundertdreiundvierzig Mädchen warteten, daß die Glocke neun Uhr schlug und sie die braunen Umschläge öffnen durften, die vor ihnen auf den Schreibtischen lagen. Florentyna überflog die Lateinarbeit und las sie dann ein zweitesmal langsam durch, bevor sie die Fragen wählte, die sie am besten beantworten zu können glaubte. Um zwölf Uhr wurden die Arbeiten eingesammelt. Florentyna ging in ihr Zimmer, las zwei Stunden griechisch und aß einsam und allein zum Lunch eine Schokoladenstange. Am Nachmittag versuchte sie drei griechische Fragen zu beantworten. Als die Arbeiten um sechs abgegeben werden mußten, schrieb sie immer noch

Ergänzungen. Erschöpft ging sie in die Garden Street zurück, fiel auf ihr Bett und rührte sich nicht, bis es Zeit zum Abendessen war. Bei Tisch hörte sie den Gesprächen zu – das Thema war gleich, nur die Akzente – von Philadelphia bis Houston, und von Detroit bis Atlanta – waren verschieden. Es war tröstlich, daß alle anderen ebenso aufgeregt das Prüfungsresultat erwarteten wie sie selbst. Florentyna wußte, daß fast alle, die zur Prüfung antraten, einen Platz in Radcliffe bekommen würden. Zweiundzwanzig bekamen ein Stipendium, aber nur eine würde den begehrten Preis gewinnen.

Am zweiten Tag öffnete sie den braunen Umschlag mit dem allgemeinen Thema, befürchtete das Schlimmste, entspannte sich jedoch ein bißchen, als sie die erste Frage las: »Welche Veränderungen hätten sich nach Ihrer Meinung ergeben, wenn das 22. Amendement gebilligt worden wäre, bevor Roosevelt Präsident wurde?« Ohne auch nur aufzublicken, begann sie zu schreiben.

Bei ihrer Rückkehr wurde Florentyna von Miss Tredgold erwartet.

»Ich will nicht fragen, ob du glaubst, den Preis gewonnen zu haben, nur, ob du so gut warst, wie du gehofft hast.«

»Ja«, sagte Florentyna und nach kurzem Nachdenken: »Wenn ich kein Stipendium bekomme, dann war ich nicht gut genug.«

»Mehr kannst du nicht verlangen, und ich kann es auch nicht. Jetzt ist der Moment gekommen, in dem ich dir sagen muß, daß ich im Juli nach England zurückkehre.«

»Warum?« fragte Florentyna entgeistert.

»Was könnte ich jetzt, da du auf die Universität gehen wirst, noch für dich tun? Man hat mir die Stellung einer Leiterin der Abteilung für klassische Studien in einer Mädchenschule im West Country angeboten. Ich habe angenommen und beginne im September.«

»›You could not leave me if you knew how much I loved you.‹«

Miss Tredgold lächelte über das Zitat und beendete es. »›It is because of how much I love you that I must now leave you, Perdano.‹« *

Florentyna nahm ihre Hand, und Miss Tredgold lächelte das schöne junge Mädchen an, nach dem sich die Männer schon umdrehten.

Die letzten drei Schulwochen waren nicht leicht für Florentyna; ungeduldig wartete sie auf das Prüfungsergebnis und versicherte Edward, daß wenigstens er bestimmt in Harvard aufgenommen würde.

»Sie haben mehr Sportplätze als Vorlesungssäle«, zog sie ihn auf, »also kann nichts schiefgehen.«

Natürlich konnte es schiefgehen, und je länger sie warteten, desto stärker wuchs ihre Angst. Florentyna wußte, daß die Resultate der Prüfung am 14. April bekanntgegeben würden. An diesem Morgen ließ die Direktorin sie zu sich rufen, und Florentyna saß in einer Ecke, während Miss Allen mit Radcliffe telefonierte. Endlich war eine Leitung frei.

»Würden Sie mir bitte mitteilen, ob eine Miss Florentyna Rosnovski ein Stipendium gewonnen hat?«

Eine lange Pause. »Können Sie den Namen buchstabieren, bitte?«

»R-o-s-n-o-v-s-k-i.«

Wieder eine Pause. Florentyna ballte die Fäuste. Dann sagte die Stimme, für beide hörbar: »Es tut mir leid, Miss Rosnovskis Namen finde ich nicht unter den Stipendiaten. Aber mehr als siebzig Prozent der Prüflinge werden einen Platz in Radcliff erhalten, Sie werden demnächst von uns hören.«

Weder Miss Allen noch Florentyna konnten ihre Enttäu-

---

* »Wüßtest du, wie sehr ich dich liebe, du würdest mich nicht verlassen.«
»Eben weil ich dich so liebe, muß ich dich jetzt verlassen, Perdano.«

schung verbergen. Als Florentyna aus der Direktion kam, wartete Edward auf sie. Er umarmte sie und schrie beinahe: »Ich gehe nach Harvard. Und was ist mit dir? Hast du den Woolson-Preis bekommen?« Er konnte die Antwort von ihrem Gesicht ablesen. »Es tut mir so leid. Wie gedankenlos von mir.« Er hielt sie in den Armen, als die ersten Tränen kamen. Ein paar vorbeigehende Mädchen kicherten. Edward brachte sie nach Hause. Miss Tredgold, Florentyna und ihre Mutter aßen schweigend das Abendbrot.

Am Elternbesuchstag, zwei Wochen später, überreichte Miss Allen Florentyna den Klassikerpreis der Schule. Es war kein Trost. Zaphia und Miss Tredgold klatschten höflich Beifall, aber Florentyna hatte ihren Vater gebeten, nicht nach Chicago zu kommen; es gebe nichts zu feiern.

Nach der Preisverleihung klopfte Miss Allen auf das Pult und sagte mit ihrer klaren, tönenden Stimme: »In all meinen Jahren an der *Girls Latin School* war es kein Geheimnis, daß ich mir wünschte, eine Schülerin würde den Woolson-Preis von Radcliffe gewinnen.« Florentyna sah zu Boden. »Dieses Jahr«, fuhr Miss Allen fort, »war ich überzeugt, daß wir die beste Schülerin seit fünfundzwanzig Jahren ausgebildet hatten und sich mein Traum verwirklichen würde. Vor ein paar Wochen rief ich Radcliffe an und erfuhr, daß sie kein Stipendium gewonnen hat. Doch heute erhielt ich ein Telegramm, das es wert ist, vorgelesen zu werden.«

Miss Allen setzte die Lesebrille auf. »Name von Florentyna Rosnovski nicht unter den Stipendiaten, weil Gewinnerin des James-Adams-Woolson-Preises. Bitte Annahme telegraphieren.« Eltern und Schüler brachen in tobenden Beifall aus. Miss Allen hob die Hand, und es wurde still. »Nach fünfundzwanzig Jahren hätte ich wissen müssen, daß der Woolson immer separat und später vergeben wird. Es muß sich um Altersvergeßlichkeit handeln.« Alles lachte höflich, bevor Miss Allen fortfuhr: »Wir alle glauben, daß Florentyna ihrem College und ihrem Land in einer Weise dienen wird, die sich günstig auswirkt auf unsere Schule. Jetzt habe ich nur noch einen Wunsch: das zu erleben.«

Florentyna sah zu ihrer Mutter. Dicke Tränen liefen ihr über die Wangen. Niemand ahnte, daß die kerzengerade neben Zaphia sitzende Dame, die vor sich hinstarrte, in dem Applaus geradezu schwelgte.

Um Florentyna war jetzt viel Glück und viel Traurigkeit, aber nichts ließ sich mit dem Abschied von Miss Tredgold vergleichen. Auf der Fahrt von Chicago nach New York, während der Florentyna ihre Liebe und Dankbarkeit auszudrücken versuchte, übergab sie der älteren Frau ein Kuvert.

»Was ist das, Kind?«

»Die viertausend Aktien der Baron-Gruppe, die wir in den letzten vier Jahren verdient haben.«

»Aber da sind deine Anteile dabei, Kind.«

»Nein«, sagte Florentyna, »es wurde berücksichtigt, was ich mit dem Woolson-Preis erspart habe.«

Miss Tredgold antwortete nicht.

Eine Stunde später stand Miss Tredgold im Hafen von New York und wartete auf die Einschiffung.

»Ich werde von Zeit zu Zeit an dich denken, mein Kind«, sagte sie, »und hoffen, daß mein Vater mit der Berufung recht hatte.« Florentyna umarmte Miss Tredgold und sah ihr nach, wie sie die Gangway hinaufging. Auf Deck drehte sie sich um, winkte einmal mit der behandschuhten Rechten und rief nach einem Träger, der die Koffer nahm und der gestrengen Dame zu ihrer Kabine folgte. Miss Tredgold wandte sich nicht mehr nach Florentyna um, die wie eine Statue auf dem Kai stand und die Tränen zurückhielt, weil sie wußte, Miss Tredgold würde sie mißbilligen.

Als Miss Tredgold ihre Kabine erreichte, gab sie dem Träger fünfzig Cents und verschloß die Tür.

Winifred Tredgold saß auf dem Bett und ließ ihren Tränen freien Lauf, ohne sich zu schämen.

10

Seit dem ersten Tag in der *Girls Latin School* hatte sich Florentyna nicht mehr so verloren gefühlt. Als sie mit ihrem Vater von den Ferien in Europa zurückkehrte, erwartete sie ein dickes Kuvert aus Radcliffe. Es enthielt alle Details, wann und wo sie sich zu melden hatte und was sie anziehen mußte; ein Vorlesungsverzeichnis und das »rote Buch« mit den Vorschriften der Universität. Florentyna saß im Bett und las aufmerksam eine Information nach der anderen, bis sie zur Vorschrift 11a kam: »Wenn Sie in Ihrem Zimmer einen Mann zum Tee empfangen, muß die Tür die ganze Zeit offenstehen, und die vier Füße müssen immer den Boden berühren.« Florentyna lachte laut, als sie sich vorstellte, daß sie vielleicht, eine Teetasse in der Hand, hinter einer offenen Tür stehend, das erste Mal einen Mann lieben würde.

Als sie in Boston ankam, leuchtete New England in sommerlichem Grün und herbstlichem Braun. Ein alter gelber Schulbus brachte die Studenten zum Campus. Als das alte Gefährt über die Charles Street fuhr, glänzte die Kuppel des *State House* im Sonnenlicht. Auf dem Fluß glitten ein paar Segelboote dahin, und acht eifrige Studenten trieben ihr Boot durchs Wasser, während ein älterer Mann auf einem Fahrrad sie durch ein Megaphon anfeuerte. In Radcliffe wurden die neuaufgenommenen Mädchen von einer älteren Dame in Empfang genommen und in die Longfellow Hall geführt, wo Florentyna die Prüfung abgelegt hatte. Hier hörten die Mädchen, wo sie im ersten Jahr wohnen würden; Florentyna bekam Zimmer 7 in der Whitman Hall. Eine Studentin half ihr das Gepäck tragen und ließ sie allein, um auszupacken.

Das Zimmer roch, als hätten es die Maler vor einem Tag verlassen. Offenbar teilte sie es mit zwei anderen Mädchen: es gab drei Betten, drei Kommoden, drei Schreibtische, drei Stehlampen und dreimal Bettwäsche. Florentyna wählte das Bett beim Fenster und packte aus. Eben war sie bei ihrem letzten Koffer angelangt, als die Tür aufflog und ein Schiffskoffer in der Mitte des Zimmers landete.

»Hi«, sagte eine Stimme, die einem Nebelhorn glich, »ich bin Bella Hellaman aus San Francisco.«

Florentyna reichte ihr die Hand und bereute es sofort. Vor ihr stand eine beinahe zwei Meter große Hünin, die bestimmt mehr als hundert Kilogramm wog. Bella sah aus wie ein Kontrabaß und klang wie eine Orgel. Sie sah sich um.

»Ich wußte, daß das Bett für mich zu klein sein wird«, verkündete sie. »Meine Direktorin riet mir, in das College für Jungen zu ziehen.«

Florentyna lachte laut.

»Dir wird das Lachen vergehen, wenn ich dich die ganze Nacht störe. Ich wälze mich so viel herum, daß du dir wie auf einem Schiff vorkommen wirst.« Bella öffnete das Fenster und ließ die kalte Bostoner Luft herein. »Wann gibt es hier Dinner? Seit Kalifornien hab' ich keine ordentliche Mahlzeit mehr bekommen.«

»Ich weiß es nicht, aber bestimmt steht es im roten Buch«, sagte Florentyna. Sie überflog die Seiten, bis sie zu »Mahlzeiten: Dinner halb sieben bis halb acht« kam.

»Dann bin ich punkt halb sieben an der Tür zum Speisesaal«, sagte Bella. »Weißt du, wo die Turnhalle ist?«

»Um ehrlich zu sein, nein.« Florentyna grinste. »Es war mir nicht so wichtig am ersten Tag.«

Es klopfte, und Bella rief: »Herein.« Später lernte Florentyna, daß das kein Ruf war, sondern ihr normaler Tonfall. Eine zarte Blondine betrat das Zimmer; sie trug ein dunkelblaues Kostüm und sah aus wie aus dem Ei gepellt. Als sie lächelte, sah man zwei Reihen perlweißer Zähne. Bella erwiderte ihr Lächeln, als hätte sie vorzeitig das Essen gebracht.

»Ich heiße Wendy Brinklow.« Florentyna wollte sie vor Bellas Händedruck warnen, aber es war zu spät. Wendy zuckte zusammen.

»Du wirst dort schlafen müssen.« Bella wies auf das dritte Bett. »Weißt du vielleicht, wo die Turnhalle ist?«

»Wozu braucht Radcliffe eine Turnhalle?« fragte Wendy, während ihr Bella mit den Koffern half. Die beiden packten aus, und Florentyna gab vor, in ihren Büchern zu blättern. In Wahrheit faszinierte sie der Inhalt von Bellas Schiffskoffer: Knieschützer, Brustschützer, eine Gesichtsmaske, zwei Hockeystöcke und schließlich Hockeyhandschuhe. Wendy hatte alle ihre Kleider verstaut, bevor Bella auch nur wußte, wo sie ihre Hockeystöcke unterbringen sollte. Schließlich warf sie sie unter das Bett.

Nach dem Auspacken gingen die drei Mädchen in den Speisesaal. Bella lud ihren Teller so voll, daß sie ihn auf der Handfläche balancieren mußte, Florentyna nahm eine normale Portion, während Wendy sich mit ein bißchen Salat begnügte.

Florentyna und Wendy erlebten, wie Bella vorausgesagt hatte, eine schlaflose Nacht, und es dauerte einige Wochen, bis es ihnen gelang, acht Stunden durchzuschlafen. Jahre später stellte Florentyna fest, daß sie dank einem Jahr mit Bella überall schlafen konnte, selbst in einer überfüllten Flughafen-Lounge.

Bella wurde bereits im ersten Jahr Torwart des Radcliffe Hockey-Teams und jagte allen, die gegen sie spielen mußten, Furcht ein. Wer ihr ein Tor schoß, dem schüttelte sie die Hand. Wendy wurde von Männern verfolgt, die den Campus besuchten; manchmal ließ sie sich erweichen. Auch interessierte sie der *Kinsey Report* wesentlich mehr als die Lehrbücher.

»Meine Lieben«, erklärte sie mit großen Unschuldsaugen, »das ist ein seriöses Buch von einem berühmten Professor.«

»Das erste seriöse Buch, von dem mehr als eine Million Exemplare verkauft wurden«, bemerkte Bella, nahm ihre Hockeyschläger und verschwand.

Wendy saß vor dem Spiegel und schminkte sich die Lippen.

»Wer ist es diesmal?« erkundigte sich Florentyna.

»Niemand Spezieller, aber Dartmouth schickt seine Tennismannschaft nach Harvard, und das verspricht, ein vergnüglicher Nachmittag zu werden. Willst du mitkommen?«

»Nein, aber ich wüßte gern, wie du es anstellst, immer jemanden zu finden.« Florentyna betrachtete sich zufrieden im Spiegel. »Edward war der letzte Junge, der mich bat, mit ihm auszugehen.«

»Es ist wirklich nicht schwer«, meinte Wendy, »vielleicht schreckst du sie ab.«

»Wieso?«

Wendy tauschte den Lippenstift gegen einen Kamm. »Du wirkst in erster Linie intelligent und tüchtig; viele Männer mögen das nicht. Du jagst ihnen Angst ein, und das ist schlecht für ihr Ego.«

Florentyna lachte.

»Ich meine es ernst. Wie viele Männer haben es gewagt, sich deiner geliebten Miss Tredgold zu nähern, oder gar ihr Avancen zu machen?«

»Was soll ich also deiner Meinung nach tun?«

»Du siehst recht gut aus und hast einen ausgezeichneten Geschmack. Also gib dich ein bißchen töricht und massiere das männliche Ego; dann hat jeder Mann das Gefühl, er muß dich beschützen. Bei mir klappt das immer.«

»Aber was macht man, wenn sie sich nach dem ersten *Hamburger* berechtigt glauben, mit einem ins Bett zu gehen?«

»Ach, ich bekomme meistens drei oder vier Steaks, bevor sie den Versuch machen. Und manchmal sage ich ja.«

»Das ist schön und gut. Aber wie war es beim ersten Mal?«

»Mein Gott«, meinte Wendy, »so weit kann ich mich nicht zurückerinnern.«

Wieder lachte Florentyna.

»Vielleicht hast du Glück, wenn du mit mir zum Tennis kommst. Schließlich kommen fünf Spieler aus Dartmouth, gar nicht zu reden von der Mannschaft aus Harvard.«

»Ich kann leider nicht«, bedauerte Florentyna, »bis sechs Uhr muß ich mit meinem Aufsatz über Ödipus fertig sein.«

»Und wir alle wissen, wie es ihm erging«, sagte Wendy grinsend.

Trotz ihrer unterschiedlichen Interessen wurden die drei Mädchen unzertrennlich, und Florentyna und Wendy saßen jeden Samstag nachmittag auf der Tribüne, um Bella beim Hockey zuzuschauen. Wendy lernte sogar »Feg sie weg« zu schreien, obwohl es nicht ganz überzeugend klang. Es war ein hektisches erstes Jahr, und Florentyna unterhielt ihren Vater mit langen Geschichten über Radcliffe, Bella und Wendy.

Sie mußte viel arbeiten, und Miss Rose, ihre Studienberaterin, machte sie immer wieder darauf aufmerksam, daß das Woolson-Stipendium jedes Jahr erneuert werden mußte; es wäre schlecht für ihren Ruf, sollte sie es nicht mehr erhalten. Am Jahresende waren Florentynas Noten überdurchschnittlich gut, sie hatte auch Zeit gefunden, am Debattierclub teilzunehmen und wurde Vertreterin des ersten Jahrgangs im Demokratischen Club von Radcliffe. Aber daß sie Bella auf dem Golfplatz geschlagen hatte, hielt sie für ihre bemerkenswerteste Leistung.

Im Sommer 1952 verbrachte Florentyna nur zwei Wochen bei ihrem Vater in New York, weil sie sich als Hosteß beim Parteikonvent von Chicago gemeldet hatte.

Kaum war sie bei ihrer Mutter in Chicago, als sie sich in die große Politik stürzte. Der Parteikonvent der Republikaner hatte zwei Wochen zuvor stattgefunden, und Dwight D. Eisenhower und Richard Nixon als Kandidaten aufgestellt. Florentyna kannte keinen Demokraten, der Eisenhower Paroli bieten konnte; er war der größte Nationalheld seit Teddy Roosevelt, und überall sah man die *»I like Ike«*-Abzeichen.

Als der Konvent der Demokraten am 21. Juli begann, hatte Florentyna die bedeutenden Persönlichkeiten, die VIPs, zu ihren Sitzen zu geleiten. In diesen vier Tagen lernte sie zwei wichtige Dinge: erstens die Bedeutung von Kontakten, und zweitens, wie eitel Politiker sind. Zweimal wies sie Senatoren falsche Sitze an, und diese waren so empört, als hätte sie sie auf den elektrischen Stuhl gesetzt. Der netteste Augenblick kam für Florentyna, als sie ein gutaussehendes junges Kongreßmitglied aus Massachusetts fragte, in welches College sie gehe.

»Als ich in Harvard war«, sagte er, »verbrachte ich viel zu viel Zeit in Radcliffe. Man erzählt sich, daß es jetzt umgekehrt sei.«

Florentyna wollte etwas Witziges erwidern, leider fiel ihr nichts ein; es vergingen viele Jahre, bis sie John F. Kennedy wiedersah.

Der Höhepunkt des Konvents war die Wahl Adlai Stevensons zum demokratischen Präsidentschaftskandidaten. Sie hatte ihn als Gouverneur von Illinois bewundert, sah aber für einen Intellektuellen wie ihn keine Chance, Eisenhower zu schlagen. Trotz Jubel und Applaus schienen die meisten Anwesenden ihre Meinung zu teilen.

Nach dem Parteikonvent arbeitete Florentyna in Henry Osbornes Büro, um ihm im Kampf um seinen Platz im Repräsentantenhaus zu helfen. Ihre Aufgabe war es, alle Anfragen zu beantworten. Es machte ihr wenig Freude, da sie wußte, daß Osborne allmählich das Vertrauen seiner Mitarbeiter und seiner Wähler verlor. Sein Ruf als Trinker und seine zweite Scheidung schadeten ihm beim Mittelstand.

Die Anliegen seiner Wählerschaft interessierten ihn kaum,

und Florentyna begann zu verstehen, warum die Leute so wenig Vertrauen zu den von ihnen gewählten Vertretern hatten. Dieses Vertrauen wurde noch mehr erschüttert, als Richard Nixon in einer Rede an die Nation einen Schmiergeldfonds von achtzehntausend Dollar als »notwendige politische Auslage zur Entlarvung von Kommunisten« bezeichnete.

Florentyna und ihre Mitarbeiter machten sich wenig Hoffnung für die Demokraten, und sie hatten recht; Eisenhower gewann die Wahl mit einer überwältigenden Mehrheit. Unter den Opfern dieses Erdrutsches befand sich auch das Mitglied des Repräsentantenhauses Henry Osborne.

Enttäuscht von der Politik kehrte Florentyna nach Radcliffe zurück und konzentrierte ihre gesamte Energie auf das Studium. Bella war Kapitän des Hockeyteams geworden, und Wendy behauptete, in einen Tennisspieler aus Dartmouth, namens Roger, verliebt zu sein. Sie nahm bei Florentyna Unterricht in Mode und studierte Brautkleider in der Vogue. Obwohl jetzt alle drei Mädchen Einzelzimmer hatten, sahen sie einander regelmäßig, und Florentyna versäumte nie ein Hokkeymatch, ganz gleich, ob es schneite oder regnete – und beides kam in Cambridge häufig vor. Wendy machte sie mit vielen Männern bekannt, die alle ein drittes oder viertes Steak nicht wirklich wert zu sein schienen.

Als Florentyna eines Tages in ihr Zimmer kam, fand sie ihre Freundin Wendy tränenüberströmt auf dem Fußboden sitzen.

»Was ist los?« fragte Florentyna. »Bist du bei einer Prüfung durchgeflogen?«

»Nein, viel schlimmer.«

»Was kann schlimmer sein?«

»Ich bin schwanger.«

»Was?« Florentyna kniete nieder und legte einen Arm um das Mädchen. »Wieso bist du so sicher?«

»Weil ich zweimal keine Periode hatte.«

»Nun, das ist noch kein sicherer Beweis, und im schlimmsten Fall wird dich Roger heiraten.«

»Ich weiß nicht, ob er der Vater ist.«

»Mein Gott, wer sonst?«

»Ich glaube Bob, der Fußballspieler von Princeton. Erinnerst du dich an ihn?«

Florentyna erinnerte sich nicht. Sie hatte im Lauf des Jahres eine Reihe von Wendys Freunden kennengelernt, und im Augenblick wußte sie nicht, was sie sagen sollte, wenn Wendy nicht einmal den Namen des Vaters kannte. Die drei Mädchen überlegten bis spät in die Nacht, und Bella zeigte ein feinfühliges Verständnis, das Florentyna ihr nie zugetraut hätte. Man beschloß, daß Wendy, wenn auch die nächste Periode ausfiel, den Gynäkologen aufsuchen müsse.

Die nächste Periode fiel aus, und Wendy bat ihre Freundinnen, sie zu Doktor MacLeod zu begleiten. Der Arzt informierte Wendys Dean von der Schwangerschaft, und alles weitere erstaunte niemanden. Am nächsten Tag kam Wendys Vater, dankte den beiden Mädchen für alles, was sie getan hatten, und fuhr mit seiner Tochter nach Nashville zurück. Das ging alles so rasch, daß weder Bella noch Florentyna den Verlust ihrer Freundin richtig erfaßten. Florentyna fragte sich wieder und wieder, ob sie mehr hätte tun können.

Am Ende des zweiten Studienjahres machte sich Florentyna berechtigte Hoffnungen auf den begehrten Phi Beta Kappa-Schlüssel, das Abzeichen der Vereinigung hervorragender Studenten. Politik interessierte sie im Augenblick nicht; die Kombination von McCarthy und Nixon erweckte wenig Begeisterung bei ihr, und ein Vorfall am Ferienende zerstörte noch mehr Illusionen.

Florentyna war nach New York zurückgekehrt, um für ihren Vater zu arbeiten; seit der Geschichte mit Jessie Kovats hatte sie viel gelernt, und jetzt übergab ihr Abel gern die Leitung eines Baron-Ladens, wenn der Geschäftsleiter auf Urlaub war.

Während einer Lunchpause versuchte sie, einem flott gekleideten Mann mittleren Alters auszuweichen, der durch die Hotelhalle ging. Er entdeckte sie und rief: »Hallo, Florentyna.«

»Hallo, Henry«, sagte sie mit matter Begeisterung.

»Heute ist dein Glückstag, meine Liebe.«

»Warum?« Florentyna war ehrlich erstaunt.

Weil mich eine Partnerin heute abend sitzenließ und ich dir die Chance biete, sie zu ersetzen.

Gern hätte sie »Verschwinde« gesagt, doch Henry Osborne war ein Direktor der Baron-gruppe, und sie wollte eben eine passende Entschuldigung erfinden, als er hinzufügte: »Ich hab' Karten zu *Can-Can.*«

Seit ihrer Ankunft hatte sie vergeblich versucht, für diesen Broadwayerfolg Karten zu bekommen; das Stück war die nächsten Wochen ausverkauft. Einen Moment zögerte sie, dann nahm sie an. »Gern, Henry.«

Bevor sie ins *Shubert Theatre* gingen, trafen sie sich bei Sardi's zu einem Drink. Die Show war ausgezeichnet, und Florentyna hielt es für unhöflich, Henrys Einladung zu cinem späten Abendessen abzulehnen. Sie gingen in den *Rainbow Room,* und dort begann das Unglück. Henry hatte schon vor dem ersten Gang drei doppelte Scotch geleert, und obwohl er nicht der erste war, der die Hand auf Florentynas Knie legte, war er doch der erste aus dem Freundeskreis ihres Vaters. Am Ende der Mahlzeit war Henry so betrunken, daß er nur noch lallte.

Auf der Fahrt ins Hotel versuchte er sie zu küssen. Sie drückte sich in eine Ecke des Taxis, aber das entmutigte ihn nicht. Florentyna wußte nicht mit Betrunkenen umzugehen, wußte auch nicht, wie störrisch sie sein können. Als sie zum Baron kamen, bestand er darauf, sie zu ihrem Zimmer zu begleiten. Aus Angst, ein Streit in aller Öffentlichkeit könne ihrem Vater schaden, willigte sie ein. Kaum waren sie im Privatfahrstuhl, versuchte er sie wieder zu küssen, und als sie zu ihrem Appartment kamen, gelang es ihm, sich durch die Tür zu zwängen. Sofort wankte er zu der kleinen Bar und schenkte sich einen großen Scotch ein. Florentynas Vater war in Frankreich, und George schon längst nach Hause gegangen; sie wußte nicht, wie sie sich verhalten sollte.

»Glauben Sie nicht, Sie sollten jetzt gehen, Henry?«

»Was?« stieß er undeutlich hervor. »Wo es gerade lustig wird?« Er schwankte auf sie zu. »Ein Mädchen hat zu zeigen, wie dankbar sie ist, wenn man sie zur besten Show der Stadt und nachher zu einem erstklassigen Dinner führt.«

»Ich bin sehr dankbar, Henry, aber ich bin auch müde und möchte ins Bett gehen.«

»Genau, was ich auch möchte.«

Florentyna wurde fast übel, als er sie umarmte und seine Hände ihr Gesäß umfaßten.

»Henry, es ist besser, Sie gehen, bevor Sie etwas tun, was Sie nachher bereuen werden.« Florentyna fand, es klang ein bißchen unsinnig.

»Ich werde gar nichts bereuen«, sagte er und versuchte ihren Reißverschluß zu öffnen. »Und du auch nicht.«

Florentyna wollte ihn wegstoßen, aber er war zu stark. Sie schlug auf seine Arme ein.

»Stell dich nicht so an, meine Liebe«, keuchte Henry, »ich weiß, du willst es, und ich werde dir ein paar Sachen zeigen, von denen diese College-Jungen keine Ahnung haben.«

Florentyna versagten die Knie, und sie fiel auf den Teppich. Henry warf sich über sie und riß das Telefon vom Tisch.

»Das ist besser«, sagte er, »ich mag Temperament.«

Mit einer Hand hielt er ihre Arme fest, mit der anderen strich er ihr über die Schenkel. Sie nahm alle Kraft zusammen, bekam einen Arm frei und schlug Henry ins Gesicht. Er packte sie am Haar und schob ihr das Kleid hoch. Etwas zerriß, und Henry lachte.

»Es wäre einfacher gewesen . . . du hättest das dumme

Zeug vorher ausgezogen ...«, grunzte er und zerrte an dem Kleid.

Hilflos sah sich Florentyna um. Ihr Blick fiel auf eine schwere Kristallvase, in der Rosen standen. Sie zog Henry an sich und küßte ihn leidenschaftlich.

»Jetzt wird es richtig«, sagte er und gab den zweiten Arm frei.

Vorsichtig griff sie hinter sich; als sie die Vase fest in der Hand hatte, schob sie Henry von sich und ließ die Vase auf seinen Kopf krachen. Er fiel nach vorn; Florentyna brauchte ihre ganze Kraft, um seinen Körper wegzuschieben. Sie sah das Blut und glaubte, ihn getötet zu haben. Es klopfte an der Tür.

Verwirrt versuchte sie aufzustehen, war aber zu schwach. Wieder klopfte es, diesmal lauter, und jetzt hörte sie eine Stimme, die unverkennbar war. Florentyna taumelte zur Tür: Bella nahm den ganzen Raum zwischen den Türpfosten ein.

»Du siehst furchtbar aus.«

»So fühle ich mich auch.« Florentyna starrte auf ihr zerfetztes Kleid, ein Pariser Modell.

»Wer hat das getan?«

Florentyna trat zurück und wies auf Henry Osbornes reglosen Körper.

»Jetzt weiß ich, warum dein Telefon nicht funktionierte«, sagte Bella und ging auf Osborne zu. »Er hätte noch mehr verdient.«

»Lebt er?« hauchte Florentyna.

Bella kniete nieder, fühlte Henrys Puls und erklärte: »Ja, leider. Es ist nur eine Fleischwunde. Hätte ich ihn erwischt, wäre er nicht mehr unter den Lebenden. So hat er nur eine große Beule abbekommen, und das ist für einen solchen Kerl wirklich zuwenig. Ich glaube, ich werfe ihn aus dem Fenster.« Sie hob Henry hoch und warf ihn über die Schulter, als wäre er ein Mehlsack.

»Nicht, Bella. Wir sind im 41. Stock.«

»Die ersten vierzig wird er nicht bemerken«, sagte Bella und ging zum Fenster.

»Nein, nein«, rief Florentyna.

Bella grinste. »Ich will großzügig sein und ihn nur in den Lastenaufzug legen. Dann kann die Direktion mit ihm machen, was sie will.« Florentyna widersprach nicht, als Bella, mit Henry über der Schulter, an ihr vorbeiging. Kurz darauf kam sie zurück und sah aus, als hätte sie gegen die Hockeymannschaft von Vassar gewonnen.

»Ich hab' ihn in den Keller geschickt«, sagte sie genüßlich.

Florentyna saß auf dem Boden und nippte an einem Cognac.

»Bella, werde ich es je erleben, daß mich jemand romantisch umwirbt?«

»Mich darfst du das nicht fragen. Niemand hat mich je vergewaltigen wollen, geschweige denn umwerben.«

Lachend fiel ihr Florentyna in die Arme. »Gott sei Dank, daß du gekommen bist. Wieso bist du überhaupt da?«

»Die kleine tüchtige Miss hat vergessen, daß ich heute nacht hier wohne, weil ich morgen in New York Hockey spiele. *Devils* gegen *Angels.*«

»Aber das sind Männermannschaften.«

»Das glauben sie. Unterbrich mich nicht. Als ich zur Rezeption kam, hatten sie keine Reservierung unter meinem Namen, und das Hotel ist voll. Also klopfte ich bei dir an, um mich zu beschweren. Gib mir ein Kopfkissen, und ich werde im Bad schlafen.«

Florentyna hielt die Hände vors Gesicht.

»Warum weinst du?«

»Ich weine nicht, ich lache. Bella, du hast dir ein Doppelbett verdient, und du sollst eins bekommen.« Florentyna hob das Telefon auf und nahm den Hörer ab.

»Ja, Miss Rosnovski?«

»Ist die Präsidentensuite heute frei?«

»Ja, Miss.«

»Bitte geben Sie Miss Bella Hellaman die Suite, und verrechnen Sie es mit mir.«

»Gern, Miss. Wie werde ich Miss Hellaman erkennen?«

Am nächsten Morgen rief Osborne an und flehte Florentyna an, ihrem Vater nichts von dem Vorfall zu erzählen; es wäre nie geschehen, hätte er nicht zuviel getrunken, und er könne es sich nicht leisten, seinen Aufsichtsratposten zu verlieren. Florentyna starrte auf den blutbefleckten Teppich und versprach es widerwillig.

11

Als Abel aus Paris zurückkehrte, erfuhr er zu seiner Empörung, daß man einen seiner Direktoren betrunken und mit einer Kopfwunde im Lastenaufzug gefunden hatte.

»Bestimmt behauptet Henry, er sei über einen stummen Diener gestolpert«, sagte Abel, schloß sein Geheimfach auf und machte in einem Ordner ohne Aufschrift eine Notiz.

»Schon eher über eine Blondine«, lachte George. »Wirst du Konsequenzen daraus ziehen?«

»Nicht sofort. Solange er Beziehungen in Washington hat, kann ich ihn brauchen. Im Moment bin ich mit den Baustellen in London und Paris beschäftigt und sollte auch Möglichkeiten in Amsterdam, Genf, Cannes und Edinburgh sondieren. Gar nicht davon zu reden, daß Zaphia mich vor den Kadi zitieren will, wenn ich ihre Alimente nicht erhöhe.«

»Vielleicht solltest du Henry mit einer Rente abfinden«, schlug George vor.

»Nicht gleich«, erwiderte Abel, »es gibt noch etwas, wofür ich ihn brauche.«

George konnte sich nicht vorstellen, wofür.

»Wir werden sie wegfegen.« Bellas Entschluß, Harvards Eishockeyteam zu einem Landhockeyspiel herauszufordern, erstaunte nur das Team von Harvard, das die Einladung höflich ablehnte. Sofort gab Bella eine halbseitige Mitteilung im *Harvard Crimson* auf: »Harvard Jocks lehnen Radcliffe-Herausforderung ab.«

Der Herausgeber von *Crimson*, der die Mitteilung sah, bevor sie in Druck ging, machte mit Bella ein Interview, das ebenfalls auf der ersten Seite erschien. Unter einem Foto von Bella, mit Maske und Helm, einen Hockeystock schwingend, war zu lesen: »Wenn sie die Maske abnimmt, ist sie noch erschreckender.« Bella war entzückt.

Nach einer Woche erklärte sich Harvard bereit, das Juniorenteam nach Radcliffe zu senden. Bella lehnte ab; sie wollte nur Universitätsstudenten. Man einigte sich auf eine Mannschaft mit sechs Universitätsspielern und fünf Junioren, vereinbarte ein Datum und machte sich an die Vorbereitungen. In Radcliffe war man ganz chauvinistisch, und Bella wurde zu einer Kultfigur.

»Mehr Figur als Kult«, sagte sie mit Selbstironie zu Florentyna.

Später beschrieb der *Harvard Crimson* Bellas Taktik als fast diabolisch. Als das Harvard-Team wie verabredet ankam, wurde es von elf Amazonen mit Hockeystöcken empfangen und sofort zum Lunch geschleppt. Üblicherweise wurde vor einem Spiel nie getrunken, aber da alle Mädchen Bier bestellten, fühlten sich die Jungen verpflichtet, mitzuhalten. Die meisten hatten schon vor dem Lunch drei Dosen getrunken, und sie sprachen auch dem ausgezeichneten Wein zu, der serviert wurde. Keinem der Harvardleute fiel diese Großzügigkeit auf, und sie fragten auch nicht, ob man gegen die College-Vorschriften verstoße. Die zweiundzwanzig Mädchen und jungen Männer beendeten den Lunch mit einem Glas Champagner auf das Wohl der beiden Colleges.

Dann führte man die elf Harvardspieler in die Garderobe, wo eine Magnumflasche Champagner auf sie wartete. Die elf Damen ließen sie allein. Als der Kapitän von Harvard sein Team auf das Feld führte, wurde er von fünfhundert Zuschauern und elf sportlichen Mädchen erwartet, die er nie zuvor gesehen hatte. Elf andere junge Damen, die ihm bekannt waren, saßen auf der Tribüne und konnten kaum die Augen offenhalten. Harvard verlor 7 : 0. Der *Harvard Crimson* war nahe daran, Bella eine Schwindlerin zu nennen, aber der *Boston Globe* nannte sie eine beachtliche, unternehmungslustige junge Dame.

Sofort forderte Harvard eine Revanche, und zwar gegen ihre beste Mannschaft. »Das wollte ich von Anfang an«, sagte Bella zu Florentyna. Bella schickte ein Telegramm: »Bei euch oder bei uns?« Radcliffe mußte einige Busse mieten, um die Schlachtenbummler zu transportieren, insbesondere, da Harvard einen Tanzabend nach dem Spiel ankündigte. Florentyna fuhr Bella und drei andere Teammitglieder in ihrem neuen Oldsmobile zum Spielfeld jenseits des Flusses; im Kofferraum türmten sich Hockeystöcke, Beinschienen und Brustschützer. Die Harvard-Mannschaft sahen sie erst auf dem Spielfeld. Diesmal wurden sie von dreitausend Zuschauern begrüßt, einschließlich der Präsidenten von Harvard und Radcliffe.

Wieder waren Bellas Methoden etwas zweifelhaft; offenbar hatte sie alle Mädchen angewiesen, sich weniger auf den Ball, als auf den Mann zu konzentrieren; mit erbarmungslosen Schlägen gegen empfindliche Schienbeine verhinderten sie bis zur Halbzeit ein Tor.

In der zweiten Halbzeit wäre der Radcliffe-Mannschaft beinahe ein Tor gelungen, was sie zu noch besseren Leistungen anfeuerte. Fast sah es nach einem Unentschieden aus, als ein Harvard-Stürmer vorpreschte und den Rand des Schußkreises erreichte. Bella stürzte vor und warf sich auf ihn. Das war das letzte, woran er sich erinnerte; ein paar Sekunden später trug man ihn vom Spielfeld. Beide Schiedsrichter pfiffen ab; eine Minute vor Spielschluß erhielten die Harvardleute einen Strafschuß zugesprochen. Sie wählten ihren linken Stürmer, ihn zu vollstrecken. Der kleine, drahtige Spieler wartete, bis die Mannschaften sich aufgestellt hatten, dann spielte er den Ball dem Verbinder zu, der ihn direkt gegen Bellas Brustschützer schlug. Er fiel ihr vor die Füße, und sie schob ihn nach rechts vor den kleinen Linksaußen. Bella stürzte sich auf den zarten Spieler, und empfindsame Zuschauer schlossen die Augen, doch diesmal traf sie auf einen ebenbürtigen Partner. Er wich geschickt aus, Bella fiel zu Boden, und er selbst beförderte den Ball ins Tor. Das Spiel wurde abgepfiffen: Radcliffe hatte 1 : 0 verloren.

Zum erstenmal sah Florentyna ihre Freundin weinen, obwohl die Menge ihr zujubelte, als sie ihre Mannschaft vom Spielfeld führte. Bella war geschlagen, aber sie erhielt gleich zweifachen Trost: sie wurde in die Damen-Hockeynationalmannschaft aufgenommen, und sie war ihrem künftigen Mann begegnet.

Florentyna lernte Claude Lamont beim Empfang nach dem Spiel kennen. In dem blauen Blazer und der Flanellhose wirkte er noch zarter als auf dem Spielfeld.

»Ein kleiner Schatz, nicht wahr?« sagte Bella und strich ihm über den Kopf. »Bemerkenswerter Spieler.« Florentyna war erstaunt, daß er nicht widersprach. »Hat sie nicht erstklassig gespielt?« war alles, was er zu sagen hatte.

Bella und Florentyna kehrten nach Radcliffe zurück, um sich für den Tanzabend umzuziehen. Claude begleitete sie in die Halle, die Bella mit einem Viehmarkt verglich; ihre Freundin wurde von Jünglingen belagert, die alle mit ihr Jitterbug tanzen wollten. Claude wurde abkommandiert, Speisen und Getränke herbeizuschaffen, die für eine Armee ausgereicht hätten und von Bella vertilgt wurden, während sie ihrer Freundin auf dem Tanzparkett zuschaute.

Florentyna sah ihn in einer Ecke sitzen und mit einem Mädchen plaudern. Er schien groß zu sein, und hatte gelocktes blondes Haar. Sein Gesicht war so gebräunt, daß er die Winterferien unmöglich in Cambridge verbracht haben konnte. Er wandte sich dem Tanzparkett zu, und ihre Blicke trafen sich. Rasch drehte sich Florentyna um und versuchte, sich auf die Worte ihres Tanzpartners zu konzentrieren – irgend etwas über das nahende Computerzeitalter, und daß er mithalten werde. Am Ende des Tanzes brachte sie ihr redseliger Partner zu Bella zurück. Als Florentyna sich umdrehte, stand er neben ihr.

»Haben Sie schon etwas zu essen bekommen?«

»Nein«, log sie.

»Haben Sie Lust, an meinen Tisch zu kommen?«

»Danke«, sagte sie und verließ Bella und Claude, die eben Eishockey mit Landhockey verglichen.

Die ersten paar Minuten schwiegen sie. Er holte etwas zu essen, und dann sprachen sie beide gleichzeitig. Er hieß Scott Forbes und studierte in Harvard Geschichte. Florentyna hatte in der Gesellschaftsspalte von ihm gelesen; er war der Erbe des Forbes-Imperiums und einer der am meisten umworbenen jungen Männer Amerikas. Sie wollte, es wäre anders gewesen. Was ist schon ein Name, redete sie sich ein, und nannte ihm ihren. Er schien ihn nicht zu kennen.

»Ein hübscher Name für ein schönes Mädchen«, sagte er, »schade, daß wir uns nicht schon früher kennengelernt haben.« Florentyna lächelte, und er fügte hinzu: »Übrigens war ich vor ein paar Wochen in Radcliffe und habe in dem unglückseligen Hockeymatch gespielt, das wir 7 : 0 verloren.«

»Sie haben in der Harvard-Mannschaft gespielt? Ich habe Sie nicht bemerkt.«

»Das wundert mich nicht, mir war die längste Zeit übel; nie in meinem Leben habe ich so viel getrunken. Bella Hellaman mag gewaltig aussehen, wenn man nüchtern ist. Wenn man betrunken ist, sieht sie aus wie ein Panzer.«

Florentyna lachte und hörte beglückt zu, als Scott Geschichten von Harvard, von seiner Familie und seinem Leben in Boston erzählte. Von jetzt an tanzte sie nur noch mit ihm, und als das Fest zu Ende war, brachte er sie nach Radcliffe zurück.

»Darf ich Sie morgen sehen?« fragte Scott.

»Natürlich.«

»Warum fahren wir nicht aufs Land und essen zusammen Mittag?«

»Gern.«

Florentyna und Bella verbrachten die halbe Nacht damit, einander von ihren Partnern zu erzählen.

»Glaubst du, es macht etwas, daß er zur besten Gesellschaft gehört?«

»Nicht, wenn er ein Mann ist, den man ernst nehmen kann«, erwiderte Bella. Sie wußte, daß Florentyna echte Bedenken hegte. »Ich habe keine Ahnung, ob Claude zur guten Gesellschaft gehört«, fügte sie hinzu.

Am nächsten Morgen fuhr Florentyna mit Scott Forbes in einem alten MG aufs Land. Noch nie hatte sie sich so glücklich gefühlt. Sie aßen in einem kleinen Restaurant in Dedham, wo Scott alle Gäste zu kennen schien. Florentyna wurden ein Lowell, ein Winthrop, ein Cabot und ein weiterer Forbes vorgestellt. Als Edward Winchester mit einem hübschen dunkelhaarigen Mädchen auf sie zukam, war Florentyna erleichtert – wenigstens einen Menschen kenne ich, dachte sie. Edward sah erstaunlich gut und glücklich aus, und als er ihr seine Braut Danielle vorstellte, wußte sie auch, warum.

»Ihr beide solltet gut miteinander auskommen«, sagte er.

»Warum?« fragte Florentyna und lächelte Danielle an.

»Danielle ist Französin, und ich sagte ihr oft, daß ich zwar der Dauphin war, daß du mir aber, selbst als ich dich als Hexe bezeichnete, sagen mußtest, wie man *sorcière* ausspricht.«

Florentyna sah ihnen nach, als sie Hand in Hand fortgingen,

und Scott sagte leise: *»Je n'aurais jamais pensé que je tomberais amoureux d'une sorcière.«**

Florentyna entschied sich für eine Seezunge und war mit dem Muscadet einverstanden, den er auswählte. Gut, daß sie über gepflegtes Essen Bescheid wußte. Um vier Uhr waren sie die letzten Gäste im Restaurant, und der Ober begann die Tische für das Abendessen zu decken. Als sie nach Radcliffe zurückkehrten, küßte Scott sie auf die Wange und versprach, morgen anzurufen.

Am folgenden Tag fragte er sie, ob es sehr langweilig für sie wäre, ihm am Samstag bei einem Eishockeymatch zuzusehen; nachher könnte man zusammen essen gehen. Florentyna sagte begeistert zu; sie konnte es kaum erwarten, ihn wiederzusehen, und die Woche schien ihr die längste in ihrem Leben.

Am Samstagmorgen faßte sie einen wichtigen Entschluß; bevor sie zum Eishockeyplatz fuhr, packte sie einen kleinen Koffer und legte ihn in den Kofferraum. Einen Moment lang empfand sie Angst, Scotts Gefühle könnten sich verändert haben, doch als er winkte, und über die Eisfläche auf sie zukam, waren alle Zweifel verflogen.

»Bella sagt, ich darf nicht nach Hause kommen, wenn du verlierst.«

»Vielleicht will ich auch gar nicht, daß du nach Hause fährst.«

Sie verfolgte das Spiel, und es wurde ihr immer kälter und kälter. Scott schien den Puck während des ganzen Spiels kaum zu berühren und wurde trotzdem gelegentlich gegen die Holzbanden geschleudert. Sie fand diese Sportart langweilig, beschloß aber, es ihm natürlich nicht zu sagen. Nach dem Spiel wartete sie im Auto auf ihn; wieder folgte ein Empfang, und dann endlich waren sie allein. Er führte sie in ein anderes Re-

---

* Ich hätte nie gedacht, daß ich mich in eine Hexe verlieben würde.

staurant, wo er wieder alle Menschen zu kennen schien; Florentyna aber kannte niemanden. Scott bemerkte es nicht, er verwöhnte sie. Wieder waren sie die letzten Gäste, und auf dem Heimweg küßte er sie auf die Lippen.

»Hast du Lust, morgen in Radcliffe zu Mittag zu essen?«

»Ich kann nicht, ich muß eine Arbeit abgeben, mit der ich kaum vor zwei Uhr fertig sein werde«, sagte er. »Willst du zu mir zum Tee kommen?«

»Natürlich. Gern.«

»Wie dumm, hätte ich das gewußt, wir hätten für dich ein Zimmer im Gästehaus nehmen können.«

»Wie dumm«, wiederholte Florentyna und dachte an ihren kleinen Koffer.

Am folgenden Tag holte Scott sie um drei Uhr ab. Sie lächelte, als er die Tür seines Zimmers schloß; in Radcliffe war das immer noch nicht erlaubt. Das Zimmer war wesentlich größer als das ihre, und auf dem Schreibtisch stand das Bild einer sehr aristokratisch und streng aussehenden Dame, wohl seiner Mutter. Florentyna stellte fest, daß die Möbel offenbar alle ihm gehörten.

Nach dem Tee hörten sie Platten des neuen Idols Elvis Presley an, dann legte Scott eine Platte von Frank Sinatra auf, und sie tanzten. Jeder hätte gern die Gedanken des anderen erraten. Er küßte sie, zuerst sanft, dann immer leidenschaftlicher; weiter schien er nicht gehen zu wollen, und Florentyna war zu unerfahren, um ihm zu helfen. Plötzlich legte er eine Hand auf ihre Brust, als wolle er ihre Reaktion erkunden. Die Hand wanderte zum Kleid und mühte sich mit einem Knopf ab. Florentyna wehrte sich nicht, als der zweite Knopf an die Reihe kam. Er küßte ihre Schultern, ihre Brust, und Florentyna sehnte sich so nach ihm, daß sie fast die Initiative ergriffen hätte. Dann plötzlich stand er auf und zog das Hemd aus. Rasch schlüpfte sie aus ihrem Kleid und ließ die Schuhe zu Boden fallen. Unsicher gingen sie auf das Bett zu und versuchten die restlichen Kleidungsstücke loszuwerden. Zu ihrer Überraschung schienen die Freuden der Liebe in Sekunden vorbei zu sein.

»Verzeih«, sagte Florentyna, »ich war furchtbar.«

»Nein, es ist meine Schuld.« Er schwieg, dann: »Am besten, ich sage es dir gleich: es war das erste Mal.«

»Auch für dich?« fragte sie, und endlich lachten beide.

Den weiteren Abend verbrachten sie im Bett und liebten einander, und es wurde mit jedem Mal besser. Als Florentyna am nächsten Morgen etwas erschöpft aber überglücklich erwachte, hatte sie das sichere Gefühl, daß sie ihr Leben zusammen verbringen würden. Von nun an sahen sie einander jedes Wochenende und manchmal auch dazwischen.

In den Frühjahrsferien trafen sie sich heimlich in New York, und Florentyna verlebte drei glückliche Tage. Sie sahen *On the Waterfront Limelight* und *South Pacific* am Broadway, dann gingen sie in den »21« Club, zu Sardi's und sogar in den *Oak Room* im Plaza. Vormittags gingen sie einkaufen, besuchten die Frick Gallery und schlenderten durch den Park. Wenn sie abends nach Hause kamen, war sie mit Geschenken beladen, die sie neben dem Bett aufstapelten.

Das Sommersemester war ein einziges Idyll, und nur selten waren sie getrennt. Scott lud Florentyna ein, während der Ferien ein Wochenende in Marblehead zu verbringen und seine Eltern kennenzulernen.

»Ich bin sicher, sie werden dich gern haben«, sagte er, als er sie zum Zug nach Chicago brachte.

»Hoffentlich«, antwortete sie.

Stundenlang erzählte Florentyna ihrer Mutter von Scott und wie sehr sie ihn liebe. Zaphia war glücklich, ihre Tochter so erfüllt zu sehen und freute sich, seine Eltern kennenzulernen. Sie betete, daß Florentyna und Scott zusammenbleiben würden, und ihre Tochter nicht eine Entscheidung getroffen hatte, die sie später vielleicht bereute. Florentyna kaufte viele Meter verschiedenfarbiger Seide ein und verbrachte Abende damit, ein Kleid zu entwerfen, das Scotts Mutter gefallen sollte.

Der Brief kam an einem Montag, und Florentyna erkannte sofort die Handschrift. Freudig riß sie den Umschlag auf, fand jedoch nur eine kurze Mitteilung, daß ihr Besuch in Marblehead wegen einer Änderung der Pläne der Familie verschoben werden müsse. Wieder und wieder las Florentyna den Brief und suchte vergeblich nach einer verborgenen Nachricht. Sie beschloß, Scott anzurufen.

»Bei Mr. Forbes«, sagte eine Stimme. Es mußte der Butler sein.

»Kann ich Mr. Scott Forbes sprechen, bitte?« Florentyna hörte, wie ihre Stimme zitterte.

»Wer spricht, bitte?«

»Florentyna Rosnovski.«

»Ich werde nachsehen, ob er da ist, Ma'am.«

Florentyna hielt den Hörer fest und wartete sehnsüchtig auf Scotts vertraute Stimme.

»Er ist nicht zu Hause, aber ich werde ihm sagen, daß Sie angerufen haben.«

Florentyna glaubte kein Wort, und eine Stunde später rief sie nochmals an.

»Er ist immer noch nicht zu Hause, Ma'am«, sagte die Stimme. Sie wartete bis acht Uhr abends. Dieselbe Stimme teilte ihr mit, daß er beim Dinner sei.

»Bitte sagen Sie ihm, daß ich am Telefon bin.«

»Ja, Ma'am.«

Etwas später meldete sich die Summe wieder und klang wesentlich weniger höflich. »Er möchte nicht gestört werden.«

»Das glaube ich nicht. Bestimmt haben Sie ihm nicht gesagt, wer spricht.«

»Madam, ich versichere Ihnen . . .«

Eine andere Stimme meldete sich, eine weibliche, die offenbar keinen Widerspruch gewöhnt war.

»Wer spricht?«

»Ich heiße Florentyna Rosnovski. Ich wollte mit Scott sprechen . . .«

»Miss Rosnovski, Scott ißt eben mit seiner Verlobten zu Abend und kann nicht gestört werden.«

»Mit seiner Verlobten?« flüsterte Florentyna. Ihre Nägel bohrten sich in die Handflächen.

»Ja, Miss Rosnovski.« Die Verbindung wurde unterbrochen. Es dauerte ein paar Sekunden, bis Florentyna begriff, was geschehen war. Dann sagte sie laut: »Mein Gott, ich glaube, ich sterbe«, und fiel in Ohnmacht.

Als sie erwachte, saß Zaphia an ihrem Bett.

»Warum?« war Florentynas erstes Wort.

»Weil er nicht gut genug war für dich. Ein richtiger Mann läßt nicht zu, daß ihm seine Mutter die Frau fürs Leben aussucht.«

Die Dinge wurden auch nicht besser, als Florentyna nach Cambridge zurückkehrte. Sie war nicht imstande, sich auf ihre Arbeit zu konzentrieren und verbrachte oft Stunden weinend auf ihrem Bett. Was immer auch Bella sagte, nichts schien zu helfen, auch nicht, wenn sie verächtlich erklärte: »Diesen Kerl möchte ich nicht in meiner Mannschaft haben.« Viele Studenten baten Florentyna um ein Rendezvous, sie lehnte alles ab. Abel und Zaphia machten sich solche Sorgen um sie, daß sie das Problem sogar miteinander besprachen.

Als Florentyna nahe daran war, eine Prüfung nicht abzulegen, wurde sie von Miss Rose gewarnt, daß sie viel arbeiten müsse, um Mitglied von Phi Beta Kappa zu werden. In den Sommerferien blieb Florentyna in Chicago und nahm nicht eine einzige Einladung an. Sie half ihrer Mutter, ein paar neue Kleider auszuwählen, kaufte jedoch nichts für sich. Sie las alle

Details der »Hochzeit des Jahres« im *Boston Globe* – es war die Hochzeit von Scott Forbes mit Cynthia Knowles –, und weinte noch mehr. Auch eine Einladung zu Edward Winchesters Hochzeit half nicht viel. Später fuhr sie nach New York und arbeitete Tag und Nacht im Baron Hotel, um nicht an Scott zu denken. Als die Ferien zu Ende gingen, fürchtete sie die Rückkehr nach Radcliffe. Weder die Ratschläge ihres Vaters, noch das Mitgefühl ihrer Mutter schienen zu helfen. Als Florentyna für die Vorbereitungen zu ihrem 21. Geburtstag nicht das geringste Interesse zeigte, begannen beide zu verzweifeln.

Ein paar Tage vor ihrer Rückkehr nach Radcliffe traf Florentyna Edward auf der Straße. Er sah ebenso unglücklich aus wie sie und winkte ihr zu, ohne zu lächeln. Sie starrten einander an.

»Wie geht es Danielle?« fragte sie.

»Hast du es nicht gehört?«

»Was gehört?«

Er starrte sie an, als könne er die Worte nicht herausbringen.

»Sie ist tot.«

Florentyna sah ihn fassungslos an.

»Sie probierte einen neuen Austin-Healey aus und fuhr zu schnell. Der Wagen überschlug sich. Ich überlebte. Sie starb.«

»Mein Gott«, flüsterte Florentyna und umarmte ihn. »Wie selbstsüchtig bin ich gewesen.«

»Ich weiß, du hattest auch Kummer.«

»Nichts verglichen mit deinem. Gehst du nach Harvard zurück?«

»Ich muß – Danielles Vater bestand darauf und meinte, er würde es mir nie verzeihen, wenn ich nicht ginge. Jetzt habe ich etwas, wofür ich arbeiten kann. Wein nicht, Florentyna, denn wenn ich anfange, kann ich nicht aufhören.«

Florentyna zitterte. »Mein Gott, was war ich für eine Egoistin«, wiederholte sie.

»Besuch mich einmal in Harvard. Wir werden Tennis spielen, und du kannst mir mit den französischen Verben helfen. Es wird wie in alten Zeiten sein.«

»Wird es so sein? Das frage ich mich«, sagte sie sehnsüchtig.

12

Bei ihrer Rückkehr nach Radcliffe fand Florentyna ein zweihundert Seiten starkes Vorlesungsverzeichnis vor; sie brauchte drei Abende, um es zu studieren. Zu ihrem Hauptfach konnte sie sich ein Nebenfach aussuchen. Miss Rose schlug vor, etwas ganz Neues zu wählen, etwas, was sie sonst nie gründlich studieren würde.

Wie jeder auf der Universität hatte Florentyna von Professor Luigi Ferpozzi gehört, der für ein Jahr als Gastprofessor nach Harvard gekommen war und einmal in der Woche ein Seminar abhielt. Seit er den Friedensnobelpreis bekommen hatte, fuhr er in der Welt herum, wurde überall gefeiert, und als ihm Oxford ein Ehrendoktorat verlieh, nannte ihn jemand den einzigen Mann auf der Welt, mit dem sowohl der Papst als auch der Präsident voll übereinstimme. Die Weltautorität in italienischer Architektur hatte das barocke Rom zum Thema gewählt; »Stadt des Auges und des Geistes« hieß seine Vorlesung. Der Begleittext im Vorlesungsverzeichnis klang verlokkend: Gianlorenzo Bernini, der Künstler und Aristokrat, und Francesco Borromini, der Sohn eines Steinmetzes, verwandelten die Ewige Stadt der Cäsaren und Päpste in die berühmteste Metropole der Welt. Vorbedingung: Kenntnisse in Latein und Italienisch. Deutsch und Französisch sehr erwünscht. Auf dreißig Studenten beschränkt.

Miss Rose war nicht optimistisch, daß Florentyna unter den wenigen Auserwählten sein würde. »Man sagt, daß die Studenten, nur um ihn zu sehen, von der Bibliothek bis zum *Bo-*

ston Common Schlange stehen, gar nicht davon zu reden, daß er ein bekannter Weiberfeind ist.«

»So wie Julius Cäsar.«

»Als ich gestern im Gemeinschaftszimmer war, behandelte er mich jedenfalls nicht wie Kleopatra«, bemerkte Miss Rose, »aber ich finde es bewundernswert, daß er im Zweiten Weltkrieg mit einer Bomberstaffel geflogen ist. Er bestand darauf, daß keine wichtigen Gebäude bombardiert wurden, und es ist sein persönliches Verdienst, daß die meisten italienischen Kirchen verschont blieben.«

»Ich möchte jedenfalls zu seinen auserwählten Jüngern gehören.«

»Tatsächlich?« fragte Miss Rose ein bißchen spöttisch.

»Nun, sollten Sie es nicht schaffen« – sie machte eine Notiz für Professor Ferpozzi – »können Sie immer noch eine der naturwissenschaftlichen Vorlesungen nehmen; da sind die Anmeldungen nicht limitiert.«

»Nichts für mich. Ich werde Ferpozzi betören.«

Am nächsten Morgen um halb neun – eine Stunde, bevor der Professor offiziell zu sprechen war – stieg Florentyna die Marmortreppe zur *Widener Library* hinauf. Sie fuhr mit dem Aufzug in den obersten Stock, wo die Professoren ihre Zimmer hatten. Auf eine Tür mit Milchglasscheiben hatte kürzlich jemand mit schwarzer Farbe »Professor Ferpozzi« gemalt. Sie erinnerte sich, daß es dieser Mann gewesen war, der 1945 gemeinsam mit Präsident Conant in München über die Zukunft der deutschen Architektur entschieden hatte – was man erhalten und was man abreißen sollte. Florentyna wußte genau, daß sie ihn eigentlich noch nicht stören durfte, und wollte wieder umkehren, doch der Aufzug war schon fort. Kühn klopfte sie an die Tür. Dann hörte sie den Krach.

»Madonna! Wer immer das ist, soll verschwinden. Sie sind schuld, daß ich meine schönste Teekanne zerbrochen habe«, sagte eine ärgerliche Stimme mit italienischem Akzent.

Florentyna wäre gern fortgelaufen, statt dessen öffnete sie vorsichtig die Tür. Das Zimmer hatte sicherlich Wände, aber feststellen konnte man es nicht; Bücher und Zeitschriften türmten sich vom Boden bis zur Decke, als ersetzten sie Ziegel und Mörtel.

In der Mitte stand eine Gestalt, die ebensogut vierzig wie siebzig sein konnte. Der Mann trug eine Tweedjacke und eine graue Flanellhose, die aussah, als habe er sie bei einem Trödler erstanden. In der Hand hielt Ferpozzi einen braunen Henkel, der noch vor kurzem zu einer Teekanne gehört hatte. Zu seinen Füßen lagen ein Teebeutel und Scherben.

»Diese Teekanne besitze ich seit dreißig Jahren; ich habe sie fast so sehr geliebt wie die Pietà, junge Frau. Wie wollen Sie dafür Ersatz leisten?«

»Da Michelangelo Ihnen keine mehr machen kann, werde ich bei Woolworth eine neue kaufen.«

Der Professor mußte lächeln. »Was wollen Sie?« fragte er, hob den Teebeutel auf und ließ die Scherben liegen.

»An ihrem Seminar teilnehmen.«

»Auch in guten Zeiten habe ich nicht viel für Frauen übrig«, sagte er, ohne sie anzusehen. »Jedenfalls nicht für eine Frau, die vor dem Frühstück meine Teekanne zerbricht. Haben Sie eigentlich einen Namen?«

»Rosnovski.«

Einen Moment lang sah er sie an, dann setzte er sich an seinen Schreibtisch und schrieb etwas auf. »Rosnovski, Sie bekommen den 30. Platz.«

»Aber Sie kennen ja meine Qualifikationen noch nicht.«

»Ich kenne sie gut genug«, erwiderte er drohend. »Für nächste Woche werden Sie eine Arbeit über –«, er zögerte, »– über Borrominis Frühwerk San Carlo alle Quattro Fontane vorbereiten.« Florentyna schrieb eifrig in ihr Notizbuch. »Guten Tag.« Er wandte sich wieder den Resten seiner Teekanne zu.

Florentyna schloß leise die Tür hinter sich. Als sie die Marmortreppe hinunterging, versuchte sie ihre Gedanken zu ordnen. Wieso hatte er sie so rasch akzeptiert? Woher wußte er etwas von ihr?

Die folgende Woche verbrachte sie hauptsächlich im Fogg-Museum, studierte dicke Fachwälzer, verfertigte Dias von Borrominis Plänen und versuchte sogar zu eruieren, wieviel dieses Gebäude gekostet hatte.

Am Vorabend des Referats las Florentyna ihre Arbeit durch und war zuversichtlich; doch ihr Selbstvertrauen schwand, als sie Ferpozzis Seminarraum betrat. Der Saal war voll von erwartungsvollen Studenten, und als sie die Liste an der Wand las, stellte sie mit Schrecken fest, daß sie nicht nur die einzige im ersten Studienabschnitt war, sondern auch die einzige, die nicht Kunstgeschichte studierte, und darüber hinaus die einzige Frau. Auf einem Tisch gegenüber einer weißen Leinwand stand ein Projektor.

»Ach, die Zerstörerin ist da«, begrüßte sie der Professor, als Florentyna sich auf den letzten freien Platz setzte. »Jenen, die Miss Rosnovski nicht kennen, sei gesagt, man lade sie lieber nicht nach Hause zum Tee ein.« Er lächelte über seine Bemerkung und klopfte mit der Pfeife auf den Tisch, ein Zeichen, daß das Seminar begann.

»Miss Rosnovski«, sagte er, »wird über Borrominis Oratorio di San Filippo Neri sprechen.« Florentynas Herzschlag setzte aus. »Ach nein«, wieder lächelte er, »das ist ein Irrtum, wenn ich mich recht erinnere, ist es die Kirche San Carlo.«

Florentyna hielt ihren Vortrag, zeigte Dias und beantwortete Fragen. Ferpozzi rauchte schweigend seine Pfeife und verbesserte nur hie und da Florentynas Aussprache italienischer Namen.

Als Florentyna sich setzte, nickte er nachdenklich und sagte: »Ein guter Vortrag über die Arbeit eines Genies.«

Zum erstenmal an diesem Tag entspannte sich Florentyna.

Ferpozzi sprang rasch auf. »Es ist jetzt meine traurige Aufgabe, Ihnen einen Gegensatz zu zeigen, und ich wünsche, daß sich jeder für eine Diskussion nächste Woche Notizen macht.« Er ging zum Projektor und schob das erste Dia ein.

Entgeistert starrte Florentyna auf ein zehn Jahre altes Bild des Chicago Baron-Hotels, das ein paar elegante kleine Apartmenthäuser überragte. In dem Saal wurde es totenstill; ein paar Studenten drehten sich nach ihr um, um ihre Reaktion zu sehen.

»Barbarisch, nicht wahr?« Ferpozzi lächelte. »Ich spreche nicht nur von dem Gebäude, einem wertlosen Werk plutokratischer Selbstgefälligkeit, sondern vom Einfluß des Gebäudes auf die umliegende Stadt. Achten Sie darauf, wie dieser Turm die Symmetrie und das Gleichgewicht stört, um alle Blicke auf sich zu ziehen.« Er projizierte ein zweites Bild – das San Francisco Baron. »Etwas besser«, erklärte er der aufmerksamen Zuhörerschaft, »aber nur, weil die Stadtverwaltung seit dem Erdbeben von 1906 keine Gebäude erlaubt, die mehr als zwanzig Stockwerke haben. Und jetzt wollen wir ins Ausland reisen«, fuhr er fort. Auf der Leinwand erschien das Kairo Baron; in seinen glänzenden Scheiben spiegelten sich das Chaos und die Armut der umliegenden Slums.

»Wer kann es den Einheimischen verdenken, hin und wieder eine Revolution zu unterstützen, wenn man ein solches Monument des Mammons in ihrer Mitte aufstellt, während sie in elenden Hütten zu überleben versuchen?« Es folgten unbarmherzige Ablichtungen der Baron-Hotels in London, Johannesburg und Paris, bis der Professor abschließend sagte: »Nächste Woche möchte ich Ihre Meinung über diese Monstrositäten hören. Haben sie einen architektonischen Wert? Lassen sie sich aus finanziellen Gründen rechtfertigen, und werden unsere Enkel sie noch sehen? Wenn ja, warum. Guten Tag.«

Alle gingen, nur Florentyna blieb sitzen und öffnete ein Paket.

»Ich habe Ihnen ein Abschiedsgeschenk mitgebracht«, sagte sie und hielt dem Professor eine braune Teekanne hin. Im selben Moment öffnete Ferpozzi die Hände, Florentyna ließ los, und die Kanne fiel zu Boden.

Er starrte auf die Scherben. »Das habe ich verdient.« Er lächelte sie an.

»Was Sie getan haben, war Ihres Rufes nicht würdig«, sagte sie hart.

»Ganz richtig«, erwiderte er, »aber ich wollte feststellen, ob Sie ein Rückgrat haben. Vielen Frauen fehlt es, wissen Sie.«

»Glauben Sie wirklich, Ihre Position erlaubt Ihnen . . .«

Er winkte ab. »Nächste Woche werde ich mit Interesse Ihre Verteidigung der Gebäude Ihres Vaters lesen, und glücklich sein, wenn Sie mich eines Besseren belehren.«

»Glauben Sie wirklich, daß ich noch einmal komme?«

»Natürlich, Miss Rosnovski. Wenn nur die Hälfte von dem stimmt, was ich von meinen Kollegen über Sie hörte, werde ich mich nächste Woche hart verteidigen müssen.«

Florentyna mußte sich beherrschen, um nicht die Tür hinter sich zuzuwerfen.

Eine Woche lang unterhielt sie sich mit Architekturprofessoren, mit den Stadtplanern von Boston, mit internationalen Städtebauexperten. Sie telefonierte mit ihrem Vater, ihrer Mutter und George Novak, und kam widerwillig zu dem Schluß, daß zwar alle verschiedene Entschuldigungen vorbrachten, Ferpozzi aber im Grunde recht hatte. Eine Woche später saß sie in der letzten Reihe des Seminarraums, ängstlich wartend, was ihre Kollegen vorbringen würden.

Professor Ferpozzi sah Florentyna kurz an, klopfte die Pfeife aus und wandte sich an die Zuhörer. »Bitte legen Sie Ihre Arbeiten am Schluß des Seminars auf meinen Schreibtisch; heute möchte ich über den Einfluß von Borrominis Arbeiten auf den europäischen Kirchenbau sprechen.« Sein Vortrag war so farbig und brillant, daß die dreißig Studenten an seinen Lippen hingen. Als er geendet hatte, beauftragte er einen blonden jungen Mann in der ersten Reihe, ein Referat über das erste Zusammentreffen von Borromini mit Bernini vorzubereiten.

Wieder blieb Florentyna sitzen, während alle anderen ihre Arbeiten abgaben und gingen. Als sie allein waren, überreichte sie Ferpozzi ein Paket. Es enthielt eine Royal-Worcester-Teekanne aus dem Jahr 1912. »Wunderschön«, sagte er anerkennend, »und so wird sie bleiben, solange sie niemand fallen läßt.« Beide lachten. »Danke, junge Dame.«

»Danke«, erwiderte sie, »daß Sie mir weitere Erniedrigungen erspart haben.«

»Ihre bewundernswerte Zurückhaltung – ungewöhnlich bei einer Frau – machte es überflüssig. Ich hoffe, Sie verzeihen mir, aber es wäre sträflich gewesen, nicht zu versuchen, jemanden zu beeinflussen, der einmal das größte Hotelimperium der Welt beherrschen wird.« Dieser Gedanke war Florentyna noch nie gekommen. »Bitte, sagen Sie Ihrem Vater, daß ich auf Reisen immer in einem Baron wohne. Zimmer, Bedienung und Essen sind besser als in jeder anderen Hotelkette, und sobald man *in* einem Hotel ist und hinaussieht, kann man sich über nichts beklagen. Lernen Sie soviel über den Sohn des Steinmetzes, wie ich über den Hotelerbauer aus Slonim weiß. Ihr Vater und ich sind beide Einwanderer, und darauf werden wir immer stolz sein. Guten Tag, junge Dame.«

In dem traurigen Bewußtsein, sehr wenig über das Reich ihres Vaters zu wissen, verließ Florentyna die Bibliothek.

Sie konzentrierte sich auf ihr Sprachenstudium, Dienstag nachmittag aber hörte sie immer Ferpozzis Vorlesung. Präsident Conant meinte einmal beim Dinner, es sei schade, daß seinen gelehrten Kollegen mit Florentyna eine Freundschaft verband, die er eigentlich dreißig Jahre früher hätte schließen sollen.

Die Abschlußfeier in Radcliffe war eine bunte Angelegenheit. Stolze, elegant gekleidete Eltern mischten sich unter die Professoren in ihren purpurnen, scharlachroten und andersfarbigen Talaren. Sie gingen umher und sagten den Besuchern, wie wacker sich ihre Kinder geschlagen hatten – manchmal mit ein bißchen freundlicher Nachsicht. In Florentynas Fall war dies nicht nötig; sie hatte *summa cum laude* abgeschlossen und war schon vorher in die Reihen von Phi Beta Kappa aufgenommen worden.

Für Florentyna und Bella war es ein Tag der Freude und der Trauer, denn sie würden weit entfernt voneinander leben – die eine in New York, die andere in San Francisco. Bella hatte Claude am 28. Februar einen Heiratsantrag gemacht – »konnte nicht auf ein Schaltjahr warten«, erklärte sie –, und sie wurden in den Sommerferien in der Kapelle von Harvard getraut. Claude hatte auf der Formel bestanden, »zu lieben, zu ehren und gehorsam zu sein«, Bella hatte eingewilligt. Als Claude beim Empfang Florentyna fragte: »Ist Bella nicht schön?« wußte sie, wie glücklich die zwei waren.

Bella meinte, es sei traurig, daß Wendy nicht da sei. »Nicht, daß sie je auch nur einen Tag studiert hätte«, fügte sie grinsend hinzu.

»Florentyna hat im letzten Jahr überaus hart gearbeitet; was sie erreichte, hat niemanden erstaunt«, sagte Miss Rose zu Abel.

»Sicher verdankt sie Ihnen sehr viel«, erwiderte dieser.

»Keineswegs. Ich wollte Florentyna überreden, nach Cambridge zurückzukehren und auf das Philosophiedoktorat hinzuarbeiten, aber sie scheint andere Pläne zu haben.«

»Ohne Zweifel«, sagte Abel. »Florentyna wird Direktorin der Baron-Gruppe und die Verantwortung für alle Hotelläden übernehmen. In den letzten Jahren sind es mehr und mehr geworden, und ich fürchte, ich habe sie vernachlässigt.«

»Du hast mir nicht gesagt, daß du das im Sinn hast, Florentyna«, sagte Bella mit ihrer dröhnenden Stimme. »Ich dachte ...«

»Pssst, Bella.« Florentyna legte einen Finger auf die Lippen.

»Was höre ich da, junge Dame? Hast du ein Geheimnis vor mir?«

»Hier ist nicht der richtige Ort, Papa.«

»Ach, schieß los«, sagte Edward. »Sind es die Vereinten Nationen oder General Motors, die ohne dich nicht auskommen können?«

»Ich muß zugeben«, warf Miss Rose ein, »auch ich würde gern wissen, wie Sie die höchsten Auszeichnungen, die unsere Universität vergeben kann, nutzen wollen?«

»Vielleicht in einer Tanztruppe?« bemerkte Claude.

»Das trifft den Kern schon eher«, meinte Florentyna.

Alle außer ihrer Mutter lachten.

»Wenn du in New York keinen Job findest, kannst du jedenfalls immer nach San Francisco kommen«, sagte Bella.

»Ich will es mir merken«, erwiderte Florentyna obenhin.

Zu ihrer Erleichterung verhinderte der Beginn der Feierlichkeiten ein weiteres Gespräch über die Zukunft. George Kennan, ehemaliger Botschafter in der Sowjetunion, hielt eine Ansprache, die viel Applaus erntete. Florentyna gefiel besonders der Ausspruch Bismarcks, mit dem er endete: »Ein paar Aufgaben wollen wir unseren Kindern überlassen.«

»Eines Tages wirst du diese Ansprache halten«, sagte Edward, als sie durch die Halle schlenderten.

»Und was, Sir, wird mein Thema sein?«

»Die Probleme des ersten weiblichen Präsidenten der Vereinigten Staaten.«

Florentyna lachte. »Du glaubst immer noch daran, nicht?«

»Du auch, und ich werde dich von Zeit zu Zeit daran erinnern.«

Die beiden waren im letzten Jahr viel zusammen gewesen,

und ihre Freunde hofften, bald von einer Verlobung zu hören, doch Edward wußte es besser. Diese Frau ist für mich unerreichbar und wird es immer sein, dachte er. Sie waren dazu bestimmt, Freunde zu sein, nicht Liebende.

Florentyna packte ihre Sachen, verabschiedete sich von ihrer Mutter, sah nach, ob sie nichts im Zimmer vergessen hatte, und dann setzte sie sich auf das Bett und überdachte ihre Jahre in Radcliffe. Sie war mit drei Koffern gekommen, und fuhr mit sechs fort, und sie hatte das Diplom eines Bachelor of Arts. An der Wand hing ein roter Eishockeywimpel, den ihr Scott geschenkt hatte. Einen Moment lang hielt sie ihn in der Hand, dann warf sie ihn in den Papierkorb.

Sie saß mit ihrem Vater im Wagenfond, als der Chauffeur sie zum letztenmal aus dem Campus fuhr.

»Könnten Sie ein bißchen langsamer fahren?«

»Gern, Ma'am.«

Florentyna drehte sich um und starrte auf die Türme von Cambridge, bis sie hinter den Bäumen verschwanden.

13

Vor einer Ampel auf der Arlington Street hielt der Chauffeur den Rolls Royce an; er wartete auf das grüne Licht. Florentyna unterhielt sich mit ihrem Vater über die bevorstehende Europareise.

Als die Ampel auf Grün sprang, fuhr ein anderer Rolls an ihnen vorüber. Im Fond saß ebenfalls ein erfolgreicher Hochschulabsolvent und unterhielt sich mit seiner Mutter.

»Manchmal glaube ich, du hättest lieber nach Yale gehen sollen, Richard«, sagte sie.

Die Mutter sah ihren Sohn beifällig an. Er hatte die feinen aristokratischen Züge, die ihr vor mehr als zwanzig Jahren an seinem Vater so gefallen hatten. Er gehörte der fünften Generation der Familie an, die Harvard mit Erfolg absolviert hatte.

»Warum?« fragte er freundlich und rief die Mutter in die Gegenwart zurück.

»Vielleicht wäre es besser für dich gewesen, aus der introvertierten Atmosphäre von Boston herauszukommen.«

»Laß das nicht Vater hören; für ihn wäre das Hochverrat.«

»Aber mußt du auch die *Harvard Business School* machen? Es gibt doch noch andere *Business Schools*?«

»Ich möchte wie Vater Bankier werden. Wenn ich in seine Fußstapfen treten will, kann keine andere Universität Harvard das Wasser reichen«, sagte er spöttisch.

Ein paar Minuten später hielt der Rolls vor einem großen Haus auf Beacon Hill. Ein Butler öffnete das Haustor.

»Noch eine Stunde, bis die Gäste kommen«, sagte Richard. »Ich werde mich sofort umziehen. Vielleicht können wir uns kurz vor halb acht im Westzimmer treffen, Mama?« Er hat sogar den gleichen Tonfall wie sein Vater, dachte die Mutter.

Richard lief, zwei Stufen gleichzeitig nehmend, hinauf. Die Mutter folgte etwas langsamer, jedoch ohne das Geländer zu berühren.

Der Butler sah ihnen nach, dann verschwand er wieder im Anrichteraum. Mrs. Kanes Vetter, Henry Cabot Lodge, kam zum Dinner, daher mußte er besonders genau darauf achten, daß alles programmgemäß verlief.

Richard stand unter der Dusche und lächelte über die Besorgnis seiner Mutter. Immer schon hatte er Harvard absolvieren wollen, und zwar noch etwas besser als sein Vater. Er freute sich auf die *Business School* im Herbst, obwohl er zugeben mußte, daß er sich genauso auf die Ferien mit Mary Bigelow freute. Er hatte sie in der Musikgesellschaft kennengelernt, und beide wurden aufgefordert, im Streichquartett der Universität mitzuspielen. Die kecke kleine Person aus Vassar spielte die Geige wesentlich besser als er das Cello. Als er die widerstrebende Mary endlich im Bett gehabt hatte, mußte er feststellen, daß sie trotz ihrer angeblichen Unerfahrenheit versierter war. Und er hatte auch entdeckt, daß sie ein zartbesaitetes Geschöpf war.

Richard stellte die Dusche auf kalt, trocknete sich ab und zog den Smoking an. Zufrieden betrachtete er sich im Spiegel: zweireihig. Vermutlich war er heute abend der einzige, der die neueste Mode trug – nicht, daß es eine Rolle spielte, wenn man einen Meter achtzig groß, schlank und dunkel war. Mary hatte einmal gesagt, daß er in der Unterhose ebensogut aussah wie im Cut.

Er ging hinunter in das Westzimmer. Seine Mutter erschien, und der Butler servierte Drinks.

»Ach, sind zweireihige Anzüge wieder modern?« erkundigte sie sich.

»Ja, Mama, der letzte Schrei.«

»So etwas, ich erinnere mich . . .«

Der Butler räusperte sich vernehmlich. »The Honourable Henry Cabot Lodge.«

»Mein lieber Henry«, sagte Richards Mutter.

»Meine liebe Kate.« Er küßte sie auf die Wange. Kate lächelte. Ihr Vetter trug einen zweireihigen Smoking.

Richard lächelte, weil dieser Smoking offensichtlich zwanzig Jahre alt war.

Richard und Mary Bigelow kehrten braun wie die Eingeborenen von den Barbados zurück. In New York trafen sie Richards Eltern zum Dinner, die mit seiner Wahl überaus zufrieden waren. Schließlich war Mary Alan Lloyds Enkelin, des Nachfolgers von Richards Großvater als Präsident der Familienbank.

Nachdem Richard ins *Red House,* der Residenz auf Beacon Hill, zurückgekehrt war, begann er sich sofort auf die *Business School* vorzubereiten. Jeder hatte ihn gewarnt, es sei das schwerste Studium der Universität, und die Zahl derer, die es aufgaben, sehr hoch. Als das Semester begann, blieb ihm kaum Zeit, sich mit irgend etwas anderem zu beschäftigen; Mary war unglücklich, daß er nicht mehr im Streichquartett spielen konnte und sie einander nur mehr am Wochenende sahen.

Nach dem ersten Jahr schlug sie wieder gemeinsame Ferien vor und war enttäuscht, daß er in Boston bleiben und weiterarbeiten wollte.

Im zweiten und somit letzten Jahr der *Business School* war Richard entschlossen, unter den zehn Besten seines Jahrgangs zu sein, und sein Vater warnte ihn, daß er ihn, wenn er nicht unter diesen zehn Besten sei, nicht in seine Bank aufnehmen würde. Niemand sollte ihn des Nepotismus beschuldigen können.

Zu Weihnachten fuhr Richard drei Tage zu seinen Eltern nach New York, dann kehrte er wieder nach Boston und zu seinem Studium zurück. Seine Mutter fand diesen Ehrgeiz übertrieben, doch der Vater tröstete sie, es dauere nur noch sechs Monate, und dann könne er für den Rest des Lebens abschalten. Kate war nicht ganz seiner Meinung; in fünfundzwanzig Jahren hatte sie es nicht erlebt, ihren Mann entspannt zu sehen.

Zu Ostern rief Richard seine Mutter an, um ihr mitzuteilen, daß er in Boston bleibe, aber wenigstens überredete sie ihn, zum Geburtstag des Vaters nach New York zu kommen.

Richard traf kurz nach vier Uhr nachmittag in East 68th Street im New Yorker Haus seiner Eltern ein und wurde von seinen beiden Schwestern Virginia und Lucy begrüßt. Die Mutter fand, er sehe müde und überarbeitet aus; wenn diese Prüfungen nur endlich vorüber wären. Richard wußte, daß der Vater auch an seinem Geburtstag die gewohnte Routine einhalten würde; vor sieben Uhr abends kam er nie nach Hause.

»Was hast du Vater zum Geburtstag gekauft?« fragte Virginia.

»Ich wollte deinen Rat haben«, sagte Richard galant. In Wahrheit hatte er vergessen etwas zu besorgen.

»Du machst wirklich alles erst im allerletzten Moment. Ich habe mein Geschenk vor drei Wochen gekauft.«

»Ich weiß, was dein Vater braucht«, sagte die Mutter, »ein paar Handschuhe. Die alten sind unbrauchbar.«

»Dunkelblaues Leder, glatt«, sagte Richard lachend.

»Ich gehe sofort zu Bloomingdale's und kaufe ein Paar.«

Er schlenderte die Lexington Avenue hinunter und dachte an die väterliche Bank, in die er im Herbst eintreten wollte; wenn alles programmgemäß verlief, würde er unter den Jahrgangsbesten sein. Und eines Tages würde er, wie sein Vater, Präsident der Bank sein; er lächelte bei dem Gedanken. Bei Bloomingdale's fragte er nach der Handschuhabteilung; hinter dem Ladentisch standen zwei Mädchen. Er lächelte, die falsche lächelte zurück.

Rasch trat sie vor, eine Blondine mit ein bißchen zuviel Lippenstift und einer Bluse, die mehr sehen ließ, als es den Vorschriften des Warenhauses entsprach. Richard bewunderte ihre Selbstsicherheit. Auf dem Namensschild über der linken Brust stand »Maisie Bates«.

»Kann ich Ihnen helfen?« fragte sie.

»Ja«, sagte Richard und sah das dunkelhaarige Mädchen an, »ich suche dunkelblaue, glatte Lederhandschuhe.« Er wandte den Blick nicht von der zweiten Verkäuferin ab.

Maisie wählte ein Paar aus, zog es Richard über und hielt seine Hand hoch, damit er den Handschuh bewundern konnte.

»Wenn sie nicht passen, können Sie ein anderes Paar probieren.«

»Nein, nein, sie sind in Ordnung. Bezahle ich bei Ihnen oder bei Ihrer Kollegin?«

»Das mache ich schon.«

»Verdammt«, murmelte Richard, ging widerwillig fort und beschloß, am nächsten Tag wiederzukommen. Bis zu diesem

Nachmittag hatte er Liebe auf den ersten Blick für dummes Gerede gehalten, für ein Klischee, das nur in schlechten Romanen vorkam.

Sein Vater war über das »vernünftige« Geschenk, wie er es nannte, hocherfreut, und noch erfreuter über Richards Erfolge in der *Business School.*

»Wenn du unter den zehn Besten bist, stelle ich dich in der Bank als Praktikant ein«, sagte er zum hundertsten Mal.

Virginia und Lucy grinsten. »Und wenn Richard der Beste von allen ist? Machst du ihn dann zum Präsidenten?« fragte Lucy.

»Sei nicht keck, Mädchen. Will Richard je Präsident werden, so wird er sich die Stellung durch jahrelange harte Arbeit verdienen müssen.« Er wandte sich an seinen Sohn. »Wann fährst du nach Harvard zurück?«

Richard wollte eben »morgen« sagen, als er sich besann: »Ich glaube, morgen.«

»In Ordnung«, bemerkte der Vater.

Am nächsten Tag kehrte Richard nicht nach Harvard zurück, sondern ging zu Bloomingdale's, direkt in die Handschuhabteilung. Bevor er sich an das dunkelhaarige Mädchen wenden konnte, hatte ihn Maisie bereits in Beschlag genommen. Es blieb ihm nichts anderes übrig, als ein weiteres Paar Handschuhe zu kaufen.

Am nächsten Tag kam Richard ein drittes Mal und betrachtete Krawatten, bis Maisie mit einem Kunden beschäftigt und ihre Kollegin frei war. Dann marschierte er zuversichtlich zum Ladentisch. Maisie ließ ihren Kunden mitten in einem Satz stehen und stürzte auf ihn zu, während das andere Mädchen ihren Platz einnahm.

»Wieder ein Paar Handschuhe?« kicherte die Blondine.

»Ja . . . ja«, sagte er unglücklich.

Richard verließ Bloomingdale mit einem weiteren Paar Handschuhe – dunkelblaues Leder, glatt.

Am folgenden Tag sagte er seinem Vater, er sei immer noch in New York, um in der Wall Street Informationen für eine Arbeit zu sammeln. Sobald sein Vater das Haus verlassen hatte, machte Richard sich auf den Weg zu Bloomingdale's. Diesmal hatte er einen Plan, um mit dem anderen Mädchen zu sprechen. In der Erwartung, sofort von Maisie bedient zu werden, ging er zum Ladentisch. Diesmal kam das dunkelhaarige Mädchen auf ihn zu.

»Guten Morgen, Sir.«

»Oh, guten Morgen.« Plötzlich wußte Richard nicht mehr weiter.

»Kann ich etwas für Sie tun?«

»Nein, das heißt, ja. Ich möchte Handschuhe«, stammelte er.

»Gern, Sir. Wollen Sie vielleicht dunkelblaue, in Leder? Bestimmt . . . haben wir Ihre Größe . . ., außer wir sind ausverkauft.«

Richard sah auf ihr Namensschild: Jessie Kovats. Er probierte die Handschuhe. Sie paßten nicht. Er versuchte ein zweites Paar und sah Maisie. Sie lachte ihm aufmunternd zu. Nervös lächelte er zurück. Miss Kovats reichte ihm ein drittes Paar; es paßte.

»Ich glaube, es ist das, was Sie suchen«, sagte Jessie.

»Eigentlich nicht.«

Jessie flüsterte: »Ich werde Maisie holen. Warum bitten Sie sie nicht um ein Rendezvous? Sie nimmt bestimmt an.«

»Oh nein«, protestierte Richard. »Sie mißverstehen mich. Ich will nicht mit ihr ausgehen, sondern mit Ihnen.«

Jessie sah ihn sprachlos an.

»Wollen wir heute zusammen essen gehen?«

»Gern«, sagte sie schüchtern.

»Darf ich Sie abholen?«

»Nein, treffen wir uns lieber im Restaurant.«

»Wohin möchten Sie gern gehen?«

Jessie antwortete nicht.

»Vielleicht zu Allen's, 73. Straße?« schlug er vor.

»Ja, gut«, war alles, was Jessie sagte.

»Gegen acht Uhr?«

»Gegen acht«, wiederholte sie.

Richard verließ Bloomingdale's mit dem, was er wollte – und es waren keine Handschuhe.

Richard konnte sich nicht erinnern, einen ganzen Tag nur an ein Mädchen gedacht zu haben. Doch von dem Moment an, in dem Jessie »Ja« gesagt hatte, dachte er an nichts anderes.

Richards Mutter war beglückt, daß ihr Sohn noch einen Tag in New York blieb, und fragte sich, ob Mary wohl in der Stadt sei. Sicher, dachte sie, als sie am Badezimmer vorbeiging und Richard singen hörte: »*Once I had a secret love . . .* «

Richard überlegte ungewöhnlich lange, was er anziehen sollte. Lieber keinen Anzug. Besser einen Blazer und eine Flanellhose. Er betrachtete sich auch länger als üblich im Spiegel. Etwas zu elegant, aber dagegen konnte er im Augenblick nichts tun.

Er verließ das Haus kurz vor sieben, um seinem Vater nicht erklären zu müssen, warum er immer noch in New York war. Es war ein kühler, klarer Abend, und knapp nach halb acht saß er bei Allen's und bestellte ein Bier. Alle paar Minuten sah er auf die Uhr, und als sich der Zeiger der vollen Stunde näherte, alle paar Sekunden. Würde er enttäuscht sein, wenn er sie wiedersah?

Nein.

Sie kam in einem einfachen blauen Kleid, das, so nahm er an, von Bloomingdale's stammte, obwohl jede Frau gewußt hätte, daß es ein Ben-Zuckermann-Modell war. Sie sah sich suchend um. Endlich entdeckte sie ihn.

»Es tut mir leid, daß ich mich verspätet habe . . .«, begann sie.

»Das ist unwichtig. Wichtig ist, daß Sie gekommen sind.«

»Dachten Sie, ich würde nicht kommen?«

»Ich war nicht ganz sicher.« Richard lächelte, und sie sahen einander an. »Ich weiß nicht, wie Sie heißen«, sagte er und wollte nicht zugeben, daß er ihr Namensschild gesehen hatte.

Sie zögerte: »Jessie Kovats. Und Sie?«

»Richard Kane.« Sie reichte ihm die Hand, und er wollte sie nicht mehr loslassen.

»Und was machen Sie, wenn Sie nicht bei Bloomingdale's Handschuhe kaufen?«

»Ich gehe in die *Harvard Business School.*«

»Seltsam, haben Sie dort nicht gelernt, daß die meisten Menschen nur zwei Hände haben?«

Er lachte und stellte entzückt fest, daß nicht nur ihr Aussehen diesen Abend unvergeßlich machen würde.

»Wollen wir uns setzen?« Richard nahm ihren Arm und führte sie zu einem Tisch.

Jessie studierte die Speisen auf der schwarzen Tafel.

»Was ist ein Salisbury Steak?« fragte sie.

»Eine Art *Hamburger*«, erwiderte er.

Im Laufe des Abends mußte er feststellen, daß sie mehr Theaterstücke gesehen, mehr Romane gelesen und mehr Konzerte gehört hatte als er. Zum erstenmal im Leben bereute er, seine ganze Zeit für das Studium aufgewendet zu haben.

»Wohnen Sie in New York?« fragte er.

»Ja, bei meinen Eltern«, sagte sie und trank die dritte Tasse Kaffee.

»Wo?«

»In der 57. Straße«, sagte Jessie.

»Gehen wir zu Fuß«, sagte er und nahm ihre Hand.

Jessie lächelte zustimmend, und gemeinsam durchquerten sie die Stadt. Um den Weg zu verlängern, blieb Richard vor Schaufenstern stehen, die er üblicherweise keines Blickes gewürdigt hätte. Jessies Kenntnisse über Mode und Geschäftsführung waren beeindruckend. Richard fand es schade, daß sie mit sechzehn Jahren die Schule verlassen hatte, um im Baron Hotel zu arbeiten, bevor sie den Job bei Bloomingdale's bekam.

Sie brauchten fast eine Stunde bis zur 57. Straße. Jessie blieb vor einem kleinen alten Apartmenthaus stehen.

»Hier wohnen meine Eltern«, sagte sie. Er gab ihre Hand nicht frei.

»Ich hoffe, daß wir uns wiedersehen.«

»Gern«, sagte Jessie. Es klang nicht sehr begeistert.

»Morgen?« fragte er unsicher.

»Morgen?«

»Ja, warum gehen wir nicht in den *Blue Angel* zu Bobby Short?« Wieder nahm er ihre Hand. »Ein bißchen romantischer als *Allen's.*«

Jessie schien unsicher, als stelle sie seine Bitte vor größere Probleme.

»Natürlich, wenn Sie keine Lust haben.«

»Oh doch, sehr gern«, flüsterte sie.

»Ich esse mit meinem Vater zu Abend. Darf ich Sie um zehn abholen?«

»Nein, lieber nicht. Wir treffen uns dort. Es ist nur zwei Blocks entfernt.«

»Gut, dann bleibt es bei zehn Uhr.« Er küßte sie auf die Wange. Zum erstenmal roch er ihr zartes Parfüm.

»Gute Nacht, Jessie«, sagte er und ging.

Richard pfiff Dvořáks Cellokonzert vor sich hin; als er nach Hause kam, hatte er den ersten Satz beendet. Er konnte sich an keinen Abend erinnern, den er mehr genossen hatte. Beim Einschlafen dachte er nicht an Galbraith und Friedman, sondern an Jessie. Am nächsten Morgen begleitete er seinen Vater in die Wall Street und verbrachte den Tag in der Journal's Bibliothek. Abends erzählte er seinem Vater, was er über Fusionsangebote gelernt hatte und fürchtete, ein wenig zu begeistert zu klingen.

Nach dem Dinner ging er in sein Zimmer. Niemand sah ihn, als er sich kurz vor zehn aus dem Haus stahl. Im *Blue Angel* ließ er einen Tisch reservieren, dann wartete er im Vorraum auf Jessie.

Er spürte, wie sein Herz klopfte, und fragte sich, warum das in Gesellschaft von Mary nie der Fall gewesen war. Als Jessie kam, küßte er sie auf die Wange. Bobby Shorts Stimme drang zu ihnen: *»Are you telling me the truth or am I just another lie?«*

Als Richard und Jessie eintraten, hob Short grüßend den Arm. Richard erwiderte den Gruß, obwohl er den Künstler nur einmal gesehen und nie kennengelernt hatte.

Man führte sie zu einem Tisch in der Mitte des Lokals; zu Richards Verwunderung setzte sich Jessie mit dem Rücken zum Klavier. Richard bestellte eine Flasche Chablis und fragte Jessie, wie sie den Tag verbracht habe.

»Richard, es gibt etwas, das ich Ihnen –«

»Hi, Richard.« Richard drehte sich um.

Am Tisch stand ein anderer junger Mann in Blazer und Flanellhose.

»Hi, Steve. Darf ich euch bekannt machen, Jessie Kovats – Steve Mellon. Wir waren zusammen in Harvard.«

»Hast du die *Yankees* in letzter Zeit gesehen?« fragte Steve.

»Nein«, erwiderte Richard, »ich halte mich nur an Sieger.«

»Wie Eisenhower.« Sie unterhielten sich eine Weile, ohne von Jessie unterbrochen zu werden. »Ach, da ist sie endlich«, sagte Steve, zur Tür weisend. »Auf bald, Richard. Nett, Sie kennengelernt zu haben, Jessie.«

Richard erzählte Jessie von seinem Plan, in der Lesterbank in New York zu arbeiten. Sie hörte so aufmerksam zu, daß er nur hoffen konnte, sie nicht gelangweilt zu haben. Er genoß den Abend noch mehr als den vorigen, und als sie gingen, winkte er Bobby Short zu, als wären sie zusammen aufgewachsen. Vor dem Tor von Jessies Haus küßte er sie zum erstenmal auf die Lippen. Einen Moment lang erwiderte sie den Kuß, dann sagte sie rasch »Gute Nacht« und verschwand in dem Apartmenthaus.

Am nächsten Morgen fuhr er nach Boston zurück. Kaum war er im *Red House,* rief er Jessie an und fragte sie, ob sie Lust hätte, Freitag ins Konzert zu gehen. Sie sagte zu, und zum erstenmal in seinem Leben hakte Richard die Tage im Kalender ab. Mary rief an, und er brachte ihr so schonend wie möglich bei, warum er keine Zeit mehr für sie hatte.

Das Wochenende war unvergeßlich: die New Yorker Philharmoniker, ein Kriminalfilm, ein Baseballspiel. Am Sonntagabend kehrte Richard widerwillig nach Harvard zurück. Die nächsten vier Monate bestanden aus langen Wochen und kurzen Wochenenden. Jeden Tag telefonierte er mit Jessie, und es gab kein Wochenende, das sie nicht gemeinsam verbrachten.

Richard begann die Montage zu fürchten.

Während einer Vorlesung über den Börsenkrach von 1929 konnte sich Richard absolut nicht konzentrieren. Wie sollte er seinem Vater beibringen, daß er sich in ein Mädchen verliebt hatte, das bei Bloomingdale's Handschuhe und Wollmützen verkaufte? Richard selbst konnte nicht begreifen, warum ein so intelligentes, hübsches Mädchen so wenig Ehrgeiz besaß. Hätte sie doch seine Möglichkeiten gehabt! . . . Er schrieb ihren Namen auf seinen Notizblock. Sein Vater würde sich damit abfinden müssen. Er starrte auf das, was er geschrieben hatte: Jessie Kane.

Als Richard am Freitag in New York ankam, sagte er seiner Mutter, er müsse Rasierklingen kaufen. Seine Mutter schlug vor, die seines Vaters zu benutzen.

»Nein, nein«, erwiderte Richard, »wir benützen nicht dieselbe Marke.«

Kate Kane, die wußte, daß sie es taten, fand das sonderbar.

Er lief die acht Blocks zu Bloomingdale's, um noch vor Geschäftsschluß dort zu sein. Als er zu Jessies Tisch kam, war sie nirgends zu sehen. In einer Ecke stand Maisie und bemalte sich die Fingernägel.

»Ist Jessie noch da?« fragte er atemlos.

»Sie ist vor ein paar Minuten nach Hause gegangen. Weit kann sie noch nicht sein. Sind Sie nicht . . .?«

Richard lief auf die Lexington Avenue hinaus; unter den vielen nach Hause eilenden Menschen suchte er nach ihrem Gesicht. Hätte er nicht den roten Schal wiedererkannt, den er ihr geschenkt hatte, er hätte aufgegeben. Sie ging auf der anderen Straßenseite in Richtung Fifth Avenue. Als sie Scribner's auf der 48. Straße erreichte, blieb er stehen und sah sie in den Buchladen gehen. Lesestoff konnte sie sich doch bei Bloomingdale's besorgen? Richard war verwirrt. Er schaute durch das Fenster, während Jessie sich mit einem Verkäufer unterhielt, der verschwand und mit zwei Büchern wiederkehrte. Er konnte die Titel lesen: *Gesellschaft im Überfluß* von J. K. Galbraith und *Inside Russia Today* von John Gunther. Jessie unterschrieb etwas – auch das wunderte Richard – und verließ das Geschäft. Er verschwand um die Ecke.

Wer *ist* sie? fragte sich Richard laut, als sie zu Bendel's ging. Der Portier grüßte respektvoll, offenbar kannte er sie. Wieder schaute Richard durch das Fenster, während sich Verkäuferinnen mit mehr als der üblichen Beflissenheit um sie bemühten. Eine ältere Dame brachte ein Paket, das Jessie offensichtlich erwartet hatte. Sie öffnete es und entnahm ihm ein elegantes rotes Abendkleid. Jessie lächelte, und die Verkäuferin legte das Kleid in eine braunweiße Schachtel. Jessie dankte und verließ das Geschäft, ohne für ihren Einkauf auch nur zu unterschreiben. Richard stieß fast mit ihr zusammen, als sie auf ein Taxi zueilte.

Er nahm ebenfalls ein Taxi und wies den Fahrer an, Jessies Wagen zu folgen. »Wie im Film, nicht?« bemerkte der Fahrer. Richard antwortete nicht. Als sie an dem kleinen Apartmenthaus vorbeikamen, vor dem sie sich für gewöhnlich trennten, fühlte er Übelkeit. Das Taxi vor ihnen fuhr hundert Meter weiter und hielt vor einem hochmodernen Apartmenthaus. Der uniformierte Portier öffnete Jessie die Tür. Halb verblüfft, halb wütend sprang Richard aus seinem Taxi und eilte zu der Tür, hinter der sie verschwunden war.

»Das macht fünfundneunzig Cents«, rief eine Stimme hinter ihm.

»Ach, entschuldigen Sie.« Richard warf ihm eine Fünf-Dollar-Note zu und vergaß das Wechselgeld.

»Danke, mein Freund«, sagte der Fahrer zufrieden. »Heute ist jemand offenbar sehr glücklich.«

Richard holte Jessie beim Fahrstuhl ein. Sie starrte ihn an und sagte kein Wort.

»Wer bist du?« fragte Richard, als sich die Fahrstuhltür schloß. Die beiden Mitfahrer schauten mit gespielter Gleichgültigkeit ins Leere.

»Richard«, stammelte sie. »Heute abend wollte ich dir alles erklären. Es war nie die richtige Gelegenheit dazu.«

»Kein Wort hättest du mir gesagt!« Er folgte Jessie in ihr Apartment. »Mich drei Monate lang mit einem Sack voll Lügen hinzuhalten. Heraus mit der Wahrheit!«

Er schob sie brüsk beiseite und musterte die Wohnung, während sie hilflos an der Tür stand. Vom Vorzimmer sah man in ein großes Wohnzimmer mit einem schönen Perserteppich und einem herrlichen intarsierten Schreibtisch. An der Wand hing eine Pendeluhr, und darunter stand auf einer Kommode ein Strauß Anemonen.

»Ein hübsches Nest für eine Verkäuferin«, bemerkte er bissig. »Und welcher deiner Liebhaber bezahlt dafür?«

Jessie schlug so fest zu, daß ihre Handfläche brannte. »Wie kannst du es wagen, so etwas zu sagen? Hinaus.«

Im selben Moment begann sie zu weinen. Richard nahm sie in die Arme.

»Mein Gott, bitte verzeih mir. Das war scheußlich von mir. Bitte verzeih. Ich liebe dich so sehr und dachte, daß ich dich genau kenne, und jetzt merke ich, daß ich überhaupt nichts von dir weiß.«

»Ich liebe dich auch, Richard, und es tut mir leid, daß ich dich geohrfeigt habe. Ich wollte dich nicht täuschen. Es gibt niemanden anderen – das verspreche ich dir.« Zärtlich streichelte sie seine Wange.

»Das habe ich verdient«, sagte er und küßte sie.

Eng umschlungen ließen sie sich auf die Couch fallen und blieben eine Weile liegen, ohne sich zu rühren. Sanft strich er ihr über das Haar, bis ihre Tränen versiegten. Jessie schob ihre Finger zwischen seine Hemdknöpfe.

»Willst du mit mir schlafen?« flüsterte sie.

»Nein, ich will die ganze Nacht mit dir wachbleiben.«

Ohne zu sprechen entkleideten sie sich. Sie liebten einander, zuerst scheu und zärtlich, aus Angst, dem anderen weh zu tun. Krampfhaft wollten sie das Richtige tun. Endlich legte sie den Kopf an seine Schulter.

»Ich liebe dich«, sagte Richard. »Ich liebe dich, seit ich dich zum erstenmal gesehen habe. Willst du mich heiraten? Denn mir ist es ganz egal, wer du bist, Jessie, oder was du tust. Ich weiß nur, daß ich den Rest meines Lebens mit dir verbringen will.«

»Ich möchte dich auch heiraten, Richard, aber zuerst muß ich dir die Wahrheit sagen.«

Sie legte Richards Jacke über ihren nackten Körper und begann.

»Ich heiße Florentyna Rosnovski.« Sie erzählte ihm alles über sich; daß sie den Namen Jessie Kovats angenommen hatte, um wie jede andere Verkäuferin behandelt zu werden, die eingeschult wird, und nicht wie die Tochter des Chicago-Barons. Richard unterbrach sie kein einziges Mal. Als sie geendet hatte, schwieg er.

»Hast du schon aufgehört, mich zu lieben?« fragte sie. »Jetzt, da du weißt, wer ich wirklich bin?«

»Mein Geliebtes«, sagte Richard sehr leise, »mein Vater haßt deinen Vater.«

»Was soll das heißen?«

»Ein einziges Mal hat mein Vater den Namen Rosnovski erwähnt, und damals wurde er blaß vor Zorn und behauptete, es sei der Lebenszweck deines Vaters, die Familie Kane zu ruinieren.«

»Was? Warum?« Florentyna war fassungslos. »Ich habe nie von deinem Vater gehört. Woher kennen sie einander? Du mußt dich irren.«

»Ich wollte, es wäre so«, erwiderte Richard und erzählte ihr das wenige, das er von seiner Mutter über den Streit wußte.

»Oh mein Gott, das muß dieser ›Judas‹ gewesen sein, den mein Vater erwähnte, als er nach fünfundzwanzig Jahren die Bank wechselte. Was sollen wir bloß tun?«

»Ihnen die Wahrheit sagen. Daß wir uns zufällig kennenlernten, uns verliebten und heiraten werden. Und daß uns nichts davon abhalten wird.«

»Warten wir ein paar Wochen«, bat Florentyna.

»Warum? Glaubst du, dein Vater kann dir ausreden, mich zu heiraten?«

»Nein, Richard«, sagte sie und legte zärtlich den Kopf auf seine Schulter zurück. »Nie, mein Liebster. Aber versuchen wir wenigstens, es ihnen schonungsvoll beizubringen, anstatt sie vor vollendete Tatsachen zu stellen. Vielleicht finden sie es gar nicht so furchtbar, wie du denkst. Schließlich hat sich die Geschichte mit der Richmond-Gruppe vor zwanzig Jahren abgespielt.«

»Sie hassen einander immer noch, da kannst du sicher sein. Mein Vater wäre empört, wenn er uns zusammen sähe, gar nicht davon zu reden, wie entsetzt er über den Gedanken an eine Heirat wäre.«

»Um so mehr Grund, noch ein bißchen zu warten, bevor wir ihnen die Neuigkeit mitteilen. Das gibt uns Zeit, zu überlegen, wie wir es am besten tun können.«

»Ich liebe dich, Jessie.« Er nahm sie in die Arme.

»Florentyna.«

»Auch daran muß ich mich erst gewöhnen«, sagte er.

Anfangs widmete Richard einen Nachmittag pro Woche seinen Recherchen über die Fehde der Väter, allmählich aber wurde er ganz besessen davon und vernachlässigte die Vorlesungen. Der Versuch des Chicago-Barons, Richards Vater aus seinem eigenen Aufsichtsrat zu entfernen, hätte eine gute Fallstudie für die *Harvard Business School* abgegeben. Je mehr Richard erfuhr, desto klarer wurde ihm, daß die beiden Väter furchterregende Rivalen waren. Seine Mutter erzählte von der Fehde, als hätte sie sich jahrelang danach gesehnt, mit jemandem darüber zu sprechen.

»Warum interessiert dich Mr. Rosnovski so sehr?« fragte sie.

»In alten Ausgaben des *Wall Street Journal* las ich seinen Namen.« Es war die Wahrheit und doch eine Lüge.

Florentyna nahm einen Tag Urlaub und flog nach Chicago, um ihrer Mutter zu erzählen, was geschehen war. Als Florentyna sie nach dem Streit mit Richard Kane fragte, sprach die Mutter fast eine Stunde lang ohne Pause. Die Hoffnung, daß ihre Mutter übertrieb, wurde durch ein paar vorsichtige Fragen zerstört, die sie während eines Dinners George Novak stellte; alles, was ihre Mutter erzählt hatte, traf zu.

Jedes Wochenende tauschten Florentyna und Richard aus, was sie Neues ausgegraben hatten, und jede neue Entdeckung verlängerte die Liste des Hasses.

»Es scheint alles so kleinlich; warum treffen sie sich nicht und besprechen die Dinge?« sagte Florentyna. »Ich glaube, sie würden gut miteinander auskommen.«

»Zugegeben, aber wer von uns versucht, ihnen diesen Vorschlag zu unterbreiten?«

»Früher oder später müssen wir es beide tun.«

Die Wochen vergingen, und Richard hätte nicht liebevoller sein können. Er versuchte Florentyna von »früher oder später« abzulenken, aber ganz gleich, ob sie ins Theater gingen oder ins Konzert oder einen Spaziergang im Park machten, jedes Gespräch endete immer bei dem Streit der Eltern.

Selbst als ihr Richard in seiner Wohnung ein Cellokonzert gab, kehrten ihre Gedanken zu ihrem Vater zurück – wie konnte er so starrköpfig sein? Am Schluß der Brahmssonate legte Richard den Bogen weg und sah ihr in die Augen.

»Wir müssen es ihnen bald mitteilen.« Er nahm sie in die Arme.

»Ich weiß, ich will nur meinem Vater nicht weh tun.« Sie blickte zu Boden. »Nächsten Freitag kommt Papa aus Washington zurück.«

»Dann also am nächsten Freitag«, sagte Richard leise und preßte sie eng an sich.

Als Florentyna an diesem Abend Richards Auto nachsah, fragte sie sich, ob sie stark genug sein werde, bei ihrem Entschluß zu bleiben.

Am Freitag schwänzte Richard eine Vorlesung und flog früher als gewöhnlich nach New York, um den Tag mit Florentyna zu verbringen.

Den ganzen Nachmittag wiederholten sie, was sie ihren Eltern sagen wollten. Um sieben Uhr verließen sie Florentynas Apartment und gingen schweigend in Richtung Park Avenue. Vor einer roten Ampel blieben sie stehen.

»Willst du mich heiraten?«

Es war Richards letzte Frage, bevor Florentyna ihrem Vater gegenübertrat. Eine Träne lief ihr die Wange hinab, die es im glücklichsten Augenblick ihres Lebens von Rechts wegen nicht hätte geben dürfen. Richard nahm aus einem kleinen Lederetui einen in Diamanten gefaßten Saphirring und steckte ihn ihr an den linken Ringfinger. Er küßte ihr die Tränen weg, dann lösten sie ihre Umarmung, sahen einander einen Moment lang an und gingen in entgegengesetzte Richtungen.

Wenn alles vorüber war, wollten sie sich wieder in Florentynas Wohnung treffen. Sie sah auf den Ring hinab; an demselben Finger trug sie den antiken Ring, der von einem Unbekannten stammte.

Richard ging über die Park Avenue und memorierte die Sätze, die er sagen wollte. Lange bevor er fertig war, hatte er die 68. Straße erreicht.

Sein Vater saß im Wohnzimmer und trank wie üblich einen Scotch mit Soda, bevor er sich zum Dinner umzog. Seine Mutter klagte, daß Virginia zu wenig esse. »Ich glaube, sie will das dünnste Ding von New York werden.« Richard versuchte zu lachen.

»Hallo, Richard, ich hatte dich früher erwartet.«

»Ja, ich mußte noch jemanden treffen.«

»Wen?« erkundigte sich seine Mutter nicht sehr interessiert.

»Die Frau, die ich heiraten werde.«

Verblüfft starrten ihn beide an; es war nicht die Einleitung, die Richard geplant hatte.

Der Vater erholte sich zuerst. »Bist du nicht ein bißchen jung? Mary und du, ihr könnt ruhig noch ein wenig warten.«

»Es geht nicht um Mary.«

»Nicht um Mary?« fragte die Mutter.

»Nein«, sagte Richard, »sie heißt Florentyna Rosnovski.«

Kate Kane wurde aschfahl.

»Abel Rosnovskis Tochter?« fragte William Kane ausdruckslos.

»Ja, Vater«, sagte Richard fest.

»Soll das ein Scherz sein?«

»Nein, Vater. Wir haben uns zufällig kennen- und liebengelernt, ohne zu ahnen, daß es zwischen unseren Eltern ein Mißverständnis gibt.«

»Ein Mißverständnis?« wiederholte der Vater. »Weißt du nicht, daß dieser polnische Emporkömmling die meiste Zeit damit verbringt, mich aus meinem eigenen Aufsichtsrat zu boxen – und daß es ihm einmal fast gelungen wäre? Und das nennst du ein Mißverständnis? Richard, wenn du jemals in den Vorstand der Lesterbank eintreten willst, wirst du die Tochter dieses Gauners nie mehr wiedersehen. Hast du dir das überlegt?«

»Ja, Vater, und es ändert nichts an meinem Entschluß. Ich bin dem Mädchen begegnet, mit dem ich mein Leben verbringen möchte, und ich bin stolz, daß sie meine Frau werden will.«

»Sie hat dich hereingelegt und umgarnt, damit sie und ihr Vater mir die Bank wegnehmen können. Durchschaust du das denn nicht?«

»Etwas so Groteskes kannst selbst du nicht glauben, Vater.«

»Groteskes? Er beschuldigte mich, den Tod seines Partners verursacht zu haben, als ich . . .«

»Vater, Florentyna wußte nichts von eurer Fehde, als sie mich kennenlernte. Wie kannst du nur so unlogisch sein?«

»Sie hat dir gesagt, daß sie schwanger ist, damit du sie heiraten mußt.«

»Vater, das ist deiner nicht würdig. Von dem Moment an, in dem wir uns kennenlernten, hat Florentyna nie den geringsten Druck auf mich ausgeübt. Im Gegenteil.« Richard wandte sich an seine Mutter. »Wollt ihr sie nicht kennenlernen? Dann werdet ihr verstehen, wie es dazu gekommen ist.«

Kate wollte eben antworten, als Richards Vater schrie. »Nein. Nie.« Dann wandte er sich an seine Frau und bat sie, sich zu entfernen. Als seine Mutter ging, sah Richard, daß sie weinte.

»Hör mir jetzt zu, Richard. Wenn du diese Rosnovski heiratest, enterbe ich dich bis auf den letzten Penny.«

»Wie viele Generationen vor dir, begehst auch du den Irrtum, zu glauben, daß man für Geld alles kaufen kann, Vater. Dein Sohn ist nicht käuflich.«

»Du könntest Mary Bigelow heiraten – so ein anständiges Mädchen, und aus unserem Milieu.«

Richard lachte. »Nie könnte ein so wundervolles Mädchen wie Florentyna durch eine höhere Tochter ersetzt werden.«

»Nenne unsere Kreise nicht im gleichen Atemzug mit diesem dummen Polacken.«

»Einem üblicherweise vernünftigen Menschen hätte ich nie ein so erbärmliches Vorurteil zugetraut.«

William Kane ging drohend auf seinen Sohn zu. »Hinaus«, sagte er. »Du gehörst nicht mehr zu unserer Familie.«

Richard verließ das Zimmer. In der Halle sah er seine Mutter an das Geländer gelehnt. Er nahm sie in die Arme, und sie flüsterte: »Ich werde dich immer liebhaben.« Als sie ihren Mann kommen hörte, wandte sie sich ab.

Richard schloß leise die Haustür. Wieder stand er auf der 68. Straße. Wie Florentyna wohl ihren Kampf bestanden hatte? Er rief ein Taxi, und ohne sich noch einmal umzudrehen, fuhr er zu Florentynas Wohnung.

Nie in seinem Leben hatte er sich so frei gefühlt.

Er fragte den Portier, ob Florentyna schon zurückgekehrt sei. Er verneinte. Nervös wartete Richard vor dem Haustor, voller Angst, Florentyna sei nicht imstande gewesen, ihren Vater zu verlassen. Gedankenverloren merkte er nicht, daß ein Taxi anhielt und eine zarte Gestalt ausstieg. Sie hielt ein Taschentuch gegen die blutenden Lippen. Florentyna lief auf ihn zu, und rasch zogen sie sich in die Geborgenheit ihres Apartments zurück.

»Ich liebe dich, Richard«, waren ihre ersten Worte.

»Ich liebe dich auch.« Er preßte sie fest an sich, als könne das alle Probleme aus der Welt schaffen.

Florentyna ließ ihn nicht los, als er berichtete.

»Er drohte mir, mich zu enterben, wenn ich dich heirate. Wann werden sie endlich begreifen, daß wir uns verdammt wenig aus ihrem Geld machen? Ich bat meine Mutter um Hilfe, aber auch sie konnte ihn nicht beschwichtigen. Er schickte sie aus dem Zimmer. Noch nie sah ich ihn meine Mutter so behandeln. Sie weinte, und das bestärkte mich nur in meinem Entschluß. Ich ging mitten in einem Satz. Hoffentlich läßt er seinen Zorn nicht an Virginia und Lucy aus. Wie war es bei dir?«

»Er hat mich geschlagen«, sagte Florentyna sehr leise. »Ich glaube, er wird dich umbringen, wenn er uns zusammen sieht. Richard, mein Liebster, wir müssen fort von hier, bevor er uns findet, und natürlich sucht er uns zuerst in meiner Wohnung. Ich habe solche Angst.«

»Kein Grund, Angst zu haben. Wir fahren heute abend fort, und zwar so weit wie möglich. Zum Teufel mit den beiden.«

»Wie rasch kannst du packen?« fragte Florentyna.

»Gar nicht. Ich kann nie mehr nach Hause zurück. Pack deine Sachen, und dann gehen wir. Ich habe etwa hundert Dollar, und mein Cello steht noch im Schlafzimmer. Wie kommt es dir vor, einen Hundert-Dollar-Mann zu heiraten?«

»Viel mehr kann sich eine Verkäuferin nicht erhoffen. Und dabei hab' ich immer geträumt, von jemandem ausgehalten zu werden. Als nächstes wirst du auch noch eine Mitgift verlangen.« Florentyna kramte in ihrer Tasche. »Ich besitze immerhin zweihundertzwölf Dollar und eine American Express-Karte. Du schuldest mir sechsundfünfzig Dollar, Richard Kane, aber ich gebe mich mit einer Rückzahlung von einem Dollar pro Jahr zufrieden.«

»Mir gefällt die Idee einer Mitgift besser«, sagte Richard.

Eine halbe Stunde später hatte Florentyna gepackt. Sie setzte sich an den Schreibtisch und schrieb ihrem Vater ein paar Zeilen – daß sie ihn nie mehr sehen wolle, wenn er Richard nicht akzeptiere. Den Brief ließ sie auf dem Nachttisch liegen.

Richard winkte einem Taxi. »Idlewild«, sagte er und legte Florentynas drei Koffer und sein Cello in den Gepäckraum.

Auf dem Flugplatz machte Florentyna einen Anruf und war froh, als sich am anderen Ende der Leitung jemand meldete. Sie teilte Richard die Nachricht mit, und er buchte einen Flug.

Um sieben Uhr dreißig rollte die Super Constellation der American Airlines auf die Startbahn, und der siebenstündige Flug begann.

Richard half Florentyna beim Anschnallen. Sie lächelte.

»Wissen Sie, wie sehr ich Sie liebe, Mr. Kane?«

»Ich glaube schon – Mrs. Kane«, antwortete er.

»Was du heute getan hast, wirst du noch bereuen.«

Er antwortete nicht sofort, sondern starrte vor sich hin. »Du wirst nie mehr mit ihm Kontakt aufnehmen«, war alles, was er schließlich sagte.

Ohne zu antworten, verließ sie das Zimmer.

Er blieb allein in seinem roten Ledersessel; die Zeit stand still. Er hörte nicht, daß das Telefon klingelte. Der Butler klopfte leise.

»Ein Mr. Abel Rosnovski ist am Telefon, Sir. Sind Sie zu sprechen?«

William Kane verspürte einen stechenden Schmerz in der Magengrube. Er mußte den Anruf entgegennehmen. Langsam erhob er sich; es gelang ihm nur mit Mühe, auf den Beinen zu bleiben. Er nahm den Hörer.

»Hier William Kane.«

»Hier Abel Rosnovski.«

»Tatsächlich? Und wann ist Ihnen der Einfall gekommen, Ihre Tochter mit meinem Sohn zu verkuppeln? Vermutlich, als es Ihnen nicht gelang, meine Bank zu ruinieren?«

»Seien Sie kein verd ...« Abel suchte sich zu beherrschen. »Ich will diese Heirat ebensowenig wie Sie. Ich habe nie versucht, Ihnen Ihren Sohn wegzunehmen. Erst heute habe ich von seiner Existenz erfahren. Ich liebe meine Tochter noch mehr, als ich Sie hasse, und ich will sie nicht verlieren. Können wir uns nicht treffen und irgend etwas unternehmen?«

»Nein«, erwiderte William Kane.

»Was hat es für einen Sinn, die Vergangenheit aufzurühren? Wenn Sie wissen, wo die beiden sind, können wir sie vielleicht aufhalten. Das wollen Sie doch auch. Sind Sie so verdammt stolz, daß Sie, anstatt zu helfen, einfach zusehen wollen, wie Ihr Sohn meine Tochter heiratet?«

William Kane legte auf und wankte zu seinem Lederstuhl zurück. Der Butler kam. »Das Dinner ist serviert, Sir.«

»Ich will kein Dinner, und ich bin nicht zu sprechen.«

»Sehr wohl, Sir«, sagte der Butler und ging.

William Kane blieb allein. Bis zum nächsten Morgen um acht Uhr störte ihn niemand.

14

Als Flug 1049 in San Francisco landete, konnte Florentyna nur hoffen, daß sie nicht zu spät telefoniert hatte. Doch Richard hatte noch kaum festen Boden unter den Füßen, als er eine gewaltige Frau auf sie zukommen und Florentyna umarmen sah. Florentynas Arme waren nicht lang genug, Bella zu umfassen.

»Du läßt einem wenig Zeit, was? Erst anzurufen, wenn ihr ins Flugzeug steigt!«

»Es tut mir leid, Bella. Ich wußte nicht ...«

»Sei nicht albern, Claude und ich hatten eben gemurrt, weil wir heute abend nichts vorhaben.«

Lachend machte Florentyna Richard mit den beiden bekannt.

»Ist das euer ganzes Gepäck?« Bella sah erstaunt auf die drei kleinen Koffer und das Cello.

»Wir hatten es ziemlich eilig, fortzukommen«, erklärte Florentyna.

»Jedenfalls ist hier immer ein Zuhause für euch.« Bella packte sofort zwei Koffer.

»Gott sei Dank, daß es dich gibt, Bella. Du hast dich nicht verändert.«

»Oh doch, in einer Hinsicht schon. Ich bin im sechsten Monat. Leider geht es mir wie dem Riesenpanda – niemand merkt es.«

Die zwei jungen Frauen drängten sich, gefolgt von Claude und Richard, durch den dichten Verkehr zum Parkplatz. Auf der Fahrt berichtete Bella, daß Claude in einer Anwaltsfirma angestellt sei.

»Ist er nicht tüchtig?«

»Und Bella ist Sportlehrerin an einer High School. Seit sie dort ist, haben sie noch kein Hockeymatch verloren«, sagte Claude ebenso stolz.

»Und was machst du?« fragte Bella und bohrte einen Finger in Richards Brust. »Aus deinem Gepäck kann ich nur schließen, daß du ein arbeitsloser Musiker bist.«

»Nicht ganz«, lachte Richard, »ich möchte in einer Bank arbeiten und will mich morgen nach einem Job umsehen.«

»Wann heiratet ihr?«

»Erst in drei Wochen«, erklärte Florentyna, »ich will kirchlich heiraten, und das Aufgebot dauert eine Weile.«

»Also lebt ihr in Sünde«, stellte Claude fest. »Ein modernes Paar. Das wollte ich immer schon, aber Bella war nicht zu überreden.«

»Und warum habt ihr New York so plötzlich verlassen?« fragte Bella, Claudes Bemerkung ignorierend.

Florentyna berichtete, wie sie Richard kennengelernt hatte und daß zwischen ihren Vätern eine uralte Fehde herrschte. Ungläubig hörten Bella und Claude zu und blieben ungewöhnlich schweigsam, bis das Auto hielt.

»Das ist unser Heim«, sagte Claude, zog die Bremse an und legte den ersten Gang ein.

Florentyna stand auf einem steilen Hügel, von dem aus man fast über die ganze Bucht sehen konnte.

»Wenn Claude einmal Teilhaber wird, ziehen wir noch höher hinauf«, sagte Bella, »vorläufig geben wir uns damit zufrieden.«

»Es ist phantastisch«, sagte Florentyna, als sie das kleine Haus betraten, und lächelte, als sie die Hockeyschläger im Schirmständer sah.

»Ich zeige euch gleich euer Zimmer, damit ihr auspacken könnt.« Bella führte ihre Gäste eine schmale Treppe hinauf zu einem Zimmer in der zweiten Etage. »Vielleicht ist es nicht die Präsidentensuite im Baron, aber jedenfalls müßt ihr nicht unter der Brücke übernachten.«

Erst nach ein paar Wochen entdeckte Florentyna, daß Bella und Claude ihr Doppelbett die Treppe hinauf und die zwei Einzelbetten die Treppe hinuntergeschleppt hatten, damit Florentyna und Richard die erste Nacht zusammen verbringen konnten.

In New York war es bereits vier Uhr morgens, als sie endlich schlafen gingen.

»Da Grace Kelly nicht mehr zu haben ist, muß ich vermutlich mit dir vorliebnehmen. Obwohl Claude recht haben mag. Vielleicht sollten wir in Sünde leben«, sagte Richard.

»Wenn du und Claude in Sünde lebten, würde es in San Francisco niemand auch nur bemerken!«

»Bereust du schon etwas?«

»Ja. Ich habe immer gehofft, bei einem Mann zu landen, der auf der linken Seite schläft.«

Nach einem gewaltigen Frühstück in Bellas Stil suchten Florentyna und Richard in den Zeitungen nach Jobs.

»Wir müssen rasch etwas finden. Unser Geld reicht kaum für einen Monat«, sagte Florentyna.

»Du wirst es leichter haben. Ich kann mir nicht vorstellen, daß mir eine Bank ohne Abschluß und ohne Empfehlung meines Vaters einen Job gibt.«

»Mach dir keine Sorgen.« Florentyna fuhr ihm zärtlich durch das Haar. »Wir werden es unseren Vätern schon zeigen.«

Richard sollte recht behalten. Nach drei Tagen hatte Florentyna einen Job gefunden; ihr Arbeitgeber rief bei Bloomingdale's im Personalbüro an und bot ihr sofort eine Stellung in einer Modeboutique namens *Wayout Columbus* an, für die er eine »intelligente Verkäuferin« gesucht hatte. Bereits nach einer Woche wußte der Geschäftsführer, was für einen guten Fang er gemacht hatte.

Richard aber ging vergebens von Bank zu Bank. Immer bat man ihn, zurückzurufen, und wenn er es tat, gab es plötzlich »keinen offenen Posten für jemanden mit Ihren Kenntnissen«. Der Hochzeitstag rückte näher, und Richard wurde immer bedrückter.

»Es ist ganz klar«, sagte er zu Florentyna, »sie alle haben geschäftlich mit meinem Vater zu tun und wollen keinen Ärger mit ihm bekommen.«

»Feiglinge. Weißt du niemanden, der mit der Lesterbank Streit hatte und nicht mehr mit ihr zusammenarbeitet?«

Richard dachte angestrengt nach. »Nur die *Bank of America.* Mein Vater hatte einmal Ärger mit ihr wegen einer Bankgarantie; und schwor, er würde nie mehr mit ihr arbeiten. Ich kann es ja versuchen – morgen ruf' ich an.«

Am nächsten Tag interviewte ihn der Direktor und fragte, ob die allgemein bekannten Differenzen der Bank mit seinem Vater der Grund dafür seien, daß er bei der *Bank of America* arbeiten wolle.

»Ja, Sir.«

»Gut, dann haben wir etwas gemeinsam. Sie werden als Kassierer bei uns anfangen, und wenn Sie tatsächlich William Kanes Sohn sind, werden Sie vermutlich sehr bald eine bessere Position haben.«

Drei Wochen nach ihrer Ankunft in San Francisco wurden Richard und Florentyna in einer einfachen Zeremonie in der St. Edward's Church getraut. Florentynas Beichtvater kam, begleitet von ihrer Mutter, aus Chicago, um die Messe zu lesen. Claude war Brautführer und Trauzeuge, während Bella – in einem rosa Kleid – als eine Art Ehrendame fungierte. Die sechs feierten mit einem Dinner bei DiMaggio's, und da Richards und Florentynas gemeinsamer Wochenlohn nicht ausreichte, die Spesen zu decken, sprang Zaphia ein.

»Wenn ihr vier wieder einmal Lust habt, essen zu gehen«, sagte sie, »dann ruft mich nur an, und ich komme mit dem nächsten Flugzeug.«

Um ein Uhr morgens krochen Braut und Bräutigam ins Bett.

»Nie hätte ich gedacht, daß ich einen Bankkassierer heiraten werde.«

»Nie hätte ich gedacht, daß ich eine Verkäuferin heiraten werde. Aber, soziologisch gesehen, sollte es eigentlich eine ideale Partnerschaft sein.«

Abel suchte mit allen ihm zur Verfügung stehenden Mitteln herauszufinden, wo seine Tochter sich versteckt hielt. Nach tagelangen Anrufen, Telegrammen und dem Versuch, die Polizei einzuschalten, blieb ihm nur eine Möglichkeit. Er wählte eine Nummer in Chicago.

»Hallo«, sagte eine Stimme. Sie klang ebenso kalt wie jene von William Kane.

»Du weißt, warum ich anrufe.«

»Ich kann es mir vorstellen.«

»Seit wann weißt du von Florentyna und Richard Kane?«

»Seit drei Monaten. Florentyna kam nach Chicago und erzählte mir von ihm. Dann lernte ich ihn bei der Hochzeit kennen. Sie hat nicht übertrieben; er ist wirklich etwas Besonderes.«

»Weißt du, wo sie sich jetzt aufhalten?«

»Ja.«

»Wo?«

»Sieh zu, wie du es herausfindest.« Die Verbindung wurde unterbrochen. Noch jemand, der nicht bereit war, ihm zu helfen.

Vor ihm auf dem Schreibtisch lag eine ungeöffnete Mappe mit den Papieren für seine bevorstehende Europareise. Er blätterte darin: zwei Flugtickets. Hotelreservierungen in London, Edinburgh und Cannes. Zwei Opernkarten, zwei Theaterkarten. Aber jetzt würde nur einer gehen. Florentyna würde weder das Baron in Edinburgh noch das in Cannes eröffnen.

Abel versank in einen unruhigen Schlaf, aus dem er nicht aufwachen wollte. Um acht Uhr morgens fand ihn George schlafend über den Schreibtisch gebeugt.

Er versprach Abel, daß er bei dessen Rückkehr aus Europa Florentynas Aufenthalt festgestellt haben würde, aber nachdem Abel den Brief seiner Tochter wieder und wieder gelesen hatte, wußte er, daß sie auch dann nicht einwilligen würde, ihn zu sehen.

15

»Ich möchte einen Kredit von vierunddreißigtausend Dollar aufnehmen«, sagte Florentyna.

»Wofür brauchen Sie das Geld?« fragte Richard kühl.

»Ich möchte ein Gebäude auf Nob Hill pachten, um ein Modegeschäft aufzumachen.«

»Wie lauten die Pachtbedingungen?«

»Zehn Jahre, mit Recht auf Verlängerung.«

»Welche Sicherheiten können Sie bieten?«

»Ich besitze dreitausend Aktien der Baron-Gruppe.«

»Das ist eine Privatgesellschaft«, sagte Richard, »und da die Aktien nicht frei verkauft werden können, sind sie praktisch wertlos.«

»Aber die Baron-Gruppe ist fünfzig Millionen wert, und meine Anteile stellen ein Prozent der Gesellschaft dar.«

»Wie kommen Sie zu diesen Aktien?«

»Mein Vater ist Präsident der Gesellschaft. Er schenkte sie mir zu meinem einundzwanzigsten Geburtstag.«

»Warum leihen Sie sich das Geld dann nicht von ihm?«

»Ach, zum Teufel«, stöhnte Florentyna. »Wird man das alles wissen wollen?«

»Leider ja, Jessie.«

»Sind alle Bankdirektoren so harte Knochen? In Chicago wurde ich nie so behandelt.«

»Weil sie wußten, daß im Hintergrund das Konto deines Vaters war. Wenn man dich nicht kennt, wird man dir auch nicht entgegenkommen. Ein Kreditgeber muß daran denken, daß ein Kredit *nicht* zurückgezahlt wird; er muß ihn daher absichern, sonst riskiert er seine Stellung. Wenn du dir Geld ausleihst, mußt du den Standpunkt deines Gegenübers einkalkulieren. Jeder, der einen Kredit aufnehmen will, ist überzeugt, die Idee des Jahrhunderts zu haben, der Kreditgeber aber weiß, daß mehr als fünfzig Prozent der Geschäfte, die man ihm vorschlägt, nicht zustande kommen oder kaum rentabel sind. Er muß daher sehr vorsichtig sein. Mein Vater pflegte zu sagen, daß die meisten finanziellen Transaktionen der Bank kaum mehr als ein Prozent einbringen, das heißt, daß man nur alle fünf Jahre einen Verlust von hundert Prozent verkraften kann.«

»Das alles leuchtet mir ein. Was antworte ich also auf die Frage, warum ich mich nicht an meinen Vater wende?«

»Sag ihnen die Wahrheit. Vergiß nicht, das Bankgeschäft basiert auf Vertrauen. Wenn man weiß, daß du immer ehrlich warst, wird man dir auch in schlechten Zeiten beistehen.«

»Du hast meine Frage immer noch nicht beantwortet.«

»Sag einfach: Mein Vater und ich sind wegen einer Familienangelegenheit zerstritten, und jetzt möchte ich allein meinen Weg machen.«

»Glaubst du, es wird wirken?«

»Ich weiß nicht, aber wenn, dann hast du zumindest von Anfang an deine Karten auf den Tisch gelegt. Probieren wir es noch einmal.«

»Muß das sein?«

»Ja. Niemand schuldet dir Geld, Jessie.«

»Ich möchte einen Kredit von vierunddreißigtausend Dollar aufnehmen.«

»Wofür brauchen Sie das Geld?«

»Ich möchte . . .«

»Das Abendbrot ist fertig«, rief Bella.

»Gerettet«, frohlockte Florentyna.

»Nur bis nach dem Essen. Zu welchen Banken gehst du am Montag?«

»Zur *Bank of California, Wells Fargo* und *Crocker.* Warum gehe ich nicht einfach zur *Bank of America,* und du zahlst mir vierunddreißigtausend Dollar aus?«

»Weil in Amerika die Gefängnisse für Männer und Frauen getrennt sind.«

Claude steckte den Kopf herein. »Beeilt euch, sonst ist nichts mehr übrig.«

George verbrachte ebensoviel Zeit mit der Suche nach Florentyna wie mit der Leitung der Baron-Gruppe. Um jeden Preis wollte er Abel bei seiner Rückkehr etwas Konkretes mitteilen können.

Bei einer Quelle hatte er mehr Erfolg als Abel. Zaphia erzählte ihm, daß sie regelmäßig an die Westküste fahre, um das glückliche Paar zu besuchen. Ein Anruf bei einem Reisebüro in Chicago genügte, um festzustellen, daß Zaphias Reiseziel immer San Francisco war. Binnen vierundzwanzig Stunden hatte er Florentynas Adresse und Telefonnummer. Es gelang ihm sogar, kurz mit seinem Patenkind zu sprechen, doch war Florentyna nicht sehr mitteilsam.

Henry Osborne gab vor, helfen zu wollen, es zeigte sich jedoch bald, daß er nur wissen wollte, was in Abels Familie vorging. Wieder versuchte er, bei George Geld auszuleihen.

»Sie müssen auf Abels Rückkehr warten«, sagte George scharf.

»Ich weiß nicht, ob ich so lange warten kann.«

»Es tut mir leid, Henry, aber ich bin nicht befugt, Kredite zu geben.«

»Nicht einmal einem Aufsichtsratsmitglied? Das werden Sie noch bereuen, George. Schließlich weiß ich besser als Sie, wie diese Gruppe angefangen hat, und bestimmt gibt es Leute, die gern für diese Informationen zahlen.«

Wann immer Abel aus Europa zurückkam, war George eine halbe Stunde vor Ankunft des Flugzeuges in der Wartelounge. Er wußte, daß Abel ungeduldig darauf wartete, von allen neuen Entwicklungen in der Gruppe zu hören. Diesmal aber würde Abels Frage einem anderen Thema gelten.

Wie immer kam Abel als erster durch die Schranken, und als er neben George im Fond des Wagens saß, verschwendete er keine Zeit.

»Was gibt es Neues?« fragte er und wußte, daß George wußte, was er meinte.

»Gutes und Schlechtes«, sagte George und drückte auf einen Knopf neben dem Seitenfenster. Eine Glasscheibe schob sich zwischen Vorder- und Hintersitze. Ungeduldig trommelte Abel gegen das Seitenfenster. »Florentyna steht mit ihrer Mutter in Verbindung. Sie wohnt bei Freunden aus ihrer Studienzeit in einer kleinen Wohnung in San Francisco.«

»Verheiratet?«

»Ja.«

Abel schwieg, als müsse er die Endgültigkeit der Nachricht erst einwirken lassen.

»Und der junge Kane?«

»Ist in einer Bank angestellt. Er hatte es schwer, einen Posten zu finden, weil es sich herumsprach, daß er die *Harvard Business School* nicht abgeschlossen hat und sein Vater sich weigert, eine Auskunft zu geben. Aus Angst, seinem Vater in die Quere zu kommen, lehnten viele es ab, ihn anzustellen. Schließlich bekam er bei der *Bank of America* einen Job als Kassierer – mit einem Gehalt, das natürlich nicht seinen Qualifikationen entspricht.«

»Und Florentyna?«

»Arbeitet als stellvertretende Geschäftsführerin in einer Boutique namens *Wayout Columbus.* Sie versuchte bei verschiedenen Banken, einen Kredit aufzunehmen.«

»Warum?« Abel klang besorgt. »Hat sie irgendwelche Schwierigkeiten?«

»Nein, sie sucht Kapital, um ein eigenes Geschäft aufzumachen.«

»Wieviel braucht sie?«

»Vierunddreißigtausend Dollar für die Pacht eines kleinen Hauses auf Nob Hill.«

Abel überlegte kurz. »Sieh zu, daß sie das Geld bekommt, George. Laß es so aussehen, als wäre es ein normaler Bankkredit, und vergewissere dich, daß mein Name nicht genannt wird.« Wieder trommelte er gegen das Fenster. »Du mußt immer zwischen uns bleiben, George.«

»Ganz wie du willst, Abel.«

»Und berichte mir alles, was sie tut, auch wenn es noch so unwichtig ist.«

»Und Richard Kane?«

»Er interessiert mich nicht«, sagte Abel. »Was sind die schlechten Nachrichten?«

»Wieder Ärger mit Osborne. Es scheint, daß er überall Schulden hat; ich bin ziemlich sicher, daß du seine einzige Einkommensquelle bist. Überdies droht er immer noch, auffliegen zu lassen, daß du seinerzeit, am Beginn deiner Karriere, Bestechungen geduldet hättest. Er behauptet, alle Unterlagen seit dem Beginn eurer Bekanntschaft aufbewahrt zu haben; damals habe er nach dem Brand des alten Richmond Hotels in Chicago bei der Versicherung eine Zusatzzahlung für dich herausgeschlagen. Er erzählt jedem, der es hören will, sein Dossier über dich sei zwanzig Zentimeter dick.«

»Ich werde mir Henry morgen vornehmen«, sagte Abel.

Abel war bereits über die Aktivitäten der Hotelgruppe informiert, als Henry zu einer privaten Besprechung erschien. Abel sah ihn an; der Alkohol und die Schulden machten sich bemerkbar. Zum erstenmal sah er älter aus, als er war.

»Ich brauche ein bißchen Geld, um eine schwierige Situation zu überbrücken«, sagte Henry, noch bevor sie einander die Hand reichten. »Ich habe Pech gehabt.«

»Schon wieder, Henry? In Ihrem Alter sollten Sie vernünftiger sein. Wieviel brauchen Sie diesmal?«

»Mit zehntausend wäre mir gehoffen.«

»Zehntausend?« Abel spuckte das Wort fast aus. »Wofür halten Sie mich? Für ein Goldbergwerk? Das letztemal waren es nur fünftausend.«

»Die Inflation.« Henry lachte gequält.

»Das ist das letzte Mal, verstanden?« sagte Abel und zückte sein Scheckbuch. »Sollten Sie noch einmal betteln kommen, sind Sie nicht mehr im Aufsichtsrat und verschwinden ohne einen Penny.«

»Sie sind ein wahrer Freund, Abel. Ich schwöre, es wird sich nie mehr wiederholen – das verspreche ich Ihnen. Nie mehr.« Henry nahm eine Zigarre aus Abels Zigarrenschachtel und zündete sie an. Während ihrer zwanzigjährigen Zusammenarbeit hatte George das nie gewagt. »Danke, Abel. Sie werden es nicht bereuen.«

An der Zigarre paffend, verließ Henry das Büro. Abel ließ George zu sich bitten.

»Was war los?«

»Ich hab' zum letztenmal nachgegeben«, sagte Abel. »Weiß Gott, warum – es hat mich zehntausend gekostet.«

»Zehntausend?« George seufzte tief. »Du kannst sicher sein, daß er wiederkommt. Darauf könnte ich wetten.«

»Das würde ich ihm nicht raten. Ich habe genug von ihm. Was immer er in der Vergangenheit für mich getan hat, jetzt sind wir quitt. Gibt es etwas Neues von Florentyna?«

»Ich habe ihr durch die *Crocker National Bank* den Kredit zukommen lassen«, sagte George. »Nächsten Montag kommt sie hin. Die Vereinbarung wird aussehen wie ein normaler Bankkredit, ohne besondere Vergünstigungen. Sie verlangen sogar ein halbes Prozent mehr als üblich, also kann sie keinen Verdacht schöpfen. Daß du für den Kredit bürgst, weiß sie allerdings nicht.«

»Danke, George, genau, was ich wollte. Ich wette mit dir um zehn Dollar, daß sie den Kredit in zwei Jahren zurückgezahlt hat und nie mehr einen anderen brauchen wird. Berichte mir alles, was sie macht, George. Alles.«

Am Montag suchte Florentyna drei Banken auf. Die *Bank of California* zeigte sich mäßig interessiert, *Wells Fargo* gar nicht, und *Crocker* bat um ihren Rückruf. Richard war erstaunt und glücklich.

»Welche Bedingungen wurden genannt?«

»Die *Bank of California* will acht Prozent und die Deponierung des Pachtvertrages. *Crocker* will achteinhalb, den Pachtvertrag und meine Anteile an der Baron-Gruppe.«

»Faire Bedingungen, bedenkt man, daß du eine neue Kundin bist. Das heißt aber, daß du einen Bruttogewinn von fünfundzwanzig Prozent machen mußt, um keinen Verlust zu haben.«

»Ich habe alles ausgerechnet, Richard, und ich hoffe, im ersten Jahr zweiunddreißig Prozent zu machen.«

»Ich hab' deine Zahlen gestern abend durchgelesen, Jessie, und glaube, du bist zu optimistisch. Das kannst du nicht erreichen. Meiner Ansicht nach wird deine Gesellschaft im ersten Jahr zwischen sieben- und zehntausend Dollar Verlust machen – also müssen wir hoffen, daß die Bank dir à la longue Chancen gibt.«

»Genau das haben sie mir dort auch gesagt.«

»Wann werden sie dir ihre Entscheidung mitteilen?«

»Ende nächster Woche. Es ist schlimmer als das Warten auf Prüfungsergebnisse.«

»Sie haben sich gut gemacht, Kane«, sagte der Direktor, »und ich werde der Personalabteilung empfehlen, Ihnen einen interessanteren Posten zu geben. Ich dachte an ...«

Das Telefon auf dem Schreibtisch des Direktors klingelte.

»Es ist für Sie«, sagte er überrascht und reichte Richard den Hörer.

»Die *Bank of California* sagt, die Kreditabteilung habe mich abgelehnt, aber *Crocker* sagte zu. Ach, Richard, ist das nicht herrlich?«

»Ja, Ma'am, das sind wirklich gute Nachrichten«, erwiderte Richard und vermied es, den Direktor anzuschauen.

»Es ist nett von Ihnen, das zu sagen, Mr. Kane. Ich habe aber auch ein soziologisches Problem und fragte mich, ob Sie mir da vielleicht helfen könnten.«

»Wenn Sie so liebenswürdig sind, sich in die Bank zu bemühen, könnten wir alle Einzelheiten besprechen, Ma'am.«

»Eine großartige Idee. Ich hatte immer schon Lust, in einem Banksafe, inmitten von all dem Geld, geliebt zu werden.«

»Ich gehe mit Ihrem Vorschlag konform, Ma'am. Ich werde Sie anrufen, um möglichst bald einen Termin zu fixieren.«

»Warten Sie nicht zu lange, sonst transferiere ich mein Konto.«

»Die *Bank of America* steht ihren Kunden jederzeit zu Diensten.«

»Wenn man mein Konto betrachtet, merkt man wenig davon.«

Am anderen Ende wurde aufgelegt.

»Wo wollen wir feiern?« fragte Richard.

»Ich habe es dir schon am Telefon gesagt – im Banksafe.«

»Liebling, als du anriefst, hatte ich eine private Unterredung mit dem Direktor; er bot mir die dritthöchste Stellung in der Überseeabteilung an.«

»Fabelhaft, dann feiern wir doppelt. Gehen wir nach Chinatown und bestellen wir fünf Pizzas und fünf doppelte Cokes.«

»Warum fünf, Jessie?«

»Weil Bella mitkommt. Übrigens, Mr. Kane, ich höre es lieber, wenn Sie mich Ma'am nennen.«

»Nein, ich glaube, ich bleibe bei Jessie. Es erinnert mich daran, wie du dich hinaufgearbeitet hast, seit wir uns kennenlernten.«

Abends kam Claude mit einer Champagnerflasche unter jedem Arm. »Machen wir gleich eine auf und stoßen wir an«, sagte Bella.

»Einverstanden«, sagte Florentyna, »aber was geschieht mit der anderen?«

»Die wird bei einer ganz besonderen Gelegenheit getrunken, die niemand von uns voraussehen kann«, sagte Claude dezidiert.

Richard öffnete die erste Flasche und schenkte ein, während Florentyna die zweite in den Kühlschrank stellte.

Am nächsten Tag unterschrieb sie den Pachtvertrag für das

kleine Haus auf Nob Hill, und die Kanes übersiedelten in die Wohnung über dem Laden. Florentyna, Bella und Richard verbrachten das Wochenende mit Ausmalen, Anstreichen und Säubern, Claude, der künstlerisch Begabteste von ihnen, malte über das Schaufenster mit leuchtend blauen Buchstaben »Florentyna«. Einen Monat später war alles bereit.

Florentyna, Besitzerin und Verkäuferin in einer Person, schrieb an alle Großhändler, die ihren Vater in New York belieferten. Sehr bald schon hatte sie ein volles Lager und einen Kredit von neunzig Tagen.

Am 1. August 1958 eröffnete Florentyna den kleinen Laden. Das Datum blieb ihr im Gedächtnis, weil Bella kurz nach Mitternacht ein viereinhalb Kilogramm schweres Baby zur Welt brachte.

Einen Tag, bevor die Postgebühren erhöht wurden, schickte Florentyna einen Stoß Karten aus, um die Geschäftseröffnung bekanntzugeben. Sie hatte eine Verkäuferin von *Wayout Columbus* übernommen; Nancy King besaß Maisies Charme, aber zum Glück nicht deren Intelligenzquotienten. Am Morgen der Eröffnung standen beide Mädchen hoffnungsvoll an der Tür, aber den ganzen Tag kam niemand herein, außer einem Mann, der nach einer Adresse fragte. Am nächsten Morgen probierte eine junge Frau alle Blusen an, entschied sich jedoch für keine. Nachmittags kam eine Dame mittleren Alters, suchte lange herum und kaufte schließlich ein Paar Handschuhe.

»Was kosten sie?«

»Nichts«, sagte Florentyna.

»Nichts?« wiederholte die Dame.

»Richtig, weil Sie unsere erste Kundin sind. Die Handschuhe sind ein Gescherik.«

»Wie freundlich von Ihnen, das werde ich allen meinen Bekannten erzählen.«

»Als ich bei Bloomingdale's kaufte, habe ich nie ein paar Handschuhe geschenkt bekommen, Miss Kovats«, beschwerte sich Richard, »wenn du so weitermachst, bist du am Monatsende pleite.«

Diesmal hatte Richard unrecht. Die Dame war die Präsidentin der *Junior League* von San Francisco, und eine Empfehlung von ihr war mehr wert als eine ganzseitige Annonce im *San Francisco Chronicle.*

In den ersten Wochen schien Florentyna achtzehn Stunden am Tag zu arbeiten; nach Geschäftsschluß kontrollierte sie das Lager, während Richard die Buchhaltung machte. Monate vergingen, und Florentyna fragte sich, ob der kleine Laden je einen Profit abwerfen würde.

Nach dem ersten Jahr luden sie Bella und Claude ein, einen Verlust von siebentausenddreihundertachtzig Dollar zu feiern.

»Nächstes Jahr müssen wir ein besseres Resultat haben«, erklärte Florentyna entschieden.

»Warum?« fragte Richard.

»Weil unsere Lebensmittelrechnung steigen wird.«

»Zieht Bella vielleicht zu uns?«

»Nein. Ich bekomme ein Baby.«

Richard war überglücklich und nur besorgt, wie er Florentyna davon abhalten könnte, bis zum Tag der Entbindung zu arbeiten. Am Ende des zweiten Jahres konnten sie einen kleinen Gewinn von zweitausend Dollar feiern und die Geburt ihres Sohnes. Er hatte nur eine Brustwarze.

Wie sie ihn nennen wollten, hatten sie schon Wochen vorher beschlossen.

George Novak war erstaunt und glücklich, der Taufpate von Florentynas Sohn sein zu dürfen. Obwohl er es nicht zugab, war auch Abel erfreut, denn er begrüßte jede Gelegenheit, etwas vom Leben seiner Tochter zu erfahren.

Am Tag vor der Taufe flog George nach Los Angeles, um

die Fortschritte des neuen Baron Hotels zu kontrollieren. Abel wollte das Gebäude unbedingt Mitte September fertig sehen, damit John F. Kennedy es während seines Wahlfeldzuges eröffnen könne. Befriedigt, daß Abels Zeitplan offenbar eingehalten wurde, flog George weiter nach San Francisco.

Für gewöhnlich brauchte George lang, sich mit Menschen zu befreunden und noch länger, ihnen zu vertrauen. Mit Richard Kane war es anders; George mochte ihn vom ersten Moment an, und als er sah, was Florentyna in der kurzen Zeit erreicht hatte, wußte er, daß es ohne die Klugheit und das Urteilsvermögen ihres Mannes nie möglich gewesen wäre. George nahm sich vor, Abel bei seiner Rückkehr ehrlich zu sagen, wie gut ihm Richard gefiel.

Nach einem gemütlichen Abendessen spielten die zwei Männer um einen Dollar den Punkt Backgammon und plauderten über die Taufe. »Sie war wesentlich anders als die von Florentyna«, sagte George zu Richard, und dieser lachte bei der Vorstellung, daß sein Schwiegervater eine Nacht im Gefängnis zugebracht hatte.

»Du scheinst fortwährend *doubles* zu würfeln«, beklagte sich George und trank seinen Rémy-Martin.

»Mein Vater . . .«, sagte Richard und zögerte einen Moment, »beschuldigte mich immer, ein schlechter Verlierer zu sein, wenn ich *doubles* erwähnte.«

»Und wie geht es deinem Vater?«

»Keine Ahnung. Seit Jessie und ich geheiratet haben, hat jeder Kontakt aufgehört.« George hatte sich immer noch nicht daran gewöhnt, daß sein Patenkind Jessie genannt wurde. Als man ihm den Grund sagte, wußte er, daß die Geschichte Abel amüsieren würde.

»Es tut mir leid, daß dein Vater offenbar genauso reagiert wie Abel«, sagte George.

»Mit meiner Mutter bin ich aber ständig in Verbindung.« Richard nippte an seinem Cognac. »Aber die Einstellung meines

Vaters dürfte sich nicht so bald ändern, vor allem, solange Abel immer noch versucht, mehr Lesteraktien zu erwerben.«

»Bist du dessen sicher?« George klang überrascht.

»Vor zwei Jahren wußte jeder Bankier in der Wall Street, was er im Sinn hat.«

»Abel ist jetzt so unbeugsam geworden, daß er keinen vernünftigen Rat mehr annimmt«, sagte George. »Aber ich glaube, im Moment wird er keinen Arger machen«, fügte er hinzu. Richard fragte nicht, warum; wenn George es ihm erklären wollte, würde er es unaufgefordert tun.

»Wenn Kennedy die Wahl gewinnt«, sagte George, »hat Abel gewisse Aussichten auf eine Stellung.«

»Als Botschafter in Polen, nicht wahr?« Florentyna kam mit dem Kaffee ins Zimmer. »Er wäre der erste polnische Einwanderer, dem diese Ehre zuteil wird. Seit unserer Europareise weiß ich, wie sehr er sich das wünscht.«

George antwortete nicht.

»Steckt Henry Osborne dahinter?« fragte Florentyna.

»Nein, er weiß nicht einmal davon.« George lehnte sich zurück. »Dein Vater vertraut ihm nicht mehr. Seit Henry seinen Sitz im Kongreß verloren hat, ist er, um es milde auszudrücken, ganz unverläßlich geworden. Dein Vater überlegt sogar, ihn aus dem Aufsichtsrat zu entfernen.«

»Endlich hat Papa erkannt, was das für ein übler Kerl ist.«

»Ich glaube, er wußte es schon immer, aber in Washington erwies er sich ohne Zweifel als nützlich für deinen Vater. Ich persönlich halte ihn für gefährlich, auch wenn er jetzt nicht mehr im Kongreß sitzt.«

»Warum?« fragte Florentyna.

»Ich vermute, er weiß zuviel von der Feindschaft zwischen deinem und Richards Vater. Wenn er noch tiefer in Schulden gerät, könnte er diese Informationen Mr. Kane anbieten.«

»Nie«, warf Richard ein.

»Wie kannst du so sicher sein?«

»Willst du damit sagen, daß du es nach all den Jahren nicht weißt?«

George sah von einem zum anderen. »Was soll ich wissen?«

»Offenbar weißt du es nicht«, sagte Florentyna.

»Jetzt brauchst du einen doppelten«, Richard schenkte George einen großen Cognac ein, bevor er fortfuhr.

»Henry Osborne haßt meinen Vater wenn möglich noch mehr als dein Vater.«

»Wieso? Warum?« George lehnte sich vor.

»Henry heiratete nach dem Tod meines Großvaters meine Großmutter.« Richard schenkte sich einen zweiten Kaffee ein. »Er versuchte, meine Großmutter um ein kleines Familienvermögen zu prellen. Es gelang ihm nicht, weil mein Vater, damals siebzehn Jahre alt, entdeckte, daß alles, was Henry über seine Vergangenheit erzählt hatte, erlogen war; er warf ihn aus seinem eigenen Haus.«

»Omój Jezu!« rief George aus und vergaß zu würfeln. »Ob Abel das weiß?«

»Bestimmt«, sagte Florentyna. »Vermutlich hat er Henry deshalb angestellt. Er brauchte jemanden, der ihn nie an Kane verraten würde.«

»Wie habt ihr es herausgefunden?«

»Als Richard entdeckte, daß ich nicht Jessie Kovats bin, stellten wir Nachforschungen an; die meisten Details über Henry befinden sich in einem Ordner in der untersten Lade von Papas Schreibtisch.«

»Und ich dachte, ich sei zu alt, um an einem Tag soviel zu erfahren«, stöhnte George.

»Er ist noch nicht alles«, sagte Richard. »Henry Osborne war nie in Harvard, nie im Krieg, und heißt in Wahrheit Vittorio Togna.«

George schnappte nach Luft.

»Wir wissen auch, daß Papa sechs Prozent der Lesterbank

besitzt. Stell dir einmal vor, was er alles anrichten kann, wenn er sich noch zwei Prozent beschafft«, sagte Florentyna.

»Wir fürchten, daß er sie von Peter Parfitt, dem abgesetzten Präsidenten von Lester, erwerben will. Letztlich ist es sein Ziel, meinen Vater aus seinem eigenen Aufsichtsrat zu boxen«, fügte Richard hinzu.

»Bisher mag das gestimmt haben«, sagte George.

»Und warum nicht mehr?« wollte Florentyna wissen.

»Abel wird sich nicht mit solchen Dummheiten abgeben, wenn er auf den Botschafterposten in Warschau hofft. Ich glaube, da brauchst du dir keine Sorgen zu machen. Und vielleicht kommst du als mein Gast nach Los Angeles, wenn Kennedy das neue Baron eröffnet?«

»Besteht Hoffnung, daß auch Richard eingeladen wird?«

»Die Antwort weißt du selbst am besten, Florentyna.«

»Noch ein Spiel, George?« Richard wechselte das Thema.

»Nein danke, dich kann man nicht schlagen.« George zog seine Brieftasche hervor und überreichte ihm elf Dollar. »Ich glaube immer noch, daß die *doubles* schuld waren.«

16

Nancy King hatte den Laden während Florentynas Klinikaufenthalt gut geführt, aber als man Kane juniors Wiege in das Hinterzimmer der Boutique stellen konnte, war Florentyna glücklich, wieder zu arbeiten. Sie sandte Miss Tredgold das erste Foto von Mutter und Kind und schrieb ihr, sie hoffe, eine gute Mutter zu sein, bis sie eines Tages eine Nurse aufnehmen werde. »Nicht, daß ich außerhalb von Much Hadham jemanden wie dich finden werde«, fügte sie hinzu.

Während der ersten zwei Ehejahre konzentrierten sich Florentyna und Richard auf ihre Karriere; als Florentyna ihr zweites Geschäft eröffnete, wurde Richard von der Bank eben wieder befördert.

Florentyna hätte gern mehr Zeit mit dem Studium der Modetrends verbracht, anderseits konnte sie es nicht zulassen, daß Richard jeden Abend über ihrer Buchhaltung saß. Mit Nancy besprach sie ihre kühnen Ideen für die Zukunft; Nancy fand es gewagt, so viele Kleider in kleinen Größen zu bestellen.

»Mir passen sie vielleicht« – die kleine Chinesin lachte –, aber nicht den Amerikanerinnen.«

»Ich bin anderer Meinung; ›klein ist schön‹, und wir wollen diesen Trend vorwegnehmen. Du wirst sehen, wir werden eine Revolution der Schlankheit erleben, daß selbst du daneben fett aussehen wirst.«

»Wenn ich mir deine vielen Bestellungen für die Größen 34 und 36 ansehe, kann ich nur hoffen, daß du recht hast.«

Nach Georges Abfahrt wurde das ärgerliche Thema des Familienstreites nicht mehr erwähnt; Florentyna und Richard hatten jede Hoffnung auf eine Versöhnung aufgegeben. Dann und wann telefonierten sie mit ihren Müttern, und Richard erhielt Briefe von seinen Schwestern, war jedoch sehr betrübt, als er zu Virginias Hochzeit nicht eingeladen wurde. Dieser unerfreuliche Zustand hätte endlos gedauert, wären nicht zwei Ereignisse eingetreten. Das erste ließ sich kaum vermeiden, das zweite wurde ausgelöst, weil die falsche Person zum Telefon kam.

Das erste Ereignis war die Eröffnung des Baron-Hotels in Los Angeles. Während Florentyna einen dritten Laden einrichtete, verfolgte sie mit großem Interesse die Fortschritte dieses Hotels. Es wurde im September 1960 fertiggestellt, und Florentyna nahm sich einen Nachmittag frei, um der Eröffnung durch Senator John F. Kennedy beizuwohnen. Sie stand inmitten einer großen Menschenmenge, die Kennedy sehen wollte, und beobachtete ihren Vater. Er schien gealtert und hatte sichtlich zugenommen. Aus seiner Entourage konnte man schließen, daß er jetzt gute Verbindungen zu den Demokraten hatte. Würde ihr Vater, wenn Kennedy die Wahl gewann, eine Chance erhalten, »ihm zu dienen«? Abels Begrüßungsansprache war gut und vernünftig, Florentyna aber war vor allem von Kennedy fasziniert, der für sie das neue Amerika verkörperte. Von ganzem Herzen wünschte sie, er möge die Wahl gewinnen. Sobald die Reden vorüber waren, verließ sie das neueröffnete Baron-Hotel mit dem festen Entschluß, sich an Kennedys Wahlkampf mit Zeit und Geld zu beteiligen, obwohl ihr Vater bestimmt eine Summe gespendet hatte, die ihren eigenen Beitrag winzig erscheinen lassen würde. Richard blieb ein unerschütterlicher Republikaner und unterstützte Nixon.

»Du erinnerst dich sicher, was Eisenhower sagte, als man ihn nach deinem Kandidaten fragte?« zog sie ihn auf.

»Bestimmt nichts Schmeichelhaftes.«

»Ein Journalist fragte ihn: ›Bei welchen wesentlichen Entscheidungen hat der Vizepräsident mitgewirkt?‹«

»Was antwortete Ike?«

»›Wenn ich eine Woche Zeit zum Nachdenken habe, fällt mir vielleicht eine ein.‹«

Florentyna verwendete jede freie Minute darauf, Kuverts mit Adressen zu versehen und in der Parteizentrale in San Francisco Anrufe zu beantworten. Anders als bei den zwei vorangegangenen Wahlen, war sie jetzt überzeugt, den Kandidaten der Demokraten rückhaltslos unterstützen zu können. Die letzte Fernsehdebatte zwischen den beiden Kandidaten rief alle ihre politischen Ambitionen wieder wach, die Henry Osborne fast verschüttet hatte. Kennedys Charisma und politische Vernunft waren beeindruckend, und sie begriff nicht, daß jemand, der den Wahlkampf verfolgt hatte, die Republikaner wählen konnte. Richard erklärte ihr, daß Charisma und gutes Aussehen keine Garantie seien für die künftige Politik.

Richard und Florentyna verbrachten die ganze Wahlnacht vor dem Fernsehschirm, bis Kennedy mit der kleinsten Mehrheit in der amerikanischen Geschichte Präsident wurde. Florentyna jubelte über das Ergebnis, Richard hingegen behauptete, ohne Bürgermeister Daley und die fehlenden Wahlurnen von Cook Country hätte er es nie geschafft.

»Würdest du die Demokraten wählen, wenn ich als Kandidatin aufgestellt wäre?«

»Es würde von deinen politischen Zielen abhängen; ich bin Bankier, und kein Romantiker.«

»Mein lieber, unromantischer Bankier, ich möchte einen vierten Laden eröffnen.«

»Was?«

»In San Diego ist ein Gebäude für zwei Jahre sehr günstig zu pachten. Und dann kann man den Pachtvertrag verlängern.«

»Wieviel?«

»Dreißigtausend Dollar.«

»Du bist verrückt, Jessie. Du kannst nicht mit dem voraussichtlichen Gewinn dieses Jahres sofort wieder expandieren.«

»Apropos expandieren, ich bin wieder schwanger.«

Die Antrittsrede des neuen Präsidenten hörten Florentyna und Richard in ihrer Wohnung über dem Laden.

»Verkündet es der Welt, unseren Freunden wie unseren Feinden, daß die Fackel weitergegeben wurde an eine neue Generation Amerikaner, in diesem Jahrhundert geboren, gestählt durch den Krieg, von einem harten und bitteren Frieden geläutert« – Florentyna konnte den Blick nicht abwenden von dem Mann, dem so viele ihr Vertrauen geschenkt hatten. Als Kennedy seine Rede mit den Worten schloß: »Fragt nicht, was euer Land für euch tun kann. Fragt, was ihr für euer Land tun könnt«, standen die Menschen wie ein Mann auf, und Florentyna stimmte begeistert in den Jubel ein. Wie viele andere in ganz Amerika applaudierten wohl vor ihren Fernsehschirmen? Sie wandte sich Richard zu.

»Nicht schlecht für einen Demokraten«, sagte er und merkte, daß auch er Beifall klatschte.

Florentyna lächelte. »Glaubst du, mein Vater ist dabei?«

»Bestimmt.«

»Also können wir jetzt auf seine Ernennung warten.«

Am nächsten Tag bestätigte George, daß Abel in Washington bei der Antrittsrede dabeigewesen war. Er schloß: »Dein Vater glaubt zuversichtlich, nach Warschau geschickt zu werden. Ich bin überzeugt, daß es dann leichter sein wird, ein Wiedersehen mit Richard zu arrangieren.«

»Was für ein guter Freund George ist«, sagte Florentyna.

»Von Abel und auch von uns«, erwiderte Richard nachdenklich.

Jeden Tag las Florentyna die von Pressesprecher Salinger bekanntgegebenen Ernennungen. Der Botschafter für Polen wurde nicht erwähnt.

17

Dann sah Florentyna den Namen ihres Vaters in der Zeitung – allerdings auf der Titelseite:

DER CHICAGO-BARON VERHAFTET

Ungläubig las Florentyna die Nachricht:

New York. – Heute um halb neun wurde Abel Rosnovski, der unter dem Namen Chicago-Baron bekannte Hotelier, in einer Wohnung auf der 57. Straße vom FBI verhaftet. Zu der Verhaftung kam es nach seiner Rückkehr aus der Türkei, wo er das jüngste Hotel seiner Kette, das Istanbul Baron, eröffnet hatte. Der FBI beschuldigt Rosnovski der Beamtenbestechung in vierzehn verschiedenen Bundesstaaten. Das FBI will auch den ehemaligen Kongreßabgeordneten Henry Osborne verhören, der seit zwei Wochen aus Chicago verschwunden ist.

Rosnovskis Verteidiger, H. Trafford Jilks, bestritt alle Anklagepunkte und fügte hinzu, sein Mandant könne die Angelegenheit voll und ganz aufklären. Rosnovski wurde gegen eine Kaution von zehntausend Dollar freigelassen.

Der Artikel berichtete weiter, es habe in Washington Gerüchte gegeben, daß Mr. Rosnovski als Botschafter nach Polen geschickt werden sollte.

Nachts lag Florentyna wach und überlegte, wie das alles geschehen konnte und wie verzweifelt ihr Vater sein müsse. Ihrer Meinung nach hatte Henry Osborne mit der Sache zu tun. Jedenfalls wollte sie alle Zeitungsmeldungen über den Fall genau verfolgen. Richard versuchte sie zu trösten und meinte, es gebe kaum einen Geschäftsmann, der nicht im Lauf seiner Karriere einmal etwas mit Bestechung zu tun gehabt hätte.

Drei Tage vor der Verhandlung wurde Osborne in New Orleans aufgegriffen und verhaftet; sofort wurde er zum Kronzeugen der Anklage. Das FBI bat Richter Prescott, die Verhandlung zu vertagen, um mit Osborne den Inhalt eines Dossiers über Rosnovski durchzugehen, das kürzlich in den Besitz des FBI gelangt war. Richter Prescott bewilligte dem FBI vier Wochen, um die Klage vorzubereiten.

Die Presse hatte rasch festgestellt, daß Osborne, um seine großen Schulden zu begleichen, das Dossier – er hatte es während seiner zehnjährigen Tätigkeit als Direktor der Baron-Gruppe zusammengetragen – an eine private Anwaltsfirma in Chicago verkauft hatte. Wie es in die Hände des FBI gelangt war, blieb ein Geheimnis.

Florentyna fürchtete, daß ihr Vater mit Osborne als Kronzeuge der Anklage eine langjährige Gefängnisstrafe zu gewärtigen hätte. Nach einer weiteren schlaflosen Nacht schlug ihr Richard vor, sich bei ihrem Vater zu melden. Sie schrieb ihm einen langen Brief, versicherte ihn ihrer vollen Unterstützung und betonte, daß sie von seiner Unschuld überzeugt sei. Dann nahm sie ein Bild ihres Sohnes und legte es dem Brief bei.

Vier Stunden vor Verhandlungsbeginn fand man Henry Osborne erhängt in seiner Zelle. Er hatte eine Harvard-Krawatte benutzt.

»Warum hat Henry Selbstmord begangen?« fragte Florentyna ihre Mutter am Telefon.

»Das ist einfach zu erklären«, erwiderte Zaphia, »er dachte, die Anwaltsfirma, die seine Schulden beglich, wollte das Dossier nur, um deinen Vater zu erpressen.«

»Und was war der wirkliche Grund?«

»Das Dossier wurde in Chicago unter einem Decknamen für William Kane gekauft, der es an das FBI weiterleitete.«

Wann immer sie an William Kane dachte, empfand Florentyna nur noch Haß und konnte ihn auch vor Richard nicht verbergen. Daß er jedoch ebenso empört über das Verhalten seines Vaters war, erfuhr Florentyna, als sie ein Telefongespräch zwischen ihm und seiner Mutter mitanhörte.

»Das war ziemlich hart«, sagte Florentyna, als er auflegte.

»Ja, meine arme Mutter bekommt es jetzt von beiden Seiten zu spüren.«

»Der letzte Akt der Tragödie ist noch nicht vorüber«, sagte Florentyna. »Seit ich denken kann, wünschte sich Vater, nach Warschau zurückzukehren. Das wird er deinem Vater nie verzeihen.«

Als der Prozeß begann, telefonierte Florentyna jeden Tag mit ihrer Mutter, die der Verhandlung im Gerichtssaal beiwohnte. Wenn sie Zaphias Berichte hörte, war sie nicht immer ganz sicher, daß sie und ihre Mutter sich das gleiche wünschten.

»Die Verhandlung sieht jetzt günstiger aus für deinen Vater«, sagte Zaphia nach ein paar Tagen.

»Woher willst du das wissen?«

»Seit das FBI seinen Kronzeugen verloren hat, steht die Anklage auf schwachen Beinen. H. Trafford Jilks macht aus Osborne einen Pinocchio, dessen Nase fast den Boden berührt.«

»Glaubst du, daß Papa freigesprochen wird?«

»Man sagt, daß es zu einem Vergleich kommen wird.«

»Was für einen Vergleich?«

»Wenn dein Vater sich in zwei unwesentlichen Punkten schuldig bekennt, wird man die wichtigen Anklagen fallenlassen.«

»Wird er mit einer Geldstrafe davonkommen?«

»Wenn er Glück hat. Aber der Richter ist ein harter Knochen. Vielleicht endet er also doch noch im Gefängnis.«

»Hoffen wir, daß es nur eine Geldstrafe wird.«

Zaphia äußerte sich nicht.

»Sechs Monate bedingt für den Chicago-Baron«, hörte Florentyna aus dem Autoradio, als sie Richard abholen fuhr. Fast wäre sie mit dem vor ihr fahrenden Buick zusammengestoßen, dann hielt sie an, um in Ruhe die Nachrichten zu hören.

»Das FBI hat alle wesentlichen Anklagen wegen Bestechung fallengelassen. Der Angeklagte erklärte sich in zwei Punkten schuldig – nämlich zwei Versuche unternommen zu haben, Regierungsbeamte ungebührlich zu beeinflussen. Die Geschworenen wurden entlassen. Abschließend sagte Richter Prescott: ›Das Recht, Geschäfte zu machen, beinhaltet nicht das Recht, Regierungsbeamte zu bestechen. Bestechung ist ein Verbrechen, und wenn es von einem intelligenten, tüchtigen Mann begangen wird, der solche Methoden nicht nötig hätte, ist es ein noch größeres Verbrechen. In anderen Ländern‹, fügte er hinzu, ›mag Bestechung an der Tagesordnung sein, in den Vereinigten Staaten von Amerika ist das nicht der Fall.‹ Der Richter verhängte eine bedingte Gefängnisstrafe von sechs

Monaten und eine Geldstrafe von fünfundzwanzigtausend Dollar.«

»Weitere Nachrichten: Präsident Kennedy willigte ein, den Vizepräsidenten im Herbst nach Dallas zu begleiten . . .« Florentyna schaltete das Radio ab, als jemand an das Seitenfenster klopfte.

»Wissen Sie, daß hier Parkverbot ist, Ma'am?«

»Ja«, gab Florentyna zu.

»Das kostet Sie zehn Dollar.«

»Fünfundzwanzigtausend Dollar und sechs Monate bedingt. Es hätte schlimmer ausgehen können«, sagte George im Wagen auf der Fahrt zum Baron-Hotel.

»Vergiß nicht, ich habe Polen verloren«, sagte Abel, »aber das alles gehört der Vergangenheit an. Kauf die zwei Prozent Lesteraktien von Parfitt, auch wenn sie eine Million kosten. Dann habe ich die notwendigen acht Prozent, um Paragraph 7 der Statuten anzuwenden, und kann William Kane in seinem eigenen Sitzungssaal abschlachten.«

George nickte traurig.

Ein paar Tage später gab das State Department bekannt, daß der nächste amerikanische Botschafter in Warschau John Moors Cabot sein würde.

18

Am Morgen nach der Urteilsverkündung ereignete sich der zweite Vorfall. Das Telefon war bereits umgeschaltet und klingelte im Laden. Weil Nancy eben die Sommerkleider gegen die Herbstkollektion austauschte, hob Florentyna ab.

»Ist Mr. Kane vielleicht zu Hause?« fragte eine weibliche Stimme. Sie klang sehr fern.

»Nein, er ist schon in die Bank gegangen. Kann ich etwas ausrichten? Hier spricht Florentyna Kane.«

Die Antwort kam nicht sofort, dann sagte die Stimme: »Hier ist Katherine Kane – bitte legen Sie nicht auf.«

»Warum sollte ich, Mrs. Kane?« Florentynas Knie waren auf einmal so schwach, daß sie sich in einen Stuhl fallen ließ.

»Weil Sie mich bestimmt hassen, und ich nehme es Ihnen auch nicht übel«, sagte Richards Mutter rasch.

»Ich hasse Sie überhaupt nicht. Soll Richard zurückrufen, wenn er nach Hause kommt?«

»Oh nein. Mein Mann weiß nicht, daß ich mit ihm in Kontakt stehe und wäre sehr böse, wenn er es erführe. Was ich so gern möchte, hängt letztlich von Ihnen ab.«

»Von mir?«

»Ja, ich möchte Sie und Richard so schrecklich gern besuchen und meinen Enkel sehen – wenn Sie es mir erlauben.«

»Es würde mich sehr freuen, Mrs. Kane.« Florentyna wußte nicht genau, wie sie es herzlicher formulieren sollte.

»Wie lieb von Ihnen. Mein Mann fliegt in drei Wochen zu einer Besprechung nach Mexiko. Ich könnte Freitag kommen und müßte Montag früh am Morgen zurück sein.«

Als Richard die Neuigkeit hörte, ging er sofort zum Kühlschrank. Florentyna folgte ihm verwundert. Richard nahm Claudes Champagnerflasche heraus und schenkte zwei Gläser ein.

Drei Wochen später begleitete Florentyna ihren Mann zum Flughafen, um seine Mutter willkommen zu heißen.

»Du bist schön«, waren Florentynas erste Worte, als sie die schlanke elegante Dame begrüßte, der man den sechsstündigen Flug in keiner Weise anmerkte. »Und ich fühle mich schrecklich schwanger neben dir.«

»Was hast du erwartet, meine Liebe? Ein Ungeheuer mit Hörnern und einem langen Schwanz?«

Florentyna lachte, Katherine Kane hakte sich bei ihr unter,

und Richard vorübergehend vergessend, gingen sie zum Parkplatz.

Richard war beglückt, daß die beiden sich so rasch anfreundeten. In der Wohnung reagierte Katherine, wie alle Großmütter reagieren, wenn sie zum erstenmal ihren Enkel sehen.

»Ich wollte, dein Vater könnte seinen Enkel kennenlernen. Aber leider hat er jetzt ein Stadium erreicht, in dem man das Thema nicht einmal erwähnen darf.«

»Weißt du von etwas, das zwischen den beiden Männern geschehen ist, von dem wir nicht wissen?« fragte Richard.

»Ich glaube nicht. Als David Leroys Hotelgruppe zahlungsunfähig wurde, riet Vater der Bank, ihn nicht weiter zu unterstützen. Deshalb gibt Florentynas Vater ihm die Schuld an David Leroys Selbstmord. Diese unglückselige Episode wäre ohne Osborne längst aus der Welt geschafft.« Sie seufzte tief. »Ich bete zu Gott, daß ich noch den Tag erlebe, an dem diese Sache endlich bereinigt wird.«

»Ich fürchte, einer von ihnen muß sterben, damit der andere zur Vernunft kommt«, sagte Richard. »Beide sind so verdammt starrköpfig.«

Die vier verlebten ein wunderbares Wochenende, obwohl Kates Enkel die meiste Zeit damit verbrachte, sein Spielzeug auf den Boden zu schmeißen. Als sie am Sonntag zum Flugplatz zurückfuhren, versprach Kate wiederzukommen, sobald ihr Mann wieder eine Geschäftsreise vorhatte. Ihre letzten Worte zu Florentyna waren: »Wenn dich mein Mann nur kennenlernen könnte, er verstünde sofort, warum Richard sich in dich verliebt hat.«

Als sie Lebewohl winkte, gab der Enkel das einzige Wort von sich, das er sprechen konnte: »Dada«. Katherine lachte. »Männer sind eben Chauvinisten. Es war auch Richards erstes Wort. Weißt du deines, Florentyna?«

Ein paar Wochen später kam Annabel schreiend auf diese

Welt, und zum Jahresende hatten die Eltern einen zweifachen Anlaß zu feiern; Florentynas Läden wiesen einen Gewinn von neunzehntausendeinhundertvierundsiebzig Dollar aus. Richard beschloß, etwas davon für eine Mitgliedschaft im *Olympic Golfclub* zu verwenden.

Er hatte jetzt in der Überseeabteilung eine leitende Stellung und arbeitete täglich eine Stunde länger. Florentyna hielt die Zeit für gekommen, sich nach einer Nurse umzusehen, um sich mehr auf ihre Geschäfte konzentrieren zu können. Daß sie nie mehr eine Miss Tredgold finden würde, wußte sie, aber Bella empfahl ein schwarzes Mädchen namens Carol, das eben die High-School beendet hatte und keinen Job fand. Als ihr Sohn sie sah, umarmte er sie sofort. Vorurteile lernen die Kinder von den Erwachsenen, stellte Florentyna wieder einmal fest.

19

»Ich kann es noch nicht glauben«, sagte Florentyna. »Welch wunderbare Nachricht. Wieso hat er seine Meinung geändert?«

»Er wird nicht jünger«, sagte Katherine Kane, »und er hat Angst, daß sein Sohn nicht im Aufsichtsrat sitzen wird, wenn er sich zurückzieht, sollten er und Richard sich nicht bald versöhnen. Sein wahrscheinlicher Nachfolger, ein gewisser Jake Thomas, ist nur zwei Jahre älter als Richard und wird bestimmt keinen jüngeren Kane im Aufsichtsrat haben wollen.«

»Ich wollte, Richard wäre zu Hause, damit ich ihm die gute Nachricht mitteilen kann. Aber seit er das Überseedepartment leitet, kommt er nie vor sieben Uhr abends. Er wird sich schrecklich freuen, und ich will versuchen, nicht zu zeigen, wie nervös ich bin, deinen Mann kennenzulernen«, sagte Florentyna.

»Du bist sicher nicht halb so nervös wie er. Aber mach dir

keine Sorgen, er wird das fetteste Kalb schlachten, um den verlorenen Sohn zu empfangen. Hast du etwas von deinem Vater gehört?«

»Nein, nichts. Ich fürchte, er wird nie ein fettes Kalb für die heimkehrende Tochter schlachten.«

»Verlier nicht die Hoffnung. Vielleicht geschieht irgend etwas, das ihn umstimmt. Wir werden uns das gemeinsam überlegen, wenn ihr nach New York kommt.«

»Ich möchte so gern glauben, daß man Papa versöhnen kann, aber ich hab' die Hoffnung aufgegeben.«

»Seien wir dankbar, daß wenigstens *ein* Vater Vernunft angenommen hat«, sagte Katherine. »Ich werde zu euch kommen und alle Details fixieren.«

»Wann kannst du kommen?«

»Dieses Wochenende.«

Richard war beglückt über die Neuigkeit, und nachdem er seinem Sohn ein Kapitel aus seinem Bären-Buch vorgelesen hatte, mußte ihm Florentyna alle Einzelheiten des Gesprächs mit seiner Mutter erzählen.

»Wir könnten im November nach New York fliegen«, sagte er.

»Ich glaube nicht, daß ich so lange warten kann.«

»Du hast länger als drei Jahre gewartet.«

»Ja, aber das ist etwas anderes.«

»Du möchtest immer, daß alles gestern geschieht, Jessie. Übrigens, ich habe deinen Vorschlag für den neuen Laden in San Diego studiert.«

»Und?«

»Grundsätzlich hast du völlig recht, und ich bin dafür.«

»Du lieber Himmel, welch ein Wunder. Solche Worte von Ihnen zu hören, hätte ich nie erwartet, Mr. Kane.«

»Nein, warte, Jessie, ich unterstütze dein Projekt nicht hundertprozentig, weil ich nicht einsehe, warum du einen eigenen Designer anstellen willst.«

»Das kann ich dir sofort erklären«, sagte Florentyna. »Obwohl wir jetzt fünf Läden haben, machen die Ausgaben für die Kleider immer noch vierzig Prozent des Umsatzes aus. Wenn die Kleider für mich allein entworfen würden, hätte das zwei Vorteile: erstens könnte ich meine Ausgaben reduzieren, und zweitens würden wir für unsere eigenen Schöpfungen werben.«

»Es hat aber auch einen großen Nachteil.«

»Und der wäre?«

»Wenn uns die Kleider gehören, gibt es keinen Rabatt auf Kleider, die binnen neunzig Tagen retourniert werden.«

»Richtig«, gab Florentyna zu, »aber je größer wir werden, desto kleiner wird dieses Problem. Und wenn ich den richtigen Designer bekomme, werden wir unsere Markenware letztlich auch an unsere Konkurrenz verkaufen.«

»Hat sich das bei den anderen Modeschöpfern bezahlt gemacht?«

»Im Fall von Pierre Cardin wurde der Designer berühmter als die Läden.«

»So einen Mann zu finden, wird nicht einfach sein.«

»Hab' ich dich nicht auch gefunden?«

»Nein, Jessie. Ich hab' *dich* gefunden.«

Florentyna lächelte. »Zwei Kinder, ein sechstes Geschäft, und du wirst aufgefordert, in den Aufsichtsrat von Lester einzutreten. Vor allem aber werde ich deinen Vater kennenlernen. Was sonst könnten wir uns noch wünschen?«

»Es ist noch nicht soweit.«

»Du bist ein typischer Bankier. Wie immer die Wettervorhersage lautet, du erwartest nachmittags Regen.«

Annabel begann zu weinen.

»Siehst du, was ich meine?« sagte Richard. »Deine Tochter tobt schon wieder.«

»Warum ist meine Tochter immer schlimm und dein Sohn immer brav?«

Obwohl Florentyna am liebsten gleich nach Kates Rückkehr nach New York gefahren wäre, war sie mit der Eröffnung des Ladens in San Diego, mit der Suche nach einem Designer und mit ihren Mutterpflichten voll beschäftigt. Als das Datum der Reise nach New York näher rückte, wurde sie immer nervöser. Sorgfältig wählte sie die Garderobe aus, die sie mitnehmen wollte, und kleidete die Kinder neu ein. Sie kaufte sogar ein Hemd mit zarten roten Streifen für Richard, obwohl er es vermutlich bestenfalls zum Wochenende tragen würde. Jede Nacht lag sie wach und machte sich Sorgen, daß sie Richards Vater vielleicht nicht gefallen würde, obwohl Richard sie an Kates Worte erinnerte: »Er ist mindestens so nervös wie du.«

Um die Eröffnung des sechsten Geschäftes und die bevorstehende Versöhnung mit seinem Vater zu feiern, führte Richard seine Frau in eine Aufführung der »Nußknacker-Suite«, getanzt vom italienischen Staatsballett. Richard gefiel das Ballett nicht übermäßig, doch war er erstaunt, daß Florentyna während der Vorstellung ebenfalls unruhig war. In der Pause fragte er sie, ob etwas nicht in Ordnung sei.

»Seit mehr als einer Stunde möchte ich herausfinden, wer diese fabelhaften Kostüme entworfen hat.« Florentyna blätterte im Programmheft.

»Ich finde sie eher furchtbar«, meinte Richard.

»Weil du farbenblind bist«, sagte Florentyna trocken und las Richard aus dem Programmheft vor: »Er heißt Gianni Ferranti, wurde 1931 in Mailand geboren, und das ist sein erstes Gastspiel mit der italienischen Balletttruppe. Ob er sich von der Truppe löst, um für mich zu arbeiten?«

»Nach dem, was ich von deinem Unternehmen weiß, würde ich es an seiner Stelle nicht tun.« Richard war nicht gerade hilfreich.

»Vielleicht ist er wagemutiger als du, Liebling.«

»Oder einfach verrückt. Schließlich ist er Italiener.«

»Jedenfalls gibt es nur eine Möglichkeit, es festzustellen.« Florentyna stand auf.

»Und wie stellst du dir das vor?«

»Ich gehe hinter die Bühne.«

»Dann versäumst du die zweite Hälfte der Vorstellung.«

»Sie wird mein Leben voraussichtlich nicht ändern.« Florentyna stand schon im Mittelgang.

Richard folgte ihr zum Bühneneingang. Ein junger Sicherheitsbeamter öffnete ein Fenster.

»Kann ich Ihnen helfen?« fragte er. Es klang keineswegs ermunternd.

»Ja«, sagte Florentyna selbstsicher, »ich bin mit Gianni Ferranti verabredet.«

Richard sah seine Frau mißbilligend an.

»Ihr Name bitte«, sagte der Beamte und ging zum Telefon.

»Florentyna Kane.«

Der Beamte wiederholte den Namen in den Hörer, hörte einen Moment zu und legte wieder auf.

»Er sagt, er habe noch nie von Ihnen gehört.«

Einen Moment war Florentyna hilflos; Richard zückte eine Zwanzig-Dollar-Note und legte sie auf das Fensterbrett.

»Vielleicht hat er von *mir* gehört.«

»Das können Sie selbst feststellen«, sagte der Beamte und steckte scheinbar gleichgültig die Note ein. »Durch die Tür, den Korridor rechts, zweite Tür links«, fügte er hinzu und schlug das Fenster zu.

»Die meisten Geschäftsleute haben im Lauf ihrer Karriere irgendwann mit Bestechung zu tun«, zog Florentyna ihren Mann auf.

»Sei nicht beleidigt, weil deine Lüge nicht gezogen hat.«

Florentyna klopfte an die Tür und steckte den Kopf hinein.

In der Ecke saß ein dunkelhaariger Italiener und aß mit einer Gabel Spaghetti. Florentynas erste Reaktion war Bewunderung. Er trug maßgeschneiderte Jeans und einen blauen

Blazer über einem offenen Hemd. Am besten gefielen ihr die schlanken langen Finger des Mannes. Als er Florentyna sah, stand er sofort auf.

»Gianni«, begann sie enthusiastisch, »welch eine Ehre ...«

»Nein«, sagte der Mann mit weichem italienischen Akzent, »er ist im Badezimmer.«

Richard grinste und erhielt einen unsanften Tritt gegen das Schienbein. Florentyna wollte eben etwas erwidern, als ein kleiner Mann mit Halbglatze eintrat; aus dem Programmheft wußte Florentyna, daß er noch nicht dreißig war. Auch er war ausgezeichnet angezogen, aber die Spaghetti hatten seinen Umfang offenbar stärker beeinflußt als den seines Freundes.

»Wer sind diese Leute, Valerio?«

»Mrs. Florentyna Kane«, kam Florentyna dem jungen Mann zuvor, »und das ist mein Mann, Richard Kane.«

»Was wollen Sie?« fragte Ferranti, ohne sie anzusehen und setzte sich zu seinem Freund.

»Ich biete Ihnen eine Stellung als Designer.«

»Nicht schon wieder«, Ferranti hob die Hände zum Himmel.

Florentyna atmete tief ein. »Wer hat noch mit Ihnen gesprochen?«

»In New York Yves Saint-Laurent, in Los Angeles Pierre Cardin, in Chicago Balmain. Soll ich fortfahren?«

»Wurde Ihnen eine Gewinnbeteiligung geboten?«

»Was für Gewinne?« wollte Richard fragen, erinnerte sich jedoch an den Tritt gegen das Schienbein.

»Wir haben sechs Geschäfte, und die Pläne für weitere sechs sind bereits fertig«, fuhr Florentyna impulsiv fort. Hoffentlich hatte Ferranti nicht bemerkt, wie spöttisch Richard die Brauen hochzog.

»In ein paar Jahren kann der Umsatz Millionen betragen«, fuhr sie fort.

»Saint-Laurent hat das schon erreicht«, sagte Ferranti; er sah sie immer noch nicht an.

»Ja, aber was hat er Ihnen geboten?«

»Fünfundzwanzigtausend Dollar im Jahr und fünf Prozent.«

»Fünfundzwanzigtausend und zehn Prozent?«

Der Italiener lachte, stand auf und öffnete die Tür für Florentyna und Richard. Florentyna blieb stehen.

»Sie gehören zu jenen Leuten, die erwarten, daß Zeffirelli ihr nächstes Geschäft entwerfen und dabei von Luigi Ferpozzi beraten wird. Wenn Sie wahrscheinlich auch nicht wissen, von wem ich spreche«, fügte er hinzu.

»Luigi«, sagte Florentyna hochmütig, »ist ein guter Freund von mir.«

Der Italiener stemmte die Hände in die Hüften und lachte schallend. »Ihr Amerikaner seid alle gleich. Gleich werden Sie behaupten, Sie hätten die Gewänder des Papstes entworfen.«

Richard fand, Ferranti habe nicht unrecht.

»Ihr Bluff ist durchschaut, Signora. Ferpozzi besuchte letzte Woche eine Vorstellung in Los Angeles und unterhielt sich ausführlich mit mir über meine Arbeit. Jetzt weiß ich endlich, wie ich Sie loswerde.« Er ließ die Tür offen, ging zu dem Telefon, das auf seinem Toilettentisch stand und wählte eine Nummer.

Niemand sprach. Endlich hörte Florentyna eine Stimme, die sie zu kennen glaubte.

»Luigi?« sagte Ferranti. »Hier Gianni. Bei mir ist eine Amerikanerin namens Mrs. Kane, die behauptet, eine Freundin von dir zu sein.«

Er hörte eine Weile zu, und sein Lächeln wurde breiter.

»Er sagt, er kennt keine Mrs. Kane, und vielleicht würden Sie sich auf Alcatraz mehr zu Hause fühlen.«

»Ich lege keinen Wert auf Alcatraz, aber sagen Sie ihm, er glaubt bestimmt, mein Vater hätte es erbaut.«

Gianni wiederholte Florentynas Worte in den Hörer. Als er die Antwort hörte, drückte sein Gesicht Verwunderung aus.

»Luigi sagt, ich soll Ihnen eine Tasse Tee anbieten, aber nur, wenn Sie Ihre eigene Teekanne mitgebracht haben.«

Es bedurfte zweier Mittagessen, eines Dinners mit Richard, eines mit Florentynas Bankier und eines fetten Vorschusses, um Gianni und seinen Freund Valerio zur Übersiedlung von Mailand nach San Francisco und zum Eintritt in das Unternehmen zu bewegen. Florentyna war überzeugt, daß dies der Durchbruch war, auf den sie gewartet hatte. In ihrem Bemühen, Gianni zu überreden, vergaß sie sogar, daß das gefürchtete Treffen mit Richards Vater in sechs Tagen stattfinden sollte.

Florentyna und Richard saßen am Montagmorgen beim Frühstück, als sein Gesicht fahl wurde; Florentyna glaubte, er würde in Ohnmacht fallen.

»Was ist los mit dir, Liebling?«

Er wies auf die erste Seite des *Wall Street Journal,* unfähig, ein Wort hervorzubringen. Florentyna las die Mitteilung und gab Richard die Zeitung zurück. Um ganz sicherzugehen und die Notiz in ihrer vollen Tragweite zu verstehen, las er sie ein zweites Mal. Die lakonische Kürze war erschütternd: »William Lowell Kane, Präsident und Vorsitzender der Lesterbank, trat am Freitag nach einer Aufsichtsratssitzung zurück.«

Richard wußte, daß dieser plötzliche Abgang ohne Erklärung, ohne die Andeutung einer Krankheit, von Wall Street nur negativ ausgelegt werden konnte, insbesondere, da Kanes einziger Sohn nicht aufgefordert wurde, seinen Platz zu übernehmen. Er legte die Arme um Florentyna und preßte sie eng an sich.

»Heißt das, unsere Reise nach New York findet nicht statt?«

»Nur, wenn dein Vater die Ursache war.«

»Das kann nicht sein – es *darf* nicht sein, nicht, nachdem ich so lange darauf gewartet habe.«

Das Telefon klingelte, und Richard hob ab, ohne Florentyna loszulassen.

»Hallo Richard. Hier spricht deine Mutter. Ich habe die ganze Zeit versucht, von zu Hause wegzukommen. Hast du die Nachricht gelesen?«

»Ja, soeben im *Wall Street Journal.* Warum, um Gottes willen, ist Vater zurückgetreten?«

»Ich kenne die Details selbst nicht genau, aber soviel ich weiß, besaß Mr. Rosnovski seit zehn Jahren sechs Prozent der Stammaktien. Aus irgendeinem Grund benötigt er nur acht Prozent, um deinen Vater zu verdrängen.«

»Ja, um Artikel 7 anzuwenden«, sagte Richard.

»Richtig. Aber ich weiß nicht genau, was das bedeutet.«

»Vater ließ die Klausel in die Statuten aufnehmen, um sich selbst zu schützen. Nur wer acht Prozent der Stammaktien besitzt, kann seine Autorität in Frage stellen. Er kam nicht auf den Gedanken, daß jemand außerhalb der Familie je einen so großen Anteil erwerben könnte. Vater hätte nie seine fünfzig Prozent von Kane und Cabot hergegeben, um Präsident der Lesterbank zu werden, hätte er gedacht, daß ihn ein Außenstehender stürzen könnte.«

»Aber das erklärt immer noch nicht, warum er zurücktreten mußte.«

»Ich nehme an, Florentynas Vater ist irgendwie in den Besitz der fehlenden zwei Prozent gekommen. Damit ist er ebenso mächtig wie Vater und kann ihm das Leben als Vorsitzender der Bank unerträglich machen.«

»Aber wieso?« Offenbar hatte Richards Vater nicht einmal seiner Frau mitgeteilt, was in der Bank geschah.

»Wenn ich mich richtig erinnere, sieht Artikel 7 vor, daß jemand, der acht Prozent der Stammaktien besitzt, sämtliche Banktransaktionen drei Monate lang blockieren kann. Ich weiß, daß Mr. Rosnovski sechs Prozent besaß. Vermutlich bekam er die anderen zwei Prozent von Peter Parfitt.«

»Nein, das ist unmöglich«, sagte Kate, »ich weiß, daß dein Vater sie durch einen alten Freund kaufen ließ, und zwar weit über ihrem Wert. Deshalb war er in letzter Zeit so beruhigt und sorgte sich nicht mehr um die Zukunft.«

»Dann besteht das wirkliche Rätsel darin, wie Mr. Rosnovski sich diese zwei Prozent beschaffen konnte. Ich kenne niemanden im Aufsichtsrat, der seine Stammaktien verkaufen würde, außer . . .«

»Die drei Minuten sind abgelaufen, Ma'am.«

»Von wo sprichst du, Mama?«

»Ich bin in einer Telefonzelle. Vater verbat uns allen, je wieder mit dir Kontakt aufzunehmen. Und natürlich will er auch Florentyna nicht sehen.«

»Aber das hat doch alles nichts mit ihr zu tun, sie . . .«

»Es tut mir leid, Ma'am, die drei Minuten sind vorbei.«

»Ich zahle für den Anruf, Fräulein.«

»Es tut mir leid, die Verbindung ist unterbrochen.«

Widerwillig legte Richard den Hörer auf.

Florentyna sah ihn an. »Kannst du mir verzeihen, daß mein Vater so fürchtbare Dinge tut? Ich weiß, daß ich ihm nie verzeihen werde.«

»Verurteile niemanden voreilig, Jessie.« Richard streichelte ihr Haar. »Sollten wir je die volle Wahrheit erfahren, so werden wir wahrscheinlich feststellen, daß beide Seiten ungefähr gleich schuldig sind. Und du, mein Herz, hast zwei Kinder und sechs Läden, um die du dich kümmern mußt, ich hingegen habe bestimmt ungeduldige Kunden, die mich in der Bank erwarten. Vergiß diesen Vorfall, ich bin sicher, das Schlimmste ist jetzt vorüber.«

Florentyna klammerte sich an ihren Mann, dankbar für seine Worte, auch wenn sie nicht daran glaubte.

Abel las die Mitteilung von William Kanes Rücktritt am selben Tag im *Wall Street Journal.* Er wählte die Telefonnummer der

Lesterbank und ließ sich mit dem neuen Präsidenten verbinden. Ein paar Sekunden später meldete sich Jake Thomas. »Guten Morgen, Mr. Rosnovski.«

»Guten Morgen, Mr. Thomas. Ich rufe nur an, um zu bestätigen, daß ich Ihnen heute morgen meinen achtprozentigen Anteil an den Lesteraktien für zwei Millionen Dollar überlasse.«

»Danke, Mr. Rosnovski, das ist sehr großzügig von Ihnen.«

»Kein Grund, mir zu danken, Mr. Thomas. Es ist nicht mehr, als wir vereinbarten, als Sie mir zwei Prozent der Stammaktien verkauften.«

Florentyna wußte, daß sie lange brauchen würde, sich von diesem Schlag zu erholen. Wie war es möglich, daß sie ihren Vater liebte und gleichzeitig haßte? Sie konzentrierte sich auf ihr rasch wachsendes Unternehmen und wollte nicht daran denken, daß sie ihren Vater nie mehr wiedersehen würde.

Ein anderer Schlag, kein persönlicher, aber ebenso tragisch, traf sie am 22. November 1963. Richard rief sie aus der Bank an – etwas, was er noch nie getan hatte –, um ihr mitzuteilen, daß auf Präsident Kennedy in Dallas ein Attentat verübt worden sei und man das Schlimmste befürchte.

20

Florentynas Designer Gianni di Ferranti hatte die Idee, auf die Krägen oder den Saum sämtlicher Kleidungsstücke zwei kleine verschlungene »Fs« zu setzen; das mache Eindruck und hebe das Firmenprestige. Gianni gab bereitwillig zu, daß er die Idee von Yves Saint-Laurent übernommen habe. Jedenfalls verfehlte sie nicht ihre Wirkung.

Florentyna flog nach Los Angeles und besichtigte ein zum Verkauf angebotenes Gebäude am Rodeo Drive in Beverly

Hills; damit war der Plan für ein siebentes Geschäft geboren. Richard versprach, das Angebot sorgfältig zu studieren, bevor sie es akzeptierte, aber er sei gegenwärtig unter so großem Arbeitsdruck, daß sie sich ein paar Tage gedulden müsse.

Nicht zum erstenmal fand Florentyna, daß sie einen Partner oder einen finanziellen Berater brauchte, da Richard so überarbeitet war. Gern hätte sie ihn gebeten, ihr Partner zu werden, war jedoch zu schüchtern, es vorzuschlagen.

»Du wirst wohl im *Chronicle* annoncieren müssen«, sagte Richard, »ich helfe dir gern, die Antworten zu sichten, und wir können die Kandidaten dann gemeinsam interviewen.«

Florentyna folgte seinem Rat, und nach ein paar Tagen trafen Briefe von Bankleuten, Anwälten und Buchhaltern ein, die alle interessiert zu sein schienen. Richard half Florentyna die Antworten durchzusehen; plötzlich stockte er bei einem Brief und sagte: »Ich bin verrückt.«

»Ich weiß, Liebling. Deshalb hab' ich dich geheiratet.«

»Wir haben vierhundert Dollar zum Fenster hinausgeworfen.«

»Wieso? Die Annonce war doch eine gute Investition?«

Richard reichte ihr den Brief, den er eben gelesen hatte.

»Es scheint ein Mann mit guten Qualifikationen zu sein«, sagte Florentyna. »Da er in der *Bank of America* arbeitet, mußt du am besten wissen, ob er als mein finanzieller Direktor geeignet ist.«

»Er ist überaus geeignet. Aber wer, glaubst du, wird seinen Posten bekommen, wenn er kündigt und bei dir arbeitet?«

»Keine Ahnung.«

»Da es sich um meinen Vorgesetzten handelt, vermutlich ich«, sagte Richard.

Florentyna lachte laut. »Und ich habe nicht den Mut aufgebracht, dich zu fragen. Trotzdem, mir scheinen die vierhundert Dollar gut angelegt – Partner.«

Vier Wochen später verließ Richard die *Bank of America*

und trat als Partner in die Firma seiner Frau ein und übernahm die Finanzgebarung.

Wieder war ein Wahlkampf vorüber. Diesmal beteiligte Florentyna sich nicht, sie hatte mit ihrer Firma genügend zu tun. Außerdem, sagte sie zu Richard, habe sie kein Vertrauen zu Johnson und verachte Goldwater. Sie erwähnten das Thema nicht mehr, obwohl sich Florentyna über den Erdrutsch zugunsten der Demokraten freute.

Die beiden Kinder wuchsen noch rascher als Florentynas Unternehmen, und am fünften Geburtstag ihres Sohnes im folgenden Jahr eröffnete sie zwei weitere Geschäfte in Chicago und Boston. Richard mahnte zwar, nicht zu rasch zu expandieren, aber Florentyna ging zielsicher ihren Weg. So viele Kunden wollten Gianni di Ferrantis Kleider, daß sie die meiste Zeit damit verbrachte, nach geeigneten Geschäftslokalen zu suchen.

1966 gab es nur noch eine große Stadt, dic keinen »Florentyna«-Laden hatte, und es konnte Jahre dauern, meinten die Kanes, bevor sie auf der einzigen Avenue, die für ein »Florentyna New York« in Frage kam, ein geeignetes Lokal finden würden.

21

»Du bist ein starrköpfiger alter Narr, Abel.«

»Ich weiß, aber jetzt kann ich mich nicht mehr ändern.«

»Jedenfalls wird *mich* nichts und niemand zurückhalten, die Einladung anzunehmen.«

Abel sah auf. Er lag im Bett, seit einer schweren Grippe vor sechs Monaten hatte er das Penthouse kaum verlassen. Nach seiner Rückkehr aus Polen stellte George praktisch seine einzige Verbindung mit der Außenwelt dar. Abel wußte, daß sein

Freund recht hatte, und gab zu, daß die Einladung verlockend war. Ob Kane hinging? Er hoffte es, hatte jedoch seine Zweifel; der alte Mann war ebenso starrköpfig wie er selbst . . .

George erriet Abels Gedanken. »Ich möchte wetten, daß William Kane dort ist.«

Abel lenkte ab. »Hast du die endgültigen Ziffern für Warschau?«

»Ja«, erwiderte George scharf, ärgerlich, daß Abel das Thema wechselte. »Alle Verträge sind unterzeichnet, und John Gronowski erwies sich als überaus hilfreich.«

John Gronowski, der erste polnische Botschafter in Warschau, dachte Abel. Er würde es nie verwinden, daß.

»Auf deiner Polenreise hast du alles erreicht, was du wolltest. Eines Tages wirst du die Eröffnung des Warschauer Baron-Hotels erleben.«

»Ich habe mir immer gewünscht, Florentyna soll es eröffnen«, sagte Abel leise.

»Dann lade sie ein, aber erwarte kein Mitleid von mir. Du brauchst nur Richards Existenz zur Kenntnis zu nehmen, das ist alles. Selbst du mußt inzwischen eingesehen haben, daß ihre Ehe glücklich ist, sonst stünde *das* hier nicht auf dem Kaminsims.« An einer Vase lehnte eine unbeantwortete Einladung.

Als Florentyna Kane ihre Boutique auf der Fifth Avenue eröffnete, schien ganz New York anwesend zu sein. In einem grünen, eigens für sie entworfenen Kleid mit den jetzt berühmten zwei Fs am Stehkragen, stand Florentyna nahe dem Eingang, begrüßte die Gäste und bot ihnen Champagner an. Katherine Kane, von ihrer Tochter Lucy begleitet, gehörte zu den ersten Gästen, und bald füllte sich das Geschäft mit Menschen, die Florentyna entweder sehr gut oder gar nicht kannte. Ein bißchen später kam George Novak, und seine erste Bitte machte Florentyna große Freude; er bat, den Kanes vorgestellt zu werden.

»Kommt Mr. Rosnovski später?« fragte Lucy unschuldig.

»Leider nicht«, erwiderte George, »ich sagte ihm, er sei ein störrischer alter Narr, eine so tolle Party zu versäumen. Ist Mr. Kane hier?«

»Nein, er fühlt sich in letzter Zeit nicht wohl und geht fast nie mehr aus«, sagte Kate, und dann vertraute sie George eine Neuigkeit an, die ihn beglückte.

»Wie geht es meinem Vater?« flüsterte Florentyna in Georges Ohr.

»Nicht sehr gut. Vielleicht, wenn er erfährt, daß du heute abend . . .«

»Vielleicht«, sagte Florentyna. Sie nahm Kate am Arm und machte sie mit Zaphia bekannt. Einen Moment schwiegen die beiden alten Damen, dann sagte Zaphia: »Es ist schön, Sie endlich kennenzulernen. Ist Ihr Mann auch hier?«

Der Raum wurde so voll, daß man sich kaum bewegen konnte; das Geplauder und Gelächter bewiesen Florentyna den Erfolg der Vernissage, doch jetzt beschäftigte sie nur eines: das Dinner heute abend.

An der Ecke der 56. Straße hatte sich eine neugierige Menschenmenge angesammelt, und der Verkehr auf der Fifth Avenue kam fast zum Stillstand, als Männer und Frauen, jung und alt, durch die großen Glasscheiben lugten.

Auf der anderen Straßenseite in einem Haustor stand ein Mann. Er trug einen schwarzen Mantel, um den Hals einen Schal und einen Hut, den er tief ins Gesicht gezogen hatte. Es war ein kalter Abend, und der Wind blies über die Fifth Avenue. Kein Tag für alte Männer, dachte er. Ob es klug war, die behagliche Wärme des Bettes zu verlassen? Doch nichts konnte ihn davon abhalten, die Eröffnung dieses Geschäftes mitanzusehen. Er spielte mit dem silbernen Armreif und dachte an die Neufassung seines Testaments; das Erbstück würde nicht an seine Tochter gehen, wie er einmal versprochen hatte.

Der alte Mann lächelte, als die jungen Leute in das schicke Geschäft strömten. Durch die Scheibe sah er, wie sich seine geschiedene Frau mit George unterhielt. Dann sah er Florentyna, und eine Träne lief ihm über die zerfurchte Wange. Sie war noch schöner, als er sie in Erinnerung hatte. Wie gern wäre er über die Straße gegangen und hätte gesagt: »George hatte recht. Ich bin viel zu lang ein störrischer alter Narr gewesen. Kannst du mir trotzdem verzeihen?« Statt dessen stand er wie angewurzelt da und schaute hinüber. Neben seiner Tochter stand ein junger Mann, groß, selbstbewußt, aristokratisch; es konnte nur William Kanes Sohn sein. Ein prächtiger Mensch, hatte George gesagt und hinzugefügt: Florentynas Halt und Stütze. Ob Richard mich haßt? fragte sich Abel. Ja, vermutlich. Der alte Mann klappte den Mantelkragen hoch, warf einen letzten Blick auf seine geliebte Tochter und kehrte zum Baron-Hotel zurück.

Als er wegging, sah er einen anderen Mann auf dem Gehsteig, größer als er, aber mit ebenso unsicherem Gang. Einen Moment lang trafen sich ihre Blicke, und als sie aneinander vorbeigingen, zog der größere von ihnen den Hut. Abel erwiderte den Gruß; ohne ein Wort zu wechseln, gingen sie ihrer Wege.

»Gott sei Dank, die letzten sind gegangen«, sagte Florentyna. »Gerade noch Zeit für ein Bad, bevor ich mich umziehe.«

Katherine Kane umarmte sie und sagte: »Ich sehe dich in einer Stunde.«

Florentyna schloß die Eingangstür der Boutique und ging, an jeder Hand ein Kind, zum Hotel Pierre. Zum erstenmal seit ihrer Kindheit wohnte sie in New York nicht im Baron.

»Wieder ein Tag des Triumphes für dich, Liebling«, sagte Richard.

»Und wie wird der Abend werden?«

»Ach, hör auf, dich zu ängstigen. Vater wird dich anbeten.«

Richard folgte ihr durch die Drehtür des Pierre, dann legte er einen Arm um sie. »Zehn Jahre haben wir versäumt; aber jetzt werden wir sie nachholen.« Richard führte seine Familie zum Fahrstuhl. »Ich kümmere mich darum, daß die Kinder sich waschen und anziehen. Inzwischen kannst du ein Bad nehmen.«

Florentyna lag in der Badewanne und dachte an den bevorstehenden Abend. Seit Kate ihr gesagt hatte, ihr Mann wolle Richards Familie sehen, befürchtete sie, daß er sich wieder anders besinnen könnte. Doch jetzt war es soweit; in einer Stunde würden sie einander kennenlernen. Sie stieg aus der Wanne, trocknete sich ab, tupfte ein wenig von ihrem Lieblingsparfum auf die Handgelenke und zog ein blaues Abendkleid an; Kate hatte gesagt, blau sei die Lieblingsfarbe ihres Mannes. In der Schmuckschatulle suchte sie nach etwas Schlichtem und wählte den antiken Ring, den sie vor vielen Jahren von dem Gönner ihres Vaters erhalten hatte. Als sie fertig war, musterte sie sich kritisch im Spiegel: dreiunddreißig; nicht mehr jung genug für einen Minirock, nicht alt genug, um elegant zu wirken.

Richard kam auf sie zu. »Du siehst fabelhaft aus. Mein alter Herr wird sich sofort in dich verlieben.« Florentyna lächelte und frisierte die Kinder, während Richard sich umzog. Ihr siebenjähriger Sohn trug seinen ersten Anzug, Annabel ein rotes Kleid mit einem weißen Band am Saum; für sie war die Minimode kein Problem.

»Ich glaube, wir sind fertig«, sagte Florentyna, als Richard erschien. Sie traute ihren Augen nicht; er trug tatsächlich das Hemd mit dem dünnen roten Streifen.

Der Chauffeur öffnete die Tür des gemieteten Lincoln, und Florentyna setzte sich mit den Kindern in den Fond. Langsam kroch der Wagen durch die verstopften Straßen New Yorks. Florentyna schwieg. Richard drehte sich um und berührte ihre Hand. Der Wagen hielt vor einem kleinen eleganten Haus auf der 68. Straße.

»Vergeßt nicht, Kinder, ihr müßt euch besonders gut benehmen.«

»Ja, Mama«, versprachen beide, nicht sehr beeindruckt davon, daß sie endlich einen ihrer Großväter kennenlernen würden.

Kaum waren sie ausgestiegen, öffnete sich die Eingangstür, und ein älterer Mann im Cut verbeugte sich.

»Guten Abend, Ma'am«, sagte er. »Wie schön, Sie wiederzusehen, Mr. Richard.«

Kate erwartete sie in der Halle. Florentynas Blicke fielen sofort auf das Porträt einer schönen Frau in einem roten Lederstuhl, die Hände im Schoß gefaltet.

»Richards Großmutter«, erklärte Kate. »Ich habe sie nie gesehen, aber man versteht, warum sie in ihrer Zeit als eine der Schönsten galt.«

Florentyna starrte unverwandt das Gemälde an.

»Was ist mir dir, Florentyna?« fragte Kate.

»Der Ring«, flüsterte sie.

»Er ist schön, nicht wahr?« Kate hob die Hand und zeigte ihren in Diamanten gefaßten Saphirring. »Ich habe ihn von William zu unserer Verlobung bekommen.«

»Nein, der auf dem Porträt«, sagte Florentyna.

»Oh, der antike. Ja, er ist seit Generationen in der Familie, aber ich glaube, seit ein paar Jahren ist er verschwunden. Als ich William fragte, meinte er, er wüßte nicht, wo er sei.«

Florentyna hob die rechte Hand; ungläubig starrte Kate auf den antiken Ring. Wieder sahen alle auf das Porträt – es bestand kein Zweifel.

»Es war ein Taufgeschenk«, sagte Florentyna, »nur wußte ich nie, von wem ich ihn bekommen habe.«

»Mein Gott«, rief Richard aus, »ich bin nie auf den Gedanken verfallen . . .«

»Und mein Vater weiß es immer noch nicht«, sagte Florentyna.

Das Hausmädchen kam in die Halle: »Entschuldigen Sie, Ma'am, ich habe Mr. Kane gemeldet, daß alle Gäste gekommen sind. Er läßt Mr. Richard und seine Frau bitten, allein hinaufzukommen.«

»Geht hinauf«, sagte Kate, »ich komme in ein paar Minuten nach.«

Florentyna nahm den Arm ihres Mannes und ging, nervös mit ihrem Ring spielend, die Treppe hinauf. William Lowell Kane saß in dem roten Lederstuhl vor dem Kamin. Was für ein gutaussehender Mann, dachte Florentyna und wußte nun, wie ihr Vater aussehen würde, wenn er alt war.

»Vater«, sagte Richard, »ich möchte dir meine Frau vorstellen.«

Florentyna trat vor. Auf William Kanes Gesicht lag ein Lächeln.

Richard wartete auf eine Reaktion seines Vaters, Florentyna aber wußte, daß der alte Mann nie mehr etwas sagen würde.

22 Abel griff zum Telefon neben dem Bett. »Rufen Sie George. Ich muß aufstehen.« Wieder las Abel den Brief. Er konnte einfach nicht glauben, daß William Kane sein unbekannter Gönner gewesen war.

Als George kam, reichte Abel ihm wortlos den Brief. George las ihn langsam. »Mein Gott«, war alles, was er sagte.

»Ich muß zum Begräbnis gehen.«

George und Abel betraten ein paar Minuten nach Beginn des Gottesdienstes die *Trinity Church* in Boston und stellten sich in die letzte Reihe der Trauergäste. Kate war von Florentyna und Richard flankiert. Drei Senatoren, fünf Kongreßabgeordnete, zwei Bischöfe, fast alle früheren Bankiers, und der Herausgeber des *Wall Street Journal* waren gekommen. Auch der Präsident und alle Direktoren der Lesterbank waren anwesend.

»Glaubst du, daß sie mir verzeihen können?« flüsterte Abel.

George antwortete nicht.

»Gehst du zu ihnen hin?«

»Ja, natürlich.«

»Danke, George. Ich hoffe, William Kane hat einen so guten Freund gehabt wie du es bist.«

Abel saß im Bett und sah fortwährend zur Tür. Als sie sich endlich öffnete, erkannte er die schöne Frau, die einst sein »Kleines« gewesen war, kaum wieder. Er lächelte sie herausfordernd durch die starken Brillengläser an. Florentyna lief zum Bett und umarmte ihren Vater.

»Es gibt soviel zu besprechen«, sagte er. »Chicago, Polen, Politik, deine Geschäfte . . . Aber zuerst Richard. Wird er mir je glauben, daß ich erst seit gestern weiß, wer mein Gönner war?«

»Ja, Papa, weil auch er es erst einen Tag vor dir entdeckte; wie du es erfahren hast, wissen wir nicht genau.«

»Durch einen Brief der Anwälte der *First National Bank* von Chicago. Sie hatten Weisung, mich erst nach William Kanes Tod zu informieren. Was für ein Narr ich war«, fügte Abel hinzu. »Wird Richard mich besuchen?« Seine Stimme klang schwach und unsicher.

»Er wartet nur darauf; er und die Kinder sind unten.«

»Laß sie kommen, laß sie kommen.« Abels Stimme wurde kräftiger. George lächelte und verschwand.

»Willst du immer noch Präsidentin werden?« fragte Abel.

»Der Baron-Gruppe?«

»Nein, der Vereinigten Staaten. Sollte es der Fall sein, werde ich meinen Teil der Abmachung einhalten – bis zum Parteikonvent, selbst wenn es meinen Ruin bedeutet!«

Florentyna lächelte, ohne zu antworten.

Ein paar Minuten später klopfte es an der Tür. Abel versuchte, sich aufzurichten, als Richard mit den Kindern das Zimmer betrat. Das Oberhaupt der Kane-Familie ging auf seinen Schwiegervater zu und schüttelte ihm herzlich die Hand.

»Guten Morgen, Sir. Es ist mir eine Ehre, Sie kennenzulernen.«

Abel brachte kein Wort hervor. Florentyna stellte ihm seinen Enkel und Annabel vor.

»Und wie heißt du?« fragte der alte Mann.

»William Abel Kane.«

Abel packte die Hand des Knaben. »Ich bin stolz, daß mein Name mit dem deines anderen Großvaters verbunden ist.«

»Du wirst mir nicht glauben, wie traurig ich über den Tod deines Vaters bin«, sagte er zu Richard gewandt. »Ich wußte doch nicht . . . So viele Irrtümer in so vielen Jahren. Nicht einen Augenblick dachte ich, daß dein Vater mein Wohltäter sein könnte. Gott ist mein Zeuge, ich wollte, ich hätte eine Chance gehabt, ihm persönlich zu danken.«

»Er hätte dich verstanden«, sagte Richard. »Es gab eine Klausel in den Bestimmungen des Familienfonds, die es ihm verbat, seine Identität preiszugeben, um eventuelle Konflikte zwischen beruflichen und privaten Interessen zu vermeiden; nie wäre es ihm in den Sinn gekommen, bei sich eine Ausnahme zu machen. Das war einer der Gründe, warum ihm seine Klienten ihre Ersparnisse anvertrauten.«

»Selbst über seinen Tod hinaus?« fragte Florentyna.

»Ich war ebenso starrköpfig«, sagte Abel.

»Nachher sieht man immer klarer«, warf Richard ein. »Wer konnte ahnen, daß Henry Osborne so viel anrichten würde.«

»Dein Vater und ich, wir haben einander an dem Tag gesehen, an dem er starb.«

Verblüfft sahen ihn Florentyna und Richard an.

»Ja«, sagte Abel. »Es war auf der Fifth Avenue – er kam,

um die Eröffnung deines Geschäftes mitanzusehen. Er zog den Hut. Das war genug. Wirklich.«

Bald sprachen sie von glücklicheren Tagen; sie lachten ein wenig und weinten viel.

»Du mußt verzeihen, Richard«, sagte Abel. »Die Polen sind ein sentimentales Volk.«

»Ich weiß«, erwiderte Richard, »meine Kinder sind halbe Polen.«

»Könnt ihr heute abend mit mir essen?«

»Gern«, sagte Richard.

»Hast du je ein richtiges polnisches Fest erlebt, mein Junge?«

»Seit zehn Jahren jede Weihnachten«, antwortete Richard.

Abel lachte und sprach von der Zukunft und von den Plänen für seine Hotelgruppe. »In jedem Hotel muß eine deiner Boutiquen sein, Florentyna.«

Sie stimmte zu.

Abel hatte nur eine Bitte an Florentyna: daß sie und Richard ihn in neun Monaten nach Warschau zur Eröffnung des Baron-Hotels begleiten sollten. Richard versprach, daß sie beide kommen wollten.

Während der folgenden Monate waren Abel und Florentyna oft beisammen, und Abel lernte, seinen Schwiegersohn zu respektieren. George hatte ganz recht gehabt – warum war er nur so störrisch gewesen?

Er vertraute Richard an, daß seine Rückkehr nach Polen für Florentyna unvergeßlich werden sollte. Er hatte seine Tochter gebeten, das Hotel zu eröffnen, sie aber hatte darauf bestanden, daß nur der Präsident der Gruppe diese Aufgabe übernehmen konnte, obwohl ihr die Gesundheit des Vaters Sorgen machte.

Woche für Woche verfolgten Vater und Tochter die Fortschritte des neuen Hotels. Als der Termin der Eröffnung näherrückte, übte der alte Mann seine Rede vor der Tochter.

Gemeinsam fuhr die Familie nach Warschau und begutachtete das erste westliche Hotel hinter dem Eisernen Vorhang, um sich zu vergewissern, daß es genau Abels Wünschen entsprach.

Die Eröffnung fand in dem großen Park vor dem Hotel statt. Der polnische Minister für Tourismus begrüßte die Gäste, dann bat er die Präsidentin der Baron-Gruppe, vor der Eröffnungszeremonie ein paar Worte zu sagen.

Abels Rede wurde genauso gehalten, wie er sie aufgesetzt hatte, und am Ende standen die tausend Gäste auf und jubelten und applaudierten.

Dann reichte der Minister der Präsidentin eine große Schere, Florentyna durchschnitt das Band vor dem Eingang des Hotels und sagte: »Hiermit erkläre ich das Warschauer Baron-Hotel für eröffnet.«

Florentyna fuhr nach Slonim, um die Asche ihres Vaters in dessen Geburtsort zu bringen. Als sie an der Stelle stand, an der ihr Vater geboren worden war, gelobte sie, die Herkunft ihrer Familie nie zu vergessen.

Richard versuchte sie zu trösten; in der kurzen Zeit, die ihm gemeinsam mit seinem Schwiegervater verblieben war, hatte er die vielen Qualitäten kennen- und schätzen gelernt, die dieser an seine Tochter weitergegeben hatte.

Florentyna wußte, daß sie die Kürze der Versöhnungszeit nie verschmerzen würde. So viel hätte sie ihrem Vater noch erzählen wollen, so viel noch von ihm lernen. Immer wieder dankte sie George, daß die Familie wenigstens für kurze Zeit wieder vereint gewesen war; für ihn war der Verlust mindestens ebenso bitter. Der letzte Baron Rosnovski ruhte in der Heimaterde, sein einziges Kind und sein bester Freund kehrten nach Amerika zurück.

Die Gegenwart

1968 – 1982

23

Florentyna Kanes Bestellung zur Präsidentin der Baron-Gruppe wurde am Tag ihrer Rückkehr von Warschau vom Aufsichtsrat bestätigt. Richard riet seiner Frau, das Büro ihrer Firma von San Francisco nach New York zu verlegen. Ein paar Tage später flogen sie beide nach Kalifornien, und ein letztes Mal wohnten sie in der kleinen Wohnung auf Nob Hill. In den folgenden vier Wochen organisierten sie die Übersiedlung, ließen die Geschäfte an der Westküste in den tüchtigen Händen des Direktors und machten Nancy King zur Geschäftsführerin der beiden Boutiquen in San Francisco. Dann sagten sie Bella und Claude Lebewohl, und Florentyna versicherte ihren besten Freunden, daß sie in regelmäßigen Abständen an die Westküste kommen werde.

»Ihr geht ebenso unvermittelt, wie ihr gekommen seid«, sagte Bella, und zum zweitenmal im Leben sah Florentyna ihre Freundin weinen.

Nach der Übersiedlung schlug Richard vor, aus Steuergründen alle Boutiquen der Baron-Gruppe einzuverleiben. Florentyna war einverstanden und ernannte George Novak an seinem 65. Geburtstag zum Präsidenten auf Lebenszeit mit einem Gehalt, das selbst Abel großzügig gefunden hätte. Florentyna wurde Vorsitzende der Gruppe, und Richard Generaldirektor.

Er fand ein wunderschönes neues Heim auf der 64. Straße. Während es eingerichtet wurde, wohnten sie im New York Baron. William wurde, wie sein Vater, in die vornehme *Buckley School* eingeschrieben, und Annabel kam zu Spence. Das Kindermädchen Carol fand es an der Zeit, sich nach einer neuen Stellung umzusehen, aber wenn sie das Thema auch nur erwähnte, brach Annabel in Tränen aus.

Florentyna verbrachte nun die gesamte Zeit damit, von George die Geschäftsgebarung der Baron-Gruppe zu erlernen. Nach dem ersten Jahr waren Georges Bedenken, ob sein Patenkind tüchtig genug sein würde, ein so großes Unternehmen zu leiten, verflogen – besonders, als Florentyna auf gleichen Löhnen für alle Baron-Angestellten bestand, gleichgültig, welcher Hautfarbe.

»Sie ist ebenso tüchtig wie ihr Vater«, sagte er zu Richard, »jetzt fehlt ihr nur noch die Erfahrung.«

»Das ist bloß eine Frage der Zeit«, erwiderte Richard.

Nach einem Jahr erstattete Richard dem Aufsichtsrat ausführlich Bericht über den Stand der Geschäfte der Gesellschaft. Trotz des weltweiten Bauprogramms und des fallenden Dollarkurses infolge des Vietnamkrieges konnte die Gruppe einen Gewinn von siebenundzwanzig Millionen Dollar ausweisen. Dann legte Richard dem Aufsichtsrat seine Ideen über ein umfassendes Investitionsprogramm für die siebziger Jahre vor. Er schloß mit der Empfehlung, dieses Programm von einer Bank betreuen zu lassen.

»Einverstanden«, sagte Florentyna, »aber schließlich bist du ja Bankier.«

»Ich weiß, wenn man aber bedenkt, daß wir es mit mehr als fünfzig Währungen zu tun haben und den verschiedensten Banken Gebühren zahlen müssen, ist es vielleicht an der Zeit, eine eigene Bank zu haben.«

»Ist es heutzutage nicht fast unmöglich, eine Bank einfach zu kaufen?« fragte Florentyna. »Und ebenso schwierig, alle Regierungsvorschriften zu erfüllen, um eine Lizenz zu deren Führung zu bekommen?«

»Richtig, aber wir besitzen bereits acht Prozent der Lesterbank und kennen die Probleme, die sich daraus für meinen Vater ergaben. Jetzt könnte das ein Vorteil für uns sein. Ich würde dem Aufsichtsrat vorschlagen . . .«

Am folgenden Tag schrieb Richard an Jake Thomas, den Präsidenten der Lesterbank, und bat um eine Unterredung. Die schriftliche Antwort klang überaus zurückhaltend, um nicht zu sagen, feindselig. Die Sekretäre der beiden Männer einigten sich auf einen Termin.

Richard betrat das Büro des Präsidenten der Lesterbank. Jake Thomas stand auf und führte ihn zu einem Stuhl, bevor er sich wieder in den Ledersessel setzte, den Richards Vater vor mehr als zwanzig Jahren benutzt hatte. Die Bücherregale waren nicht mehr so voll, und die Blumen nicht mehr so frisch, wie Richard es in Erinnerung hatte. Jake Thomas' Begrüßung war formell und kurz, aber Richard ließ sich nicht einschüchtern. Er wußte, wie stark seine Position war und verzichtete auf jegliche Einleitung.

»Mr. Thomas, ich bin im Besitz von acht Prozent der Stammaktien. Da ich jetzt in New York wohne, halte ich die Zeit für gekommen, meinen Platz im Aufsichtsrat der Bank einzunehmen.«

Jake Thomas' erste Worte ließen erkennen, daß er darauf vorbereitet war. »Unter normalen Umständen wäre es sicher eine gute Idee, Mr. Kane. Nachdem aber kürzlich der letzte Platz im Aufsichtsrat besetzt wurde, scheint ein Verkauf Ihrer Aktien die einzige Alternative zu sein.«

Es war genau die Antwort, die Richard erwartet hatte.

»Unter keinen Umständen würde ich mich von den Anteilen meiner Familie trennen, Mr. Thomas. Mein Vater machte diese Bank zu einer der angesehensten in ganz Amerika, und ich beabsichtige, in dieser Richtung weiterzuarbeiten.«

»Das tut mir leid, Mr. Kane, denn Sie wissen sicherlich, daß

Ihr Vater nicht unter den angenehmsten Umständen aus der Bank ausgeschieden ist. Wir würden Ihnen einen guten Preis für Ihre Anteile bieten.«

»Einen besseren, als mein Schwiegervater Ihnen bot?« fragte Richard.

Jake Thomas wurde dunkelrot. »Ich sehe, Sie kamen nur hierher, um destruktiv zu sein.«

»Ich mußte oft feststellen, daß man manchmal zerstören muß, bevor man wieder aufbauen kann, Mr. Thomas.«

»Ich glaube, Sie besitzen nicht genug Trümpfe, um dieses Haus zum Einsturz zu bringen«, erwiderte der Präsident.

»Niemand weiß besser als Sie, daß zwei Prozent genügen«, sagte Richard.

»Ich sehe keinen Anlaß, dieses Gespräch fortzusetzen, Mr. Kane.«

»Im Augenblick schließe ich mich Ihrer Meinung an, aber Sie können versichert sein, daß es sehr bald eine Fortsetzung finden wird.«

Richard stand auf, um zu gehen. Jake Thomas übersah seine ausgestreckte Hand.

»Wenn seine Einstellung so ist, dann gibt es Krieg«, sagte Florentyna.

»Sehr mutig, aber bevor wir etwas unternehmen, möchte ich mich mit dem alten Anwalt meines Vaters, Thaddeus Cohen, beraten. Es gibt nichts, das er nicht über die Lesterbank weiß. Vielleicht fällt uns ein Plan ein, wenn wir unsere Kenntnisse zusammenlegen.«

Florentyna stimmte zu. »George erwähnte einmal, was mein Vater im Sinn gehabt hätte, wäre es ihm selbst mit acht Prozent nicht gelungen, deinen Vater zum Rücktritt zu zwingen.«

Richard hörte genau zu, als Florentyna den Plan skizzierte.

»Glaubst du, daß er in diesem Fall erfolgversprechend wäre?« fragte sie ihren Mann.

»Vielleicht, aber es ist ein verteufelt großes Risiko.«

»Das einzige, was man fürchten muß, ist die Angst«, sagte Florentyna.

»Jessie, wann wirst du zur Kenntnis nehmen, daß Roosevelt Politiker war, und nicht Bankier?«

Die nächsten vier Tage verbrachte Richard im Büro von Cohen, Cohen, Yablons und Cohen und besprach mit Thaddeus Cohen die Lage.

»Sie sind der einzige, der acht Prozent der Lesteranteile besitzt«, sagte dieser zu Richard. »Selbst Jake Thomas hat nur zwei Prozent. Hätte Ihr Vater gewußt, daß Thomas nicht in der Lage war, Abel Rosnovskis Anteile mehr als ein paar Tage zu halten, er hätte den Bluff durchschaut und vermutlich den Vorsitz behalten.«

Der betagte Anwalt der Familie lehnte sich zurück und legte beide Hände auf seine Glatze.

»Diese Information wird den Sieg noch versüßen«, sagte Richard. »Haben Sie die Namen aller Aktionäre?«

»Ich besitze eine Namensliste aus der Zeit, da Ihr Vater Generaldirektor der Bank war. Heute ist sie bestimmt überholt. Aber sicher wissen Sie selbst, daß Sie berechtigt sind, Einsicht in die Liste der Aktienbesitzer zu nehmen.«

»Und ich kann mir vorstellen, wie lang Thomas brauchen wird, diese Liste vorzulegen.«

»Vermutlich bis Weihnachten«, sagte Thaddeus Cohen und erlaubte sich ein kleines Lächeln.

»Was würde geschehen, wenn ich eine außerordentliche Sitzung einberiefe und berichtete, wie Jake Thomas seine Anteile verkaufte, um meinen Vater aus dem Aufsichtsrat zu entfernen?«

»Es würde wenig nutzen und höchstens ein paar Leute in Verlegenheit bringen. Bestimmt würde Jake Thomas die Sitzung an einem Tag abhalten, an dem nur wenige Mitglieder erscheinen. Bestimmt würden einundfünfzig Prozent der Substituten gegen jede Entschließung stimmen, die Sie vorschlagen. Bestimmt würde Mr. Thomas Ihr Vorgehen dazu benutzen, wieder gewisse Vorfälle zur Sprache zu bringen, die das Ansehen Ihres Vaters beschmutzen könnten. Nein, ich glaube, Mrs. Kanes Idee ist wesentlich besser, und wenn ich es sagen darf: sie ist bezeichnend für die Kühnheit ihres Vaters in solchen Angelegenheiten.«

»Aber wenn der Plan mißlingt?«

»Ich wette nicht oft, in diesem Fall aber würde ich ohne zu zögern auf Kane und Rosnovski gegen Jake Thomas setzen.«

»Wann sollen wir das Angebot machen?« fragte Richard.

»Am 1. April«, sagte Thaddeus Cohen sofort.

»Warum gerade dieses Datum?«

»Weil etwas später die Steuererklärungen abgegeben werden müssen; es ist daher durchaus möglich, daß eine Reihe von Leuten Bargeld brauchen können.«

Richard besprach den Plan nochmals eingehend mit dem Anwalt, bevor er ihn abends Florentyna in allen Details unterbreitete.

»Wieviel verlieren wir, wenn es mißlingt?« war ihre erste Frage.

»So um die siebenunddreißig Millionen Dollar.«

»Ziemlich beachtlich«, sagte Florentyna.

»Diese Summe werden wir nicht verlieren, aber sie wird in Lesteraktien gebunden sein, und damit ist, wenn wir die Bank nicht kontrollieren, der *cash flow* für die Gruppe stark beschränkt.«

»Wie sieht Mr. Cohen die Chance, daß es uns gelingt?«

»Besser als fünfzig zu fünfzig. Mein Vater wäre ein solches Risiko nie eingegangen«, fügte Richard hinzu.

»Aber mein Vater«, sagte Florentyna. »Er sagte immer, ein Glas sei halb voll, nie halb leer.«

»Thaddeus Cohen hatte recht.«

»Womit?«

»Mit der Beurteilung deines Charakters. Er warnte mich – wenn du deinem Vater auch nur entfernt ähnlich seist, müsse ich mich auf einen Kampf vorbereiten.«

Die nächsten drei Monate verbrachte Richard mit Buchhaltern, Anwälten und Steuerberatern, die bis zum 15. März sämtliche Vorarbeiten für ihn besorgten. Am Nachmittag dieses Tages ließ er bei allen wichtigen Zeitungen für den 1. April einen Platz auf der Finanzseite reservieren und teilte den Inseratenabteilungen mit, daß die Annonce vierundzwanzig Stunden vor der Veröffentlichung von einem Boten gebracht werden würde. Der 1. April . . . Ob er der Genarrte sein würde, oder Thomas Jake? Wieder und wieder prüften Mr. Cohen und Richard ihren Plan, um sicherzugehen, nichts übersehen zu haben. Sie achteten darauf, daß nur drei Leute von der »Operation Kernspaltung« informiert waren.

Am 1. April saß Richard in seinem Büro und las die ganzseitige Mitteilung im *Wall Street Journal:*

> Die Baron-Gruppe teilt mit, daß sie für jede Aktie der Lesterbank vierzehn Dollar bietet. Der Börsenwert beträgt elf Dollar fünfundzwanzig Cents. Jeder, der von diesem Angebot Gebrauch zu machen wünscht, wird gebeten, sich mit seinem Makler in Verbindung zu setzen oder sich direkt an Mr. Robin Oakley, Chase Manhattan Bank, Chase Manhattan Plaza, New York, N.Y., zu wenden. Dieses Angebot ist bis zum 15. Juli gültig.

In dem Artikel auf der gegenüberliegenden Seite wies Vermont Royster darauf hin, daß dieses kühne Angebot, die Lesterbank zu übernehmen, die Unterstützung der Chase Manhattan haben müsse, die die Anteile der Baron-Gruppe als Sicherheit halte. Der Journalist prophezeite, daß, sollte das

Angebot Erfolg haben, Richard Kane zweifellos zum neuen Vorsitzenden ernannt werden würde, eine Position, die sein Vater mehr als zwanzig Jahre lang innegehabt hatte. Sollte die Übernahme nicht gelingen, würde sich die Baron-Gruppe allerdings jahrelang in großen Liquiditätsschwierigkeiten befinden, da sie zwar ein großes Aktienpaket besitze, aber die Lesterbank nicht kontrollieren würde. Richard hätte die Situation nicht besser zusammenfassen können.

Florentyna rief ihren Mann an und gratulierte ihm zu der Durchführung von »Operation Kernspaltung«. »Wie Napoleon hast du dich daran erinnert, daß in einem Krieg das Überraschungsmoment an erster Stelle zu stehen hat.«

»Wollen wir hoffen, daß Jake Thomas nicht mein Waterloo wird.«

»Mr. Kane, Sie sind ein solcher Pessimist. Vergiß nicht, Mr. Thomas sitzt jetzt wahrscheinlich auf der Toilette, und er hat keine Geheimwaffe wie du.«

»Habe ich eine?«

»Natürlich. Mich.« Der Hörer wurde aufgelegt; das Telefon klingelte sofort wieder.

»Mr. Thomas von der Lesterbank möchte Sie sprechen, Mr. Kane.«

Ob er wohl ein Telefon auf der Toilette hat, überlegte Richard. »Verbinden Sie mich bitte«, sagte er und verstand zum erstenmal ein wenig, wie sich die Auseinandersetzungen zwischen seinem Vater und Abel Rosnovski abgespielt haben mußten.

»Mr. Kane, ich glaube, wir sollten versuchen, unsere Meinungsverschiedenheiten zu bereinigen. Vielleicht war es übervorsichtig von mir, Ihnen nicht sofort einen Platz im Aufsichtsrat anzubieten.«

»Daran bin ich nicht mehr interessiert, Mr. Thomas.«

»Nein? Aber ich dachte, daß . . .«

»Nein, jetzt bin ich nur noch am Vorsitz interessiert.«

»Sind Sie sich darüber im klaren, daß wir, sollten Sie bis zum 15. Juli nicht einundfünfzig Prozent der Lesteraktien in Händen haben, sofort Veränderungen in der Verteilung der Inhaberanteile und der stimmberechtigten Anteile vornehmen können, die den Wert der in Ihrem Besitz befindlichen Anteile wesentlich vermindern? Ich möchte auch hinzufügen, daß die Aufsichtsräte bereits vierzig Prozent der Lesteraktien kontrollieren, und ich beabsichtige, heute noch allen anderen Aktionären telegraphisch zu empfehlen, Ihr Angebot nicht anzunehmen. Wenn ich weitere elf Prozent erwerbe, haben Sie ein Vermögen verloren.«

»Dieses Risiko bin ich bereit einzugehen.«

»Wenn das Ihre Einstellung ist, Mr. Kane, werde ich für den 23. Juli eine Vollversammlung der Aktionäre einberufen. Wenn Sie bis dahin die einundfünfzig Prozent nicht in Händen haben, werde ich persönlich dafür sorgen, daß Sie, solange ich Präsident bin, mit der Lesterbank nichts mehr zu tun haben werden.« Ohne Vorwarnung änderte Thomas seinen Ton; statt drohend, klang er plötzlich sehr liebenswürdig. »Vielleicht werden Sie sich jetzt Ihren Standpunkt noch mal überlegen.«

»Als ich aus Ihrem Büro ging, Mr. Thomas, ließ ich Sie über meine Absichten nicht im Zweifel. Seitdem hat sich nichts geändert.« Richard legte auf und schrieb in seinen Vormerkkalender am 23. Juli: Versammlung der Aktionäre, Lesterbank; dazu malte er ein großes Fragezeichen. Am selben Nachmittag erhielt er Jake Thomas' Telegramm an alle Aktionäre.

Jeden Morgen rief Richard bei Thaddeus Cohen und bei der Chase Manhattan Bank an, um die Reaktion auf sein Inserat zu erfahren. Nach einer Woche besaß die Gruppe einunddreißig Prozent; mit Richards acht Prozent bedeutete das neununddreißig Prozent aller Anteile. Wenn Thomas und seine Leute wirklich vierzig Prozent hatten, würde es ein knappes Rennen werden.

Zwei Tage später erhielt Richard einen langen Brief, in dem

Jake Thomas allen Aktionären nachdrücklich davon abriet, auf das Angebot der Baron-Gruppe einzugehen. »Ihr Vermögen käme in die Hände einer Gesellschaft, die bis vor kurzem von einem Mann geleitet wurde, der wegen Bestechung und Korruption verurteilt worden ist«, hieß es im letzten Absatz. Richard war angewidert von diesem persönlichen Angriff auf Abel Rosnovski, und Florentyna wurde so zornig, wie er sie nie zuvor gesehen hatte.

»Wir werden ihn schlagen, nicht wahr?« fragte sie und ballte die Faust.

»Es wird hart werden; die Direktoren und ihre Freunde haben vierzig Prozent in Händen. Wir besitzen im Augenblick einundvierzig Prozent; es geht also um die fehlenden neunzehn Prozent. Sie werden entscheiden, wer am 23. Juli gewinnt.«

Das Monatsende kam, und Richard hatte nichts von Jake Thomas gehört. Ob er bereits einundfünfzig Prozent hatte? Es waren nur noch acht Wochen bis zur Aktionärsversammlung, als Richard beim Frühstück eine ganzseitige Mitteilung las, die seinen Puls beschleunigte. Auf Seite siebenunddreißig des *Wall Street Journal* teilte Jake Thomas mit, daß man zwei Millionen zugelassene, aber bisher nicht angebotene Aktien für einen neu zu errichtenden Pensionsfond für die Bankangestellten offeriere.

In einem Interview mit einem Reporter des *Journal* erklärte Thomas, dies sei ein wesentlicher Schritt auf dem Weg zur Gewinnbeteiligung und ein Modellbeispiel für alle Arbeitgeber, sowohl in den Banken als auch anderswo.

Richard stand mit einem Fluch vom Tisch auf – was ungewöhnlich war bei ihm – ging zum Telefon und vergaß seinen Kaffee.

»Was hast du gesagt?« fragte Florentyna.

»Verdammt«, wiederholte er und reichte ihr die Zeitung. Sie überflog die Mitteilung, während Richard telefonierte.

»Was bedeutet das?«

»Daß wir den Halunken auch mit einundfünfzig Prozent nicht schlagen können, wenn er die Erlaubnis hat, weitere zwei Millionen neue Anteile auszugeben, die bestimmt nur an Institutionen abgegeben werden.«

»Ist das legal?« fragte Florentyna.

»Das werde ich gleich feststellen.«

Thaddeus Cohen gab ihm sofort Auskunft. »Es ist legal, außer ein Richter hindert ihn daran. Ich bin dabei, die notwendigen Unterlagen vorzubereiten, aber ich muß Sie warnen: Wenn wir keine vorläufige gerichtliche Verfügung bekommen, werden Sie nie Präsident der Lesterbank.«

Die folgenden vierundzwanzig Stunden verbrachte Richard in Anwaltsbüros und Gerichtssälen. Er unterschrieb drei eidesstattliche Erklärungen, und ein Richter hörte den Fall an. Er gab ihn an drei andere Richter weiter, die einen Tag überlegten und dann zwei zu eins entschieden, die Aktien erst einen Tag nach der Aktionärsversammlung zuzulassen. Richard hatte eine Schlacht gewonnen, nicht aber den Krieg. Als er am nächsten Tag in sein Büro kam, stellte er fest, daß er erst sechsundvierzig Prozent der Anteile hatte.

»Den Rest muß er haben«, sagte Florentyna verzagt.

»Das glaube ich nicht«, erwiderte Richard.

»Warum nicht?«

»Hätte er einundfünfzig Prozent in Händen, wäre es ihm nie eingefallen, diese Geschichte mit den Anteilen für einen Pensionsfonds zu erfinden.«

»Logisch gedacht, Mr. Kane.«

»In Wahrheit glaubt *er*, daß wir einundfünfzig Prozent haben. Wo sind also die fehlenden fünf Prozent?«

In den letzten Junitagen mußte man Richard gewaltsam daran hindern, stündlich die Chase Manhattan Bank anzurufen, um festzustellen, ob sie noch Anteile bekommen hätten. Am 15. Juli hatte Richard neunundvierzig Prozent und wußte, daß Thomas in genau acht Tagen neue stimmberechtigte Aktien ausgeben konnte, die es ihm selbst praktisch unmöglich machen würden, die Leitung der Lesterbank zu übernehmen. Da die Baron-Gruppe *cash flow* benötigte, würde er sofort einen Teil seiner Lesteraktien verkaufen müssen – ohne Zweifel, wie Thomas vorausgesagt hatte, mit empfindlichen Verlusten. Mehrmals am Tag murmelte er leise: »Zwei Prozent, nur zwei Prozent«, vor sich hin.

Eine Woche vor dem Stichtag war Richard nicht imstande, sich auf die neuen Brandschutzvorschriften für Hotels zu konzentrieren, als Mary Preston anrief.

»Ich kenne keine Mary Preston«, sagte er seiner Sekretärin.

»Sie meint, Sie würden Sie als Mary Bigelow kennen.«

Richard lächelte. Was sie wohl von ihm wollte? Seit seinem Abgang von Harvard hatte er sie nicht mehr gesehen. Er griff nach dem Hörer. »Mary, was für eine Überraschung. Rufst du nur an, um dich wegen schlechter Bedienung in einem Baron-Hotel zu beklagen?«

»Nein, keine Klagen, obwohl wir einmal eine Nacht in einem Baron verbracht haben, wenn du dich vielleicht noch erinnern kannst?«

»Wie könnte ich so etwas vergessen«, sagte er und hatte keine Ahnung mehr.

»Nein, ich rufe an, um deinen Rat zu hören. Vor ein paar Jahren hinterließ mir mein Großonkel Alan Lloyd drei Prozent der Lester-Stammaktien. Letzte Woche erhielt ich einen Brief von Mr. Jake Thomas mit der Bitte, diese Aktien dem Aufsichtsrat zu überlassen, und keine Transaktionen mit dir zu tätigen.«

Richard hielt den Atem an. Er hörte sein Herz schlagen.

»Bist du noch da, Richard?«

»Ja, Mary. Ich hab' nur nachgedacht. Nun, um ehrlich zu sein . . .«

»Bitte halt keine langen Reden, Richard. Warum kommst

du nicht einen Sprung mit deiner Frau zu uns nach Florida. Dann kannst du mich und meinen Mann beraten.«

»Florentyna kommt nicht vor Sonntag aus San Francisco zurück . . .«

»Dann komm allein. Max würde dich sehr gern kennenlernen.«

»Ich werde versuchen, ein paar Termine zu verschieben und rufe dich in einer Stunde zurück.«

Richard rief Florentyna an, die ihm riet, alles liegen und stehen zu lassen und hinzufliegen. »Montag morgen werden wir Jake Thomas ein für allemal lossein.«

Richard unterrichtete Thaddeus Cohen von der Neuigkeit; er war entzückt. »Auf meiner Liste steht das Aktienpaket immer noch unter Alan Lloyd.«

»Jetzt gehört es Mrs. Max Preston.«

»Wie sie heißt, ist mir egal, solange Sie die Aktien bekommen.«

Am Samstag nachmittag wurde Richard auf dem Flughafen von West Palm Beach von Marys Chauffeur erwartet, der ihn zu den Prestons fuhr. Als Richard Marys Haus sah, fragte er sich, wie man es, ohne zwanzig Kinder zu haben, bewohnen konnte. Das riesige Gebäude lag am Rand des Golfplatzes an einem der *Waterways.* Man fuhr sechs Minuten von dem von Löwen flankierten Tor bis zu der großartigen Treppe vor dem Haus. Mary empfing ihn auf der obersten der vierzig Stufen. Sie trug einen gutgeschnittenen Reitdreß, das blonde Haar fiel auf die Schultern herab. Als Richard sie ansah, wußte er wieder, was ihm vor fast fünfzehn Jahren an ihr gefallen hatte.

Der Butler nahm Richards kleinen Koffer und führte ihn in ein Schlafzimmer, in dem man leicht eine Sitzung hätte abhalten können. Auf dem Bett lag ein Reitanzug.

Vor dem Dinner ritten Mary und Richard durch den Park; Max wurde für sieben Uhr erwartet. Richard war froh, daß Mary sich mit einem langsamen Galopp begnügte; es war lange her, seit er mit ihr geritten war, und morgen würden ihm alle Glieder schmerzen. Er nahm ein Bad und zog einen dunklen Anzug an, bevor er kurz nach sieben ins Wohnzimmer hinunterging. Der Butler servierte Sherry. Als Mary in einem schulterfreien Abendkleid ins Zimmer schwebte, reichte ihr der Butler, ohne zu fragen, einen großen Whisky.

»Es tut mir leid, Richard, eben rief Max an, um mir zu sagen, daß er in Dallas aufgehalten wurde und erst morgen am späten Nachmittag zurückkommt. Er ist sehr enttäuscht, dich zu versäumen.« Bevor Richard etwas sagen konnte, fügte sie hinzu: »Komm, jetzt gehen wir zu Tisch, und du kannst mir erklären, warum die Baron-Gruppe meine drei Prozent braucht.«

Richard erzählte ihr in allen Details, was geschehen war, und war so in seinen Bericht vertieft, daß er die ersten zwei Gänge kaum zur Kenntnis nahm.

»Und mit meinen drei Prozent«, sagte Mary, »kann die Bank also wieder unter die Fittiche der Kanes zurückkehren?«

»Ja, es fehlen noch fünf Prozent, aber da wir bereits neunundvierzig Prozent in Händen haben, bist du das Zünglein an der Waage.«

»Dann ist alles ganz einfach«, sagte Mary und ließ das Soufflé abservieren, »ich werde Montag mit meinem Makler reden und alles weitere veranlassen. Trinken wir zur Feier des Tages in der Bibliothek einen Cognac.«

»Du weißt gar nicht, wie froh ich bin«, sagte Richard und folgte seiner Gastgeberin durch einen langen Korridor.

Die Bibliothek war fast so groß wie eine Basketballhalle und mit fast ebensovielen Sitzgelegenheiten ausgestattet. Mary schenkte Kaffee ein, und der Butler servierte Cognac. Dann schickte Mary den Butler weg und setzte sich neben Richard auf das Sofa.

»Ganz wie in alten Zeiten«, sagte sie und rückte näher.

Richard tauchte aus seinen Visionen, Präsident der Lesterbank zu werden, auf und stimmte zu. Der Cognac schmeckte ihm, und er merkte kaum, daß Mary ihren Kopf an seine Schulter lehnte. Nachdem sie ihm ein zweites Glas eingeschenkt hatte, begann er ihre Hand auf seinem Bein zu spüren. Er nahm noch einen Schluck Cognac. Plötzlich schlang sie ihm die Arme um den Hals und küßte ihn auf den Mund. Als sie ihn losließ, sagte er lachend: »Tatsächlich, wie in alten Zeiten«, stand auf und trank eine große Tasse schwarzen Kaffee. »Warum muß Max noch in Dallas bleiben?«

»Gasröhren«, erklärte Mary nicht eben enthusiastisch. Richard blieb neben dem Kamin stehen.

Während der nächsten Stunden erfuhr er alles über Gasröhren und ein wenig über Max. Um Mitternacht fand er, es sei vielleicht an der Zeit, schlafen zu gehen. Mary stand wortlos auf und begleitete ihn über eine breite Treppe zu seinem Zimmer. Bevor er ihr einen Gute-Nacht-Kuß geben konnte, war sie verschwunden.

Richard konnte nicht einschlafen; er war glücklich über Marys drei Prozent und überlegte, wie man den Wechsel in der Leitung der Bank reibungslos durchführen könnte. Jake Thomas würde auch als Ex-Präsident noch eine Menge Ärger machen, und Richard dachte nach, wie er ihn über die verlorene Schlacht hinwegtrösten könnte, als er ein leises Geräusch an der Tür vernahm. Die Klinke bewegte sich, und Mary stand in einem durchsichtigen rosa Neglige im Türrahmen.

»Bist du noch wach?«

Richard überlegte, ob er sich schlafend stellen sollte. Aber vielleicht hatte sie gesehen, daß er sich bewegte, also sagte er schläfrig: »Ja.«

Mary setzte sich auf sein Bett. »Möchtest du noch etwas?«

»Ja, gut schlafen«, sagte Richard.

»Ich weiß zwei Möglichkeiten, dir dazu zu verhelfen.« Mary streichelte ihm über das Haar. »Du kannst eine Schlaftablette nehmen, oder wir können zusammen schlafen.«

»Eine hübsche Idee, aber leider hab' ich schon eine Tablette genommen«, sagte Richard schlaftrunken.

»Sie scheint wenig Wirkung zu haben, also sollten wir die zweite Möglichkeit probieren.« Sie zog das Negligé über den Kopf und ließ es zu Boden fallen. Ohne weitere Worte schlüpfte sie zu ihm unter die Decke und schmiegte sich an ihn.

»Zum Teufel, ich wollte, ich hätte keine Tablette genommen oder ich könnte noch eine Nacht bleiben.«

Mary küßte Richard am Hals, während sie ihn am Rücken streichelte, bis ihre Hand zwischen seinen Beinen landete.

Mein Gott, dachte Richard, ich bin auch nur ein Mensch. Und dann wurde eine Tür zugeschlagen. Mary warf die Decke zurück, packte ihr Negligé und rannte rascher als ein auf frischer Tat ertappter Dieb aus dem Zimmer. Richard deckte sich wieder zu und lauschte einem Gespräch, das er nicht genau verstehen konnte. In dieser Nacht schlief er nicht sehr gut.

Als er am nächsten Morgen zum Frühstück kam, unterhielt sich Mary mit einem älteren Mann, der einmal sehr gut ausgesehen haben mußte.

Der Mann stand auf und gab Richard die Hand. »Ich bin Max Preston. Obwohl ich nicht geplant hatte, dieses Wochenende hier zu sein, konnte ich die Geschäfte rascher erledigen als erwartet. Ich habe den letzten Flug von Dallas gerade noch erwischt. Es wäre schade gewesen, wenn Sie mein Haus verlassen hätten, ohne die echte Gastfreundschaft des Südens zu genießen.« Max und Richard unterhielten sich ausführlich über die Probleme, die beide im Augenblick mit Wall Street hatten, und besprachen eben Nixons neue Steuermaßnahmen, als der Butler kam: der Chauffeur warte, um Mr. Kane zum Flughafen zu bringen.

Die Prestons begleiteten Richard die vierzig Treppenstufen hinunter zum wartenden Auto; Richard küßte Mary auf die Wange, dankte ihr für alles, was sie getan hatte, und schüttelte Max herzlich die Hand.

»Ich hoffe, daß wir uns wiedersehen«, sagte Max.

»Das wäre sehr nett. Warum rufen Sie mich nicht an, wenn Sie nach New York kommen?« Mary lächelte Richard an.

Die Prestons winkten, als der Rolls die lange Einfahrt entlangglitt. Als das Flugzeug abhob, empfand Richard ungeheure Erleichterung. Die Stewardeß servierte ihm einen Drink, und er legte sich die Pläne für den Montag zurecht. In der 64. Straße wurde er zu seiner großen Freude von Florentyna empfangen.

»Die Aktien gehören uns!« rief er triumphierend und erzählte ihr beim Abendessen alle Details. Kurz vor Mitternacht schliefen sie auf dem Sofa vor dem Kaminfeuer ein.

Am nächsten Morgen rief Richard Jake Thomas an, um ihm mitzuteilen, daß er einundfünfzig Prozent der Aktien besitze.

Richard hörte, wie Thomas den Atem anhielt.

»Sobald mein Anwalt die Zertifikate in Händen hat, komme ich in die Bank und lasse Sie wissen, wie die Übergabe erfolgen soll.«

»Natürlich«, sagte Thomas resigniert. »Darf ich fragen, von wem Sie die letzten zwei Prozent erhielten?«

»Ja, von einer alten Freundin namens Mary Preston.«

Eine Pause trat ein. »Sie meinen doch nicht Mrs. Max Preston aus Florida?« fragte Thomas.

»Doch«, erwiderte Richard triumphierend.

»Dann müssen Sie sich gar nicht herbemühen, Mr. Kane, denn Mrs. Preston hat uns vor vier Wochen ihre drei Prozent übergeben, und wir haben auch die entsprechenden Zertifikate in Händen.« Die Leitung war tot. Jetzt war es an Richard, nach Luft zu ringen.

Als er Florentyna von der neuen Entwicklung erzählte, meinte sie: »Du hättest mit diesem verdammten Weib schlafen sollen. Jake Thomas hätte es sicher getan.«

»Hättest du unter den gleichen Umständen mit Scott Forbes geschlafen?«

»Du meine Güte, nein, Mr. Kane.«

»Eben, Jessie.«

Richard verbrachte eine weitere schlaflose Nacht und zerbrach sich den Kopf, woher er die letzten zwei Prozent doch noch bekommen könnte. Im Augenblick besaßen beide Parteien neunundvierzig Prozent der Aktien. Thaddeus Cohen hatte ihn immer gewarnt, daß er mit einem negativen Ausgang rcchnen und überlegen müsse, wie er für die bereits in seinem Besitz befindlichen Aktien ein Maximum an Bargeld bekommen könnte. Vielleicht sollte er sich Abel als Beispiel nehmen und einen Tag vor der Aktionärsversammlung alle seine Anteile auf den Markt werfen? Richard wälzte sich im Bett herum, während ihm alle möglichen absurden Ideen durch den Kopf schossen. Wieder einmal drehte er sich um und versuchte einzuschlafen, als Florentyna ihn aufschreckte.

»Bist du wach?« fragte sie leise.

»Ja, ich suche zwei Prozent.«

»Ich auch. Erinnerst du dich – deine Mutter erzählte uns, jemand habe für deinen Vater von Peter Parfitt zwei Prozent gekauft, damit sie nicht in die Hände meines Vaters fielen?«

»Ja, ich erinnere mich.«

»Vielleicht hat derjenige nichts von unserem Angebot gehört?«

»Liebling, es stand in sämtlichen amerikanischen Zeitungen.«

»Auch die Beatles geisterten durch alle Zeitungen, und doch hat nicht jeder Mensch von ihnen gehört.«

»Jedenfalls ist es einen Versuch wert«, sagte Richard und griff zum Telefon neben dem Bett.

»Wen rufst du an? Die Beatles?«

»Nein, meine Mutter.«

»Um vier Uhr morgens? Du kannst deine Mutter doch nicht mitten in der Nacht anrufen.«

»Ich kann und ich muß.«

»Nie hätte ich etwas davon erwähnt, hätte ich geahnt, daß du so etwas machst.«

»Liebling, in zweieinhalb Tagen kann ich siebenunddreißig Millionen Dollar verlieren, und der Besitzer der Aktien wohnt vielleicht in Australien.«

»Da haben Sie recht, Mr. Kane.«

Richard wählte und wartete; eine schläfrige Stimme meldete sich.

»Mama?«

»Ja, Richard. Wie spät ist es?«

»Vier Uhr morgens. Es tut mir leid, dich zu stören, aber du bist die einzige, die helfen kann. Bitte hör jetzt genau zu. Du hast einmal erwähnt, daß einer von Papas Freunden von Peter Parfitt zwei Prozent der Lester-Aktien kaufte, damit sie nicht in den Besitz von Florentynas Vater gelangten. Erinnerst du dich, wer das war?«

Eine Pause. Dann: »Ja, ich glaube. Wenn du einen Moment wartest, fällt es mir ein. Ja, es war ein alter Freund aus England, ein Bankier, der mit deinem Vater in Harvard war.« Richard hielt den Atem an. Florentyna setzte sich im Bett auf.

»Dudley, Colin Dudley, Präsident der . . . oh, mein Gott, der Name der Bank fällt mir nicht ein.«

»Macht nichts, Mama, das genügt mir. Bitte schlaf weiter.«

»Du bist ein so rücksichtsvoller Sohn«, sagte Kate Kane und legte auf.

»Und was jetzt, Richard?«

»Mach ein Frühstück.«

Florentyna küßte ihn auf die Stirn und verschwand.

Wieder griff Richard zum Telefon. »Auskunft für Übersee, bitte. Wie spät ist es in London?«

»Sieben Minuten nach neun.«

Richard blätterte in seinem Adreßbuch und sagte: »Bitte verbinden Sie mich mit 01-735-7227.«

Ungeduldig wartete er. Eine Stimme meldete sich.

»Hier *Bank of America.*«

»Bitte verbinden Sie mich mit Jonathan Coleman.«

»Hier Jonathan Coleman.«

»Guten Morgen, Jonathan. Hier Richard Kane.«

»Wie nett, dich zu hören, Richard. Was gibt es Neues?«

»Ich brauche dringend eine Information. Welche Bank leitet Colin Dudley?«

»Wart' einen Moment, Richard, ich sehe im *Bankers' Year Book* nach.« Richard hörte ihn blättern. »Robert Fraser and Company«, kam die Antwort. »Aber jetzt ist er *Sir* Colin Dudley.«

»Wie ist seine Telefonnummer?«

»493-3211.«

»Vielen Dank, Jonathan. Ich rufe dich an, wenn ich nach London komme.«

Richard schrieb die Nummer auf einen Briefumschlag und verlangtc eben das Fernamt, als Florentyna eintrat.

»Kommst du vorwärts?«

»Das werde ich gleich feststellen. Ich möchte folgende Nummer in London, bitte: 493-3211.« Florentyna setzte sich aufs Bett, während Richard wartete.

»Hier Robert Fraser and Company.«

»Kann ich bitte Sir Colin Dudley sprechen?«

»Wer spricht, bitte?«

»Richard Kane von der Baron-Gruppe, New York.«

»Einen Moment, Sir.«

Wieder warten.

»Guten Morgen, hier Dudley.«

»Guten Morgen, Sir Colin, mein Name ist Richard Kane. Ich glaube, Sie kannten meinen Vater?«

»Natürlich, wir waren zusammen in Harvard. Prima Knabe, Ihr alter Herr. War sehr traurig, von seinem Tod zu hören. Habe auch Ihrer Mutter geschrieben. Von wo rufen Sie an?«

»Aus New York.«

»Ihr steht früh auf, ihr Amerikaner, nicht? Und was kann ich für Sie tun?«

»Besitzen Sie immer noch zwei Prozent der Lester-Aktien?« Wieder hielt Richard den Atem an.

»Ja. Hab' verdammt viel dafür gezahlt. Kann mich aber nicht beklagen. Ihr Vater hat mir viele Gefälligkeiten erwiesen.«

»Wären Sie bereit, zu verkaufen, Sir Colin?«

»Wenn Sie mir einen vernünftigen Preis bieten.«

»Was würden Sie als vernünftig bezeichnen?«

Eine lange Pause trat ein. »Achthunderttausend Dollar.«

»Ich nehme an«, sagte Richard ohne zu zögern. »Aber ich muß sie morgen in Händen haben, und zwar persönlich. Können Sie, wenn ich den Betrag fernschriftlich überweise, bei meiner Ankunft alle Unterlagen bereithaben?«

»Ohne weiteres, lieber Junge«, sagte Dudley sofort. »Unser Auto wird Sie am Flughafen abholen und steht Ihnen für Ihren Aufenthalt zur Verfügung.«

»Vielen Dank, Sir Colin.«

»Vergessen Sie den ›Sir‹, junger Mann. Ich bin in einem Alter, in dem ich es vorziehe, beim Vornamen genannt zu werden. Lassen Sie mich wissen, wann Sie ankommen, und es wird alles für Sie bereit sein.«

»Danke sehr . . . Colin.«

Richard legte den Hörer auf.

»Du ziehst dich doch nicht schon an?«

»Oh doch, heute kann ich nicht mehr schlafen. Wo ist mein Frühstück?«

Um sechs Uhr morgens hatte Richard bereits für den 9-Uhr-15-Flug nach London und auch einen Platz für den Rückflug am nächsten Tag reserviert, der mittags um ein Uhr fünfunddreißig in New York ankam. Das gab ihm vierundzwanzig Stunden Zeit, bis zur Aktionärsversammlung am Mittwoch um vierzehn Uhr.

»Geht sich ziemlich knapp aus«, sagte Florentyna, »aber

keine Angst, ich glaube an dich. Übrigens, William wünscht sich einen kleinen roten Londoner Bus.«

»Du gehst in meinem Namen immer sehr große Verpflichtungen ein. Ich habe es wirklich nicht leicht als Generaldirektor deiner Gruppe.«

»Ich weiß, mein Schatz, und zu denken, daß du nur deshalb so leiden mußt, weil du mit der Präsidentin schläfst.«

Um sieben Uhr saß Richard an seinem Schreibtisch und veranlaßte die telegraphische Überweisung von achthunderttausend Dollar an Fraser and Company in London, Albemarle Street. Das Geld würde wesentlich rascher in London eintreffen als er selbst. Um halb acht ließ er sich zum Flughafen bringen. Flug 747 startete pünktlich, und um zehn Uhr abends war Richard in Heathrow. Sir Colin Dudley hatte Wort gehalten; ein Chauffeur wartete, um ihn in das Baron Hotel zu bringen. Der Direktor hatte ihn in der Davis-Leroy-Suite untergebracht. Die Präsidentensuite sei leider an Mr. Jagger vergeben, erklärte er. Die übrige Gruppe habe den ganzen neunten Stock gemietet.

»Ich glaube, ich kenne diese Gruppe nicht«, sagte Richard. »Auf welchem Gebiet arbeitet sie?«

»Sie singt«, sagte der Direktor.

Die Rezeption übergab Richard eine Nachricht von Sir Colin; er erwarte Richard am folgenden Tag um neun Uhr in der Bank.

Richard ließ sich ein Abendessen aufs Zimmer bringen, und bevor er zu Bett ging, rief er Florentyna an, um sie auf dem laufenden zu halten.

»Kopf hoch, Mr. Kane. Unser aller Wohlergehen liegt in Ihren Händen.«

Richard erwachte um sieben Uhr und packte, bevor er zum Frühstück hinunterging. Sein Vater hatte immer von den Bücklingen in London geschwärmt, und Richard bestellte sie jetzt voller Neugierde. Als er den letzten Bissen vertilgt hatte, wußte er, daß auch er seinen Sohn jahrelang mit der gleichen Geschichte langweilen würde. Um die Zeit totzuschlagen, ging er nach dem Frühstück im Hyde Park spazieren. Der Rasen war dunkelgrün, und in den Blumenbeeten blühten die Rosen. Ein Vergleich mit dem Central Park fiel nicht zugunsten New Yorks aus.

Punkt neun betrat Richard die nur ein paar hundert Meter vom Baron Hotel entfernte Bank in der Albemarle Street. Ein Sekretär führte ihn in Sir Colin Dudleys Büro.

»Dachte mir, daß Sie pünktlich sein werden, alter Knabe. Alles ist vorbereitet. Ich erinnere mich, daß Ihr Vater einmal neben den Milchflaschen vor der Tür saß. An diesem Tag mußten alle schwarzen Kaffee trinken.«

Richard lachte.

»Ihre achthunderttausend Dollar kamen gestern vor Büroschluß an, also muß ich nur noch die Aktienzertifikate vor einem Zeugen unterschreiben.« Sir Colin drückte auf einen Knopf. »Können Sie kommen, Margaret?« Sir Colins Privatsekretärin sah zu, wie der Präsident der einen Bank die Transferunterlagen für ein Aktienpaket unterschrieb, damit der Empfänger Präsident der anderen Bank werden konnte.

Richard prüfte die Dokumente, unterzeichnete und erhielt eine Empfangsbescheinigung für achthunderttausend Dollar.

»Wir wollen hoffen, daß sich Ihre Mühe, selbst herzukommen, gelohnt hat, und Sie Präsident der Lesterbank werden, alter Junge.«

Richard starrte den älteren Mann mit dem weißen Walroßschnurrbart verblüfft an. »Ich ahnte nicht, daß Sie wissen . . .«

»Möchte nicht, daß Ihr Amerikaner glaubt, wir schlafen hier. Und jetzt ab mit Ihnen, damit Sie das Elf-Uhr-Flugzeug erreichen. Damit kommen Sie bestimmt zu Ihrer Versammlung zurecht. Nicht viele meiner Kunden zahlen so prompt wie Sie. Und übrigens: meinen Glückwunsch zu dem Mondkerlchen.«

»Was?« fragte Richard verständnislos.

»Sie haben einen Mann auf den Mond gebracht.«

»Du lieber Himmel.«

»Nein, noch nicht ganz«, sagte Sir Colin, »aber ich bin überzeugt, daß das der nächste Schritt der NASA ist.«

Richard lachte und bedankte sich nochmals. Vor sich hin summend, ging er zum Baron Hotel; jetzt wußte er genau, wie sich ein Mann auf dem Mond fühlen muß. Er hatte seinen Koffer beim Portier gelassen, so daß er rasch das Hotel verlassen konnte; Sir Colins Chauffeur brachte ihn zum Flughafen. Richard erreichte *Terminal Three* rechtzeitig für den Elf-Uhr-Flug. Nach seiner Ankunft in New York würden ihm noch vierundzwanzig Stunden Zeit bleiben; hätte sein Vater eine solche Transaktion durchgeführt, bevor er Präsident wurde, die Angelegenheit hätte mindestens zwei Wochen gedauert.

Richard saß in der Clipper Club Lounge, trank einen Martini und las in *The Times* über Rod Lavers vierten Sieg in Wimbledon. Daß sich draußen der Nebel über das Flugfeld senkte, sah er nicht. Dreißig Minuten später kam die Mitteilung über den Lautsprecher, daß alle Flüge etwas verspätet sein würden. Eine Stunde später wurde Richards Flug aufgerufen; als er hinausging, stellte er fest, daß der Nebel mit jeder Minute dichter wurde. Er saß angeschnallt in seinem Sitz, las eine alte Nummer des *Time Magazine* und versuchte, nicht hinauszusehen. Er wollte nur spüren, daß das Flugzeug sich bewegte. Nixon, las er, hatte die ersten Frauen zu Generälen ernannt – Colonel Elizabeth Hoisington und Colonel Anne Mae Hays. Die erste Maßnahme Nixons, die Florentyna billigen wird, dachte er.

»Wir bedauern, mitteilen zu müssen, daß der Abflug wegen Nebels bis auf weiteres verschoben wurde.« In der ersten Klasse hörte man ein ärgerliches Stöhnen. »Die Passagiere werden gebeten, in die Abflughalle zurückzukehren, wo sie Gutscheine für einen Lunch erhalten. Wir werden Sie informieren, sobald die Maschine startbereit ist. *Pan Am* bedauert die Verzögerung und hofft, daß sie keine großen Ungelegenheiten verursacht.« Wider seinen Willen mußte Richard lächeln. Im Terminal ging er zu jedem Schalter, um festzustellen, welches Flugzeug als erstes abflog. Es war ein *Air-Canada*-Flug nach Montreal. Als er hörte, daß sein *Pan-Am*-Flug als 27. Maschine für den Abflug vorgesehen war, buchte er nach Montreal. Dann informierte er sich über die Flüge Montreal-New York; es wurde in Abständen von zwei Stunden geflogen, die Flugzeit betrug etwas mehr als eine Stunde. Alle dreißig Minuten ging er zu *Pan Am* und zu *Air Canada,* die höfliche Antwort aber war immer die gleiche: »Wir bedauern, Sir, wir müssen warten, bis der Nebel sich hebt.«

Um zwei Uhr nachmittags rief er Florentyna an, um ihr die Verzögerung mitzuteilen.

»Nicht so schlimm, Mr. Kane, übrigens, hast du einen roten Bus für William gekauft?«

»Verdammt, das hab' ich vergessen.«

»Sie sind heute nicht ganz auf der Höhe, Mr. Kane. Vielleicht sollten Sie in den Duty Free Shop gehen?«

Richard fand einen Laden, der Londoner Busse in verschiedenen Größen führte. Er wählte einen großen Plastikbus und bezahlte ihn mit seinem letzten englischen Geld. Den Bus unter den Arm geklemmt, löste er seinen Lunch-Gutschein ein und bekam das schlechteste Flughafenessen seines Lebens: ein winziges, hauchdünnes Stück Rindfleisch, das auf der Speisenkarte als Steak bezeichnet wurde, dazu drei verwelkte Salatblätter. Er sah auf die Uhr. Es war drei Uhr. Zwei Stunden lang versuchte er *Die Frau des Leutnants* zu lesen, da er aber begierig auf jede Mitteilung aus dem Lautsprecher lauerte, brachte er es kaum bis Seite vier.

Um neunzehn Uhr, nachdem er einige Male *Terminal Three* durchwandert hatte, wurde ihm klar, daß es bald für jeden Abflug zu spät sein würde, gleichgültig, wie das Wetter sich entwickelte. Der Lautsprecher kündigte eine wichtige Mitteilung an. Richard stand unbeweglich wie eine Statue. »Wir bedauern, mitteilen zu müssen, daß alle Flüge von Heathrow bis morgen eingestellt wurden, mit Ausnahme des Fluges 006 der *Iran Air* nach Jeddah und des *Air-Canada*-Fluges 009 nach Montreal.« Richard gratulierte sich zu seiner Voraussicht: *Air Canada* würde binnen Minuten ausgebucht sein. Wieder saß er in der Lounge der Ersten Klasse. Obwohl der Flug sich nochmals verzögerte, wurde er endlich kurz nach zwanzig Uhr aufgerufen. Als die 747 ein paar Minuten nach neun abhob, hätte Richard am liebsten laut gejubelt. Abgesehen von einer weiteren scheußlichen Mahlzeit verlief der Flug ereignislos, und kurz vor elf landete die Maschine in Montreal.

Richard lief zu *American Airlines,* um festzustellen, daß er den Flug nach New York um ein paar Minuten versäumt hatte. Er fluchte laut.

»Regen Sie sich nicht auf, Sir, der nächste Flug ist morgen um 10 Uhr 25.«

»Wann kommt er in New York an?«

»Um halb zwölf.«

»Bleiben mir zwei Stunden und dreißig Minuten«, sagte er laut. »Das ist wenig. Kann ich ein Privatflugzeug mieten?« Der Beamte sah auf die Uhr. »Nicht so spät am Abend, Sir.«

Frustriert trommelte Richard auf die Schreibtischplatte, dann buchte er einen Platz, nahm ein Zimmer im Airport Baron und rief Florentyna an.

»Wo bist du jetzt?« fragte sie.

»Im Airport Baron in Montreal.«

»Sehr seltsam.«

Richard erzählte ihr, was er erlebt hatte.

»Mein armer Schatz. Hast du an den roten Londoner Bus gedacht?«

»Ja, ich halte ihn im Arm, mein Koffer hingegen liegt im *Pan-Am*-Flugzeug nach New York.«

»Und die Aktienzertifikate?«

»Sind in meiner Aktentasche, die ich nicht aus der Hand lasse.«

»Gut gemacht, Mr. Kane. Ich lasse dich am Flughafen abholen. Mr. Cohen und ich werden in der Aktionärsversammlung sitzen und uns an unsere neunundvierzig Prozent klammern. Wenn du weitere zwei Prozent bringst, ist Jake Thomas morgen arbeitslos.«

»Wie kannst du nur so ruhig sein?«

»Du hast mich noch nie im Stich gelassen. Schlaf gut, Schatz.«

Richard schlief nicht gut und war Stunden vor Abflug der *American-Airlines*-Maschine in der Abflughalle. Es gab eine kurze Verzögerung, doch der Kapitän hoffte zuversichtlich, um 11 Uhr 30 in New York zu landen. Richard hatte kein Gepäck und war jetzt überzeugt, mehr als genug Spielraum zu haben, um rechtzeitig in der Lesterbank zu sein. Zum erstenmal seit mehr als vierundzwanzig Stunden entspannte er sich und machte sogar ein paar Notizen für seine erste Rede als Präsident der Lesterbank.

Als die 707 über dem Kennedy Airport kreiste, sah Richard aus dem kleinen Fenster auf das Gebäude in der Wall Street, in dem er in zwei Stunden zu sein hatte. Endlich ging das Flugzeug ein paar hundert Meter hinunter, blieb aber dann auf dieser Höhe.

»Hier spricht Kapitän James McEwen. Ich bedaure die Verzögerung, aber wir haben noch keine Landeerlaubnis. Es scheint, daß einige verspätete Flüge aus London eben in New York ankommen.« Richard fragte sich, ob der *Pan-Am*-Flug aus Heathrow früher landen würde als er.

Fünf Minuten, zehn Minuten, fünfzehn Minuten. Richard studierte die Tagesordnung. Erster Punkt – ein Antrag, das Übernahmeangebot der Baron-Gruppe abzulehnen. Zweiter Punkt – die Ausgabe neuer stimmberechtigter Aktien. Wenn Florentyna und er nicht einundfünfzig Prozent nachweisen konnten, würde Jake Thomas nach ein paar Minuten alles Wesentliche festgelegt haben. Das Flugzeug setzte zur Landung an, und die Räder berührten die Piste. 12 Uhr 27. Richard raste durch die Halle, vorbei an seinem Chauffeur, der ihn auf dem Parkplatz einholte. Wieder sah Richard auf die Uhr. Er hatte noch eine Stunde und zwanzig Minuten. Es würde sich bequem ausgehen.

»Steigen Sie aufs Gas«, sagte er.

»Ja, Sir.« Sie bogen in die linke Fahrbahn des Van Wyck-Expressway ein. Ein paar Sekunden später hörte Richard die Sirene. Ein Polizist auf einem Motorrad überholte sie und winkte sie zum Straßenrand. Langsam ging der Polizist auf Richard zu, der schon aus dem Auto gesprungen war. Richard stammelte, es ginge um Leben oder Tod.

»Das sagen alle«, antwortete der Beamte, »oder ›meine Frau bekommt ein Baby‹.« Richard überließ den Polizisten seinem Chauffeur und versuchte einen der vorbeifahrenden Wagen aufzuhalten. Sie waren alle voll. Sechzehn Minuten später ließ der Polizist sie weiterfahren. Um 1 Uhr 29 fuhren sie über die Brooklyn Bridge und bogen in den Franklin D. Roosevelt-Drive ein. In der Ferne sah Richard die Wolkenkratzer der Wall Street, aber die Autos krochen Stoßstange an Stoßstange dahin. Sechs Minuten vor zwei erreichten sie Wall Street. Jetzt hielt es Richard nicht mehr länger aus; die Aktentasche unter dem einen, den Londoner Bus unter dem anderen Arm, sprang er aus dem Auto und lief die letzten drei Blocks an langsamen Fußgehern und hupenden Autos vorbei. Als er Bowling Green erreichte, hörte er die Uhr der Trinity Church zwei schlagen, betete, daß sie vorging, und lief die Treppe zum Lesterhaus hinauf. Plötzlich fiel ihm ein, daß er nicht wußte, wo die Versammlung stattfand.

»51. Stock, Sir«, sagte ihm der Portier.

Der Fahrstuhl war voll mit der üblichen Menschenmenge nach dem Lunch. Er hielt im 31., 32., 34., 42., 44., 50. und 51.

Stock. Richard raste den Korridor entlang, einem roten Pfeil folgend, der auf die Versammlung hinwies. Etwa fünfhundert Leute hörten dem Präsidenten zu. Richard war der einzige Aktionär, der in Schweiß gebadet war; Jake Thomas stand kühl und gelassen auf dem Podium und lächelte ihm zu. Richard wußte, daß es zu spät war. Florentyna saß mit gebeugtem Kopf in der ersten Reihe. Er setzte sich weit hinten hin und hörte dem Präsidenten der Lesterbank zu.

»Wir sind alle überzeugt, daß die heute getroffene Entscheidung im Interesse der Bank liegt. Unter den gegebenen Umständen wird niemand meine Bitte überraschend finden. Die Bank wird ihre traditionelle Rolle als eine der großen amerikanischen Finanzinstitutionen weiterhin innehaben. Punkt zwei«, sagte Jake Thomas, und Richard verspürte Übelkeit. »Meine letzte Aufgabe als Präsident der Lesterbank ist es, Mr. Richard Kane als neuen Präsidenten vorzuschlagen.«

Richard traute seinen Ohren nicht. Eine kleine alte Dame in der ersten Reihe stand auf und sagte, sie unterstütze den Antrag, weil Mr. Kanes Vater nach ihrer Ansicht einer der besten Präsidenten gewesen sei, den die Bank je gehabt hätte. Als sich die alte Dame setzte, wurde applaudiert.

»Danke«, sagte Jake Thomas. »Wer stimmt für den Antrag?« Richard starrte auf die erhobenen Hände.

»Wer ist dagegen?« Jake Thomas sah vom Podium herab. »Gut, der Antrag wird einstimmig angenommen. Darf ich jetzt den neuen Präsidenten bitten, ein paar Worte zu sagen. Meine Damen und Herren, Mr. Richard Kane.« Richard ging nach vorn, und alle standen auf und klatschten. Als er an Florentyna vorbeikam, überreichte er ihr den roten Bus.

»Bin froh, daß du wenigstens etwas in London erledigt hast«, flüsterte sie.

Wie in Trance betrat Richard das Podium. Jake Thomas schüttelte ihm herzlich die Hand, dann setzte er sich zu den Zuhörern.

»Ich habe heute wenig zu sagen«, begann Richard, »und möchte Ihnen nur versichern, daß ich die Bank in der Tradition meines Vaters weiterführen werde und mich freue, Sie alle bei der Jahresversammlung zu sehen.« Wieder wurde Beifall geklatscht, dann standen die Aktionäre auf und verließen plaudernd den Saal.

Sobald Richard allen jenen entkommen konnte, die ein paar Worte mit ihm wechseln wollten, entweder um ihm zu gratulieren oder um ihm zu erklären, wie die Bank nach ihrer Meinung geführt werden sollte, schleppte Florentyna ihn in das Büro des Präsidenten. Richard sah auf das Porträt seines Vaters über dem Kamin, dann wandte er sich an seine Frau.

»Wie hast du das zustande gebracht, Jessie?«

»Ich dachte an einen Rat, den mir meine Gouvernante einmal gegeben hat. Ausweichmöglichkeiten, pflegte Miss Tredgold zu sagen. Wenn es regnet, muß man einen Ausweichplan haben. Als du aus Montreal anriefst, hatte ich Angst, es könnte vielleicht regnen, und du würdest zu spät zur Versammlung kommen. Ich rief daher Thaddeus Cohen an und erklärte ihm meinen Ausweichplan. Heute morgen bereitete er die entsprechenden Unterlagen vor.«

»Welche Unterlagen?«

»Geduld, Mr. Kane. Nach meinem Triumph habe ich das Recht, die Geschichte ausführlich zu erzählen.«

Richard wartete ungeduldig, aber er schwieg.

»Als ich die Dokumente in Händen hatte, rief ich Jake Thomas an und fragte ihn, ob er vor der Aktionärsversammlung zwanzig Minuten Zeit für mich habe. Wärst du rechtzeitig gekommen, hätte ich diese Verabredung abgesagt. Aber du kamst nicht.«

»Aber dein Plan . . .«

»Mein kluger Vater pflegte zu sagen: einmal ein Stinktier, immer ein Stinktier, und er hatte recht. Ich traf Thomas und informierte ihn, daß wir die Aktienmehrheit in Händen hätten.

Er glaubte mir nicht, bis ich Sir Colin Dudley erwähnte. Da wurde er blaß. Ich legte das ganze Bündel Zertifikate vor ihn hin, und bevor er sie noch prüfen konnte, fügte ich hinzu, daß ich ihm, wenn er mir seine zwei Prozent vor zwei Uhr verkaufe, vierzehn Dollar pro Aktie zu zahlen bereit sei. Weiters müsse er ein Dokument unterschreiben, daß er als Präsident zurücktrete und keinen Versuch machen werde, sich künftig in die Angelegenheiten der Lesterbank einzumischen. Und er solle dich, obwohl das nicht im Vertrag stand, bei der Versammlung als Präsidenten vorschlagen.«

»Mein Gott, Jessie, du hast die Nerven von zehn Männern.«

»Nein. Von einer Frau.«

Richard lachte. »Wie reagierte Thomas?«

»Er fragte, was ich tun würde, wenn er ablehne. Wenn Sie ablehnen, sagte ich ihm, werden wir Sie in aller Öffentlichkeit feuern, und zwar ohne Entschädigung. Ich wies darauf hin, daß er in diesem Fall seine Aktien zum bestmöglichen Preis an der Börse loswerden müsse, denn da wir einundfünfzig Prozent haben, sei für ihn kein Platz mehr in der Bank.«

»Und dann?«

»Dann unterschrieb er, ohne auch nur mit den anderen Direktoren Rücksprache zu halten.«

»Brillant, Jessie. Sowohl der Plan wie die Durchführung.«

»Danke, Mr. Kane. Ich hoffe, daß du jetzt als Präsident einer Bank nicht mehr kreuz und quer durch die Welt fahren, dich verspäten und wichtige Sitzungen versäumen wirst, mit nichts als einem roten Londoner Spielzeugbus in Händen. Übrigens, hast du Annabel ein Geschenk mitgebracht?«

Richard war verlegen. Florentyna übergab ihm eine Einkaufstasche. Er nahm ein Paket mit dem aufgedruckten Bild einer Spielzeugschreibmaschine heraus, auf dem in großen Buchstaben »Made in England« stand.

»Sie sind heute nicht ganz auf der Höhe, nicht wahr, Mr. Kane? Übrigens ist Neil Armstrong rascher zurückgekehrt als du. Vielleicht sollten wir ihn auffordern, in den Aufsichtsrat einzutreten?«

Am nächsten Morgen las Richard Vermont Roysters Artikel im *Wall Street Journal:*

> Mr. Richard Kane scheint es kampflos gelungen zu sein, Präsident der Lesterbank zu werden. Bei der außerordentlichen Versammlung kam es zu keiner Abstimmung. Er wurde von dem scheidenden Präsidenten, Jake Thomas, als Nachfolger vorgeschlagen, und der Vorschlag wurde einstimmig angenommen.
> Viele der anwesenden Aktionäre erwähnten die Tradition und das Berufsethos des verstorbenen Präsidenten William Lowell Kane, des Vaters des neuen Präsidenten. An der New Yorker Börse stiegen die Lesteraktien um zwei Punkte.

»Das ist das letzte, was wir von Jake Thomas hören werden«, sagte Florentyna.

24

Vor diesem Morgen hatte Richard nie von Major Abanjo gehört – und auch sonst niemand in Amerika, außer jenen, die sich besonders für die Angelegenheiten Nambawes, des kleinsten Staates in Zentralafrika, interessierten. Dessenungeachtet war Major Abanjo daran schuld, daß Richard zum wichtigsten Termin dieses Tages, nämlich zur Feier des elften Geburtstags seines einzigen Sohnes, zu spät kam.

Als Richard seine Wohnung in der 64. Straße betrat, wurde Major Abanjo sofort aus seinen Gedanken verdrängt; Annabel hatte vor ein paar Minuten den Inhalt einer Teekanne über Williams Hand gegossen, weil man sich zu wenig um sie kümmerte. Daß der Tee kochend heiß war, hatte sie nicht gemerkt. Carol war in der Küche und sah nach der Geburtstagstorte. Jetzt, da William aus vollem Halse schrie und die anderen Kinder nach Hause geschickt werden mußten, kümmerte man sich noch weniger um Annabel. Kurz darauf schrie auch Annabel, weil Richard sie übers Knie legte und mit einem Pantoffel verprügelte. Dann wurden beide Kinder ins Bett gesteckt – William mit zwei Aspirin und einem Eiswickel, damit er einschlafen konnte, Annabel zur Strafe. Elf Kerzen brannten bis zur Glasur der riesigen Torte hinab, die niemand anrührte.

»William wird sein Leben lang eine Narbe an der rechten Hand haben«, sagte Florentyna, nachdem sie sich versichert hatte, daß ihr Sohn eingeschlafen war.

»Aber er hat es wie ein Mann ertragen.«

»Das finde ich nicht«, erwiderte Florentyna, »er hat kein einziges Mal gemurrt.«

»Wäre ich rechtzeitig gekommen, wäre das alles nicht passiert.« Richard ignorierte ihre Bemerkung. »Zum Teufel mit Major Abanjo.«

»Wer ist Major Abanjo?« erkundigte sich Florentyna.

»Ein junger Offizier, der hinter dem Umsturz in Nambawe steckt.«

»Wie kann dich ein kleiner afrikanischer Staat daran hindern, pünktlich zu Williams Geburtstagsfeier zu kommen?«

»Dieser kleine afrikanische Staat hat 1966 von der Lesterbank einen Kredit mit fünf Jahren Laufzeit über dreihundert Millionen Dollar bekommen, und die Rückzahlung sollte in drei Monaten erfolgen.«

»Heißt das, daß wir dreihundert Millionen Dollar verlieren?« fragte Florentyna entsetzt.

»Nein, nein. Wir decken nur die ersten fünfzehn Prozent des Kredits, die restlichen fünfundachtzig Prozent wurden unter siebenunddreißig anderen Banken aufgeteilt.«

»Können wir einen Verlust von fünfundvierzig Millionen verkraften?«

»Ja, solange die Baron-Gruppe uns wohlgesinnt ist.« Richard lächelte seine Frau an. »Damit ist der Gewinn von drei Jahren beim Teufel, gar nicht zu reden von unserem angeschlagenen Prestige bei den anderen siebenunddreißig Banken und dem unvermeidlichen Fallen unserer Aktien morgen an der Börse.«

Am nächsten Morgen fielen die Lesteraktien stärker, als Richard erwartet hatte, und zwar aus zwei Gründen. General Abanjo, der sich selbst zum Präsidenten von Nambawe ernannt hatte, verkündete, er habe nicht die Absicht, Verpflichtungen gegenüber »faschistischen Regimen« wie denen Amerikas, Englands, Frankreichs, Deutschlands und Japans einzuhalten. Richard fragte sich, wie viele russische Bankleute eben ein Flugzeug nach Zentralafrika bestiegen.

Der zweite Grund wurde offenbar, als ein Reporter des *Wall Street Journal* Richard anrief und fragte, ob er etwas über den Umsturz zu sagen habe.

»Kein Kommentar«, sagte Richard und versuchte so zu wirken, als sei ihm die ganze Episode nicht lästiger als ein Mükkenstich. »Ich bin überzeugt, daß das Problem in den nächsten Tagen gelöst werden wird. Schließlich ist die Anleihe nur eine von vielen, an denen die Lesterbank beteiligt ist.«

»Mr. Jake Thomas teilt ihre Meinung nicht«, sagte der Reporter.

»Sie haben mit ihm gesprochen?«

»Ja, er hat heute morgen das Journal angerufen und sich mit unserem Herausgeber unterhalten. Es würde ihn erstaunen, meinte er, wenn Lester einen solchen Verlust überleben könnte.«

»Kein Kommentar«, erwiderte Richard nochmals.

Auf Richards Bitte berief Florentyna eine Vorstandssitzung der Baron-Gruppe ein, um die finanzielle Deckung sicherzustellen. Zu Richards und Florentynas Überraschung, zeigte sich George nicht gewillt, die Baron-Gruppe in Lesters Probleme zu involvieren. Er meinte, er sei auch nie dafür gewesen, die Baron-Aktien als Sicherheit heranzuziehen.

»Damals habe ich geschwiegen, aber ein zweites Mal schweige ich nicht.« Er legte die Hände auf den Tisch. »Gutes Geld dem schlechten nachzuwerfen, war nie Abels Politik. Er pflegte zu sagen, jeder könne über künftige Profite *reden* und noch nicht verdientes Geld ausgeben. Ist euch der Gedanke gekommen, daß wir alle bankrott gehen könnten?«

»Die Summe, um die es geht, ist nicht wirklich groß für die Baron-Gruppe«, sagte Richard.

»Abel hielt jeden Verlust für ein zehnmal größeres Problem als einen Gewinn«, erwiderte George. »Welche Kredite hast du anderen Ländern gegeben, die über Nacht in die Binsen gehen können?«

»Außerhalb der EG nur einen, und zwar zweihundert Millionen an den Schah des Iran. Hier sind wir die führende Bank, mit einer Verpflichtung von dreißig Millionen, aber der Iran zahlt die Zinsen immer pünktlich.«

»Wann ist die letzte Zahlung fällig?« fragte George.

Richard blätterte in einem dicken Ordner und fuhr mit dem Finger eine Zahlenreihe entlang. Obwohl ihn Georges Einstellung irritierte, war er stolz, auf alle Fragen vorbereitet zu sein.

»Im Juni 1978.«

»Dann möchte ich deine Versicherung, daß die Bank diesen Kredit nicht mehr erneuert«, sagte George bestimmt.

»Was? Der Schah ist so sicher wie die *Bank of England*–«

»Auch die ist in letzter Zeit nicht mehr das, was, sie war.«

Richard sah verärgert aus und wollte etwas antworten, als Florentyna unterbrach.

»Warte, Richard. Angenommen, Lester willigt ein, den Kredit an den Schah 1978 nicht zu erneuern und keine weiteren Geschäfte mit der Dritten Welt mehr zu tätigen; bist du dann bereit, George, den Verlust von fünfundvierzig Millionen in Afrika durch die Baron-Gruppe zu decken?«

»Nein, da brauche ich weitere Sicherheiten.«

»Zum Beispiel?«

»Richard, du brauchst nicht laut zu werden. Ich bin immer noch Präsident der Baron-Gruppe und habe dreißig Jahre meines Lebens darauf verwendet, die Gruppe zu dem zu machen, was sic heute ist; ich beabsichtige nicht, zuzusehen, wie dieser Erfolg in dreißig Minuten zunichte gemacht wird.«

»Entschuldige«, sagte Richard, »ich habe die letzten Tage nicht viel geschlafen. Was möchtest du noch wissen, George?«

»Ist Lester, abgesehen von dem Geschäft mit dem Schah, noch an anderen Krediten über zehn Millionen beteiligt?«

»Nein«, sagte Richard. »Die meisten zwischenstaatlichen Kredite werden von der *Chase* oder *Chemical* Bank gewährt, und wir sind meistens nur mit einem winzigen Prozentsatz beteiligt. Jake Thomas hielt Nambawe mit seinen Kupfer- und Manganminen offenbar für eine sichere Anlage.«

»Leider wissen wir bereits, daß Mr. Thomas Fehler macht«, sagte George, »welche anderen Anleihen über fünf Millionen hat die Bank also ausgegeben?«

»Zwei«, erwiderte Richard. »Eine an General Electricity in Australien über sieben Millionen und eine an ICI in London. Beides sind fünfjährige Anleihen mit fixen Rückzahlungsterminen, die immer eingehalten wurden.«

»Wie lange würde Lester brauchen, den Verlust wiedergutzumachen, wenn die Baron-Gruppe die fünfundvierzig Millionen übernimmt?«

»Das würde vom Prozentsatz des Kreditgebers abhängen und von der Laufzeit des Kredits.«

»Fünfzehn Prozent für fünf Jahre.«

»Fünfzehn Prozent?« wiederholte Richard ungläubig.

»Die Baron-Gruppe ist keine Wohltätigkeitsinstitution, Richard. Ich sehe es nicht als ihre Aufgabe, kranke Banken zu unterstützen. Wir sind Hoteliers und haben in den letzten dreißig Jahren unser Kapital mit siebzehn Prozent verzinst. Kannst du, wenn wir dir fünfundvierzig Millionen leihen, sie in fünf Jahren mit fünfzehn Prozent zurückzahlen?«

Richard zögerte, kritzelte Ziffern auf einen Notizblock und prüfte seine Unterlagen, bevor er antwortete. »Ja, ich bin sicher, daß wir in fünf Jahren alles bis auf den letzten Groschen zurückzahlen können, selbst wenn man davon ausgeht, daß das afrikanische Geschäft ein totaler Verlust ist.«

»Ich fürchte, genauso müssen wir dieses Geschäft sehen«, sagte George. »Wie ich höre, ist das abgesetzte Staatsoberhaupt, König Erobo, nach London geflohen, residiert im Claridge und sucht ein Haus in Chelsea. Es scheint, daß er mehr Geld in die Schweiz geschafft hat als irgend jemand anderer, mit Ausnahme des Schah. Ich glaube daher nicht, daß er so bald wieder nach Afrika zurückkehren wird – was ich ihm nicht übelnehme.« Richard versuchte zu lächeln, als George fortfuhr. »Falls alles, was du gesagt hast, von den Buchprüfern der Baron-Gruppe bestätigt wird, bin ich einverstanden, die afrikanische Anleihe zu den genannten Bedingungen abzudekken, und ich wünsche dir viel Glück, Richard. Ich will dir auch ein kleines Geheimnis verraten: Abel mochte Jake Thomas ebensowenig wie du, und das ist für mich ausschlaggebend.« George schloß die Akte. »Ich hoffe, ihr entschuldigt mich jetzt, ich bin mit Conrad Hilton zum Lunch verabredet, und in dreißig Jahren ist er nicht einmal zu spät gekommen.«

Als George die Tür hinter sich geschlossen hatte, wandte sich Richard an Florentyna. »Mein Gott, welche Seite vertritt er eigentlich?«

»Unsere«, erwiderte Florentyna. »Jetzt weiß ich, wieso mein Vater ihm getrost die Leitung der Gruppe anvertraute, als er in den Krieg gegen die Deutschen zog.«

Am nächsten Tag brachte das *Wall Street Journal* eine Mitteilung, daß die Baron-Gruppe Lesters Anleihe übernommen habe, die Aktien der Bank stiegen wieder, und Richard bereitete sich auf »fünf Jahre Fronarbeit vor«, wie er es nannte.

»Was wirst du gegen Jake Thomas unternehmen?«

»Ihn nicht beachten«, sagte Richard, »die Zeit arbeitet für mich. Sobald es sich herumspricht, daß er zu den Zeitungen läuft, wenn er mit seinen ehemaligen Arbeitgebern Meinungsverschiedenheiten hat, wird ihn keine Bank in New York mehr anstellen.«

»Aber wie wird man das erfahren?«

»Liebling, was das *Wall Street Journal* weiß, wissen alle.«

Richard hatte recht; als er eine Woche später mit einem Direktor von *Bankers Trust* beim Lunch saß, wurde ihm die ganze Geschichte brühwarm wiedererzählt, und der Direktor meinte: »Dieser Mann hat die goldene Bankregel durchbrochen. Von jetzt an wird er sogar Schwierigkeiten haben, ein Konto zu eröffnen.«

William erholte sich von seiner Brandwunde rascher als erwartet und kehrte ein paar Tage später in die Schule zurück. Die Narbe war so klein, daß sie keinen seiner Freunde beeindruckte. Die ersten Tage nach dem Unfall sah Annabel jedesmal weg, wenn sie die Narbe sah, und schien wirklich zerknirscht.

»Glaubst du, daß er mir verziehen hat?« fragte sie ihre Mutter.

»Natürlich, mein Schatz. William ist genau wie sein Vater – am nächsten Morgen hat er jeden Streit vergessen.«

Florentyna fand es an der Zeit, die Baron Hotels in Europa zu besuchen. Ihre Mitarbeiter arbeiteten eine Reiseroute aus, die Rom, Paris, Madrid, Lissabon, Berlin, Amsterdam, Stockholm, London und auch Warschau mit einschloß. Als sie mit Richard zum Flughafen fuhr, sagte sie ihm, sie habe jetzt noch mehr Vertrauen zu George als bisher; Richard gab ihr recht. Dann stellte er fest, daß er und Florentyna noch nie drei Wochen lang getrennt waren.

»Du wirst es überleben, Liebling.«

»Ich werde dich vermissen, Jessie.«

»Sei jetzt nicht sentimental. Du weißt, ich werde mein Leben lang arbeiten müssen, damit mein Mann weiter die Rolle des Bankpräsidenten spielen kann.«

»Ich liebe dich«, sagte Richard.

»Ich dich auch, aber du schuldest mir fünfzehn Millionen und sechsundfünfzig Dollar.«

»Woher stammen die sechsundfünfzig Dollar?«

»Aus San Francisco. Du hast mir die sechsundfünfzig Dollar, die ich dir geliehen habe, bevor wir heirateten, nie zurückgezahlt.«

»Du hast gesagt, es sei eine Mitgift.«

»Nein, *du* hast behauptet, es sei eine Mitgift. Ich sagte, es sei eine Anleihe. Ich glaube, ich werde George um Rat fragen, wie sie sofort nach meiner Rückkehr zurückgezahlt werden sollen. Vielleicht mit fünfzehn Prozent auf fünf Jahre, was meinen Sie, Mr. Kane? Das heißt, daß Sie mir etwa vierhundert Dollar schulden.« Florentyna schmiegte sich an Richard und küßte ihn.

Kaum war Richard wieder in New York, als er Cartier in London anrief. Er sagte genau, was er haben wollte, und verlangte, daß es in achtzehn Tagen fertiggestellt sein müsse.

Für Richard war es an der Zeit, den Jahresbericht für die Bank vorzubereiten. Die roten Zahlen des Afrika-Kredites machten ihn wütend. Ohne sie hätte Lester einen gesunden Gewinn aufgewiesen; so aber war seine Hoffnung, Jake Thomas' Gewinn im ersten Jahr zu übertreffen, dahin. Die Aktionäre würden, verglichen mit 1970, nur einen saftigen Verlust in Erinnerung behalten.

Richard verfolgte Florentynas Neun-Städte-Reise genau und versuchte, sie in jeder Hauptstadt wenigstens einmal telefonisch zu erreichen. Sie schien mit fast allem, was sie sah, zufrieden, und obwohl sie ein paar Veränderungen im Sinn hatte, mußte sie zugeben, daß die europäischen Direktoren die Hotels gut führten. Ihr Wunsch nach einer besseren Architektur der Gebäude verursachte allerdings Mehrkosten. Als sie aus Paris anrief, teilte ihr Richard mit, daß William einen Preis in Mathematik bekommen habe und jetzt bestimmt in St. Pauls aufgenommen werden würde. Seit dem Vorfall mit dem heißen Wasser hatte sich auch Annabel in der Schule bemüht und war nicht mehr unter den Schlechtesten ihrer Klasse. Florentyna hielt das für die wichtigste Neuigkeit.

»Wo bist du als nächstes?«

»In London.«

»Fein, ich glaube, ich kenne jemanden, den du von dort wirst anrufen wollen.« Er schmunzelte und ging fröhlicher zu Bett als sonst.

Er hörte von Florentyna früher als erwartet. Am nächsten Morgen um sechs schlief Richard noch fest und träumte von einem Duell mit Major Abanjo. Richard drückte ab und feuerte. Dann klingelte das Telefon. Er wachte auf und griff in der Erwartung nach dem Hörer, General Abanjos letzte Worte zu hören.

»Ich liebe dich.«

»Was?«

»Ich liebe dich.«

»Jessie, weißt du, wie spät es ist?«

»Kurz nach zwölf.«

»In New York ist es acht Minuten nach sechs.«

»Ich wollte dir bloß sagen, wie mir die Brillantbrosche gefällt.«

Richard lächelte zufrieden.

»Ich werde sie tragen, wenn ich mit Sir Colin und Lady Dudley mittagessen gehe. Sie können jeden Moment da sein, um mich ins Mirabell zu führen, also leb wohl. Ich spreche dich morgen – für mich heute.«

»Du bist verrückt.«

»Übrigens, falls es dich interessieren sollte: in den Mittagsnachrichten wurde mitgeteilt, daß ein gewisser General Abanjo irgendwo in einem zentralafrikanischen Land im Zuge einer Konterrevolution getötet wurde. Der alte König kehrt morgen zurück und wird als Held gefeiert.«

»Was?«

»Der König gibt eben ein Interview. Ich wiederhole, was er gerade sagt: ›Meine Regierung beabsichtigt, die Schulden gegenüber unseren Freunden in der westlichen Welt zu begleichen.‹«

»Was?« wiederholte Richard.

»Jetzt, da er die Krone wieder auf dem Kopf hat, sieht er sehr sympathisch aus. Gute Nacht, Mr. Kane. Schlafen Sie gut.«

Zur selben Zeit, als Richard in seinem Bett fast Purzelbäume schlug, klopfte es an Florentynas Tür, und Sir Colin und Lady Dudley betraten die Suite.

»Fertig, junge Dame?« fragte Sir Colin.

»Natürlich«, erwiderte Florentyna.

»Sie sehen überaus zufrieden aus. Die Wiedereinsetzung König Erobos hat Rosen auf ihre Wangen gezaubert.«

»Sie sind ausgezeichnet informiert, Sir Colin, das ist jedoch nicht der Grund«, sagte Florentyna und blickte auf die vor ihr liegende Karte:

Ich hoffe, das ist eine annehmbare Sicherheit für die Rückgabe von sechsundfünfzig Dollar plus Zinsen.

Mr. Kane

»Sie haben da eine reizende Brosche«, bemerkte Lady Dudley. »Es ist ein kleiner Esel, nicht wahr? Hat er eine besondere Bedeutung?«

»Natürlich, Lady Dudley. Er besagt, daß der, der sie mir schenkte, wieder Nixon wählen wird.«

»Dann müssen Sie ihm als Gegengeschenk Manschettenknöpfe mit Elefanten darauf schenken«, sagte Sir Colin.

»Richard hat recht: man darf die Briten nie unterschätzen«, sagte Florentyna.

Nach dem Lunch rief Florentyna Miss Tredgold in ihrer Schule an. Es zeigte sich, daß Miss Tredgold über den Tod General Abanjos bereits informiert war, sich aber mehr für William und Annabel interessierte. Florentynas zweiter Anruf galt Sotheby; dann ging sie selbst hin und sprach mit einem der Abteilungsleiter.

»Es kann Jahre dauern, bevor ein solches Sammlerobjekt unter den Hammer kommt, Mrs. Kane«, erklärte ihr der Fachmann.

»Das macht nichts«, erwiderte Florentyna. »Bitte verständigen Sie mich, wenn es soweit ist.«

»Mit Vergnügen, Ma'am.« Der Experte notierte Florentynas Namen und Adresse.

Als Florentyna drei Wochen später nach New York zurückkehrte, nahm sie die Veränderungen in Angriff, die sie sich auf ihrer Europareise überlegt hatte. Dank ihrer Energie, Georges Klugheit und Gianni di Ferrantis Begabung konnte sie Ende 1972 die Gewinne weiter erhöhen. Auch Richard konnte, dank König Erobo, eine schöne Bilanz ausweisen.

Am Abend der jährlichen Aktionärsversammlung gingen Florentyna, Richard und George aus, um zu feiern. Obwohl George sich offiziell an seinem fünfundsechzigsten Geburtstag zurückgezogen hatte, erschien er jeden Morgen pünktlich um acht Uhr in seinem Büro. Nach vierundzwanzig Stunden wußte jeder im Baron, daß seine Abschiedsparty nicht das geringste zu bedeuten gehabt hatte. Florentyna ahnte, wie einsam George, der viele seiner Altersgenossen verloren hatte, jetzt war, und wie sehr er ihren Vater geliebt hatte. Es fiel ihr nicht ein, seinen Arbeitseifer zu bremsen, weil sie wußte, daß es vergeblich sein würde, und sie war besonders glücklich, wenn er ihre Kinder ausführte. Beide nannten ihn »Großpapa«, was ihm unweigerlich Tränen in die Augen trieb und die Garantie für eine große Portion Eis war.

Florentyna glaubte zu wissen, wieviel George für die Baron-Gruppe getan hatte, doch die Wahrheit zeigte sich erst, als er im Oktober 1972 plötzlich, im Schlaf, starb. Er hinterließ alles, was er besaß, dem polnischen Roten Kreuz und bat Richard, sein Testamentvollstrecker zu sein.

Richard führte getreulich Georges Wünsche aus und reiste sogar mit Florentyna nach Warschau, um mit dem Präsidenten des Polnischen Roten Kreuzes zu besprechen, wie man Georges Spende am besten verwenden konnte. Nach New York zurückgekehrt, wies Florentyna alle Direktoren an, die schönste Suite in jedem Hotel nicht mehr Präsidentensuite, sondern George-Novak-Suite zu nennen.

Als Richard am Morgen nach ihrer Rückkehr erwachte, sagte ihm Florentyna – sie hatte schon ungeduldig gewartet, daß er die Augen öffne –, daß sie von George nicht nur zu seinen Lebzeiten, sondern auch nach seinem Tod gelernt habe.

»Wovon sprichst du?«

»George hinterließ alles, was er besaß, einer Wohltätigkeitsorganisation, erwähnte jedoch nie, daß mein Vater höchst selten etwas spendete, abgesehen von gelegentlichen Geschenken für politische Zwecke oder für Polen. Ich bin ebenso gedankenlos. Hättest du deinem Jahresbericht nicht eine Fußnote beigefügt, daß Spenden für wohltätige Zwecke steuerfrei sind, hätte ich auch nie daran gedacht.«

»Sag mir bitte, woran du denkst.«

»Warum gründen wir nicht zum Andenken an unsere Väter eine Stiftung? Bringen wir die beiden Familien zusammen, und tun wir, was sie zu ihren Lebzeiten versäumt haben.«

Richard setzte sich auf und sah seine Frau an, die weitersprach, bis sie im Badezimmer verschwand.

»Die Baron-Gruppe sollte der Stiftung jährlich eine Million Dollar geben«, sagte sie.

»Und nur die Zinsen ausgeben, nie das Kapital«, warf er ein.

Florentyna schloß die Badezimmertür, und Richard hatte eine Weile Zeit, sich ihren Vorschlag zu überlegen. Es erstaunte ihn immer noch, wie kühn und begeistert sie an neue Dinge heranging, selbst wenn sie vermutlich nicht genau überlegt hatte, wer die Verwaltung einer solchen Stiftung übernehmen würde, wenn sie einmal gegründet war. Er lächelte, als die Badezimmertür sich wieder öffnete.

»Wir könnten das Einkommen aus der Stiftung für Einwanderer der ersten Generation verwenden, die keine Chance haben, eine richtige Ausbildung zu bekommen.«

»Wir könnten auch Stipendien für außerordentlich begabte Kinder schaffen, wo immer sie herkommen.«

»Ausgezeichnet, Mr. Kane, und wir wollen hoffen, daß hin und wieder dieselbe Person beide Bedingungen erfüllt.«

»Dein Vater wäre so jemand gewesen«, sagte Richard und verschwand seinerseits im Badezimmer.

Thaddeus Cohen – er war schon im Ruhestand – ließ es sich nicht nehmen, wieder an seinen Schreibtisch zurückzukehren, um die Urkunden für die Stiftung genau nach den Wünschen der Kanes auszufertigen; es dauerte länger als einen Monat. Die Stiftung wurde von der Presse als weiteres Beispiel dafür begrüßt, wie es Richard und Florentyna Kane verstanden, kühne Ideen mit gesundem Menschenverstand zu verbinden.

Ein Reporter der *Chicago Sun Times* erkundigte sich bei Thaddeus Cohen nach der Bedeutung des Namens der Stiftung. Cohen erklärte, man habe »Remagen« gewählt, weil es das Schlachtfeld war, auf dem Colonel Rosnovski, ohne es zu wissen, Captain Kane das Leben gerettet hatte.

»Ich wußte nie, daß sie auf demselben Schlachtfeld waren«, sagte eine junge Stimme.

»Auch sie wußten es nicht«, erwiderte Cohen. »Man stellte es erst nach ihrem Tod fest.«

»Faszinierend. Sagen Sie mir, Mr. Cohen, wer wird der erste Treuhänder der Remagenstiftung sein?«

»Professor Luigi Ferpozzi.«

Im folgenden Jahr waren sowohl die Baron-Gruppe wie die Lesterbank erfolgreicher als je zuvor; Richard wurde ein einflußreicher Mann auf Wall Street, und Florentyna besuchte ihre Hotels im Nahen Osten und in Afrika. Als sie in Nambawe ankam, gab König Erobo zu ihren Ehren ein Bankett. Obwohl sie versprach, in der Hauptstadt ein Hotel zu errichten, gab Florentyna keine Erklärung ab, warum Lester nicht unter den Banken war, die sich am letzten internationalen Kredit für den König beteiligten.

William absolvierte erfolgreich sein erstes Jahr in St. Paul und zeigte die gleiche Begabung für Mathematik wie sein Vater. Da sie denselben Professor hatten, vermieden es Vater und Sohn, ihre Leistungen zu vergleichen. Annabel war weniger brillant als ihr Bruder, doch fand ihre Lehrerin, sie habe sich, obwohl sie in Bob Dylan verliebt war, gebessert.

»Wer ist Bob Dylan?« fragte Florentyna.

»Ich weiß es nicht«, antwortete Richard, »angeblich ist er das für Annabel, was Sinatra vor fünfundzwanzig Jahren für dich war.«

Nach fünf Jahren als Präsidentin der Baron-Gruppe begann Florentyna ihren Job monoton zu finden. Richard schien fortwährend neue Aufgaben zu haben, während Gianni di Ferranti die Geschäftskette so perfekt führte, daß er sie höchstens fragte, wohin er die Schecks senden solle. Auch die Baron-Gruppe wurde so gut geleitet, daß es niemandem auffiel, als Florentyna eines Morgens nicht im Büro erschien.

Abends, als Richard im roten Ledersessel vor dem Kamin saß und *The Billion Dollar Killing* las, sprach sie ihre Gedanken aus.

»Ich langweile mich.«

Richard äußerte sich nicht.

»Es ist an der Zeit, daß ich etwas anderes mache, als nur das fortzuführen, was mein Vater aufgebaut hat.«

Richard lächelte, sah jedoch nicht von seinem Buch auf.

25

»Dreimal darfst du raten, wer spricht.«

»Bekomme ich keine Hinweise?« fragte Florentyna, ärgerlich, daß sie zwar die Stimme kannte, aber keinem Namen zuordnen konnte.

»Gutaussehend, intelligent und ein nationales Idol.«

»Paul Newman.«

»Kaum. Rat noch einmal.«

»Robert Redford.«

»Ganz daneben. Noch ein drittes Mal.«

»Ich brauche einen zusätzlichen Hinweis.«

»Niederträchtig in Französisch, nicht viel besser in Englisch und immer noch in dich verliebt.«

»Edward. Edward Winchester. Eine Stimme aus der Vergangenheit – aber du klingst völlig unverändert.«

»Wunschträume. Ich bin über vierzig, und du wirst es übrigens auch sein, nächstes Jahr.«

»Wie ist das möglich, wenn ich jetzt vierundzwanzig bin?«

»Was, schon wieder?«

»Nein, die letzten fünfzehn Jahre bin ich stehengeblieben.«

»Nicht, wenn es stimmt, was ich über dich gelesen habe. Du wirst größer und größer.«

»Und wie geht es dir?«

»Ich bin Partner in einer Anwaltsfirma in Chicago: Winston und Strawn.«

»Verheiratet?«

»Nein, ich habe beschlossen, auf dich zu warten.«

Florentyna lachte. »Wenn du so lange brauchst, anzurufen und um mich anzuhalten, sollte ich dich warnen: ich bin seit mehr als fünfzehn Jahren verheiratet und habe einen vierzehnjährigen Sohn und eine zwölfjährige Tochter.«

»Gut, dann sehe ich davon ab, um dich zu werben, aber ich möchte dich gern sehen. In einer privaten Angelegenheit.«

»Private Angelegenheit? Klingt aufregend.«

»Kannst du mit mir mittagessen, wenn ich nächste Woche nach New York komme?«

»Mit Vergnügen.« Florentyna blätterte in ihrem Terminkalender. »Wie wäre es mit Dienstag?«

»Fein. Sagen wir in den *Four Seasons*, um ein Uhr?«

»In Ordnung.«

Florentyna legte den Hörer auf und lehnte sich zurück. Abgesehen von Weihnachtsgrüßen und einem gelegentlichen Brief hatte sie seit sechzehn Jahren kaum etwas von Edward gehört. Sie ging zum Spiegel und betrachtete sich kritisch. Um Mund und Augen machten sich kleine Falten bemerkbar. Sie drehte sich zur Seite; die schlanke Figur hatte sie behalten. Und sie fühlte sich nicht alt. Es war jedoch nicht zu leugnen, daß sich auf der Straße schon Männer nach ihrer Tochter umdrehten, und zu ihrem Sohn mußte sie bereits aufschauen. Es war ungerecht; Richard sah nicht aus wie vierzig – ein paar weiße Strähnen an den Schläfen, das Haar vielleicht eine Spur weniger voll als früher, aber sonst wirkte er ebenso wie damals, als sie einander kennenlernten. Sie bewunderte ihn, daß er Zeit fand, zweimal in der Woche im Harvard Club Squash und am Wochenende Cello zu spielen. Nach Edwards Anruf dachte sie zum erstenmal an das Älterwerden. Wie morbid! Nächstens würde sie an den Tod denken. Vor einem Jahr war Thaddeus Cohen gestorben. Von dieser Generation waren nur noch Kate Kane und ihre Mutter am Leben.

Florentyna versuchte ihre Zehen zu berühren. Es gelang ihr nicht, und sie kehrte zu den monatlichen Bankauszügen der Baron-Gruppe zurück. Das gab ihr wieder Selbstvertrauen. London brachte immer noch nichts ein, obwohl das Hotel in Mayfair eine ausgezeichnete Lage hatte. Irgendwie gelang es den Engländern, unerfüllbare Lohnforderungen mit hoher Arbeitslosigkeit und Personalmangel zu verbinden. In Riad mußte man wegen Diebstahl das gesamte Management entlassen, und in Polen erlaubte die Regierung der Gruppe immer noch nicht, Gewinne aus dem Land zu überweisen. Abgesehen von diesen kleineren Problemen, mit denen ihr Direktorenteam sicherlich zurechtkam, war die Gesellschaft gesund und erfolgreich.

Florentyna hatte Richard versichert, daß die Baron-Gruppe 1974 mehr als einundvierzig Millionen verdienen würde, während Lester höchstens achtzehn Millionen machen würde. Richard hingegen prophezeite, daß Lesters Gewinne 1974 jene der Baron-Gruppe übersteigen würden. Florentyna heuchelte Ungläubigkeit, wußte jedoch, daß seine finanziellen Voraussagen nur selten falsch waren.

Ihre Gedanken kehrten zu Edward zurück, als das Telefon klingelte. Gianni di Ferranti fragte, ob sie seine Kollektion für Paris anschauen wolle, und damit vergaß sie ihren Schulfreund bis nächsten Dienstag, ein Uhr.

Ein paar Minuten nach eins betrat Florentyna in einem neuen, von Gianni entworfenen Kleid – mittellang, dunkelgrüne Seide mit ärmelloser Jacke – das Restaurant *Four Seasons.* Ob sie Edward erkennen würde? Er erwartete sie am Ende der breiten Eingangstreppe. Insgeheim hoffte sie, ebenso jugendlich auszusehen wie er.

»Edward«, rief sie, »du hast dich gar nicht verändert.«

Er lachte. »Nein, wirklich«, zog ihn Florentyna auf, »ich mochte immer schon graue Haare, und die zusätzlichen Kilos stehen dir ausgezeichnet. Genauso, wie ich mir einen erfolgreichen Anwalt aus meiner Heimatstadt vorstelle.«

Er küßte sie auf beide Wangen wie ein französischer General, dann folgten sie dem Maître Arm in Arm zu ihrem Tisch. Eine Flasche Champagner erwartete sie.

»Champagner. Wie schön. Was feiern wir?«

»Unser Wiedersehen, meine Liebe.« Edward bemerkte, daß Florentynas Gedanken wanderten. »Ist etwas nicht in Ordnung?«

»Ach, ich hab mich nur erinnert, wie ich in der Schule einmal weinend auf dem Boden saß, weil du Franklin D. Roosevelt nicht nur einen Arm ausgerissen, sondern auch noch mit Tinte begossen hattest.«

»Du hattest es verdient, du warst eine schreckliche Besserwisserin. Der Bär konnte nichts dafür. Gibt es ihn noch?«

»Natürlich. Jetzt wohnt er im Schlafzimmer meiner Tochter. Da er immer noch einen Arm und zwei Beine hat, muß ich annehmen, daß Annabel mit jungen Männern besser umgehen kann als ich seinerzeit.«

Edward lachte. »Sollen wir bestellen? Ich hab' so viel mit dir zu besprechen. Es war lustig, in den Zeitungen und auf dem Fernsehschirm deine Karriere zu verfolgen, aber ich möchte wissen, ob du dich verändert hast.«

Florentyna bestellte Lachs und Salat, Edward ein Steak mit Spargel.

»Ich bin neugierig.«

»Worauf?« fragte Edward.

»Warum ein Anwalt von Chicago nach New York fliegt, um einen Hotelier zu sehen.«

»Ich komme nicht als Anwalt und bin nicht interessiert, mit einem Hotelier zu sprechen. Ich komme als Finanzberater der Demokratischen Partei von Cook County.«

»Letztes Jahr habe ich den Demokraten von Chicago hunderttausend Dollar gegeben«, sagte Florentyna, »während Richard den Republikanern in New York die gleiche Summe spendete.«

»Ich will nicht dein Geld, Florentyna, und ich weiß, daß du den *Ninth District* bei allen Wahlen finanziell unterstützt hast. Ich will *dich.*«

»Das ist etwas Neues«, sagte sie lachend, »in letzter Zeit höre ich das nur mehr selten von einem Mann. Weißt du, Edward«, fuhr sie ernster fort, »in den letzten Jahren habe ich so viel gearbeitet, daß ich kaum Zeit hatte, zu wählen, geschweige denn mich persönlich zu engagieren. Außerdem hasse ich Nixon seit Watergate, und Agnew ist noch schlimmer; Muskie kandidiert nicht, so bleibt nur McGovern, und das ist keine besonders anregende Aussicht.«

»Aber bestimmt ...«

»Überdies habe ich einen Mann, zwei halbwüchsige Kinder und leite eine Zweihundert-Millionen-Gesellschaft.«

»Und was planst du für die nächsten zwanzig Jahre?«

Sie lächelte. »Eine Milliarden-Gesellschaft daraus zu machen.«

»Mit anderen Worten, immer das gleiche. Über McGovern und Nixon denke ich wie du – der eine war zu gut, der andere zu schlecht –, und auch ich weiß niemanden, für den ich mich begeistern könnte.«

»Daher willst du, daß ich 1976 als Präsidentin kandidiere?«

»Nein, ich möchte, daß du dich als Abgeordnete für den *Ninth District* von Illinois aufstellen läßt.«

Florentyna fiel die Gabel aus der Hand. »Soweit ich weiß, bedeutet dieser Job einen Achtzehn-Stunden-Tag, zweiundvierzigtausendfünfhundert Dollar pro Jahr, kein Familienleben, und die Wähler dürfen einen beschimpfen, soviel sie wollen. Das Schlimmste aber ist, daß man im *Ninth District* von Illinois wohnen muß.«

»Das wäre nicht so arg. Das Baron Hotel liegt im *Ninth District*, und außerdem ist das ja nur ein Sprungbrett.«

»Wofür?«

»Für den Senat.«

»Da darf dich dann der ganze Bundesstaat beschimpfen.«

»Und irgendwann einmal kommt die Präsidentschaft.«

»Dann kann die ganze Welt miteinstimmen. Edward, wir sind nicht mehr in der Schule, und ich habe keine zwei Leben, eines für die Hotels und ein anderes für . . .«

»Und eines, in dem du etwas von dem zurückgeben kannst, was du anderen genommen hast.«

»Das klingt hart, Edward.«

»Ja, bitte entschuldige. Aber ich war immer der Meinung, du könntest in der Politik eine Rolle spielen, und früher dachtest du das auch. Jetzt halte ich die Zeit dafür gekommen, besonders seit ich weiß, daß du dich nicht verändert hast.«

»Aber ich habe seit Jahren nichts mehr mit Kommunalpolitik zu tun gehabt, geschweige denn mit der großen Politik.«

»Florentyna, du weißt so gut wie ich, daß die meisten Kongreßabgeordneten weder deine Erfahrung noch deine Intelligenz besitzen. Das gleiche gilt übrigens für die meisten Präsidenten.«

»Ich bin geschmeichelt, Edward, aber nicht überzeugt.«

»Jedenfalls kann ich dir sagen, daß eine Reihe von Leuten in Chicago der Ansicht sind, du solltest nach Hause kommen und für den *Ninth District* kandidieren.«

»Henry Osbornes ehemaligen Sitz?«

»Ja. Sein Nachfolger zieht sich in dieser Legislaturperiode zurück, und Bürgermeister Daley will einen starken Kandidaten, um alle republikanischen Kandidaten abzuschrecken.«

»Mit einer Polin?«

»Mit einer Frau, deren Bekanntheitsgrad laut *Time* nur von Jackie Kennedy und Margaret Mead übertroffen wird.«

»Du bist verrückt, Edward. Warum sollte ich das tun?«

»Ich glaube, es ist gut für dich. Schenk mir einen Tag deines Lebens, komm nach Chicago, und lerne die Menschen kennen, die dich haben wollen. Sag mit deinen Worten, was du über die Zukunft unseres Landes denkst. Willst du das für mich tun?«

»Gut, ich will es mir überlegen, und ich rufe dich in ein paar Tagen an. Aber ich warne dich, Richard wird mich für übergeschnappt halten.«

Da hatte Florentyna unrecht. Richard war an diesem Tag spät aus Boston zurückgekehrt, und beim Frühstück am folgenden Morgen sagte er ihr, sie habe im Schlaf gesprochen.

»Was habe ich gesagt?«

Richard sah sie an. »Etwas, das ich immer ahnte«, erwiderte er.

»Und was ist das?«

»Kann ich es mir leisten, zu kandidieren?«

Florentyna schwieg.

»Warum wollte dich Edward so dringend sehen?«

»Er möchte, daß ich nach Chicago zurückkomme und für den Kongreß kandidiere.«

»Das also war es. Ich glaube, Jessie, du solltest dir seine Idee sehr genau überlegen. Seit langem kritisierst du, daß tüchtige Frauen sich von der Politik fernhalten. Und über jene, die im öffentlichen Leben stehen, hattest du immer sehr dezidierte Meinungen. Jetzt hast du Gelegenheit, etwas dagegen zu tun, anstatt zu jammern.«

»Und was geschieht mit der Baron-Gruppe?«

»Die Rockefellers haben überlebt, obwohl Nelson Gouverneur wurde, auch die Kanes werden irgendwie überleben. Die Gruppe hat jetzt siebenundzwanzigtausend Angestellte; ich hoffe, wir finden zehn Männer, die dich ersetzen können.«

»Danke, Mr. Kane. Aber ich kann doch nicht in Illinois wohnen, wenn du in New York wohnst?«

»Das läßt sich arrangieren. Ich komme jedes Wochenende nach Chicago. Mittwoch abend kannst du nach New York fliegen. Da Carol sich entschlossen hat, bei uns zu bleiben, werden es auch die Kinder nicht zu sehr spüren. Wenn du gewählt wirst, nehme ich jeden Mittwoch abend einen Shuttle-Flug nach Washington.«

»Du klingst, als hättest du dir das alles schon sehr genau überlegt, Mr. Kane.«

Eine Woche später flog Florentyna nach Chicago und wurde auf dem Flughafen von Edward empfangen. Es regnete in Strömen, und der Wind war so stark, daß Edward, einen großen Schirm mit beiden Händen haltend, sie nur mit Mühe vor dem Regen schützen konnte.

»Jetzt weiß ich, warum ich nach Chicago zurückwollte«, sagte Florentyna, als sie durchfroren und naß ins Auto kletterte. Auf der Fahrt erzählte ihr Edward etwas über die Leute, die sie erwarteten.

»Sie alle arbeiten für die Partei und sind treue Anhänger, die nur von dir gelesen oder dich im Fernsehen gesehen haben. Sie werden erstaunt sein, daß du tatsächlich aus Fleisch und Blut bist wie sie.«

»Wie viele werden kommen?«

»Ungefähr sechzig. Siebzig wären außergewöhnlich.«

»Und ich soll nicht mehr tun, als sie kennenlernen und ein paar Worte über meine politischen Ansichten sagen?«

»Ja.«

»Und dann kann ich wieder nach Hause fliegen?«

»Ja, wenn du das willst.«

Der Wagen hielt vor der demokratischen Parteizentrale von Cook County in der Randolph Street. Florentyna wurde von Mrs. Kalamich begrüßt, einer dicken, gemütlichen Dame, die sie in den großen Saal führte. Er war so voll, daß einige Leute stehen mußten; Florentyna war ein wenig bestürzt. Als sie eintrat, begannen alle Beifall zu klatschen.

»Du hast gesagt, es würden nur ein paar Leute da sein, Edward«, flüsterte sie.

»Ich bin ebenso erstaunt wie du. Ich habe höchstens sicbzig erwartet, nicht dreihundert.«

Als Florentyna den Komiteemitgliedern vorgestellt und zum Podium geführt wurde, war sie auf einmal nervös. Sie saß neben Edward, merkte, wie kalt der Raum war, sah die Hoffnung in den Augen der Leute, die kaum je die Privilegien genossen hatten, die sie selbst als selbstverständlich hinnahm. Wie anders war dieser Saal als ihr Konferenzzimmer, in dem Männer in elegant geschnittenen Anzügen vor dem Dinner Martini tranken. Zum erstenmal im Leben machte sie ihr Reichtum verlegen, und sie hoffte nur, daß niemand es merkte.

Edward, der in der Mitte saß, stand auf.

»Meine Damen und Herren, ich freue mich, Ihnen heute abend eine Frau vorzustellen, die die Bewunderung und die Hochachtung des amerikanischen Volkes gewonnen hat. Sie hat eines der größten finanziellen Unternehmen der Welt aufgebaut, und ich glaube, heute könnte sie eine politische Laufbahn von ähnlichen Dimensionen aufbauen. Ich hoffe, daß ihre Karriere heute abend in diesem Saal beginnen wird. Meine Damen und Herren – Mrs. Florentyna Kane.«

Nervös stand Florentyna auf. Sie wollte, sie hätte ihre Rede sorgfältiger vorbereitet.

»Mr. Winchester, ich danke Ihnen für Ihre freundlichen Worte. Es ist schön, wieder in Chicago zu sein, der Stadt meiner Kindheit, und ich bin gerührt, daß so viele von Ihnen an diesem kalten, nassen Abend gekommen sind, um mich zu begrüßen.

Ich bin, ebenso wie Sie alle, von unseren politischen Führern enttäuscht. Ich glaube an ein starkes Amerika, und wenn ich in die Politik ginge, würde ich mich an die Worte Franklin D. Roosevelts halten, die er vor dreißig Jahren in dieser Stadt ausgesprochen hat: ›Es gibt keine größere Berufung als den Dienst am Staat, an der Öffentlichkeit.‹ Mein Vater kam als polnischer Einwanderer nach Amerika, und nirgendwo anders als hier hätte er so erfolgreich werden können, wie er es wurde. Jeder von uns muß für das Land, das er liebt, tun, was in seinen Kräften steht; daß Sie mich aufgefordert haben, als Ihre Abgeordnete zu kandidieren, werde ich nie vergessen. Daß ich meine Entscheidung nicht auf die leichte Schulter nehmen werde, kann ich Ihnen versichern. Ich bin nicht hierhergekommen, um eine lange Rede zu halten, sondern um Fragen zu beantworten, die Ihnen wichtig erscheinen.«

Sie setzte sich, und dreihundert Menschen klatschten begeistert Beifall. Als es wieder ruhig wurde, beantwortete Florentyna Fragen, deren Themen von der Bombardierung Kambodschas bis zur Legalisierung der Abtreibung und von Watergate bis zur Energiekrise reichten. Zum erstenmal im Leben hatte sie bei einer Versammlung nicht alle Fakten und Zahlen vorbereitet vor sich liegen, und sie war selbst überrascht, wie dezidiert ihre Meinung über bestimmte Probleme war. Als sie eine Stunde später die letzte Frage beantwortet hatte, standen die Leute auf und riefen »Kane in den Kongreß!« Sie hörten erst auf, als sie das Podium verließ. Es war einer der seltenen Momente in ihrem Leben, in denen sie nicht recht wußte, was sie als nächstes tun sollte. Edward kam ihr zu Hilfe.

»Ich hab' es gewußt, alle werden von dir begeistert sein«, sagte er offensichtlich beglückt.

»Aber ich war ganz schlecht«, rief sie ihm durch den Lärm zu.

»Dann bin ich schon jetzt neugierig, wie du bist, wenn du gut bist.«

Edward führte sie in den Saal zurück. Leute umringten sie.

Ein Mann in einem Rollstuhl berührte ihren Arm. Sie drehte sich um.

»Das ist Sam«, sagte Edward, »Sam Hendrick. Er hat beide Beine in Vietnam verloren.«

»Mrs. Kane«, sagte er. »Sicher erinnern Sie sich nicht mehr; wir haben einmal zusammen für Stevenson Briefumschläge zugeklebt. Wenn Sie sich entschließen, zu kandidieren, werden meine Frau und ich Tag und Nacht für Ihre Wahl arbeiten. Viele Leute in Chicago haben immer gehofft, daß Sie eines Tages nach Hause kommen und uns vertreten werden.« Seine Frau, die hinter ihm stand, nickte und lächelte.

»Danke«, sagte Florentyna. Sie versuchte zum Ausgang zu gelangen, aber der Weg war von ausgestreckten Händen und Gratulanten blockiert. An der Tür hielt sie ein etwa fünfundzwanzigjähriges Mädchen auf. »Ich habe in Ihrem ehemaligen Zimmer in Radcliffe gewohnt und bin wie Sie auf dem *Soldier Field* gestanden, um Präsident Kennedy zu hören. Amerika braucht wieder einen solchen Präsidenten. Warum soll es diesmal nicht eine Frau sein?«

Florentyna betrachtete das junge Gesicht. »Ich habe meine Studien abgeschlossen und arbeite jetzt in Chicago«, fuhr das Mädchen fort, »aber an dem Tag, an dem Sie kandidieren, werden Tausende Studenten aus Illinois auf den Straßen sein, und dafür sorgen, daß Sie gewählt werden.«

Florentyna versuchte den Namen des Mädchens zu erfahren, wurde jedoch von der Menge weitergedrängt. Endlich gelang es Edward, sie zum Ausgang und zum Wagen zu führen, der sie zum Flughafen zurückbrachte. Während der Fahrt sagte Florentyna kein Wort. Als sie ankamen, sprang der schwarze Chauffeur aus dem Auto und öffnete ihr die Tür. Sie dankte ihm.

»Es war mir ein Vergnügen, Mrs. Kane. Ich möchte Ihnen für das danken, was Sie für die Schwarzen im Süden getan haben. Wir werden nicht vergessen, daß sie unseren Kampf für gleichen Lohn angeführt haben, und alle anderen Hotels Amerikas ihnen folgen mußten. Hoffentlich habe ich die Gelegenheit, Sie zu wählen.«

»Danke«, sagte Florentyna lächelnd.

Edward begleitete sie in die Abflughalle.

»Danke, daß du gekommen bist, Florentyna. Laß es mich wissen, wenn du dich entschieden hast.« Eine Pause, dann: »Wenn du glaubst, daß du dich nicht aufstellen lassen willst, werde ich Verständnis dafür haben.« Er küßte sie rasch auf die Wange und ging.

Auf dem Rückflug dachte Florentyna über die Ereignisse des Tages nach, und wie unvorbereitet sie auf diese Sympathiekundgebung gewesen war. Sie wollte, ihr Vater hätte den heutigen Tag miterleben können.

Eine Stewardeß fragte, ob sie einen Drink wolle.

»Nein, danke.«

»Kann ich irgend etwas für Sie tun, Mrs. Kane?«

Erstaunt, daß das junge Mädchen ihren Namen kannte, sah Florentyna auf.

»Ich habe in einem Ihrer Hotels gearbeitet.«

»In welchem?«

»Im Detroit Baron. Wenn Amerika so geführt wäre wie Ihre Hotels, stünden wir besser da«, sagte sie, bevor sie durch den Mittelgang verschwand.

Florentyna blätterte im *Newsweek*. Unter der Überschrift: »Wie weit geht Watergate?« sah sie die Gesichter von Ehrlichman, Haldeman und Dean. Dann legte sie die Zeitschrift weg. Auf dem Umschlag war Nixons Bild, und darunter stand: »Wann wußte es der Präsident?«

Kurz nach Mitternacht war sie wieder zu Hause. Richard saß in dem roten Lederstuhl vor dem Kamin. Er stand auf, um sie zu begrüßen.

»Hat man dich gebeten, bei den Präsidentschaftswahlen zu kandidieren?«

»Nein, aber was hältst du von der Kongreßabgeordneten Kane?«

Am folgenden Tag rief Florentyna Edward an. »Ich bin bereit, mich als demokratische Kandidatin für den Kongreß aufstellen zu lassen«, sagte sie.

»Danke. Vermutlich sollte ich mehr dazu sagen, aber im Augenblick will ich dir nur danken.«

»Edward, wer wäre der Kandidat gewesen, hätte ich abgelehnt?«

»Man drängte mich, zu kandidieren. Aber ich antwortete immer, ich wüßte einen besseren Kandidaten. Und ich bin sicher, daß du dich diesmal von mir beraten läßt, selbst wenn du Präsidentin werden solltest.«

»Ich wurde nie Klassenpräsident.«

»Ich schon, und trotzdem habe ich schließlich dir geholfen.«

»Wo soll ich beginnen, Herr Lehrer?«

»Die Vorwahlen sind im März. Es wäre daher gut, wenn du dir von jetzt an bis zum Herbst alle Wochenenden freinimmst.«

»Ich bin schon dieses Wochenende frei; kannst du mir sagen, wer das junge Mädchen aus Radcliffe war, das mich an der Tür festhielt und von Kennedy sprach?«

»Janet Brown. Obwohl sie so jung ist, gehört sie zu den tüchtigsten Sozialhelferinnen im städtischen Dienst.«

»Weißt du ihre Telefonnummer?«

Kurz darauf informierte Florentyna den Aufsichtsrat der Baron-Gruppe von ihrem Entschluß. Richard wurde zum zweiten Präsidenten der Gruppe ernannt, und man bestellte zwei neue Direktoren.

Florentyna bot Janet Brown die Stellung einer politischen Assistentin an und war glücklich, als sie sofort zusagte. Dann nahm Florentyna zwei Sekretärinnen ausschließlich für ihre politische Arbeit auf. Schließlich ordnete sie an, daß das Chicago Baron die 38. Etage freihalten solle, da sie das ganze Stockwerk für mindestens ein Jahr zur Verfügung haben müsse.

»Wir nehmen die Sache ernst, nicht wahr?« sagte Richard am späten Abend.

»Natürlich, denn ich werde sehr hart arbeiten müssen, wenn du *First Gentleman* werden willst.«

26

»Erwartest du eine starke Opposition?«

»Nicht wirklich«, sagte Edward. »Vielleicht gibt es ein, zwei Protestkandidaten, aber da das Komitee voll hinter dir steht, wird der eigentliche Kampf der mit den Republikanern sein.«

»Weißt du, wer ihr voraussichtlicher Kandidat ist?«

»Noch nicht. Meine Spione melden, daß zwei Männer in Frage kommen: Ray Buck, der der Kandidat des zurücktretenden Abgeordneten zu sein scheint, und Stewart Lyle, der seit acht Jahren im Stadtrat sitzt. Beide werden eine gute Wahlkampagne aufziehen, aber im Augenblick ist das nicht unser Problem. Da wir wenig Zeit haben, müssen wir uns auf die demokratischen Vorwahlen konzentrieren.«

»Wie viele werden bei den Vorwahlen wählen?« fragte Florentyna.

»Das weiß niemand. Wir wissen nur, daß es einhundertfünfzigtausend eingeschriebene Demokraten gibt, und daß im allgemeinen fünfundvierzig bis fünfzig Prozent zur Wahl gehen. Das heißt also etwa siebzig- oder achtzigtausend Stimmen.«

Edward breitete vor Florentyna einen großen Stadtplan von Chicago aus.

»Die Grenzen des Wahlkreises sind rot markiert und verlaufen von der Chicago Avenue im Süden bis Evanston im Norden, und von Ravenswood und Western Highway im Westen bis zum See im Osten.«

»Der Wahlkreis hat sich seit Henry Osbornes Tagen nicht verändert«, stellte Florentyna fest, »sehr bald wird mir alles wieder einfallen.«

»Hoffentlich. Unsere Hauptfrage ist es, daß möglichst viele Demokraten in diesem Gebiet dich kennenlernen, durch die Presse, die Werbung, das Fernsehen oder durch öffentliches Auftreten. Wann immer sie ihre Zeitung aufschlagen, das Radio oder das Fernsehen einschalten, muß Florentyna Kane dasein. Die Wähler müssen den Eindruck bekommen, daß du allgegenwartig bist und dich ausschließlich für sie interessierst. Bis zum 19. März darf es keinen größeren öffentlichen Anlaß geben, bei dem du nicht anwesend bist.«

»In Ordnung. Ich habe mein Hauptquartier bereits im Baron aufgeschlagen, das mein Vater – in weiser Voraussicht – mitten in diesem Wahlbezirk errichtet hat. Ich will alle Wochenenden hier und jeden freien Wochentag mit meiner Familie verbringen. Wo soll ich also beginnen?«

»Ich habe für nächsten Montag eine Pressekonferenz in der demokratischen Zentrale angesetzt. Eine kurze Rede, gefolgt von einer Diskussion; dann servieren wir Kaffee, und du wirst alle wichtigen Leute persönlich kennenlernen. Da es dir Spaß macht, rasch zu denken, können dir die Journalisten nichts anhaben.«

»Irgendein besonderer Rat?«

»Nein, sei einfach du selbst.«

»Das wirst du noch bereuen.«

Edwards Beurteilung war richtig; nachdem Florentyna eine kurze Ansprache gehalten hatte, kamen die Fragen schnell und zahlreich. Flüsternd nannte Edward die Namen der Journalisten, die aufstanden.

Der erste war Mike Royko von den *Daily News.*

»Halten Sie es für richtig, daß eine Millionärin aus New York für den *Ninth District* von Illinois kandidiert?«

»In diesem Zusammenhang bin ich keine New Yorker Millionärin«, antwortete Florentyna. »Ich wurde im St. Luke's Hospital geboren und bin hier aufgewachsen. Als mein Vater nach Amerika kam, besaß er nichts als die Kleider, die er am Leib trug. Hier im *Ninth District* gründete er die Baron-Gruppe. Ich glaube, wir müssen dafür kämpfen, daß jeder Einwanderer, ob er aus Vietnam oder aus Polen kommt, auch heute noch die Möglichkeit hat, das gleiche zu erreichen wie mein Vater.«

Edward wies auf einen anderen Journalisten.

»Halten Sie es für einen Nachteil, eine Frau zu sein, wenn es um ein öffentliches Amt geht?«

»Beschränkten oder uniformierten Menschen gegenüber vielleicht, bestimmt nicht gegenüber einem intelligenten Wähler, dem die Probleme wichtiger sind als überholte Vorurteile. Wer hätte, bei einem Autounfall etwa, auch nur sekundenlang Bedenken, wenn der herbeieilende Arzt kein Mann, sondern eine Frau wäre? Ich hoffe, daß die Frage nach dem Geschlecht sehr bald ebenso irrelevant sein wird wie die nach der Religion. Es scheint hundert Jahre her zu sein, daß man John F. Kennedy die Frage stellte, ob sich das Amt des Präsidenten verändern werde, weil er römisch-katholisch sei. Ted Kennedy wird heutzutage von niemandem danach gefragt. In anderen Ländern haben Frauen die höchsten Ämter inne: Golda Meir in Israel und Indira Gandhi in Indien sind nur zwei Beispiele. Ich finde es bedauerlich, daß im Senat eines Zweihundertdreißig-Millionen-Volkes nicht eine einzige Frau sitzt, und nur sechzehn der vierhundertvierunddreißig Kongreßabgeordneten Frauen sind.«

»Was sagt Ihr Mann dazu, daß Sie die Hosen anhaben?« wollte ein nicht aufgerufener Mann wissen. In einem Teil des Saales wurde gelacht, und Florentyna wartete, bis wieder Ruhe eintrat.

»Er ist viel zu intelligent und erfolgreich, als daß er eine so dümmliche Frage auch nur in Erwägung ziehen würde.«

»Was meinen Sie zu Watergate?«

»Es ist eine traurige Episode in der Geschichte Amerikas, die – so hoffe ich – bald vorüber, aber nie vergessen sein wird.«

»Meinen Sie, daß Präsident Nixon zurücktreten sollte?«

»Das ist eine moralische Entscheidung, die der Präsident selbst treffen muß.«

»Würden Sie zurücktreten, wenn Sie Präsidentin wären?«

»Ich hätte es nicht nötig, in Hotels einzubrechen; mir gehören bereits hundertdreiundvierzig Hotels.« Lautes Lachen, gefolgt von Applaus, gab Florentyna etwas mehr Selbstsicherheit.

»Sind Sie dafür, daß der Präsident vor Gericht gestellt wird?«

»Diese Frage muß der Kongreß entscheiden, nachdem das Beweismaterial der gerichtlichen Kommission geprüft wurden, die Tonbänder des Weißen Hauses mit inbegriffen. Doch der Rücktritt des Staatsanwaltes Elliot Richardson, eines Mannes, dessen Integrität nie bezweifelt wurde, sollte der Öffentlichkeit zu denken geben.«

»Wie stehen Sie zu einer Legalisierung der Abtreibung?«

»Ich will nicht in die Falle gehen, wie Senator Mason, der letzte Woche auf die gleiche Frage antwortete: ›Meine Herren, das liegt unter der Gürtellinie.‹« Florentyna wartete, bis das Gelächter geendet hatte, bevor sie ernster fortfuhr: »Ich bin als Katholikin geboren und in diesem Glauben erzogen worden, daher ist der Schutz des ungeborenen Lebens für mich sehr wichtig. Ich bin jedoch der Ansicht, daß es in manchen Situationen sowohl notwendig als auch moralisch richtig ist, eine Abtreibung vorzunehmen.«

»Können Sie ein Beispiel nennen?«

»Vergewaltigung ist das am nächsten liegende, aber auch in allen Fällen, in denen das Leben der Mutter gefährdet ist.«

»Steht das nicht im Widerspruch zur Lehre Ihrer Kirche?«

»Ja. Aber ich war immer für die Trennung von Kirche und Staat. Jeder, der sich um ein öffentliches Amt bewirbt, muß bereit sein, auch für Überzeugungen einzutreten, die nicht immer nach jedermanns Geschmack sind. Ich glaube, Edmund Burke formulierte das sehr gut, als er sagte: ›Ihr Vertreter schuldet Ihnen nicht nur seinen Arbeitseinsatz, er muß auch für seine Überzeugungen eintreten. Gibt er diese Überzeugungen Ihnen zuliebe auf, so verrät er Sie, anstatt Ihnen zu dienen.‹«

Edward spürte, welchen Eindruck diese Feststellung machte, und stand rasch auf. »Nun, meine Damen und Herren, ich glaube, es ist an der Zeit, Kaffee zu trinken, damit Sie Gelegenheit haben, Mrs. Kane persönlich kennenzulernen – obwohl Sie bestimmt schon wissen, warum sie glaubt, die richtige Person zu sein, den *Ninth District* im Kongreß zu vertreten.«

In der nächsten Stunde stand Florentyna in einem Kreuzfeuer persönlicher und politischer Fragen; hätte man einige dieser Fragen zu Hause an sie gerichtet, sie hätte sie als ungehörig empfunden. Aber sie erfaßte rasch, daß man nicht im öffentlichen Leben stehen und gleichzeitig immer seine private Meinung äußern kann. Als der letzte Journalist verschwunden war, ließ sie sich erschöpft auf einen Stuhl fallen; sie hatte nicht einmal Zeit gehabt, eine Tasse Kaffee zu trinken.

»Du warst großartig«, sagte Janet Brown, »finden Sie nicht auch, Mr. Winchester?«

Edward lächelte. »Gut, aber nicht großartig. Ich mache mir Vorwürfe, daß ich dich nicht vorher gewarnt habe: es ist ein Unterschied, ob man Präsidentin eines Unternehmens ist oder für ein öffentliches Amt kandidiert.«

»In welcher Beziehung?« fragte Florentyna erstaunt.

»Manche Journalisten sind ungeheuer einflußreich. Ihre Kolumnen werden täglich von Hunderttausenden gelesen, und sie wollen ihren Lesern den Eindruck vermitteln, daß sie dich persönlich gut kennen. Manchmal warst du zu unnahbar, und zu dem Mann von der *Tribune* warst du einfach unhöflich.«

»War das der Mann, der fragte, wer die Hosen anhat?«

»Ja.«

»Was denn hätte ich antworten sollen?«

»Einen Scherz daraus machen.«

»Es war aber nicht komisch, Edward, und *er* war unhöflich.«

»Möglich. Aber nicht er bewirbt sich um ein öffentliches Amt, sondern du tust es. Daher kann er sagen, was er will. Und vergiß nicht, seine Artikel werden täglich von mehr als fünfhunderttausend Leuten in Chicago gelesen, einschließlich der meisten deiner Wähler.«

»Du willst also, daß ich Kompromisse mache?«

»Nein, ich will, daß du gewählt wirst. Wenn du im Kongreß sitzt, kannst du allen beweisen, daß sie dich mit Recht gewählt haben. Vorläufig bist du eine unbekannte Ware, gegen die sehr viel spricht: du bist eine Frau, du bist polnischer Abstammung, und du bist Millionärin. Diese Kombination wird bei vielen Menschen Vorurteile und Neid wachrufen. Um diesen Gefühlen entgegenzuarbeiten, mußt du humorvoll und freundlich wirken und Anteilnahme für jene zeigen, die weniger privilegiert sind als du.«

»Edward, du solltest kandidieren!«

Edward schüttelte den Kopf. »Ich weiß, daß du die Richtige bist, Florentyna, aber ich weiß jetzt auch, daß du ein wenig Zeit brauchen wirst, um dich an deine neue Umgebung zu gewöhnen. Gott sei Dank lernst du rasch. Übrigens teile ich die Ansichten, die du mit so großer Überzeugung vertreten hast, aber da du gern historische Persönlichkeiten zitierst, möchte ich dich an die Worte von Jefferson erinnern: Durch eine Rede, die man nicht gehalten hat, verliert man keine Stimmen.«

Wieder hatte Edward recht. Die Presse erteilte Florentyna gemischte Zensuren, und der Reporter der *Tribune* nannte sie die größte Heuchlerin, der er je in der Politik begegnet sei – Chicago müsse doch imstande sein, einen anderen Kandidaten aufzustellen? Sonst müsse er seinen Lesern zum erstenmal empfehlen, republikanisch zu wählen. Florentyna war entsetzt, gewöhnte sich jedoch rasch daran, daß das Ego eines Journalisten noch empfindlicher ist als das eines Politikers. Woche für Woche verbrachte sie fünf Tage in Chicago, traf Leute, unterhielt sich mit Journalisten, trat im Fernsehen auf und warb für den Wahlfonds. Wenn sie mit Richard beisammen war, ging sie jedes Detail mit ihm durch. Selbst Edward wurde allmählich optimistisch – bis der erste Schlag kam.

»Ralph Brooks? Wer, zum Teufel, ist Ralph Brooks?« fragte Florentyna.

»Ein Anwalt aus Chicago – sehr klug und sehr ehrgeizig. Ich dachte immer, er wolle Staatsanwalt werden, aber offenbar habe ich mich geirrt. Ich würde gern wissen, wer die Idee hatte, ihn zu nominieren.«

»Ist er ein ernstzunehmender Kandidat?«

»Ohne Zweifel. Ein Einheimischer sozusagen; absolvierte die Universität von Chicago, bevor er an der Yale *Law School* inskribierte.«

»Wie alt?«

»Ende dreißig.«

»Und natürlich gutaussehend?«

»Natürlich«, sagte Edward. »Sobald er im Gerichtssaal aufsteht, wollen alle weiblichen Geschworenen nur eines: daß er gewinnt.«

»Hat dieser griechische Gott auch eine Achillesferse?«

»Oh doch, jeder Anwalt in dieser Stadt hat ein paar Feinde, und ich weiß, daß Bürgermeister Daley über seine Kandidatur nicht überglücklich sein wird, da er ein Rivale seines Sohnes ist.«

»Und was soll ich gegen ihn unternehmen?«

»Nichts. Wenn man dich fragt, gibst du die übliche Antwort: ›Wir leben in einer Demokratie, daher soll der beste Kandidat oder die beste Kandidatin gewinnen.‹«

»Ralph Brooks hat wenig Zeit; bis zur Vorwahl sind es nur noch fünf Wochen.«

»Das ist manchmal eine kluge Taktik«, sagte Edward, »er hofft, daß du dich einstweilen totgelaufen hast. Die Sache hat aber auch ein Gutes; sie wird unsere Mitarbeiter anspornen, weil jetzt jeder weiß, daß wir es nicht leicht haben werden, und das ist eine gute Vorübung, wenn wir gegen den republikanischen Kandidaten antreten.«

Florentyna war froh, daß Edward immer noch siegesgewiß war, obwohl er später zu Janet Brown sagte, daß es einen verdammt harten Kampf geben werde. In den folgenden fünf Wochen erfuhr Florentyna, wie hart dieser Kampf war. Wo immer sie hinging, schien Ralph Brooks kurz vorher gewesen zu sein. Wann immer sie sich zur Presse über ein wichtiges Problem äußerte, hatte Brooks schon am Tag zuvor ein Statement abgegeben. Doch als sich der Tag der Wahl näherte, lernte sie, Brooks mit seinen eigenen Waffen zu schlagen. Als die Meinungsumfragen einen beachtlichen Vorsprung für Florentyna ergaben, spielte Brooks jedoch einen Trumpf aus, auf den sie nicht gefaßt war. Die Details standen auf der ersten Seite der *Chicago Tribune:*

»Brooks fordert Kane zu einer Fernsehdebatte«, lautete die Überschrift. Florentyna wußte, daß er, mit seiner Erfahrung im Gerichtssaal, mit Kreuzverhören, ein formidabler Gegner sein würde. Kaum war die Zeitung erschienen, als das Telefon bei ihr heißlief; die Presse bombardierte sie mit Fragen. Würde sie die Herausforderung annehmen? Zog sie es vor, eine Debatte zu vermeiden? Hatten die Bürger von Chicago nicht das Recht, ein Rededuell der beiden Kandidaten zu sehen? Janet hielt die Presse in Schach, während Florentyna eine kurze Besprechung mit Edward hatte. Sie dauerte drei Minuten, dann verfaßte Florentyna ein Statement, das Janet bei jeder Anfrage wiederholte:

»Florentyna Kane nimmt mit Vergnügen die Einladung an, mit Ralph Brooks zu diskutieren, und freut sich auf die Debatte.«

Edward bestimmte einen Mitarbeiter, der mit Brooks' Wahlkampfleiter Zeit und Ort der Debatte festlegte.

Man einigte sich auf den Donnerstag vor der Wahl, die Debatte sollte im jüdischen Gemeindezentrum in West Touhy stattfinden. Als die C. B. S.-Fernsehstation sich bereit erklärte, das Streitgespräch aufzuzeichnen, wußten beide Kandidaten, daß das Wahlresultat weitgehend vom Verlauf dieser Konfrontation abhängen würde. Florentyna bereitete sich tagelang auf ihre Rede vor und beantwortete Fragen, die ihr von Edward, Janet und Richard gestellt wurden. Erinnerungen an Miss Tredgold und die Vorbereitung auf den Woolson-Preis tauchten wieder auf.

Am Abend des Fernsehduells war jeder Platz in dem Gemeindezentrum besetzt; viele Leute standen, andere saßen auf den Fensterbrettern. Richard war aus New York gekommen und betrat mit Florentyna eine halbe Stunde vor Beginn der Debatte den Saal. Florentyna ließ die Tortur des Fernseh-Make-ups über sich ergehen, während Richard einen Platz in der ersten Reihe fand.

Herzlicher Applaus empfing Florentyna, als sie eintrat und ihren Platz auf dem Podium einnahm. Sekunden später kam Ralph Brooks und wurde ebenso begeistert begrüßt. Ein wenig verlegen strich er das Haar zurück, als er durch den Saal ging. Keine Frau wandte den Blick von ihm, auch Florentyna nicht. Der Vorsitzende des demokratischen Komitees begrüßte beide Redner, erinnerte sie, daß jeder von ihnen zu Anfang eine kurze Rede halten müsse, dann sollten die Diskussion und hernach ein Schlußwort der beiden Kandidaten folgen. Er nahm eine Münze aus der Tasche, und Florentyna sah John Kennedys Kopf. Der Vorsitzende warf die Münze in die Luft, »Kopf«, sagte Florentyna. Wieder sah sie Kennedy zu ihr aufschauen.

»Ich spreche als zweite«, sagte sie ohne zu zögern.

Wortlos nahmen die Kandidaten links und rechts von Edward ihre Plätze ein. Punkt acht Uhr klopfte der Moderator mit dem Hammer und eröffnete die Konfrontation. »Zuerst wird Mr. Brooks zu Ihnen sprechen, dann Mrs. Kane. Auf die Reden folgt eine Diskussion.«

Ralph Brooks stand auf, und Florentyna musterte den gutaussehenden, hochgewachsenen Mann. Sie mußte zugeben: hätte ein Filmregisseur nach einem Schauspieler für die Rolle des Präsidenten gesucht, Ralph Brooks hätte sie bekommen. Kaum begann er zu sprechen, wußte Florentyna, daß sie einen Gegner von Format vor sich hatte. Brooks wirkte selbstsicher und locker; seine Rede klang professionell, aber nicht billig.

»Meine Damen und Herren«, begann er, »ich stehe heute als ein Mann vor Ihnen, der hier in Chicago aufgewachsen ist und seinen Weg gemacht hat. Schon mein Urgroßvater wurde hier geboren, und seit vier Generationen haben die Brooks ihr Anwaltsbüro in der La Salle Street, um der Stadt nach besten Wissen und Gewissen zu dienen. Ich bewerbe mich heute um eine Kandidatur, weil ich der Überzeugung bin, daß die Vertreter des Volkes aus dem Volk kommen und bodenständig sein müssen. Ich besitze keine großen Reichtümer wie meine Rivalin, aber ich bin mit diesem Wahlkreis eng verbunden, und mein Verständnis seiner Probleme wiegt, so hoffe ich, den fehlenden Reichtum auf.« Es wurde heftig applaudiert, doch Florentyna sah, daß sich einige Leute nicht am Applaus beteiligten. »Seit mehreren Jahren habe ich im Gerichtssaal das Interesse der Öffentlichkeit vertreten, wenn es um Verbrechensbekämpfung, Wohnbau, öffentliche Verkehrsmittel und um Gesundheitsfragen ging. Jetzt sehe ich eine Gelegenheit, Ihre Anliegen im Kongreß der Vereinigten Staaten zu fördern.«

Aufmerksam hörte sich Florentyna jeden der gut formulierten Sätze an und war nicht erstaunt, als der Beifall am Ende der Rede laut und anhaltend war. Edward erhob sich und stellte Florentyna vor. Dann stand sie auf – und wäre am liebsten aus dem Saal gelaufen. Richards aufmunterndes Lächeln gab ihr etwas Selbstvertrauen.

»Mein Vater kam vor mehr als fünfzig Jahren nach Amerika«, begann sie, »nachdem er zuerst vor den Deutschen und dann vor den Russen geflüchtet war. Nach ein paar Jahren in New York kam er nach Chicago; hier, im *Ninth District,* gründete er jene Hotel-Gruppe, der vorzustehen ich heute das Privileg habe. Die Hotelkette beschäftigt siebenundzwanzigtausend Angestellte in allen Bundesstaaten Amerikas. Auf dem Höhepunkt seiner Laufbahn verließ mein Vater dieses Land wieder, um gegen die Deutschen zu kämpfen, und kehrte, dekoriert mit einem Bronzestern, nach Amerika zurück. Ich wurde in dieser Stadt geboren und ging nicht weit von hier zur Schule. Diese Ausbildung erlaubte es mir, ein College zu besuchen. Jetzt bin ich mit dem Wunsch nach Hause zurückgekehrt, die Menschen zu vertreten, die meinen Traum von Amerika verwirklichen halfen.«

Lauter Beifall. Florentyna stellte jedoch wieder fest, daß sich ein paar Leute nicht daran beteiligten. »Die Tatsache, daß ich reich geworden bin, wird mich nicht, so hoffe ich, daran hindern, ein öffentliches Amt auszuüben. Wäre das eine Disqualifikation, so wären Jefferson, Roosevelt und Kennedy nie Präsidenten geworden. Ich hoffe, die Tatsache, daß mein Vater ein Einwanderer war, wird mir nicht schaden. Wäre dem so, hätte diese Stadt nie einen der großartigsten Bürgermeister, nämlich Anton Cermak, gehabt. Und wenn mir die Tatsache, eine Frau zu sein, zum Nachteil gereicht, müßte die Hälfte der amerikanischen Bevölkerung gemeinsam mit mir disqualifiziert werden.« Der ganze Saal applaudierte laut und anhaltend. Florentyna holte tief Atem.

»Ich entschuldige mich nicht dafür, die Tochter eines Einwanderers zu sein. Ich entschuldige mich nicht für meinen Reichtum. Ich entschuldige mich nicht, daß ich eine Frau bin und werde mich nie dafür entschuldigen, die Einwohner von Chicago im Kongreß der Vereinigten Staaten vertreten zu wollen.« Der Applaus war ohrenbetäubend. »Wenn es mir nicht bestimmt ist, Sie zu vertreten, werde ich Mr. Brooks unterstützen. Wenn mir andererseits die Ehre zuteil wird, von Ihnen gewählt zu werden, dann können Sie überzeugt sein, daß ich die Probleme Chicagos mit dem gleichen unermüdlichen Einsatz in Angriff nehmen werde, mit dem ich mein Unternehmen zu einer der erfolgreichsten Hotelkette der Welt gemacht habe.«

Florentyna setzte sich unter tosendem Applaus. Richard lächelte ihr zu. Zum erstenmal entspannte sie sich und sah sich im Saal um, wo ein paar Leute sogar aufgestanden waren, um Beifall zu klatschen; die meisten davon gehörten allerdings zu ihren Mitarbeitern. Sie sah auf die Uhr: acht Uhr achtundzwanzig. Ihr Zeitplan war perfekt. In zwei Minuten begann eine Baseballübertragung, und viele Leute würden umschalten. Nach Ralph Brooks' Gesicht zu urteilen, war auch er sich darüber klar.

Nach den üblichen Fragen und den Schlußworten verließen Florentyna und Richard, umgeben von Gratulanten, den Saal und fuhren ins Baron. Nervös warteten sie auf die ersten Zeitungen. Fast alle Kommentare sprachen sich für Florentyna aus; selbst die *Tribune* bezeichnete das Rededuell als unentschieden.

Die letzten Tage vor der Wahl verbrachte Florentyna damit, unermüdlich durch die Stadt zu traben, Hände zu schütteln, die ganze Route der *St. Patrick's Day Parade* zurückzulegen und abends todmüde in die Badewanne und dann ins Bett zu fallen. Jeden Morgen wurde sie von Richard mit einer Tasse Kaffee geweckt, und der ganze wahnsinnige Tagesablauf begann von neuem.

»Endlich ist der große Tag gekommen«, sagte Richard.

»Keinen Augenblick zu früh. Ich glaube nicht, daß meine Beine so etwas noch einmal aushalten.«

»Keine Angst. Heute abend ist alles entschieden«, zitierte Richard, aus einer Zeitschrift vorlesend.

Florentyna zog ein knitterfreies blaues Kostüm an – es half nur wenig, weil sie sich abends trotzdem ganz zerdrückt vorkam, und Schuhe, die Miss Tredgold als vernünftig bezeichnet hätte. Zwei Paar hatte sie bereits total abgenützt während der Wahlkampagne. Nach dem Frühstück ging sie mit Richard zur Bezirksschule und gab ihre Stimme für Florentyna Kane ab. Es war ein merkwürdiges Gefühl. Richard, als eingeschriebener New Yorker Republikaner, blieb draußen.

Die Wahlbeteiligung war größer, als Edward vorausgesehen hatte, und es wurden 49.312 Stimmen für Florentyna abgegeben; 42.972 Personen entschieden sich für Ralph Brooks.

Florentyna Kane hatte ihre erste Wahl gewonnen.

Kandidat der Republikaner wurde Stewart Lyle, ein bequemerer Gegner als Ralph Brooks; der altmodische Herr, der immer höflich und charmant war, hielt nichts von Rededuellen im Fernsehen. Florentyna mochte ihn vom ersten Tag an und zweifelte nicht, daß er den Wahlbezirk gut vertreten würde. Nachdem aber Nixon am 9. August zurückgetreten war und Ford den Ex-Präsidenten pardoniert hatte, war ein überwältigender Sieg der Demokraten vorauszusehen.

Zu den Siegern gehörte auch Florentyna. Sie schlug die Republikanischen Kandidaten mit mehr als 27.000 Stimmen Vorsprung. Richard war der erste, der ihr gratulierte.

»Ich bin so stolz auf dich, Liebling.« Er lächelte spitzbübisch. »Und Mark Twain wäre es bestimmt auch gewesen.«

»Warum Mark Twain?« fragte Florentyna erstaunt.

»Weil er einmal gesagt hat: ›Angenommen, du bist ein Idiot, und angenommen, du bist Kongreßabgeordneter. Aber das ist ja eine Wiederholung.‹«

27

Zu Weihnachten kamen William und Annabel zu ihren Eltern nach Cape Cod, wo die Familie Kane ein Haus besaß. Florentyna war glücklich, die Feiertage mit ihren Kindern zu verbringen, und bald fühlte sie sich wieder so energiegeladen wie vor den Wahlen.

Der fünfzehnjährige William bereitete sich schon auf Harvard vor und verbrachte lange Nachmittage über Mathematikbüchern, die nicht einmal Richard verstand. Annabel hingegen führte lange Ferngespräche mit ihren Freundinnen, die sich zumeist um Jungen drehten, bis Richard ihr schließlich erklären mußte, wie die Telefongesellschaft ihr Geld verdiente. Florentyna las die *Colorado-Sage* von Michener und hörte sich auf Wunsch ihrer Tochter deren Lieblingsplatten an. Bei dieser Gelegenheit hörte Richard zum erstenmal einen Schlager, den er sein Leben lang lieben würde. Annabel war erstaunt über das Lächeln ihrer Mutter und die Begeisterung ihres Vaters: »Jessie come home, there's a hole in the bed where you slept, and now it's getting cold. Jessie, the blues . . .«

Nach den Weihnachtsferien fuhr Florentyna mit Richard nach New York zurück. Sie brauchte eine Woche, um die Berichte der Baron-Gruppe zu studieren und sich von den verschiedenen Direktoren informieren zu lassen, bevor sie das Gefühl hatte, alles zu wissen, was in ihrer Abwesenheit geschehen war.

Im Laufe dieses Jahres waren Hotels in Brisbane und in Johannesburg eröffnet worden, die alten Hotels in Nashville und Cleveland wurden renoviert. Richard hatte die Expansionspläne etwas eingeschränkt, aber für 1974 dennoch einen Rekordgewinn von fünfundvierzig Millionen Dollar erwirtschaftet. Florentyna konnte zufrieden sein; auch Lester wies in diesem Jahr eine ausgezeichnete Bilanz aus.

Nur um Richard machte sie sich Sorgen; zum erstenmal sah sie ihm sein Alter an, und um Stirn und Augen zeigten sich Falten, ein Zeichen, daß er überarbeitet war und sich zuviel zumutete. Als sie ihm vorhielt, viel zu intensiv und zu lange zu arbeiten (selbst Cello spielte er nur noch selten), meinte er, es sei eben nicht einfach, *First Gentleman* zu werden.

Anfang Januar fuhr Kongreßabgeordnete Kane nach Washington. Janet Brown befand sich schon seit Dezember in der Hauptstadt und kümmerte sich um Florentynas Mitarbeiterstab sowie um die Amtsübernahme. Als Florentyna ankam, schien alles bestens organisiert, und auch die George-Novak-Suite im Washington Baron stand zur Verfügung. Janet hatte sich im letzten halben Jahr als unentbehrlich erwiesen, und als der 94. Kongreß zum erstenmal zusammentrat, war Florentyna gut vorbereitet. Die 227.270 Dollar, die jedem Mitglied des Repräsentantenhauses für seinen Mitarbeiterstab zur Verfügung standen, hatte Janet überaus sorgfältig verwendet und die Mitarbeiter nicht nach ihrem Alter, sondern nach ihrer Tüchtigkeit ausgesucht. Florentyna bekam eine Privatsekretärin namens Louise Drummond, eine Assistentin für Rechtsfragen, einen Pressesekretär, vier Mitarbeiter, die die Post beantworten mußten, zwei Schreibkräfte und eine Empfangsdame. In ihrem Bezirksbüro arbeiteten drei Sachbearbeiterinnen unter der Leitung einer tüchtigen Polin.

Florentynas Räume lagen im 7. Stock des Longworth Building, des ältesten der drei Häuser. In diesen Büros hatten, wie Janet ihr mitteilte, Lyndon B. Johnson, John Lindsay und Pete McCloskey residiert. »Hör kein Übel, sieh kein Übel, sprich kein Übel«, bemerkte sie. Florentynas neues Büro war kaum zweihundert Meter vom Capitol entfernt, und wenn das Wetter schlecht oder der Besucherstrom der Touristen zu groß war, konnte sie mit der kleinen U-Bahn direkt hinfahren.

Ihr Privatbüro war ein mittelgroßes Zimmer, vollgeräumt mit dem üblichen schweren Mobiliar – ein Schreibtisch, ein großes braunes Ledersofa, ein paar unbequeme Stühle und zwei Vitrinenschränke: es bestand kein Zweifel, daß ihr Vorgänger ein Mann gewesen war.

Florentyna füllte die Schränke mit juristischen Werken und Gesetzbüchern, und an die cremefarbenen Wände hängte sie ein paar Aquarelle. Auf den Schreibtisch stellte sie ein Familienfoto, das vor ihrem ersten Laden in San Francisco aufgenommen worden war, und als sie hörte, daß jedes Mitglied berechtigt war, Pflanzen aus dem botanischen Garten zu bestellen, bat sie Janet, so viele herbeizuschaffen, wie erlaubt war, und jeden Montag frische Blumen auf ihren Schreibtisch zu stellen.

Auch das Empfangsbüro wurde freundlich und elegant eingerichtet; unter keinen Umständen wollte Florentyna irgendwo ihr eigenes Porträt sehen. Die Art, wie viele ihrer Kollegen das Empfangszimmer mit Fotos und Andenken aus ihrer Jugend bepflasterten, war ihr zutiefst zuwider. Widerwillig erlaubte sie, die Fahne von Illinois und das Sternenbanner hinter ihrem Schreibtisch anzubringen.

Bevor das Repräsentantenhaus zum erstenmal tagte, gab sie für ihre Familie und die Wahlhelfer einen Empfang. Richard und Kate kamen mit den Kindern aus New York, Edward mit Zaphia und Father O'Reilly aus Chicago. Florentyna hatte fast hundert Einladungen an Freunde und Helfer im ganzen Land ausgesandt, und zu ihrer Überraschung kamen mehr als siebzig Personen.

Während der Feier nahm sie Edward beiseite und forderte ihn auf, in den Aufsichtsrat der Baron-Gruppe einzutreten; beschwingt vom Champagner, nahm er an und vergaß es sofort wieder, bis er einen Brief von Richard erhielt, der die Ernennung bestätigte, und hinzufügte, es sei gut für Florentynas politische Karriere, wenn sie auch die Ansichten zweier in einem Aufsichtsrat sitzender Männer höre.

Als Richard und Florentyna an diesem Abend wieder einmal in einem der Doppelbetten eines Baron Hotels lagen, sagte er ihr, wie stolz er auf sie und ihren Erfolg sei.

»Ohne Ihre Unterstützung wäre es nicht gegangen, Mr. Kane.«

»Ich habe dich nie unterstützt, Jessie, obwohl ich zugeben muß, daß mich dein Wahlsieg gefreut hat. Und jetzt muß ich mich noch rasch mit den Angelegenheiten der europäischen Hotels beschäftigen.«

»Ich wollte, du würdest etwas weniger intensiv arbeiten, Richard.«

»Das geht nicht, Liebling. Keiner von uns bringt das fertig. Deshalb passen wir auch so gut zusammen.«

»Passe ich so gut zu dir?« fragte Florentyna.

»Eigentlich nicht. Könnte ich nochmals anfangen, ich würde Maisie heiraten und mir das Geld für einige Paar Handschuhe ersparen.«

»Mein Gott, was wohl aus Maisie geworden ist?«

»Sie ist sicher noch bei Bloomingdale's. Nachdem sie die Hoffnung aufgegeben hatte, mich zu umgarnen, heiratete sie einen Vertreter. Also muß ich wohl oder übel bei dir bleiben. Kann ich jetzt endlich meine Berichte studieren?«

Sie nahm ihm die Papiere aus der Hand und ließ sie auf den Boden fallen.

»Nein, mein Schatz.«

Bei der Eröffnung des 94. Kongresses betrat Sprecher Carl Albert in feierlich dunklem Anzug das Podium und klopfte mit dem Hammer, während er auf die im Halbkreis in grünen Ledersesseln sitzenden Mitglieder herabblickte. Florentyna drehte sich um und lächelte Richard und ihrer Familie zu, die auf der Galerie saßen. Ihre neuen Kollegen betrachtend, stellte sie fest, daß sie noch nie eine Ansammlung so schlecht angezogener Leute gesehen hatte. Ihr hellrotes, schickes Kostüm wirkte in dieser Umgebung besonders auffallend.

Der Sprecher bat den Geistlichen, Reverend Edward Latch, den Segen zu sprechen. Hierauf folgten Ansprachen der Führer beider Parteien und ein paar Worte Carl Alberts. Er bat die Abgeordneten, ihre Reden kurz zu halten und während der Reden der Kollegen keinen Lärm zu machen. Dann vertagte er die Sitzung, und alles verließ den Saal, um an einem der Dutzend Empfänge teilzunehmen, die am Eröffnungstag stattfanden.

»Ist das alles, was du zu tun hast, Mutti?« fragte Annabel.

Florentyna lachte. »Nein, mein Herz, das war nur die Eröffnung, die wirkliche Arbeit beginnt morgen.«

Am nächsten Morgen war selbst Florentyna überrascht. Sie fand hunderteinundsechzig Poststücke vor, einschließlich zweier alter Zeitungsexemplare; sechs Briefe von Abgeordneten, die sie noch nicht kannte, vierzehn Einladungen zu Empfängen von Handelsgesellschaften und sieben Briefe von Interessengruppen; einige Einladungen, Konferenzen zu eröffnen – ein paar aus Chicago, ein paar aus Washington –, drei Dutzend Briefe von Wählern, zwei Bitten, auf ihre Postliste gesetzt zu werden, vierzehn Lebensläufe von Stellungssuchenden und eine Mitteilung von Carl Albert, daß man sie für das Komitee des Verbandes kleiner Gewerbetreibender und den Finanzausschuß vorgeschlagen hatte.

Der Posteingang schien noch erträglich verglichen mit den fortwährenden Telefonaten, die Bitten der Anrufer umfaßten dabei alles, von Florentynas offiziellem Foto bis zu Presseinterviews. Die Washingtoner Reporter der Chicagoer Zeitungen riefen regelmäßig an, aber auch die Washingtoner Journalisten, die neugierig waren auf eine Kongreßabgeordnete, die nicht wie eine Freistilringerin aussah, meldeten sich regelmäßig. Florentyna lernte rasch die Namen der wichtigsten Journalisten kennen, und Ende März hatte sie der *Washington Post* sowie einem Wochenmagazin Interviews gegeben, die auf der ersten Seite erschienen. Die ständig wiederholte Aufforderung, in der Sendung »Panorama« zu erscheinen, lehnte sie ab; sie versuchte einen Mittelweg zu finden zwischen öffentlichen Auftritten, die ihren Bekanntheitsgrad erhöhten, und dem Verlust ihrer gesamten Freizeit an die Medien.

In diesen ersten Wochen kam sich Florentyna vor wie eine Schnelläuferin, die aber auf der Stelle tritt. Sie war froh, daß die Delegation von Illinois sie für einen freien Platz in dem einflußreichen Finanzausschuß vorgeschlagen hatte – die erste junge Abgeordnete seit Jahren, der diese Ehre zuteil wurde –, stellte jedoch fest, daß nichts dem Zufall überlassen blieb, als sie einen kurzen Brief von Bürgermeister Daley erhielt, der schlicht lautete: »Tun Sie etwas für uns.

Florentyna war zwar von der neuen Welt fasziniert, fühlte sich jedoch manchmal in ihre Schulzeit zurückversetzt, wenn sie auf der Suche nach Konferenzsälen durch die Korridore eilte, mit der U-Bahn zum Capitol fuhr, um ihre Stimme abzugeben, mit Vertretern der verschiedensten Lobbys zusammentraf, Fachbücher studierte und Hunderte Briefe unterschrieb. Der Gedanke, eine Unterschriftenmaschine anzuschaffen, wurde immer verlockender.«

Ein älterer Kollege von der demokratischen Partei in Chicago riet ihr, jeden zweiten Monat an die hundertachtzigtausend Haushalte ihres Wahlkreises einen Brief mit allen Neuigkeiten zu versenden. »Denken Sie daran, meine Liebe, es mag zwar aussehen, als überschwemmten Sie den *Ninth District* mit Papier, andererseits aber gibt es nur drei Arten, Ihre Wiederwahl zu garantieren: Postwurfsendungen, Postwurfsendungen und wieder Postwurfsendungen.«

Ebenso riet er Florentyna, zwei ihrer Mitarbeiter jene Artikel in Lokalzeitungen ausschneiden zu lassen, die sich auf einen ihrer Wähler bezogen. Bald bekamen die Wähler Glückwunschkarten zur Vermählung, zu Geburten, Geburtstagen und anderen Anlässen, ja selbst zu Siegen im Basketball, da auch die Achtzehnjährigen jetzt stimmberechtigt waren. Wo es am Platz war, fügte Florentyna ein paar Worte auf polnisch hinzu und dankte insgeheim ihrer Mutter, daß sie ihr trotz des Widerstandes des Vaters Polnisch beigebracht hatte.

Mit Janets Hilfe – sie war immer schon im Büro, wenn Florentyna kam, und blieb länger als diese – arbeitete sich Florentyna langsam durch die Papierberge, und am 4. Juli, zu Ferienbeginn, hatte sie es fast geschafft. Bisher hatte sie weder im Repräsentantenhaus noch in einem der Komitees das Wort ergriffen. Sandra Read, eine Kollegin aus New York, hatte ihr geraten, das erste halbe Jahr mit Zuhören zu verbringen, das zweite mit Nachdenken und erst im dritten sollte sie gelegentlich Reden halten.

»Und was tue ich im vierten Halbjahr?« fragte Florentyna.

»Für die Wiederwahl kandidieren.«

Am Wochenende ergötzte sie Richard mit Berichten über die Verschwendung von Steuergeldern in der Bürokratie und die Unsinnigkeit, mit der das demokratische System in den Vereinigten Staaten angewandt wurde.

»Ich dachte, du wurdest gewählt, um das alles zu ändern?« Richard sah seine Frau an, die im Türkensitz auf dem Boden saß und die Knie umfaßt hielt.

»Es wird zwanzig Jahre dauern, bevor sich auch nur das Geringste ändert. Weißt du, daß Ausschüsse Entscheidungen über Millionen Dollar treffen, die Hälfte der Mitglieder jedoch keine Ahnung hat, warum sie wofür stimmen, und die andere Hälfte nicht einmal anwesend ist, sondern sich vertreten läßt?«

»Dann mußt du Vorsitzende eines Ausschusses werden und dafür sorgen, daß deine Mitglieder anwesend sind und die Probleme studieren.«

»Das kann ich nicht.«

»Was heißt, das kannst du nicht?« Richard legte die Morgenzeitung beiseite.

»Man kann nur Ausschußvorsitzender werden, wenn man entsprechend lang Mitglied war; ganz gleich, wie gut jemand ist, der, der am längsten im Ausschuß ist, wird Vorsitzender. Von zweiundzwanzig Ausschüssen werden drei von Vorsitzenden geleitet, die älter als siebzig sind, und dreizehn von Leuten über sechzig; das heißt, daß nur sechs unter sechzig Jahre alt sind. Ich hab' mir ausgerechnet, daß ich an meinem 68. Geburtstag Vorsitzende des Finanzausschusses werde – nach achtundzwanzig Jahren im Kongreß. Aber nur, wenn ich die dazwischenliegenden dreizehn Wahlen gewinne, denn wenn man eine verliert, fängt man wieder von vorne an. Jetzt verstehe ich auch, warum so viele Südstaaten Abgeordnete unter dreißig in den Kongreß schicken. Würden wir die Baron-Gruppe so führen, wie der Kongreß geführt wird, wir wären längst pleite.«

Allmählich fand Florentyna sich mit der Tatsache ab, daß es Jahre dauern würde, bis sie in eine der Spitzenpositionen der Politik kommen konnte; es war ein harter, mühsamer Weg, auch sie mußte »ihre Zeit abdienen«. »Langsam, aber stetig weitermachen«, so ungefähr drückte es der Ausschußvorsitzende aus. Wenn die Karriere anders verlaufen sollte, mußte sie den Nachteil, am Anfang zu stehen, durch den Vorteil, eine Frau zu sein, kompensieren.

Es kam anders, als sie es je hätte planen können. Die ersten sechs Monate hatte sie im Haus nicht den Mund aufgemacht, obwohl sie stundenlang die Debatten verfolgt und von jenen gelernt hatte, die ihre beschränkte Sprechzeit am besten nutzten. Als ein angesehener Republikaner, Robert C. L. Buchanan, einen Zusatzantrag gegen die Legalisierung der Abtreibung einbrachte, fand es Florentyna an der Zeit, zum erstenmal das Wort zu ergreifen.

Sie bat, gegen den Antrag sprechen zu dürfen. In seiner höflichen Antwort erinnerte er sie an die mit fünf Minuten begrenzte Sprechzeit und wünschte ihr Glück.

Buchanan sprach mit Nachdruck und Gefühl vor einem schweigenden Haus und nutzte seine fünf Minuten mit dem Geschick eines routinierten Abgeordneten. Florentyna hielt ihn für einen üblen Reaktionär und machte sich, während er sprach, weitere Notizen. Als Buchanan sich setzte, erhielt Sandra Read das Wort; sie sprach sich mit aller Entschiedenheit gegen den Zusatzantrag aus und wurde fortwährend von lärmenden Zurufen aus dem Saal unterbrochen. Ein dritter Sprecher wiederholte nur, was Buchanan bereits gesagt hatte, um sicherzugehen, daß seine Ansichten in den lokalen Zeitungen erschienen. Dann erteilte Albert ihr das Wort. Ein wenig ängstlich stand Florentyna auf und versuchte, das Zittern ihrer Hand zu verbergen, als sie zur Rednerbühne ging.

»Ich muß mich vor dem Repräsentantenhaus entschuldigen, wenn ich gerade in einer so umstrittenen Sache zum erstenmal das Wort ergreife, aber ich kann den Zusatzantrag aus verschiedenen Gründen nicht akzeptieren.« Florentyna begann über die Rolle einer Mutter zu sprechen, die in ihrem Beruf etwas erreichen möchte. Dann skizzierte sie die Gründe, warum der Kongreß den Zusatzantrag ablehnen sollte. Sie merkte, daß sie nervös war und sich ungewöhnlich unpräzis ausdrückte. Nach ein paar Minuten merkte sie auch, daß Buchanan sich mit dem zweiten republikanischen Redner ungeniert und laut unterhielt, was andere Abgeordnete dazu ermunterte, sich ebenfalls zu unterhalten oder aufzustehen, um mit Kollegen zu schwatzen. Bald war es im Saal so laut, daß Florentyna kaum ihr eigenes Wort verstand. Plötzlich hielt sie mitten in einem Satz inne und schwieg.

Der *Speaker* klopfte mit dem Hammer und fragte, ob sie ihre Zeit an jemanden anderen abtrete.

Florentyna drehte sich zu ihm um und sagte: »Nein, ich habe nicht die Absicht fortzufahren.«

»Aber das ehrenwerte Mitglied war mitten in einem Satz!«

»Das stimmt, aber es wurde mir klar, daß viele Anwesende den Klang ihrer eigenen Stimme lieber hören als meine Ansichten.« Buchanan stand auf, um zu widersprechen, wurde jedoch vom Vorsitzenden abgewiesen. Ein Tumult brach aus, und Abgeordnete, die Florentyna nie bemerkt hatten, sahen sie auf einmal an.

Sie blieb auf der Rednerbühne stehen, während der *Speaker* fortwährend mit dem Hammer klopfte. Als der Lärm verklang, sagte Florentyna: »Ich weiß, Mr. Speaker, daß es in diesem Haus Jahre dauert, bevor man etwas durchsetzt, ich wußte jedoch nicht, daß es offenbar ebensolange dauert, bis jemand den Anstand hat, einem zuzuhören.«

Wieder brach ein Tumult aus. Florentyna, die jetzt am ganzen Körper zitterte, blieb schweigend stehen. Endlich trat wieder Ruhe ein.

»Die Behauptung ist berechtigt«, sagte der *Speaker* und fixierte Buchanan und seinen Kollegen, die jetzt sehr verlegen waren. »Mehr als einmal habe ich schon auf diese schlechte Gewohnheit hingewiesen. Es bedurfte eines neuen Mitglieds, um uns in Erinnerung zu bringen, wie unhöflich wir geworden sind. Vielleicht möchte die ehrenwerte Abgeordnete aus Illinois jetzt wieder das Wort ergreifen.« Florentyna sah nach, wie weit sie in ihrer Rede gekommen war. Der Saal verharrte in erwartungsvollem Schweigen.

Eben wollte Florentyna fortfahren, als sie eine Hand auf ihrer Schulter spürte. Lächelnd stand Sandra Read neben ihr. »Setzen Sie sich. Sie haben alle geschlagen. Wenn Sie jetzt sprechen, kann es dem Eindruck, den Sie gemacht haben, nur abträglich sein. Verlassen Sie den Saal, sobald der nächste Redner aufsteht.« Florentyna nickte, trat die ihr verbliebene Zeit ab und ging zu ihrem Platz zurück.

Während Florentyna mit Sandra Read dem Ausgang zustrebte, wurde dem nächsten Sprecher das Wort erteilt. Sandra verabschiedete sich von ihr mit den Worten: »Gut gemacht. Jetzt müssen Sie sich allein wehren.«

Als Florentyna im Vorraum von Reportern umringt wurde, verstand sie, was Sandra gemeint hatte.

»Können Sie ein bißchen vortreten?« bat ein Interviewer von C. B. S. Florentyna wurde von Fernsehkameras, Reportern und Blitzlichtern empfangen.

»Halten Sie das, was sich im Kongreß abspielt, für eine Schande?«

»Wird Ihr Standpunkt den Befürwortern der Abtreibung helfen?«

»Wie möchten Sie die Kongreßordnung verändern?«

»Haben Sie Ihren Auftritt so geplant?«

Frage um Frage prasselte auf Florentyna nieder, und abends rief Senator Mike Mansfield, der Sprecher der demokratischen Mehrheit, im Senat an, um ihr zu gratulieren. Barbara Walters bat sie, in den Fernsehnachrichten aufzutreten.

Die *Washington Post* brachte am folgenden Tag eine Version der Ereignisse, die so klang, als hätte Florentyna dem Kongreß auf eigene Faust den Krieg erklärt. Richard rief an und las ihr vor, was über ihrem Foto auf der Titelseite der *New York Times* stand: »Eine mutige Frau hält Einzug im Kongreß.« Im Lauf des Morgens wurde es völlig klar, daß Abgeordnete Kane über Nacht berühmt geworden war, weil sie *keine* Rede gehalten hatte. Phyllis Mills, eine Abgeordnete aus Pennsylvania, warnte sie – sie müsse sich ihr nächstes Thema sehr sorgfältig aussuchen, weil die Republikaner mit gezückten Messern auf sie warten würden.

»Vielleicht sollte ich, jetzt, da ich vorn liege, aufgeben«, sagte Florentyna.

Als sich die anfängliche Aufregung gelegt hatte und ihr Posteingang von tausend Briefen pro Woche wieder auf die üblichen dreihundert schrumpfte, begann Florentyna durch zähe Kleinarbeit ihre Stellung zu festigen. In Chicago hatte ihr

Name, wie sie bei ihren Besuchen feststellen konnte, bereits einen guten Klang, die Wähler begannen zu glauben, daß sie den Lauf der Dinge tatsächlich beeinflussen könne. Das machte Florentyna Sorgen, denn sie wußte, wie beschränkt die Einflußsphäre eines Politikers ist, versucht er, die übliche Routine zu durchbrechen. Auf lokaler Ebene aber konnte sie den Leuten, die manchmal von dem bürokratischen System einfach überwältigt wurden, ein wenig helfen. Sie nahm für das Büro in Chicago einen weiteren Mitarbeiter zur Betreuung ihres Wahlkreises auf.

Richard war beglückt, daß Florentyna in ihrer neuen Karriere aufging und versuchte, ihr möglichst viel Arbeit abzunehmen, wenn es um die Baron-Gruppe ging. Auch Edward Winchester stand ihr sowohl in New York wie in Chicago stets helfend zur Seite. Besonders in Chicago hatte er in Bürgermeister Daleys verrauchten Zimmern beachtlich an Einfluß gewonnen, seit dieser die Notwendigkeit einer neuen Generation von Politikern für die Präsidentenwahlen von 1972 erkannt hatte. Daleys alte Kollegen hatten sich offenbar mit Florentynas Aufstieg abgefunden. Richard war voll des Lobes, wenn er von Edwards Mitwirkung als Aufsichtsrat sprach und überlegte, ihn auch in den Aufsichtsrat der Lesterbank zu bitten.

Kaum hatte Florentyna das erste Jahr im Repräsentantenhaus hinter sich, als sie Richard klagte, sehr bald mit der Werbung für ihre Wiederwahl beginnen zu müssen.

»Ist das nicht verrückt, jemanden nur für zwei Jahre zu wählen? Kaum hat man sich an die Arbeit gewöhnt, muß man schon wieder mit dem Wahlkampf beginnen.«

»Was würdest du statt dessen vorschlagen?« fragte Richard.

»Nun, die Senatoren werden alle sechs Jahre wiedergewählt, das ist schon wesentlich besser. Ich würde auch den Abgeordneten des Repräsentantenhauses zumindest vier Jahre Zeit geben.«

Als sie sich bei Edward darüber beklagte, teilte er ihren

Standpunkt, meinte jedoch, daß sie in ihrem Fall weder von den Demokraten noch von den Republikanern etwas zu fürchten habe.

»Und was ist mit Ralph Brooks?«

»Seit er geheiratet hat, scheint er nur noch auf die Stellung eines Staatsanwaltes zu spitzen. Vielleicht will seine Frau, eine Dame der Gesellschaft, daß er der Politik den Rücken kehrt.«

»Das glaub' ich nicht«, meinte Florentyna, »er wird zurückkehren.«

Im September flog Florentyna nach New York und brachte gemeinsam mit Richard William nach Concord in New Hampshire, wo der Junge sein fünftes Jahr in *St. Paul* beginnen sollte. Das Auto war vollgepackt – mehr mit Stereoanlagen, Rolling-Stones-Platten und Sportgeräten als mit Büchern. Annabel besuchte jetzt die *Madeira School*, um in der Nähe ihrer Mutter zu sein, zeigte aber keinen Wunsch, in ihre Fußstapfen zu treten und Radcliffe anzuvisieren.

Florentyna war ein wenig enttäuscht, daß Annabel sich ausschließlich für Jungen und Parties zu interessieren schien. Nicht einmal erwähnte sie während der Ferien ihre Fortschritte in der Schule, nicht einmal sah sie ein Buch auch nur an. Sie vermied die Gesellschaft ihres Bruders und wechselte sogar das Thema, wann immer sein Name fiel. Mit jedem Tag wurde deutlicher, daß sie ihrem Bruder die Erfolge mißgönnte.

Carol bemühte sich, das Mädchen zu beschäftigen, Annabel aber hörte nicht einmal auf ihren Vater und kam einmal abends um Stunden später nach Hause, als sie ihm versprochen hatte.

Als Annabel wieder in die Schule zurückkehrte, war Florentyna erleichtert; sie wollte die Ferieneskapaden ihrer Tochter nicht zu ernst nehmen und hoffte, Annabel befinde sich nur in einer Übergangsphase.

Sich in einer Männerwelt zu behaupten, war nichts Neues für Florentyna, und sie begann ihr zweites Jahr im Kongreß mit wesentlich mehr Selbstvertrauen. Natürlich war die Atmosphäre in der Politik um einiges rauher als im Aufsichtsrat der Baron-Gruppe, und dort hatte sie überdies Richard zur Seite gehabt. Edward meinte jedoch, der Umstand, daß sie jetzt härter kämpfen müsse als alle Männer, sei vielleicht eine gute Vorbereitung für den Tag, an dem sie neuen Rivalen gegenüberstehen werde. Als Richard sie fragte, wie viele ihrer Kollegen nach ihrer Meinung für einen Platz im Aufsichtsrat der Baron-Gruppe in Frage kämen, mußte sie zugeben, daß ihr nur wenige Namen einfielen.

Das zweite Jahr war für Florentyna wesentlich erfreulicher als das erste, und sie erlebte einige Höhepunkte; im Februar brachte sie einen Zusatz zu einer Gesetzesvorlage durch, die bestimmte, daß wissenschaftliche Publikationen mit einer geringeren Auflage als zehntausend Stück von jeder Steuer befreit wurden. Im April kämpfte sie gegen verschiedene Punkte in Reagans Budgetentwurf; im Mai wurden sie und Richard zu einem Empfang zu Ehren von Elisabeth II. ins Weiße Haus eingeladen. Das Erfreulichste an diesem Jahr aber war das Gefühl, daß sie zum erstenmal auf Probleme Einfluß hatte, die das Leben ihrer Wähler betrafen.

Die Einladung, die ihr die größte Freude machte, kam von Verkehrsminister William Coleman – nämlich die Aufforderung, im Hafen von New York der Feier zum zweihundertsten Geburtstag der USA beizuwohnen und das Einlaufen der großen Schiffe mitanzusehen. Es erinnerte sie daran, daß auch Amerika eine Geschichte hatte, auf die man stolz sein konnte.

Alles in allem war es für Florentyna ein denkwürdiges Jahr, und das einzig traurige Ereignis war der Tod ihrer Mutter, die seit vielen Monaten an einer Erkrankung der Atemwege gelitten hatte. Eben, als sie die Gesellschaftsspalten beherrschte, hatte Zaphia sich aus der Öffentlichkeit zurückgezogen. Schon

1968, als Florentyna eine revolutionäre Modeschau von St. Laurent nach Chicago brachte, hatte sie ihrer Tochter gesagt: »Diese neue Mode ist nichts für eine Frau meines Alters.« Danach zeigte sie sich kaum mehr bei Wohltätigkeitsveranstaltungen, und bald verschwand ihr Name von den auf Büttenpapier gedruckten Einladungen. Am liebsten hörte sie lange Geschichten über ihre Enkel und gab dann und wann mütterliche Ratschläge, die ihre Tochter zu schätzen gelernt hatte.

Florentyna hatte ein stilles Begräbnis gewünscht. Als sie, flankiert von ihren Kindern, am Grab stand und den Worten Pater O'Reillys lauschte, wurde ihr klar, daß sie nicht einmal angesichts des Todes auf eine Privatatmosphäre hoffen konnte. In dem Augenblick, in dem der Sarg in das Grab hinabgelassen wurde, flammten die Blitzlichter auf, und die Fotografen hörten erst auf, als die Erde den Holzsarg zur Gänze bedeckte.

Die letzten Wochen vor der Präsidentenwahl verbrachte Florentyna fast ausschließlich in Chicago und überließ Janet die Leitung des Büros in Washington. Als Abgeordneter Waye Hayes zugab, einer seiner Mitarbeiterinnen vierzehntausend Dollar Gehalt im Jahr zu zahlen, obwohl sie weder maschineschreiben noch das Telefon bedienen konnte, baten Janet und Louise um Gehaltserhöhung.

»Aber Miss Ray erweist Mr. Hayes gewisse Dienste, auf die ich in meinem Büro keinen Wert lege«, sagte Florentyna.

»Das Problem in unserem Büro ist umgekehrt«, erklärte Louise.

»Was meinst du damit?«

»Wir bekommen fortwährend Anträge von Mitgliedern, die glauben, wir müßten Ihnen zur Verfügung stehen.«

»Wie viele Anträge hast du bekommen, Louise?« fragte Florentyna lachend.

»Ein paar Dutzend.«

»Und wie viele hast du angenommen?«

»Drei.« Louise grinste.

»Und wie viele hast du erhalten?« Florentyna wandte sich an Janet.

»Drei«, sagte Janet.

»Wie viele hast du erhört?«

»Drei«, sagte Janet.

Als sie aufhörten zu lachen, meinte Florentyna: »Vielleicht hatte Mondale recht. Was die Demokraten mit ihren Sekretärinnen machen, machen die Republikaner mit dem Land. Ihr bekommt beide eine Gehaltserhöhung.«

Wieder einmal behielt Edward recht; niemand machte ihr die demokratische Kandidatur streitig, und die Vorwahl für den *Ninth District* war praktisch nur eine Formsache. Stewart Lyle, der wieder für die Republikaner kandidierte, sagte ihr unter vier Augen, daß er sich nicht die geringsten Hoffnungen mache. »Wählt-wieder-Kane«-Plakate und -Aufkleber schienen allgegenwärtig.

Florentyna freute sich auf eine neue Kongreßperiode mit einem demokratischen Präsidenten im Weißen Haus. Nach einem harten Kampf mit Gouverneur Reagan hatten sich die Republikaner auf Gerald Ford geeinigt, während die Demokraten Jimmy Carter wählten, einen Mann, von dem Florentyna bis zu den Vorwahlen in New Hampshire kaum etwas gehört hatte.

Fords Wahlkampagne gegen Ronald Reagan hatte seiner Sache nicht genutzt, und das amerikanische Volk vergaß ihm auch nicht, daß er Nixon pardoniert hatte. Fortwährend stießen ihm kleine Malheurs zu – er fiel über die Gangway, als er aus dem Flugzeug stieg, und stieß mit dem Kopf an Helikoptertüren. Während einer Fernsehdebatte mit Carter hörte ihn Florentyna sagen, es gebe keine sowjetische Beherrschung Osteuropas, und war entsetzt. »Erklären Sie das dem polnischen Volk«, sagte sie wütend zu dem kleinen Bildschirm.

Auch der demokratische Kandidat beging eine Reihe von

Fehlern, aber schließlich meinte Richard, das Image eines gegen Washington eingestellten, evangelischen Christen werde Carter einen knappen Wahlsieg über Präsident Ford bringen, der immer noch durch die Nixon-Ära belastet war.

»Warum wurde ich dann mit einer größeren Mehrheit wiedergewählt?« fragte Florentyna.

»Weil viele Republikaner für dich, aber nicht für Carter stimmten.«

»Gehörst du zu ihnen?«

»Ich berufe mich auf das *Fifth Amendement.*«

28

Am Tag der Inauguration trug Richard einen eleganten dunklen Anzug, fand es jedoch schade, daß der Präsident niemandem erlaubte, einen Cut zu tragen. Die Familie Kane hörte der Rede des neuen Präsidenten zu; es fehlte ihr das Charisma eines Kennedy und die Weisheit eines Roosevelt, aber die schlichte Botschaft christlicher Rechtschaffenheit kam gut an. Amerika wollte im Augenblick nichts anderes als einen anständigen, ehrlichen Mann im Weißen Haus, und man freute sich über Carters Wahl. Präsident Ford saß zu seiner Linken; Präsident Nixon fehlte. Florentyna hatte das Gefühl, Carter habe das Klima für seine Amtsperiode umschrieben, als er sagte:

»Ich habe keinen Traum zu verkünden, ich möchte vielmehr den Glauben an den alten Traum stärken. Wir haben erfahren, daß ›mehr‹ nicht unbedingt ›besser‹ ist, daß auch unsere große Nation ihre Grenzen hat, und wir weder alle Fragen beantworten noch alle Probleme lösen können.«

Die Menschenmenge in Washington zeigte sich entzückt, als der neue Präsident, die First Lady und ihre Tochter Amy Hand in Hand über die Pennsylvania Avenue zu Fuß zum Weißen

Haus gingen; das Secret Service war offensichtlich auf diesen Bruch mit der Tradition nicht vorbereitet.

»Ein Tänzer springt herum«, sagte einer von ihnen in sein Funksprechgerät. »Gott helfe uns, wenn wir vier Jahre der spontanen Aktionen vor uns haben.«

Abends gingen die Kanes zu einer der sieben »People's Parties«, wie Carter sie nannte, um die Inauguration zu feiern. Florentyna trug ein weißes, mit zarten Goldfäden durchwirktes Modell von Gianni di Ferranti, das die Fotografen den ganzen Abend lang entzückte. Das Ehepaar Kane wurde dem Präsidenten vorgestellt, der im kleinen Kreis ebenso schüchtern schien wie in der Öffentlichkeit.

Als Florentyna bei der Eröffnung des 95. Kongresses ihren Platz im Saal einnahm, war es wie eine Rückkehr in die Schule – man klopfte einander auf die Schulter, schüttelte Hände, umarmte sich und erzählte von den Ferien.

»Freue mich, daß Sie wieder gewonnen haben.«

»War es ein harter Wahlkampf?«

»Glauben Sie ja nicht, daß Sie jetzt, da Bürgermeister Daley tot ist, sich ihr eigenes Komitee aussuchen können.«

»Wie hat Ihnen Jimmys Antrittsrede gefallen?«

Der neue Sprecher, Tip O'Neill, nahm seinen Platz in der Mitte des Podiums ein, klopfte mit dem Hammer, rief alle zur Ordnung, und die ganze Prozedur begann wieder.

Florentyna war im Finanzausschuß um zwei Plätze vorgerückt, da ein Mitglied ausgeschieden war und ein zweites nicht wiedergewählt wurde. Sie wußte jetzt, wie die Ausschüsse arbeiteten, fürchtete aber immer noch, daß es Jahre dauern würde, bevor sie die Dinge, die ihr am Herzen lagen, durchsetzen konnte. Richard schlug ihr vor, sie solle sich auf ein Gebiet konzentrieren, auf dem sie mehr öffentliche Anerkennung fände, und sie schwankte zwischen Steuerreform und Abtreibung. Eine zu starke Identifizierung mit der Abtreibungsfrage war nach Richards Meinung ungünstig; Florentyna stimmte ihm zu. Sie war immer noch unentschlossen, als sich ein Gebiet von selbst anbot.

Im Repräsentantenhaus fand eine Debatte über das Verteidigungsbudget statt, und Florentyna hörte zu, wie die Mitglieder beiläufig die Bereitstellung von Milliarden Dollar für die Verteidigung diskutierten. Zwar gehörte sie nicht zum Unterausschuß für Verteidigungsfragen, wie der Republikaner Robert C .L. Buchanan, aber seine Meinung interessierte sie. Buchanan erinnerte das Haus an die Feststellung des Verteidigungsministers Brown, daß die Russen heute die Möglichkeit hätten, sämtliche amerikanischen Satelliten im Weltraum zu zerstören. Buchanan legte der Regierung nahe, mehr für die Verteidigung und weniger für andere Zwecke auszugeben. Florentyna hielt Buchanan immer noch für einen konservativen Narren und stand ärgerlich auf, um ihm zu widersprechen. Jeder im Saal erinnerte sich an ihre letzte Konfrontation und wußte, daß Buchanan ihre Ansicht anhören mußte.

»Ist der Abgeordnete bereit, eine Frage anzuhören?«

»Ich überlasse der Dame aus Illinois das Wort.«

»Ich danke dem Abgeordneten Buchanan und möchte fragen, woher das Geld für diese grandiosen militärischen Projekte kommen soll?«

Buchanan stand langsam auf. Er trug einen dreiteiligen Tweedanzug, der Scheitel in seinem silbergrauem Haar war schnurgerade. Er trat von einem Fuß auf den anderen wie ein Kavallerieoffizier auf einem kalten Paradeplatz. »Diese ›grandiosen Projekte‹ sind nur das, was der Ausschuß, dem ich angehöre, verlangt, und wenn ich mich recht erinnere, gehört die Mehrheit in diesem Ausschuß der Partei an, die von der Abgeordneten aus Illinois vertreten wird.« Lautes Gelächter quittierte seine Bemerkung. Florentyna stand ein zweitesmal auf; Buchanan schwieg sofort.

»Ich möchte immer noch wissen, woher der Abgeordnete aus Tennessee das Geld dafür zu nehmen gedenkt. Vom Erziehungswesen, von den Krankenhäusern oder von den Sozialleistungen?«

Im Saal herrschte Schweigen.

»Ich würde es niemandem wegnehmen, Ma'am, aber ich möchte die ehrenwerte Abgeordnete aus Illinois warnen, daß wir, wenn es nicht genug Geld für die Verteidigung gibt, vielleicht kein Geld für Erziehung, Krankenhäuser oder Sozialleistungen brauchen werden.«

Buchanan nahm ein Dokument von seinem Pult und gab dem Haus die genauen Ziffern bekannt, die im vergangenen Jahr in den von Florentynas erwähnten Ressorts ausgegeben wurden. Es zeigte sich, daß die Ausgaben für Verteidigung im Vergleich zu den übrigen Ausgaben zurückgegangen waren. »Abgeordnete wie die Dame aus Illinois, die die Fakten zwar nicht kennen, jedoch finden, die Verteidigungsausgaben seien zu hoch, sind für die Männer im Kreml ein Anlaß zum Jubel, während das Ansehen des Repräsentantenhauses darunter leidet. Diese Einstellung, die auf falschen Informationen beruht, hat schon Roosevelt handlungsunfähig gemacht und uns nur wenig Zeit gelassen, auf Hitlers Bedrohung zu antworten.«

Mitglieder beider Parteien applaudierten, und Florentyna wünschte, sie wäre an diesem Nachmittag nicht anwesend gewesen. Sobald Buchanan geendet hatte, verließ sie den Saal und ging in ihr Büro.

»Janet, ich brauche sämtliche Berichte des Unterausschusses für Verteidigung der letzten zehn Jahre. Und bitte unsere rechtskundigen Mitarbeiter, sofort zu mir zu kommen«, sagte Florentyna, noch bevor sie sich an den Schreibtisch setzte.

»Ja, Ma'am.« Janet war überrascht, da Florentyna in den drei Jahren ihrer gemeinsamen Arbeit Verteidigungsfragen nie erwähnt hatte. Die Mitarbeiter traten ein und ließen sich auf Florentynas altes Sofa fallen.

»In den nächsten Monaten beabsichtige ich, mich auf Fragen der Verteidigung zu konzentrieren. Ich möchte Sie bitten, die

Berichte des Unterausschusses der letzten zehn Jahre sorgfältig zu studieren und alle wichtigen Bemerkungen anzuzeichnen. Ich möchte mir ein realistisches Bild von der militärischen Stärke unseres Landes machen, falls wir uns gegen einen Angriff der Sowjets verteidigen müssen.« Die vier Mitarbeiter machten sich eifrig Notizen. »Ich möchte alle wesentlichen Veröffentlichungen über dieses Thema, einschließlich der Bewertungen der CIA-Teams A und B, und ich wünsche, daß man mich informiert, wenn in Washington Seminare oder Vorträge über unsere Landesverteidigung und damit verbundene Probleme stattfinden. Überdies brauche ich alle Kommentare der *Washington Post,* der *New York Times,* von *Newsweek* und *Time;* sie sollen jeden Freitagabend auf meinem Schreibtisch liegen. Niemand darf etwas zitieren, von dem ich keine Kenntnis habe.«

Die vier Mitarbeiter waren ebenso verblüfft wie Janet; seit zwei Jahren hatten sie sich auf die Probleme der kleinen Gewerbetreibenden und der Steuerreform konzentriert. Es sah nicht so aus, als würden sie während der nächsten Monate viele freie Wochenenden haben. Kaum hatten sie das Büro verlassen, als Florentyna eine fünfstellige Telefonnummer wählte. Sie bat die Sekretärin um einen Termin beim Fraktionschef.

»Gern, Mrs. Kane. Ich werde Mr. Chadwick bitten, Sie später anzurufen.«

Am nächsten Morgen um zehn Uhr wurde Florentyna in das Büro des Fraktionsvorsitzenden geführt.

»Mark, ich möchte im Unterausschuß für Verteidigungsausgaben sitzen.«

»Das ist nicht ganz einfach, Florentyna.«

»Ich weiß, Mark. Aber es ist die erste Bitte, die ich in drei Jahren äußere.«

»Es ist nur ein Platz frei, und so viele Mitglieder bedrängen mich, daß ich mir kaum zu helfen weiß. Dessenungeachtet werde ich mir Ihre Bitte ernsthaft überlegen.« Er machte sich eine Notiz. »Übrigens, Florentyna, die League of Women Voters

(Liga der weiblichen Wähler) hält ihre jährliche Zusammenkunft in meinem Wahlkreis ab und hat mich eingeladen, der Hauptredner am ersten Tag zu sein. Ich weiß, wie hoch die Liga Sie schätzt, und wäre daher sehr froh, wenn Sie kommen und die Einführungsrede halten könnten.«

»Ich werde mir Ihre Bitte ernsthaft überlegen«, sagte Florentyna lächelnd.

Zwei Tage später erhielt sie vom Büro des *Speakers* die Mitteilung, daß sie zum Mitglied des Unterausschusses für Verteidigungsausgaben ernannt worden sei. Drei Wochen später flog sie nach Texas und sagte vor der *League of Women Voters,* daß sie sich um das Wohl Amerikas keine Sorgen machen müßten, solange es Männer wie Mark Chadwick im Kongreß gebe. Die Frauen klatschten Beifall, und Florentyna drehte sich zu Mark um, der zufrieden grinste.

In den Sommerferien fuhr die Familie Kane nach Kalifornien. Die ersten zehn Tage verbrachten sie mit Bella und ihrer Familie in dem neuen Haus hoch über San Francisco mit Blick über die Bucht.

Claude war jetzt Partner in einer Anwaltsfirma, und Bella zweite Direktorin in ihrer Schule. Sonst hatten sich die beiden nur insofern verändert, fand Richard, als Claude noch etwas dünner, und Bella noch etwas stattlicher geworden war.

Alle hätten die Ferien genossen, wäre Annabel nicht wieder und wieder verschwunden, und zwar allein. Bella, einen Hokkeyschläger in der Hand, ließ Florentyna nicht im Zweifel, wie sie das Mädchen behandeln würde.

Florentyna versuchte, Streit zwischen den beiden Familien zu vermeiden, doch als Bella Annabel Haschisch rauchend auf dem Dachboden fand und ihr ihre Meinung sagte, war eine Konfrontation unvermeidlich.

»Das geht dich nichts an«, sagte Annabel und inhalierte den Rauch.

Auf eine Standpauke Florentynas hin erwiderte Annabel, vielleicht sei ihre Mutter berechtigt, mehr von ihr zu erwarten, wenn sie sich weniger um das Wohl ihrer Wähler und mehr um das Wohl ihrer Tochter kümmere.

Als Richard davon erfuhr, befahl er Annabel, sofort ihre Koffer zu packen; er fuhr mit ihr an die Ostküste zurück, während Florentyna und William die restlichen Ferientage in Los Angeles verbrachten.

Florentyna war unglücklich, rief Richard zweimal am Tag an, um zu fragen, wie es Annabel gehe, und kehrte eine Woche früher als geplant mit William zurück.

Im September begann Williams erstes Jahr in Harvard; er vertrat damit die fünfte Generation seiner Familie, die in Cambridge studierte. Annabel kehrte in die *Madeira School* zurück, wo sie wenig Fortschritte zu machen schien, obwohl sie jedes Wochenende in der Obhut der Eltern in Washington verbrachte.

Während der nächsten Kongreßperiode widmete Florentyna ihre Freizeit dem Studium von Büchern und Arbeiten über Verteidigungsfragen. Die Probleme, die es zu lösen galt, wenn Amerika verteidigungsbereit bleiben wollte, faszinierten sie. Sie las Expertisen, sprach mit Leuten im Verteidigungsministerium und studierte die amerikanischen Verträge mit den NATO-Partnern. Sie besuchte das Hauptquartier der Air Force und amerikanische Stützpunkte in Europa sowie im Fernen Osten, wohnte Manövern in North Carolina und in Kalifornien bei und verbrachte sogar ein Wochenende in einem Atom-U-Boot. Sie sprach mit Admirälen und Generälen, sie sprach mit Soldaten und Offizieren, aber im Kongreß schwieg sie beharrlich, und während der *Hearings* der Ausschüsse stellte sie bloß Fragen. Erstaunt stellte sie fest, daß die teuersten Waffen nicht immer die besten waren, und langsam wurde ihr klar, daß die Bereitschaft der Streitkräfte der Vereinigten Staaten, seit der Kubakrise nicht mehr auf die Probe gestellt, einiges zu wünschen übrig ließ. Nachdem sie ein Jahr lang Informationen gesammelt und zugehört hatte, wußte sie, daß Buchanan recht gehabt und sie selbst sich geirrt hatte; Amerika mußte seine Verteidigungsausgaben erhöhen, solange die Sowjetunion einen so aggressiven Kurs verfolgte. Ihr brennendes Interesse für diese Fragen erstaunte sie selbst, und erst als ein Kollege sie einen Falken nannte, merkte sie, wie sehr sie ihren Standpunkt geändert hatte.

Sie studierte alle Arbeiten über das M-X-Raketensystem, als dieses dem *House, Armed Services Committee* vorgelegt wurde, und sobald das sogenannte *Simon Amendement,* das die Bewilligung des Systems in Frage stellte, zur Sprache kam, bat sie den Vorsitzenden Galloway, sich an der Debatte beteiligen zu dürfen.

Florentyna hörte genau zu, während die anderen Mitglieder sich für oder gegen den Zusatzantrag aussprachen. Robert Buchanan lehnte den Antrag in einer wohlüberlegten Rede ab. Als er sich setzte, wurde Florentyna vom *Speaker* aufgerufen. Der Saal war voll, als sie das Wort ergriff. Kongreßabgeordneter Buchanan sagte so laut, daß alle es hören konnten: »Jetzt werden wir die Ansicht einer Expertin kennenlernen.« Ein, zwei Republikaner lachten, als Florentyna zum Podium ging. Sie legte ihre Notizen vor sich auf das Pult.

»Mr. Speaker, ich ergreife das Wort als eine überzeugte Befürworterin des M-X-Raketensystems. Amerika kann es sich nicht leisten, seine Landesverteidigung hinauszuzögern, weil einige Kongreßmitglieder behaupten, für das Studium der Dokumente mehr Zeit zu benötigen. Diese Dokumente sind seit länger als einem Jahr jedem Mitglied des Repräsentantenhauses zugänglich, und es bedarf keiner besonderen Kenntnisse im Querlesen, um sie zu studieren. In Wahrheit ist dieser Zusatzantrag nichts anderes als eine Verzögerungstaktik von Mitgliedern, die gegen dieses Raketensystem sind. Ich behaupte, daß diese Mitglieder den Kopf in den Sand stekken, bis die Russen ihren ersten Präventivschlag geführt haben. Ist ihnen denn nicht klar, daß auch Amerika über eine First-strike-Kapazität verfügen muß?

Ich befürworte das Polaris-U-Boot-System, wir können jedoch unsere Nuklearverteidigung nicht nur von der See her führen, schon gar nicht, seit wir wissen, daß die Sowjets über ein U-Boot verfügen, das eine Geschwindigkeit von vierzig Knoten erreichen und vier Jahre lang unter Wasser bleiben kann, ohne zu seinem Stützpunkt zurückzukehren. Die Behauptung, daß die Einwohner von Nevada und Utah durch das M-X-System stärker gefährdet sind als die übrigen Bürger der Vereinigten Staaten, ist nicht stichhaltig. Das Land, auf dem die Raketen stationiert werden sollen, ist im Besitz der Regierung und wird derzeit von eintausendneunhundertachtzig Schafen und dreihundertsiebzig Kühen bevölkert. Ich halte es für unsere Pflicht, dem amerikanischen Volk reinen Wein einzuschenken in bezug auf seine nationale Sicherheit. Man hat uns gewählt, um Entscheidungen auf lange Sicht zu fällen, und nicht nur um zu debattieren, während Amerika schwächer und schwächer wird. Einige Kongreßmitglieder scheinen dem amerikanischen Volk einreden zu wollen, daß Nero ein Mann war, der ein Violinkonzert zugunsten der römischen Feuerwehr gab.«

Als das Gelächter verklungen war, wurde Florentyna sehr ernst. »Haben die Abgeordneten schon vergessen, daß 1935 mehr Menschen bei Ford arbeiteten als es Soldaten in der amerikanischen Armee gab? Haben wir vergessen, daß wir im selben Jahr eine kleinere Armee hatten als die Tschechoslowakei, ein Land, das kurz darauf von Deutschland und später von Rußland besetzt wurde? Unsere Marine war halb so groß wie jene Frankreichs, einem Land, das von Deutschland überrannt wurde, während wir hilflos zusahen, und unsere Luftstreitkräfte waren so kläglich, daß Hollywood sie nicht einmal für Kriegsfilme brauchen konnte. Als Hitler zu einer Bedrohung wurde, konnten wir nicht einmal mit dem Säbel rasseln.

Zu verhindern, daß sich eine solche Situation wiederholt, sehe ich als unsere dringlichste Aufgabe.

Das amerikanische Volk hat den Feind weder an den Stränden Kaliforniens noch im Hafen von New York gesehen, das heißt aber nicht, daß dieser Feind nicht existiert. Noch 1950 hatte die Sowjetunion ebenso viele Kampfflugzeuge wie die Vereinigten Staaten, und viermal soviel Bodentruppen; auf dreißig gepanzerte Divisionen der Sowjets kam eine amerikanische. Niemals wieder dürfen wir so im Nachteil sein. Ich bete, daß unser Land nie mehr eine Niederlage erlebt wie in Vietnam, und daß zu unseren Lebzeiten kein Amerikaner mehr im Kampf fallen muß. Unsere Feinde aber müssen wissen, daß wir jeder Aggression entgegentreten werden, immer bereit, unsere Freunde zu verteidigen und unsere Bürger zu schützen.«

Einige Abgeordnete klatschten Beifall.

»Jeden Amerikaner, der unsere Verteidigungsausgaben für zu hoch hält, fordere ich auf, hinter den Eisernen Vorhang zu schauen. Dann wird er verstehen, daß kein Preis zu hoch ist für die Erhaltung jener demokratischen Freiheiten, die wir als selbstverständlich hinnehmen. Hinter dem Eisernen Vorhang liegen Ostdeutschland, die Tschechoslowakei, Ungarn, Bulgarien, Rumänien und Polen; Afghanistan und Jugoslawien kann täglich ein ähnliches Schicksal ereilen, und selbst der Nahe Osten ist bedroht. Wenn es so weit kommt, wird der Eiserne Vorhang eines Tages die ganze Welt umspannen.« Im Saal war es still, und Florentyna senkte die Stimme, bevor sie fortfuhr: »Im Laufe der Geschichte haben viele Nationen die Verteidigung der freien Welt übernommen; heute fällt diese Rolle den Vereinigten Staaten zu. Nie sollen unsere Enkelkinder behaupten, wir hätten uns dieser Verantwortung um billiger Popularitätshascherei willen entzogen. Wir wollen heute bereit sein, Opfer zu bringen, um Amerikas künftige Freiheit zu garantieren. Wir wollen uns das Recht verdienen, jedem Amerikaner zu sagen, daß wir angesichts der Gefahr nicht vor unserer Pflicht zurückschreckten. Wir wollen in diesem Hohen Haus keinen Nero, keinen Fiedler, kein Feuer und keinen Sieg unserer Feinde.«

Die Abgeordneten klatschten Beifall, während Florentyna stehenblieb. Der *Speaker* rief zur Ordnung. Als der letzte Beifall verklungen war, sagte Florentyna ganz leise: »Nie mehr soll das Leben junger Amerikaner geopfert werden, nie mehr wollen wir uns der gefährlichen Illusion hingeben, den Frieden erhalten zu können, ohne uns gegen Aggressionen zu wappnen. Ein starkes Amerika kann seinen Einfluß unbesorgt geltend machen, kann regieren, ohne Gewalt anzuwenden, und eine Bastion der freien Welt bleiben. Mr. Speaker, ich spreche mich gegen das *Simon Amendement* aus, weil es nicht nur sinnlos, sondern auch verantwortungslos ist.«

Florentyna ging wieder zu ihrem Platz und wurde sofort von Kollegen beider Parteien umringt, die ihren Standpunkt lobten. Ihre Rede wurde auch von der Presse gefeiert, und alle Nachrichtenagenturen zitierten Auszüge. Florentyna war schockiert, daß man sie nun überall als Expertin für Verteidigungsfragen bezeichnete. Zwei Zeitungen bezeichneten sie sogar als künftige Vizepräsidentin.

Wieder schwoll Florentynas Post auf tausend Briefe pro Woche an; drei Schreiben aber machten einen besonderen Eindruck auf sie. Das eine war eine Einladung des kranken Hubert Humphrey. Florentyna nahm die Einladung zum Dinner an, ging aber, wie die anderen Gäste, nicht hin. Der zweite Brief kam von Robert Buchanan und war mit der Hand geschrieben: »Madam, ich ziehe den Hut vor Ihnen.«

Der dritte war ein anonymes Gekritzel aus Ohio:

»Sie sind eine Kommunistin, die Amerika mit unmöglichen Verteidigungsausgaben zerstören will. Für Leute wie Sie sind selbst die Gaskammern zu gut. Sie sollten mit dem Zuhälter Carter und der Marionette Ford gehängt werden. Warum gehen Sie nicht in die Küche zurück, wo Sie hingehören?«

»Was antwortet man auf so etwas?« fragte Janet fassungslos.

»Am besten gar nichts, Janet. Nicht einmal du bist imstande, auf ein so geistloses Vorurteil etwas zu erwidern. Wir müssen dankbar sein, daß neunundneunzig Prozent der Briefe von Leuten kommen, die ihre ehrliche Ansicht zum Ausdruck bringen.«

Nach einer hektischen Woche, die nur aus Telefonaten zu bestehen schien, verbrachte Florentyna ein ruhiges Wochenende mit ihrem Mann. William kam von Harvard nach Hause und zeigte seiner Mutter eine Karikatur im *Boston Globe* – Florentyna mit einem Adlerkopf, einem Bären mit dem Schnabel auf die Schnauze hackend. Annabel telefonierte aus dem Internat, daß sie zum Wochenende nicht nach Hause kommen würde.

Samstag spielte Florentyna mit William Tennis, und schon nach wenigen Minuten merkte sie, wie schlecht ihre Kondition war; dann und wann über einen Golfplatz zu schlendern genügte offenbar nicht, um auch nur einigermaßen fit zu bleiben. Mit jedem Schlag wurde ihr klarer, daß William sich kaum anstrengte, und sie war erleichtert, daß er keinen zweiten Satz spielen konnte, weil er eine Verabredung hatte. Sie machte eine Notiz für Janet, mit der Bitte, ihr sofort ein Turngerät zu besorgen.

Beim Nachtessen teilte ihr Richard mit, daß er beabsichtige, ein Baron Hotel in Madrid zu errichten, und Edward hinschikken wolle, um einen geeigneten Baugrund zu finden.

»Warum Edward?«

»Er hat Lust dazu. Wie du weißt, arbeitet er jetzt die ganze Zeit für die Baron-Gruppe und hat sogar eine Wohnung in New York gemietet.«

»Und was ist mit seiner Anwaltspraxis?«

»Er wurde Konsulent der Firma und meint, wenn du mit vierzig Jahren eine neue Karriere begonnen hast, so kann er das auch. Zu beweisen, daß du einen Sitz im Kongreß verdienst, ist jetzt, nach Bürgermeister Daleys Tod, keine echte Aufgabe mehr für ihn. Ich muß sagen, er ist wie ein Schuljunge, den man in einer Konditorei eingeschlossen hat; er nimmt mir enorm viel Arbeit ab und ist der einzige mir bekannte Mensch, der ebenso hart arbeitet wie du.«

»Er ist wirklich ein guter Freund geworden.«

»Ja, und du weißt natürlich, daß er in dich verliebt ist?«

»Was?« fragte Florentyna.

»Damit will ich nicht sagen, daß er mit dir schlafen will, obwohl ich es ihm nicht verübeln könnte. Nein, er liebt dich einfach, auch wenn er das nie zugeben würde. Aber das merkt ein Blinder.«

»Ich wußte nie –«

»Narürlich nicht, Liebling. Glaubst du, ich hätte ihn in den Aufsichtsrat von Lester aufgenommen, wenn ich Angst gehabt hätte, meine Frau an ihn zu verlieren?«

»Ich wollte, er fände eine Frau.«

»Solange es dich gibt, wird er nie heiraten, Jessie. Sei dankbar, daß du zwei Männer um dich hast, die dich anbeten.«

Als Florentyna nach Washington zurückkehrte, fand sie wieder einen Stoß Einladungen auf ihrem Schreibtisch vor. Sie fragte Edward um Rat, was sie damit machen solle.

»Nimm ungefähr ein halbes Dutzend Einladungen an, und zwar jene, durch die du ein Maximum an Leuten erreichst; lehne die anderen mit dem Hinweis ab, daß deine Arbeit es dir verbietet, anzunehmen. Aber vergiß nicht, jedem Brief ein paar handgeschriebene Zeilen hinzuzufügen. Eines Tages wirst du mehr Menschen erreichen wollen als nur die Wähler des *Ninth District* von Illinois; und es wird Leute geben, deren einziger Kontakt mit dir dieser Brief sein wird. Danach werden sie entscheiden, ob sie für oder gegen dich sind.«

»Du bist ein weiser alter Knabe, Edward.«

»Natürlich. Vergiß nicht, ich bin ein Jahr älter als du.«

Florentyna befolgte Edwards Rat und verbrachte jeden Abend

zwei Stunden damit, die Briefe zu beantworten, die als Reaktion auf ihre Rede über die Landesverteidigung eingetroffen waren. Nach fünf Wochen hatte sie jedes Schreiben beantwortet, und ihre Post nahm wieder das gewohnte Ausmaß an. Sie hielt Vorträge in Princeton und an der Universität von Kalifornien; sie sprach zu den Kadetten von West Point und zu den Offizieren in Annapolis; sie nahm an einem Lunch in Washington teil, den Max Cleveland für die Vietnam-Veteranen gab. Wo immer sie hinging, wurde sie als eine der führenden Experten für Rüstungsfragen vorgestellt. Das Thema faszinierte sie, und sie vertiefte sich immer mehr in die Materie, weil es sie erschreckte, nicht genug darüber zu wissen. Irgendwie erledigte sie auch ihre Arbeit in Chicago, aber je mehr sie in der Öffentlichkeit hervortrat, desto mehr Aufgaben mußte sie delegieren. Sie nahm zwei weitere Mitarbeiter für ihr Büro in Washington und einen für Chicago auf; die Gehälter bezahlte sie aus ihrer eigenen Tasche. Sie gab jetzt pro Jahr über hunderttausend Dollar aus – eine Reinvestition in Amerika, nannte es Richard.

29

»Etwas Dringendes?« fragte Florentyna und blickte auf den Schreibtisch, auf dem sich die eingelangte Post häufte. Der 95. Kongreß ging zu Ende, und wieder einmal waren die meisten Abgeordneten mehr mit ihrer Wiederwahl beschäftigt als mit ihrer Arbeit in Washington. Zu diesem Zeitpunkt der Legislaturperiode konzentrierte man sich auf die Wählerschaft und nicht auf nationale Probleme. Florentyna mißfiel das System, das aus üblicherweise ehrlichen Menschen Heuchler machte, sobald die Wahlen näherrückten.

»Es gibt drei Punkte, auf die ich dich aufmerksam machen möchte«, sagte Janet in ihrer gewohnt rationellen Art. »Der erste ist deine Beteiligung an den Abstimmungen. Sie ist alles andere als vorbildlich und seit der letzten Legislaturperiode von neunundachtzig auf einundsiebzig Prozent gefallen. Deine Gegner werden das bestimmt ausnutzen und behaupten, daß du kein Interesse mehr an deiner Arbeit zeigst.«

»Ich habe doch nur deshalb manchmal nicht abgestimmt, weil ich Verteidigungseinrichtungen besuchte und so viele Verpflichtungen außerhalb von Illinois hatte. Was soll ich machen, wenn meine Kollegen mich auffordern, in ihren Wahlkreisen zu sprechen?«

»Ich weiß, ich weiß«, sagte Janet, »aber du kannst nicht erwarten, daß sich die Wähler von Chicago freuen, wenn du in Kalifornien oder Princeton bist anstatt in Washington. Vielleicht wäre es klug von dir, bis zur nächsten Sitzungsperiode keine Einladungen von anderen Abgeordneten mehr anzunehmen; wenn du dich die letzten paar Wochen um die Abstimmungen kümmerst, können wir dich vielleicht wieder über achtzig Prozent bringen.«

»Erinnere mich immer wieder daran, Janet. Was ist Punkt zwei?«

»Ralph Brooks wurde zum Oberstaatsanwalt von Chicago ernannt. Also wird er dir eine Weile nicht in die Quere kommen.«

»Da bin ich neugierig«, murmelte Florentyna und machte sich eine Notiz, ihm zu seiner Ernennung zu gratulieren. Janet legte eine Ausgabe der *Chicago Tribune* auf den Schreibtisch. Mr. und Mrs. Brooks prangten auf der ersten Seite, und darunter stand: »Der neue Staatsanwalt wohnt einem Wohltätigkeitskonzert zugunsten des Chicago Symphony Orchestra bei.«

»Der läßt auch nichts aus, was?« kommentierte Florentyna. »Und was ist Punkt drei?«

»Um zehn Uhr hast du eine Verabredung mit Don Short.«

»Don Short?«

»Dem Direktor von *Aerospace Plan, Research and Development Inc.* (A. P. R. D.)«, sagte Janet. »Du triffst ihn, weil seine Firma einen Regierungsauftrag für den Bau von Radarstationen bekam, die feindliche Raketen aufspüren sollen. Jetzt bemühen sie sich um einen Auftrag, amerikanische Kriegsschiffe mit ihrem Radarsystem auszurüsten.«

»Ja, ich erinnere mich«, sagte Florentyna. »Jemand hat eine ausgezeichnete Arbeit über das Thema geschrieben. Bitte such sie mir heraus.«

Janet schob Florentyna eine braune Mappe zu. »Ich glaube, hier wirst du alles finden, was du brauchst.«

Florentyna lächelte und blätterte in der Mappe. »Ja, jetzt fällt es mir wieder ein. Ich werde Mr. Short einige sehr präzise Fragen stellen.«

Florentyna diktierte ein paar Briefe, las den Artikel durch und notierte sich Fragen für Mr. Short.

»Es ist mir eine große Ehre«, sagte Don Short, als er, von Janet begleitet, punkt zehn Florentynas Büro betrat. »Wir vom *Aerospace Plan* sehen in Ihnen die letzte Bastion der Hoffnung für eine freie Welt.«

Nur selten war Florentyna jemand auf den ersten Blick wirklich unsympathisch – bei Don Short bestand kein Zweifel. Er war etwa einen Meter sechzig groß und hatte zehn Kilo Übergewicht. Er war ungefähr Mitte fünfzig; einige spärliche dunkle Haarsträhnen waren sorgfältig über die Glatze gekämmt. Er trug einen karierten Anzug, die braune Aktentasche stammte von Gucci. Bevor Florentyna sich einen Ruf als Falke gemacht hatte, waren die Don Shorts dieser Welt nicht in ihr Büro gekommen, weil man sie nicht für wichtig genug hielt. Doch seit sie im Unterausschuß für Verteidigung saß, erhielt sie zahllose Dinnereinladungen und Geschenke – von Bronzemodellen einer F-15 bis zu Manganteilchen in Plastikbehältern.

Florentyna nahm eine Einladung nur an, wenn sie gerade im Zusammenhang mit ihrer Arbeit stand, und schickte alle Geschenke, ein Concorde-Modell ausgenommen, mit ein paar höflichen Worten zurück. Das Concorde-Modell stand auf ihrem Schreibtisch, um jeden daran zu erinnern, daß sie an das Außerordentliche glaubte, gleichgültig aus welchem Land es kam. Man hatte ihr gesagt, daß Margaret Thatcher auf ihrem Schreibtisch die Nachbildung der Apollo-11 stehen hatte – sie nahm an, aus demselben Grund.

Janet ließ die beiden allein, und Florentyna führte ihren Gast zu einem bequemen Fauteuil. Er schlug die Beine übereinander. Zwischen Hose und Socken blitzte ein Stück weiße, unbehaarte Haut auf.

»Ein hübsches Büro – sind das Ihre Kinder?« bemerkte Don Short und wies mit einem dicken Finger auf die Fotografie auf Florentynas Schreibtisch.

»Ja.«

»Hübsche Kinder – ganz wie die Mutter.« Er lachte nervös.

»Ich glaube, Sie wollten mit mir über XR-108 sprechen, Mr. Short?«

»Richtig. Aber nennen Sie mich doch bitte Don. Wir glauben, daß die amerikanische Marine diese Ausrüstung unbedingt braucht. XR-108 kann eine feindliche Rakete aus einer Entfernung von mehr als zehntausend Meilen orten. Sobald jedes amerikanische Kriegsschiff ein XR-108-Gerät besitzt, werden die Sowjets keinen Angriff wagen, weil Amerika die Weltmeere beherrschen und seine Küsten bewachen wird.« Mr. Short hielt inne, als erwarte er Applaus. »Überdies kann das Gerät meiner Firma jede Raketenbasis in Rußland fotografieren«, fuhr er fort, »und das Bild direkt auf einen Fernsehschirm im Weißen Haus projizieren. Die Russen können nicht einmal auf die Toilette gehen, ohne daß wir sie fotografieren.« Mr. Short lachte.

»Ich habe die Möglichkeiten von XR-108 sehr gründlich studiert, Mr. Short, und ich frage mich, warum Boeing ein ganz ähnliches Gerät herstellen kann, das nur zweiundsiebzig Prozent des von Ihnen verlangten Preises kostet.«

»Unser Gerät kann wesentlich mehr, Mrs. Kane, und da wir bereits die Army damit ausgerüstet haben, ist es auch erprobt.«

»Sie haben den Termin für die Fertigstellung der Radarstationen für die Armee nicht eingehalten und überdies den Kostenvoranschlag um siebzehn Prozent oder, um präzis zu sein, um dreiundzwanzig Millionen Dollar überzogen.« Florentyna hatte kein einziges Mal auf ihre Notizen geschaut.

Don Short befeuchtete sich die Lippen. »Ja, ich weiß, die Inflation hat auch uns nicht verschont. Vielleicht könnten Sie sich mit unseren Aufsichtsratsmitgliedern unterhalten, um unsere Probleme klarer zu sehen. Wir könnten auch ein Essen arrangieren.«

»Ich gehe selten zu solchen Essen, Mr. Short. Nach meiner Überzeugung profitiert nur einer davon, und das ist der Chef des Restaurants.«

Wieder lachte Don Short. »Nein, nein, ich dachte an ein Dinner zu Ihren Ehren. Wir würden etwa fünfhundert Leute einladen und fünfzig Dollar pro Kopf verlangen, die in Ihren Wahlfonds fließen würden – oder wofür sonst Sie Bargeld benötigen«, fügte er fast flüsternd hinzu.

Florentyna wollte den Mann eben hinauswerfen, als ihre Sekretärin mit dem Kaffee erschien. Als Louise ging, hatte Florentyna sich wieder in der Hand und kam zu einem Entschluß.

»Wie geht das vor sich, Mr. Short?«

»Nun, meiner Firma ist es ein Vergnügen, Freunde zu unterstützen. Wir wissen, daß einige Ihrer Auslagen für die Wiederwahl ziemlich hoch sind, also geben wir ein Dinner, um ein wenig Bargeld aufzubringen, und wenn nicht alle Gäste erscheinen, aber trotzdem fünfzig Dollar schicken – wer erfährt das schon?«

»Wie Sie ganz richtig sagen, Mr. Short, ja, wer erfährt das?«

»Soll ich also ein Dinner arrangieren?«

»Warum nicht, Mr. Short?«

»Ich wußte, daß wir gut zusammenarbeiten werden.«

Florentyna gelang ein gequältes Lächeln, als Don Short ihr eine feuchte Hand reichte, bevor Janet ihn hinausgeleitete.

»Ich werde mich bald wieder melden, Florentyna«, sagte er, sich umwendend.

»Danke.«

Kaum hatte sich die Tür geschlossen, als die Glocke zu klingeln anfing. Florentyna sah auf die Uhr, auf der winzige Glühbirnen anzeigten, daß ihr noch fünf Minuten blieben, um das Abgeordnetenhaus zu erreichen. »Das geht sich gerade noch aus«, sagte sie und lief zu dem für Kongreßmitglieder reservierten Fahrstuhl. Unten angelangt, sprang sie in die U-Bahn zum Capitol und setzte sich neben Bob Buchanan.

»Wie werden Sie wählen?« erkundigte er sich.

»Du lieber Himmel«, sagte Florentyna, »ich weiß nicht einmal, wofür oder wogegen wir abstimmen.«

Ihre Gedanken waren immer noch bei Don Short und was sie wegen des Dinners unternehmen sollte.

»Diesmal ist es kein Problem. Es geht darum, das Pensionsalter von fünfundsechzig auf siebzig hinaufzusetzen, und da werden wir bestimmt beide das gleiche wählen.«

»Es ist nur eine Verschwörung, um alte Männer wie Sie im Kongreß zu halten, damit ich nie Gelegenheit bekomme, einen Ausschuß zu leiten.«

»Warten Sie, bis Sie fünfundsechzig sind, Florentyna. Dann denken Sie vermutlich anders.«

Die U-Bahn hielt im Kellergeschoß des Capitols, und die beiden Abgeordneten fuhren zusammen im Fahrstuhl nach oben. Florentyna war stolz, daß dieser hartgesottene Republikaner sie jetzt als vollwertiges Mitglied des Klubs betrachtete. Als sie in den Saal kamen, blieben sie an der hinteren Balustrade stehen und warteten, bis ihre Namen aufgerufen wurden.

»Ich habe es bis jetzt nie genossen, auf Ihrer Seite des Saales zu stehen«, sagte er. »Nach all den Jahren ist es immer noch ein seltsames Gefühl.«

»Ein paar von uns sind ganz menschlich, wissen Sie, und ich werde Ihnen ein Geheimnis verraten: Mein Mann hat Gerald Ford gewählt.«

»Ein kluger Mann«, Buchanan lächelte.

»Vielleicht hat Ihre Frau für Jimmy Carter gestimmt?«

Plötzlich sah der alte Mann traurig aus. »Sie ist vor einem Jahr gestorben«, sagte er.

»Oh, das tut mir sehr leid, ich hatte keine Ahnung.«

»Nein, nein, ich weiß, meine Liebe. Genießen Sie Ihre Familie, denn sie bleibt nicht ewig bei Ihnen, und eines weiß ich mit Sicherheit: Der Kongreß ist kein wirklicher Ersatz für eine Familie, was immer man zu erreichen sich einbildet. Man beginnt die Namen mit B aufzurufen, also werde ich Sie nicht mehr stören ... Künftig wird es mir weniger schwerfallen, auf dieser Seite des Hauses zu stehen.«

Florentyna lächelte und überlegte, wie sich aus gegenseitigem Mißtrauen gegenseitige Achtung entwickelt hatte. Sie war froh, daß die Parteienstreitigkeiten, die bei den Wahlreden so grob herausgestrichen wurden, bei der täglichen gemeinsamen Arbeit verschwanden. Kurz darauf wurden die Namen mit K aufgerufen; sie gab ihre Karte ab, kehrte in ihr Büro zurück und rief Bill Pearson im Fraktionsausschuß an; sie bat um eine sofortige Unterredung.

»Muß es sofort sein?«

»Ja, sofort, Bill.«

»Ich nehme an, Sie wollen, daß ich Sie in den Ausschuß für auswärtige Angelegenheiten bringe.«

»Nein, es ist viel ernster.«

»Dann kommen Sie besser gleich zu mir.«

Bill Pearson schmauchte seine Pfeife, während Florentyna ihm erzählte, was sich am Morgen in ihrem Büro zugetragen hatte. »Wir wissen, daß solche Dinge häufig vorkommen, aber wir sind kaum je imstande, es zu beweisen. Ihr Mr. Short scheint eine ideale Gelegenheit zu bieten, jemanden auf frischer Tat zu ertappen. Machen Sie das Spiel mit, Florentyna, und halten Sie mich auf dem laufenden. In dem Augenblick, in dem man Ihnen Geld übergibt, werden wir uns auf *Aerospace Plan* stürzen wie die Geier. Und selbst wenn wir nichts beweisen können, wird die Angelegenheit den anderen Kongreßmitgliedern als Warnung dienen.«

Am Wochenende erzählte Florentyna Richard von Don Short. Er zeigte sich nicht überrascht. »Das Problem ist sehr einfach. Manche Kongreßabgeordnete leben nur von ihrem Gehalt, die Versuchung, da und dort etwas Geld zu verdienen, ist daher sicher oft sehr groß, insbesonderc, wenn ihr Sitz im Kongreß gefährdet ist und sie keinen festen Job haben, zu dem sie zurückkehren können.«

»Wenn dem so ist, warum gibt sich dann Mr. Short mit mir ab?«

»Auch das ist einfach zu erklären. In der Bank erhalte ich mindestens ein halbes dutzendmal im Jahr ein persönliches Angebot. Die Leute, die Bestechungen anbieten, können sich nicht vorstellen, daß jemand die Gelegenheit ausschlägt, steuerfrei ein paar Dollar zu verdienen, weil sie selbst so reagieren würden. Du würdest nicht glauben, wie viele Millionäre bereit sind, für zehntausend Dollar ihre eigene Mutter zu verkaufen.«

Don Short rief an und bestätigte, daß man im Mayflower Hotel ein Dinner zu Florentynas Ehren arrangiert habe. Er erwarte etwa fünfhundert Gäste. Florentyna dankte ihm und bat Louise, den Abend in ihrem Terminkalender zu notieren.

Während der nächsten Wochen war Florentyna so mit Arbeit und Verabredungen überlastet, daß sie um ein Haar Don Shorts Dinner versäumt hätte. Sie befand sich im Repräsentantenhaus, um den Antrag eines Kollegen zu unterstützen, als Janet in den Saal stürzte.

»Hast du dein Aerospace-Dinner vergessen?«

»Nein, aber es ist doch erst nächste Woche«, sagte Florentyna.

»Wenn du deinen Terminkalender anschaust, wirst du feststellen, daß das Dinner in zwanzig Minuten beginnt. Vergiß nicht, fünfhundert Leute erwarten dich.«

Florentyna entschuldigte sich bei ihren Kollegen und lief in die Longworth-Garage. Ohne auf die Geschwindigkeitsbegrenzungen zu achten, fuhr sie über die Connecticut Avenue, bog in die De Sales Street ein und ließ ihren Wagen auf einem Parkplatz stehen, bevor sie durch einen Seiteneingang das Mayflower Hotel betrat. Sie hatte sich ein paar Minuten verspätet, und Don Short, in einem etwas zu engen Smoking, erwartete sie bereits in der Lobby. Florentyna merkte plötzlich, daß sie sich nicht umgezogen hatte, und konnte nur hoffen, daß sie nicht zu sportlich gekleidet war.

»Wir haben einen eigenen Saal gemietet«, sagte Don Short und führte sie zum Fahrstuhl.

»Ich wußte nicht, daß das Mayflower-Hotel einen Saal für fünfhundert Gäste hat«, bemerkte Florentyna.

Don Short lachte. »Das ist ein guter Witz«, sagte er und führte Florentyna in ein Zimmer, das, wäre es voll gewesen, zwanzig Leute gefaßt hätte. Er machte Florentyna mit den Anwesenden bekannt. Es dauerte nicht lang; nur vierzehn Gäste waren gekommen.

Während des Essens mußte sich Florentyna Don Shorts zweideutige Geschichten und Berichte über die Erfolge von Aerospace anhören. Sie hatte größte Mühe, sich zu beherrschen. Zum Schluß stand Don auf, klopfte an sein Glas und hielt eine Rede über seine gute Freundin Florentyna Kane. Der Applaus, als er sich setzte, war so laut, wie man es von vierzehn Gästen erwarten konnte. Florentyna bedankte sich und verschwand kurz vor elf Uhr, dankbar, daß das Mayflower wenigstens für ein ausgezeichnetes Abendessen gesorgt hatte.

Don Short begleitete Florentyna zum Parkplatz und drückte ihr, als sie ins Auto stieg, ein Kuvert in die Hand. »Es tut mir leid, daß so wenige der Eingeladenen erschienen sind, aber wenigstens haben alle ihre fünfzig Dollar geschickt.« Er grinste, als er die Wagentür schloß.

Im Baron angekommen, riß Florentyna den Umschlag auf

und studierte den Inhalt: ein Scheck über vierundzwanzigtausenddreihundert Dollar bar auszahlbar.

Am nächsten Morgen erzählte sie Bill Pearson die ganze Geschichte und übergab ihm das Kuvert. »Das«, sagte er, mit dem Scheck winkend, »wird ein Stich ins Wespennest. Er lächelte und legte den Scheck in die Schreibtischlade.«

Florentyna fuhr zum Wochenende nach Hause, zufrieden, daß sie die Sache so gut durchgestanden hatte. Selbst Richard gratulierte ihr. »Obwohl wir das Geld ganz gut selbst hätten brauchen können.«

»Wie meinst du das?« fragte Florentyna.

»Ich fürchte, die Einnahmen der Baron-Gruppe werden dieses Jahr stark zurückgehen.«

»Warum, um Himmels willen?«

»Eine Reihe von Maßnahmen, die von der Regierung Carter getroffen wurden. Sie schaden den Hotels, helfen jedoch den Banken – wir haben eine Inflation von fünfzehn Prozent und Anschaffungskosten von sechzehn. Die meisten Unternehmen schränken ihre Geschäftsreisen ein, telefonieren ist billiger. Daher sind unsere Zimmer nicht voll, und wir müssen die Preise anheben, und das ist wiederum ein Grund für die Unternehmer, die Geschäftsreisen noch mehr einzuschränken. Überdies sind die Preise für Nahrungsmittel stark gestiegen, während die Gehälter mit der Inflation Schritt zu halten versuchen.«

»Alle Hotelketten werden vor dem gleichen Problem stehen.«

»Ja, aber der Entschluß, unsere Büros aus dem New York Baron in die Park Avenue zu übersiedeln, erwies sich als wesentlich teurer, als ich annahm. Es ist sicherlich eine gute Adresse, aber wir hätten statt dessen zwei Hotels im Süden bauen können.«

»Aber durch diese Übersiedlung wurden drei Stockwerke im New Yorker Hotel frei, die wir als Festsäle benutzen können.«

»Trotzdem hat das Hotel nur einen Gewinn von zwei Millionen gemacht, während vierzig Millionen in Liegenschaften gebunden sind.«

»Aber im Zentrum von New York *muß* ein Baron sein. Du kannst doch nicht erwägen, unser angesehenstes Hotel zu verkaufen.«

»Nur wenn es in die roten Zahlen gerät.«

»Aber unser Ruf . . .«

»Dein Vater hat Gewinne immer vor den Ruf gestellt.«

»Was wollen wir also tun?«

»Ich werde McKinsey beauftragen, die ganze Hotelgruppe genau zu durchleuchten. In drei Monaten werden sie uns einen Vorbescheid geben, und in zwölf Monaten soll die Studie beendet sein. Ich habe mich bereits mit Michael Hohan von McKinsey in Verbindung gesetzt – er macht einen Vertragsentwurf.«

»Die bekannteste Beratungsfirma von New York zu engagieren, wird uns bestimmt viel Geld kosten.«

»Sicher wird es teuer werden, aber ich würde mich nicht wundern, wenn wir damit auf lange Sicht Geld sparen. Vergiß nicht, daß die Hotels auf der ganzen Welt heute eine andere Kundschaft haben als zur Zeit deines Vaters. Ich will sichergehen, daß wir nichts übersehen, was lebenswichtig sein könnte.«

»Können unsere Direktoren uns nicht ebensogut beraten?«

»Als Bloomingdale's von McKinsey unter die Lupe genommen wurde«, sagte Richard, »empfahl McKinsey, den traditionellen Standort von siebzehn Verkaufsständen zu ändern. Sehr einfach, könnte man sagen, aber im folgenden Jahr erhöhte sich der Gewinn um einundzwanzig Prozent. Niemand vom Verkaufspersonal war auf die Idee gekommen, solche Veränderungen vorzuschlagen. Vielleicht stehen wir, ohne es zu wissen, vor einem ähnlichen Problem.«

»Mein Gott, ich hab' das Gefühl, gar nicht mehr auf dem laufenden zu sein.«

»Mach dir keine Sorgen, Jessie, Liebling, wir werden nichts unternehmen, was nicht deine volle Billigung hat.«

»Und wie geht es der Bank?«

»Paradoxerweise verdient die Bank mehr an Krediten und überzogenen Konten als zu irgendeiner Zeit seit der Depression. Mein Entschluß, Gold zu kaufen, als Carter die Wahl gewann, hat sich als richtig erwiesen. Sollte Reagan ins Weiße Haus einziehen, werde ich sofort verkaufen. Aber sei unbesorgt, solang du siebenundfünfzigtausendfünfhundert pro Jahr als Kongreßabgeordnete verdienst, weiß ich, daß wir, wenn alle Stricke reißen, nicht verhungern werden. Übrigens, hast du Edward von Don Short und den vierundzwanzigtausend Dollar erzählt?«

»Vierundzwanzigtausenddreihundert. Nein, ich hab' ihn seit Tagen nicht gesprochen, und wenn ich ihn sehe, will er nur über die Hotelkette reden.«

»Ich werde ihn auffordern, in den Vorstand von Lester einzutreten. Dann wird er nur noch von der Bank reden wollen.«

»Sehr bald wird er alle unsere Geschäfte leiten.«

»Genau das möchte ich haben, wenn ich einmal First Gentleman bin.«

Als Florentyna nach Washington zurückkehrte, war sie erstaunt, keine Nachricht von Bill Pearson vorzufinden. Seine Sekretärin teilte ihr mit, daß er auf Wahlreise in Kalifornien sei, was Florentyna daran erinnerte, daß die Kongreßwahlen unmittelbar bevorstanden. Janet wies darauf hin, daß man in beiden Häusern auf die nächste Legislaturperiode warte und Florentyna gut daran täte, mehr Zeit in Chicago zu verbringen.

Donnerstag rief Bill Pearson aus Kalifornien an und teilte Florentyna mit, er habe mit einem führenden Republikaner und dem Vorsitzenden des Unterausschusses für Verteidigung gesprochen; beide seien der Meinung, man solle die Angelegenheit nicht vor den Wahlen aufs Tapet bringen. Er bat sie, über die Spende Stillschweigen zu bewahren, um die Untersuchung nicht zu stören.

Florentyna war mit seinem Rat ganz und gar nicht einverstanden und überlegte sogar, die Sache selbst zur Sprache zu bringen, aber Edward wies darauf hin, daß Pearson bestimmt mehr Informationen über Bestechungen habe als sie; es dürfe nicht so aussehen, als unternehme sie etwas hinter seinem Rücken. Widerwillig versprach Florentyna, bis zur Wahl zu warten.

Irgendwie gelang es Florentyna mit Janets Unterstützung, an mehr als achtzig Prozent der Abstimmungen teilzunehmen, dafür mußte sie jedoch jede Einladung außerhalb von Washington ablehnen, und sie hatte Janet im Verdacht, daß sie ihr sehr viele Einladungen nicht einmal zeigte. Als der Kongreß in die Ferien ging, kehrte Florentyna nach Chicago zurück, um sich in die Wahlschlacht zu stürzen.

Erstaunt stellte sie fest, daß sie einen großen Teil der Zeit im demokratischen Hauptquartier von Cook County verbrachte. Obwohl Carters erstes Regierungsjahr die Erwartungen der Amerikaner nicht erfüllt hatte, wußte man, daß die lokalen Republikaner Mühe hatten, jemanden zu finden, der bereit war, sich gegen Florentyna aufstellen zu lassen. Florentyna wurde von ihren Mitarbeitern so oft wie möglich zu Wahlversammlungen entsandt, wo sie für andere demokratische Kandidaten warb.

Zum Schluß erklärte sich Stewart Lyle wieder bereit, gegen Florentyna zu kandidieren, aber er ließ das Wahlkomitee nicht im Zweifel darüber, daß er weder Tag und Nacht herumzureisen noch sein Geld in die Wahlkampagne zu stecken beabsichtige. Die Parteifreunde waren nicht gerade begeistert, als Lyle in einem privaten Gespräch bemerkte – er vergaß, daß es während einer Wahlschlacht kein privates Gespräch gibt –: »Zwischen Mrs. Kane und dem verstorbenen Bürgermeister Daley besteht nur ein Unterschied – Mrs. Kane ist ehrlich.«

Der *Ninth District* von Illinois war derselben Meinung und entsandte Florentyna mit einer etwas größeren Mehrheit wieder in den Kongreß, aber sie stellte fest, daß im Repräsentantenhaus fünfzehn und im Senat drei ihrer Kollegen fehlten. Unter ihnen befand sich auch Bill Pearson.

Florentyna rief ihn einige Male in Kalifornien an, um ihm zu sagen, daß sie ihn vermisse, aber er war nie zu Hause. Sie bat jedesmal um einen Rückruf, aber er meldete sich nicht. Als sie Richard und Edward davon erzählte, rieten ihr beide, sich sofort mit dem Fraktionschef in Verbindung zu setzen.

Als Mark Chadwick ihre Geschichte erfuhr, war er entsetzt und versprach, mit Bill Pearson sofort Kontakt aufzunehmen und sie zurückzurufen. Mark hielt Wort, aber was er zu sagen hatte, ließ Florentyna zu Eis erstarren: Bill Pearson leugnete, etwas von einem Scheck über vierundzwanzigtausenddreihundert Dollar zu wissen und behauptete, nie mit Florentyna über Bestechung gesprochen zu haben. Überdies wies er darauf hin, daß Florentyna, wenn sie tatsächlich vierundzwanzigtausenddreihundert Dollar erhalten habe, die gesetzliche Verpflichtung hätte, die Summe entweder als Wahlbeitrag oder als Einkommen zu deklarieren. Das Geld sei in ihren Unterlagen über die Wahlkampagne nicht erwähnt, und nach den Regeln des Repräsentantenhauses sei sie nicht ermächtigt, von irgend jemandem eine Summe von mehr als siebenhundertfünfzig Dollar anzunehmen. Florentyna erklärte Chadwick, daß Bill Pearson sie gebeten habe, das Geld nicht zu deklarieren. Mark versicherte, daß er ihr glaube, wußte aber nicht genau, wie man beweisen könne, daß Pearson die Unwahrheit sagte. Man wisse allgemein, fügte er hinzu, daß Pearson sich seit seiner zweiten Scheidung in finanziellen Schwierigkeiten befinde. »Zweifach Alimente zu zahlen, wenn man keinen Job hat, bringt die besten Männer in Verlegenheit«, meinte er.

Florentyna willigte ein, zu schweigen, bis Mark seine Untersuchungen abgeschlossen hätte. Don Short rief an, um ihr zu ihrem Wahlsieg zu gratulieren und sie zu erinnern, daß der Auftrag für die Marine am Donnerstag vor den Unterausschuß komme. Nach seiner nächsten Bemerkung biß sich Florentyna auf die Lippen: »Ich bin froh, daß Sie den Scheck eingelöst haben; sicher konnten Sie das Geld für Ihren Wahlfeldzug gut brauchen.«

Florentyna bat Mark Chadwick, die Abstimmung über das Raketenprogramm zu verschieben, bis er seine Untersuchung über Bill Pearson zu Ende geführt habe. Mark erklärte, dies sei unmöglich, weil die entsprechenden Geldmittel einer anderen Bestimmung zugeführt würden, wenn man die Entscheidung verschiebe. Obwohl es Verteidigungsminister Brown egal sei, welche Gesellschaft den Auftrag bekäme, habe er den Kongreß nachdrücklich davor gewarnt, die Entscheidung auf die lange Bank zu schieben. Schließlich erinnerte er Florentyna an ihre eigenen Worte über Mitglieder, die Verteidigungsaufträge hinauszögerten. Florentyna widersprach nicht.

»Kommen Sie mit Ihren Nachforschungen weiter, Mark?«

»Ja, wir wissen, daß der Scheck bei der Riggs National Bank auf der Pennsylvania Avenue eingelöst wurde.«

»Das ist meine Bankfiliale«, sagte Florentyna fassungslos.

»Und zwar von einer ungefähr fünfundvierzigjährigen Dame mit Sonnenbrille.«

»Haben Sie auch gute Nachrichten?«

»Ja«, sagte Mark. »Der Direktor hielt die Summe für groß genug, daß er die Nummern der Noten notieren ließ, falls jemand sich dafür interessieren sollte. Wie gefällt Ihnen das?« Florentyna lächelte gequält. »Meiner Ansicht nach haben Sie nur zwei Möglichkeiten, Florentyna. Sie können die ganze Sache Donnerstag hochgehen lassen, oder Sie können den Mund halten, bis ich klarer sehe. Etwas dürfen Sie aber nicht tun: in der Öffentlichkeit über Bill Pearsons Beteiligung sprechen, bevor ich Beweise in der Hand habe.«

»Was raten Sie mir?«

»Die Partei würde es vermutlich vorziehen, wenn Sie schweigen, aber ich weiß, was ich tun würde, wenn ich zu entscheiden hätte.«

»Danke, Mark.«

»Niemand wird es Ihnen danken, Florentyna. Aber das hat Sie bis jetzt noch nie abgeschreckt.«

Als der Vorsitzende des Verteidigungsunterausschusses, Thomas Lee, die Tagung zur Ordnung rief, saß Florentyna bereits seit einer Weile auf ihrem Platz und machte sich Notizen. Der Auftrag für das Radarsystem war der sechste Punkt auf der Tagesordnung; zu den ersten fünf Punkten schwieg Florentyna. Als sie ins Publikum schaute, fiel ihr Blick auf den lächelnden Don Short.

»Punkt sechs«, sagte der Vorsitzende und unterdrückte ein Gähnen, weil jedes der Themen so viel Zeit beanspruchte. »Heute müssen wir über die drei Firmen sprechen, die sich um den Auftrag für das Raketenprojekt der Marine bewerben. Die endgültige Entscheidung wird vom Finanzausschuß des Verteidigungsministeriums getroffen, aber man erwartet von uns eine dezidierte Stellungnahme. Wer möchte die Diskussion eröffnen?«

Florentyna hob die Hand.

»Abgeordnete Kane.«

»Ich habe, wenn es um eine Entscheidung zwischen Boeing und Grumman geht, keine Empfehlung zu machen, aber unter keinen Umständen kann ich das Offert von *Aerospace Plan* unterstützen.« Don Short wurde kreidebleich.

»Können Sie dem Ausschuß erklären, warum Sie gegen Aerospace so eingenommen sind, Mrs. Kane?«

»Gerne, Herr Vorsitzender. Meine Gründe sind persönlicher Natur. Vor einigen Wochen wurde ich von einem Angestellten dieser Firma in meinem Büro aufgesucht, um mit mir zu besprechen, warum die Firma den Auftrag bekommen sollte. Später versuchte er, mich mit einem Scheck über vierundzwanzigtausenddreihundert Dollar zu bestechen und meine Stimme zu kaufen. Dieser Mann befindet sich heute hier im Saal und wird sich ohne Zweifel vor Gericht verantworten müssen.«

Als der Vorsitzende die Versammlung endlich wieder beruhigt hatte, erzählte Florentyna von dem Dinner zu ihren Ehren und nannte Don Short namentlich – als den Mann, der ihr das Geld übergeben hatte. Sie drehte sich nach ihm um, Don Short aber war verschwunden. Florentyna fuhr in ihrem Bericht fort, vermied es jedoch, Bill Pearson zu erwähnen. Sie hielt das Ganze immer noch für eine Angelegenheit der Partei, doch als sie geendet hatte, entging es ihr nicht, daß andere Ausschußmitglieder ebenso aschfahl waren, wie es Don Short gewesen war.

»Angesichts der ernsten Anschuldigungen, die von meiner Kollegin vorgebracht wurden, möchte ich eine Entscheidung aufschieben, bis eine genaue Untersuchung stattgefunden hat«, verkündete Vorsitzender Lee.

Florentyna dankte ihm und eilte sofort in ihr Büro zurück. Reporter verfolgten sie durch den Korridor, sie antwortete jedoch nicht auf die beharrlichen Fragen.

Abends telefonierte sie mit Richard, der sie warnte, daß die nächsten Tage kein Honiglecken sein würden.

»Warum, Richard? Ich habe nur die Wahrheit gesagt.«

»Ich weiß. Aber ein paar Ausschußmitglieder kämpfen um ihr Leben und sehen in dir nur ihren Feind.«

Als sie am nächsten Morgen die Zeitungen las, wußte sie, was Richard gemeint hatte.

»Abgeordnete Kane beschuldigt *Aerospace Plan* der Bestechung« war eine Schlagzeile, eine andere lautete: »Angestellter der Gesellschaft behauptet, Kongreßabgeordnete habe Geld für Wahlspende angenommen.« Sobald Florentyna festgestellt hatte, daß die meisten Zeitungen mehr oder minder das gleiche schrieben, sprang sie aus dem Bett, zog sich rasch an und fuhr, ohne gefrühstückt zu haben, direkt zum Capitol. In ihrem Büro las sie nochmals sorgfältig alle Berichte; ohne Ausnahme wollten alle wissen, wohin die vierundzwanzigtausenddreihundert Dollar verschwunden waren. »Das möchte ich auch wissen«, sagte Florentyna vor sich hin. Die Überschrift in der Chicago *Sun-Times* war am unangenehmsten: »Abgeordnete Kane beschuldigt Firma der Bestechung, nachdem Scheck eingelöst wurde.« Richtig, aber irreführend.

Richard teilte ihr telefonisch mit, daß Edward schon aus New York abgeflogen sei und bat sie, der Presse keine Auskunft zu geben, bevor sie mit ihm gesprochen habe. Dazu hatte sie gar keine Gelegenheit, denn bereits um zehn Uhr morgens schickte das FBI zwei Beamte.

In Gegenwart von Edward und Mark Chadwick gab Florentyna ein ausführliches Statement ab. Die FBI-Beamten baten sie, die Presse bis zum Abschluß ihrer Untersuchungen nicht von Bill Pearsons Rolle zu informieren. Ungern willigte sie ein.

Im Lauf des Tages kamen einige Abgeordnete, um ihr zu gratulieren, während sie von anderen deutlich gemieden wurde.

Die *Chicago Tribune* wollte in ihrem Leitartikel wissen, wohin die vierundzwanzigtausenddreihundert Dollar verschwunden seien. Sie hielt es für ihre unangenehme Pflicht, die Öffentlichkeit daran zu erinnern, daß der Vater der Abgeordneten 1962 wegen Beamtenbestechung angeklagt und verurteilt worden war. Florentyna hörte förmlich, wie Staatsanwalt Ralph Brooks der Presse genüßlich alle Details mitteilte.

Edward half Florentyna, Ruhe zu bewahren, und Richard kam jeden Abend aus New York, um ihr beizustehen. Drei Tage und drei Nächte vergingen; die Zeitungen ließen die Geschichte nicht ruhen, und Ralph Brooks gab eine Erklärung ab: »Obwohl ich Mrs. Kane bewundere und an ihre Unschuld glaube, halte ich es unter den gegebenen Umständen für angebracht, wenn sie dem Kongreß fernbliebe, bis die Untersuchungen des FBI abgeschlossen sind.« Seine Worte bestärkten Florentyna nur in ihrem Entschluß, auszuharren, besonders als Mark Chadwick sie anrief und bat, nicht aufzugeben. Es sei nur eine Frage der Zeit, bis der Schuldige ausfindig gemacht worden sei.

Am vierten Tag – vom FBI hatte sie nichts mehr gehört – war Florentyna an einem Tiefpunkt angelangt, als ein Reporter der *Washington Post* anrief.

»Mrs. Kane, haben Sie etwas zu der Erklärung des Abgeordneten Buchanan über Aerospace zu sagen?«

»Hat auch er sich gegen mich ausgesprochen?« fragte sie leise.

»Wohl kaum«, erwiderte die Stimme am Telefon. »Ich werde Ihnen seine Erklärung vorlesen:. ›Ich kenne Abgeordnete Kane seit fünf Jahren als erbitterte Gegnerin, und sie treibt mich oft zur Verzweiflung, aber wie wir in Tennessee sagen: Man muß den Fluß weit hinunterschwimmen, um jemanden zu finden, der anständiger ist. Wenn man Mrs. Kane nicht vertrauen kann, dann weiß ich keinen ehrlicheren Menschen in den beiden Häusern des Kongresses.‹«

Florentyna rief Buchanan an.

»Glauben Sie ja nicht, daß ich auf meine alten Tage sentimental werde«, bellte er. »Sie brauchen nur einen Fauxpas im Repräsentantenhaus zu begehen, und Sie werden Ihre Wunder erleben!« Zum erstenmal seit Tagen lachte Florentyna.

Ein kalter Dezemberwind fegte um die Ostseite des Capitols, als Florentyna nach der letzten Abstimmung allein zum Longworth Building zurückging. Der Zeitungsjunge an der Ecke rief die letzten Schlagzeilen aus. Sie konnte nicht genau verstehen, was er rief – irgendwer war festgenommen worden. Sie suchte in ihrer Tasche nach einer Münze, konnte jedoch nur eine Zwanzig-Dollar-Note finden.

»Ich kann nicht wechseln«, sagte der Junge.

»Behalt das Geld.« Florentyna riß ihm die Zeitung aus der Hand und las die Titelgeschichte zuerst rasch, dann langsam. »Der ehemalige Abgeordnete Bill Pearson« – Florentyna las laut, als müsse es auch der Zeitungsjunge hören – »wurde im Zusammenhang mit dem Aerospace-Skandal vom FBI in Fresno, Kalifornien, festgenommen. In der hinteren Stoßstange seines Fords fand man über siebzehntausend Dollar in bar. Er wurde auf die nächste Polizeistation gebracht, verhört und des Diebstahls sowie drei anderer Vergehen angeklagt. Die junge Frau, die ihn begleitete, wurde als Komplizin festgehalten.«

Florentyna machte Freudensprünge im Schnee, während der Zeitungsjunge rasch die Zwanzig-Dollar-Note einsteckte und zur anderen Ecke lief; man hatte ihn schon gewarnt, daß die Typen vom Capitol alle verrückt seien.

»Ich gratuliere herzlich, Mrs. Kane.« Der Direktor des Jockey Clubs war der erste von vielen, die Florentyna an diesem Abend beglückwünschten. Richard war aus New York gekommen, um mit seiner Frau zu feiern. Auf dem Weg zu dem eichengetäfelten Saal wurden sie von Politikern und Mitgliedern der Washingtoner Gesellschaft angesprochen, die ihrer Freude Ausdruck gaben, daß die Wahrheit endlich ans Licht gekommen sei. Florentyna hatte für alle ein Lächeln – das gewisse Washington-Lächeln, das sie nach fünf Jahren in der Politik gelernt hatte.

Die *Chicago Tribune* und die *Sun-Times* brachten am nächsten Tag glühende Lobeshymnen, daß ihre Repräsentantin sich in dieser Krise so überlegen gezeigt hatte. Florentyna lächelte spöttisch und beschloß, künftig nur noch sich selbst zu vertrauen. Von Ralph Brooks Büro kam kein Kommentar. Edward schickte einen großen Strauß Fresien, und William ein Telegramm aus Harvard: SEHE DICH HEUTE ABEND FALLS DU NICHT DIE FRAU IN FRESNO BIST DIE VOM FBI VERHÖRT WIRD. Annabel kam, offenbar über die Probleme ihrer Mutter nicht unterrichtet, nach Hause und teilte mit, daß sie in Radcliffe aufgenommen worden sei. Die Direktorin der Madeira School teilte Florentyna später vertraulich mit, daß es bei der Aufnahme ihrer Tochter sehr knapp zugegangen sei; daß Mr. Kane in Harvard und sie selbst in Radcliffe gewesen waren, habe nicht unbeträchtlich geholfen. Florentyna war erstaunt über ihren Bekanntheitsgrad, und daß sie, ohne einen Finger zu rühren, die Zukunft ihrer Tochter beeinflussen konnte. Sie sagte Richard, wie erleichtert sie sei, daß Annabels Leben etwas ruhiger zu werden versprach.

Richard fragte seine Tochter, welche Studienrichtung sie einschlagen wolle.

»Psychologie und Soziologie«, antwortete Annabel ohne zu zögern.

»Das sind keine wirklichen Fächer, sondern nur eine Ausrede, drei Jahre lang über sich selbst zu sprechen«, erklärte Richard.

William, seit zwei Jahren in Harvard, nickte zustimmend und fragte später seinen Vater, ob dieser sein Taschengeld auf fünfhundert Dollar pro Semester erhöhen könne.

Als ein Zusatzantrag zu der Gesetzesvorlage, die die Abtreibung nach der zehnten Woche untersagte, auf der Tagesordnung stand, ergriff Florentyna zum erstenmal seit dem Aerospace-Skandal das Wort. Als sie aufstand, ertönte von beiden Seiten des Hauses freundlicher Applaus. Florentyna erklärte mit Nachdruck, daß das Leben der Mutter vor dem ungeborenen Leben Vorrang haben müsse, und bemerkte, daß es im Kongreß nur achtzehn Mitglieder gebe, die eine Schwangerschaft überhaupt erleben konnten. Bob Buchanan stand auf und bezeichnete die Dame aus Chicago als unqualifizierbaren Einfaltspinsel; demnächst werde sie behaupten, man könne nur über das Weltraumprogramm diskutieren, wenn man den Mond umkreist habe. Er wies darauf hin, daß nur ein Mitglied des Kongresses dies bisher getan habe.

Binnen weniger Tage schienen Don Short und die vierundzwanzigtausenddreihundert Dollar der Vergangenheit anzugehören, und Florentyna kehrte zu ihrer normalen hektischen Arbeit zurück. Im Ausschuß für Verteidigungsausgaben rückte sie um zwei Plätze vor, und als sie ihre Kollegen ansah, hatte sie das Gefühl, schon zu den »Alten« zu gehören.

30

Nach Chicago zurückgekehrt, stellte Florentyna fest, daß die Stimmung bei den Demokraten nicht rosig war; Jimmy Carter im Weißen Haus trug nicht dazu bei, ihre Chancen zu erhöhen. Die Zeit, in der der amtierende Präsident fast automatisch wieder ins Oval Office gewählt wurde und damit auch die Sitze seiner Parteifreunde sicherte, waren lang vorbei, und Richard erinnerte Florentyna daran, daß Eisenhower der letzte Präsident gewesen war, der zwei ganze Amtsperioden hindurch an der Macht war.

Die Republikaner begannen sich stark zu machen, und nachdem bekannt geworden war, daß Gerald Ford sich nicht mehr bewarb, schienen George Bush und Ronald Reagan die aussichtsreichsten Präsidentschaftskandidaten. In den Korridoren des Capitols wurden Stimmen laut, daß Edward Kennedy gegen Carter kandidieren solle.

Florentyna setzte ihre tägliche Arbeit fort und vermied es, sich mit einem der Lager zu identifizieren, obwohl beide Wahlkampfmanager sie dazu aufforderten und die Einladungen ins Weiße Haus noch zahlreicher wurden. Florentyna aber legte sich nicht fest, denn keiner der beiden Kandidaten schien ihr als Parteiführer für 1980 wünschenswert.

Während ihre Kollegen Wahlwerbung betrieben, versuchte Florentyna, den Präsidenten zu einer härteren Linie gegenüber den Staatsoberhäuptern des Warschauer Paktes zu bewegen und setzte sich für ein größeres Engagement in der NATO ein. Aber es war ihr nicht viel Erfolg beschieden. Als Carter seinen erstaunten Zuhörern mitteilte, wie enttäuscht er sei, daß die Russen nicht Wort gehalten hätten, sagte Florentyna verzweifelt zu Janet, jeder Pole in Chicago hätte ihm das vorhersagen können.

Ihre Enttäuschung über den Präsidenten erreichte jedoch den Höhepunkt, als am 4. November 1979 die amerikanische Botschaft in Teheran besetzt und dreiundfünfzig Amerikaner als Geiseln genommen wurden. Der Präsident unternahm wenig – er hielt fromme Reden und behauptete, er habe gebundene

Hände. Florentyna bombardierte das Weiße Haus mit allen ihr zur Verfügung stehenden Mitteln und verlangte, daß der Präsident sich für Amerika einsetze. Als schließlich eine Rettungsoperation versucht wurde und fehlschlug, büßten die Vereinigten Staaten in den Augen der Welt viel von ihrem Ansehen ein.

In einer Debatte über Verteidigungsfragen kurz nach diesem erniedrigenden Vorfall ließ Florentyna eine Bemerkung fallen, die nicht in ihrer vorbereiteten Rede stand: »Wie kann ein Volk, das genug Energie, Genialität und Einfallsreichtum besitzt, um einen Mann auf den Mond zu schicken, versagen, wenn es darum geht, drei Helikopter in der Wüste abzusetzen?« Sie hatte vergessen, daß jetzt alle Debatten im Repräsentantenhaus vom Fernsehen übertragen wurden; drei Stationen brachten diesen Teil ihrer Rede in den Abendnachrichten.

Sie mußte Richard nicht an George Novaks Voraussicht erinnern, den Kredit, den die Lesterbank dem Schah gewährt hatte, nicht zu erneuern, und als die Sowjets in Afghanistan einmarschierten, sagte Richard den geplanten Besuch der Olympiade in Moskau ab.

Im Juli versammelten sich die Republikaner in Detroit und wählten Ronald Reagan, ein paar Wochen später kamen die Demokraten nach New York, und die Partei bestätigte Jimmy Carter mit noch weniger Begeisterung als seinerzeit Adlai Stevenson.

Florentyna versuchte weiterzuarbeiten, obwohl der Kongreß nicht wußte, welche Partei in ein paar Monaten die Mehrheit haben würde. Sie peitschte Zusatzanträge zum Gesetz über Verteidigungsausgaben durch und einen Antrag zur Milderung der Bürokratie. Als die Wahlen näher rückten und die Republikaner Stewart Lyle durch einen jungen energischen Mann namens Ted Simmons ersetzten, begann sie, um ihren Sitz im Kongreß zu bangen.

Von Janet mit eiserner Faust dazu angehalten, beteiligte sie sich wieder an achtzig Prozent der Abstimmungen, aber sie nahm sechs Monate vor den Wahlen nur noch Einladungen in Washington oder Illinois an.

Carter und Reagan schienen in Chicago zu wohnen; wie zwei Kuckucke in einer Uhr flogen sie aus und ein in Illinois. Meinungsumfragen prophezeiten ein Kopf-an-Kopf-Rennen, aber nachdem Florentyna die beiden Kandidaten in Cleveland vor einem Fernsehpublikum von ungefähr hundert Millionen Menschen debattieren gesehen hatte, war sie nicht so sicher. Am nächsten Tag sagte ihr Bob Buchanan, daß Reagan die Debatte vielleicht nicht gewonnen, aber ganz bestimmt nicht verloren habe, und für jemanden, der den amtierenden Präsidenten schlagen wolle, sei das das Wichtigste.

Als der Tag der Wahl näher kam, wurde die Frage der Geiseln in Teheran in allen Überlegungen der Amerikaner zu einem entscheidenden Moment; man zweifelte an Carters Fähigkeit, das Problem zu lösen. In Chicago wurde Florentyna immer wieder von Anhängern angesprochen, die ihr versicherten, daß sie zwar sie wiederwählen würden, nicht aber Präsident Carter. Richard behauptete, er wisse genau, wie ihnen zumute sei, und prophezeite, daß Reagan spielend gewinnen werde. Florentyna nahm seine Ansicht ernst, und während der letzten Wochen arbeitete sie für ihre Wiederwahl, als sei sie eine unbekannte Kandidatin, die ihre erste Wahlkampagne führte. Daß Chicago bis zum Wahltag fortwährend von sintflutartigen Regenfällen heimgesucht wurde, machte die Sache nicht leichter.

Als die letzten Stimmen ausgezählt waren, war selbst Florentyna über Reagans Erdrutschsieg erstaunt; er riß den Senat mit, und fast wäre es ihm gelungen, auch das Repräsentantenhaus für die Republikaner zu gewinnen.

Florentyna zog mit einer verringerten Mehrheit von fünfundzwanzigtausend Stimmen wieder in den Kongreß ein. Ein paar Stunden, bevor die Geiseln heimkehrten, flog sie, geknickt, aber nicht geschlagen, nach Washington.

Die Antrittsrede des neuen Präsidenten hob die Stimmung des amerikanischen Volkes: Richard hatte einen Cut angezogen, um sich die Rede anzuhören, und bei einer Stelle, die er Florentyna später noch jahrelang zitierte, applaudierte er laut:

> »Wir hören viel von speziellen Interessengruppen, aber unsere größte Sorge soll einer speziellen Interessengruppe gelten, die allzu lang vernachlässigt wurde.
> Sie kennt keine geographischen Grenzen, sie geht quer durch ethnische und rassische Gruppen und durch politische Parteien. Sie setzt sich aus Männern und Frauen zusammen, die unsere Nahrungsversorgung sicherstellen, in unseren Straßen patroullieren, in Fabriken und Bergwerken arbeiten, unsere Kinder unterrichten, unsere Häuser betreuen und uns pflegen, wenn wir krank sind. Akademiker, Industrielle, Geschäftsleute, Beamte, Taxifahrer und Lastwagenfahrer. Sie sind, mit einem Wort, das Volk, wir – jene Menschen, die man Amerikaner nennt.«

Nach dem enthusiastischen Applaus winkte der Präsident noch einmal den Menschenmassen zu und verließ das Podium. Zwei Männer vom Secret Service begleiteten ihn durch ein Spalier der Ehrengarde.

Nachdem der Präsident und seine Begleitung den letzten Treppenabsatz erreicht hatten, bestieg er mit der First Lady eine große Limousine, offensichtlich nicht gewillt, dem Beispiel Carters zu folgen und zu Fuß durch die Constitution Avenue zu gehen. Als sich der Wagen langsam in Bewegung setzte, schaltete einer der Secret-Service-Leute sein Funkgerät ein. »Lederjacke kehrt zur Krone zurück«, meldete er und starrte durch das Fernrohr der Limousine nach, bis sie das Tor zum Weißen Haus erreicht hatte.

Als Florentyna im Januar 1981 in den Kongreß zurückkehrte, fand sie Washington verändert. Die Republikaner mußten nicht mehr für jede Maßnahme um Unterstützung betteln, denn die gewählten Vertreter wußten, daß das Land eine Veränderung brauchte. Florentyna studierte mit Vergnügen das neue Programm, das Reagan dem Kongreß vorlegte, und unterstützte es in großen Teilen.

So beschäftigt war sie mit Zusatzanträgen zu Reagans Budget und zum Verteidigungsprogramm, daß Janet sie auf eine Meldung in der *Chicago Tribune* aufmerksam machen mußte, die ihr gefährlich werden konnte:

»Senator Nichols von Illinois gab heute morgen bekannt, daß er 1982 nicht mehr als Senator kandidieren wird.«

Florentyna saß an ihrem Schreibtisch und überlegte die Folgen dieser Mitteilung, als der Herausgeber der *Sun Times* anrief und sie fragte, ob sie 1982 für den Senat kandidieren werde.

Florentyna wußte, daß Spekulationen der Presse über eine Kandidatur nach dreieinhalb Jahren als Abgeordnete nur zu verständlich waren.

»Es scheint noch nicht lange her zu sein«, erwiderte sie spöttisch, »daß Ihr ehrenwertes Blatt meinen Rücktritt vorschlug.«

»Ein englischer Premierminister sagte einmal, in der Politik sei eine Woche eine lange Zeit. Wie steht es also, Florentyna?«

»Bis jetzt ist mir der Gedanke noch nicht gekommen«, erwiderte sie lachend.

»Das ist eine Behauptung, die niemand glaubt und die wir bestimmt nicht bringen werden. Sagen Sie noch etwas.«

»Warum drängen Sie so, wenn ich noch länger als ein Jahr Zeit habe, um mich zu entscheiden?«

»Haben Sie denn noch nicht gehört?«

»Was gehört?«

»Bei einer Pressekonferenz im Rathaus gab der Staatsanwalt heute morgen seine Kandidatur bekannt.«

»Ralph Brooks kandidiert für den Senat«, war die Schlagzeile der Nachmittagsausgaben in Chicago. Viele Reporter erwähnten, Florentyna habe sich noch nicht entschieden, ob sie den Staatsanwalt herausfordern werde. Wieder starrten Florentyna Bilder von Mr. und Mrs. Brooks entgegen. Dieser verdammte Kerl sieht immer besser aus, murmelte sie verärgert. Edward rief aus New York an und sagte, sie solle kandidieren, aber erst, wenn Brooks der Dampf ausgegangen sei. »Vielleicht gelingt es dir sogar, deine Entscheidung, zu kandidieren, so darzustellen, als gäbest du dem Druck der Öffentlichkeit nach.«

»Wen wird die Partei unterstützen?«

»Ich schätze, sechzig Prozent werden für dich sein, aber da ich nicht mehr im Parteiausschuß bin, weiß ich nichts Genaueres. Vergiß nicht, bis zu den Vorwahlen ist noch ein Jahr Zeit, also hast du keine Eile, besonders jetzt nicht, da Brooks sich bereits festgelegt hat. Du mußt abwarten, bis dir der Zeitpunkt am günstigsten erscheint.«

»Warum, glaubst du, hat er seine Kandidatur schon jetzt bekanntgegeben?«

»Vermutlich, um dich abzuschrecken. Vielleicht hofft er, daß du bis 1984 warten wirst.«

»Vielleicht wäre das keine schlechte Idee.«

»Nein, da bin ich anderer Meinung. Vergiß nicht, was mit John Culver in Iowa geschah. Er wartete in der Annahme, daß er es mit einer schwächeren Opposition leichter haben würde; an seiner Stelle kandidierte dann sein Privatsekretär und gewann den Sitz.«

»Ich werde mir das alles überlegen und dich benachrichtigen.«

In Wahrheit dachte Florentyna in den nächsten Wochen kaum an etwas anderes, weil sie wußte, daß Brooks, wenn sie ihn jetzt schlug, ein für allemal erledigt sein würde. Sie zweifelte nicht daran, daß Ralph Brooks' Ehrgeiz weit über den Senat hinausging. Auf Janets Rat nahm sie jetzt jede Einladung zu Reden in Illinois an und lehnte fast alle anderen Verpflichtungen außerhalb von Washington ab. »So wirst du die Möglichkeit haben festzustellen, wie die Stimmung in deinem Wahlkreis ist«, sagte Janet.

»Erlaube mir nicht, etwas abzusagen, Janet.«

»Keine Sorge, ich gebe schon acht. Dafür werde ich ja bezahlt.«

Fast ein halbes Jahr lang flog Florentyna zweimal in der Woche nach Chicago. Ralph Brooks hatte den Vorteil, nicht vier Wochentage in Washington verbringen zu müssen. Dazu kam, daß Bürgermeisterin Jane Byrne kaum die Hälfte der Amtszeit hinter sich hatte, und oft hörte man, daß *eine* Frau in der Politik von Illinois genug sei. Dessenungeachtet hoffte Florentyna, nachdem sie den ganzen Bundesstaat bereist hatte, daß sie – und auch Edward war der Meinung – eine Chance von sechzig zu vierzig habe, gegen Brooks zu gewinnen. Eigentlich war sie der Ansicht, daß es schwieriger war, Brooks zu schlagen, als in den Senat gewählt zu werden, denn die Wahlen in der Mitte einer Amtsperiode gingen fast immer zugunsten des amtierenden Präsidenten aus.

Einen Tag in ihrem Terminkalender hielt Florentyna für das Treffen der Vietnam-Veteranen frei. Sie hatten Chicago zum Schauplatz der Feier gewählt und Senator John Tower und Florentyna als Hauptredner eingeladen. Die Presse von Illinois versäumte nicht, darauf hinzuweisen, wieviel Hochachtung der beliebtesten Landestochter von Außenstehenden entgegengebracht wurde. Allein die Tatsache, daß die Veteranen sie zusammen mit dem Vorsitzenden des Senatsausschusses für die Streitkräfte einlud, sei bereits eine große Ehre.

Im Repräsentantenhaus war Florentyna nach wie vor aktiv. Sie setzte sich erfolgreich für das sogenannte *Good Samaritan* Amendement ein, das jenen Unternehmern Erleichterungen gewährte, die sich bemühten, das Giftmüll-Problem zu lösen. Selbst Bob Buchanan unterstützte ihr *Good Samaritan* Amendement.

Während sie beide hinten im Saal an der Brüstung lehnten und auf die Abstimmung warteten, gab er der Hoffnung Ausdruck, daß sie für den Senat kandidieren werde.

»Das sagen Sie nur, um mich hier loszuwerden.«

Er schmunzelte. »Ich muß zugeben, es wäre eine Erleichterung. Aber ich glaube wirklich, daß Sie nicht länger hier bleiben sollten, wenn Sie eines Tages ins Weiße Haus einziehen wollen.«

Verblüfft sah ihn Florentyna an. Er würdigte sie keines Blikkes, sondern starrte weiter in den vollen Saal.

»Ich zweifle nicht daran, daß es Ihnen gelingen wird. Und ich danke Gott, daß ich Ihre Antrittsrede nicht mehr erleben werde«, fuhr er fort, bevor er aufstand, um für Florentynas Zusatzantrag zu stimmen.

Wann immer Florentyna nach Chicago fuhr, wich sie der Frage nach ihrer Senatskandidatur aus, obwohl dieses Problem ganz offensichtlich jeden beschäftigte. Edward wies darauf hin, daß sie, falls sie diesmal nicht kandidiere, wahrscheinlich zwanzig Jahre werde warten müssen, da Ralph Brooks erst vierundvierzig Jahre alt war und es praktisch unmöglich sei, ihn zu schlagen, wenn er einmal im Senat sitze.

»Besonders, wenn man sein berühmtes Charisma bedenkt«, spottete Florentyna. »Und wer hat schon Lust, zwanzig Jahre zu warten?«

»Harold Stassen« erwiderte Edward.

Florentyna lachte. »Und jeder weiß, wie erfolgreich er war. Jedenfalls muß ich einen Entschluß fassen, bevor ich zu den Vietnam-Veteranen spreche.«

Florentyna und Richard verbrachten das Wochenende auf Cape Cod, und am Samstagabend kam Edward zu Besuch.

Die halbe Nacht lang besprachen sie alle Möglichkeiten, die Florentyna hatte, und die Folgen für Edwards Arbeit in der Baron-Gruppe, falls er Florentynas Wahlkampagne leite. Als sie in den frühen Morgenstunden schlafen gingen, hatten sie eine Entscheidung getroffen.

Im überfüllten Internationalen Raum des Hilton Hotels saßen zweitausend Männer; die einzigen Frauen weit und breit waren die Kellnerinnen. Richard hatte Florentyna nach Chicago begleitet und saß neben Senator Tower. Als Florentyna aufstand, um zu sprechen, zitterte sie am ganzen Körper. Sie versicherte den Anwesenden, wie sehr ihr ein starkes Amerika am Herzen liege, und erzählte, wie stolz sie auf ihren Vater gewesen sei, als er von Präsident Truman ausgezeichnet wurde. Sie sagte, sie sei noch viel stolzer auf die Vietnam-Veteranen, weil sie Amerikas ersten unpopulären Krieg mitgemacht hätten. Die Veteranen pfiffen begeistert und hämmerten auf die Tische. Florentyna erinnerte die Anwesenden daran, wie sie für das M-X-Raketensystem eingetreten sei und betonte ihre Überzeugung, daß das amerikanische Volk niemanden zu fürchten haben dürfe, besonders nicht die Sowjets.

»Moskau soll wissen«, sagte sie, »daß es vielleicht ein paar Männer im Kongreß gibt, die bereit sind, Amerikas Stellung aufs Spiel zu setzen; die Frau, die vor Ihnen steht, ist aber nicht dazu bereit.« Wieder applaudierten die Veteranen. »Die isolationistische Politik, die Präsident Reagan zu verfolgen scheint, wird Polen nicht helfen, und ebensowenig einem anderen Land, das die Sowjets vielleicht als nächstes angreifen. Es muß einen Punkt geben, an dem wir nicht mehr nachgeben; wir können nicht warten, bis die Russen an der kanadischen Grenze stehen.« Selbst Senator Tower klatschte Beifall.

Florentyna wartete, bis es wieder still wurde, bevor sie fortfuhr: »Ich habe den heutigen Abend gewählt – den ich mit Menschen verbringe, die jeder in Amerika bewundert –, um zu erklären, daß ich, solange es Männer und Frauen gibt, die bereit sind, ihrem Land zu dienen, wie ihr es getan habt, ebenfalls bereit bin, diesem großen Land zu dienen, und mich daher als Kandidatin für den amerikanischen Senat aufstellen lassen werde.«

Die wenigsten Leute im Saal hörten das Wort »Senat«, weil

wilder Jubel ausbrach. Jeder, der aufstehen konnte, stand auf, und die anderen klopften auf die Tische. Florentyna schloß ihre Rede mit den Worten: »Ich trete für ein Amerika ein, das keinen Angriff fürchtet. Gleichzeitig bete ich, ihr mögt die letzte Gruppe von Veteranen sein, die dieses Land je braucht.«

Als sie sich setzte, wurde so lange applaudiert, bis Senator Tower aufstand und Florentynas Rede als eine der besten bezeichnete, die er je gehört habe.

Edward kam aus New York, um Florentynas Wahlkampfkampagne zu leiten, während Janet sich täglich aus Washington meldete. Von allen Seiten strömte Geld herbei; jetzt trug die Arbeit, die Florentyna in ihrem Wahlkreis geleistet hatte, Früchte. Zwölf Wochen vor den Vorwahlen zeigten die Umfragen einen Vorsprung von 58 : 42 für die Kandidatin Kane.

Florentynas Wahlhelfer arbeiteten bis spät in die Nacht, aber auch sie konnten keine Wunder vollbringen und Florentyna an zwei Orten gleichzeitig auftreten lassen. Ralph Brooks kritisierte ihre Beteiligung an den Abstimmungen im Repräsentantenhaus und behauptete, sie habe dort wenig Konkretes erreicht. Einige seiner Angriffe machten Eindruck, und seine Energie entsprach der eines Zehnjährigen. Dessenungeachtet blieben die Meinungsumfragen bei etwa 55 : 45 für Florentyna. Man erzählte sich, daß Brooks Wahlhelfer niedergeschlagen seien und die Wahlspenden allmählich versickerten.

Richard flog jedes Wochenende nach Chicago; er und Florentyna lebten aus dem Koffer und übernachteten oft in den Wohnungen der Wahlhelfer. Einer der jungen freiwilligen Helfer fuhr Florentyna unermüdlich in seinem blauen Auto durchs Land; vor dem Frühstück schüttelte sie Arbeiterhände vor dem Fabrikstor, vor dem Lunch besuchte sie Versammlungen in kleinen Dörfern und fand noch irgendwie Zeit, ab und zu mit Bankern oder Presseleuten in Chicago zu sprechen, bevor abends die unvermeidliche Wahlversammlung und ein Empfang im Baron stattfanden. Trotzdem fehlte sie nie bei den monatlichen Besprechungen der Remagen-Stiftung.

Wenn sie etwas aß, so waren es immer nur Fertigmahlzeiten, die sich rasch zubereiten ließen. Abends, bevor sie ins Bett fiel, notierte sie in ein schwarzes Buch mit Eselsohren alle Zahlen und Fakten, die sie während des Tages erfahren hatte. Sie schlief ein, während sie sich Namen einprägte, unzählige Namen von Menschen, die zutiefst beleidigt gewesen wären, hätte Florentyna ihre Beteiligung an der Wahlkampagne vergessen. Richard kehrte, ebenso erschöpft wie Florentyna, Sonntag abends nach New York zurück. Er beklagte sich nie und hielt alle Probleme der Baron-Gruppe von Florentyna fern.

Als sie sich wieder einmal am Flugplatz Lebewohl sagten – es war ein kalter Tag im Februar – lächelte sie ihn an und stellte fest, daß er blaue Lederhandschuhe trug, die er vor zwanzig Jahren für seinen Vater bei Bloomingdale's gekauft hatte.

»Ich hab' immer noch ein Paar in Reserve, dann kann ich mich nach einer anderen Frau umsehen, Jessie«, sagte er, und Florentyna lachte.

Florentyna begann jeden Tag mit ungebrochener Energie und vollem Einsatz; nur der Gedanke, daß sie William und Annabel so selten sah, schmerzte sie. William, der jetzt einen Fidel Castro-Bart trug, war offenbar auf dem besten Weg, seine Studien *summa cum laude* abzuschließen, während Annabel in den Ferien jedesmal einen anderen jungen Mann mitbrachte.

Florentyna wußte aus Erfahrung, daß bei jeder Wahlkampagne irgendeinmal ein Donnerschlag kam, aber sie hatte nicht erwartet, daß ein Meteorit daran beteiligt sein würde. Chicago hatte eine Reihe brutaler Morde erlebt, von einem Mann begangen, den die Presse als den »Würger von Chicago« bezeichnete; nachdem er den Hals seiner Opfer durchschnitten hatte, ritzte er ein Herz in ihre Stirnen, um die Polizei nicht im Zweifel über seine Identität zu lassen. Florentyna und Ralph Brooks mußten feststellen, daß sie immer öfter mit der Frage von Recht und Ordnung konfrontiert wurden. In der Nacht waren die Straßen von Chicago praktisch menschenleer, weil es der Polizei nicht und nicht gelang, den Killer festzunehmen. Zu Florentynas Erleichterung wurde er eines Nachts in der Nähe der Northwestern University aufgegriffen, als er eben eine Studentin attackierte.

Am nächsten Morgen gab Florentyna eine Erklärung ab, in der sie der Polizei hohes Lob zollte, und dem Beamten, dem die Festnahme gelang, schrieb sie einen persönlichen Brief. Sie hielt die Angelegenheit für erledigt, bis sie die Morgenausgabe der Zeitungen las. Ralph Brooks teilte mit, daß er die Anklage gegen den Würger persönlich übernehmen werde, selbst wenn ihn das seinen Platz im Senat kosten sollte. Es war ein brillanter Schachzug, das mußte selbst Florentyna zugeben. Die Presse des ganzen Landes brachte Fotos des gutaussehenden Staatsanwaltes neben dem Konterfei des gefürchteten Mörders.

Der Prozeß begann fünf Wochen vor den Vorwahlen – die Voruntersuchungen wurden offensichtlich auf Betreiben des Staatsanwaltes beschleunigt. Das bedeutete, daß Ralph Brooks Tag für Tag auf der Titelseite prangte und die Todesstrafe forderte, »damit die Bürger von Chicago wieder ohne Angst abends ausgehen können.« Florentyna gab Erklärungen über die Energiekrise, über Vorschriften zur Bekämpfung des Fluglärms, über Getreidepreisstützung und russische Truppenbewegungen an der polnischen Grenze ab, nachdem die Führer der Gewerkschaft Solidarität verhaftet worden waren. Es gelang ihr nicht, den Staatsanwalt aus den Schlagzeilen zu verdrängen. Bei Zusammenkünften mit den Journalisten der *Tribune* beklagte sie sich halb im Scherz, halb im Ernst darüber. Der Chefredakteur sah ihren Standpunkt zwar ein, meinte aber, daß Ralph Brooks sich eben gut verkaufen ließe. Florentyna saß in ihrem Büro und war zutiefst enttäuscht, daß sie nichts gegen ihren Gegner unternehmen konnte.

In der Hoffnung, daß ihr eine Konfrontation Gelegenheit bieten könnte, zu brillieren, forderte sie Brooks zu einer öffentlichen Debatte heraus. Dieser aber informierte die Presse, daß er nicht an derlei denken könne, solange eine so schwere Verantwortung auf seinen Schultern laste. »Sollte ich die Gelegenheit, das gute Volk von Illinois zu vertreten, wegen dieser meiner Entscheidung versäumen, dann muß ich mich damit abfinden«, wiederholte er immer wieder. Florentyna sah weitere Prozente davonschwimmen.

Am Tag, an dem der Würger von Chicago verurteilt wurde, ergaben die Meinungsumfragen, daß Florentyna nur noch 52 : 48 in Führung lag. Es blieben ihr nur noch zwei Wochen.

Florentyna plante für diese letzten zwei Wochen Reisen durch den Bundesstaat, als der Meteorit einschlug.

Am Dienstag nach dem Prozeß rief Richard an und teilte ihr mit, Annabels Zimmergenossin habe ihn informiert, daß Annabel am Sonntagabend nicht nach Radcliffe zurückgekehrt sei und man seither nichts von ihr gehört habe. Florentyna flog sofort nach New York. Richard benachrichtigte die Polizei und nahm einen Privatdetektiv auf. Nachdem ihm die Polizei versichert hatte, alles in ihrer Macht Stehende zu tun, schickte er Florentyna wieder nach Chicago zurück.

Wie in einem Traum ging Florentyna in Chicago ihrer Arbeit nach und rief Richard jede Stunde an; er hatte keine Neuigkeiten zu berichten. Eine Woche vor der Wahl lag Florentyna nur noch 51 : 49 in Führung, und Edward versuchte mit allen Mitteln, ihre Gedanken auf die Wahlkampagne zu konzentrieren, aber sie dachte wieder und wieder an Bob Buchanans Worte: »Der Kongreß ist kein Ersatz für eine Familie.« Sie fragte sich, ob, wenn sie . . . Nach einem entsetzlichen Wochenende – Florentyna hatte das Gefühl, eher Stimmen verloren als gewonnen zu haben – rief Richard aufgeregt an, um ihr mitzuteilen, daß man Annabel gefunden habe. Sie war die ganze Zeit in New York gewesen.

»Gott sei Dank«, sagte Florentyna mit Tränen in den Augen, »geht es ihr gut?«

»Ja, sie ist im Mount Sinai Hospital.«

»Was ist geschehen?« fragte Florentyna angsterfüllt.

»Sie hatte eine Abtreibung.«

Am selben Morgen flog Florentyna nach New York zu ihrer Tochter. Auf dem Flug glaubte sie ein paar Reihen weiter hinten einen Wahlhelfer zu erkennen; sein Lächeln schien ihr merkwürdig. Annabel sagte ihrer Mutter, sie habe keine Ahnung gehabt, daß die Polizei nach ihr suche. Edward flehte Florentyna an, sofort wieder nach Chicago zurückzukehren, da sich Presse und Fernsehen fortwährend nach ihrem Verbleib erkundigten. Obwohl die Zeitungen bis jetzt nichts über Annabels Privatleben gebracht hatten, fand man es sonderbar, daß Florentyna in New York war und nicht in Illinois. Zum erstenmal hörte Florentyna nicht auf Edwards Rat.

Ralph Brooks äußerte sofort die Vermutung, daß Florentynas Reise etwas mit einer Krise der Baron-Gruppe zu tun haben müsse; die Hotels lägen ihr immer am meisten am Herzen. Florentyna gab dem Drängen Edwards und Annabels nach und flog Montag abends nach Chicago zurück; alle Zeitungen waren jetzt der Meinung, daß der Wahlausgang völlig ungewiß sei.

Dienstag früh sah Florentyna die Schlagzeile, die sie gefürchtet hatte: »Tochter der Kandidatin hatte Abtreibung.« Der Artikel beschrieb jede Einzelheit, bis hin zu dem Bett, in dem Annabel gelegen war. »Senke den Kopf und bete«, war alles, was Edward sagte, als er Florentyna durch den zermürbenden Tag begleitete.

Am Wahltag stand Florentyna um sechs Uhr morgens auf, und Edward fuhr sie zu allen Wahllokalen, die sie im Lauf von vierzehn Stunden erreichen konnten. Wo immer sie anhielten, winkten Wahlhelfer mit blau-weißen »Kane-in-den-Senat«-Flaggen und verteilten Flugblätter mit Florentynas Ansichten über die wichtigsten Fragen. Bei einem Aufenthalt wurde Florentyna nach ihrer Meinung über die Abtreibung gefragt. Florentyna sah die Frau empört an und erklärte: »Ich kann Ihnen versichern, daß sich meine Meinung nicht geändert hat.« Erst später kam sie darauf, daß die Frage ganz harmlos gemeint war.

Unermüdlich schleppten ihre Mitarbeiter alle Kane-Anhänger zu den Urnen, und auch Florentyna hörte erst zu arbeiten auf, als die Lokale geschlossen wurden. Sie hoffte nur, sich ebenso gehalten zu haben wie Carter 1976 gegen Ford. Am Abend kam Richard aus New York und berichtete, Annabel gehe es gut, und sie sei nach Radcliffe zurückgekehrt.

Florentyna und Richard saßen allein in ihrer Suite im Baron Hotel. Drei Fernsehstationen brachten die Resultate aus Illinois, von denen es abhing, wer gegen den republikanischen Kandidaten antreten würde. Um elf Uhr lag Florentyna mit zwei Prozent in Führung. Um zwölf hatte Brooks einen Vorsprung von einem Prozent. Um zwei hatte Florentyna ein knappes Prozent mehr Stimmen. Um drei Uhr schlief sie in Richards Armen ein. Als er das Resultat erfuhr, weckte er sie nicht; er wollte ihren Schlaf nicht stören.

Etwas später nickte er selbst ein. Als er erwachte, sah er Florentyna mit geballten Fäusten am Fenster stehen. Immer wieder brachte das Fernsehen die Resultate: Ralph Brooks war mit 7.118 Stimmen – einer Mehrheit von weniger als einem halben Prozent – zum demokratischen Kandidaten für den Senat gewählt worden. Auf dem Bildschirm war ein winkender, strahlender Ralph Brooks zu sehen.

Florentyna drehte sich um und sah noch einmal auf das Bild. Ihr Blick fiel nicht auf den triumphierenden Staatsanwalt, sondern auf einen Mann hinter ihm. Jetzt wußte sie, wo sie dieses Lächeln schon einmal gesehen hatte.

Florentynas politische Karriere war unterbrochen. Sie war nicht mehr im Kongreß und mußte zwei Jahre warten, bevor sie auch nur hoffen konnte, wieder in die Politik zurückzukehren. Wenn sie an Annabels Probleme dachte, fragte sie sich, ob nicht die Zeit gekommen sei, zu ihren Hotels und ins Privatleben zurückzukehren. Richard war anderer Meinung.

»Es täte mir leid, wenn du dich nach all den Jahren und der Arbeit aus der Politik zurückzögest.«

»Vielleicht ist das der springende Punkt. Hätte ich mich nicht so auf meine Karriere konzentriert und mich mehr um Annabel gekümmert, dann hätte sie heute vermutlich keine Identitätskrise.«

»Eine Identitätskrise! Diesen Unsinn hätte ich von einem Soziologieprofessor erwartet, aber nicht von dir. William hat nie unter einer ›Identitätskrise‹ gelitten. Liebling, unsere Tochter hatte ein Verhältnis und war unvorsichtig; das ist alles. Wenn jeder, der ein Verhältnis hat, als anormal gilt, blieben nur sehr wenige Normale übrig. Im Augenblick braucht sie nur eines: von dir wie eine Freundin behandelt zu werden.«

Florentyna ließ alles liegen und stehen und fuhr im Sommer mit Annabel auf die Barbados. Während der langen Spaziergänge am Strand erfuhr sie Näheres über Annabels Affäre mit einem Studenten in Vassar; Florentyna konnte sich immer noch nicht daran gewöhnen, daß Jungen Mädchencolleges besuchten. Annabel nannte ihr seinen Namen nicht, sondern versuchte zu erklären, daß sie ihn zwar immer noch gern habe, aber nicht ihr ganzes Leben mit ihm verbringen wolle. »Hast du den ersten Mann geheiratet, mit dem du geschlafen hast?« fragte sie. Florentyna antwortete nicht sofort, dann erzählte sie ihrer Tochter von Scott Forbes.

»Was für ein Drückeberger«, sagte Annabel, »was für ein Glück, daß du Papa gefunden hast.«

»Nein, Annabel, dein Vater wird nicht müde, mich daran zu erinnern, daß er *mich* gefunden hat.«

In diesen wenigen Tagen wurde das Verhältnis zwischen Mutter und Tochter enger als je zuvor. In der zweiten Woche kamen auch Richard und William, die Familie verbrachte vierzehn Tage zusammen, und alle wurden braun und rundlich.

Richard war glücklich, Mutter und Tochter so locker und vergnügt miteinander zu sehen, und gerührt, als Annabel von William als ihrem großen Bruder sprach. Jeden Nachmittag wurden William und Florentyna von Richard und Annabel beim Golf geschlagen, und abends saßen sie noch lange auf und schwatzten.

Als die Ferien zu Ende gingen, waren alle betrübt. Florentyna gestand, daß sie wenig Lust hatte, sich wieder in die politische Arena zu stürzen, bis Annabel energisch erklärte, sie wolle keine Mutter, die zu Hause sitzt und kocht.

Für Florentyna war es ein merkwürdiges Gefühl, in diesem Jahr keine Wahlkampagne vor sich zu haben. Während sie gegen Brooks gekämpft hatte, wurde Noel Silverman, ein junger begabter Anwalt aus Chicago, von den Demokraten in den Kongreß entsandt. Einige Parteimitglieder gaben zu, daß sie mit der Entscheidung gewartet hätten, hätten sie Brooks auch nur eine schwache Chance für die Nominierung als Senatskandidat zugebilligt.

Viele Wähler baten Florentyna, sich als unabhängige Kandidatin zu bewerben, aber sie wußte, daß die Partei darüber nicht glücklich sein würde, vor allem, da sie sich in zwei Jahren nach einem anderen Senatskandidaten umsehen mußte; der andere Senator des Staates, David Rodgers, hatte wiederholt erklärt, daß er 1984 nicht mehr kandidieren wolle.

Florentyna flog nach Chicago, um sich bei verschiedenen Wahlversammlungen für Noel Silverman einzusetzen. Er gewann seinen Sitz mit einer knappen Mehrheit, und Florentyna war zufrieden.

Sie hatte jetzt zwei Jahre im politischen Brachland vor sich, und es wurde ihr nicht leichter ums Herz, als sie am Tag nach den Wahlen die Schlagzeile in der *Chicago Tribune* las:

BROOKS GEWANN DIE WAHL SPIELEND

Die Zukunft

1982 – 1995

31

William brachte Joanna Cabot zum erstenmal zu Weihnachten nach Hause. Instinktiv wußte Florentyna, daß aus den beiden ein Paar werden würde, und nicht nur, weil Joannas Vater, wie sich herausstellte, ein entfernter Verwandter von Richard war. Joanna war schlank, dunkel, graziös – und trotz ihrer Schüchternheit konnte sie ihre Gefühle für William nicht verbergen. William war ausgesprochen stolz auf das junge Mädchen, das bescheiden neben ihm stand, und machte keinen Hehl daraus. »Ich hätte wissen müssen, daß dein Sohn, der in New York erzogen wurde und in Washington und Chicago lebte, letztlich nach Boston zurückkehren würde, um seine Frau zu wählen«, spottete Florentyna.

»William ist auch *dein* Sohn«, erinnerte Richard. »Und woher willst du überhaupt wissen, daß er Joanna heiraten wird?«

Florentyna lachte nur. »Meine Prophezeiung lautet: im Frühling in Boston.« Sie irrte sich; sie mußten bis zum Sommer warten.

William stand kurz vor dem Studienabschluß und wartete aufgeregt, ob man ihn in die *Harvard Business School* aufnehmen würde.

»Zu meiner Zeit«, sagte Richard, »geduldete man sich, bis man seine Ausbildung abgeschlossen und ein wenig Geld verdient hatte, bevor man an eine Ehe dachte.«

»Das stimmt einfach nicht, Richard. Du bist vorzeitig von Harvard weg, um mich zu heiraten, und einige Wochen mußte ich dich aushalten.«

»Das hast du mir nie erzählt, Papa«, sagte William.

»Dein Vater besitzt das, was man in der Politik ein selektives Gedächtnis nennt.«

Lachend verließ William das Zimmer.

»Ich glaube immer noch . . .«

»Sie lieben einander, Richard. Bist du so alt, daß du nicht siehst, was jedem anderen ins Gesicht springt?«

»Nein, aber . . .«

»Du bist noch nicht fünfzig und führst dich auf wie ein Greis. William ist fast so alt wie du es warst, als du mich geheiratet hast. Hast du dazu etwas zu sagen?«

»Nein. Du bist wie alle Politiker; du unterbrichst mich fortwährend.«

Zu Beginn des folgenden Jahres besuchten die Kanes die Cabots, und John Cabot, Joannas Vater, war Richard vom ersten Moment an überaus sympathisch; beide wunderten sich, daß sie sich trotz so vieler gemeinsamer Freunde nicht schon früher kennengelernt hatten. Joannas zwei jüngere Schwestern verbrachten das Wochenende damit, um Richard herumzuspringen.

»Ich habe meine Ansicht geändert«, sagte Richard zu Florentyna, als sie Samstag zu Bett gingen. »Joanna ist genau die Frau, die William braucht.«

Mit betont europäischem Akzent erkundigte sich Florentyna: »Und wie sähe es aus, wenn Joanna eine kleine polnische Einwanderin wäre, die bei Bloomingdale's Handschuhe verkauft?«

Richard nahm Florentyna in die Arme und erwiderte: »Ich hätte ihm geraten, nicht drei Paar Handschuhe zu kaufen, weil es billiger kommt, das Mädchen gleich zu heiraten.«

Die Hochzeitsvorbereitungen schienen Florentyna sehr kompliziert und aufwendig, wenn sie daran dachte, wie einfach es bei ihr und Richard gewesen war, und wie Bella und Claude in San Francisco das Doppelbett die Treppe hinaufgeschleppt hatten. Zum Glück war Mrs. Cabot bereit, alle Vorbereitungen selbst zu treffen, und wann immer man etwas von den Kanes brauchte, war Annabel nur zu gern bereit, als Familienvertreterin zu fungieren.

Anfang Januar flog Florentyna nach Washington, um ihr Büro zu schließen. Kollegen kamen vorbei und plauderten mit ihr, als sei sie immer noch im Kongreß. Janet erwartete sie mit einem Stoß von Briefen; die meisten stammten von Leuten, die ihr Bedauern ausdrückten, daß sie nicht mehr in den Kongreß zurückgekehrt war, und hofften, sie würde in zwei Jahren für den Senat kandidieren.

Florentyna beantwortete jeden Brief, aber hin und wieder kam ihr der Gedanke, daß auch 1983 etwas schiefgehen könnte. In diesem Fall wäre ihre politische Karriere endgültig vorbei.

Sie kehrte nach New York zurück, um festzustellen, daß sie allen Leuten im Weg war. Die Leitung der Baron-Gruppe und der Lesterbank lag fest in Richards und Edwards Händen. Die von McKinsey vorgeschlagenen Verbesserungen hatten die Hotels gründlich verändert, und Florentyna war immer wieder über die Steak-Restaurants erstaunt, die jetzt in jedem Erdgeschoß zu finden waren. An die Bankomaten in den Hotelhallen neben dem Friseur konnte sie sich überhaupt nicht gewöhnen. Als sie Gianni besuchte, um sich von dem Erfolg der Läden zu überzeugen, nahm dieser an, sie sei gekommen, um ein neues Kleid auszusuchen.

Während der ersten Monaten fern von Washington war Florentyna ruhelos wie kaum zuvor in ihrem Leben. Zweimal fuhr sie nach Polen. Sie fühlte tiefes Mitleid für ihre Landsleute, als sie die Trostlosigkeit der Lage sah. Wo die Russen wohl als nächstes zuschlagen würden? Florentyna benutzte diese Reisen, um mit europäischen Staatsmännern zusammenzutreffen, die fortwährend darauf hinwiesen, daß Amerika mit jedem neuen Präsidenten isolationistischer werde.

Bei ihrer Rückkehr nach New York mußte sie sich wieder mit der Frage auseinandersetzen, ob sie für den Senat kandidieren solle oder nicht. Janet, die immer noch zu Florentynas Stab gehörte, besprach mit Edward Florentynas künftige politische Strategie. Dazu gehörten regelmäßige Reisen nach Chicago und die Annahme jeder Einladung, irgendwo in Illinois zu sprechen. Als Senator Rodgers während der Osterferien anrief, um seiner Hoffnung Ausdruck zu geben, daß Florentyna im nächsten Jahr für seinen Sitz kandidieren werde und sie seiner Unterstützung versicherte, war sie sehr erleichtert.

Florentyna las alle Chicagoer Zeitungen und mußte feststellen, daß Ralph Brooks sich im Senat einen Namen machte. Irgendwie war es ihm gelungen, nicht nur in den angesehenen Ausschuß für auswärtige Angelegenheiten gewählt zu werden, sondern auch in den Ausschuß für Landwirtschaft, der für die Farmer von Illinois so wichtig war. Auch war er der einzige junge Senator, der zur demokratischen Arbeitsgruppe für Verwaltungsreformen gehörte.

Das alles entmutigte Florentyna nicht, sondern bestärkte sie nur in ihrem Entschluß.

Williams und Joannas Hochzeit wurde zu einem der schönsten Tage in Florentynas Leben. Ihr zweiundzwanzigjähriger Sohn, der im Frack neben der Braut stand, erinnerte sie an seinen Vater, damals in San Francisco. Der Silberreif hing locker an seinem linken Handgelenk, und Florentyna lächelte, als sie die kleine Narbe an der rechten Hand bemerkte. Joanna, die so scheu und zurückhaltend wirkte, hatte ihrem künftigen Mann bereits einige seiner Marotten abgewöhnt, so zum Beispiel ein paar auffallende Krawatten und den Fidel-Castro-Bart, auf den er so stolz gewesen war, bevor er sie kennenlernte.

Großmutter Kane, wie Kate jetzt von allen genannt wurde, glich mehr und mehr einem blaßblauen Schlachtschiff in voller Fahrt, wenn sie durch die Gäste pflügte, einige küßte und anderen (die älter waren als sie) erlaubte, sie zu küssen. Mit siebenundsiebzig war sie immer noch elegant und zeigte keinerlei Alterserscheinungen. Sie war auch das einzige Familienmitglied, von dem Annabel sich etwas sagen ließ, ohne zu widersprechen.

Nach einem großartigen Empfang in Joannas Elternhaus auf Beacon Hill flogen William und seine junge Frau nach Europa, während Florentyna und Richard nach New York zurückkehrten. Florentyna wußte, daß sie sehr bald eine Erklärung über ihre Senatskandidatur abgeben mußte; sie rief den scheidenden Senator an, um ihn zu fragen, wie sie nach seiner Ansicht ihr Statement formulieren sollte.

Während sie seine Nummer im Dirksen Building wählte, überlegte sie, wie selten sie ihn jetzt sah, während er und sie noch vor ein paar Monaten die Hälfte ihres Lebens innerhalb eines Radius von zweihundert Metern verbracht hatten. Der Senator war nicht da, und Florentyna bat um seinen Rückruf. Es vergingen einige Tage, bis die Sekretärin des Senators anrief und erklärte, der Senator sei mit Arbeit überhäuft. Das ist sonst nicht David Rodgers Art, überlegte Florentyna und hoffte, daß er sie nicht absichtlich brüskiert hatte, bis sie mit Edward sprach.

»Es gibt ein Gerücht, wonach Rodgers' Frau seinen Sitz haben möchte.«

»Betty Rodgers? Sie behauptete doch immer, sie könne es nicht ertragen, im Blickpunkt der Öffentlichkeit zu stehen. Ich kann mir nicht vorstellen, daß sie jetzt, da Rodgers sich zurückzieht, so etwas anstrebt.«

»Vergiß nicht, seit ihre Kinder vor drei Jahren das Haus verließen, sitzt sie im Stadtrat von Chicago. Vielleicht hat sie Blut geleckt.«

»Glaubst du, es ist ihr ernst damit?«

»Ich weiß nicht, aber ich werde es herausfinden.«

Florentyna fand es noch vor Edward heraus, weil sie von einem ihrer ehemaligen Mitarbeiter angerufen wurde. Er sagte, im Parteivorstand von Cook County tue man so, als sei Mrs. Rodgers bereits die Kandidatin.

Edward rief am selben Tag zurück, um ihr mitzuteilen, man erwäge, eine Fraktionssitzung einzuberufen und Betty Rodgers als Kandidatin aufzustellen, obwohl Meinungsumfragen ergaben, daß mehr als achtzig Prozent der eingeschriebenen Demokraten Florentyna als Rodgers Nachfolgerin haben wollten. »Es hilft auch nicht viel«, fügte Edward hinzu, »daß Senator Brooks Betty Rodgers öffentlich unterstützt.«

»Welch eine Überraschung«, sagte Florentyna. »Und was, meinst du, soll ich als nächstes tun?«

»Ich glaube, im Moment kannst du gar nichts tun. Ich weiß, daß dich viele im Parteiausschuß unterstützen, also ist der Ausgang ziemlich ungewiß. Vielleicht ist es besser, sich nicht einzumischen. Arbeite weiter und verbreite den Eindruck, als stündest du über den Dingen.«

»Und was tue ich, wenn sie gewählt wird?«

»Dann mußt du als unabhängige Kandidatin antreten und sie schlagen.«

»Gegen den Parteiapparat anzukämpfen ist fast unmöglich. Du selbst hast mir das vor ein paar Monaten gesagt, Edward.«

»Truman hat es zuwege gebracht.«

Ein paar Minuten nach Beendigung der Sitzung erfuhr Florentyna, daß der Ausschuß Betty Rodgers mit 6 : 5 Stimmen zur offiziellen demokratischen Kandidatin für den Senat gewählt hatte. Sowohl David Rodgers wie Ralph Brooks hatten sich gegen Florentyna ausgesprochen.

Sie konnte kaum glauben, daß bloß sechs Leute eine so wichtige Entscheidung treffen konnten, und in der folgenden Woche führte sie zwei unangenehme Telefongespräche, eines mit David Rodgers, das andere mit Ralph Brooks. Beide baten sie, die Einheit der Partei vor ihren persönlichen Ehrgeiz zu stellen. »Das ist die Art von Heuchelei, die man von den Demokraten erwartet«, meinte Richard.

Viele ihrer Anhänger baten Florentyna, den Kampf nicht aufzugeben, sie aber war unentschlossen, vor allem, als der Parteivorsitzende von Illinois sie anrief und bat, um der Parteieinheit willen formell auf eine Kandidatur zu verzichten. Schließlich würde Betty nur sechs Jahre im Senat bleiben.

Lang genug für Ralph Brooks, dachte Florentyna.

In den folgenden Tagen hörte sie viele Ratschläge an, aber es war Bob Buchanan, der ihr empfahl, Julius Cäsar sorgfältig zu lesen.

»Das ganze Stück?« fragte Florentyna.

»Nein, ich würde mich an Ihrer Stelle auf Mark Anton konzentrieren.«

Florentyna rief den Parteivorsitzenden an und erklärte sich bereit, bei der Parteisitzung auf ihre Kandidatur zu verzichten, Betty Rodgers aber nicht zu unterstützen.

Der Parteivorsitzende war froh über den Kompromiß.

Zehn Tage später fand im Bismarck Hotel die Sitzung der demokratischen Partei statt, und als Florentyna kam, war der Saal bis auf den letzten Platz gefüllt. Der laute Beifall, der sie empfing, sagte ihr, daß die Sitzung vielleicht nicht so glatt verlaufen würde, wie man es geplant hatte.

Florentyna setzte sich auf den ihr zugewiesenen Platz am Ende der zweiten Reihe auf dem Podium. Der Vorsitzende thronte in der Mitte der ersten Reihe, flankiert von den beiden Senatoren Rodgers und Brooks. Betty Rodgers saß neben ihrem Mann und sah Florentyna kein einziges Mal an. Der Parteisekretär und der Finanzreferent saßen ebenfalls in der ersten, die übrigen Vorsitzenden in der zweiten Reihe. Einer von ihnen flüsterte Florentyna zu: »Es war töricht von Ihnen, den Kampf aufzugeben.«

Um acht Uhr bat der Vorsitzende David Rodgers, die Sitzung zu eröffnen. Der Senator galt als fleißiger Arbeiter für seinen

Wahlkreis, doch auch seine engsten Mitarbeiter hätten ihn nicht als guten Redner bezeichnet. Er dankte allen Anwesenden für ihre Unterstützung und bat sie, die gleiche Loyalität seiner Frau gegenüber zu zeigen. Dann berichtete er umständlich über seine Tätigkeit während der letzten vierundzwanzig Jahre und setzte sich wieder. Der Applaus hielt sich in Grenzen.

Der Parteivorsitzende, der als nächster sprach, erklärte, warum er Betty Rodgers als Kandidatin vorschlug. »Zumindest wird es den Wählern leichtfallen, sich ihren Namen zu merken.« Er sowie ein paar Leute auf dem Podium lachten, nur wenige im Saal stimmten ein. Zehn Minuten lang zählte er Betty Rodgers Tugenden auf, und was sie alles als Stadträtin geleistet hatte. Er sprach zu einem schweigenden Publikum und setzte sich unter schwachem Beifall. Dann stellte er mit ein paar kurzen Worten Florentyna vor.

Sie hatte sich keine Notizen gemacht, denn was sie sagen wollte, sollte spontan klingen – obwohl sie die ganze Woche hindurch jedes Wort geübt hatte. Sie hatte Richard gebeten, sie nicht zu begleiten, da alles entschieden sein würde, bevor sie auch nur den Mund geöffnet hätte. In Wahrheit wollte sie ihn nicht bei sich haben, weil sie meinte, ihre Rolle als kleinmütige Politikerin überzeugender allein spielen zu können.

Florentyna ging zum Podium und stellte sich direkt vor Ralph Brooks.

»Mr. Chairman, ich bin hierhergekommen, um zu erklären, daß ich mich nicht um einen Senatssitz bewerben werde.«

Sie machte eine Pause. »Warum nicht?« und »Wer hindert Sie daran?« rief man im Saal.

Als habe sie nichts gehört, fuhr sie fort. »Ich hatte die Ehre, meinen Wahlbezirk sechs Jahre lang im Repräsentantenhaus zu vertreten, und ich hoffe, auch in Zukunft für mein Land arbeiten zu dürfen. Ich bin immer für die Einheit der Partei eingetreten.«

»Aber nicht für Schiebung in der Partei«, rief jemand.

Wieder ignorierte Florentyna den Zwischenruf. »Ich werde daher den Kandidaten, den die Demokratische Partei wählt, nach Kräften unterstützen. Sie versuchte, überzeugend zu wirken.«

Im Saal hörte man Stimmengewirr und Rufe: »Senatorin Kane, Senatorin Kane!«

David Rodgers fixierte Florentyna, die fortfuhr: »Meinen Anhängern sage ich: es wird eine andere Zeit und einen anderen Ort geben, heute abend aber wollen wir daran denken, daß wir in diesem Schlüsselstaat die Republikaner schlagen müssen und nicht uneinig sein dürfen. Sollte Betty Rodgers Senatorin werden, so wird sie der Partei sicherlich ebensogut dienen, wie wir es von ihrem Mann gewohnt waren. Sollten die Republikaner den Sitz bekommen, dürfen Sie versichert sein, daß ich mich bemühen werde, ihn in sechs Jahren wiederzugewinnen. Wie immer das Resultat ausfällt, in dieser wichtigen Periode des Wahljahres kann der Parteivorstand sich auf mich verlassen.«

Florentyna setzte sich rasch wieder in die zweite Reihe, während ihre Anhänger in anhaltenden Beifall ausbrachen.

Als wieder Ruhe eingetreten war, erteilte der Vorsitzende Mrs. Betty Rodgers, der künftigen Senatorin von Illinois, das Wort. Bis dahin hatte Florentyna den Kopf gesenkt gehalten, aber jetzt konnte sie der Versuchung nicht widerstehen, ihre Gegnerin anzusehen. Betty Rodgers hatte offensichtlich nicht mit Widerstand gerechnet und blätterte aufgeregt in ihren Notizen. Sie las eine vorbereitete Rede vor, manchmal beinahe flüsternd, und obwohl gut recherchiert war, was sie sagte, hatte ihr Mann im Vergleich zu ihr wie Cicero gewirkt. Florentyna fühlte Mitleid mit ihr und hatte fast ein schlechtes Gewissen, anderseits verachtete sie den Vorstand, der Betty Rodgers dieser Blamage aussetzte. Sie fragte sich, was Ralph Brooks noch alles einfallen würde, um sie vom Senat fernzuhalten. Als Betty Rodgers sich setzte, zitterte sie wie ein Pudding. Florentyna verschwand durch eine Seitentür, um niemanden mehr in Verlegenheit zu bringen, und wies den Taxifahrer an, zum Flughafen zu fahren.

»Gern, Mrs. Kane«, sagte er, »ich hoffe, daß Sie wieder für den Senat kandidieren werden. Diesmal werden Sie den Sitz bestimmt bekommen.«

»Nein, ich lasse mich nicht aufstellen«, erwiderte Florentyna kurz. »Betty Rodgers ist die demokratische Kandidatin.«

»Wer ist das?«

»Senator Rodgers Frau.«

»Was versteht die davon? Ihr Mann war auch nicht gerade toll«, meinte er und schwieg für den Rest der Fahrt. Florentyna hatte Zeit zu überlegen, daß sie jetzt als Unabhängige kandidieren mußte, wenn sie je einen Sitz im Senat erringen wollte. Ihre größte Sorge war, daß die Stimmen der Demokraten zwischen ihr und Betty Rodgers aufgeteilt würden und ein Republikaner in den Senat einziehen könnte. Sollte das Resultat so aussehen, würde ihr die Partei nie verzeihen; es wäre das Ende ihrer politischen Karriere. Warum hatte sie Brooks nicht damals, als sich die Gelegenheit geboten hatte, geschlagen?

Das Taxi hielt vor dem Flughafengebäude. Als sie zahlte, sagte der Fahrer: »Ich versteh' das alles nicht. Meine Frau glaubt, daß Sie Präsidentin der Vereinigten Staaten werden. Ich selbst kann es mir nicht vorstellen, denn ich würde nie für eine Frau stimmen.«

Florentyna lachte.

»Ich will Sie damit nicht beleidigen.«

»Ich bin auch nicht beleidigt«, sagte sie und verdoppelte das Trinkgeld.

Florentyna sah auf die Uhr. Noch dreißig Minuten bis zum Abflug. Am Zeitungsstand kaufte sie *Newsweek* und *Time.* Auf beiden Titelseiten prangte Bush: das erste Anzeichen der Präsidentschaftswahlen. Sie sah auf die Anzeigetafel. Abflug nach New York: Gate 12C; es amüsierte sie, daß ein Gate 13 so peinlich vermieden wurde. Sie setzte sich in einen der Plastiksessel und war so vertieft in das Psychogramm von George Bush, daß sie den Lautsprecher nicht hörte. Die Nachricht wurde wiederholt: »Mrs. Florentyna Kane, bitte zum Telefon.«

Florentyna las weiter, bis ein Beamter von TWA zu ihr kam und sie an der Schulter berührte. Sie sah auf.

»Mrs. Kane, ich glaube, das geht Sie an«, sagte der junge Mann und wies auf den Lautsprecher.

Florentyna hörte zu. »Ja, danke.« Sie ging zum nächsten Telefon. In solchen Fällen hatte sie immer Angst, eines der Kinder könnte einen Unfall gehabt haben, und sie mußte sich erst daran erinnern, daß Annabel einundzwanzig und William verheiratet war. Sie nahm den Hörer auf.

Senator Rodgers Stimme war laut und klar. »Florentyna?«

»Ja.«

»Gott sei Dank, daß ich Sie erwischt habe. Betty beschloß, doch nicht zu kandidieren. Sie meint, die Wahlschlacht sei ihr zu anstrengend. Können Sie zurückkommen, bevor man hier alles kurz und klein schlägt?«

»Warum?« Hundert Gedanken schossen ihr gleichzeitig durch den Kopf.

»Können Sie nicht hören, was sich hier abspielt?« fragte Rodgers. Die Rufe »Kane, Kane, Kane« waren ebenso laut wie Rodger's Stimme.

»Man will Sie als offizielle Kandidatin aufstellen, und niemand ist bereit, wegzugehen, bevor Sie zurückkommen.«

Florentyna ballte die Fäuste. »Ich bin nicht interessiert, David.«

»Aber Florentyna, ich dachte . . .«

»Nur wenn ich die Unterstützung der Parteileitung habe und Sie mich persönlich vorschlagen.«

»Was immer Sie wollen, Florentyna. Betty hat immer schon gefunden, daß Sie die geeignete Persönlichkeit für den Posten sind. Nur Ralph Brooks hat sie zur Kandidatur überredet.«

»Ralph Brooks?«

»Ja, aber jetzt sieht Betty ein, daß er das nur aus egoistischen Motiven getan hat. Um Gottes willen, kommen Sie zurück.«

»Ich komme.« Florentyna lief beinahe zum Taxistand. Ein Wagen hielt neben ihr an.

»Wohin diesmal, Mrs. Kane?«

Sie lächelte. »Dorthin, wo wir hergekommen sind.«

»Ich nehme an, Sie wissen, was Sie tun. Aber wie ein gewöhnlicher Sterblicher wie ich den Politikern vertrauen soll, das weiß ich beim besten Willen nicht.«

Florentyna betete im stillen, daß er schweigen möge, damit sie ihre Gedanken ordnen könne, aber diesmal bekam sie eine lange Tirade zu hören: über seine Frau, die er eigentlich verlassen sollte; über seine Schwiegermutter, die ihn nicht verlassen wollte; über seinen Sohn, der Hasch rauchte und nicht arbeitete; über seine Tochter, die in Kalifornien in einer religiösen Kommune lebte. »Was für ein beschissenes Land – entschuldigen Sie, Mrs. Kane«, sagte er und hielt vor der Parteizentrale. Mein Gott, was gäbe sie drum, wenn er den Mund hielte. Sie zahlte ihm zum zweitenmal an diesem Abend.

»Vielleicht werde ich Sie trotz allem wählen, wenn Sie Präsidentschaftskandidatin sind«, sagte er, und sie lächelte. »Ich könnte auch die Leute bearbeiten, die mit mir fahren – es sind mindestens dreihundert jede Woche.«

Florentyna schauderte – wieder etwas dazugelernt.

Als sie das Gebäude betrat, versuchte sie ihre Gedanken zu ordnen. Alle waren aufgestanden und schrien und jubelten. Manche applaudierten mit hocherhobenen Händen, andere standen auf den Stühlen. Der erste, der sie auf dem Podium begrüßte, war Senator Rodgers. Seine Frau lächelte Florentyna erleichtert zu. Der Vorsitzende schüttelte ihr herzlich die Hand. Senator Brooks war nicht zu sehen. Florentyna drehte sich zu ihren Anhängern im Saal um, und der Jubel wurde noch lauter.

Florentyna stand mitten auf dem Podium, aber es dauerte

fünf Minuten, bis der Vorsitzende Ruhe schaffen konnte. Als es endlich still war, sagte Florentyna nur: »Thomas Jefferson bemerkte einmal: ›Ich bin früher als erwartet zurückgekehrt.‹ Ich nehme meine Nominierung für den amerikanischen Senat mit Freuden an.«

Mehr konnte sie an diesem Abend nicht sagen, denn alles drängte sich um sie. Kurz nach halb eins schlich sie in ihr Zimmer im Chicago Baron und rief sofort Richard an. Daß es in New York halb zwei war, vergaß sie.

»Wer spricht?« fragte eine schläfrige Stimme.

»Mark Anton.«

»Wer?«

»Ich kam, Betty zu begraben, nicht sie zu preisen.«

»Jessie, hast du den Verstand verloren?«

»Nein, aber ich bin die demokratische Kandidatin für den amerikanischen Senat.« Florentyna erzählte, was sich zugetragen hatte.

»George Orwell prophezeite eine Reihe von schrecklichen Dingen für dieses Jahr, erwähnte jedoch nicht, daß du mich mitten in der Nacht aufwecken würdest, nur um mir mitzuteilen, daß du Senatorin wirst.«

»Ich dachte, du sollst es als erster erfahren.«

»Vielleicht solltest du Edward anrufen.«

»Glaubst du? Du hast mich bereits daran erinnert, daß es in New York halb zwei Uhr ist.«

»Ich weiß, aber warum soll ich der einzige Mensch sein, der mitten in der Nacht mit einem falschen Zitat aus ›Julius Cäsar‹ geweckt wird?«

Senator Rodgers hielt Wort und unterstützte Florentyna während der gesamten Wahlkampagne. Zum erstenmal seit Jahren konnte sie sich, unbelastet von der Arbeit in Washington, voll und ganz ihrer Kampagne widmen. Diesmal gab es keine Donnerschläge, und es stürzten keine Meteoriten herab, obwohl Ralph Brooks' laue Unterstützung und sein verstecktes

Lob für ihren Republikanischen Gegner keine große Hilfe waren.

Das Hauptinteresse des ganzen Landes galt in diesem Jahr den Präsidentschaftswahlen, und die größte Überraschung war der Sieg des demokratischen Kandidaten, eines Mannes, dem es als fast Unbekanntem gelang, sowohl Walter Mondale wie auch Edward Kennedy in den Vorwahlen zu schlagen. Sein Programm nannte er »den Neuen Weg«. Der Kandidat kam nicht weniger als sechsmal nach Illinois und zeigte sich immer an Florentynas Seite.

Am Tag der Wahl prophezeiten die Zeitungen in Chicago wieder einmal ein Kopf-an-Kopf-Rennen; sie irrten sich, und der geschwätzige Chauffeur behielt recht: Florentyna gewann mit einer überwältigenden Mehrheit gegen den republikanischen Kandidaten. Später versuchte man das falsche Resultat der Meinungsumfragen damit zu erklären, daß viele Männer ihre Absicht, eine Frau zu wählen, nicht eingestanden hätten. Wie auch immer, es spielte keine Rolle, denn das Telegramm des künftigen Präsidenten sagte genug:

SENATORIN KANE ICH HEISSE SIE WILLKOMMEN IN WASHINGTON

32

1985 wurde ein Jahr der Begräbnisse, und Florentyna wurde sich ihrer einundfünfzig Jahre eindringlich bewußt.

In Washington hatte man ihr im Russell Building, kaum fünfhundert Meter von ihrem alten Büro im Longworth Building entfernt, eine Suite angewiesen. In den ersten Tagen fuhr sie nach alter Gewohnheit in die Longworth-Garage. Sie konnte sich auch nicht daran gewöhnen, als Senatorin angesprochen zu werden, besonders nicht von Richard, der den Titel so aussprach, als wäre er ein Schimpfwort. »Vielleicht bildest du dir ein, einen höheren Rang zu haben, dein Gehalt aber haben sie jedenfalls nicht erhöht. Ich kann es nicht erwarten, bis du Präsidentin wirst, dann wirst du wenigstens endlich so viel verdienen wie ein Vizepräsident der Bank.«

Florentynas Gehalt war zwar nicht gestiegen, wohl aber hatten sich ihre Ausgaben erhöht, vor allem, weil sie sich wieder mit einem Team umgab, um das sie viele Senatoren beneideten. Sie wußte um den Wert einer soliden finanziellen Basis. Die meisten von ihren früheren Mitarbeitern kamen wieder, und zu ihnen gesellten sich neue, die an Florentynas Zukunft glaubten. Das Büro im Russel Building war in Suite 440; in den anderen vier Räumen saßen vierzehn Mitarbeiter, angeführt von der unverwüstlichen Janet Brown, die – das wußte Florentyna seit langem – mit ihrem Job verheiratet war. Überdies hatte Florentyna jetzt in Illinois vier Büros mit je drei Angestellten.

Von ihrem neuen Büro aus sah man auf den Hof mit dem Springbrunnen und auf den Parkplatz. Bei warmem Wetter verbrachten die Senatsangestellten die Mittagspause auf dem grünen Rasen, im Winter wurden sie von Scharen von Eichhörnchen abgelöst.

Florentyna sagte Richard, sie werde schätzungsweise mehr als zweihunderttausend Dollar pro Jahr aus ihrer eigenen Tasche zahlen müssen. Ihr Gehalt als Senatorin richte sich nach dem Staat, den sie vertrete, und nach dessen Bevölkerung, erklärte sie ihrem Mann. Richard lächelte und nahm sich vor, genau die gleiche Summe der republikanischen Partei zu spenden.

Kaum prangte das Siegel des Staates Illinois an ihrer Bürotür, als Florentyna ein Telegramm erhielt. Es war kurz: »Winifred Tredgold ist Donnerstag um elf Uhr verschieden.«

Zum erstenmal hörte Florentyna Miss Tredgolds Vornamen. Sie sah auf die Uhr, führte zwei Überseegespräche, und sagte Janet, wo sie die nächsten achtundvierzig Stunden verbringen würde. Um ein Uhr saß sie in der Concorde, und drei Stunden und fünfundzwanzig Minuten später, um 19 Uhr 25, kam sie in London an. Der von ihr bestellte Wagen mit Fahrer erwartete sie und brachte sie nach Wiltshire. Sie stieg im Lansdowne Arms Hotel ab. Bevor sie das Licht löschte, rief sie Richard an.

»Wo bist du?« waren seine ersten Worte.

»In einem kleinen Hotel in Wiltshire.«

»Und warum? Macht der Senat eine Studie über englische Pubs?«

»Nein, Liebes. Miss Tredgold ist gestorben, und ich wohne morgen dem Begräbnis bei.«

»Das tut mir leid«, sagte Richard, »ich hätte dich begleitet, wenn ich das gewußt hätte. Dieser Dame haben wir beide viel zu verdanken.« Florentyna lächelte. »Wann kommst du nach Hause?«

»Morgen mit der Abend-Concorde.«

»Schlaf gut, Jessie. Ich werde an dich denken – und an Miss Tredgold.«

Am nächsten Morgen um halb zehn brachte ein Stubenmädchen das Frühstück: einen Teller Bücklinge, Toast, Cooper's Orangenmarmelade, Kaffee und die Londoner *Times*. Florentyna frühstückte im Bett und genoß jede Minute; es war ein Luxus, den sie sich in Washington nie gegönnt hätte. Um halb elf hatte sie die *Times* gelesen und festgestellt, daß die Briten mit Arbeitslosigkeit und Inflation die gleichen Probleme hatten wie Amerika. Sie zog ein einfaches schwarzes Kleid an und trug als einzigen Schmuck die kleine Uhr, die ihr Miss Tredgold zu ihrem dreizehnten Geburtstag geschenkt hatte.

Der Portier behauptete, die Kirche sei kaum mehr als einen Kilometer entfernt, und da das Wetter schön war, beschloß Florentyna, zu Fuß zu gehen. Was der Portier nicht erwähnt hatte, war, daß der Weg ständig bergauf führte. Florentyna überlegte, wie wenig körperliche Bewegung sie, trotz des Turngerätes in ihrem Sommerhaus auf Cape Cod, in letzter Zeit gehabt hatte; die Jogging-Manie war spurlos an ihr vorübergegangen.

Die kleine, von Eichen und Ulmen umgebene romanische Kirche lag auf einem Hügel. Auf einer Tafel neben dem Eingang wurde um fünfundzwanzigtausend Pfund zur Rettung des Kirchendachs gebeten; man hatte schon mehr als tausend Pfund gesammelt. Zu ihrer Überraschung wurde Florentyna in der Sakristei vom Küster empfangen und zu einem Platz in der ersten Reihe geführt; neben ihr saß eine gebieterisch aussehende Dame, die nur die Schuldirektorin sein konnte.

Die Kirche war voller, als Florentyna es erwartet hatte, den Chor stellten die Schüler. Der Gottesdienst war einfach, und die Predigt des Priesters ließ Florentyna nicht im Zweifel darüber, daß Miss Tredgold ihre Lehrtätigkeit mit der gleichen Hingabe fortgeführt hatte, die Florentynas ganzes Leben entscheidend beeinflußt hatte. Sie versuchte, nicht zu weinen, weil sie wußte, daß Miss Tredgold es mißbilligt hätte, aber als der Lieblingschor ihrer Lehrerin erklang, konnte sie die Tränen nur mit Mühe zurückhalten.

Nach dem Gottesdienst stand Florentyna mit den übrigen Trauergästen auf dem kleinen Friedhof und sah den Sarg mit Miss Tredgolds sterblichen Überresten unter der Erde verschwinden. Die Direktorin, ein Ebenbild der Verschiedenen – unglaublich, daß es solche Frauen noch gibt, dachte Florentyna –, machte sich erbötig, Florentyna die Schule zu zeigen. Florentyna erfuhr, daß Miss Tredgold nur mit ihren engsten Freundinnen über ihren ehemaligen Zögling gesprochen hatte, doch als diese Direktorin den Gast in das Schlafzimmer der Verstorbenen führte, konnte Florentyna die Tränen nicht länger zurückhalten. Neben dem Bett stand eine Fotografie von Miss Tredgolds Vater und daneben, in einem schmalen Silberrahmen, ein Bild von Florentyna bei der Abschlußfeier der *Latin Girls School*. In der Nachttischlade lagen alle Briefe, die Florentyna ihr in den letzten dreißig Jahren geschrieben hatte. Der letzte lag ungeöffnet neben dem Bett.

»Wußte sie, daß ich in den Senat gewählt wurde?« fragte Florentyna leise.

»Natürlich, die ganze Schule betete an diesem Tag für Sie. Es war das letztemal, daß Miss Tredgold in der Kapelle die Predigt las. Vor ihrem Tod bat sie mich, Ihnen zu schreiben, sie habe das Gefühl, ihr Vater hätte recht gehabt – sie hatte tatsächlich jemanden erzogen, der berufen sei. Sie dürfen nicht weinen, meine Liebe. Miss Tredgolds Glaube an Gott war unerschütterlich, und sie verschied in vollkommenem Frieden. Sie bat mich auch, Ihnen ihre Bibel und diesen Umschlag zu geben, den Sie erst nach Ihrer Rückkehr öffnen dürfen. Er enthält etwas, das sie Ihnen vermacht hat.«

Florentyna dankte der Direktorin für ihre Freundlichkeit und fügte hinzu, sie sei überrascht gewesen, vom Küster empfangen worden zu sein, da doch niemand gewußt habe, daß sie kommen würde.

»Ach, das darf Sie nicht wundern, mein Kind«, sagte die Direktorin, »ich zweifelte keine Sekunde an Ihrem Erscheinen.«

Den Umschlag fest an sich gepreßt, fuhr Florentyna nach London zurück. Sie fühlte sich wie ein Kind, das ein Päckchen bekommen hat, aber weiß, daß es erst am Geburtstag geöffnet werden darf. Um halb sieben Uhr abends flog sie mit der Concorde zurück, kam um halb sechs in Washington an und saß um halb sieben Uhr wieder an ihrem Schreibtisch im Russell Building. Sie sah auf die Worte »Florentyna Kane« auf dem Umschlag, dann öffnete sie ihn langsam: er enthielt den Beleg über viertausend Aktien der Baron-Gruppe. Miss Tredgold hatte vermutlich nie geahnt, daß sie mehr als eine halbe Million Dollar besaß. Florentyna stellte einen Scheck über fünfundzwanzigtausend Pfund für ein neues Kirchendach in memoriam Miss Winifred Tredgold aus und schickte die Aktien an Professor Ferpozzi für die Remagen-Stiftung. Als Richard davon hörte, erzählte er Florentyna, sein Vater habe einmal ebenso gehandelt, allerdings habe er nur eine Summe von fünfhundert Pfund benötigt. »Es scheint, daß auch der liebe Gott von der Inflation betroffen ist«, fügte er hinzu.

Washington bereitete sich wieder einmal auf eine Inauguration vor. Diesmal befand sich Senatorin Kane auf der Tribüne der Ehrengäste vor dem Podium, von dem aus der neue Präsident seine Rede halten würde. Aufmerksam hörte sie zu, als er seine Vorstellungen über die amerikanische Politik der nächsten vier Jahre darlegte, die jetzt allgemein als »der Neue Weg« bezeichnet wurden.

»Jedesmal kommst du dem Podium etwas näher«, hatte Richard beim Frühstück gesagt.

Florentyna sah sich unter ihren Kollegen und Freunden um. Sie fühlte sich jetzt wohl in Washington. Senator Ralph Brooks, eine Reihe vor ihr, war dem Präsidenten noch näher. Er wandte den Blick keinen Moment lang vom Podium.

Florentyna saß im Unterausschuß für Verteidigungsausgaben, im Ausschuß für Umweltschutz und öffentliche Arbeiten und leitete den Ausschuß für Gewerbetreibende. Wieder glichen ihre Tage einer endlosen Jagd nach mehr Zeit. Janet und andere Mitarbeiter informierten sie in Fahrstühlen, Autos, Flugzeugen und selbst auf dem Weg von einer Sitzung zur anderen. Unermüdlich versuchte Florentyna ihre tägliche Arbeitslast zu bewältigen, und alle vierzehn Mitarbeiter fragten sich, wieviel man ihr noch aufbürden konnte, bevor sie zusammenbrach. Im Senat hatte sie sich bald den gleichen Ruf verschafft wie im Repräsentantenhaus – eine Frau, die nur den Mund aufmachte, wenn sie gut informiert war, eine Frau, die mit Überzeugung und Verstand sprach. Wann immer es um Probleme ging, bei denen sie sich nicht sicher fühlte, schwieg sie. Im Zusammenhang mit verschiedenen Verteidigungsfragen stimmte sie gegen ihre eigene Partei und auch, als es um die neue, vom letzten Krieg im Nahen Osten ausgelöste Energiepolitik ging.

Als einzige demokratische Senatorin erhielt sie aus allen Landesteilen Einladungen zu Vorträgen, und die anderen Senatoren merkten rasch, daß Florentyna Kane nicht die Alibi-Frau der Demokraten im Senat war, sondern jemand, den man nicht unterschätzen durfte.

Sie war stolz, sehr häufig in den engsten Kreis um den Fraktionsführer eingeladen zu werden, um sowohl parteipolitische wie nationale Probleme zu erörtern.

Während ihrer ersten Periode als Senatorin befürwortete sie einen Zusatzantrag zur *Small Business Bill*, der jenen Firmen großzügige Steuererleichterungen gewährte, die mehr als fünfunddreißig Prozent ihrer Produktion exportierten. Es war seit langem ihre Überzeugung, daß Firmen, die nicht exportorientiert waren, sich den gleichen größenwahnsinnigen Illusionen hingeben wie die Engländer in den fünfziger Jahren. Wenn man hier keine Änderung herbeiführte, erklärte sie, würden sich die Amerikaner im 21. Jahrhundert jenen Problemen gegenübersehen, die die Engländer in den achtziger Jahren nicht hatten bewältigen können.

In den ersten drei Monaten beantwortete sie fünftausendvierhundertsechzehn Briefe, gab neunundsiebzigmal ihre Stimme ab, sprach bei acht Anlässen im Senat, vierzehnmal bei anderen Gelegenheiten, und versäumte in neunzig Tagen nur dreiundvierzigmal das Mittagessen.

»Auf meine Linie muß ich nicht achtgeben«, sagte sie zu Janet. »Ich wiege weniger als mit vierundzwanzig Jahren – damals, als ich meine erste Boutique in San Francisco eröffnete.«

Der zweite Todesfall war ein ebenso großer Schock wie der erste.

Das Hausmädchen meldete dem Butler, daß Mrs. Kate Kane nicht punkt acht Uhr zum Frühstück erschienen sei. »Dann muß sie gestorben sein«, sagte der Butler.

Kate Kane war neunundsiebzig, als sie nicht zum Frühstück kam. Die Familie versammelte sich zu einem feierlichen Begräbnis. Der Gottesdienst fand in der Trinity Church statt, und der Gegensatz zu Miss Tredgolds Einsegnung hätte nicht größer sein können. Der Bischof sprach zu einer Gemeinde, die, hätte man all ihren Landbesitz zusammengelegt, von Boston nach San Francisco auf eigenem Grund und Boden hätte gehen können. Alle Kanes und Cabots waren anwesend, ebenso zwei weitere Senatoren und ein Kongreßabgeordneter. Fast alle, die Großmutter Kane gekannt, und viele, die sie nicht gekannt hatten, füllten die Kirchenstühle hinter Richard und Florentyna. Sie schauten zu William und Joanna hinüber; Joanna sah aus, als würde das Baby in einem Monat zur Welt kommen, und es stimmte Florentyna traurig, daß Kate nicht mehr Urgroßmutter Kane sein würde.

Nach dem Begräbnis verbrachte die Familie ein stilles Wochenende im Red House auf Beacon Hill. Jetzt war Richard das Familienoberhaupt der Kanes, und damit vergrößerte sich seine bereits erdrückende Arbeitslast noch mehr. Florentyna wußte, daß er nie ein Wort der Klage äußern würde, und sie fühlte sich schuldbewußt, daß sie gar nichts tun konnte, um ihm das Leben ein wenig zu erleichtern.

Kates Testament war vernünftig und vorsichtig. Der Großteil des Vermögens ging an Richard und seine beiden Schwestern, William und Annabel erhielten großzügige Legate: William sollte an seinem dreißigsten Geburtstag zwei Millionen Dollar erhalten, Annabel von den Zinsen weiterer zwei Millionen leben, bis sie fünfundvierzig Jahre war oder zwei legitime Kinder hatte. Großmutter Kane war eine kluge Frau gewesen.

In Washington hatte der Kampf um die Halbzeitwahlen schon begonnen, und Florentyna war glücklich, sechs Jahre vor sich zu haben, bevor sie sich wieder ihren Wählern stellen mußte. Zum erstenmal hatte sie die Chance, wirkliche Arbeit leisten zu können, ohne nach zwei Jahren von Parteistreitigkeiten abgelenkt zu werden. Sie wurde jedoch von so vielen Kollegen aufgefordert, in ihren Staaten zu sprechen, daß sie ebenso beschäftigt war wie früher; die einzige Aufforderung, die sie ablehnte, war Tennessee. Sie erklärte, nicht gegen Bob Buchanan auftreten zu wollen, der zum letztenmal für eine Wiederwahl kandidierte.

Die kleine weiße Karte, die sie jeden Abend von Janet bekam, war immer voll mit Verabredungen von morgens bis abends:

7.45: Frühstück mit einem zu Besuch weilenden Verteidigungsminister. 9.00: Besprechung mit den Mitarbeitern. 9.30: Sitzung des Verteidigungsausschusses. 11.30: Interview mit *Chicago Tribune.* 12.30: Lunch mit sechs Senatoren, um das Verteidigungsbudget zu besprechen. 2.00: Wöchentliche Radiosendung. 2.30: Foto auf der Treppe des Capitols. 3.15: Stabsbesprechung über Vorlage betreffend Gewerbetreibende. 5.30: Kurzes Erscheinen beim Empfang der Bauunternehmer. 7.00: Cocktailparty in der französischen Botschaft. 8.00: Dinner mit Donald Graham von der *Washington Post.* 11.00: Richard im Denver Baron anrufen.

Als Senatorin konnte Florentyna ihre Reisen nach Illinois auf gelegentliche Wochenendbesuche beschränken. Für gewöhnlich flog sie am Freitag nach Providence, wo sie Richard traf, der aus New York kam. Gemeinsam fuhren sie zum Cape und erzählten einander, was sie während der Woche erlebt hatten.

Die beiden verbrachten alle freien Wochenenden auf Cape Cod, das jetzt ihr gemeinsames Heim war, da Richard nach dem Tod seiner Mutter das Red House William und Joanna überlassen hatte.

Samstag vormittag ruhten sie sich aus und lasen Zeitungen und Magazine. Manchmal spielte Richard Cello, während Florentyna die Papiere durchsah, die sie aus Washington mitgebracht hatte. Bei schönem Wetter spielten sie nachmittags Golf, und abends spielten sie immer Backgammon. Es endete stets damit, daß Florentyna ein paar hundert Dollar an Richard verlor, die er, wie er sagte, der republikanischen Partei zukommen lassen werde, vorausgesetzt, daß sie je ihre Spielschulden zahle. Florentyna fand es sinnlos, die Republikaner in Massachusetts zu unterstützen, Richard aber wies darauf hin, daß er auch einen republikanischen Gouverneur und einen Senator in New York unterstütze.

Als gute Patriotin brachte Joanna an Washingtons Geburtstag einen Sohn zur Welt, der Richard getauft wurde. Plötzlich war Florentyna Großmutter.

Das Magazin *People* nannte sie nicht mehr die eleganteste Frau von Washington, sondern die bestaussehendste Großmutter Amerikas. Das löste eine Flut von Protestbriefen mit Hundert Fotografien anderer hübscher Großmütter aus und machte Florentyna nur noch populärer.

Die Gerüchte, Florentyna werde 1988 eine vielversprechende Anwärterin für das Amt des Vizepräsidenten sein, begannen im Juli zu kursieren, als der Verband der Gewerbetreibenden in Illinois sie zur »Bürgerin des Jahres« ernannte und *Newsweek* sie zur »Frau des Jahres« wählte. Wann immer sie über das Thema befragt wurde, wies Florentyna darauf hin, daß sie kaum ein Jahr im Senat sei und es als ihre vordringlichste Pflicht ansehe, ihren Staat im Kongreß zu vertreten; doch entging es ihr nicht, daß sie öfter und öfter zu Gesprächen mit dem Präsidenten ins Weiße Haus geladen wurde. Zum erstenmal war es ein Vorteil für sie, die einzige Frau in der Mehrheitspartei zu sein.

Florentyna erfuhr von Bob Buchanans Tod, als sie fragte, warum die Fahne des Russell Building auf Halbmast wehe. Das Begräbnis fand an einem Mittwoch statt, an dem sie eine Abänderung des *Public Health Service Act* im Senat beantragen und eine Rede im Woodrow Wilson International Centre halten wollte. Sie sagte den ersten Programmpunkt ab, verschob den zweiten und flog nach Nashville in Tennessee.

Beide Senatoren und die übrigen sieben Kongreßabgeordneten von Tennessee waren anwesend. Schweigend stand Florentyna neben ihren Kollegen. Als sie sich in die Kapelle begaben, sagte ihr einer von ihnen, daß Bob Vater von fünf Söhnen und einer Tochter gewesen sei. Gerald, der jüngste, sei in Vietnam gefallen. Florentyna dankte Gott, daß Richard zu alt und William zu jung gewesen waren, in diesen sinnlosen Krieg zu ziehen.

Steven, der älteste Sohn, führte die Familie in die Kapelle. Er war hochgewachsen und schlank und hatte ein offenes, freundliches Gesicht. Als sich Florentyna mit ihm nach dem Gottesdienst unterhielt, zeigte er den gleichen Charme und die gleiche Offenheit, die sie an seinem Vater so geschätzt hatte. Als sie erfuhr, daß Steven sich bei den bevorstehenden Wahlen um den Sitz seines Vaters bewerben werde, war Florentyna entzückt.

»Dann habe ich wieder jemanden, mit dem ich streiten kann«, sagte sie lächelnd.

»Er hat Sie sehr bewundert«, erwiderte Steven.

Florentyna hatte nicht erwartet, am nächsten Morgen ihr Bild in allen führenden Zeitungen des Landes zu sehen. Man bezeichnete sie als großherzige Frau, und im Leitartikel der *New York Times,* den Janet ausgeschnitten hatte, hieß es: »Abgeordneter Buchanan war den Bürgern von New York nicht gut bekannt, doch spricht es für seine Leistungen im Kongreß, daß Senatorin Kane nach Tennessee flog, um seinem Begräbnis beizuwohnen. Es war eine jener Gesten, die heutzutage selten sind, und ist mit ein Grund, warum Senatorin Kane zu den am meisten geachteten Kongreßmitgliedern gehört.«

Sehr bald gehörte Florentyna auch zu den begehrtesten Persönlichkeiten im politischen Leben von Washington. Selbst der Präsident mußte zugeben, daß ihr Terminkalender fast ebenso ausgelastet war wie der seine. Unter den vielen Einladungen aber gab es eine, die sie mit großem Stolz annahm: Harvard lud sie ein, sich im Frühling für die Aufnahme in das Direktorenkollegium zu bewerben und die Ansprache bei der Feier am *Graduation Day* zu halten. Sogar Richard war bereit, sich diesen Tag freizunehmen.

Florentyna las nach, wem diese Ehre schon zuteil geworden war – unter anderem George Marshall, der bei diesem Anlaß seinen Plan zum Wiederaufbau Europas skizzierte und Alexander Solschenizyn, der den Westen der Dekadenz und des Mangels an Wertvorstellungen bezichtigte.

Florentyna verbrachte viele Stunden damit, ihre Rede aufzusetzen; sie wußte, daß sie von allen Massenmedien wahrgenommen werden würde. Täglich übte sie ihren Vortrag vor dem Spiegel, im Bad, selbst mit Richard auf dem Golfplatz. Sie schrieb den gesamten Text allein, flocht jedoch viele von Janets, Richards und Edwards Vorschlägen ein.

Am Tag vor der Rede erhielt Florentyna einen Anruf von Sotheby. Sie hörte zu, was der Abteilungsleiter zu sagen hatte, und gab ihre Einwilligung. Sie einigten sich auf einen Höchstpreis, und der Mann von Sotheby versprach, sie gleich nach der Auktion zu verständigen. Florentyna fand, der Zeitpunkt hätte nicht besser gewählt sein können. Am Abend flog sie nach Boston und wurde am Flughafen von einem enthusiastischen Studenten abgeholt, der sie nach Cambridge fuhr und zum Faculty Club brachte. Im Foyer wurde sie von Rektor Bok begrüßt, der ihr zu ihrer Wahl gratulierte und sie den anderen Direktoren vorstellte: unter den dreißig waren zwei Nobelpreisträger, einer für Literatur, der andere für Naturwissenschaften; zwei ehemalige Minister, ein General, ein Richter, ein Ölmagnat und zwei Universitätsrektoren. Florentyna stellte amüsiert fest, wie überaus höflich man hier war, verglichen mit dem Ton, der in einem Kongreßausschuß herrschte.

Das Gästezimmer, in dem man sie unterbrachte, erinnerte sie an ihre Studententage; sie mußte Richard vom Korridor aus anrufen. Er war in Albany und schlug sich mit Steuerproblemen herum, die Jack Kemp, der neue republikanische Gouverneur des Staates New York, aufs Tapet gebracht hatte.

»Zu Mittag bin ich bei dir«, versprach er. »Übrigens wurde deine morgige Rede bereits vom Fernsehen angekündigt. Sieh zu, daß sie gut wird, sonst sehe ich mir das Baseballspiel auf Kanal Elf an.«

»Sehen Sie lieber zu, daß Sie pünktlich hier sind, Mr. Kane.«

»Und Sie sollten sich bemühen, eine ebenso gute Rede zu halten wie anläßlich des Veteranentreffens, denn ich komme von weit her, um Sie zu hören, Senatorin.«

»Wie konnte ich mich je in Sie verlieben, Mr. Kane?«

»Soweit ich mich erinnere, stand das Jahr unter dem Motto ›Adoptiere einen Einwanderer‹, und wir Bostoner taten natürlich unsere Bürgerpflicht.«

»Wieso ging es dann im nächsten Jahr weiter?«

»Ich hielt es für meine Pflicht, den Rest meines Lebens mit Ihnen zu verbringen.«

»Es war ein kluger Entschluß, Mr. Kane.«

»Ich wollte, ich wäre bei dir, Jessie.«

»Nicht, wenn du mein Zimmer sehen könntest. Ich habe ein schmales Bett, also müßtest du auf dem Fußboden übernachten. Bitte sei morgen pünktlich, ich möchte, daß du meine Rede hörst.«

»Bestimmt. Doch ich muß sagen, du brauchst sehr lange, um mich zu einem Demokraten zu machen.«

»Ich werde es morgen wieder versuchen. Gute Nacht, Mr. Kane.«

Am nächsten Morgen wurde Richard im Albany Hotel vom Telefon geweckt. Er hob ab, in der Annahme, Florentyna wolle ihm noch etwas mitteilen, es war jedoch New York Air; heute gebe es keine Flüge aus Albany, weil das technische Personal streikte.

»Verflucht«, brummte Richard, was sonst nicht seine Art war, und lief zur Dusche, wo er sein Vokabular mit ein paar neuen Wörtern bereicherte. Er versuchte sich anzuziehen, während er mit der Rezeption sprach. Der Hörer fiel hinunter, und er probierte es nochmals.

»Ich brauche umgehend einen Mietwagen«, sagte er. Dann

rief er Harvard an, aber man wußte nicht, wo sich Senatorin Kane im Augenblick befand. Er hinterließ eine Nachricht, lief in die Hotelhalle und nahm, auf ein Frühstück verzichtend, die Schlüssel eines Ford entgegen. Der Stoßzeitverkehr hielt ihn auf, und es kostete ihn eine halbe Stunde, die Ausfallstraße nach Osten zu finden. Richard sah auf die Uhr. Wenn er ständig neunzig Kilometer fuhr, würde er um zwei Uhr, wenn Florentynas Ansprache begann, in Cambridge sein. Er wußte, wieviel sie für Florentyna bedeutete, und wollte sich um keinen Preis verspäten.

Die letzten Tage waren ein Alptraum gewesen: ein Diebstahl in Cleveland, ein Küchenstreik in San Francisco, die Beschlagnahmung des Hotels in Cape Town, Steuerprobleme mit dem Vermögen seiner Mutter – und all das, während der Goldpreis wegen des Bürgerkrieges in Südafrika ins Bodenlose fiel. Er hatte Florentyna nichts von seinen Schwierigkeiten erzählt und versuchte, sie jetzt aus seinen Gedanken zu verdrängen. Florentyna erkannte immer, wann er übermüdet war oder besonders viele Sorgen hatte, und er wollte sie nicht mit Problemen belasten, mit denen er – das wußte er – selbst fertig werden konnte. Richard kurbelte das Fenster hinunter, um frische Luft ins Auto zu lassen.

Am Wochenende wollte er nur schlafen und Cello spielen; es würde für sie beide die erste Erholung seit mehr als einem Monat sein: keine Kinder, weil William mit seiner Familie in Boston, und Annabel in Mexiko war; vielleicht würden sie auch noch ein wenig Golf spielen. Er wollte, er fühlte sich nicht so erschöpft. »Verdammt«, sagte er laut. Er hatte die Rosen vergessen, die er Florentyna wie gewöhnlich vom Flughafen hatte schicken wollen.

Vor dem Lunch erhielt Florentyna zwei Nachrichten: Der Mann von Sotheby hatte angerufen, um mitzuteilen, daß sie ersteigert hatte, was sie wollte, und der Portier überbrachte ihr Richards Nachricht. Sie war glücklich über die erste und enttäuscht über die zweite Botschaft, obwohl sie bei dem Gedanken lächelte, daß Richard sich Sorgen machen würde wegen der Rosen. Dank Sotheby hatte sie jetzt etwas für ihn, das er sich sein ganzes Leben gewünscht hatte.

Den Vormittag verbrachte Florentyna im Tercentenary Theatre, wo die Promotionen stattfanden. Der Anblick der Kameras dreier Fernsehstationen, die für die nachmittägige Feier auf dem Rasen postiert wurden, machte sie noch nervöser. Hoffentlich hatte niemand gemerkt, daß sie ihren Lunch kaum angerührt hatte.

Um Viertel vor zwei begaben sich die Vorstandsdirektoren in den Hof, wo sich die Studenten bereits versammelt hatten. Sie dachte an ihren eigenen Jahrgang zurück ... Bella ... Wendy ... Scott ... Edward ... Und jetzt war sie, wie Edward prophezeit hatte, als Senatorin Kane zurückgekehrt. Sie nahm ihren Platz auf dem Podium neben der Rektorin von Radcliffe ein und sah die Karte auf dem benachbarten Stuhl. »Mr. Richard Kane.« Bestimmt hätte ihn das geärgert; sie kritzelte darunter »Was hat dich so lang aufgehalten?« Die Karte wollte sie auf das Kaminsims stellen. Sie wußte, daß Richard, wenn er nach Beginn der Zeremonie kam, nur einen Platz auf dem Rasen finden würde. Auf die Bekanntgabe der Wahlen in das Kollegium, die Verleihung von Ehrendoktoraten und einen Bericht über die Geschenke, die die Universität erhalten hatte, folgte eine Ansprache von Rektor Bok. Florentyna hörte zu, wie er sie vorstellte, und blickte prüfend auf die Sitzreihen vor ihr; soweit sie sehen konnte, war Richard noch nicht da.

»Sehr geehrte Gäste, meine Damen und Herren. Es ist mir eine große Ehre, Ihnen heute die hervorragendste Studentin von Radcliffe vorstellen zu dürfen – eine Frau, die vom amerikanischen Volk geliebt wird. Ja, ich weiß, daß viele von uns der Meinung sind, Radcliffe werde eines Tages *zwei* Rektoren haben.« Siebzehntausend Gäste brachen spontan in Beifall aus. »Meine Damen und Herren, Senatorin Florentyna Kane.«

Florentyna zitterte, als sie aufstand. Während die großen Fernsehscheinwerfer auf sie gerichtet wurden, warf sie noch einen Blick auf ihr Manuskript. Das Licht blendete sie, so daß sie die Gesichter der Zuhörer nur verschwommen sah. Hoffentlich ist Richard unter ihnen, betete sie.

»Sehr geehrte Damen und Herren! Ich stehe heute noch aufgeregter vor Ihnen als vor dreiunddreißig Jahren bei meinem Eintritt in Radcliffe. Damals konnte ich zwei Tage lang den Speisesaal nicht finden und war zu verschreckt, um jemanden danach zu fragen.« Das Gelächter lockerte Florentynas Anspannung ein wenig. »Jetzt sehe ich Männer und Frauen vor mir sitzen, und wenn ich mich richtig an die Regel des Radcliffe Book erinnere, dürfen Männer die Schlafzimmer nur ›zwischen drei und fünf Uhr nachmittags‹ betreten und ›ihre Füße müssen immer den Boden berühren‹. Sollte diese Regel noch heute existieren, so frage ich mich, wie die Armen je schlafen.«

Das Gelächter dauerte ein paar Sekunden, bis Florentyna wieder fortfahren konnte. »Vor mehr als dreißig Jahren erhielt ich an dieser großartigen Universität meine Ausbildung, und damit eine Richtschnur für alles, was ich im Leben zu erreichen versuchte. Das Streben nach Spitzenleistungen gehörte immer schon zu den wichtigsten Anliegen von Harvard, und es ist erfreulich, daß die Leistungen der Studenten heute sogar noch besser sind als zu meiner Zeit. Man behauptet gern, die Jugend von heute könne sich nicht mit den früheren Generationen vergleichen. Das erinnert mich an die Worte auf einem der Pharaonengräber: ›Die Jungen sind faul und nur mit sich selber beschäftigt. Bestimmt werden sie die Welt, wie wir sie kennen, zugrunde richten.‹«

Die Studenten jubelten, die Eltern lachten. »Winston Churchill sagte einmal: ›Mit sechzehn fand ich, meine Eltern wüßten gar nichts. Mit einundzwanzig war ich erstaunt, festzustellen, wieviel sie in den letzten fünf Jahren gelernt hatten.‹« Die Eltern applaudierten, die Studenten lächelten. »Man sieht Amerika oft als eine riesige monolithische Landmasse mit einer mächtigen, zentralisierten Wirtschaft. Das stimmt nicht. Amerika – das sind zweihundertfünfundzwanzig Millionen Menschen, die etwas Vielfältigeres, Komplizierteres, Aufregenderes darstellen. Ich beneide alle jene von Ihnen, die eine Rolle in der Zukunft unseres Landes spielen möchten, und bedaure die, die dies nicht wollen. Harvard ist berühmt für seine Ärzte, Professoren, Juristen und Philosophen. Ich halte es für eine moderne Tragödie, daß nicht mehr junge Menschen die politische Laufbahn als eine ehrenhafte und lohnende Karriere sehen und sie einschlagen. Wir müssen die Atmosphäre in den Couloirs der Macht verändern, so daß unsere besten Köpfe eine politische Laufbahn nicht mehr, ohne nachzudenken, einfach ablehnen.

Niemand von uns würde die Integrität eines Washington, Adams, Jefferson oder Lincoln in Frage stellen. Warum sollten wir nicht imstande sein, eine neue Generation von Staatsmännern hervorzubringen, die die Worte Pflicht, Stolz und Ehre wieder verwenden, ohne auf Sarkasmus und Verachtung zu stoßen?

Diese große Universität brachte John F. Kennedy hervor, der, als er ein Ehrendoktorat von Yale erhielt, sagte: ›Jetzt habe ich das Beste aus zwei Welten, eine Harvard-Ausbildung und ein Yale-Diplom.‹«

Als das Gelächter verklang, fuhr Florentyna fort: »Ich, Mr. President, habe das Beste der ganzen Welt, eine Radcliffe-Ausbildung und ein Radcliffe-Diplom.«

Siebzehntausend Menschen standen begeistert auf, und es dauerte eine Weile, bevor Florentyna fortfahren konnte. Sie lächelte bei dem Gedanken, wie stolz Richard sein würde, weil er diesen Satz vorgeschlagen hatte, während sie im Bad übte und nicht sicher war, wie die Worte ankommen würden.

»Junge Amerikaner, seid stolz auf die Leistungen der Vergangenheit, doch laßt sie der Geschichte angehören. Setzt euch über alte Mythen hinweg, durchbrecht hindernde Barrieren, bietet der Zukunft die Stirn, so daß man am Ende dieses Jahrhunderts von uns sagen wird, unsere Leistungen ließen sich mit jenen der Griechen, der Römer oder der Briten vergleichen, weil wir für die Freiheit eingetreten sind und für Gerechtigkeit für alle Bewohner dieser Erde. Keine Schranken dürfen unüberwindlich sein, und keine Ziele zu hochgesteckt, damit wir, wenn sich das Rad der Zeit gedreht hat, mit Franklin D. Roosevelt sagen können: ›Es gibt in der Entwicklung des Menschen einen geheimnisvollen Zyklus. Manchen Generationen wird viel geboten, von anderen Generationen wird viel erwartet, diese Generation von Amerikanern aber hat ein Rendezvous mit der Geschichte.‹«

Wieder brachen alle Anwesenden in donnernden Beifall aus. Als es still wurde, senkte Florentyna ihre Stimme fast zu einem Flüstern: »Freunde und Kollegen, ich sage Ihnen, Zyniker langweilen mich, und ich verachte Spötter. Ich hasse jene, die es für schick und intellektuell halten, unserer Nation zu schaden, weil ich überzeugt bin, daß diese Jugend, die die Vereinigten Staaten von Amerika in das 21. Jahrhundert führen wird, ebenfalls ein Rendezvous mit der Geschichte hat. Und ich bete, daß viele von ihnen heute hier anwesend sind.«

Als Florentyna sich setzte, war sie die einzige, die saß. Am folgenden Tag sagten die Journalisten, selbst die Kameramänner hätten applaudiert. Florentyna sah, wie beeindruckt die Menschen waren, aber sie brauchte Richard, um es ihr zu bestätigen. Die Worte Mark Twains fielen ihr ein: »Mit Kummer kann man allein fertigwerden, aber um sich aus vollem Herzen freuen zu können, muß man die Freude teilen.« Als Florentyna das Podium verließ, winkten und jubelten die Studenten, ihre Blicke aber suchten Richard. Als sie sich einen Weg aus dem Hof bahnte, wurde sie von Dutzenden Menschen aufgehalten, ihre Gedanken aber waren anderswo.

Sie hörte die Worte: »Wer wird es ihr sagen?« während sie einem Studenten zuhörte, der nach Zimbabwe gehen wollte, um

Englisch zu unterrichten. Sie drehte sich um und sah in das verstörte Gesicht von Matina Horner, der Rektorin von Radcliffe.

»Es ist etwas mit Richard, nicht wahr?«

»Ja, leider. Er hatte einen Autounfall.«

»Wo ist er?«

»Im Newton-Wellesley-Hospital, etwa zehn Kilometer von hier. Sie müssen sofort zu ihm.«

»Wie schlimm ist es?«

»Ziemlich schlimm, leider.«

Eine Polizeieskorte fuhr mit Florentyna los, während sie betete: Laß ihn am Leben, bitte laß ihn am Leben.

Kaum hatte der Polizeiwagen vor dem Krankenhaus angehalten, als Florentyna die Treppe hinauflief. Ein Arzt erwartete sie.

»Senatorin Kane, ich bin der Chefchirurg. Wir brauchen Ihre Einwilligung zur Operation.«

»Warum? Warum müssen Sie operieren?«

»Ihr Mann hat schwere Kopfverletzungen erlitten. Es ist unsere einzige Chance, ihn vielleicht zu retten.«

»Darf ich ihn sehen?«

»Ja, natürlich.« Rasch führte er sie in ein Zimmer, wo Richard bewußtlos unter einem Plastiktuch lag, einen Schlauch im Mund, den Kopf mit blutbefleckter weißer Gaze eingebunden. Florentyna sank auf dem Stuhl neben dem Bett zusammen und starrte zu Boden, unfähig, den Anblick zu ertragen. Würde ein Gehirnschaden zurückbleiben? Würde er genesen?

»Was ist geschehen?« fragte sie den Chirurgen.

»Die Polizei ist nicht sicher, aber ein Zeuge sagt aus, Ihr Gatte sei aus keinem ersichtlichen Grund über die Kreuzung gefahren und mit einer entgegenkommenden Zugmaschine zusammengestoßen. An seinem Auto scheint alles in Ordnung gewesen zu sein, daher glaubt man, daß er eingeschlafen ist.«

Florentyna zwang sich, den Mann, den sie liebte, anzusehen.

»Können wir operieren, Mrs. Kane?«

»Ja«, sagte eine schwache Stimme, die noch vor einer Stunde

Tausende Menschen von den Stühlen gerissen hatte. Florentyna wurde in den Korridor geführt. Dort saß sie dann. Eine Schwester kam. Man brauche ihre Unterschrift. Sie kritzelte ihren Namen. Wie oft hatte sie das heute schon getan?

Sie saß allein in dem Korridor – eine seltsame, gebeugte Gestalt in einem eleganten Kleid auf einem Holzstuhl. Sie erinnerte sich, wie sie Richard bei Bloomingdale's gesehen und gedacht hatte, er sei an Maisie interessiert; wie sie einander Sekunden nach ihrem ersten Streit geliebt hatten; wie sie geflohen und mit Bellas und Claudes Hilfe ein Paar geworden waren. Die Geburten von William und Annabel. Die Zwanzig-Dollar-Note, die die Zusammenkunft mit Gianni in San Francisco zustande gebracht hatte. Die Rückkehr nach New York, um die Baron-Gruppe und die Bank zu führen. Wie Richard es ermöglicht hatte, daß sie nach Washington ging; wie glücklich sie war, wenn er für sie Cello spielte; wie er gelacht hatte, wenn sie ihn beim Golf schlug; immer hatte sie so viel für ihn erreichen wollen, immer war seine Liebe zu ihr so selbstlos gewesen. Er mußte leben, damit sie ihn wieder gesundpflegen konnte.

In Zeiten völliger Hilflosigkeit glaubt man plötzlich an Gott. Florentyna kniete nieder und flehte um das Leben ihres Mannes.

Stunden vergingen, bevor der Chirurg zu ihr kam. Hoffnungsvoll sah Florentyna zu ihm auf.

»Ihr Gatte ist vor wenigen Minuten gestorben«, war alles, was er sagte.

»Hat er etwas gesagt, bevor er starb?« fragte Florentyna.

Der Chirurg war sichtlich verlegen.

»Was immer mein Mann sagte, ich möchte es wissen, Herr Doktor.«

Der Arzt zögerte. »Er sagte nur: ›Sagen Sie Jessie, daß ich sie liebe.‹«

Florentyna senkte den Kopf. Sie kniete nieder und betete.

Es war das zweite Begräbnis eines Mitglieds der Familie Kane innerhalb von drei Monaten. William stand zwischen zwei schwarzgekleideten Mrs. Kanes, und der Bischof erinnerte die Trauergäste, daß im Tod das Leben sei.

Am Abend saß Florentyna allein in ihrem Zimmer und wollte nichts mehr von diesem Leben wissen. Im Flur lag ein Paket mit der Aufschrift: »Zerbrechlich. Sotheby Parke Bernet. Inhalt: ein Cello, Stradivari.«

Am Montag begleitete William seine Mutter nach Washington. Jede Zeitung brachte zitierte Sätze an prominenter Stelle, Sätze aus Florentynas Rede. Sie bemerkte es nicht einmal.

Drei Tage blieb William bei seiner Mutter, bis sie ihn zu seiner Familie zurückschickte. Florentyna saß stundenlang in einem Zimmer, das voll war mit Richards Vergangenheit: dem Cello, seinen Fotos.

Sie erschien jetzt immer erst im Lauf des Vormittags im Senat. Trotz Janets Drängen beantwortete sie nur Kondolenzschreiben und Beileidstelegramme. Sie ging nicht mehr zu den Ausschußsitzungen und vergaß Verabredungen mit Leuten, die von weither gekommen waren, um mit ihr zu sprechen. Einmal vergaß sie sogar, den Vorsitz im Senat zu übernehmen, eine Aufgabe, die einem der Senatoren zufiel, wenn der Vizepräsident abwesend war. Es ging um Fragen der Verteidigung. Selbst ihre glühendsten Anhänger begannen zu zweifeln, ob sie ihre frühere Einsatzfreudigkeit je wieder zurückgewinnen würde.

Aus Wochen wurden Monate, und Florentyna verlor ihre besten Mitarbeiter, die sahen, daß sie nicht mehr den Ehrgeiz besaß, den früher alle mit ihr geteilt hatten. Aus Beschwerden von Wählern, die sich die ersten sechs Monate nach Richards Tod zurückgehalten hatten, wurden ärgerliche Klagen. Florentyna aber absolvierte freudlos und desinteressiert nur ihr tägliches Programm. Senator Brooks plädierte ganz offen dafür, sie in Pension zu schicken, und äußerte diese seine Ansicht wiederholt in den verrauchten Räumen der Parteizentrale von Illinois. Florentynas Name verschwand aus der Gästeliste des Weißen Hauses, und auch auf den Cocktailparties der Washingtoner Gesellschaft wurde sie nicht mehr gesehen.

William und Edward kamen regelmäßig nach Washington, um sie aus ihrer dumpfen Lethargie zu reißen; es gelang keinem von beiden.

Weihnachten verbrachte Florentyna in Red House in Boston. William und Joanna hatten Mühe, sich an die tiefgreifende Veränderung zu gewöhnen, die mit ihr vorgegangen war; aus einem lebensfrohen, energischen Menschen war eine farblose, stumpfe Frau geworden. Für alle Beteiligten waren es traurige Feiertage, außer für den zehn Monate alten Richard, der eben lernte, aufzustehen, indem er sich an alles klammerte, was in seine Nähe kam. Florentyna kehrte Anfang Januar nach Washington zurück. Nichts veränderte sich, und selbst Edward gab die Hoffnung auf.

Janet Brown wartete fast ein Jahr, bis sie Florentyna mitteilte, daß Senator Hart ihr einen interessanten Job angeboten habe.

»Du mußt das Angebot annehmen, meine Liebe. Hier hast du nichts mehr verloren. Ich werde meine Amtsperiode absolvieren und mich dann zurückziehen.«

Auch Janet versuchte Florentyna umzustimmen. Es gelang ihr nicht.

Florentyna sah die Post durch; fast hätte sie einen Brief von Bella übersehen, die sich beklagte, daß sie nicht zur Hochzeit ihrer Tochter gekommen war, dann unterzeichnete sie ein paar Briefe, die sie weder geschrieben noch durchgelesen hatte. Es war sechs Uhr. Auf dem Schreibtisch vor ihr lag eine Einladung von Senator Pryor zu einem kleinen Empfang. Florentyna warf die elegante Karte in den Papierkorb, steckte die *Washington Post* ein und beschloß, allein nach Hause zu gehen.

Solange Richard am Leben gewesen war, hatte sie sich nie allein gefühlt.

Sie verließ das Russell Building und ging über den Rasen der Union Station Plaza. Bald würde Washington in ein Farbenmeer getaucht sein. Der Springbrunnen plätscherte, und bevor Florentyna die Stufen zur New Jersey Avenue erreichte, setzte sie sich auf eine Parkbank. Sie hatte es nicht eilig; zu Hause erwartete sie nichts. Richards Gesichtsausdruck fiel ihr ein, als Jake Thomas ihn als Vorsitzenden der Lesterbank begrüßt hatte. Wie komisch er ausgesehen hatte, mit dem großen roten Autobus unter dem Arm. An solche kleinen Dinge in ihrem gemeinsamen Leben zu denken, war jetzt ihre einzige Freude.

»Sie sitzen auf meiner Bank.«

Florentyna sah erstaunt zur Seite. Ein Mann in schmutzigen Jeans und einem braunen Hemd mit Löchern am Ellbogen saß am anderen Bankende und sah sie mißtrauisch an. Er hatte sich schon lange nicht rasiert, so daß Florentyna sein Alter nicht erraten konnte.

»Das tut mir leid. Ich wußte nicht, daß es Ihre Bank ist.«

»War meine Bank, Dannys Bank, seit dreizehn Jahren«, sagte der Mann. »Früher gehörte sie Ted, und wenn ich nicht mehr bin, bekommt sie Matt.«

»Matt?« fragte Florentyna verständnislos.

»Ja, *Matt the Grain.* Er schläft hinter dem Parkplatz Nummer 16 und wartet, daß ich sterbe.« Der Vagabund kicherte. »Aber ich will Ihnen was verraten: wenn er weiter soviel säuft, wird er diese Bank nicht erleben. Sie bleiben doch nicht lang, nicht wahr?«

»Nein, ich habe nicht die Absicht.«

»In Ordnung«, sagte Danny.

»Was machen Sie tagsüber?«

»Ach, dies und das. Ich weiß immer, wo man von den Kirchenküchen einen Teller Suppe bekommt, und mit dem Zeug, das die vornehmen Restaurants wegwerfen, komm ich tagelang durch. Gestern hab' ich beim *Monocle* sogar ein Stück Steak gefunden. Heute werde ich es vielleicht beim Baron probieren.«

Florentyna versuchte ihre Bestürzung zu verbergen. »Haben Sie keine Arbeit?«

»Wer würde Danny Arbeit geben? Seit fünfzehn Jahren hab' ich keine Arbeit – seit ich 1970 aus der Armee entlassen wurde. Niemand wollte diesen alten Soldaten. Hätte in Nam für mein Land sterben sollen – hätte es für alle leichter gemacht.«

»Wie viele Veteranen gibt es, die leben wie Sie?«

»In Washington?«

»Ja, in Washington.«

»Hunderte.«

»Hunderte?« wiederholte Florentyna.

»Ist aber nicht die schlechteste Stadt. In New York werfen sie einen ins Gefängnis. Wann gehen Sie wieder, meine Dame?« Mißtrauen lag in seinem Blick.

»Bald. Darf ich fragen . . .?«

»Sie stellen zu viele Fragen. Jetzt bin ich dran. Kann ich die Zeitung haben, wenn Sie gehen?«

»Die *Washington Post*?«

»Ist gute Qualität«, sagte Danny.

»Sie lesen sie?«

»Nein.« Er lachte laut. »Ich wickle mich ein. Wenn ich ganz ruhig liege, hält sie mich warm wie einen Hamburger im Brötchen.«

Sie gab ihm die Zeitung, stand auf und lächelte ihn an. Jetzt merkte sie, daß er nur ein Bein hatte.

»Hätten Sie vielleicht ein paar Cents für einen alten Soldaten?«

Florentyna kramte in ihrer Handtasche. Sie fand nur eine Zehn-Dollar-Note und siebenunddreißig Cents in Münzen. Was sie hatte, gab sie Danny.

Ungläubig starrte er das Geld an. »Damit können Matt und ich uns was Richtiges zu essen kaufen«, rief er aus, dann sah er Florentyna scharf an. »Ich kenne Sie, Lady, Sie sind die Senatorin. Matt sagt immer, er wird Sie besuchen und Sie fragen, wohin das Geld von der Regierung verschwindet. Aber ich sage ihm, was diese kleinen Empfangsmädchen machen, wenn jemand wie wir hereinkommt – sie telefonieren den Bullen vom Capitol und greifen nach dem Desinfektionsspray. Uns fordert man nicht einmal auf, uns ins Gästebuch einzutragen. Ich habe Matt gesagt, er soll seine wertvolle Zeit nicht verschwenden.«

Florentyna sah zu, wie Danny sich auf der Bank ausstreckte und geschickt in die *Washington Post* einwickelte. »Sie sind jedenfalls viel zu beschäftigt, um sich um ihn zu kümmern, und genauso die anderen neunundneunzig Senatoren, das hab' ich ihm gesagt.« Er drehte der verehrten Senatorin von Illinois den Rücken zu und lag ganz still. Florentyna sagte »Gute Nacht« und ging die Stufen zur Straße hinunter. Vor der unterirdischen Parkgarage stand ein Polizist.

»Wer ist der Mann auf der Bank?«

»Danny, Mrs. Senator, Danny One-Leg; ich hoffe, er hat Sie nicht belästigt?«

»Nein, keineswegs. Schläft er jede Nacht hier?«

»Jedenfalls seit zehn Jahren, das heißt, solange ich hier Dienst mache. Wenn es sehr kalt ist, geht er zu einem Platz hinter dem Capitol. Er ist ganz harmlos, nicht wie die Jungens von Parkplatz 16.«

Florentyna schlief kaum in dieser Nacht. Ihre Gedanken waren bei Danny Einbein und den Hunderten anderen, denen es ebenso ging wie ihm. Am nächsten Morgen war sie um halb acht in ihrem Büro auf Capitol Hill. Um halb neun kam Janet und war erstaunt, Florentyna in *The Modern Welfare Society* von Arthur Quern vertieft zu sehen. Florentyna sah auf.

»Janet, ich brauche alle Daten über Arbeitslose, aufgegliedert nach Bundesstaaten und Volksgruppen. Überdies brauche ich, ebenso aufgegliedert, die Anzahl der Personen, die Arbeitslosenunterstützung beziehen, und welcher Prozentsatz seit mehr als zwei Jahren nicht gearbeitet hat. Bitte stell fest, wie viele von ihnen Militärdienst geleistet haben. Ich möchte auch eine Liste von allen Experten . . . Du weinst ja, Janet.«

»Ja«, erwiderte Janet schwach.

Florentyna stand auf und legte ihr einen Arm um die Schultern. »Es ist vorüber. Vergessen wir die Vergangenheit und versuchen wir, diesen Karren wieder vorwärtszubringen.«

33

Die Kongreßmitglieder brauchten nicht länger als einen Monat, um festzustellen, daß Senatorin Kane wieder voll und ganz im Einsatz war. Und als der Präsident sie persönlich anrief, wußte sie, daß ihre Angriffe auf den Neuen Weg dort zur Kenntnis genommen wurden, wo man die Dinge verändern konnte.

»Florentyna, in achtzehn Monaten sind Wahlen, und Sie attackieren meine Kampagne des Neuen Weges. Wollen Sie, daß die Republikaner gewinnen?«

»Natürlich nicht, aber auf Ihrem Neuen Weg haben wir in einem Jahr nicht mehr für Sozialleistungen ausgegeben als für die Landesverteidigung in sechs Wochen. Wissen Sie, wieviele Menschen in diesem Land sich nicht einmal eine ordentliche Mahlzeit am Tag leisten können?«

»Ja, Florentyna, ich weiß . . .«

»Wissen Sie auch, wie viele Menschen in Amerika jede Nacht auf der Straße schlafen? Nicht in Indien, nicht in Afrika oder Asien; nein, ich spreche von den Vereinigten Staaten. Und wie viele Menschen seit zehn Jahren keinen Job haben? Nicht seit zehn Wochen oder zehn Monaten, seit zehn Jahren, Mr. President?«

»Florentyna, wenn Sie mich Mr. President nennen, dann weiß ich, daß ich mich in acht nehmen muß. Was erwarten Sie von mir, ausgerechnet Sie? Sie haben immer zu jenen

Demokraten gehört, die ein starkes Verteidigungsprogramm befürwortet haben.«

»Das tue ich immer noch, aber in Amerika gibt es Millionen Menschen, denen es ganz egal wäre, wenn die Russen über die Pennsylvania Avenue marschierten, weil sie überzeugt sind, daß es ihnen nicht noch schlechter gehen kann.«

»Ich nehme zur Kenntnis, was Sie sagen, aber Sie sind ein als Taube verkleideter Falke geworden. Diese Erklärungen geben wundervolle Schlagzeilen für Sie ab, was aber erwarten Sie von mir?«

»Ernennen Sie eine Kommission, die untersuchen soll, wie das Geld für die öffentliche Fürsorge ausgegeben wird. Es beschäftigen sich bereits drei meiner Mitarbeiter mit diesem Problem, und ich beabsichtige sehr bald, einige Fakten über den Mißbrauch dieser Gelder zur Sprache zu bringen. Ich kann Ihnen versprechen, Mr. President, daß Ihnen, wenn Sie die Ziffern hören, die Haare zu Berge stehen werden.«

»Haben Sie vergessen, daß ich fast eine Glatze habe, Florentyna?« Sie lachte. »Aber die Idee einer Kommission gefällt mir.« Der Präsident machte eine Pause, dann: »Ich könnte den Plan sogar bei meiner nächsten Pressekonferenz erwähnen.«

»Tun Sie das, Mr. President. Und erzählen Sie von dem Mann, der seit dreizehn Jahren auf einer Bank übernachtet, kaum einen Steinwurf weit vom Weißen Haus, während Sie sich in Lincolns Schlafzimmer räkeln. Ein Mann, der in Vietnam ein Bein verloren hat und nicht einmal weiß, daß er Anspruch auf dreiundsechzig Dollar pro Woche von der Veteranenvereinigung hat. Und selbst wenn er es wüßte, wüßte er nicht, wie er zu seinem Geld kommen kann, denn er gehört zur Veteranenvereinigung von Texas. Und falls diese auf die brillante Idee käme, ihm einen Scheck zu schicken, wohin sollen sie ihn adressieren? An eine Parkbank nahe dem Capitol?«

»Danny One-Leg«, sagte der Präsident.

»Sie kennen ihn?«

»Wer kennt ihn nicht? Er wurde in zwei Wochen populärer als ich in zwei Jahren. Ich spiele bereits mit dem Gedanken einer Amputation. Schließlich habe ich in Korea für mein Land gekämpft.«

»Aber seitdem haben Sie gut für sich gesorgt, Mr. President.«

»Werden Sie, wenn ich tatsächlich eine Kommission zur Untersuchung des Fürsorgesystems ernenne, diese Kommission unterstützen, Florentyna?«

»Ohne Zweifel, Mr. President.«

»Werden Sie auch aufhören, Texas fortwährend anzugreifen?«

»Das war Pech. Einer meiner jungen Referenten stellte fest, daß Danny aus Texas stammt. Wissen Sie aber auch, daß mehr als zwanzig Prozent der Einwohner von Texas trotz des Problems der illegalen Einwanderer ein jährliches Einkommen von weniger als . . .«

»Ich weiß, ich weiß, Florentyna, aber Sie vergessen, daß mein Vizepräsident aus Houston stammt, und seit Danny One-Leg Schlagzeilen macht, hat er keine ruhige Minute mehr.«

»Armer alter Pete«, sagte Florentyna. »Er ist der erste Vizepräsident, der sich nicht nur darüber den Kopf zerbrechen muß, wo er als nächstes speisen wird.«

»Sie dürfen nicht ungerecht sein, Pete wird seiner Rolle gerecht.«

»Sie meinen, er ist wichtig für das Gleichgewicht, damit Sie weiter im Weißen Haus bleiben können.«

»Florentyna, Sie sind ein boshaftes Geschöpf, und ich sage Ihnen schon jetzt, daß ich meine nächste Pressekonferenz damit eröffnen werde, eine neue brillante Idee von mir zu erläutern.«

»*Sie* hatten die Idee?«

»Ja, wenn ich schon fortwährend im Kreuzfeuer stehe, muß ich auch etwas davon profitieren. Ich wiederhole: Ich hatte die großartige Idee, eine Kommission zur Untersuchung über den ›Mißbrauch von Fürsorgegeldern‹ zu ernennen, und . . .« Der

Präsident zögerte einen Moment »... Senatorin Kane hat sich bereit erklärt, den Vorsitz zu übernehmen. Kann ich Sie damit für ein paar Tage ruhig halten?«

»Ja«, erwiderte Florentyna, »und ich werde Ihnen in einem Jahr meinen Bericht vorlegen, so daß Sie Ihren Wählern rechtzeitig vor den Wahlen Ihre Pläne auseinandersetzen können, wie Sie die Spinnweben der Vergangenheit wegfegen und einen ›Neuen Weg‹ einschlagen wollen.«

»Florentyna!«

»Ich bitte um Entschuldigung, Mr. President. Das konnte ich mir nicht verkneifen.«

Janet hatte keine Ahnung, woher Florentyna die Zeit nehmen wollte, eine so wichtige Kommission zu leiten. Schon jetzt konnte man nur, wenn man winzig klein schrieb, auf ihrem Terminkalender alle Termine unterbringen.

»In den nächsten sechs Monaten mußt du mir täglich drei Stunden dafür freihalten«, ordnete Florentyna an.

»Gern«, sagte Janet, »wie wäre es zwischen zwei und fünf Uhr früh?«

»Ich hätte nichts dagegen, aber ich fürchte, unter diesen Umständen werden wir keine Mitglieder für unsere Kommission bekommen.« Florentyna lächelte. »Überdies werden wir neue Mitarbeiter brauchen.«

Janet hatte alle durch Kündigungen freigewordenen Stellungen wieder besetzt. Sie fand einen neuen Pressesprecher, und vier weitere Rechtskonsulenten – junge Juristen von den besten Universitäten –, die eben jetzt an Florentynas Tür klopften. »Gott sei Dank kann die Baron-Gruppe all diese Ausgaben bestreiten«, fügte Janet hinzu.

Kaum hatte der Präsident seinen Entschluß verkündet, als Florentyna sich an die Arbeit machte. Ihre Kommission bestand aus zwanzig Mitgliedern, dazu kamen elf professionelle Berater. In der Kommission selbst saßen zehn berufstätige Leute, die nie in ihrem Leben etwas mit Fürsorge zu tun gehabt hatten, während die anderen zehn arbeitslos waren oder eine Unterstützung bezogen. Danny, sauber rasiert und angetan mit dem ersten Anzug seines Lebens, wurde ganztägig als Berater angestellt. Die originelle Zusammensetzung der Kommission erstaunte ganz Washington. Senatorin Kanes »Parkbank-Berater« lieferten Stoff für zahllose Artikel. Danny One-Leg erzählte der Kommission Geschichten, die den berufstätigen Mitgliedern klarmachten, wie ernst das Problem war und wieviel Mißbrauch abgeschafft werden mußte, damit den wirklich Bedürftigen geholfen werden könne.

Zu jenen, die von der Kommission befragt wurden, gehörten auch Matt the Grain, der jetzt auf Dannys Bank schlief, und Charlie Wendon, ein cleverer Gefängnisinsasse aus Leavenworth, der, nachdem Florentyna seine bedingte Haftentlassung erwirkt hatte, der Kommission schilderte, wie er jede Woche aus Fürsorgegeldern Tausende Dollars erhalten hatte, bevor die Polizei ihm auf die Schliche gekommen war. Der Mann hatte so viele falsche Namen angenommen, daß er seinen eigenen kaum mehr wußte; zu einem Zeitpunkt hatte er siebzehn Frauen, einundvierzig Kinder und neunzehn Eltern unterstützt, die alle nur im Computer für nationale Wohlfahrt existierten. Florentyna dachte zuerst, er übertreibe, bis er der Kommission vorführte, wie man den Präsidenten der Vereinigten Staaten als Arbeitslosen mit zwei Kindern und einer alten Mutter in den Computerlisten aufscheinen lassen konnte. Wendon bestätigte auch etwas, was Florentyna immer schon gefürchtet hatte; er war nur ein kleiner Gauner, verglichen mit den großen kriminellen Syndikaten, die sich mittels nicht existierender Fürsorgeempfänger ohne weiteres fünfzigtausend Dollar pro Woche erschwindelten.

Später stellte sie fest, daß Danny One-Legs Name im Computer gespeichert war, aber jemand anderer seit dreizehn Jahren seine Unterstützung in Empfang nahm. Auch Matt the Grain und einige seiner Freunde vom Parkplatz Nummer 16 schienen im Computer auf, obwohl sie nie einen Penny erhalten hatten.

Florentyna bewies, daß mehr als eine Million Menschen zwar berechtigt war, Fürsorgegelder zu beziehen, aber nichts erhielten; das ihnen zustehende Geld versickerte irgendwo. Ihrer Ansicht nach brauchte man nicht mehr Geld vom Kongreß, sondern mehr Schutzmaßnahmen, um zu gewährleisten, daß die jährlich ausgeschütteten zehn Milliarden Dollar die richtigen Leute erreichten. Viele der Bedürftigen konnten weder lesen noch schreiben, und kaum gab man ihnen lange Formulare auszufüllen, ließen sie sich nie mehr bei einer Fürsorgestelle blikken. Ihre Namen wurden selbst für kleine Betrüger zu einer bequemen Einnahmequelle. Als Florentyna zehn Monate später dem Präsidenten ihren Bericht überreichte, legte dieser dem Kongreß eine Reihe neuer Schutzmaßnahmen zur sofortigen Begutachtung vor. Er ließ auch wissen, daß er noch vor der Wahl eine Reform der Öffentlichen Wohlfahrt ausarbeiten lassen wolle. Daß Florentyna Namen und Adresse des Präsidenten im Arbeitslosen-Computer speichern konnte, faszinierte die gesamte Presse; die Karikaturisten hatten eine herrliche Zeit, während das FBI im ganzen Land Betrügereien mit Fürsorgegeldern aufdeckte.

Die Presse lobte den Präsidenten für seine Initiative, und die *Washington Post* erklärte, Senatorin Kane habe in einem Jahr mehr für die wirklich Bedürftigen getan als der New Deal und die Great Society zusammen. Das sei wahrscheinlich ein »Neuer Weg«; Florentyna mußte lachen. Gerüchte wurden laut, daß sie bei den Wahlen Pete Parkin als Vizepräsidenten ablösen werde. Zum erstenmal prangte ihr Bild auf der Titelseite von *Newsweek*, und darunter stand: »Amerikas erste Vizepräsidentin?« Florentyna aber war eine viel zu erfahrene Politikerin, um diesen Spekulationen Glauben zu schenken. Sie wußte, daß der Präsident seinen Vize wegen der Stimmen des Südens brauchte; obwohl er Florentyna bewunderte, waren ihm vier weitere Jahre im Weißen Haus wichtiger.

Wieder einmal war es Florentynas größtes Problem, welchen

Fragen und Personengruppen, die ihre Aufmerksamkeit erforderten, sie Priorität einräumen sollte. Unter den Senatoren, die um ihre Wahlhilfe baten, war auch Ralph Brooks. Er, der nie eine Gelegenheit ausließ, sich als der am längsten dienende Senator von Illinois zu bezeichnen, war vor kurzem Vorsitzender des Energieausschusses geworden und erwarb sich Lorbeeren für die Art und Weise, wie er mit den Ölmagnaten und den führenden Industriellen zurechtkam. Florentyna wußte, daß er privat nie ein gutes Wort für sie hatte, hielt dies aber für unwichtig. Sie war jedoch verwundert, als er sie aufforderte, mit ihm gemeinsam einen Fernsehwerbespot zu machen; er sollte die gute Zusammenarbeit betonen und auf die wichtige Tatsache hinweisen, daß beide Senatoren von Illinois Demokraten waren. Auf Drängen des Parteivorsitzenden von Chicago willigte sie ein, obwohl sie mit ihrem Senatskollegen während der gesamten Amtsperiode kaum je ein Wort gewechselt hatte. Sie hoffte, ihre Bereitwilligkeit würde vielleicht die bestehenden Differenzen bereinigen. Dem war nicht so. Als sie sich zwei Jahre später zur Wiederwahl stellte, konnte seine Unterstützung nicht einmal als lau bezeichnet werden.

Je näher die Präsidentenwahl rückte, desto mehr Senatoren baten Florentyna um ihre Unterstützung. In der zweiten Hälfte des Jahres 1988 verbrachte sie kaum ein Wochenende zu Hause; selbst der Präsident forderte sie auf, ihn auf verschiedenen Wahlreisen zu begleiten. Die Reaktion der Öffentlichkeit auf den Kane-Bericht über die Öffentliche Wohlfahrt beglückte ihn, und er sagte Florentyna die Erfüllung der einzigen Bitte zu, die sie vortrug, obwohl er wußte, daß Pete Parkin und Ralph Brooks, wenn sie davon erfuhren, wütend sein würden.

Seit Richards Tod führte Florentyna praktisch kein gesellschaftliches Leben mehr. Wenn sie es möglich machen konnte, verbrachte sie die Wochenenden mit William, Joanna und ihrem zweijährigen Enkel im Red House in Boston. Wann immer sie sich zu einem Wochenende auf dem Cape entschloß, kam Annabel zu Besuch.

Edward, jetzt Vorsitzender der Baron-Gruppe und Vizevorsitzender der Lesterbank, erstattete ihr mindestens einmal pro Woche Bericht; auf seine Erfolge wäre auch Richard stolz gewesen. Hin und wieder spielte er auf dem Cape eine Runde Golf mit ihr, aber anders als zu Richards Lebzeiten, war Florentyna immer die Siegerin. Und jedesmal spendete sie ihren Gewinn in Gedenken an Richard dem lokalen Klub der Republikaner. Der Schatzmeister der Grand Old Party notierte die Spende als anonym, da Florentynas Wähler schwerlich verstanden hätten, warum sie beide Seiten unterstützte.

Edward ließ Florentyna über seine Gefühle nicht im unklaren, und einmal ging er sogar so weit, einen Heiratsantrag zu wagen. Florentyna küßte ihren besten Freund zart auf die Wange. »Ich werde nie mehr heiraten«, sagte sie. »Solltest du mich aber je im Golf schlagen, werde ich mir den Antrag nochmals überlegen.« Edward nahm sofort Golfstunden, aber Florentyna war immer besser als er.

Als die Presse erfuhr, daß Senatorin Kane die Schlüsselrede anläßlich des demokratischen Parteikonvents in Detroit halten werde, wurde sie wieder als mögliche Kandidatin für die Präsidentschaftswahlen von 1992 bezeichnet. Edward war beeindruckt von diesen Andeutungen, und Florentyna mußte ihn daran erinnern, daß die Presse in den letzten Monaten schon dreiundvierzig andere Kandidaten erwähnt hatte. Pete Parkin war, wie der Präsident vorausgesehen hatte, wütend, als er von der Möglichkeit hörte, Florentyna könne Vizepräsidentin werden, beruhigte sich jedoch, als er feststellte, daß der Präsident keine Absicht hatte, ihn fallenzulassen. Dies bestärkte Florentyna in der Annahme, daß Pete Parkin, sollte sie in vier Jahren tatsächlich kandidieren, ihr größter Rivale sein würde.

Der Präsident und Pete Parkin wurden auf einem langweiligen Parteikonvent neuerlich nominiert, nur einige wenige Andersdenkende hinderten die Delegierten am Einschlafen. Sehnsüchtig dachte Florentyna an früher, wie zum Beispiel an den Konvent der Republikaner 1976 in Kansas City, als Nelson Rokkefeller in der Versammlungshalle den Telefonstecker aus dem Boden gerissen hatte.

Die Delegierten belohnten Florentynas Rede mit einem Applaus, der sich nur mit dem Beifall nach der Ansprache des Präsidenten vergleichen ließ, und am nächsten Tag sah man plötzlich überall »Kane-für-1992«-Plakate und Ansteckknöpfe. Nur in Amerika können über Nacht zehntausend Ansteckknöpfe auftauchen, überlegte Florentyna, und nahm einen für den kleinen Richard mit. Ihre Präsidentschaftskampagne begann, ohne daß sie auch nur den kleinen Finger gerührt hätte.

Während der letzten Wochen vor der Wahl bereiste Florentyna fast so viele Bundesstaaten wie der Präsident, und die Presse meinte, ihre bedingungslose Loyalität habe vermutlich viel zu dem knappen Sieg der Demokraten beigetragen. Ralph Brooks kehrte mit einer etwas größeren Stimmenmehrheit in den Senat zurück. Florentyna fiel ein, daß es nur noch zwei Jahre bis zu ihrer eigenen Wiederwahl waren.

Als der 101. Kongreß zum erstenmal tagte, versicherten viele Kollegen Florentyna ihrer Unterstützung, falls sie für die Präsidentschaft kandidieren sollte. Sie wußte, daß manche Pete Parkin genau das gleiche sagten, aber sie notierte jeden Namen und schrieb am selben Tag einen Dankesbrief.

Vor der Wiederwahl in den Senat mußte sie die neue Gesetzesvorlage über die Reorganisierung der Öffentlichen Wohlfahrt durch beide Häuser bringen, und das war eine schwere, zeitraubende Aufgabe. Sie beantragte persönlich sieben Zusätze zu der Vorlage; die Bundesregierung hatte für alle Kosten aufzukommen, ein Mindesteinkommen festzulegen und das gesamte Sozialsystem zu revidieren. Florentyna wurde nicht müde, ihre Kollegen zu überreden, zu bestürmen, ja, fast zu bestechen, bis die Vorlage endlich zum Gesetz wurde. Als der Präsident im Rosengarten das Gesetz unterzeichnete, stand sie hinter ihm, und die Fotografen, die den abgegrenzten Platz umringten, filmten und knipsten unaufhörlich. Es war die bisher größte Leistung in Florentynas politischer Karriere. Der Präsident gab eine Erklärung ab, dann stand er auf und schüttelte Florentyna die Hand. »Das ist die Frau, der wir den ›Kane Act‹ zu verdanken haben«, sagte er und flüsterte ihr ins Ohr: »Zum Glück ist der Vize in Südamerika, sonst bekäme ich einiges von ihm zu hören.«

Die Presse ebenso wie die Öffentlichkeit bewunderten die Geschicklichkeit und die Entschlossenheit, mit der die Senatorin die Gesetzesvorlage durchgebracht hatte, und die *New York Times* meinte, sie werde, auch wenn sie in ihrer politischen Karriere nichts anderes erreicht hätte, mit diesem Gesetz in die Geschichte eingehen. Mit diesem neuen Gesetz würde kein wirklich Bedürftiger seiner Rechte verlustig gehen, während jene, die die »Fürsorgescharade« spielten, im Gefängnis landen würden.

Sobald sich die Wogen wieder geglättet hatten, kehrte Florentyna zur Alltagsroutine zurück. Janet machte sie darauf aufmerksam, daß sie neun Monate vor den Wahlen mehr Zeit in Illinois verbringen müsse. Fast alle demokratischen Funktionäre boten Florentyna ihre Dienste für die Wiederwahl an, und der Präsident, der sie voll unterstützte, lockte bei einer Rede in Chicago riesige Menschenmengen an. Als sie gemeinsam zu den Klängen von »Happy Days Are Here Again« die Treppen hinaufstiegen, flüsterte er ihr zu: »Jetzt werde ich mich für alle Unbill revanchieren, die Sie mir in den letzten fünf Jahren angetan haben.«

Er beschrieb Florentyna als die Frau, die ihm mehr Probleme bereitet habe als seine eigene, und jetzt habe er gehört, daß sie sogar in seinem Bett im Weißen Haus schlafen wolle. Als das Gelächter verebbte, fügte er hinzu: »Und wenn sie tatsächlich dieses hohe Amt im Auge hat, könnte Amerika nicht besser gedient sein.«

Am folgenden Tag deuteten die Zeitungen an, die Erklärung sei ein Affront gegen Pete Parkin, und Florentyna würde, wenn sie kandidiere, mit der Unterstützung des Präsidenten rechnen können. Der Präsident bestritt diese Auslegung, doch von diesem Moment an war Florentyna in der unangenehmen Position, für die Wahlen im Jahr 1992 an erster Stelle zu stehen. Als die Resultate der Senatswahlen bekannt wurden, war selbst Florentyna über ihren eindrucksvollen Sieg erstaunt; die meisten demokratischen Senatoren hatten Stimmen verloren, da der Trend der Zwischenwahlen sich wie üblich gegen die machthabende Partei auswirkte. Florentynas Erdrutschsieg bestätigte die Ansicht der Demokraten, daß sie nicht nur eine Fahnenträgerin gefunden hatten, sondern etwas viel Wesentlicheres: eine Siegerin.

Als der 102. Kongreß zum erstenmal tagte, erschien Florentynas Bild auf dem Umschlag von *Time.* Ihre ganze Lebensgeschichte mit sämtlichen Einzelheiten, wie ihrem Auftritt als Heilige Johanna in der Schule und dem Woolson-Preis in Radcliffe, waren zu lesen. Den Lesern wurde sogar mitgeteilt, warum ihr verstorbener Mann sie Jessie genannt hatte. Sie war zur bekanntesten Frau der Vereinigten Staaten geworden. »Diese bezaubernde sechsundfünfzigjährige Frau«, sagte *Time* abschließend, »ist ebenso intelligent wie humorvoll. Doch wenn sie ihre Hand zur Faust ballt, muß man achtgeben – dann wird sie zu einem Preisboxer.«

Florentyna versuchte während der neuen Amtsperiode ihre normalen Pflichten als Senatorin zu erfüllen, wurde aber täglich von Kollegen, Freunden und Journalisten bedrängt, endlich eine Erklärung abzugeben, ob sie für das Amt des Präsidenten kandidieren wolle. Sie versuchte abzulenken, indem sie zu allen wichtigen Tagesproblemen Stellung nahm. Quebec bekam damals eine linksgerichtete Regierung, daher flog sie nach Kanada, um an Arbeitsgesprächen mit Vertretern der Provinzen British

Columbia, Alberta, Saskatchewan und Manitoba über eine Föderation mit den USA teilzunehmen. Die Reporter folgten ihr, und nach ihrer Rückkehr nannten die Medien sie nicht mehr eine Politikerin, sondern Amerikas erste »Staatsfrau«.

Pete Parkin sagte jedem, der es hören wollte, daß er kandidieren werde, und man nahm an, daß eine offizielle Erklärung unmittelbar bevorstand. Der Vizepräsident war fünf Jahre älter als Florentyna, und sie wußte, daß jetzt für sie die letzte Gelegenheit war, »Hail the Chief« zu hören und zu wissen, daß es ihr galt. Sie erinnerte sich an die Worte Margaret Thatchers: »Es gibt nur einen Unterschied zwischen einem männlichen und einem weiblichen Parteiführer: wenn die Frau verliert, geben ihr die Männer keine zweite Chance.«

Florentyna wußte auch, was ihr Buchanan, wäre er noch am Leben gewesen, geraten hätte: »Lesen Sie Julius Cäsar', meine Liebe, aber diesmal Brutus, und nicht Mark Anton.«

Sie verbrachte mit Edward ein ruhiges Wochenende auf Cape Cod, und während er wieder einmal beim Golf verlor, besprachen sie das Auf und Ab in der Karriere einer Frau – und die Zeiten, die es zu nutzen galt.

Als Edward nach New York und Florentyna nach Washington zurückkehrte, war die Entscheidung gefallen.

34

»... und aus diesem Grund werde ich für das Amt einer Präsidentin der Vereinigten Staaten kandidieren.«

Florentyna sah auf die dreihundertfünfzig applaudierenden Menschen im *Caucus Room* des Senats hinab, der nach Ansicht der Polizei bestenfalls Platz für dreihundert bot. Fernsehteams und Reporter drängten und kämpften, um mehr als nur die Rückansicht anonymer Köpfe ins Bild zu bekommen. Florentyna blieb stehen, bis der Beifall abgeklungen war, dann trat Edward vor die Mikrophone auf dem Podium.

»Meine Damen und Herren, ich weiß, daß es der Kandidatin ein Vergnügen sein wird, Ihre Fragen zu beantworten.«

Sofort begannen alle Menschen im Saal gleichzeitig zu reden, und Edward nickte einem Mann in der dritten Reihe zu.

»Albert Hunt vom *Wall Street Journal*«, stellte sich dieser vor. »Senatorin Kane, wen halten Sie für Ihren gefährlichsten Gegner?«

»Den republikanischen Kandidaten«, antwortete sie ohne zu zögern. Man lachte und klatschte Beifall; Edward wies auf einen anderen Journalisten.

»Senatorin Kane, ist es in Wahrheit Ihre Absicht, Pete Parkins Vizepräsidentin zu werden?«

»Nein. Daran bin ich nicht interessiert. Dieses Amt ist im besten Fall eine Wartezeit, und im schlimmsten Fall gelten Nelson Rockefellers Worte: ›Nehmen Sie nie das Amt eines Zweiten an, außer Sie wollen ein vierjähriges Seminar in Politikwissenschaft absolvieren und viele Staatsbegräbnisse erleben.‹ Zu keinem von beiden habe ich Lust.«

»Halten Sie Amerika für bereit, eine Präsidentin zu akzeptieren?«

»Ja, sonst würde ich mich nicht bewerben, aber am 3. November werde ich Ihre Frage genauer beantworten können.«

»Halten Sie es für möglich, daß die Republikaner eine Frau als Kandidatin aufstellen?«

»Nein, dazu fehlt ihnen der Mut. Sie werden abwarten, ob die Demokraten mit ihrer Idee Erfolg haben, und dann werden sie es bei der nächsten Wahl nachahmen.«

»Glauben Sie, genug Erfahrung für dieses Amt zu besitzen?«

»Ich war in meinem Leben Ehefrau, Mutter und Vorsitzende eines Millionenkonzerns, acht Jahre lang Abgeordnete und sieben Jahre Senatorin. In der öffentlichen Laufbahn, die ich wählte, steht die Präsidentschaft an erster Stelle. Ja, ich glaube, ich bin nun qualifiziert dafür.«

»Erwarten Sie, daß der Erfolg Ihres Wohlfahrtsgesetzes Ihnen die Stimmen der Armen und der Schwarzen bringen wird?«

»Ich hoffe, daß er mir Stimmen aus allen Schichten bringen wird. Denn ich wollte mit diesem Gesetz jenen, die durch ihre Steuern die Sozialleistungen ermöglichen und jenen, die davon profitieren, das Gefühl geben, daß die Verteilung so gerecht und menschlich ist, wie es einer modernen Gesellschaft entspricht.«

»Würde Ihre Regierung nach der russischen Besetzung von Jugoslawien härter gegenüber der Sowjetunion auftreten?«

»Nach Ungarn, der Tschechoslowakei, Afghanistan, Polen und Jugoslawien bestätigt die sowjetische Offensive an der Grenze zu Pakistan nur meine Überzeugung, daß wir bei der Verteidigung unseres Volkes überaus wachsam bleiben müssen. Wir dürfen nie vergessen, daß die beiden großen Weltmeere, die uns in der Vergangenheit beschützten, für die Zukunft keine Sicherheitsgarantie bieten.«

»Der Präsident hat Sie als Falke im Taubengewand bezeichnet.«

»Ich weiß nicht, ob diese Bemerkung meiner Kleidung oder meinem Aussehen galt, aber ich meine, daß eine Kombination dieser beiden Vögel dem amerikanischen Adler nicht unähnlich ist.«

»Glauben Sie, daß wir unsere enge Beziehung zu Europa nach den Wahlen in Frankreich und Großbritannien aufrechterhalten können?«

»Der Entschluß der Franzosen, zu einer gaullistischen Regierungsform zurückzukehren, macht mir ebensowenig Sorgen wie die neue Labourregierung in England. Sowohl Jacques Chirac als auch Roy Hattersley haben sich in der Vergangenheit als gute Freunde Amerikas erwiesen. Ich sehe keinen Grund, warum sich das in Zukunft ändern sollte.«

»Erwarten Sie, daß Ralph Brooks Ihren Wahlkampf unterstützt?«

Es war die erste Frage, auf die Florentyna nicht vorbereitet war. »Vielleicht sollten Sie ihn lieber selbst fragen, aber natürlich hoffe ich, daß der Senator sich über meinen Entschluß freut.« Mehr wußte sie dazu nicht zu sagen.

»Senatorin Kane, sind Sie mit dem jetzigen System der Vorwahlen zufrieden?«

»Nein. Obwohl ich keine Befürworterin nationaler Vorwahlen bin, erscheint mir unser heutiges System veraltet. Das von den Amerikanern entwickelte System der Präsidentenwahl scheint mehr den Nachrichtenprogrammen der TV-Stationen zu dienen als den Erfordernissen einer modernen Regierung. Und es ermutigt auch unfähige Kandidaten. Heute hat jemand, der vorübergehend arbeitslos ist, aber von seiner Großmutter ein paar Millionen erbte, gute Chancen, Präsident zu werden. Man kann vier Jahre lang herumfahren und Delegierte um sich sammeln, während jene, die die besten Qualifikationen für das Amt haben, vermutlich irgendwo hart arbeiten. Wir sollten den alten Grundsatz wiedereinführen, daß einer, der in diesem Land geboren wurde und den Wunsch sowie die Fähigkeiten hat, dieses Amt auszuüben, nicht schon disqualifiziert ist, bevor die ersten Wähler zur Urne gehen.«

Unaufhörlich kamen neue Fragen, und erst eine Stunde später beantwortete Florentyna die letzte.

»Senatorin Kane, werden Sie, falls Sie Präsidentin werden, George Washington gleichen, der niemals log, oder aber Nixon, der seine eigene Definition der Wahrheit hatte?«

»Ich kann nicht versprechen, nie zu lügen. Wir alle lügen – manchmal, um einen Freund oder ein Familienmitglied zu schützen, und vielleicht als Präsident, um unser Land zu schützen. Manchmal lügen wir nur, um uns keine Blöße zu geben. Ich kann Ihnen aber eines versichern: ich bin vermutlich die einzige Frau in Amerika, die nie imstande war, über ihr Alter zu lügen.« Als das Gelächter sich gelegt hatte, blieb Florentyna stehen. »Ich möchte mich – ganz gleich wie die Wahl ausgeht – anläßlich dieser Pressekonferenz als Amerikanerin bedanken, daß es der Tochter eines Einwanderers möglich war, für das höchste Amt im Land zu kandidieren. Ich glaube nicht, daß dies in irgendeinem anderen Land möglich wäre.«

In dem Augenblick, in dem Florentyna den Saal verließ, änderte sich ihr Leben; vier Beamte des Geheimdienstes umringten sie, und einer von ihnen bahnte ihr geschickt einen Weg durch die Menge.

Florentyna lächelte, als sich Brad Staimes vorstellte und ihr mitteilte, daß sie für die Dauer ihrer Kandidatur Tag und Nacht von vier Beamten bewacht werden würde, die einander alle acht Stunden ablösten. Zwei ihrer Bewacher waren Frauen, deren Aussehen dem ihren glich. Sie dankte Mr. Staimes, konnte sich jedoch nie ganz daran gewöhnen, wann immer sie sich umdrehte, einen ihrer Beschützer zu sehen. Die winzigen Kopfhörer unterschieden sie von den anderen Leuten, die Florentyna umringten. Sie mußte an die Geschichte von der alten Dame denken, die bei einer Versammlung der Republikaner zu einem von Nixons Helfern trat und ihm sagte, sie werde ganz bestimmt für Nixons Wiederwahl stimmen, weil er offensichtlich für Schwerhörige, zu denen auch sie gehörte, Sympathien habe.

Nach der Pressekonferenz hielt Edward in Florentynas Büro eine Stabsbesprechung über die künftige Strategie ab. Ein ungefährer Plan für die Wahlkampagne wurde ausgearbeitet. Der Vizepräsident hatte seine Kandidatur schon angemeldet, und auch ein paar andere Politiker kandidierten. Die Presse aber hatte bereits entschieden, daß der wirkliche Kampf zwischen Kane und Parkin stattfinden werde.

Edward hatte ein gutes Team von Meinungsforschern, Finanzleuten und politischen Beratern zusammengetrommelt, das durch Florentynas altbewährten Stab unter der Leitung von Janet Brown ergänzt wurde.

Edward skizzierte seinen Plan bis zur ersten Vorwahl in New Hampshire und weiter, über Kalifornien bis zum Parteikonvent in Detroit. Florentyna hatte versucht, ihn nach Chicago zu bringen, der Vizepräsident legte jedoch sein Veto ein; er wollte Florentyna nicht auf ihrem ureigenen Territorium gegenüberstehen. Auch erinnerte er den Vorstand der Demokraten daran, daß die Wahl von Chicago als Tagungsort und die nachfolgenden Ausschreitungen vielleicht der einzige Grund gewesen waren, warum Humphrey 1968 gegen Nixon verlor.

Florentyna war sich darüber im klaren, daß sie den Vizepräsidenten in den Südstaaten kaum schlagen konnte; ein guter Start in New England und im Mittelwesten war daher besonders wichtig. In den nächsten drei Monaten wollte sie fünfundsiebzig Prozent ihrer Zeit der Wahlkampagne widmen, und ihr Team besprach stundenlang, wie man diese Zeit am besten nutzen könnte. Man kam überein, daß sie die großen Städte, wo die ersten drei Vorwahlen stattfanden, regelmäßig besuchen sollte. War sie in New Hampshire, einem traditionell konservativen Gebiet, erfolgreich, wollte man die weiteren Pläne entsprechend festlegen.

Zwischen häufigen Reisen nach New Hampshire, Vermont und Massachusetts versuchte Florentyna, so viel wie möglich von ihrer Senatsarbeit zu erledigen. Edward hatte ihr einen sechssitzigen Lear-Jet gemietet, und zwei Piloten standen jederzeit zu ihrer Verfügung, so daß sie Washington, wann immer sie wollte, verlassen konnte. Die Wahlzentralen in den drei Vorwahl-Staaten arbeiteten mit Hochdruck, und wohin Florentyna auch kam, sah sie ebenso viele »Kane«- wie Pete-Parkin-Plakate.

In sieben Wochen sollte die erste Vorwahl stattfinden, und Florentyna verbrachte den Großteil der Zeit damit, den einhundertsiebenundvierzigtausend registrierten Demokraten des Bundesstaates nachzujagen. Edward erwartete nicht mehr als dreißig Prozent der Stimmen für sie, meinte jedoch, das könne genügen, um die Vorwahl zu gewinnen und Zweifler davon zu überzeugen, daß sie ein gutes Zugpferd sei. Florentyna brauchte vor ihrer Reise in die Südstaaten jeden einzelnen Delegierten, um, wenn möglich, die magische Zahl eintausendsechshundertsechsundsechzig überschritten zu haben, wenn der Parteikonvent in Detroit stattfand.

Die ersten Anzeichen waren ermutigend. Ihr privater Meinungsforscher war überzeugt, daß sie ebensogut im Rennen lag wie der Vizepräsident, und die beiden anderen Institute bestätigten diese Ansicht. Nur sieben Prozent der Wähler erklärten, unter keinen Umständen eine Frau wählen zu wollen; Florentyna aber wußte um die Wichtigkeit von sieben Prozent, wenn es im Endkampf knapp herging.

Florentyna stattete mehr als hundertfünfzig der zweihundert Kleinstädte von New Hampshire einen kurzen Besuch ab, und trotz der Hektik lernte sie die alten Städte von New England lieben, die Bärbeißigkeit der Farmer und die rauhe Schönheit der Winterlandschaft.

Sie eröffnete ein Schlittenhunde-Rennen und besuchte die nördlichste Siedlung an der kanadischen Grenze. Sie lernte die Klugheit der lokalen Zeitungsherausgeber respektieren, die, bevor sie sich hierher zurückgezogen hatten, oft wichtige Posten bei nationalen Zeitungen innegehabt hatten. Ein Problem klammerte sie aus bei ihren Reden, als sie erfuhr, daß die Bürger von New Hampshire eine lokale Einkommenssteuer eisern ablehnten und damit viele gutverdienende Bewohner von Massachusetts anlockten.

Edward berichtete, daß das Geld in ihr Hauptquartier in Chicago ströme, und daß in jedem Staat Büros zur Unterstützung ihrer Kampagne aus dem Boden schössen. Manche hatten mehr freiwillige Mitarbeiter, als sie unterbringen konnten; dieser Überschuß verwandelte Dutzende Wohnzimmer und Garagen in provisorische Wahlwerbebüros.

In der letzten Woche vor der Vorwahl wurde Florentyna von den bekanntesten Journalisten interviewt und war in allen Nachrichtensendungen zu sehen. Andy Miller, ihr Pressesekretär, meinte, zweiundfünfzig Millionen Menschen hätten ihr Interview mit Barbara Walters gesehen; die gleiche Anzahl Hände zu schütteln, hätte Hunderte Jahre gebraucht. Dessenungeachtet wurde sie von ihren lokalen Betreuern angehalten, fast alle Altersheime von New Hampshire zu besuchen.

Florentyna trottete durch die Straßen der kleinen Städte, schüttelte die Hände von Arbeitern und sprach mit den Leuten, die vor den Skiliften Schlange standen. Die berühmten Wintersportorte ließ sie aus, weil die Mehrzahl der Besucher aus New York oder Massachusetts kamen.

Sie wußte genau, daß ihre Glaubwürdigkeit als Kandidatin in Frage gestellt wäre, wenn sie in diesem kleinen Wahlkreis an der Nordspitze von Amerika versagte.

Wann immer sie in einer Stadt ankam, wurde sie von Edward in Empfang genommen, der ihr keine Minute Ruhe gönnte, bis sie wieder ins Flugzeug stieg. Er behauptete, man müsse dem Himmel dankbar sein für die Neugierde, die ein weiblicher Kandidat immer noch erweckte; sein Team hatte, wo immer Florentyna sprach, keine Mühe, den Saal zu füllen.

Pete Parkin, dem der glückliche Umstand zugute kam, daß er einer Reihe von Begräbnissen beiwohnen mußte, zeigte, daß der Vizepräsident kaum etwas anderes zu tun hatte; er verbrachte noch mehr Zeit in New Hampshire als Florentyna. Als der Wahltag kam, wies Edward nach, daß das Kane Team telefonisch, brieflich oder persönlich einhundertfünfundzwanzigtausend der einhundertsiebenundvierzigtausend registrierten Demokraten kontaktiert hatte; aber, so fügte er hinzu, offensichtlich hatte Parkins Team das gleiche getan, denn viele der Wähler deklarierten sich nicht, und manche zeigten sich sogar feindselig.

Am letzten Abend hielt Florentyna in Manchester eine Versammlung ab, die von dreitausend Menschen besucht wurde. Als Janet meinte, sie habe jetzt ein Fünfzigstel der Wahlkampagne hinter sich, erwiderte sie: »Oder es ist alles vorbei.« Kurz nach Mitternacht zog sie sich, gefolgt von vier Fernsehteams und den Bewachern vom Secret Service, in ihr Motelzimmer zurück; alle waren von ihrem Sieg überzeugt.

Ein eisiger Wind fegte Schnee über die Straßen, als die Bewohner von New Hampshire erwachten. Florentyna fuhr von Wahllokal zu Wahllokal und bedankte sich bei ihren Getreuen, bis das letzte Lokal schloß. Fünf Minuten nach neun teilte C. B. S. mit, die Wahlbeteiligung habe siebenundvierzig Prozent betragen, was der Sprecher in Anbetracht des Wetters hoch fand. Die ersten Hochrechnungen gaben den Meinungsforschern recht: es war ein Kopf-an-Kopf-Rennen: einmal lag Florentyna in Führung, einmal Parkin, jedoch immer nur um wenige Punkte. Als die Endergebnisse gemeldet wurden, saß Florentyna mit Edward, Janet, zwei Mitarbeitern und zwei Secret-Service-Beamten in ihrem Motelzimmer.

»Das Resultat hätte nicht knapper ausfallen können, wenn man es geplant hätte«, verkündete N. B. C. »Senatorin Kane einunddreißig Prozent, Vizepräsident Parkin dreißig, Senator Bill Bradley sechzehn Prozent. Die übrigen Stimmen verteilen sich auf fünf andere Kandidaten, die«, so fügte die Sprecherin hinzu, »für die nächsten Wahlen keine Hotelzimmer mehr bestellen zu brauchen.«

Florentyna dachte an die Worte ihres Vaters: »Wenn das Resultat der Wahlen in New Hampshire befriedigend ist . . .«

Sie verließ Massachusetts mit sechs Delegiertenstimmen; Parkin hatte fünf. Die Presse meinte, es habe keinen Sieger, aber fünf Verlierer gegeben. Nur drei Kandidaten profilierten sich in Massachusetts, und damit war der Aberglaube, eine Frau könne keine ernstzunehmende Kandidatin sein, begraben.

In Massachusetts hatte Florentyna vierzehn Tage Zeit, um möglichst viele der einhundertelf Delegierten für sich zu gewinnen, und hier spulte sie täglich das gleiche Programm ab. Edward teilte ihre Tage so ein, daß sie mit möglichst vielen

Wählern zusammentraf und in den Morgen- oder Abendnachrichten zu sehen war.

Sie zeigte sich mit Babies, mit Gewerkschaftsführern und italienischen Restaurantsbesitzern; sie aß Muscheln und Bries und Preiselbeeren. Sie joggte auf Stränden, wanderte durch die Berkshires und kaufte auf dem Quincy Markt von Boston ein – und all das, um zu beweisen, daß sie es einem Mann gleichtun konnte.

In Massachusetts schlug Florentyna ihren Rivalen zum zweitenmal – sie erhielt siebenundvierzig Delegierte, der Vizepräsident neununddreißig. Am selben Tag gewann sie in Vermont acht der zwölf Delegierten des Staates. Nach diesen Siegen stellten die Meinungsforscher fest, daß mehr Leute die Frage »Kann eine Frau die Präsidentschaftswahlen gewinnen?« mit »Ja« beantworteten als bisher. Florentyna war allerdings amüsiert, als sie las, daß sechs Prozent der Wähler gar nicht wußten, daß sie eine Frau war. Die nächste große Kraftprobe würde im Süden stattfinden, wo Florida, Georgia und Alabama am selben Tag wählten. Konnte sie sich dort behaupten, so hatte sie eine echte Chance, denn das demokratische Rennen war jetzt zu einem Kampf zwischen ihr und dem Vizepräsidenten geworden. Bill Bradley, der in Massachusetts nur elf Prozent der Stimmen bekommen hatte, zog sich wegen Mangel an Geldmitteln zurück, obwohl sein Name in einigen Staaten auf der Liste blieb und niemand daran zweifelte, daß er einmal ein ernstzunehmender Anwärter sein werde. Auf Florentynas kurzer Liste möglicher Vizepräsidenten stand der Senator aus New Jersey an erster Stelle.

Niemand war überrascht, daß der Vizepräsident in Florida zweiundsechzig der hundert Delegierten gewann, und dieser Trend wiederholte sich in Georgia und in Alabama, wo Parkin achtundzwanzig der fünfundvierzig Stimmen für sich buchte. Aber seine Prophezeiung, die »kleine Dame im Süden vernichtend zu schlagen«, hatte sich nicht bewahrheitet. Parkin versuchte seine Rivalin immer öfter als Befürworter eines starken Amerika zu übertreffen, aber sein Einsatz für eine sogenannte »Fort Gringo Line« entlang der mexikanisch-amerikanischen Grenze schadete ihm im Südwesten, wo er sich für unschlagbar gehalten hatte.

Edward und sein Team arbeiteten jetzt für verschiedene Vorwahlen gleichzeitig und fuhren kreuz und quer durchs Land. Der Lear-Jet landete auf einem Flugplatz nach dem anderen, und Florentyna dankte dem Himmel für ihren gutdotierten Wahlfonds. Sie war immer noch energiegeladen, während der Vizepräsident allmählich erschöpft schien. Beide Kandidaten mußten nach San Juan fliegen, und als Mitte März die Vorwahlen in Puerto Rico stattfanden, waren fünfundzwanzig der einundvierzig Delegierten für Florentyna. Zwei Tage später kam sie in ihrem Heimatstaat zu Vorwahlen. Parkin führte mit einhundertvierundneunzig Delegiertenstimmen, Florentyna hatte einhundertvierundsechzig.

Als die *Windy City* ihre liebste Tochter willkommen hieß, stand die ganze Stadt Kopf. Florentyna erhielt jede der einhundertneunundsiebzig Delegiertenstimmen und lag jetzt mit dreihundertvierundvierzig Stimmen in Führung. In New York, Conneticut, Wisconsin und Pennsylvania erzielte Parkin jedoch gute Resultate, und als er in Texas ankam, lag er mit fünfhunderteinundneunzig nur noch knapp hinter Florentyna mit sechshundertfünfundfünfzig Delegiertenstimmen.

Daß Pete Parkin in seinem Heimatstaat alle Delegierten für sich gewann, wunderte niemanden; seit Lyndon B. Johnson hatte Texas keinen Präsidenten mehr gestellt, und die Männer von Texas fanden, daß J. R. Ewing zwar seine Fehler haben mochte, mit der Feststellung, daß eine Frau hinter den Herd gehöre, aber bestimmt recht gehabt hätte. Der Vizepräsident verließ seine Ranch bei Houston mit siebenhundertdreiundvierzig Delegiertenstimmen. Florentyna hatte sechshundertfünfundfünfzig.

Die beiden Kandidaten, die täglich unter einem so enormen

Druck standen, merkten, daß jede impulsive Bemerkung oder unvorsichtige Äußerung am nächsten Tag Schlagzeilen machen konnte. Pete Parkin gab sich als erster eine Blöße, als er Peru mit Paraguay verwechselte, und die Photographen waren nicht zu halten, als er in einem Mercedes mit Chauffeur durch den kleinen Ort Flint fuhr. Auch Florentyna war nicht unfehlbar. Als man sie in Alabama fragte, ob sie einen Schwarzen als Vizepräsidenten in Erwägung ziehe, erwiderte sie: »Ich habe die Idee erwogen.« Es bedurfte wiederholter Erklärungen, um die Presse zu überzeugen, daß sie noch keinen der schwarzen Führer dazu aufgefordert hatte.

Der größte Fehler aber unterlief ihr in Virginia. In der *Law School* der Universität of Virginia sprach sie über bedingte Haftentlassung und die Veränderungen, die sie als Präsidentin vornehmen würde. Die Rede hatte ein Mitarbeiter in Washington für sie aufgesetzt und überprüft, der seit ihrer Zeit im Repräsentantenhaus zu ihrem Team gehörte. Am Vorabend las sie den Text sorgfältig durch, änderte kaum etwas und bewunderte den guten Aufbau des Referates. Es wurde am nächsten Tag von den Jurastudenten begeistert aufgenommen. Als sie am Abend ein Treffen der Rotarier in Charlottesville besuchte, um über die Probleme der Viehzüchter zu sprechen, hatte sie die Rede schon vergessen – bis sie am folgenden Tag die lokale Zeitung las.

Die Story des *Richmond News-Leader* wurde sofort von allen großen Zeitungen aufgegriffen. Ein lokaler Reporter hatte herausgefunden, daß Florentynas Rede so ausgezeichnet gewesen war, weil sie von einem ihrer engen Vertrauten recherchiert worden war. Dieser Mann, Allen Clarence, sei selbst zu sechs Monaten Gefängnis verurteilt gewesen, bevor er für Florentyna arbeitete. Kaum eine Zeitung wies darauf hin, daß er wegen Trunkenheit am Steuer verurteilt und nach drei Monaten wegen guter Führung freigelassen worden war. Als man sie fragte, was sie bezüglich Mr. Clarence zu tun beabsichtige, sagte sie: »Nichts.«

Edward riet ihr, ihn unverzüglich zu feuern, auch wenn das noch so ungerecht schien, weil es für den Teil der Presse, der ihr nicht wohlwollte – von Pete Parkin gar nicht zu reden –, ein gefundenes Fressen sei, daß einer ihrer engsten Vertrauten ein ehemaliger Gefängnisinsasse war. »Können Sie sich vorstellen, wer unsere Gefängnisse leitet, wenn diese Frau gewählt wird?« wurde zu einer der beliebtesten Bemerkungen des Vizepräsidenten. Schließlich zog sich Allen Clarence freiwillig zurück, aber das Unglück war schon geschehen. Als sie nach Kalifornien kamen, hatte sich Parkins Vorsprung noch vergrößert. Es stand neunhunderteinundneunzig zu achthundertdreiundachtzig.

In San Francisco wurde Florentyna von Bella am Flughafen abgeholt. Bella war zwar dreißig Jahre älter, aber keineswegs schlanker geworden; neben ihr standen Claude, ein gewaltiger Sohn und eine zaundürre Tochter. Bella stürzte auf Florentyna zu, wurde jedoch von kräftigen Männern des Secret Service abgeblockt und nur durch eine Umarmung der Kandidatin gerettet. »So eine Person hab' ich noch nie gesehen«, murmelte einer der Beamten, »mit einem Tritt könnte sie einen Jumbo starten.« Hunderte Menschen standen am Ende der Rollbahn und riefen: »Präsidentin Kane«. Von Bella begleitet, ging Florentyna geradewegs auf sie zu. Zahllose Hände streckten sich Florentyna entgegen, eine Reaktion, über die sie immer glücklich war. Die Spruchbänder forderten »Kalifornien für Kane«, und zum erstenmal sah sie hauptsächlich Männer in der Menge. Als sie zum Flughafengebäude ging, sah sie auf einer Wand in riesigen roten Lettern: »Wollen wir eine Polackin als Präsidentin?« und darunter stand: »Ja.«

Bella, jetzt Direktorin einer der größten Schulen von Kalifornien, war auch Vorsitzende des demokratischen Vorstandes der Stadt.

»Ich wußte immer schon, daß du Präsidentin werden willst, also wollte ich wenigstens San Francisco für dich gewinnen.«

Bella gewann mit ihren tausend sogenannten Freiwilligen, die an jede Tür hämmerten, tatsächlich die Stadt. Kaliforniens gespaltener Charakter – konservativ im Süden, liberal im Norden – machte es einem Kandidaten der Mitte wie Florentyna nicht leicht. Aber ihre Tüchtigkeit, ihr Einsatz und ihre Intelligenz bekehrten selbst ein paar der radikalsten Linken und der eingefleischtesten Konservativen. Die Wahlbeteiligung in San Francisco kam fast an jene in Chicago heran. Florentyna wollte, sie hätte einundfünfzig Bellas zur Verfügung, denn die Wahl in San Francisco genügte, um ihr neunundsechzig Prozent des Staates zu sichern. Es war Bella zu danken, daß Florentyna mit hundertachtundzwanzig mehr Delegierten zum Parteikonvent nach Detroit kam als Parkin.

Bei einem Dinner zur Feier dieses Sieges erklärte Bella ihrer Freundin, das größte Problem der Wahlen sei nicht »Ich werde nie eine Frau wählen«, sondern »Sie hat zuviel Geld«.

»Nicht wieder dieser alte Kohl. Dazu kann ich nichts mehr tun«, erwiderte Florentyna. »Ich habe schon alle meine Anteile an der Baron-Gruppe der Stiftung überschrieben.«

»Das ist es ja eben, niemand weiß, was diese Stiftung eigentlich macht. Ich weiß, sie hilft Kindern. Aber wie vielen und in welchem Ausmaß?«

»Die Stiftung hat im letzten Jahr mehr als drei Millionen Dollar für dreitausendeinhundertzwölf ungeschulte Einwanderer aufgewendet. Überdies gewannen vierhundertzwei begabte Jugendliche Remagen-Stipendien für amerikanische Universitäten, einer von ihnen ging sogar nach Oxford.«

»Das wußte ich alles nicht«, sagte Bella, »aber ich höre fortwährend, daß Parkin eine winzige Bibliothek für die Universität von Texas in Austin gestiftet hat. Dank seiner Bemühungen ist sie fast ebenso bekannt wie die berühmte Bibliothek von Harvard.«

»Was soll Florentyna deiner Meinung nach tun?« fragte Edward.

»Warum hält Professor Ferpozzi nicht eine Pressekonferenz

ab? Ihn nimmt die Öffentlichkeit zur Kenntnis, und dann wird man wissen, daß Florentyna Kane sich um andere Menschen kümmert und ihr eigenes Geld für sie ausgibt.«

Am nächsten Tag placierte Edward in ausgewählten Zeitschriften entsprechende Artikel und organisierte eine Pressekonferenz. Die meisten Zeitungen veröffentlichten eine kurze Notiz, die Zeitschrift People aber brachte ein Bild von Florentyna mit Albert Schmidt, dem Remagen-Stipendiat in Oxford, auf der Titelseite. Als bekannt wurde, daß Schmidt aus Deutschland stammte und seine Großeltern aus einem Kriegsgefangenenlager nach Amerika geflüchtet waren, wurde der junge Mann in der beliebten Sendung *Good Morning, America* interviewt. Danach schien er fast ebenso bekannt zu sein wie Florentyna.

Als sie an diesem Wochenende nach Washington zurückflog, hörte sie, daß der Gouverneur von Colorado – weder war er ein besonderer Freund noch ein politischer Verbündeter – sie bei einem Symposium über Sonnenenergie öffentlich unterstützt habe. Ihre Einstellung zu Industrie und Umweltschutz, sagte er vor dem Symposium, sei für die an Bodenschätzen reichen Staaten des Westen der beste Garant für die Zukunft.

Der Tag endete noch positiver, als bekannt wurde, das Ministerium für Öffentliche Wohlfahrt habe seinen ersten großen Bericht seit dem Inkrafttreten des Kane-Gesetzes veröffentlicht. Zum erstenmal sei die Zahl jener, die im Lauf eines Jahres keine Unterstützung mehr benötigten, größer gewesen als die Anzahl der Personen, die um Unterstützung ansuchten.

Die finanzielle Unterstützung von Florentynas Kampagne war immer schon ein Problem gewesen, da selbst ihre treuesten Anhänger der Meinung waren, sie könne ihre Wahlkampagne selbst bestreiten. Parkin, der die Ölmagnaten hinter sich hatte, kannte dieses Problem nicht. Doch während der folgenden Tage strömten die Beiträge in Florentynas Büro, begleitet von Telegrammen und guten Wünschen.

Einflußreiche Journalisten in London, Paris, Bonn und Tokio

erklärten ihren Lesern, Florentyna Kane sei dem Viehzüchter aus Texas haushoch überlegen, wenn Amerika einen Präsidenten von internationalem Format und Ansehen haben wolle.

Florentyna las diese Artikel mit großer Freude, wurde jedoch von Edward daran erinnert, daß weder die Schreiber noch die Leser einen Einfluß auf die amerikanische Wahlmaschinerie hätten, obwohl auch er zum erstenmal optimistisch war. Aber er rief ihr in Erinnerung, daß nach den Vorwahlen und Parteiversammlungen von den dreitausenddreihunderteinunddreißig Delegierten immer noch vierhundert unentschieden waren. Die Politpropheten schätzten, daß zweihundert von ihnen eher auf seiten Parkins standen, während hundert sich vermutlich für Florentyna entscheiden würden. Es schien, als würde es die knappste Parteitagsentscheidung werden, seit Ford von Reagan geschlagen wurde.

Wieder einmal kehrte Florentyna mit einem Koffer voll schmutziger Kleider nach Washington zurück. Sie wußte, daß sie jetzt die vierhundert unentschiedenen Delegierten mit allen Mitteln auf ihre Seite ziehen mußte. In den nächsten vier Wochen sprach sie mit dreihundertachtundachtzig von ihnen persönlich, mit manchen drei- oder viermal. Immer waren die Frauen am schwersten zu überzeugen, obwohl sie es alle genossen, umworben zu werden, besonders da sie einen Monat später von keinem Menschen mehr angerufen werden würden.

Edward bestellte für Florentynas Suite beim Parteikonvent ein Computer-Terminal, das direkt mit der Wahlzentrale gekoppelt war; er hatte alle Informationen über die vierhundertzwölf unentschiedenen Delegierten, ihre Lebensgeschichte, ja sogar die Nummern ihrer Hotelzimmer in Detroit. Als Edward ankam, war er bereit, seinen letzten Plan zu verwirklichen.

In der folgenden Woche achtete Florentyna darauf, daß sie niemals weit von einem Fernsehapparat entfernt war. Die Republikaner stritten im Cow Palace in San Francisco, wen sie als Anführer haben wollten; bei den Vorwahlen hatte niemand die Wähler besonders begeistern können.

Daß Russell Warner gewählt wurde, überraschte Florentyna nicht. Seit er Gouverneur von Ohio war, hatte er die Präsidentschaft anvisiert. Die Presse beschrieb Warner als einen guten Gouverneur in einem schlechten Jahr, und das erinnerte Florentyna daran, daß Parkin zu schlagen ihre vordringlichste Aufgabe war. Wieder einmal hatte sie das Gefühl, daß es leichter sein werde, den Fahnenträger der Republikaner zu besiegen als die Opposition in der eigenen Partei.

Das Wochenende vor dem Parteitag verbrachten Florentyna, ihre Familie und Edward auf Cape Cod. Auch in ihrem erschöpften Zustand gelang es Florentyna, Edward beim Golf zu schlagen, und sie fand, er sehe noch müder aus als sie selbst. Wie gut, daß die Baron-Gruppe von den neuen jungen Direktoren, zu jenen jetzt auch William gehörte, erfolgreich geführt wurde.

Florentyna und Edward wollten Montag morgens nach Detroit fliegen, wo das Wahlkampfkomitee ein weiteres Baron-Hotel in Beschlag genommen hatte. Das Hotel stand Florentynas Stab, der Presse und den hundertvierundzwanzig noch schwankenden Delegierten zur Verfügung.

Als Florentyna am Sonntagabend Edward und den Secret-Service-Beamten gute Nacht sagte – letztere behandelte sie schon fast wie Familienarigehörige – war ihr klar, daß die nächsten vier Tage die Entscheidung über ihre politische Karriere bringen würden.

35

Als Jack Germond von der *Baltimore Sun* Florentyna im Flugzeug fragte, wann sie begonnen habe, an ihrer Rede für den Parteikonvent zu arbeiten, erwiderte sie: »An meinem elften Geburtstag.«

Auf dem Flug hatte sie die Rede nochmals durchgelesen – falls sie schon im ersten Wahlgang gewählt werden sollte. Edward hatte gemeint, daß der Sieg nicht so rasch kommen würde, aber sie wollte auf alle Eventualitäten gefaßt sein.

Ihre Berater hielten es für wahrscheinlicher, daß das Resultat erst nach dem zweiten oder dritten Wahlgang feststehen würde, wenn Senator Bradley seine hundertneunundachtzig Delegierten freigegeben hatte.

In der vergangenen Woche hatte sie eine kurze Liste von vier Personen zusammengestellt, die sie als Vizepräsidenten in Erwägung zog. Bill Bradley war immer noch ihre erste Wahl, und Florentyna hielt ihn für den besten eventuellen Nachfolger im Weißen Haus, aber sie zog auch Sam Nunn, Gary Hart und David Pryor in Betracht.

Florentynas Überlegungen wurden unterbrochen, als das Flugzeug landete und sie die riesige, aufgeregte Menschenmenge sah, die sie erwartete. Wie viele von ihnen würden wohl auch morgen kommen, um Pete Parkin zu begrüßen? Sie warf einen kurzen Blick in den Spiegel der Puderdose; ein paar weiße Strähnen durchzogen das dunkle Haar, und sie machte keinen Versuch, sie zu verbergen. Daß Pete Parkins Haar dreißig Jahre lang die gleiche unnatürliche Farbe behielt, fand sie lächerlich. Florentyna trug ein einfaches Leinenkostüm und als einzigen Schmuck einen kleinen, mit Diamanten besetzten Esel.

Sie öffnete den Sitzgurt und trat in den Mittelgang; alle Insassen des Flugzeuges begannen zu applaudieren. Falls sie nicht nominiert wurde, war dies das letzte Mal, daß sie beisammen waren. Sie gab allen Presseleuten die Hand; manche von ihnen hatten sie fünf Monate lang auf allen ihren Reisen begleitet. Die Tür wurde geöffnet, Florentyna trat auf die Treppe, in den hellen Sonnenschein hinaus. »Da ist sie!« rief die Menge, und Florentyna ging direkt auf die fähnchenschwingenden Menschen zu, weil der direkte Kontakt mit den Wählern für sie immer ein Erlebnis war. Wieder wurde sie von den Secret-Service-Leuten umringt, die vor unkontrollierten Menschenmassen berechtigte Angst hatten. Wenn Florentyna allein war, kam ihr hin und wieder der Gedanke, jemand könne ein Attentat auf sie verüben, nie aber, wenn sie sich einer Menge gegenüber sah. Sie schüttelte so viele ausgestreckte Hände wie möglich, bevor Edward sie zu den wartenden Autos führte.

Die zehn neuen kleinen Fords erinnerten sie daran, daß Detroit endlich mit der Energiekrise zurechtgekommen war. Sollte Pete Parkin den Fehler begehen, durch diese Stadt mit einem Mercedes zu fahren, hätte sie gewonnen, bevor Alabama auch nur die erste Stimme abgegeben hatte. In den ersten zwei Autos saßen die Agenten vom Secret Service, im dritten Edward neben dem Fahrer und Florentyna im Fond. Ihr Arzt fuhr im vierten Wagen, die übrigen sechs »mächtigen Zwerge«, wie der neue kleine Ford genannt wurde, okkupierte ihr Stab. Dahinter folgte ein Bus mit den Presseleuten, motorisierte Polizisten flankierten die Kolonne.

Der erste Wagen fuhr im Schrittempo, so daß Florentyna den Leuten zuwinken konnte, doch sobald sie die Schnellstraße nach Detroit erreichten, fuhren sie im Siebzig-Kilometer-Tempo in die Stadt.

Zwanzig Minuten lang konnte sich Florentyna entspannen, bis sie ins Zentrum kamen, wo sich die Menschen drängten, um einen Blick auf die Senatorin zu werfen. Florentynas Organisationskomitee hatte hunderttausend Karten verteilt, auf denen die genaue Route der Autokolonne eingezeichnet war, und ihre Anhänger säumten alle Straßen und jubelten ihr zu, bis sie endlich das Baron-Hotel am Detroit River erreichte. Die Secret-Service-Beamten hatten sie zwar gebeten, die Route zu ändern, aber davon wollte sie nichts hören.

Dutzende Fotografen und Fernsehteams erwarteten Florentyna; der Hoteleingang wurde von Blitzlichtern und Scheinwerfern hell erleuchtet. Ihre Beschützer folgten ihr in den 24. Stock, der ihr persönlich zur Verfügung stand. Rasch ging sie in die

George-Novak-Suite, um zu kontrollieren, ob alles, was sie brauchte, vorhanden war; vier Tage lang würden diese Räume ihr Gefängnis sein. Wenn sie die Zimmer verließ, dann nur, um die Nominierung als demokratische Kandidatin anzunehmen oder ihre Unterstützung für Pete Parkin bekanntzugeben.

Man hatte eine Batterie von Telefonen installiert, so daß sie mit den vierhundertzwölf noch unentschiedenen Delegierten in Kontakt bieiben konnte. Abends vor dem Dinner rief sie achtunddreißig von ihnen an, dann blieb sie bis zwei Uhr nachts auf, um Namen und Milieu jener zu studieren, die laut Aussage ihrer Referenten nach wie vor unentschlossen waren.

Die Morgenausgabe der *Free Press* brachte zahlreiche Bilder von ihrer Ankunft in der Stadt, doch sie wußte, daß ihr Rivale morgen ebenso enthusiastisch gefeiert werden würde. Wenigstens hatte der Präsident beschlossen, sich im Hintergrund zu halten, und die Presse hatte das als einen moralischen Sieg für Florentyna gewertet.

Sie legte die Zeitung weg und verfolgte auf dem Bildschirm, was sich am ersten Vormittag in der Konventhalle abspielte. Selbst während des Mittagessens ließ sie alle drei Programme laufen, für den Fall, daß eine der Fernsehstationen eine exklusive Neuigkeit brachte, auf die die Presse natürlich sofort ihre Reaktion zu hören wünschen würde.

Im Lauf des Tages wurden einunddreißig der unentschiedenen Delegierten in den 24. Stock gebeten, um sich mit Florentyna zu unterhalten; je nach der Tageszeit wurden Kaffee, eisgekühlter Tee, heißer Tee oder Cocktails serviert. Florentyna trank nur Tee, sonst wäre sie um elf Uhr abends vermutlich betrunken gewesen.

Schweigend sah sie Pete Parkins Ankunft mit an. Einer ihrer Helfer behauptete, die Menge auf dem Flughafen sei kleiner als jene, die sie empfangen hatte, ein anderer, sie sei größer. Den Namen des Mannes, der die Menge für größer hielt, prägte sie sich ein, und sie beschloß, seine Meinung künftig genauer zu beachten.

Pete Parkin hielt von einem eigens aufgestellten Podium aus eine kurze Ansprache, und das Siegel des Vizepräsidenten leuchtete in der Sonne. Er gab seiner Freude Ausdruck, in der Stadt zu sein, die sich mit Recht Autohauptstadt der Welt nannte. »Ich kann das beurteilen«, fügte er hinzu, »da ich Zeit meines Lebens einen Ford gefahren bin.« Florentyna lächelte.

Nach zwei Tagen »Hausarrest« beklagte sie sich so bitter, den ganzen Tag eingeschlossen zu sein, daß das Secret Service sie am Dienstagmorgen in einem Lastenaufzug hinunterbegleitete, damit sie frische Luft schnappen und am Fluß spazieren gehen konnte. Kaum hatte sie ein paar Schritte gemacht, als sie von begeisterten Anhängern umringt war, die ihr die Hand schütteln wollten.

Bei Ihrer Rückkehr erwartete sie Edward mit einer guten Nachricht: fünf unentschiedene Delegierte wollten beim ersten Durchgang für sie stimmen. Nach seiner Schätzung brauchte sie nur noch dreiundsiebzig, um die magische Hürde von tausendsechshundertsechsundsechzig zu nehmen. Auf dem Monitor verfolgte sie das Programm im Saal der Konventhalle. Eine Schulinspektorin, eine Schwarze aus Delaware, erging sich in einer Lobeshymne auf Florentyna, und blaue Spruchbänder mit der Aufschrift »Kane for President« füllten den Saal. Während der darauffolgenden Rede sah man ebenso viele rote Spruchbänder mit der Schrift »Parkin for President«. Florentyna wanderte bis halb zwei Uhr früh in ihrer Suite auf und ab, empfing weitere dreiundvierzig Delegierte und telefonierte mit achtundfünfzig.

Der zweite Tag war den großen Reden über Politik, Staatsfinanzen und Wohlfahrtswesen gewidmet; die wichtigste Rede hielt Senator Pryor. Wieder und wieder betonten die Redner, daß man, für welchen der beiden Kandidaten man sich auch entschied, auf jeden Fall die Republikaner schlagen werde. Die meisten Delegierten aber unterhielten sich im Flüsterton und achteten kaum auf die Männer und Frauen auf dem Podium, die vielleicht bald ein demokratisches Kabinett bilden würden.

Während einer Debatte über Sozialleistungen nahm Florentyna mit zwei noch unentschiedenen Delegierten aus Nevada einen Drink. Vermutlich gingen sie gleich darauf zu Parkin, der ihnen ebenfalls eine neue Autobahn, ein Krankenhaus oder eine Universität versprechen würde. Morgen abend aber würden sie sich endgültig entscheiden müssen. Florentyna sagte zu Edward, daß sie in der Mitte des Zimmers einen Zaun errichten wollte.

»Warum?«

»Damit die schwankenden Delegierten sich diaufsetzen können, wenn sie mich besuchen.«

Pete Parkin hatte sein Hauptquartier im Westin Hotel aufgeschlagen. Da weder er noch Florentyna in die Konventhalle gehen durften, war ihre tägliche Routine ziemlich die gleiche: Empfang von Delegierten, Anrufe, Presseerklärungen, Zusammenkünfte mit Parteireferenten und schließlich eine Nachtruhe mit wenig Schlaf.

Am Mittwoch war Florentyna bereits um sechs Uhr morgens angekleidet und wurde in das Konventgebäude gefahren. In der Joe-Louis-Arena zeigte man ihr, wo sie stehen würde, um ihre Nominicrung anzunehmen. Sie betrat das Podium und starrte auf einundzwanzigtausend leere Sitze. Auf schmalen hohen Plakatwänden prangten die Namen aller Staaten von Alabama bis Wyoming. Florentyna prägte sich ein, wo die Delegierten aus Illinois sitzen und ihr zuwinken würden, wenn sie in den Saal einzog.

Ein unternehmungslustiger Fotograf, der unter einem Sitz übernachtet hatte, machte ein paar Aufnahmen von ihr, bevor er von den Secret-Service-Beamten aus dem Saal gewiesen wurde. Florentyna sah zu den zweihunderttausend roten, weißen und blauen Luftballons auf, die auf den Sieger herabschweben würden.

»Fertig für die Sprechprobe, Senatorin Kane?« fragte eine Stimme aus dem Nichts.

»Amerikaner und Amerikanerinnen, das ist der stolzeste Augenblick in meinem Leben . . .«

»Geht in Ordnung, Senatorin. Laut und klar«, sagte der Elektriker und marschierte durch die leeren Sitzreihen. Um sieben Uhr würde man mit Pete Parkin den gleichen Test machen.

Florentyna frühstückte mit ihren engsten Mitarbeitern; alle waren nervös, alle lachten über jeden schwachen Witz, alle schwiegen, wenn Florentyna etwas sagte. Sie sahen Pete Parkin zu, der seinen morgendlichen Lauf für die Fernsehteams absolvierte. Alle lachten laut, als ein Reporter in einer Windjacke mit einer Minikamera dreimal an dem atemlosen Vizepräsidenten vorbeistürmte, um noch ein besseres Foto zu schießen.

Um neun Uhr abends sollte die Namensverlesung beginnen. Edward hatte fünfzig direkte Telefonverbindungen mit dem Vorsitzenden jedes Staates im Saal eingerichtet, um sofort informiert zu sein, falls etwas Unvorhergesehenes geschah. Florentyna saß vor einem Schreibtisch mit nur zwei Telefonen, konnte aber auf Knopfdruck mit jeder der fünfzig Leitungen verbunden werden. Während sich der Saal füllte, wurde jede Verbindung getestet, und Edward erklärte, auf alle Eventualitäten vorbereitet zu sein. Jetzt galt es, noch jede Minute nutzen, um weitere Delegierte zu kontaktieren. Bis um halb sechs Uhr abends hatte Florentyna mit insgesamt dreihundertzweiundneunzig von ihnen gesprochen.

Um sieben Uhr war die Joe-Louis-Arena voll, obwohl bis zum Namensaufruf noch eine Stunde Zeit war. Niemand, der nach Detroit gekommen war, wollte sich auch nur eine Minute des bevorstehenden Spektakels entgehen lassen.

Um halb acht nahm der Parteivorstand auf dem Podium Platz, und Florentyna erinnerte sich, wie sie beim Parteikonvent in Chicago mitgeholfen und zum erstenmal John F. Kennedy gesehen hatte. Sie wußte, daß die verschiedenen Teilnehmer zu bestimmten Zeiten zu kommen hatten; je später sie kamen, desto höher war ihr Rang. In vierzig Jahren würde sie vielleicht als letzte die Halle betreten dürfen.

Den größten Applaus des Abends erhielt Senator Bill Bradley, der bereits versprochen hatte, eine Rede zu halten, sollte der erste Wahlgang keine Entscheidung bringen. Um Viertel vor acht versuchte der Sprecher des Repräsentantenhauses, Marty Lynch, die Versammlung zur Ordnung zu rufen, aber in all dem Gehupe, Pfeifen, Trommeln und den »Kane«- und »Parkin«-Rufen konnte er sich kaum Gehör verschaffen. Florentyna beobachtete die Szene, ohne eine Gefühlsregung zu zeigen. Als endlich so etwas wie Ruhe eintrat, stellte der Vorsitzende Mrs. Bess Gardner vor, die die Stimmen registrieren sollte, obwohl jeder im Saal wußte, daß die Resultate auf dem riesigen Bildschirm über ihrem Kopf aufleuchten würden, bevor sie auch nur die Chance hatte, diese zu bestätigen.

Um acht Uhr klopfte der Vorsitzende mit dem Hammer; man sah, wie der kleine Holzhammer sich bewegte; hören konnte man nichts. Es vergingen weitere zwanzig Minuten, bis der Vorsitzende sich durchsetzen konnte. Um acht Uhr dreiundzwanzig hörte man endlich Marty Lynch, der den Bürgermeister von Chicago, Rich Daley, aufforderte, Senatorin Kane zu nominieren; es vergingen weitere zehn Minuten, bevor der Bürgermeister seine Rede halten konnte. Florentyna und ihr Team hörten schweigend zu, wie er Florentynas Verdienste in den glühendsten Farben schilderte. Sie hörte auch aufmerksam zu, als Senator Ralph Brooks Pete Parkin nominierte. Beide Vorschläge wurden von den Delegierten mit einem Stimmenaufwand aufgenommen, der das Konzert eines Symphonieorchesters auf ein schwaches Summen reduziert hätte. Darauf folgten die Nominierungen von Bill Bradley und ein paar Außenseitern. Um neun Uhr rief der Vorsitzende den Staat Alabama auf, seine Stimmen abzugeben. Florentyna starrte auf den Bildschirm wie ein Gefangener auf die Geschworenen – und wollte das Urteil hören, bevor noch die Beweisaufnahme abgeschlossen war. Der schwitzende Vorsitzende der Delegation von Alabama nahm das Mikrophon zur Hand und schrie: »Der große Staat Alabama, das Herz des Südens, gibt Vizepräsident Parkin achtundzwanzig und Senatorin Kane siebzehn Stimmen.« Obwohl alle seit Monaten wußten, wie Alabama wählen würde, schwenkten Parkins Anhänger ihre Flaggen wie wild, und es dauerte zwölf Minuten, bis Alaska aufgerufen werden konnte.

»Alaska, der 49. Staat der Union gibt Senatorin Kane sieben, Pete Parkin drei und Senator Bradley eine Stimme.« Jetzt waren es Florentynas Anhänger, die zur Unterstützung ihrer Kandidatin in tosenden Jubel ausbrachen. Aber nach der ersten halben Stunde lag Parkin in Führung, bis Kalifornien zweihundertvierzehn Stimmen für die Senatorin und zweiundneunzig für Parkin abgab.

»Gott segne Bella«, flüsterte Florentyna. Dann aber erlangte der Vize mit Hilfe von Florida, Georgia und Idaho wieder die Führung. Als Illinois an die Reihe kam, brach fast ein Tumult aus. Mrs. Kalamich, die Florentyna vor fast zwanzig Jahren in Chicago willkommen geheißen hatte, war von den Demokraten ausersehen worden, die Stimmen der Delegierten bekanntzugeben.

»Mr. Chairman, das ist der Höhepunkt meines Lebens« – Florentyna lächelte, als Mrs. Kalamich fortfuhr –, »ich darf Ihnen mitteilen, daß der große Staat Illinois stolz ist, jede seiner einhundertneunundsiebzig Stimmen unserer liebsten Tochter, der ersten weiblichen Präsidentin der Vereinigten Staaten, Senatorin Florentyna Kane, zu geben.« Die Kane-Anhänger tobten und rasten, als Florentyna zum zweitenmal vorne lag. Sie selbst wußte jedoch, daß es ähnlich zugehen würde, wenn Texas sich für Parkin deklarierte. Tatsächlich überholte Parkin Florentyna zum zweitenmal, als sein Heimatstaat gewählt hatte. Bill Bradley hatte bisher siebenundneunzig Delegierte bekommen, und es schien sicher, daß er mit seinen Stimmen den Sieg eines Kandidaten im ersten Durchgang verhindern würde.

Der Vorsitzende rief weitere Staaten auf – Utah, Vermont, Virginia, und auf den Bildschirmen war bereits zu sehen, daß es im ersten Durchgang keinen Gewinner geben würde. Trotzdem war es beinahe elf Uhr, bevor Tom Brokaw die Resultate bekanntgab: eintausendfünfhundertzweiundzwanzig für Senatorin Kane, eintausendvierhundertachtzig für den Vizepräsidenten, einhundertneunundachtzig für Senator Bradley und einhundertvierzig für Außenseiter.

Der Vorsitzende erteilte Senator Bradley das Wort. Florentyna hatte seit Beginn des Parteikonvents täglich mit ihm telefoniert, es aber vermieden, ihm das Amt des Vizepräsidenten anzubieten, weil sie das Gefühl gehabt hatte, es würde nach einem Bestechungsversuch aussehen und nicht ihre Überzeugung klarmachen, daß sie ihn für den besten eventuellen Nachfolger hielt. Obwohl Ralph Brooks in Parkins Lager der Favorit für das Amt des Vizepräsidenten war, fragte sich Florentyna, ob Parkin Senator Bradley kein diesbezügliches Angebot gemacht hatte.

Endlich wurde es ruhig, und der Senator begann. »Meine Freunde, Mitglieder der demokratischen Partei, ich danke Ihnen für Ihre Unterstützung während des Wahljahres. Jetzt ist die Zeit gekommen, da ich meine Kandidatur zurückziehe und meine Delegierten bitte, so zu wählen, wie ihr Gewissen es ihnen befiehlt.« Im Saal wurde es beinahe still. Bradley skizzierte die Art Persönlichkeit, die er sich im Weißen Haus wünschte, unterstützte aber keinen der beiden Kandidaten eindeutig, sondern schloß mit den Worten: »Ich bete, daß Sie die richtige Persönlichkeit wählen werden, die unser Land führen soll.« Lang anhaltender Applaus.

Um diese Zeit hatten die meisten in der Suite 2400 des Barons bereits wunde Daumen. Nur Florentyna machte einen ruhigen Eindruck, obwohl Edward ihre geballten Fäuste bemerkte. Solange sich alle noch im Saal befanden, konnte er nichts anderes tun, als mit den Vorsitzenden der Parteikomitees zu telefonieren. Bald kamen die Rückrufe: auch Bradleys Anhänger waren offensichtlich in zwei Lager gespalten. Einige wollten sogar beim zweiten Wahlgang für Bradley stimmen, falls der Konvent in eine Patt-Stellung geraten und sich letztlich wieder an ihn wenden sollte.

Der zweite Wahlgang begann um elf Uhr zwanzig. Alabama, Alaska und Arizona wählten unverändert. Die Abstimmung zog sich dahin, bis kurz vor halb eins Wyoming sich als letzter Staat deklarierte. Das Resultat war immer noch unentschieden, aber Pete Parkin lag jetzt mit eintausendsechshundertneunundzwanzig gegen eintausendsechshundertvier Stimmen knapp in Führung. Achtundneunzig Delegierte hatten sich nicht entschieden oder waren Senator Bradley treu geblieben.

Um zwölf Uhr achtunddreißig erklärte der Vorsitzende: »Genug für heute. Morgen abend um sieben werden wir die Wahl fortsetzen.«

»Warum nicht gleich am Morgen?« fragte einer von Florentynas jungen Mitarbeitern, der offenbar keinen Schlaf brauchte, als er die Arena verließ.

»Wie Florentyna schon sagte«, antwortete Janet, »Wahlen werden für die Fernsehstationen abgehalten, und zehn Uhr morgens ist einfach nicht die beste Zeit für sie.«

»Werden die Fernsehstationen dann wenigstens für die Wahl des Kandidaten verantwortlich sein?« fragte der junge Mann.

Man lachte. Vierundzwanzig Stunden später wiederholte der Mitarbeiter, der keinen Schlaf brauchte, seine Bemerkung – aber niemand lachte mehr.

Die erschöpften Delegierten taumelten in ihre Zimmer. Sie wußten, daß die meisten Staaten beim dritten Durchgang ihren Delegierten freie Hand ließen, so daß jeder wählen konnte, wie er wollte.

In dieser Nacht schlief Florentyna kaum, und zehn Minuten nach sechs kam sie im Morgenrock ins Wohnzimmer, wo Edward immer noch die Listen sämtlicher Delegierter studierte.

»Ich brauche dich um acht Uhr«, sagte er, ohne aufzusehen.

»Guten Morgen«, sagte Florentyna und küßte ihn auf die Stirn.

»Guten Morgen.«

Florentyna streckte sich und gähnte. »Was geschieht um acht?«

»Wir werden uns den ganzen Tag mit den dreißig Bradley-Leuten und den noch unentschiedenen Delegierten unterhalten. Ich möchte, daß du bis fünf Uhr nachmittags mit mindestens zweihundert gesprochen hast. Alle sechs Telefone werden fortwährend im Einsatz sein, so daß immer mindestens zwei Leute darauf warten, mit dir zu sprechen.«

»Ist acht Uhr nicht ein wenig früh?«

»Nein«, erklärte Edward, »aber die Delegierten der Westküste werde ich bis zum Mittag in Ruhe lassen.«

Florentyna ging in ihr Zimmer zurück; wieder einmal wurde ihr klar, wie sorgfältig Edward die Wahlkampagne geplant hatte. Und sie dachte an Richards Worte, wie dankbar sie sein müsse, zwei Männer zu haben, die sie liebten.

Ein großes Glas Orangensaft neben sich, begann Florentyna um acht Uhr zu arbeiten. Im Lauf des Vormittags glaubte ihr Team immer fester daran, daß der erste Wahldurchgang des Abends den Sieg bringen müsse.

Um zehn Uhr vierzig rief Bill Bradley an, um mitzuteilen, daß er seinen Delegierten, sollten sie nochmals ein Unentschieden herbeiführen, empfehlen werde, für Florentyna zu stimmen.

Florentyna dankte ihm.

Um halb zwölf übergab Edward Florentyna den Telefonhörer. Diesmal war es kein Anhänger.

»Hier spricht Pete Parkin. Ich glaube, wir sollten uns zusammensetzen. Kann ich sofort zu Ihnen kommen?«

»Ich bin viel zu beschäftigt«, wollte Florentyna sagen, sagte aber nur: »Ja.«

»Ich komme sofort.«

»Was, zum Teufel, kann er bloß wollen?« fragte Edward, als Florentyna ihm den Hörer zurückgab.

»Keine Ahnung, aber wir werden es gleich erfahren.«

Pete Parkin kam schon bald, begleitet von zwei Secret-Service-Beamten und seinem Wahlkampfmanager, mit dem Lastenaufzug herauf.

Nachdem die beiden Kandidaten gequält ein paar Freundlichkeiten ausgetauscht hatten – sie hatten in den letzten sechs Monaten kein Wort miteinander gesprochen – und der Kaffee serviert worden war, ließ man sie allein. Sie saßen einander in bequemen Fauteuils gegenüber und hätten ebensogut über das Wetter sprechen können, und nicht, wer von ihnen die westliche Welt regieren sollte. Der Texaner kam sofort zur Sache.

»Ich möchte ein Geschäft mit Ihnen machen, Florentyna.«

»Ich bin ganz Ohr.«

»Wenn Sie nicht kandidieren, biete ich Ihnen das Amt einer Vizepräsidentin.«

»Sie müssen . . .«

»Lassen Sie mich ausreden, Florentyna.« Parkin hob die Hand wie ein Verkehrspolizist. »Wenn Sie mein Angebot annehmen, werde ich, falls man mich wählt, nur eine Regierungsperiode bleiben und Sie 1996 mit der ganzen Macht des Weißen Hauses unterstützen. Sie sind fünf Jahre jünger als ich, und könnten ohne weiteres zwei Perioden im Amt bleiben.«

Während der letzten halben Stunde waren Florentyna verschiedene Gründe eingefallen, warum ihr Rivale sie sprechen wollte – daran hatte sie nicht gedacht.

»Wenn Sie mein Angebot nicht annehmen und ich heute abend gewinne, biete ich Ralph Brooks das Amt des Vizepräsidenten an; er hat sich schon bereit erklärt, zu kandidieren.«

»Heute nachmittag um zwei Uhr erhalten Sie meine Antwort«, war alles, was Florentyna sagte.

Sobald Parkin und seine Leute gegangen waren, besprach Florentyna mit Edward und Janet das Angebot. Beide fanden, man habe zuviel erreicht, um jetzt aufzugeben. »Wer weiß, wie die Welt in vier Jahren aussehen wird?« sagte Edward. »Und überhaupt brauchen wir nur nochmals ein Patt, und Bradleys Delegierte bringen uns mühelos den Sieg.«

»Und das weiß Parkin«, fügte Janet hinzu.

Schweigend saß Florentyna da, hörte sich alle Meinungen an und bat dann, allein gelassen zu werden.

Um ein Uhr dreiundvierzig rief sie Parkin an und lehnte das Angebot höflich ab. Sie sei überzeugt, erklärte sie, am Abend beim ersten Durchgang zu gewinnen. Er erwiderte nichts.

Um zwei Uhr wußte die Presse bereits von dem geheimen Treffen, und die Telefone in Suite 2400 liefen heiß. Edward sorgte dafür, daß Florentyna sich weiter auf die Delegierten konzentrierte, und nach jedem Anruf wurde sie zuversichtlicher, daß Parkin seinen Vorschlag eher aus Verzweiflung gemacht hatte. »Er hat seine letzte Karte ausgespielt«, sagte Janet grinsend.

Um sechs Uhr saßen alle in Suite 2400 wieder vor dem Fernsehschirm. Die Delegierten hatten sich im Saal versammelt. Edwards Telefonleitungen waren immer noch zu den Parteivorsitzenden der einzelnen Staaten geschaltet, und die ersten Berichte bestätigten, daß Florentyna im Lauf des Tages neue Stimmen gewonnen hatte.

Genau zu dem Zeitpunkt, als Florentyna zum erstenmal entspannt und zuversichtlich war, fiel die Bombe. Edward hatte ihr eben wieder eine Tasse Tee gereicht, als C. B. S. die unglaubliche Nachricht brachte, Dan Rather würde fünfzehn Minuten vor Beginn der Abstimmung den Vizepräsidenten interviewen, warum er Senatorin Kane aufgesucht habe. Die C .B. S.-Kamera schwenkte auf das rosige Gesicht des Texaners, und zu Florentynas Entsetzen wurde das Interview *live* auf dem riesigen Schirm im Konventsaal ausgestrahlt. Sie erinnerte sich, daß alles gezeigt werden durfte, was die Delegierten in irgendeiner Form anging. Damit wollte man verhindern, daß sich im Saal Gerüchte darüber verbreiteten, was sich hinter den Kulissen abspielte, und die Wiederholung eines ähnlichen Vorfalls vermeiden, wie er sich zwischen Ford und Reagan beim Nationalkonvent von 1980 bei der Wahl des Vizepräsidenten abgespielt hatte. Zum erstenmal seit vier Tagen waren alle Delegierten im Saal absolut still.

Die Kamera schwenkte wieder zu dem C. B. S.-Reporter.

»Herr Vizepräsident, wir wissen, daß Sie heute mit Senatorin Kane zusammengetroffen sind. Können Sie uns sagen, warum?«

»Natürlich, Dan. Weil ich vor allem an der Einheit unserer Partei interessiert bin und in erster Linie die Republikaner schlagen möchte.«

Florentyna und ihr Team starrten gebannt auf den Bildschirm. Florentyna sah, wie die Delegierten jedem Wort lauschten, und sie saß da und konnte nur zuhören.

»Darf ich wissen, wie diese Besprechung ausging?«

»Ich fragte Senatorin Kane, ob Sie bereit wäre, als meine Vizepräsidentin zu kandidieren und damit ein unschlagbares demokratisches Team zu bilden.«

»Was war ihre Antwort?«

»Sie wollte sich meinen Vorschlag überlegen. Wissen Sie, Dan, ich bin überzeugt, daß wir beide gemeinsam die Republikaner besiegen würden.«

»Frag ihn, wie meine endgültige Antwort gelautet hat«, murmelte Florentyna, aber es war vorbei. Auf dem Bildschirm waren bereits die erregten Delegierten und der Tumult im Saal zu sehen. Edward rief C. B. S. an und verlangte eine gleich lange Sendezeit für Florentyna. Dan Rather erklärte sich bereit, die Senatorin sofort zu interviewen, Florentyna wußte jedoch, daß es zu spät war. Sobald die Stimmabgabe begann, durften auf dem Bildschirm nur noch die Resultate gezeigt werden. Beim nächsten Konvent mußte man diese Regel zweifellos ändern, aber im Augenblick konnte Florentyna nur an Miss Tredgolds Worte über das Fernsehen denken: »Es werden zu viele spontane Entscheidungen getroffen werden, die man später bereut.«

Der Vorsitzende klopfte mit dem Hammer und rief Alabama; Parkin erhielt zwei Stimmen mehr als vorher. Als Florentyna einen Delegierten in Alaska und zwei in Arizona verlor, war ihre einzige Hoffnung ein nochmaliges Unentschieden, denn dann konnte vor dem nächsten Wahldurchgang ihre Version der Besprechung mit Parkin im Fernsehen gezeigt werden. Sie verlor eine Stimme da, eine Stimme dort, doch als Illinois standhaft blieb, hoffte sie auf eine Trendumkehr. Edward und sein Team hatten ihre Anrufe pausenlos fortgesetzt.

Dann kam der nächste Schlag.

Der Wahlkampfmanager rief Edward an und teilte ihm mit, Parkins Leute hätten im Saal das Gerücht verbreitet, Florentyna habe das Angebot angenommen – ein Gerücht, das Florentyna nicht entkräften konnte. Staat um Staat wurde aufgerufen, und Edward kämpfte um jeden Delegierten. Als man bei West Virginia angelangt war, fehlten Parkin nur noch fünfundzwanzig Delegierte. Er erhielt einundzwanzig von diesem Staat, brauchte also nur noch vier Delegierte von Wisconsin. Florentyna war sicher, daß der letzte Staat, Wyoming, ihr treu bleiben werde.

»Der Staat von Wisconsin, der sich seiner Verantwortung heute abend voll bewußt ist« – wieder war es totenstill im Saal – »und die Einigkeit der Partei über alle persönlichen Erwägungen stellt, gibt seine elf Stimmen dem nächsten Präsidenten der Vereinigten Staaten, Pete Parkin.«

Die Delegierten tobten und rasten. In der Suite 2400 wurde das Resultat in fassungslosem Schweigen aufgenommen.

Ein billiger, aber brillanter Trick hatte Florentyna zu Fall gebracht. Und das Geniale daran war, daß die Demokraten ohne weiteres das Weiße Haus an die Republikaner verlieren konnten, falls sie richtigstellte, was sie mit Parkin besprochen hatte. Und natürlich wäre sie dann der Sündenbock.

Dreißig Minuten später betrat Pete Parkin unter Jubelrufen und den Klängen von »Happy Days Are Here Again« die Arena. Zwölf Minuten lang winkte er den Delegierten zu, dann sagte er: »Ich hoffe, morgen mit der großartigsten Frau Amerikas auf diesem Podium zu stehen – ein Team, das die republikanischen Elefanten vernichtend schlagen wird!«

Wieder brachen die Delegierten in tosenden Beifall aus. Florentynas Mitarbeiter schlichen in ihre Zimmer zurück, bis sie selbst schließlich mit Edward allein war.

»Soll ich annehmen?«

»Du hast keine Wahl. Lehnst du ab, und die Demokraten verlieren, wird man dir die Schuld geben.«

»Und wenn ich die Wahrheit sage?«

»Man wird dich mißverstehen und eine schlechte Verliererin nennen, weil du die Versöhnungsgeste deines Rivalen abgelehnt hast. Vergiß auch nicht, daß Präsident Ford vor zehn Jahren prophezeite, eine amerikanische Präsidentin müßte zuerst Vizepräsidentin sein, damit sich das Volk an diesen Gedanken gewöhnt.«

»Das stimmt vielleicht, aber wäre Nixon heute noch am Leben, er würde Parkin anrufen und zu dem Trick gratulieren, der noch wesentlich besser ist als alles, was er selbst gegen Muskie und Humphrey unternommen hat«, sagte Florentyna verbittert. »Ich gehe schlafen, Edward. Morgen früh werde ich einen Entschluß gefaßt haben.«

Um halb neun sandte Parkin einen seiner Mitarbeiter zu Florentyna, um ihre Entscheidung zu erfahren. Sie sagte, sie wolle ihn nochmals persönlich sprechen.

Diesmal erschien Parkin begleitet von drei Fernsehteams und sämtlichen Reportern, die einen roten Presseausweis ergattert hatten. Obwohl sie sich vorgenommen hatte, Parkin keine Vorwürfe zu machen, fiel es Florentyna schwer, sich zu beherrschen, als sie allein waren. Sie fragte ihn nochmals, ob er tatsächlich beabsichtige, nur eine Regierungsperiode im Weißen Haus zu bleiben.

»Ja«, erwiderte er und sah ihr fest in die Augen.

»Und bei der nächsten Wahl werden Sie mich voll unterstützen?«

»Das verspreche ich Ihnen.«

»Unter dieser Bedingung bin ich bereit, das Amt einer Vizepräsidentin zu übernehmen.«

Als er gegangen war, ließ sich Edward das Gespräch schildern und meinte abschließend: »Wir wissen genau, wieviel seine Versprechungen wert sind.«

Als Florentyna am späten Abend die Konventhalle betrat, wurde sie stürmisch begrüßt. Pete Parkin hielt ihre Hand hoch, und die Delegierten jubelten. Nur Ralph Brooks sah verärgert drein.

Florentynas Rede, mit der sie die Kandidatur für das Amt der Vizepräsidentin annahm, gehörte nicht zu ihren brillantesten, trotzdem wurde anhaltend Beifall geklatscht. Den stärksten Applaus aber erhielt Pete Parkin, als er sich an die Delegierten wandte; schließlich war er der Held der Stunde und hatte die Partei wieder geeint.

Florentyna flog nach Boston und zog sich nach einer ekligen gemeinsamen Pressekonferenz mit dem demokratischen Kandidaten – er nannte sie fortwährend »diese große kleine Dame aus Illinois« nach Cape Cod zurück.

Als die beiden sich vor der Presse verabschiedeten, küßte Parkin sie auf die Wange. Sie fühlte sich wie eine Hure, die Geld angenommen hatte und nun zu spät feststellte, daß sie mit dem Kunden nicht ins Bett gehen wollte.

36

Da die Wahlkampagne erst nach dem *Labour Day* begann, kehrte Florentyna nach Washington zurück und kümmerte sich um ihre Aufgaben im Senat. Sie fand sogar Zeit, nach Chicago zu fliegen.

Mit Pete Parkin telefonierte sie jeden Tag, und er gab sich

freundlich und entgegenkommend. Man kam überein, sich in seinem Büro im Weißen Haus zu treffen, um die Einzelheiten der Wahlschlacht zu besprechen. Florentyna versuchte alle anderen Aufgaben vor dieser Besprechung zu erledigen, um die letzten neun Wochen voll und ganz für die Präsidentschaftswahlkampagne zur Verfügung zu stehen.

Am 2. September wurde Florentyna, begleitet von Edward und Janet, im Westflügel des Weißen Hauses von Ralph Brooks begrüßt; offensichtlich gehörte er zum engsten Kreis des Kandidaten. Florentyna war entschlossen, so knapp vor den Wahlen keine Mißstimmung aufkommen zu lassen, insbesondere da Brooks erwartet hatte, selbst Kandidat für die Vizepräsidentschaft zu werden. Brooks führte sie von den Empfangsräumen in Parkins Büro. Zum erstenmal sah Florentyna die Räume, die sie vielleicht in wenigen Wochen selbst bewohnen würde. Die Wärme, die von den gelben Wänden und den Elfenbeinverzierungen ausstrahlte, gefiel ihr. Auf Parkins Schreibtisch standen frische Blumen, und an den Wänden hingen Ölbilder. Durch die Südfenster schien die Herbstsonne.

Pete Parkin sprang auf und begrüßte sie ein bißchen zu überschwenglich. Dann setzten sich alle an einen Tisch in der Zimmermitte.

»Ich glaube, jeder der Anwesenden kennt Ralph«, sagte Parkin mit einem etwas verlegenen Lächeln. »Er hat unsere Pläne für den Wahlfeldzug ausgearbeitet, und ich glaube, Sie werden beeindruckt sein.«

Ralph Brooks breitete eine große Landkarte der Vereinigten Staaten aus. »Ich glaube, wir müssen fortwährend im Auge behalten, daß wir, um ins Weiße Haus zu kommen, zweihundertsiebzig Wahlmänner-Stimmen brauchen. Natürlich ist es wichtig und befriedigend, die Stimmen des Volkes zu gewinnen, aber wie wir alle wissen, entscheiden die Wahlmänner über den nächsten Präsidenten. Deshalb habe ich die Staaten, in denen ich kaum Chancen für uns sehe, schwarz markiert, und jene, die traditionell demokratisch wählen, weiß. Es bleiben somit die ungewissen Schlüsselstaaten, die ich rot gekennzeichnet habe; sie sind für einhunderteinundsiebzig Stimmen des Wahlkollegiums verantwortlich.

Ich glaube, Pete und Florentyna sollten jeden dieser Schlüsselstaaten wenigstens einmal besuchen, Pete seine Anstrengungen jedoch mehr auf den Süden konzentrieren, während Florentyna die meiste Zeit im Norden verbringen sollte. Kalifornien mit seinen fünfundvierzig Wahlmännern muß von euch beiden regelmäßig besucht werden. Bis zur Wahl sind es zweiundsechzig Tage; wir müssen jede Minute nutzen, um in jenen Staaten zu arbeiten, in denen wir echte Chancen haben, und jenen Randbereichen, die uns bei dem Erdrutschsieg von 1964 zufielen, nur kurze Höflichkeitsbesuche abstatten. Was die weißen Staaten betrifft, so müssen wir sie natürlich alle einmal besuchen, um uns nicht vorwerfen zu lassen, daß wir ihre Unterstützung als selbstverständlich hinnehmen. Ohio halte ich für hoffnungslos, weil Russel Warner dort zu Hause ist, andererseits sollen die Republikaner nicht glauben, daß ihnen Florida in den Schoß fällt, weil ihr Kandidat für die Vizepräsidentschaft dort einmal Senator war. Ich habe für euch beide, beginnend mit Montag, Tagespläne ausgearbeitet«, fuhr er fort und übergab Florentyna und Parkin je eine Mappe. »Ich glaube, daß ihr wenigstens zweimal pro Tag miteinander telefonieren solltet – um acht morgens und um elf Uhr abends, immer *Central Time.*«

Florentyna war von Brooks' gründlicher Vorbereitung beeindruckt und verstand jetzt, warum Parkin ihn so sehr schätzte. Während der folgenden Stunde beantwortete Brooks alle Fragen, die sich aus seinem Plan ergaben, und man einigte sich auf eine Grundstrategie für den Wahlkampf. Um halb eins begaben sich Florentyna und der Vizepräsident zum Nordportal des Weißen Hauses, um die Presse zu empfangen. Ralph Brooks schien für alles Statistiken bereit zu haben; die Presse sei, so warnte er, ebenso geteilt wie das ganze Land. Hundertfünfzig Zeitungen mit zweiundzwanzig Millionen Lesern unterstützten die Demokraten, während hundertzweiundvierzig mit ebenfalls zweiundzwanzig Millionen Lesern für die Republikaner seien. Er könne, wenn nötig, über jede Zeitung im Land Auskunft geben.

Florentyna sah über den Rasen am Lafayette Square, wo Leute spazierengingen oder ihren Lunch aßen. Sollte sie gewählt werden, würde sie kaum mehr Gelegenheit haben, die Parkanlagen und Denkmäler von Washington zu besuchen – jedenfalls nicht ohne Begleitung. Sobald die Presse auf die üblichen Fragen die üblichen Antworten erhalten hatte, kehrte sie mit Parkin in dessen Büro zurück. Auf dem Konferenztisch stand schon das Mittagessen bereit. Florentyna verließ die Besprechung mit einem wesentlich besseren Gefühl, vor allem, da der Vizepräsident in Anwesenheit von Ralph Brooks zweimal ihre Abmachung bezüglich 1996 erwähnt hatte. Trotzdem würde es noch lang dauern, bis sie Parkin ganz vertrauen konnte, dachte Florentyna.

Am 7. September begann sie in Chicago ihren Teil der Wahlkampagne, mußte aber feststellen, daß ihr, obwohl die Presse immer noch Mühe hatte, mit ihrem Tagesprogramm Schritt zu halten, jener Enthusiasmus fehlte, der bisher ihren Einsatz gekennzeichnet hatte.

Die ersten Tage verliefen wie geplant; Florentyna bereiste Illinois, Massachusetts und New Hampshire. Als sie im Staat New York ankam, wurde sie auf dem Flughafen von Albany von zahlreichen Reportern umringt, die wissen wollten, was sie zu Pete Parkins Erklärungen über die mexikanischen Chicanos zu sagen habe. Florentyna mußte zugeben, nicht zu wissen, wovon die Rede war. Man teilte ihr mit, der Präsidentschaftskandidat habe behauptet, mit den Chicanos auf seiner Ranch nie Schwierigkeiten gehabt zu haben; sie seien wie seine eigenen Kinder. Die Bürgerrechtskämpfer im ganzen Land waren empört, und Florentyna konnte nur sagen, man habe ihn bestimmt mißverstanden oder seine Worte aus dem Zusammenhang gerissen.

Russell Warner, der republikanische Kandidat, erklärte, Pete Parkin sei eben ein Rassist. Florentyna wies solche Behauptungen zurück, obwohl sie insgeheim fand, sie hätten etwas für sich. Florentyna und Pete Parkin mußten ihr Programm ändern, um dem Begräbnis von Ralph Abernathy in Alabama beizuwohnen. Ralph Brooks fand, Albernathys Tod komme zu diesem Zeitpunkt sehr gelegen. Für diese Bemerkung wäre Florentyna ihm beinahe vor der versammelten Presse ins Gesicht gesprungen.

Sie reiste weiter durch Pennsylvania, West Virginia und Virginia, bevor sie in Kalifornien mit Edward zusammentraf. Bella und Claude führten sie in ein Restaurant in Chinatown, dessen Besitzer ihnen einen Tisch in einer Nische zuwies, wo sie ungestört plaudern konnten, aber die Verschnaufpause dauerte nur kurz; Florentyna mußte nach Los Angeles weiterfliegen.

Die kleinlichen Streitereien zwischen Parkin und Warner, die niemals echte Probleme betrafen, wurden der Presse bald langweilig, und als die Kandidaten in Pittsburgh eine Fernsehdebatte veranstalteten, fand man allgemein, beide hätten verloren, und die einzige Persönlichkeit von Format sei Senatorin Kane. Viele Reporter waren der Ansicht, es sei eine Tragödie gewesen, daß die Senatorin eingewilligt habe, für Pete Parkin als Vizepräsidentin zu kandidieren.

»In meinen Memoiren werde ich schreiben, was wirklich vorgefallen ist«, sagte Florentyna zu Edward. »Aber wen wird es dann noch interessieren?«

»Niemanden«, erwiderte Edward. »Wie viele Leute wissen heute noch, wer Trumans Vizepräsident war?«

Am folgenden Tag kam Parkin nach Los Angeles, um sich mit Florentyna gemeinsam zu zeigen. Sie holte ihn am Flughafen ab; er trug eine Zeitung aus Missouri unter dem Arm, die einzige, die »Parkin gewinnt die Debatte« als Überschrift hatte. Florentyna bewunderte sein Geschick, die Dinge zu seinen Gunsten zu verdrehen. Kalifornien war der letzte Stop, bevor beide in ihre Heimatstaaten zurückkehrten, und in der *Rose Bowl* fand ein riesiges Fest statt. Parkin und Florentyna waren von Stars umgeben, die zum Großteil wegen der kostenlosen Publizität auftraten. Gemeinsam mit Dustin Hoffman, Al Pacino und Jane Fonda verbrachte Florentyna die meiste Zeit damit, Autogramme zu geben. Sie wußte keine Antwort, als sie von einem Mädchen, das ihre Unterschrift nicht lesen konnte, gefragt wurde: »Was war Ihr letzter Film?«

Am folgenden Morgen flog Florentyna nach Chicago, und Pete Parkin nach Texas. Als Florentynas Maschine in der *Windy City* landete, wurde sie von mehr als dreißigtausend Menschen willkommen geheißen – die größte Menschenmenge, die je einen Kandidaten begrüßt hatte.

Am Wahltag gab sie in der Grundschule des *Ninth District* in Gegenwart der Berichterstatter von Presse und Fernsehen ihre Stimme ab. Sie lächelte pflichtschuldigst und wußte, daß sie, sollten die Demokraten verlieren, in einer Woche vergessen sein würde. Den Tag verbrachte sie mit Besuchen von Wahllokalen und Fernsehstudios; kurz nach Schließung der Wahllokale war sie in ihrer Suite im Chicago Baron.

Sie gönnte sich das erste lange Bad seit fünf Monaten und zog sich um, ohne daran denken zu müssen, mit wem sie den Abend verbrachte. Bald darauf erschienen William, Joanna, Annabel und der sechsjährige Richard. Edward kam um halb elf und sah Florentyna zum erstenmal im Leben ohne Schuhe, mit den Füßen auf dem Tisch.

»Das hätte Miss Tredgold nicht gebilligt.«

»Miss Tredgold mußte nicht sieben Monate ohne Unterbrechung auf dem Kriegspfad sein«, erwiderte sie.

In dem Zimmer drängten sich Angehörige, Freunde, es gab

Drinks und Speisen, und Florentyna erfuhr die Resultate von der Ostküste aus dem Fernsehen. Als New Hampshire an die Demokraten und Massachusetts an die Republikaner fiel, wurde klar, daß man eine lange Nacht vor sich hatte. Florentyna war glücklich, daß das Wetter im ganzen Land gut gewesen war. Theodore H. White hatte ihr einmal gesagt, daß Amerika immer bis fünf Uhr nachmittags republikanisch wähle. Danach beschlossen die arbeitenden Männer und Frauen auf dem Heimweg, ob sie bei einem Wahllokal haltmachen wollten; wenn sie es taten, und nur dann, sei ein Sieg der Demokraten möglich. Es sah aus, als machten viele Halt, aber waren es genug? Um Mitternacht war den Demokraten Illinois und Texas zugefallen, während sie Ohio und Pennsylvania verloren hatten. Als die Wahllokale in Kalifornien drei Stunden später als in New York schlossen, hatte Amerika noch keinen Präsidenten. Die Meinungsumfragen ergaben bloß, daß dieser Staat von keinem Kandidaten begeistert war.

Manche aßen, manche tranken, manche schliefen in der George-Novak-Suite des Baron Hotels. Nur Florentyna blieb hellwach, und um halb drei kam die Nachricht, auf die sie gewartet hatte: die Demokraten hatten in Kalifornien gesiegt. Damit wurde Pete Parkin mit einer knappen Mehrheit von dreihundertzweiunddreißigtausend Stimmen Präsident. Florentyna nahm den Telefonhörer zur Hand.

»Rufst du den Präsidenten an, um ihm zu gratulieren?« fragte Edward.

»Nein, ich rufe Bella an, um ihr zu danken, daß sie ihn zum Präsidenten gemacht hat.«

37 Die nächsten paar Tage verbrachte Florentyna auf Cape Cod, ruhte sich aus und wachte trotzdem jeden Morgen um sechs Uhr auf, ohne etwas anderes zu tun zu haben, als auf die Zeitungen zu warten. Sie freute sich über Edwards Besuch, konnte sich jedoch nicht daran gewöhnen, von ihm zärtlich »V. P.« genannt zu werden.

Auf einer Pressekonferenz auf seiner Ranch in Texas hatte der Präsident erklärt, er wolle sein Kabinett nicht vor Neujahr vorstellen. Am 14. November kehrte Florentyna nach Washington zurück, wohnte einer langweiligen Sitzung des Kongresses bei und bereitete sich auf ihre Übersiedlung ins Weiße Haus vor. Obwohl sie im Senat und in Illinois mehr als genug zu tun hatte, wunderte es sie, daß Pete Parkin sie nur dann und wann anrief. Zwei Wochen nach dem *Thanksgiving Day* begannen die Kongreßferien, und Florentyna verbrachte Weihnachten auf Cape Cod mit ihrer Familie und einem Enkel, der sie »Großmutter Präsident« nannte.

»Noch nicht«, sagte sie.

Am 9. Januar gab der Präsident anläßlich einer Pressekonferenz in Washington die Zusammensetzung seines Kabinetts bekannt. Florentyna war nicht zu Rate gezogen worden, und es gab auch keinerlei Überraschungen: Charles Selover wurde Verteidigungsminister, Paul Rowe blieb Direktor des CIA, Pierre Levale wurde Justizminister und Michael Brewer Sicherheitsberater. Florentyna blieb gelassen, bis der Name des neuen Außenministers fiel. Ungläubig horchte sie auf, als Parkin erklärte: »Chicago kann mit Recht stolz sein, daß sowohl die Vizepräsidentin als auch der Außenminister Kinder dieser Stadt sind.«

Am *Inauguration Day* übersiedelte Florentyna in die Residenz des Vizepräsidenten am *Observatory Circle.* Das riesige viktorianische Haus schien viel zu groß für eine Person, es hatte geradezu groteske Ausmaße. Während der Inauguration saß Florentynas gesamte Familie hinter Parkins Frau und Tochter, Florentyna selbst neben dem Präsidenten und Ralph Brooks unmittelbar hinter diesem. Als sie vortrat, um den Amtseid abzulegen, wünschte sie nur, Richard wäre neben ihr. Mit einem Seitenblick auf Pete Parkin nahm sie an, Richard hätte auch diesmal republikanisch gewählt.

Der Vorsitzende des Obersten Gerichtshofs, William Rehnquist, lächelte ihr herzlich zu, als sie ihm den Eid nachsprach:

»Ich schwöre feierlich, daß ich die Verfassung der Vereinigten Staaten schützen und verteidigen werde gegen alle äußeren und inneren Feinde . . .«

Florentyna sprach die Worte fest und klar, vielleicht, weil sie sie auswendig gelernt hatte. Als sie unter ohrenbetäubendem Jubel zu ihrem Sitz zurückkehrte, zwinkerte ihr Annabel zu.

Nachdem Rehnquist den Präsidenten vereidigt hatte, hörte Florentyna der Antrittsrede zu, deren Entwurf sie erst gestern abend gesehen hatte. Wieder einmal sprach der Präsident von ihr als der größten kleinen Dame im Land.

Nach der Zeremonie nahmen Parkin, Brooks und Florentyna mit Senatoren und Abgeordneten den Lunch im Kapitol ein. Als sie auf dem Podium Platz nahm, wurde sie von ihren Kollegen im Senat herzlich begrüßt. Nach dem Lunch fuhr man in Limousinen über die Pennsylvania Avenue, das Beginnzeichen für die große Parade. Von der überdachten Tribüne vor dem Weißen Haus aus sah Florentyna dann die Musikkapellen, Plattformwagen und die Gouverneure der fünfzig Staaten vorbeidefilieren. Sie klatschte in die Hände, als die Farmer von Illinois ihr zuwinkten, und dann verbrachte sie nach einem kurzen Besuch der verschiedenen Inaugurationsbälle die erste Nacht in der Residenz des Vizepräsidenten. Je mehr sie sich dem Gipfel näherte, desto einsamer wurde sie.

Am nächsten Morgen fand die erste Kabinettsitzung statt; diesmal saß Ralph Brooks zur Rechten des Präsidenten. Alle waren offensichtlich erschöpft. Florentyna saß am hinteren Ende des großen ovalen Tisches, umgeben von Männern, deren Ansichten sie nur selten teilte. Vier Jahre würde sie diese Männer ertragen müssen, bevor sie ihr eigenes Kabinett bilden konnte. Wie viele von ihnen wohl um ihre Abmachung mit Parkin wußten?

Sobald Florentyna sich in ihrem Flügel des Weißen Hauses eingerichtet hatte, ernannte sie Janet zur Chefin ihres privaten Büros und besetzte viele der freigewordenen Stellen mit Mitgliedern ihres alten Teams aus den Tagen der Wahlkampagne und des Senats.

Die wenigen Leute, die sie von Parkin übernahm – ihre Erfahrung hätte Florentyna gut gebrauchen können –, verschwanden einer nach dem anderen, weil ihnen der Präsident wichtige Verwaltungsposten anbot. Nach drei Monaten hatte er praktisch den ganzen Stab wieder weggelockt und sogar versucht, Florentynas engste Mitarbeiter abzuwerben.

Florentyna beherrschte nur mühsam ihren Ärger, als Parkin Janet das Amt einer Unterstaatssekretärin im Ministerium für Gesundheit, Erziehung und Wohlfahrt anbot.

Janet zögerte keinen Moment; in einem handgeschriebenen Brief an den Präsidenten bedankte sie sich für die Ehre, erklärte jedoch im Detail, warum sie in der Regierung nichts anderes tun wollte, als der Vizepräsidentin zu dienen.

»Wenn du vier Jahre warten kannst, kann ich es auch«, sagte sie.

Florentyna hatte oft gelesen, daß das Leben eines Vizepräsidenten »keinen Eimer warme Spucke« wert sei, wie es John Nance Garner ausgedrückt hatte. Doch selbst sie war überrascht, wie wenig es zu tun gab, verglichen mit ihrer Zeit im Kongreß. Als Senatorin hatte sie wesentlich mehr Briefe erhalten. Jeder schien seinem Abgeordneten oder dem Präsidenten zu schreiben; selbst das Volk wußte offenbar, daß der Vizepräsident machtlos war. Florentyna führte gern bei wichtigen Debatten den Vorsitz im Senat, weil sie damit den Kontakt zu ihren Kollegen aufrechterhielt, auf deren Hilfe sie in vier Jahren angewiesen sein würde. So erfuhr sie auch, was man sich in den Wandelgängen der beiden Häuser zuflüsterte. Viele Senatoren versuchten mit ihrer Hilfe an den Präsidenten heranzukommen, aber mit der Zeit stellte sie fest, daß sie selbst kaum Zugang zu ihm hatte; es vergingen Wochen, ohne daß Pete Parkin sie in irgendeiner wichtigeren Angelegenheit konsultiert hätte.

Während des ersten Jahres als Vizepräsidentin unternahm Florentyna Reisen nach Brasilien und Japan, wohnte dem Begräbnis von Willy Brandt in Berlin und von Edward Heath in London bei, besuchte die Überlebenden dreier Naturkatastrophen und leitete so viele Arbeitsausschüsse, daß sie das Gefühl hatte, einen Leitfaden für die Regierungsmaschinerie herausgeben zu können.

Das erste Jahr verging langsam, das zweite noch langsamer. Einziger Lichtblick: sie vertrat die Regierung bei der Krönung Charles III in der Westminster Abbey, nachdem Königin Elizabeth II 1994 abgedankt hatte. Florentyna wohnte im *Winfield House* bei Botschafter John Sawyer und stellte fest, wie ähnlich ihre Aufgaben waren, was die Wichtigkeit der Form und die Unwichtigkeit des Inhaltes betraf. Sie verbrachte viele Stunden mit der Erörterung der Lage im allgemeinen und des Aufmarsches russischer Truppen an der Grenze von Pakistan im besonderen. Ihre Informationen stammten zumeist aus der *Washington Post,* und sie beneidete Ralph Brooks, der sich als Außenminister im Zentrum des Geschehens befand. Obwohl sie versuchte, über alles informiert zu sein, verspürte sie Langeweile. Ihre Jahre als Vizepräsidentin schienen wenig Positives zu bringen, und sie sehnte 1996 herbei.

Nach ihrer Rückkehr verbrachte Florentyna den Rest der Woche mit dem Studium von CIA-Meldungen und anderen Berichten, die sich während ihres Aufenthaltes auf dem Schreibtisch gehäuft hatten. Obwohl C. B. .S meldete, daß der Dollar infolge der angespannten internationalen Lage falle, verlebte sie ein ruhiges Wochenende. Die Russen verstärkten weiterhin ihre Truppen an der pakistanischen Grenze, was der Präsident in seiner wöchentlichen Pressekonferenz »als nicht besonders wichtig« abgetan hatte. Die Sowjets, so versicherte er, seien nicht daran interessiert, die Grenzen von Staaten zu verletzen, die mit den Vereinigten Staaten Verträge hatten.

In der folgenden Woche schien sich die Lage zu beruhigen, und der Dollar erholte sich. »Das ist eine kosmetische Erholung«, sagte Florentyna zu Janet, »infolge der massiven Goldverkäufe der Sowjets; genau das gleiche geschah vor der Besetzung Afghanistans. Ich wollte, die Bankiers würden die Geschichte nicht immer so kurzfristig betrachten.«

Verschiedene Politiker und Journalisten äußerten gegenüber Florentyna ihre Befürchtungen, sie aber konnte nichts anderes tun, als sie beruhigen und die Ereignisse abwarten. Zunächst dachte sie daran, den Präsidenten um eine Unterredung zu bitten, aber schon Freitag bereiteten sich die meisten Amerikaner, überzeugt, daß keine unmittelbare Gefahr bestand, auf ein friedliches Wochenende vor. Florentyna blieb in ihrem Büro und studierte abends die Kabel der Botschaften und Agenten aus dem indischen Subkontinent. Immer weniger schien ihr der Optimismus des Präsidenten gerechtfertigt. Da sie nichts unternehmen konnte, faltete sie alle Schriftstücke zusammen, steckte sie in eine eigene Mappe und wollte eben das Büro verlassen. Es war sechs Uhr zweiunddreißig. Edward war aus New York gekommen, um halb acht sollte sie ihn zum Dinner treffen. In diesem Moment stürzte Janet ins Zimmer.

»Ein Bericht des Geheimdienstes ist eingetroffen; die Sowjets mobilisieren.«

»Wo ist der Präsident?« war Florentynas erste Reaktion.

»Keine Ahnung. Vor etwa drei Stunden sah ich ihn per Helikopter das Weiße Haus verlassen.«

Florentyna öffnete wieder die rote Mappe und starrte auf die Kabel, während Janet vor dem Schreibtisch stehenblieb.

»Wer weiß, wo er sein könnte?«

»Sicherlich Ralph Brooks«, erwiderte Janet.

»Verbinde mich mit dem Außenminister.«

Janet ging in ihr eigenes Büro, und Florentyna studierte nochmals alle Berichte – die wesentlichen Punkte in den Meldungen des amerikanischen Botschafters in Islamabad, und die Stellungnahme General Pierce Dixons, des Generalstabchefs.

Es gab verläßliche Nachrichten, daß zehn russische Divisionen an der afghanisch-pakistanischen Grenze standen, die in den letzten Tagen wesentliche Verstärkung erhalten hatten. Man wußte, daß die Hälfte der pazifischen Flotte der Sowjets in Richtung Karachi unterwegs war, während zwei Kampfverbände im Indischen Ozean »Manöver« abhielten. General Dixon ordnete eine verstärkte Nachrichtenüberwachung an, als bekannt wurde, daß um sechs Uhr abend fünfzig MIG 25 und SU 7 auf dem Militärflugplatz von Kabul gelandet waren. Florentyna sah auf die Uhr: es war neun Minuten nach sieben.

»Wo ist der verdammte Kerl?« fragte sie laut. Das Telefon klingelte.

»Der Außenminister ist am Telefon«, sagte Janet.

»Was kann ich für Sie tun?« Ralph Brooks Stimme klang, als habe Florentyna ihn bei einer wichtigen Arbeit gestört.

»Wo ist der Präsident?« fragte sie zum drittenmal.

»Im Moment in seinem Flugzeug«, sagte Brooks rasch.

»Hören Sie auf zu lügen, Ralph. Es ist zu durchsichtig, selbst am Telefon. Bitte teilen Sie mir mit, wo der Präsident ist.«

»Auf halbem Weg nach Kalifornien.«

»Warum hat man ihm nicht geraten, zurückzukommen, wenn die Sowjets mobilisieren und wir die Überwachungstätigkeit verstärkt haben?«

»Das haben wir ihm geraten. Aber er muß landen, um aufzutanken.«

»Wie wir alle wissen, muß *Air Force I* für diese Strecke nicht auftanken.«

»Er fliegt nicht mit *Air Force I.*«

»Warum nicht, zum Teufel?«

Keine Antwort.

»Ich schlage vor, Sie sagen die Wahrheit, Ralph, schon um Ihre eigene Haut zu retten.«

Eine weitere Pause.

»Als die Krise begann, war er auf dem Weg zu einem Freund nach Kalifornien.«

»Das kann ich nicht glauben. Für wen hält er sich? Für den französischen Präsidenten?«

»Ich habe alles Notwendige veranlaßt«, sagte Brooks, ihren Einwurf ignorierend. »In ein paar Minuten wird seine Maschine in Colorado landen. Der Präsident wird sich sofort an Bord von *Air Force F 15* begeben und in zwei Stunden in Washington sein.«

»Mit welchem Flugzeugtyp ist er jetzt unterwegs?«

»Mit einer privaten 737, die Martin Snyder von Blade Oil gehört.«

»Kann er sich in das geheime Übermittlungssystem einschalten?« wollte Florentyna wissen. Keine Antwort. »Haben Sie mich gehört?« fragte sie scharf.

»Ja«, sagte Ralph. »Das Flugzeug ist eigentlich nicht wirklich abhörsicher.«

»Wollen Sie damit sagen, daß jeder Funkamateur während der nächsten zwei Stunden ein Gespräch zwischen dem Präsidenten und dem Generalstabschef mitanhören kann?«

»Ja«, gab Ralph zu.

»Ich möchte Sie sofort im Konferenzraum sehen.« Wütend knallte Florentyna den Hörer hin.

Florentyna rannte fast aus dem Büro. Zwei Secret-Service-Beamte folgten ihr die enge Treppe hinunter, vorbei an den Porträts ehemaliger Präsidenten. Sie sah George Washington ins Gesicht, bevor sie in den breiten Korridor einbog, der zum Konferenzraum führte. Die Sicherheitswache hatte bereits die Tür zum Sekretariat geöffnet. Florentyna ging durch ein Zimmer mit lärmenden Schreibmaschinen und summenden Fernschreibern, während ein weiterer Sicherheitsbeamter die schwere Eichentür zum *Situation Room* für sie öffnete. Die zwei Beamten vom Secret Service blieben draußen.

Ralph Brooks saß auf dem Stuhl des Präsidenten und erteilte einer Gruppe von Militärs Befehle. Vier der neun Plätze waren bereits besetzt – neben Brooks saß der Verteidigungsminister Charles Selover, zu seiner Rechten der Leiter der CIA, Paul Rowe. Ihnen gegenüber hatten der Generalstabschef General Dixon und der Sicherheitsberater Michael Brewer Platz genommen. Die Tür zur Nachrichtenzentrale stand offen.

Brooks drehte sich zu ihr um. Noch nie hatte ihn Florentyna ohne Rock und mit geöffnetem Hemdkragen gesehen.

»Keine Panik, bitte. Ich bin über alles informiert und überzeugt, daß die Sowjets vor der Rückkehr des Präsidenten nichts unternehmen werden«, sagte er.

»Das glaube ich absolut nicht. Wir müssen während der unerklärlichen Abwesenheit des Präsidenten darauf gefaßt sein, daß die Sowjets tun, was immer sie wollen.«

»Das ist nicht Ihr Problem, Florentyna. Der Präsident hat mir die Verantwortung übertragen.«

»Natürlich ist das *mein* Problem«, sagte Florentyna mit Nachdruck, ohne sich zu setzen. »In Abwesenheit des Präsidenten bin ich für alle militärischen Belange verantwortlich.«

»Bitte nehmen Sie Vernunft an, Florentyna. Ich führe diesen Laden und möchte nicht, daß Sie sich einmischen.« Die leise geführte Konversation zwischen den Anwesenden hörte abrupt auf, als Brooks Florentyna ärgerlich anstarrte. Sie nahm das nächste Telefon zur Hand. »Bringen Sie den Justizminister auf den Bildschirm.«

»Ja, Madame, sagte der Operator.

Ein paar Sekunden später erschien Pierre Levales Gesicht auf einem der sechs Bildschirme in der Holzverkleidung der Längswand.

»Guten Abend, Pierre, hier spricht Florentyna Kane. Wir haben es mit erhöhter Überwachungstätigkeit zu tun, und aus Gründen, auf die ich nicht eingehen möchte, ist der Präsident indisponiert. Würden Sie so freundlich sein und dem Außenminister erklären, wer in einer solchen Situation Handlungsvollmacht besitzt?«

Niemand rührte sich, und alle starrten das besorgte Gesicht auf dem Bildschirm an; die Falten in Levales Gesicht waren deutlicher zu sehen als je zuvor. Man wußte, daß Parkin ihn zum Justizminister gemacht hatte, andererseits hatte er bisher immer das Gesetz vor den Präsidenten gestellt.

»Die Verfassung ist in dieser Frage nicht ganz eindeutig«, begann er, »insbesondere nach der Bush-Haig-Kontroverse nach dem Attentat auf Präsident Reagan. Aber nach meiner Auffassung liegt bei Abwesenheit des Präsidenten alle Verantwortung beim Vizepräsidenten, und diese Meinung würde ich auch vor dem Senat vertreten.«

»Danke, Pierre«, sagte Florentyna und sah immer noch auf den Schirm. »Würden Sie das bitte schriftlich festhalten und dafür sorgen, daß dem Präsidenten sofort eine Kopie des Schriftstücks auf den Schreibtisch gelegt wird.« Der Justizminister verschwand vom Bildschirm.

»Das wäre geklärt. Bitte informieren Sie mich jetzt rasch, Ralph.«

Widerwillig stand Brooks vom Stuhl des Präsidenten auf, während ein Stabsoffizier auf einen Knopf unter dem Lichtschalter drückte. Der Vorhang an der Wand hinter dem Stuhl des Präsidenten teilte sich, und von der Decke senkte sich eine große Leinwand mit einer Weltkarte herab.

Charles Selover, der Verteidigungsminister, stand auf und erklärte die verschiedenen Punkte, die auf der Karte aufleuchteten. »Die roten Punkte sind U-Boote, die grünen Flugzeuge und die blauen Divisionen.«

»Jeder Kadett, der die Karte sieht, weiß, was die Russen im Sinn haben«, sagte Florentyna und sah auf die zahlreichen roten Lichter im Indischen Ozean, auf die grünen auf dem Flugplatz von Kabul und die blauen entlang der afghanisch-pakistanischen Grenze.

Paul Rowe bestätigte, daß die Russen seit einigen Tagen beträchtliche Verstärkungen heranführten. Vor einer Stunde habe man von einem CIA-Agenten hinter den Linien eine verschlüsselte Nachricht erhalten, wonach die Sowjets beabsichtigten, um zehn Uhr *Eastern Standard Time* die pakistanische Grenze zu überschreiten. Er gab Florentyna einige entschlüsselte Kabel und beantwortete ihr verschiedene Fragen.

»Der Präsident sagte mir«, unterbrach Brooks, »er halte Pakistan nicht für ein zweites Polen, und die Sowjets würden es nicht wagen, die Grenze Afghanistans zu überschreiten.«

»Wir werden sehr bald feststellen, ob er die Lage richtig beurteilt«, bemerkte Florentyna.

»Der Präsident«, fügte Brooks hinzu, »stand letzte Woche sowohl mit Moskau als auch mit dem Premierminister von England, dem Präsidenten von Frankreich und dem Kanzler der Bundesrepublik Deutschland in Verbindung. Sie alle schienen seiner Meinung zu sein.«

»Da sich die Situation dramatisch verändert hat«, sagte Florentyna kalt, »muß ich offenbar selbst mit dem sowjetischen Staatsoberhaupt sprechen.«

Wieder zögerte Brooks. »Und zwar sofort«, sagte Florentyna. Brooks griff zum Telefonhörer. Alles wartete schweigend, bis die Verbindung hergestellt war. Florentyna hatte noch nie mit Andropow gesprochen und spürte ihr Herz klopfen. Sie wußte, daß ein Gerät sowohl auf ihrer wie auf russischer Seite alle Stimmschwankungen bis ins kleinste Detail analysierte und aufzeichnete. Man behauptete, dieses Gerät habe es den Russen ermöglicht, mit Jimmy Carter so rücksichtslos umzuspringen.

Nach ein paar Minuten meldete sich Andropow. »Guten Abend, Mrs. Kane«, sagte er, ihren Titel ignorierend. Seine Stimme klang so klar, als befinde er sich im Nebenzimmer. Nach vier Jahren als russischer Botschafter in London war sein Akzent minimal, und sein Englisch beeindruckend. »Darf ich fragen, wo sich Präsident Parkin aufhält?«

Florentynas Mund wurde trocken. Andropow sprach weiter, bevor sie antworten konnte.

»Vermutlich mit seiner Geliebten in Kalifornien.« Es erstaunte Florentyna nicht, daß der russische Staatschef mehr über Parkin wußte als sie. Jetzt wurde ihr klar, warum die Sowjets die Grenze zu Pakistan um zehn Uhr abends überschreiten wollten.

»Sie haben recht«, sagte Florentyna. »Und da er vermutlich noch weitere zwei Stunden indisponiert sein wird, müssen Sie mit mir verhandeln. Ich möchte Sie daher nicht im Zweifel lassen, daß ich in seiner Abwesenheit die volle Verantwortung trage.« Sie spürte Schweißtropfen auf der Stirn, wagte jedoch nicht, sie abzuwischen.

»Ich verstehe«, sagte der ehemalige Chef des KGB. »Darf ich fragen, warum Sie mich anrufen?«

»Seien Sie bitte nicht naiv. Ich möchte Ihnen mitteilen, daß Amerika sofort einen Vergeltungsschlag führen wird, sollte einer Ihrer Soldaten die pakistanische Grenze überschreiten.«

»Das wäre sehr mutig von Ihnen, Mrs. Kane.«

»Offenbar kennen Sie die amerikanische Politik nicht genau, Mr. Andropow. Es erfordert keinerlei Mut, denn als Vizepräsidentin bin ich der einzige Mensch in Amerika, der nichts zu verlieren, aber alles zu gewinnen hat.« Diesmal war sie nicht für die Stille verantwortlich. Sie fühlte, wie ihr Selbstvertrauen wuchs; ihr Gesprächspartner hatte ihr die Chance gegeben, fortzufahren. »Wenn Ihre Kriegsflotte nicht nach Süden abdreht, wenn Sie Ihre zehn Divisionen nicht von der Grenze abziehen, wenn die MIG-25 und SU-7 nicht nach Moskau zurückfliegen, werde ich nicht zögern, Sie zu Land, zur See und in der Luft anzugreifen. Ist das klar?«

Keine Antwort. Die Verbindung war unterbrochen.

Florentyna drehte sich um.

Im Zimmer sprachen alle gleichzeitig; die Militärs, die bisher nur »Sandkastenspiele« gespielt hatten, warteten wie Florentyna, ob ihre Ausbildung, ihre Erfahrung und ihr Wissen jetzt auf die Probe gestellt werden sollten.

Ralph Brooks schirmte den Telefonhörer mit der Hand ab und berichtete, der Präsident sei in Colorado gelandet und wolle mit Florentyna sprechen. Sie hob den Hörer von dem roten Telefon, das neben ihr stand.

»Florentyna? Sind Sie es?« hörte sie den breiten Texas-Akzent.

»Ja, Mr. President.«

»Hören Sie mir zu, Madam. Ralph hat mich informiert, und ich komme sofort zurück. In längstens zwei Stunden bin ich bei Ihnen. Tun Sie also nichts Voreiliges, und sorgen Sie dafür, daß die Presse nicht von meiner Abwesenheit erfährt.«

»Ja, Mr. President.« Die Verbindung war unterbrochen.

»General Dixon?« Florentyna sah Brooks nicht einmal an.

»Ja, Madame, sagte der Vier-Sterne-General, der bis jetzt kein Wort geäußert hatte.

»Wie rasch können wir eine Vergeltungsstreitmacht in das Kampfgebiet senden?«

»Innerhalb einer Stunde können zehn F-111-Geschwader

von unseren Stützpunkten in Europa in der Luft sein und Ziele in der UdSSR anfliegen. Die Mittelmeerflotte ist fast ständig mit den Sowjets in Berührung, aber vielleicht sollten wir sie näher an den Indischen Ozean heranführen.«

»Wie lang würde das dauern?«

»Zwei bis vier Tage, Madam.«

»Dann geben Sie den Befehl, General. Zwei Tage wären mir lieber.«

Florentyna mußte nicht lange warten, bis die nächste Meldung auf dem Schirm aufschien. Es war die, die sie am meisten fürchtete. Die russische Flotte lief immer noch Richtung Karachi, während noch mehr sowjetische Divisionen an der afghanischen Grenze bei Salabad und Asadabadon zusammengezogen wurden.

»Verbinden Sie mich mit dem Präsidenten von Pakistan«, sagte Florentyna.

Er meldete sich innerhalb von Sekunden.

»Wo ist Präsident Parkin?« war seine erste Frage.

»Nicht auch Sie«, wollte Florentyna erwidern, statt dessen sagte sie: »Auf dem Rückflug von Camp David. Er wird binnen kurzem hier sein.« Sie informierte ihn über das, was sie angeordnet hatte, und machte klar, wie weit zu gehen sie bereit sei.

»Gott sei bedankt für einen tapferen Mann«, sagte Murbaze Bhutto.

»Halten Sie die Verbindung offen, und wir werden Sie sofort informieren, wenn sich etwas verändert«, sagte Florentyna, sein Kompliment ignorierend.

»Soll ich Sie nochmals mit dem Präsidenten der Sowjetunion verbinden?« fragte Brooks.

»Nein. Verbinden Sie mich mit dem Premierminister von Großbritannien, dem Präsidenten von Frankreich und dem Kanzler der Bundesrepublik Deutschland.«

Sie sah auf die Uhr: sieben Uhr fünfunddreißig. Innerhalb

von zwanzig Minuten hatte Florentyna mit den drei Staatsmännern gesprochen. Die Briten billigten ihren Plan, die Franzosen waren skeptisch, aber bereit, zu kooperieren, während sich die Deutschen abgeneigt zeigten.

Kurz darauf traf die Meldung ein, daß die russischen MIG-25 auf dem Militärflugplatz von Kabul startklar gemacht wurden.

Sofort wies sie General Dixon an, alle Truppen in erhöhte Bereitschaft zu versetzen. Brooks wollte protestieren, aber zu diesem Zeitpunkt hatten bereits alle Anwesenden ihr Schicksal in die Hände einer einzigen Frau gelegt. Viele beobachteten sie genau und stellten fest, daß sie keinerlei Emotionen zeigte.

General Dixon kehrte in den *Situation Room* zurück. »Madam, die F-111 sind startbereit, die Sechste Flotte läuft mit voller Kraft in Richtung Indischer Ozean, und innerhalb von sechs Stunden kann ein Fallschirmjägerverband über Landi Kotal an der pakistanischen Grenze abspringen.«

»Gut«, sagte Florentyna ruhig. Über den Fernsehschirm ratterten weitere Nachrichten über einen russischen Vormarsch an der ganzen Front.

»Meinen Sie nicht, wir sollten Andropow nochmals kontaktieren, bevor es zu spät ist?« fragte Brooks. Florentyna sah, daß seine Hände zitterten.

»Wozu? Ich habe nichts hinzuzufügen. Wenn wir jetzt umkehren, ist es für immer zu spät«, sagte Florentyna fest.

»Aber wir *müssen* einen Kompromiß aushandeln, sonst steht der Präsident morgen um diese Zeit als Dummkopf da«, sagte Brooks.

»Warum?« fragte Florentyna.

»Weil wir letztlich nachgeben müssen.«

Florentyna antwortete nicht. Sie drehte sich zu General Dixon um, der neben ihr stand.

»In einer Stunde werden wir in den russischen Luftraum eindringen, Ma'am.«

»In Ordnung«, sagte Florentyna.

Das Telefon neben Brooks klingelte. Er nahm den Hörer ab. General Dixon verließ neuerlich das Zimmer.

»Eben landet der Präsident auf *Andrews Air Force Base*, er wird in zwanzig Minuten hier sein«, sagte Brooks zu Florentyna. »Sagen Sie den Russen, sie sollen bis zu seiner Rückkehr nichts unternehmen.«

»Nein«, lehnte Florentyna ab, »wenn die Russen jetzt nicht nachgeben, können Sie sicher sein, daß die ganze Welt erfährt, wo unser Präsident war, als sie die Grenze zu Pakistan überschritten. Überdies bin ich immer noch überzeugt, daß sie sich zurückhalten werden.«

»Sie sind wahnsinnig geworden, Florentyna«, rief Brooks und stand auf.

»Ich glaube, ich war nie vernünftiger«, erwiderte sie.

»Glauben Sie, das amerikanische Volk wird es Ihnen danken, wegen Pakistan in den Krieg ziehen zu müssen?« fragte Brooks.

»Es geht nicht um Pakistan. Als nächstes kommt Indien, dann folgen die Bundesrepublik Deutschland, Frankreich, England und schließlich Kanada. Aber Sie, Ralph, werden auch dann, wenn die Russen über die Constitution Avenue marschieren, nach einer Ausrede suchen, um eine Konfrontation zu vermeiden.«

»Wenn das Ihre Ansicht ist, wasche ich meine Hände in Unschuld«, erklärte Brooks.

»Ohne Zweifel werden Sie in den Geschichtsbüchern mit der gleichen Fußnote bedacht werden wie die letzte Persönlichkeit, die sich so schmählich aus der Affäre zog.«

»Ich werde dem Präsidenten mitteilen, daß Sie nicht auf mich hörten und meine Befehle ignorierten«, empörte sich Brooks lauthals.

Florentyna sah zu dem gutaussehenden Mann auf, dessen Gesicht jetzt dunkelrot war. »Ralph, wenn Sie in die Hose machen, dann tun Sie das bitte auf der Toilette und nicht im *Situation Room.*«

Brooks stürmte aus dem Zimmer.

»Noch siebenundzwanzig Minuten, und kein Anzeichen, daß die Russen umkehren«, flüsterte ihr Dixon ins Ohr. Auf dem Fernschreiben erschien die Meldung, daß die fünfzig MIG-25 und SU-7 aufgestiegen waren und in vierunddreißig Minuten über Pakistan sein würden.

General Dixon kam zu Florentyna zurück. »Dreiundzwanzig Minuten, Ma'am.«

»Wie fühlen Sie sich, General?« Florentyna versuchte, ruhig zu klingen.

»Besser als an dem Tag, als ich, damals noch Leutnant, nach Berlin marschierte, Ma'am.«

Florentyna bat einen Stabsoffizier, die drei Fernsehprogramme einzuschalten. Allmählich konnte sie nachfühlen, was Kennedy während der Kubakrise mitgemacht hatte. Der Major drückte auf ein paar Knöpfe. C. B. S. zeigte einen Trickfilm, N. B. C. ein Basketballspiel, und A. B. C. einen alten Reagan-Film. Sie prüfte alle Programme auf dem kleinen Fernsehschirm, fand jedoch nichts Bemerkenswertes. Jetzt konnte sie nur beten, daß ihr genügend Zeit blieb, die Richtigkeit ihrer Theorie zu beweisen. Sie trank einen Schluck Kaffee. Er schmeckte bitter. Sie schob die Tasse zur Seite, und im selben Moment stürmte der Präsident, gefolgt von Brooks, ins Zimmer. Parkin trug ein offenes Hemd, ein Sportsakko und eine karierte Hose.

»Was, zum Teufel, geht hier vor?« waren seine ersten Worte. Florentyna stand vom Stuhl des Präsidenten auf und General Dixon trat vor.

»Noch zwanzig Minuten, Ma'am.«

»Informieren Sie mich rasch, Florentyna«, verlangte Parkin und nahm auf seinem Stuhl Platz. Florentyna setzte sich zu seiner Rechten und berichtete, was sie bis jetzt angeordnet hatte.

»Sie Närrin«, schrie der Präsident, als sie geendet hatte. »Warum haben Sie nicht auf Ralph gehört? Er hätte uns das nie eingebrockt.«

»Ich weiß genau, was der Außenminister, mit dieser Situation konfrontiert, getan hätte«, erwiderte Florentyna eisig.

»General Dixon«, sagte der Präsident und wandte sich von Florentyna ab. »Was ist die genaue Position Ihrer Streitmacht?« Der General unterrichtete den Präsidenten von der Lage. Aufleuchtende Lichter auf der Landkarte hinter ihm gaben die jüngsten russischen Positionen an.

»In sechzehn Minuten werden die F-111-Bomber über feindlichem Territorium sein.«

»Verbinden Sie mich mit dem Präsidenten von Pakistan«, befahl Parkin und schlug auf den Tisch.

»Die Verbindung wird ständig offengehalten«, sagte Florentyna ruhig.

Der Präsident packte den Hörer, lehnte sich über den Tisch und sprach in vertraulichem Ton.

»Es tut mir leid, aber es bleibt mir keine Wahl, als die Entscheidung der Vizepräsidentin zu widerrufen. Sie war sich über die Folgen ihrer Handlungsweise nicht ganz im klaren. Natürlich dürfen Sie nicht das Gefühl haben, daß wir Sie im Stich lassen. Seien Sie versichert, daß wir so rasch wie möglich einen friedlichen Rückzug aus Ihrem Land aushandeln werden«, sagte Parkin.

»Um Gottes willen, Sie können uns jetzt nicht im Stich lassen«, sagte Bhutto.

»Ich muß tun, was für uns alle das Beste ist«, erwiderte Parkin.

»Wie in Afghanistan, nicht wahr?«

Parkin überhörte die Bemerkung offenbar und knallte den Hörer hin.

»General?«

»Ja, Sir.« Dixon trat vor.

»Wieviel Zeit bleibt uns?«

Der General sah zu der kleinen Digitaluhr, die von der Dekke hing. »Elf Minuten und achtzehn Sekunden«, sagte er.

»Hören Sie jetzt sehr gut zu. Die Vizepräsidentin hat sich in meiner Abwesenheit zuviel Verantwortung aufgeladen, und ich muß jetzt einen Ausweg finden, ohne daß daraus eine große Blamage für uns wird. Sie sind doch sicher meiner Meinung, General?«

»Was immer Sie sagen, Mr. President, aber ich würde unter den gegebenen Umständen nichts widerrufen.«

»Es gibt Überlegungen jenseits des rein Militärischen. Deshalb wünsche ich, daß Sie . . .«

Ein Oberst im Hintergrund des Zimmers stieß einen lauten Schrei aus. Selbst der Präsident hielt inne.

»Was ist los?« rief Parkin.

Der Oberst stand stramm. »Die russische Flotte hat abgedreht und nimmt Kurs nach Süden«, las er aus einem Kabel vor.

Der Präsident war sprachlos. Der Oberst fuhr fort: »Die MIG-25 und SU-7 fliegen Richtung Moskau.« Lauter Jubel brach aus und übertönte jedes weitere Wort des Obersten. Alle Fernschreiber bestätigten die Meldung.

»General«, sagte Parkin zum Generalstabschef, »wir haben gewonnen. Welch ein Tag des Triumphes für Sie und für Amerika.« Einen Moment zögerte er, bevor er hinzufügte: »Und ich möchte allen sagen, daß ich stolz bin, mein Land durch diese Stunden der Gefahr geführt zu haben.«

Niemand lachte, und Brooks fügte rasch hinzu: »Unsere Glückwünsche, Mr. President.«

Wieder jubelten alle, und einige der Anwesenden traten zu Florentyna, um ihr zu gratulieren.

»General, lassen Sie Ihre Jungen zurückkommen. Sie haben eine glänzende Operation ausgeführt. Meinen Glückwunsch, Sie haben gute Arbeit geleistet.«

»Danke, Mr. President«, erwiderte General Dixon, »aber ich glaube, das Lob gebührt . . .«

Der Präsident wandte sich Brooks zu und sagte: »Das muß gefeiert werden, Ralph. Wir alle werden diesen Tag bis an unser Lebensende nicht vergessen – den Tag, an dem wir der Welt bewiesen haben, daß Amerika sich nichts gefallen läßt.«

Florentyna stand in einer Ecke, als hätte sie mit dem, was im Zimmer vorging, nicht das geringste zu tun. Da der Präsident sie geflissentlich ignorierte, kehrte sie ein paar Minuten später in ihr Büro im ersten Stock zurück, legte die rote Mappe in eine Schublade, schlug die Schranktür zu und ging nach Hause. Kein Wunder, daß Richard nie die Demokraten gewählt hatte.

»Seit halb acht wartet ein Herr auf Sie«, begrüßte sie der Butler, als sie in der Residenz am Observatory Circle ankam.

»Mein Gott«, sagte Florentyna laut und lief ins Wohnzimmer, wo Edward mit geschlossenen Augen auf dem Sofa vor dem Kamin lag. Sie küßte ihn auf die Stirn, und sofort war er hellwach.

»Ach, meine Liebe, sicher hast du wieder einmal die Welt vor einem schrecklichen Schicksal bewahrt, nicht wahr?«

»So ähnlich«, antwortete Florentyna und lief auf und ab, während sie Edward genau berichtete, was sich im Weißen Haus abgespielt hatte. Noch nie hatte Edward sie so zornig gesehen.

»Nun, eines muß man von Parkin sagen«, meinte Edward, als sie geendet hatte, »er ist konsequent.«

»Morgen wird er es nicht mehr sein.«

»Was willst du damit sagen?«

»Genau das. Denn morgen werde ich eine Pressekonferenz abhalten, um allen mitzuteilen, was sich zugetragen hat. Ich habe sein unverantwortliches Verhalten satt, und ich weiß, daß die meisten, die heute abend im *Situation Room* anwesend waren, meine Darstellung bestätigen werden.«

»Das wäre voreilig und unverantwortlich«, sagte Edward und starrte ins Feuer.

»Warum?« fragte Florentyna erstaunt.

»Weil jeder wüßte, daß Amerika einen Versager als Präsidenten hat. Vielleicht wärst du die Heldin des Tages, aber sehr bald würde man dich verachten.«

»Aber . . .« fing Florentyna an.

»Kein aber. Diesmal mußt du deinen Stolz schlucken und dich damit begnügen, die Ereignisse als Waffe zu benutzen, um Parkin an sein Versprechen einer einmaligen Regierungsperiode zu erinnern.«

»Und ich soll ihn einfach ungeschoren lassen?«

»Du sollst *Amerika* ungeschoren lassen«, sagte Edward bestimmt.

Florentyna wanderte noch ein paar Minuten schweigend auf und ab. »Du hast recht«, sagte sie schließlich. »Ich war kurzsichtig. Danke.«

»Vermutlich wäre ich es auch gewesen, hätte ich erlebt, was du heute erlebt hast.«

Florentyna lachte. »Komm«, sagte sie und hörte auf, wie eine Tigerin hin- und herzurennen. »Essen wir etwas. Du mußt am Verhungern sein.«

»Nein, nein«, versicherte Edward und sah auf die Uhr. »Obwohl du die erste Frau bist, die mich, wenn ich mit ihr zum Abendessen verabredet bin, dreieinhalb Stunden warten läßt.«

Am frühen Morgen rief der Präsident an.

»Sie haben gestern ausgezeichnete Arbeit geleistet, Florentyna. Ich bewundere die Art, wie Sie den ersten Teil der Krise gemeistert haben.«

»Das hat man kaum gemerkt, Mr. President«, sagte sie, nur mit Mühe ihren Ärger beherrschend.

»Ich beabsichtige, heute zur Nation zu sprechen«, sagte Parkin, ihren Einwurf ignorierend, »und obwohl jetzt nicht der

Zeitpunkt ist mitzuteilen, daß ich kein zweites Mal kandidieren werde, werde ich, wenn die Zeit gekommen ist, Ihre Loyalität nicht vergessen.«

»Danke, Mr. President«, war alles, was Florentyna hervorbrachte.

Um acht Uhr abends sprach der Präsident über alle drei Fernsehstationen zur Nation. Abgesehen von einer flüchtigen Erwähnung Florentynas hinterließ er eindeutig den Eindruck, daß er allein die Operation geleitet habe, als die Russen einlenkten.

Ein, zwei Zeitungen deuteten an, die Vizepräsidentin sei an den Verhandlungen mit den Sowjets beteiligt gewesen, aber da Florentyna keinen Kommentar abgab, blieb Parkins Version unwidersprochen.

Zwei Tage später wurde Florentyna zu Giscard d'Estaings Begräbnis nach Paris geschickt. Als sie wieder nach Washington zurückkehrte, stand die Öffentlichkeit im Bann des Endspiels *World Series,* und Parkin war ein Nationalheld.

Bis zu den nächsten Vorwahlen waren es nur noch acht Monate, und Florentyna und Edward begannen für die Präsidentschaftskampagne von 1996 zu planen. Wieder einmal fuhr Florentyna kreuz und quer durch Amerika und hielt im Lauf des Jahres in dreiunddreißig Staaten Wahlreden. Wo immer sie hinkam, war die Öffentlichkeit zu ihrer Freude davon überzeugt, daß sie ins Weiße Haus einziehen würde. Ihre Beziehung zu Parkin blieb freundlich, doch mußte sie den Präsidenten daran erinnern, daß es an der Zeit war, seine Absichten bekanntzugeben. Erst wenn er erklärte, nicht mehr zu kandidieren, konnte sie ihren Wahlkampf offiziell beginnen.

An einem Montag im Juli – sie war eben von Nebraska nach Washington zurückgekehrt – fand sie eine Nachricht des Präsidenten vor, er wolle Donnerstag in einer Ansprache an die Nation seine Absicht deklarieren. Edward hatte schon alle

Details der Wahlstrategie ausgearbeitet, und sobald der Präsident verkündet hatte, daß er nicht mehr kandidieren wolle, konnte man den Wahlkampf mit vollem Elan beginnen.

»Der Zeitpunkt ist ausgezeichnet«, sagte Edward, »es sind noch vierzehn Monate bis zur Wahlschlacht, und vor Oktober mußt du deine Kandidatur nicht einmal bekanntgeben.«

An jenem Donnerstag saß Florentyna allein im Büro des Vizepräsidenten und wartete auf die Erklärung des Präsidenten. Alle drei Fernsehstationen übertrugen seine Rede, alle hatten angedeutet, daß der fünfundsechzigjährige Präsident keine zweite Regierungsperiode anstrebe. Die Kamera schwenkte von der Fassade des Weißen Hauses ins *Oval Office,* wo der Präsident hinter seinem Schreibtisch saß. Florentyna wartete gespannt.

»Meine Freunde«, begann er, »um keinen Gerüchten Vorschub zu leisten, halte ich es für meine Pflicht, Klarheit darüber zu schaffen, ob ich in vierzehn Monaten wieder für dieses schwere Amt kandidieren werde.« Florentyna lächelte. »Ich möchte daher heute die Gelegenheit ergreifen, meine Absichten bekanntzugeben, um meine Regierungsperiode vollenden zu können, ohne mich in die Parteipolitik einzumischen.« Als Parkin sich jetzt vorbeugte – die Presse nannte es »die Geste der überzeugenden Offenheit« –, wäre Florentyna vor Freude fast aufgesprungen. »Es ist die Aufgabe des Präsidenten, dem Land hier im *Oval Office* zu dienen. Deshalb erkläre ich, daß ich es, obwohl ich für die nächste Wahl kandidieren werde, meinen republikanischen Gegnern überlasse, einen Wahlkampf zu führen, während ich hier im Weißen Haus weiter im Interesse Amerikas arbeiten werde. Ich hoffe, Ihnen weitere vier Jahre dienen zu dürfen. Gott segne euch alle.«

Eine ganze Weile war Florentyna wie betäubt. Schließlich wählte sie die Nummer des *Oval Office.* Eine weibliche Stimme antwortete.

»Ich muß umgehend den Präsidenten sprechen. In ein paar Minuten bin ich in seinem Büro.« Sie knallte den Hörer hin und marschierte ins *Oval Office.*

Die Privatsekretärin des Präsidenten erwartete sie an der Tür. »Der Präsident hat eben eine Besprechung, wird aber sehr bald fertig sein.«

Florentyna lief siebenunddreißig Minuten auf und ab, bis sie endlich vorgelassen wurde.

»Pete Parkin. Sie sind ein Lügner und ein Schwindler«, waren ihre ersten Worte, die sie hervorzischte, bevor noch die Tür geschlossen war.

»Einen Moment mal, Florentyna. Ich glaube, im Interesse unseres Landes . . .«

»Im Interesse Pete Parkins, der keine Abmachung einhalten kann. Gott sei diesem Land gnädig. Eines kann ich Ihnen jedenfalls sagen: Ich werde kein zweitesmal Ihre Vizepräsidentin sein.«

»Das tut mir leid«, sagte der Präsident und machte sich eine Notiz, »aber ich nehme Ihren Entschluß natürlich zur Kenntnis. Nicht, daß es viel Unterschied macht.«

»Was wollen Sie damit sagen?«

»Ich hätte Sie kein zweites Mal aufgefordert, als Vize zu kandidieren, aber Ihre Ablehnung erleichtert mir die Dinge. Jetzt wird die Partei verstehen, warum ich mich für die nächste Wahl nach jemand anderem umsehen muß.«

»Sie würden die Wahl verlieren, wenn ich Ihre Gegenkandidatin bin.«

»Nein, Florentyna, wir beide würden verlieren, und die Republikaner könnten sogar Senat und Repräsentantenhaus gewinnen. Damit würden Sie nicht wieder zur beliebtesten kleinen Lady der Stadt werden.«

»In Chicago werden Sie meine Unterstützung nicht bekommen. Kein Präsident hat je ohne Illinois die Wahl gewonnen, und Illinois wird Ihnen nicht verzeihen.«

»Vielleicht doch, wenn ich einen Senator dieses Staates durch einen anderen ersetze.«

Florentyna wurde eisig. »Das würden Sie nicht wagen.«

»Wenn meine Wahl auf Ralph Brooks fällt, werden Sie feststellen können, daß auch Illinois einverstanden ist, besonders, wenn ich erkläre, daß ich ihn in fünf Jahren für meinen gegebenen Nachfolger halte.«

Ohne ein weiteres Wort verließ Florentyna das Zimmer. Sicherlich war sie die erste und einzige Person, die je die Tür des *Oval Office* zugeknallt hatte.

38

Als Florentyna Edward am folgenden Sonntag auf dem Golfplatz von Cape Cod über ihr Gespräch mit Parkin informierte, zeigte er sich nicht sonderlich überrascht.

»Er mag kein großartiger Präsident sein, aber von machiavellistischer Politik versteht er mehr als Nixon und Johnson zusammen.«

»Ich hätte damals in Detroit auf dich hören sollen; du hast mich gewarnt, daß es so kommen würde.«

»Was pflegte dein Vater immer über Henry Osborne zu sagen? Einmal ein Stinktier, immer ein Stinktier.«

Eine leichte Brise kam auf, und Florentyna warf ein paar Grashalme hoch, um die Windrichtung zu bestimmen. Dann nahm sie einen Ball aus der Golftasche und schlug einen langen Drive. Zu ihrer Überraschung trug der Wind den Ball nach rechts ins Gebüsch.

»Du hast dir den Wind nicht gut ausgerechnet, nicht wahr, V. P.?« Edward lächelte. »Ich glaube, heute habe ich eine Chance, dich zu schlagen.« Edward schlug den Ball genau in dic Mitte des Fairways, allerdings zwanzig Meter weniger weit als Florentyna.

»Die Lage ist schlecht, aber nicht hoffnungslos«, sagte Florentyna und spielte das erste Loch mit einem Chip aus dem Rough und einem langen Putt.

Während sie zum zweiten Abschlag gingen, fragte Edward nach Florentynas künftigen Plänen.

»Parkin hat recht; ich kann keinen Wirbel machen, denn es würde nur den Republikanern nutzen. Deshalb bin ich entschlossen, meine Illusionen aufzugeben.«

»Und was bedeutet das?«

»Ich werde meine vierzehn Monate als Vizepräsidentin abdienen und dann als Vorsitzende der Baron-Gruppe nach New York zurückkehren. Da ich viel in der Welt herumgefahren bin, habe ich einen guten Überblick über die Hotelkette und glaube, ein paar Neuerungen einführen zu können, die uns einen gewaltigen Vorsprung vor der Konkurrenz sichern werden.«

»Das klingt interessant«, sagte Edward lächelnd und folgte Florentyna zum zweiten Green. Er versuchte sich auf das Spiel zu konzentrieren, während Florentyna fortfuhr.

»Ich möchte auch gern in den Vorstand der Lesterbank eintreten. Richard wollte immer schon, daß ich das Bankwesen in der Praxis kennenlerne. Überdies hat er wieder und wieder gesagt, daß seine Direktoren ein höheres Gehalt beziehen als der Präsident der Vereinigten Staaten.«

»Darüber mußt du mit William sprechen, nicht mit mir.«

»Warum?« fragte sie.

»Weil er am 1. Januar den Vorsitz übernimmt. Er versteht mehr von Banken, als ich es je tun werde, weil er Richards Begabung für das Finanzwesen geerbt hat. Vermutlich bleibe ich noch ein paar Jahre Direktor, aber ich bin überzeugt, daß die Bank nicht besser aufgehoben sein könnte.«

»Ist er nicht zu jung für eine so große Verantwortung?«

»Er ist ebensoalt, wie du warst, als du Vorsitzende der Baron-Gruppe wurdest.«

»Gut, dann haben wir wenigstens einen Präsidenten in der Familie«, sagte Florentyna und verschlug einen Zwei-Meter-Putt.

»Jeder ein Loch, V. P.« Edward trug den Stand auf seiner Karte ein und studierte das vor ihm liegende 200-Meter-Loch. »Jetzt weiß ich, wie du die eine Hälfte deiner Zeit verbringen willst. Und was planst du für die andere Hälfte?«

»Die Remagen-Stiftung ist seit dem Tod Professor Ferpozzis verwaist. Ich habe mich entschlossen, sie selbst zu führen. Weißt du, über welche Summen die Stiftung heute verfügt?«

»Nein, aber ich brauche nur zu telefonieren, um es festzustellen.« Edward konzentrierte sich auf den nächsten Schlag.

»Ich kann dir fünfundzwanzig Cents ersparen«, sagte Florentyna. »Neunundzwanzig Millionen Dollar, die jährlich fast vier Millionen einbringen. Edward, es ist an der Zeit, die erste Remagen-Universität zu gründen und den Kindern von Einwanderern der ersten Generation großzügige Stipendien zu gewähren.«

»Vergiß nicht die begabten Kinder, ganz gleich aus welchem Milieu sie stammen«, erinnerte Edward und ging zum Abschlag.

»Du klingst immer mehr wie Richard.« Florentyna lachte.

Edward sprach den Ball an. »Ich wollte, ich könnte Golf spielen wie er«, meinte er und sah zu, wie der Ball weit und hoch aufflog, bevor er gegen einen Baum schlug.

Florentyna schien es nicht zu bemerken; ihr Ball flog genau in die Mitte des Fairways. Die beiden gingen in verschiedene Richtungen und konnten ihr Gespräch erst wieder fortsetzen, als sie auf dem Green wieder zusammentrafen. Florentyna überlegte, wo die neue Universität sein sollte, wie viele Studenten man im ersten Jahr aufnehmen und wer der erste Präsident sein sollte. Das Ergebnis war, daß sie das dritte und das vierte Loch verlor. Kurzzeitig konzentrierte sie sich auf das Spiel, und beim neunten Loch hatte sie gleichgezogen.

»Heute wird es mich besonders freuen, den Republikanern deine hundert Dollar zu geben«, sagte sie. »Es wäre ein Heidenspaß, wenn Parkin und Brooks ins Gras bissen.«

Florentyna seufzte, als sie den Ball mit einem kurzen Eisen vom Tee gegen das zehnte Green schlug.

»Noch bin ich nicht besiegt«, sagte Edward.

Florentyna ignorierte ihn. »Was waren meine Jahre in der Regierung doch für eine Verschwendung.«

»Nein, da hast du unrecht«, sagte Edward, immer noch seinen Swing übend. »Sechs Jahre im Repräsentantenhaus, acht im Senat und die erste Vizepräsidentin der Vereinigten Staaten. Überdies glaube ich, daß die Geschichte deine Rolle bei der drohenden Invasion Pakistans viel korrekter vermerken wird, als Parkin es für notwendig erachtete. Selbst wenn du weniger erreicht hast als du hofftest, wird der Weg zur Spitze für die nächste Frau wesentlich leichter sein. Paradoxerweise glaube ich, daß du, wärst du bei der nächsten Wahl die demokratische Kandidatin, spielend gewinnen würdest.«

»Die Meinungsumfragen geben dir recht.« Florentyna versuchte sich zu konzentrieren, doch ihr Abschlag ging daneben. »Verdammt«, sagte sie, als der Ball im Buschwerk verschwand.

»Heute bist du nicht in Hochform, V. P.«, sagte Edward. Er gewann das zehnte und das elfte Loch, verlor jedoch durch allzu vorsichtiges Putten das zwölfte und das dreizehnte.

»Ich glaube, wir sollten ein Baron in Moskau bauen«, bemerkte Florentyna, als sie das vierzehnte Loch erreichten. »Eigentlich war das immer der größte Wunsch meines Vaters. Habe ich dir erzählt, daß der Minister für Tourismus, Michail Zokowlow, mich immer schon für die Idee gewinnen wollte? Nächsten Monat muß ich zu diesem schrecklichen Kulturbesuch nach Moskau fahren, da könnte ich den Plan in allen Einzelheiten mit ihm besprechen. Gott sei bedankt für das Bolschoi-Ballet, für Borschtsch und Kaviar. Wenigstens versuchen sie nie, mich mit einem gutaussehenden jungen Mann zu verkuppeln.«

»Nicht, wenn sie von unserer Golf-Abmachung wissen.« Edward grinste.

Sie teilten sich das vierzehnte und fünfzehnte Loch, Edward gewann das sechzehnte. »Jetzt werden wir feststellen, wie gut du in Stressituationen bist«, sagte Florentyna.

Edward verlor das siebzehnte Loch, weil er einen Drei-Meter-Putt verschlug. Der Spielausgang hing jetzt vom letzten Loch ab. Florentyna schlug einen guten Drive, doch Edwards Ball lag nur einen knappen Meter hinter dem ihren. Mit dem zweiten Schlag war er achtzehn Meter vom Green entfernt und konnte nur mühsam seine Freude beherrschen, als sie den Fairway entlanggingen.

»Du hast noch einen weiten Weg vor dir«, sagte Florentyna und schlug ihren Ball in einen Sandbunker.

Edward lachte.

»Vergiß nicht, wie gut ich mit einem Sandwedge und einem Putt bin«, sagte Florentyna und stellte ihre Worte unter Beweis: der Ball landete nur einen Meter vom Loch entfernt.

Edwards Ball kam bis auf knapp zwei Meter an das Loch heran.

»Vielleicht ist das die letzte Chance, die du je haben wirst«, sagte Florentyna.

Edward hielt den Putter fest in der Hand, schob den Ball, und sah zu, wie er auf dem Lochrand schaukelte, bevor er in den Zylinder verschwand. Er warf den Schläger hoch in die Luft und brach in lauten Jubel aus.

»Noch hast du nicht gewonnen«, sagte Florentyna, »aber bestimmt wirst du einem Sieg nie mehr so nahe sein.« Prüfend sah sie auf die Distanz zwischen Ball und Loch. Wenn ihr ein Single Putt gelänge, würde das Spiel halbiert, und keiner hätte gewonnen.

»Laß dich nicht von den Hubschraubern ablenken«, sagte Edward.

»Das einzige, was mich ablenkt, bist du, Edward. Ich warne dich, es wird dir nicht gelingen. Da mein weiteres Leben von diesem Schlag abhängt, kannst du sicher sein, daß ich keinen Fehler mache. Und überhaupt werde ich warten, bis die Hubschrauber vorübergeflogen sind«, sagte sie und trat einen Schritt zurück.

Florentyna sah zum Himmel auf und wartete, daß die vier Helikopter vorbeiflogen. Das Knattern wurde lauter und lauter.

»Hast du dir das alles ausgedacht, um zu gewinnen, Edward?« fragte sie, als einer der Hubschrauber zur Landung ansetzte.

»Was, zum Teufel, ist los?« fragte Edward besorgt.

»Keine Ahnung«, sagte Florentyna, »aber wir werden es gleich wissen.«

Ihr Rock preßte sich an die Beine, als der erste Helikopter knapp neben dem achtzehnten Loch aufsetzte. Die Rotorblätter drehten sich noch, als ein Oberst der Armee heraussprang und auf Florentyna zustürzte. Ein zweiter Offizier sprang heraus und wartete, eine kleine schwarze Aktentasche in der Hand, neben der Maschine. Florentyna und Edward starrten den Oberst an, der strammstand und salutierte.

»Madam President, der Präsident ist tot.«

Florentyna ballte die Hände zu Fäusten, während das achtzehnte Loch von Agenten des Secret Service umringt wurde. Wieder sah sie auf die schwarze Tasche mit dem Nuklear-Befehlscode, für die sie jetzt als einzige verantwortlich war – der Knopf, den sie hoffentlich nie brauchen würde. Zum zweitenmal im Leben fühlte sie, was Verantwortung wirklich bedeutete.

»Was ist geschehen?« fragte sie ruhig.

In knappen Worten erstattete der Oberst Bericht. »Der Präsident kehrte von seinem Morgenlauf zurück und ging in sein Zimmer, um zu duschen und sich umzuziehen. Nach zwanzig Minuten hatten wir das Gefühl, daß etwas nicht stimmte: man schickte mich, um nachzusehen. Es war zu spät. Der Arzt konstatierte Herzschlag. Im letzten Jahr hatte der Präsident zwei leichte Infarkte erlitten, aber es gelang beide Male, sie geheimzuhalten.«

»Wie viele Menschen wissen, daß er tot ist?«

»Drei Mitglieder seines persönlichen Stabes, der Arzt, Mrs. Parkin und der Justizminister, den ich sofort informierte. Er befahl mir, sie aufzusuchen und dafür zu sorgen, daß der Amtseid so rasch wie möglich abgelegt wird. Danach habe ich Sie ins Weiße Haus zu begleiten, wo der Justizminister darauf wartet, den Tod des Präsidenten bekanntzugeben. Der Justizminister hofft, daß Sie mit diesen Anordnungen einverstanden sind.«

»Danke, Oberst. Am besten, wir kehren sofort in mein Haus zurück.«

Begleitet von Edward, dem Oberst, dem Offizier mit der schwarzen Tasche und vier Agenten des Secret Service stieg Florentyna in den Militärhubschrauber. Der Helikopter schraubte sich hoch, und Florentyna sah auf das achtzehnte Loch hinab, wo ihr Ball, kleiner und kleiner werdend, einen Meter vor dem Loch lag. Ein paar Minuten später landete der Hubschrauber auf dem Rasen vor Florentynas Haus auf Cape Cod, während die anderen drei Helikopter in der Luft kreisten.

Florentyna ging voraus ins Wohnzimmer, wo der kleine Richard mit seinem Vater und Bischof O'Reilly spielte; letzterer war zu einem Wochenendbesuch gekommen.

»Warum fliegen Hubschrauber über unserem Haus, Großmama?« erkundigte sich Richard.

Florentyna erklärte ihrem Enkel, was vorgefallen war. Ohne recht zu wissen, was sie sagen oder tun sollten, standen William und Joanna auf.

»Was geschieht weiter, Oberst?« fragte Florentyna.

»Wir brauchen eine Bibel und den Wortlaut des Eides.«

Florentyna ging zu ihrem Schreibtisch und nahm Miss Tredgolds Bibel aus der obersten Lade. Der genaue Wortlaut des Eides war nicht so leicht aufzutreiben. Edward fand ihn in T. Whites Buch *The Making of the President.*

Der Oberst rief den Justizminister an und ließ den Wortlaut überprüfen. Dann erklärte Pierre Levale dem Bischof, wie die Vereidigung vor sich zu gehen habe.

Im Wohnzimmer ihres Hauses auf Cape Cod stand Florentyna, umgeben von ihrer Familie; Oberst Max Perkins und Edward Winchester waren die Zeugen. Sie nahm die Bibel in die rechte Hand und sprach Bischof O'Reilly die Worte nach:

»Ich, Florentyna Kane, schwöre feierlich, daß ich das Amt eines Präsidenten der Vereinigten Staaten ausüben und mit allen meinen Kräften die Verfassung der Vereinigten Staaten erhalten, schützen und verteidigen werde. So wahr mir Gott helfe.«

So wurde Florentyna Kane zur 43. Präsidentin der Vereinigten Staaten.

William war der erste, der seiner Mutter gratulierte, dann drängten sich alle anderen um sie.

»Ich glaube, wir müssen nach Washington, Madam President«, sagte der Oberst kurz darauf.

»Natürlich.« Florentyna wandte sich an den alten Priester der Familie. »Danke, Monsignore.« Der Bischof antwortete nicht; zum erstenmal im Leben fehlten ihm die Worte. »Ich werde Sie bald brauchen, um eine andere Zeremonie zu vollziehen.«

»Und was wird das sein, meine Liebe?«

»Sobald wir ein freies Wochenende haben, werden Edward und ich heiraten.« Jetzt sah Edward noch überraschter und glücklicher aus als in dem Augenblick, in dem Florentyna Präsidentin geworden war. »Es ist mir ein bißchen zu spät eingefallen«, sagte sie, »daß das Spiel automatisch dem Gegner gehört, wenn man in einem Lochwettspiel ein Loch ausläßt.«

Edward nahm sie in die Arme, und Florentyna sagte: »Lieber, ich werde deine Weisheit und deine Kraft brauchen, vor allem aber deine Liebe.«

»Du hattest sie seit vielen Jahren, V. P., ich meine . . .«

Alle lachten.

»Ich glaube, wir sollten gehen, Madam President«, drängte der Oberst, und Florentyna nickte. In diesem Moment klingelte das Telefon. Edward nahm es ab. »Es ist Ralph Brooks. Er will dich dringend sprechen.«

»Bitte entschuldige mich beim Außenminister, Edward, und erkläre ihm, daß ich im Augenblick nicht zu sprechen bin.« Edward wollte die Nachricht eben weitergeben, als sie hinzufügte: »Und sag ihm bitte, er möge so freundlich sein, mich im Weißen Haus aufzusuchen.«

Edward lächelte, als das 43. Staatsoberhaupt der Vereinigten Staaten zur Tür ging. Der Oberst drückte auf einen Knopf und sprach leise in sein Funkgerät: »Baroneß kehrt zur Krone zurück. Kontrakt unterschrieben.«

SPANNEND – PACKEND – ATEMBERAUBEND

Connor Fitzgerald ist ein Profi – und die tödlichste Waffe des CIA. Als er glaubt, seine Agentenkarriere nach 28 Jahren beenden zu können, schickt man ihn mit einer letzten Mission nach Moskau. Dort gibt es einen Präsidentschaftskanditaten, der einen Krieg gegen die USA plant. Connor ahnt nicht, dass er selbst auf der Abschussliste steht …

Jeffrey Archer
Das elfte Gebot
ISBN 3-404-14690-5

ISBN 3-404-14709-X

ISBN 3-404-14710-3

ISBN 3-404-14711-1

ISBN 3-404-14712-X

ISBN 3-404-14713-8

ISBN 3-404-14714-6

BASTEI LÜBBE
Taschenbücher

Besuchen Sie uns im Internet:
www.luebbe.de